LA CHANSON
DE L'EXIL

SCIENCE-FICTION
Collection dirigée par Jacques Goimard

MARION ZIMMER BRADLEY

LA ROMANCE DE TÉNÉBREUSE

LA CHANSON
DE L'EXIL

*Traduit de l'américain
par Simone Hilling*

Titre original :
Return to Darkover

Si vous souhaitez recevoir régulièrement
notre zine « **Rendez-vous ailleurs** », écrivez-nous à :

« Rendez-vous ailleurs »
Service promo Pocket
12, avenue d'Italie
75627 PARIS Cedex 13

PRESSECO

PAPIER RECYCLÉ
NATURE PROTÉGÉE

© 1993, Marion Zimmer Bradley
© 1996, Pocket pour la traduction française et la présente édition
ISBN 2.266-06602.1

1

Il doit exister un moyen de voyager entre les étoiles sans avoir la nausée — une drogue qui ne me rende pas malade. Si seulement je n'étais pas allergique à tant de choses. Si seulement j'étais devenue journaliste ou agronome.

La femme allongée sur la couchette sourit sans ouvrir les yeux, s'efforçant d'ignorer la nausée et les vertiges. C'était une vieille idée, qu'elle avait ressassée bien des fois. Des années plus tôt, quand elle avait quitté sa famille pour aller à l'Université, elle avait envisagé ces deux métiers, de même que celui de comptable et plusieurs autres dont elle ne se souvenait plus. En moins d'un semestre, elle avait réalisé qu'elle n'avait pas la main verte et qu'elle détestait écrire sur la misère des autres. Elle avait découvert qu'elle avait peu de dons pour l'écriture, et que, bien qu'assez douée pour les mathématiques, les chiffres l'ennuyaient.

Sous le col turquoise de son uniforme d'Humaniste, elle sentait les patchs qui la démangeaient. L'un d'hyperdrome, pour prévenir le mal de l'espace, et l'autre pour neutraliser l'allergie provoquée par l'hyperdrome. Quelle plaie, ces allergies. Elle devait les avoir héritées de son père. Car elle était bien sa fille, même si elle n'en avait pas l'impression la plupart du temps.

Elle roula la tête sur les oreillers de sa couchette, et c'est ce moment que choisit son chignon roux pour se défaire. Elle se raidit d'abord, puis s'efforça de se détendre. La légère odeur de désinfectant flottant dans l'air desséché du compartiment de troisième classe lui donna un haut-le-cœur.

Tant qu'elle fermait les yeux, elle avait une illusion d'intimité et pouvait faire abstraction des onze autres personnes partageant la cabine dont l'angoisse empirait sa nausée. Il en avait toujours été ainsi, depuis ce premier voyage l'éloignant de la planète sur laquelle elle retournait maintenant. Elle n'avait que de vagues souvenirs de son enfance, mais celui de ce premier voyage était demeuré plus vivace que les autres. Les odeurs et les sons d'un astronef et d'un ventre dans lequel elle avait l'impression que les démons tenaient leur sabbat étaient associés avec quelque chose de terrible qu'elle ne se rappelait pas nettement. Elle n'était jamais positivement malade, mais se sentir barbouillée pendant des heures interminables était tout aussi déplaisant, et peut-être pire.

Peu de gens auraient pu croire que la fille d'un Sénateur de la Fédération voyageait en troisième classe. Ils pensaient que ces gens menaient une vie dorée, remplie de dîners et de réceptions diplomatiques. Mais elle était une Humaniste de l'Université, et les universitaires voyageaient rarement autrement. C'était une voyageuse aguerrie, avec dix voyages et plus de cent sauts à son actif, mais son corps refusait toujours de s'adapter aux médicaments, et elle s'était résignée au mal de l'espace.

Je suis comme le bon vin : je voyage mal. Je regrette bien que cette drogue ne me fasse pas dormir comme elle le devrait. Le Professeur Davidson dort comme un bébé, Dieu merci. Comment fait-il ? Est-ce que cette escale est la bonne ? C'est le saut six ou sept ? J'ai perdu le fil. Mère des Océans, faites que ce soit le septième.

Elle se mit à jouer au Jeu. Elle et sa belle-mère, Dio, l'avaient inventé au cours de ce premier voyage à demi oublié, quand elle était petite. Il consistait à nommer tous les dieux et déesses qu'elles connaissaient. Au début, ils étaient peu nombreux — Zandru et Aldones, Evanda et Avarra. Mais en arrivant à destination, elle en connaissait une centaine, et pour certains, leur histoire. La liste s'était allongée avec le temps, jusqu'à inclure des noms de déifiés remontant à l'époque où Terra était réellement un

Empire. Elle y avait ajouté des noms de divinités fournis par d'autres étudiants, des noms de planètes qu'elle connaissait et d'autres où elle n'était jamais allée.

L'astronef commença à ralentir. Le bruit de la machinerie changea. Ce bruit l'angoissait toujours, car il annonçait qu'ils quittaient le vide spatial pour entrer dans l'attraction gravitationnelle d'un monde. Le bourdonnement régulier des moteurs d'atterrissage qui démarraient — en *la* naturel un peu faux — la fit frissonner.

Sur la couchette voisine de la sienne, le professeur eut un ronflement explosif, toussa et remua. Il était réveillé. Des années d'intimité avec le vieillard l'avaient familiarisée avec ses moindres gestes. Elle n'avait pas besoin d'ouvrir les yeux pour savoir qu'il fléchissait les doigts comme au-dessus d'un clavier imaginaire.

Comme nous sommes habitués l'un à l'autre, pensa-t-elle. *Lui aussi connaît sans doute toutes mes petites manies.* C'était réconfortant, cette familiarité naturelle avec Ivor Davidson, son mentor et pratiquement père adoptif. Sa femme, Ida, avait été une mère pour elle, et, malgré la bile qui lui montait dans la gorge, elle décida qu'elle avait beaucoup de chance. Elle faisait un travail qu'elle aimait, en compagnie d'un ami très cher qu'elle respectait. Que demander de plus ?

Au-dessus de sa couchette, le haut-parleur glapit et bourdonna, et Margaret fit la grimace. Au diable ses oreilles ultrasensibles ! Elles lui avaient facilité ses études et sa carrière de musicologue. Mais maudit, trois fois maudit, l'officier des communications qui avait fait un vrai supplice des trois derniers atterrissages. Après quelques cliquètements et un glapissement aigu, un enregistrement à l'accent nasal de quelque planète arriérée, se mit à débiter des instructions. Margaret se força à les écouter.

Puis l'enregistrement changea, et quelque chose ressemblant à une voix humaine, parlant le Terrien Standard avec un accent épouvantable, annonça :

« Nous sommes actuellement en approche finale de Cotman IV, appelé Ténébreuse par ses habitants. » Il y avait quelque chose de dédaigneux dans sa façon de prononcer ce nom, comme si les Ténébrans étaient des sauvages nus ou quelque chose de ce genre. Arrogance terrienne typique. « Les passagers sont priés de ne pas détacher leur harnais de sécurité avant instructions de l'équipage. Un steward sera à la disposition des passagers de troisième classe qui auront besoin d'assistance après l'atterrissage. » Après avoir donné ses instructions aux différentes classes, la voix se mit à les répéter en une demi-douzaine d'autres langues, plutôt estropiées quand elle parvenait à les reconnaître.

Ténébreuse ! Enfin, ils arrivaient à destination. Sa planète natale. Mais ce nom déclencha en elle l'étrange appréhension ressentie depuis qu'elle savait où elle allait. Cela s'apparentait à l'épouvante, et c'était totalement illogique ! Pour leur travail, elle était allée sur d'autres planètes avec Ivor, et n'avait jamais éprouvé ce malaise.

Margaret prit plusieurs inspirations profondes et se força à se détendre. Les muscles de ses épaules étaient crispés et se détendirent à regret. Mais la relaxation agit lentement ; elle soupira et cessa d'écouter. Son attention vagabonda. Elle avait l'habitude qu'on lui dise tout une douzaine de fois. En tant que Coloniale, elle avait un sain mépris pour les habitudes régimentaires de la Fédération Terrienne. Elle appréciait ses réalisations technologiques, qui lui permettaient d'étudier la musique d'une douzaine de mondes au cours d'une seule vie, et elle tolérait l'arrogance terrienne en considération des recherches et de la liberté qu'elle lui permettait. Mais cela ne lui plaisait pas, et ne lui plairait sans doute jamais.

Son père aurait été heureux de l'envoyer dans une demi-douzaine d'universités coloniales, mais l'Université de Coronis ne figurait pas parmi elles. Elle se rappelait leur dispute quand elle en avait parlé pour la première fois. Dire que son père avait désapprouvé son choix était l'euphémisme du siècle, et, pire, il n'avait jamais voulu lui dire pourquoi. Dio, sa belle-mère, était intervenue, comme toujours, pour maintenir de son mieux la paix entre le père et la fille, mais elle avait enduré ce qui lui avait paru des semaines — bien qu'il ne s'agît que de quelques jours — d'angoisse et de silences pesants avant que le Sénateur ne donne son consentement. Elle aurait voulu mieux comprendre son père — ou du moins mieux comprendre son étrange mélange de réserve et de protection farouche. Le Vieux (comme elle l'appelait à part elle) était souvent absent, occupé par ses fonctions de sénateur et les affaires de la Fédération. Étant lui-même allergique à l'hyperdrome, le Sénateur revenait rarement sur Thétis, et quand il s'y trouvait, il évitait sa fille dans la mesure du possible. Comme s'il l'aimait et la haïssait à la fois.

Pour aucune raison discernable, le souvenir de cette attente de la permission d'aller à l'Université lui rappela soudain un autre incident, d'une époque où elle était plus jeune, treize ou quatorze ans. Dio l'avait trouvée en pleurs, assise sur le rivage de la Mer de Vin de Thétis. Elle ne se rappelait pas pourquoi elle pleurait, mais ce qu'elle avait dit lui revint brusquement. « Je suis laide », sanglotait-elle, tandis que Dio s'efforçait de la réconforter. « Papa ne m'embrasse jamais, il ne me laisse aller nulle part, et tout ça parce que je suis laide. Pourquoi n'ai-je pas de jolis cheveux comme toi ? Pourquoi ai-je une peau qui rougit au soleil ? Toi et Papa, vous êtes souvent partis, et quand il est là, il ne me touche jamais, ne me parle jamais ! Qu'est-ce que j'ai ? »

Elle frissonna à ce souvenir, tandis que le vaisseau émettait un vrombissement assourdissant, suivi d'un soupir métallique, comme s'il était fatigué, et Margaret remercia la Déesse de ne plus avoir treize ans et d'avoir laissé derrière elle les horreurs de l'adolescence. Pendant toutes ces années, elle avait été convaincue que l'attitude du Vieux venait de quelque chose qu'elle avait fait mal ou pas du tout, même si Dio lui disait que cela n'avait rien à voir avec elle, et tout à voir avec le Sénateur. Dio s'efforçait de la réconforter, lui disait qu'elle n'était pas laide, mais elle n'avait jamais pu lui expliquer pourquoi il était si distant, ni pourquoi elle leur ressemblait si peu à tous les deux. C'est seulement longtemps après qu'elle avait appris qu'elle n'était pas la fille de Dio, mais celle de la première femme du Vieux.

Margaret se rappelait encore le choc éprouvé lors de cette révélation, faite peu avant son départ pour l'Université. Elle n'avait jamais imaginé que son père eût été marié avant. Il y avait tant de choses qu'elle ignorait, sur le passé de son père et sur le sien. Elle frissonna, mais se rappela à l'ordre aussitôt. Elle n'était pas l'héroïne de quelque roman à l'eau de rose, avec un passé plein de sombres secrets. Alors, pourquoi avait-elle l'impression nette et terrible qu'il y avait, non seulement des choses qu'elle ne savait pas, mais des choses qu'elle *ne voulait pas* savoir ? Sottises ! Elle était fatiguée du long voyage et déséquilibrée par l'hyperdrome !

Non, il y avait autre chose. Elle retournait sur la planète où elle était née plus de vingt-cinq ans auparavant. Margaret n'en avait qu'un vague souvenir, et le simple fait d'y penser la mettait mal à l'aise. Il y avait tant de choses troublantes à son sujet. Son père était le Sénateur de Ténébreuse, mais il ne vivait pas sur la planète, et, à sa connaissance, il n'y était jamais retourné depuis son départ, vingt ans plus tôt. La mère qu'elle avait connue la plus grande partie de sa vie n'était pas sa mère, et Dio refusait de lui révéler quoi que ce soit sur sa vraie mère.

Un instant de silence, suivi du carillon, juste cette fois, de l'arrivée. Puis un steward annonça dans les haut-parleurs : « Nous venons d'atterrir à l'astroport de Cotman IV. Débarquement immédiat pour les passagers dont c'est la destination finale. Les passagers qui continuent jusqu'à Wolf — Phi Coronis IV — sont priés de ne pas quitter leurs places. Les passagers pour l'Etoile de Sagan, Quital et Greenwich... »

Margaret ignora sa migraine et le désir de bâillonner le haut-parleur. Elle ignora la démangeaison des patchs à son poignet, et déboucla son harnais, impatiente de laisser derrière elle les bruits et les odeurs du vaisseau. Enfin, pas aussi impatiente que d'habitude. Son appréhension demeurait, et elle dut faire effort pour l'écarter de son esprit. Puis elle se tourna vers son compagnon.

Le Professeur Davidson tripotait gauchement son harnais, les yeux encore vitreux des drogues absorbées, et semblait, comme d'ordinaire, un peu désorienté. Elle le laissa faire en se mordant les lèvres. La première chose qu'elle avait remarquée lorsqu'ils avaient fait connaissance, c'étaient ses mains — belles comme les mains des anges sur les anciens tableaux. Maintenant, elles étaient crochues et noueuses, à peine capables de plaquer quelques accords de guitare. Autrefois, il pouvait jouer de tous les instruments destinés à des humanoïdes, mais il avait toujours été malhabile pour les choses simples de la vie, comme les agrafes et les boucles. Finalement, il la regarda d'un air penaud, vaincu par le harnais, et elle l'aida à se détacher.

— Que ferais-je sans toi ? dit-il, avec un sourire qui plissa tout son visage, et qui enchantait toujours Margaret, même quand elle était fâchée contre lui.

— Tu engagerais une autre assistante, tout simplement, répondit-elle, ironique.

Sa dépendance de plus en plus grande à son égard l'angoissait plus qu'elle ne voulait l'admettre. Comme si leur séjour d'un an à Relegan avait drainé ses dernières forces, ne laissant de lui qu'une coque desséchée. Elle se força à dissimuler l'impuissance et la rage qu'elle ressentait toujours en constatant son rapide déclin. Elle devait à Ivor Davidson plus qu'elle ne pourrait jamais lui donner. Non pas en vulgaires crédits, mais en affection et fidélité. Au cours de sa terrible première année à l'Université, alors qu'elle battait la campagne à la recherche d'une matière qu'elle pourrai étudier sans ennui ni frustration, elle avait rencontré Ivor à la bibliothèque, où elle fredonnait machinalement en travaillant. Ivor l'avait prise en main, avait testé ses dons, et l'avait amenée chez lui. Ivor et Ida avaient nourri et éduqué la musicienne et la femme, lui donnant une assurance que n'avaient jamais développée en elle Dio et le Vieux. A la fin, il lui avait fait attribuer une bourse de durée indéterminée, et il avait fait d'elle, d'abord sa protégée, puis son assistante, situation très prisée dans les cercles universitaires. Elle avait eu beaucoup de chance.

Pendant plus de dix ans, les Davidson avaient été sa famille, et elle se sentait bénie de les avoir trouvés. Elle relégua dans un coin de son esprit Thétis, la planète où elle avait grandi, n'y repensant que lorsqu'elle avait à remplir les nombreux formulaires dont la bureaucratie terrienne semblait incapable de se passer. Elle s'était efforcée d'effacer tout souvenir de son père, de ce manchot amer et silencieux, et même de sa douce et rieuse belle-mère, si différente du sombre Sénateur. Quand elle se rappelait son enfance, elle pensait généralement aux bons moments. Le ressac de la mer se brisant devant leur maison, l'odeur des fleurs s'épanouissant au printemps devant leur porte, le goût du premier *delphina* pêché en été... Elle avait un vaste assortiment de ces images, parce qu'elle était souvent seule dans son enfance. Le Sénateur et Dio s'absentaient des mois d'affilée, ce qui provoquait en elle un soulagement mêlé de remords. Elle était toujours anxieuse quand il était là. Elle n'avait qu'une vague idée de ses activités, qui d'ailleurs ne l'intéressaient pas. Plutôt bizarre, maintenant qu'elle y réfléchissait. Les rares amis qu'elle s'était faits à l'Université étaient tous curieux et fiers de leurs parents.

— Non, je ne crois pas, ma chérie, dit Ivor, interrompant sa sombre rêverie. Je ne m'habituerais jamais à une nouvelle présence. J'espère que ce ne sera pas nécessaire. C'est égoïste, je sais. Je devrais penser à ton avenir, non au mien. Une belle jeune femme comme toi devrait avoir un ou plusieurs soupirants, et porter des enfants au lieu de supporter les manies et les grognements d'un vieillard. Mais en vérité, je ne pourrais pas me passer de toi — et je suis très heureux de t'avoir près de moi.

Margaret sursauta et le regarda avec anxiété. Elle réalisa qu'elle avait refusé de voir sa décrépitude croissante. Il était vieux à quatre-vingt-quinze ans — comme un Préhistorique. Sa dernière cure de régénérescence n'avait eu aucun effet. Ses mains, ses belles mains d'ange, se transformaient en pierre. *Ivor, cesse de vieillir, je t'en supplie...*

— Sottises ! dit-elle avec force pour dissimuler son émotion. L'hyperdrome te rend toujours mélancolique. Sortons de ce cercueil volant.

Cette dernière remarque, lancée de sa voix sonore de chanteuse, lui attira les regards noirs d'un passager, et elle rougit jusqu'à la racine de ses cheveux roux.

— Tu te sentiras mieux après un bain et un verre, reprit-elle, baissant la voix.

Selon les rares informations qu'elle avait, Cotman IV était un monde primitif, mais elle savait que, dans le jargon bureaucratique terrien, cela signifiait simplement qu'il n'y avait pas une cabine-com à chaque coin de rue et un vid-écran dans chaque maison.

Elle eut soudain la vision très nette d'une immense baignoire dans une chambre à l'odeur qu'elle ne parvenait plus à nommer. Elle vit entrer un homme de haute taille, mince, avec des cheveux très clairs, comme argentés. Il avait quelque chose qui lui noua l'estomac et elle frissonna.

Margaret se força à écarter cette image, et consacra son énergie à maudire mentalement la politique de son département et le système d'attribution des fonds universitaires, responsables de son affectation sur Ténébreuse. A peine étaient-ils revenus depuis un mois d'un séjour d'un an très fatigant sur Relegan, que le chef du Département de Musique leur avait commandé de repartir, mal préparés et encore épuisés; pour sauver le budget de son service. Ils avaient dû abandonner tous les travaux qu'ils avaient faits sur Relegan, ou les confier à des associés, juste parce que leur collègue Murajee était impliqué dans un scandale quelconque. Le Chef du Département. l'ambitieux et intrigant Dr Van Dyne, les avait choisis parce qu'ils étaient les seuls compétents. C'était ça, ou perdre son budget, et le Dr Van Dyne ne perdait jamais son budget.

Elle avait été frustrée à toutes les étapes dans sa recherche d'informations sur Cotman IV. Elle ne cessait de trouver la mention « Accès réservé » dans les fichiers de la bibliothèque, et même l'usage des codes de son père n'avait rien donné. Elle avait écrit à Dio pour lui demander des renseignements, mais n'avait pas reçu de réponse avant son départ.

Elle avait l'impression que les ordinateurs étaient programmés pour la maintenir dans l'ignorance. C'était ridicule, bien sûr. Margaret était parvenue à obtenir une cassette linguistique, une disquette sur les coutumes de la Cité du Commerce et une copie imprimée de ce qu'elle prenait pour une œuvre de fiction, bien qu'elle fût classée dans la section historique. Car *Ma tour de plusieurs mondes*, de Claudean Tont, se lisait plutôt comme un roman. Elle avait découvert que Ténébreuse était un Protectorat et non une colonie *per se* et que les informations la concernant étaient inaccessibles. Elle regrettait de ne pas avoir prêté plus d'attention aux rares épanchements verbaux du Sénateur.

Elle passa son sac et celui d'Ivor sur son épaule droite. Il lui tardait de se débarrasser de son uniforme honni d'Humaniste pour revêtir des vêtements locaux. L'Université ne voyait pas d'un bon œil les universitaires qui jouaient les « indigènes », mais, d'après son expérience, le meilleur moyen de faire des recherches sur le terrain — ici, recueillir des chants folkloriques — était de se fondre dans la population. C'était pour ça qu'elle était là, et au diable les règles.

Ils enfilèrent un couloir vert. Au bout d'escaliers et de rampes interminables, ils arrivèrent devant un portail et débouchèrent sur une vaste aire de tarmac. Une bourrasque glacée chargée d'humidité leur piqua les yeux, et transperça son uniforme, la gelant jusqu'aux os. Margaret s'arrêta, ignorant les grommellements des passagers qui les suivaient, et enveloppa Ivor dans son manteau.

Devant eux s'étendait un paysage étrangement familier. L'énorme soleil rouge était posé sur l'horizon, mais elle ne savait pas s'il se levait ou se couchait. Son sens de l'orientation, généralement fiable, semblait l'avoir abandonnée. Elle ne savait pas quelle était l'heure locale, bien qu'elle ait dû être mentionnée dans les annonces de débarquement. Quelle idiote. Elle aurait dû faire attention.

Le soleil faisait une tache sanglante dans le ciel et colorait en rouge tous les bâtiments. Une impression de déjà vu la fit chanceler. Des larmes lui montèrent aux yeux, et elle les refoula d'un battement de paupières, prétendant que le vent lui piquait les yeux.

Pourquoi pas ? Je suis née ici, après tout. Je ne suis pas revenue depuis mes quatre ou cinq ans, mais c'est bien naturel que je reconnaisse le soleil, même si je ne m'attendais pas à cette réaction. Mon père est Sénateur de Ténébreuse — comment ne pas connaître cet astre ?

Ils trouvèrent le Bâtiment de l'Administration et attendirent dans la queue qui s'était formée. A l'abri du vent et loin du soleil, sa migraine s'estompa, et elle décida qu'elle devait être plus fatiguée qu'elle ne le pensait. Un fonctionnaire indifférent tamponna leurs papiers et permis, et leur montra un couloir identique aux autres. Elle aperçut une pancarte indiquant la livraison des bagages et ils s'y rendirent. Leur modeste équipage et les caisses de mousse contenant la guitare d'Ivor et la petite harpe de Margaret les attendaient. Elle rompit les sceaux et en tira des mètres et des mètres de plastique d'emballage biodégradable, seul matériau autorisé sur les planètes de Classe D. Quelques heures sous le soleil de Ténébreuse les réduirait à quelques grammes de cendres inoffensives. Elle les jeta dans la poubelle prévue à cet effet, arracha les deux patchs de son poignet et les y jeta avec. Puis elle tendit à Ivor son étui à guitare, passa la bretelle de sa harpe à son épaule, et ramassa leurs deux sacs. Ivor fit passer sa guitare d'une main dans l'autre tandis qu'elle se transformait en bête de somme. Même le faible poids de sa guitare lui était pénible, mais il insistait pour la porter. C'était un magnifique instrument de deux cents ans d'âge, et Ivor l'aimait comme d'autres aiment une femme.

Après bien d'autres flèches et couloirs, ils débouchèrent dans le crépuscule. Elle se sentait mieux depuis qu'elle avait une idée de l'heure. Restait le problème de l'hébergement à trouver dans la Vieille Ville, sans le secours de transports de surface. Elle savait, d'après ses cassettes, que les taxis aériens et les véhicules à moteur étaient inexistants sur Ténébreuse.

Devant eux, un mur de parpaings terriens, percé d'une arche, par laquelle elle aperçut une rue au revêtement de galets. Son appréhension la reprit. De ce côté du mur, elle savait qui elle était, mais au-delà, elle craignait de ne plus le savoir. Elle avait l'impression qu'après avoir traversé cette frontière, elle serait différente, et cette perspective l'inquiétait.

Puis une bourrasque la frappa ; elle revint à elle et marcha vers l'arche, Ivor la suivant péniblement.

2

Au-delà des grilles, Margaret posa ses sacs, enfila son manteau, et resserra de son mieux celui d'Ivor sur la guitare. Elle savait qu'il ferait beaucoup plus froid après le coucher du soleil, et, après la chaleur tropicale de Relegan, c'était assez pénible. Ivor la regarda, l'air malheureux. Elle ne lui avait jamais vu l'air si vieux, si fatigué et si malade. Elle se mordit les lèvres et détourna la tête.

Elle chercha des yeux un moyen de transport, une charrette ou un vélo-taxi, peut-être. Elle ne vit que deux adolescents en tuniques et capes aux mollets. Elle les regarda avec intérêt et suspicion à la fois. Ils lui retournèrent son regard, sans dissimuler leur curiosité.

— Hé, la dame, tu veux qu'on t'aide avec tes affaires ? lui crièrent-ils dans le jargon de la Cité du Commerce.

Elle parvint à les comprendre, malgré l'accent encore plus prononcé que sur ses cassettes. Son compagnon le saisit par le bras, et lui murmura quelque chose d'un air pressant, puis ils s'avancèrent en saluant gauchement.

— En quoi puis-je te servir, *Domna* ?

Cela ressemblait davantage à ce qu'elle attendait, et elle se sentit moins désemparée. La révérence la contrariait, comme le changement soudain d'attitude, mais elle était trop fatiguée pour y réfléchir.

— J'espérais trouver un transport quelconque, une charrette ou un cheval, peut-être, bredouilla-t-elle.

— Tu n'en trouveras pas ici, dit le plus grand, l'air amusé, avec la finalité des jeunes.

Son camarade le foudroya.

— Je pourrais aller chercher une voiture à cheval, mais c'est plus facile d'aller à pied. L'auberge est là.

Il montra, à une centaine de mètres, un groupe d'affreuses petites bâtisses, d'architecture typiquement terrienne — rébarbatives comme des forteresses.

— Nous ne descendons pas à l'auberge, dit-elle, prononçant avec soin.

Autrefois, elle avait sans doute parlé couramment la langue, du moins aussi couramment qu'on peut la parler à cinq ans, mais comme le Sénateur et Dio ne parlaient que le Terrien Standard sur Thétis, elle avait presque tout oublié.

— Sais-tu où est la Rue de la Musique ?

La construction était incorrecte, elle le savait, mais le

garçon sembla la comprendre. Il avait l'air de se dire :
« Qu'est-ce qu'ils viennent faire ici, ces deux-là ? »

— Oui, *Domna*, dit-il, poli mais curieux.

— C'est loin ? Mon compagnon est très fatigué. Nous avons fait un long voyage.

— Pas trop loin, si on aime marcher.

Loin pour des Terriens. Qu'est-ce qu'ils vont faire Rue de la Musique ?

Une bourrasque glacée fit glisser les dernières épingles de son chignon, lui soufflant ses cheveux roux au visage. Margaret posa ses sacs, saisit ses mèches volantes sous les yeux amusés des garçons. De ses mains gelées, elle les tordit sur sa nuque tandis qu'un des garçons ramassait les épingles et les lui tendait. L'une des rares choses que sa belle-mère lui avait apprises sur sa planète natale, c'est que les cheveux dénoués y étaient la marque d'une fille des rues et le prélude à tous les désagréments. Curieux, pensa-t-elle, que Dio lui ait dit ça.

— Nous logerons chez Maître Everard, Rue de la Musique. Vous pouvez nous y conduire ?

— Bien sûr, dit le second, assez courtois, ce qui n'empêcha pas Margaret de se sentir mal à l'aise.

Leurs sacs ne contenaient que quelques vêtements, mais tous leurs appareils enregistreurs et leurs disques. Sur ce monde à la technologie primitive, ils étaient sans prix. Sans parler des problèmes s'ils étaient volés.

Le second garçon était brun, avec un visage honnête, mais après des mois chez des non-humains, elle hésitait à se fier à son jugement. Et un escroc, par définition, a toujours un visage honnête. C'est son fonds de commerce. Mais il faisait de plus en plus froid et il fallait se décider.

— Conduis-nous, MacDuff, dit-elle, ramassant les sacs, pour le cas où ces deux jeunes seraient des voleurs.

— Non, dit le brun, je ne connais pas de MacDuff. Je m'appelle MacDoevid. Tu connais des MacDuff, Gérémy ?

— Non, dit Gérémy, tendant la main vers les sacs. Tu veux que je les porte ?

— MacDoevid, tiens ? fit Margaret, ignorant la proposition. Ivor, c'est un parent ?

Ivor ne répondit pas tout de suite. Il avait du mal à

suivre la conversation et cela se voyait sur son visage. Puis il sembla comprendre la question.

— Peut-être. Les fils de David sont une tribu très répandue dans l'univers, dit-il avec un grand sourire, l'air de trouver la chose très amusante.

— Qu'est-ce qu'il a dit ? demanda le jeune MacDoevid, penchant la tête, les yeux pétillants d'intérêt.

Margaret soupira. Ivor avait toujours du mal, au début, pour apprendre les dialectes locaux. Pour lui, l'une des inappréciables qualités de Margaret, c'était sa capacité à apprendre rapidement les langues. Elle savait que sa connaissance du ténébran était rudimentaire. Ses disques linguistiques lui avaient appris quelques phrases de base que les arrogants touristes terriens considéraient comme importantes : « Où est l'astroport ? Combien ça coûte ? » et autres expressions aussi ineptes mais d'usage universel. Elle avait quand même acquis les rudiments de la langue ténébrane commune. Ivor s'était procuré un disque des termes musicaux, mais elle n'avait pas eu le temps de l'écouter, à cause de leur départ précipité. De plus, les termes musicaux ne lui serviraient guère avec ces gamins.

Margaret prit une profonde inspiration, s'obligeant à marcher lentement malgré le froid du crépuscule.

— Permettez-moi de faire les présentations, dit-elle, choisissant ses mots avec soin. Professeur Davidson, voici le jeune MacDoevid. Vos noms sont semblables, comme vous voyez.

— Attends que je dise ça à mon père, répondit le jeune homme. Mais « Professeur », qu'est-ce que ça veut dire ?

Margaret réalisa que, par manque de vocabulaire, elle avait utilisé le terme terrien. Cherchant dans ses souvenirs, elle ne trouva aucune mention de collèges ou d'universités sur Ténébreuse, et se rendit compte que le mot n'avait pas d'équivalent.

— C'est un... un enseignant. En musique, dit-elle, assez contente d'elle, car elle avait répondu à la question tout en expliquant pourquoi ils allaient Rue de la Musique.

Ivor lui lança un regard fatigué et désemparé. Il ne s'habituait jamais à parler petit nègre dans aucune langue.

Pendant des semaines, il bredouillerait comme un analphabète, attendant les traductions de Margaret. Puis, un beau matin, il se réveillerait en parlant comme un indigène, bavardant comme une pie pour rattraper le temps perdu. *Mais il ne vivra pas assez longtemps pour ça.*

Margaret se reprocha cette pensée. Et d'ailleurs, d'où venait-elle ? Elle ne croyait pas aux prémonitions ; une telle croyance était illogique et antiscientifique. Elle était fatiguée, c'est tout, et inquiète pour son compagnon. Et aussi, elle avait froid et faim, ce qui assombrissait encore son humeur. Ils devaient rester sur Ténébreuse un an ou plus, et Ivor irait très bien dès qu'il serait Rue de la Musique. Si seulement elle parvenait à se débarrasser de l'appréhension qui la rongeait depuis des semaines. Si seulement elle avait pu contacter Dio, elle n'aurait pas été si inquiète. Pourquoi sa belle-mère n'avait-elle pas répondu à ses téléfax ? Etait-il arrivé quelque chose à Dio ou au Vieux ? *Arrête de te faire des idées !* s'exhorta-t-elle.

Ils avaient laissé derrière eux le mur de l'astroport, et passaient maintenant devant une sombre bâtisse qui la fit frissonner — trapue, silencieuse et hideuse, avec des fenêtres grillagées. Elle avait quelque chose d'à la fois familier et repoussant.

— Qu'est-ce que c'est ? Une prison ?

— Non. C'est une maison où ils mettent les enfants en surplus. Les Terriens sont très étranges. Ils mettent les gosses là-dedans et ils s'en vont, dit Gérémy, réprobateur.

— Il veut dire, *Domna*, que c'est l'orphelinat, dit MacDoevid, sa voix plus grave que celle de Gérémy.

Maintenant, elle voyait une pancarte éclairée annonçant *Orphelinat John Reade pour les enfants de cosmonautes.* Bien sûr ! Elle y avait vécu quand elle était petite, seule et désemparée. Mais son père n'était pas cosmonaute, et, à sa connaissance, il ne l'avait jamais été. Il était Sénateur Impérial. Oh, pourquoi ne savait-elle rien ? Pourquoi le Vieux et Dio avaient-ils été si cachottiers ?

Arrête ! Ils avaient sans doute de bonnes raisons de ne rien te dire sur ce monde. Et ils ne pensaient pas que je reviendrais sur Ténébreuse. Ils me croient probablement douillettement nichée à l'Université ou ailleurs, à faire mes recherches sur la musique. Ils ne se doutent sans doute même pas que j'ai besoin d'eux en ce moment. Le Vieux est occupé au Sénat, et Dio est mala... non, c'est mon imagination. Dio va bien, très bien.

Tout en se raccrochant à l'idée logique que sa belle-mère se portait bien, elle avait comme le pressentiment que quelque chose n'allait pas, et ça ne lui plaisait pas du tout.

— Idiot ! dit MacDoevid, avec une bourrade à son compagnon. Des enfants en surplus ! Arrête de faire l'intéressant, sinon je dirai à tantine que tu as été impoli, et tu n'auras plus le droit d'aller attendre les vaisseaux.

— Vous venez à l'astroport tous les jours ?

— Non, *Domna*. Seulement quand il y a un vaisseau de passagers. Il y a beaucoup d'astronefs qui atterrissent ici, mais la plupart n'ont pas de passagers qui débarquent.

Elle comprit qu'il s'agissait de cargos et de vaisseaux de transfert. Ténébreuse était une plaque tournante idéale pour les correspondances, mais la plupart des gens ne quittaient pas l'astroport.

— On gagne un peu d'argent à porter les bagages, dit-il, montrant les sacs qu'elle s'obstinait à charrier. L'Officier nous connaît et nous prévient des arrivées, parce qu'il sait qu'on peut nous faire confiance. Les étrangers pourraient être des voleurs, ajouta-t-il, comme percevant ses craintes d'être volée.

Elle saisit l'allusion, et regretta sa méfiance. Elle avait un peu d'argent local. Avant son départ, elle avait dévalisé tous les changeurs de l'Université de leur monnaie de Cotman IV. Ça faisait à peu près l'équivalent de douze crédits standard. Ce que cela représentait en pouvoir d'achat local, elle n'en avait aucune idée.

Devant elle, elle vit un autre mur, plus bas, qui séparait l'orphelinat du reste de la cité. Ils passèrent sous une arche, surveillée par un garde vêtu de cuir noir. Il fit bonjour aux deux garçons, et n'accorda à Ivor et Margaret qu'un regard indifférent. Il devait voir passer tous les rares touristes. L'arche franchie, ils se retrouvèrent au milieu de maisons de pierre et de ruelles tortueuses revêtues de galets. Pas étonnant qu'il n'y eût pas de voitures à roues. Ces rues étaient trop étroites pour tous les véhicules terriens.

Maintenant, le froid était intense et la glaçait jusqu'aux os. A l'agence de voyage de l'Université, le préposé lui avait dit que c'était le printemps sur Cotman IV, et elle s'attendait donc à un climat paradisiaque, non à cette température polaire. Elle envia aux garçons leurs chaudes tuniques de laine. *Quand je vivais ici, moi aussi j'ai dû porter ces tissus de laine, et aussi des fourrures. Je crois que j'avais une tunique de fourrure quand j'étais toute petite — bizarre, c'est la première fois que j'y pense. Elle était couleur rouille, comme les cheveux de ma mère.*

Elle s'efforça de dissiper le malaise provoqué par ce souvenir. Et elle se rappela quelque chose qu'avait dit Dio des années plus tôt. « Les Terriens peuvent bien circuler entre les étoiles, mais ils n'ont encore réussi à inventer un tissu synthétique aussi confortable que la laine et la soie. Ils feraient mieux de renoncer ! » Cette pensée la réconforta, et elle maudit le tissu moulant de son uniforme. En théorie, il était confortable sous tous les cieux. Mais, comme bien des théories, il fonctionnait mieux au labo que sur le terrain, et était typique de la passion terrienne pour la technologie et de son dédain pour la nature. Tous climats était un concept analogue au « unitaille », sans doute inventé par un idiot qui ne quittait jamais l'environnement climatisé d'un complexe terrien.

— Cela te plairait-il de m'aider demain, Maître Mac-Doevid ? demanda-t-elle. Après l'école, bien sûr.

Les deux garçons la regardèrent, et elle réalisa qu'ils avaient le même nom de famille. Ce fut le grand blond qui répondit, avec un sourire timide.

— Maître MacDoevid, c'est mon père, *Domna*. Moi, je suis Gérémy, c'est tout. Je ne vais pas à l'école, et je serai honoré de te servir.

Ils étaient éclairés par la lumière d'un cabaret. Elle leva les yeux sur l'enseigne et vit un arbre surmonté d'une couronne. Jusqu'à cet instant, elle n'avait pas réalisé le sens du mot « préscolaire » de ses cassettes pour qualifier la culture de Ténébreuse.

Quelque chose la tracassait, et elle réfléchit à ce que c'était. Il lui fallut un moment pour réaliser que c'était l'usage du terme honorifique de *Domna*. Elle avait appris *Mestra*, qui équivalait à madame ou maîtresse, mais le terme qu'employaient les garçons signifiait plutôt « Noble Dame ». Pourquoi l'appelaient-ils ainsi ? Et pourquoi cela la mettait-il mal à l'aise, comme si elle se rappelait presque une autre femme à qui l'on donnait ce titre ?

— J'ai besoin d'acheter des vêtements chauds — pour moi et pour mon maître. Tu sais où j'en trouverai ?

— Bien sûr, dit-il avec un grand sourire. Nous sommes tous les deux de la Rue de l'Aiguille, et nous nous y connaissons en tissus. Nos pères sont du métier. Je t'amènerai chez MacEwan. C'est le meilleur tailleur de la rue, et il sera fier d'avoir ta clientèle, *Domna*.

— C'est aussi notre oncle, murmura l'autre.

— Un bon marchand cherche toujours à faire travailler la famille, dit-elle placidement.

Elle ne situait pas bien le brun, qui était à la fois curieux et hostile. Gérémy était amical, mais son cousin — s'ils étaient tous deux neveux de ce MacEwan, ce terme devait convenir — c'était autre chose. Elle était trop fatiguée pour réfléchir. Elle sentait presque les émotions du garçon, comme le vent qui lui piquait la peau, mais elle ne comprenait pas ses raisons. Ses traits madrés, son nez pointu et ses yeux pénétrants exprimaient à la fois la méfiance et l'espoir. Peut-être qu'une femme de sa famille avait été séduite par un Terrien. Ils étaient connus pour leur mépris des coutumes locales. Les enfants sans père étaient nombreux sur tout le territoire de l'Empire

— Gérémy est un lèche-bottes, grommela le brun.

— Et Ethan adore pinailler. Sans doute qu'il finira juge.

— Oh non, protesta Ethan. Je serai...

— Ethan est apprenti à la Guilde des Teinturiers, termina Gérémy, mais il voudrait être cosmonaute, termina Gérémy qui reçut une grande bourrade en punition de cette révélation.

Margaret ne rit pas ; pourtant, à son air, c'est ce qu'Ethan attendait. C'étaient de braves petits, le genre de frères qu'elle aurait pu avoir si Dio et le Vieux avaient eu d'autres enfants. Elle n'avait jamais désiré voyager entre les étoiles, mais elle comprenait qu'il n'ait pas envie de suivre la tradition familiale. Quand elle était petite, elle n'avait jamais imaginé qu'elle finirait par recueillir des chants sur des planètes dont elle n'avait jamais entendu parler, mais elle avait toujours su qu'elle n'avait pas envie d'être épouse et mère.

— C'est très difficile de devenir cosmonaute, dit-elle gravement. Il faut avoir beaucoup d'instruction, surtout en mathématiques.

Il l'observa avec attention, et, semblant décider qu'elle le prenait au sérieux, il se redressa.

— Tu es Terranan? demanda Gérémy.

— Ne sois pas idiot! On voit bien qu'elle n'est pas Terranan, dit Ethan.

— Non, je viens d'un monde qui s'appelle Thétis, dit-elle. Un monde merveilleux, plein de cascades et d'océans. Nous vivons sur des îles, où les vents tièdes sont chargés d'odeurs de sel et de fleurs.

Margaret eut un accès de mal du pays, de regret de son climat paradisiaque, qui la surprit par son intensité. Mentalement, elle revit son père, debout sur le rivage, un gobelet à la main. Il détourna les yeux des vagues et la regarda, presque comme s'il sentait sa présence à travers les années-lumière qui les séparaient. Elle dut se secouer pour revenir à la réalité. Née sur Ténébreuse, oui, mais son cœur était resté sur Thétis.

— Je ne sais même pas quelle étoile c'est dans le ciel. Mais j'ai visité plusieurs mondes. Je suis musicienne.

— Tu es allée sur plusieurs mondes? Laisse-moi porter ton sac. Tu pourrais m'en parler? demanda Ethan, le visage radieux d'intérêt, avec un grand sourire qui le métamorphosa.

Faisant taire ses premières craintes, Margaret lui confia son bagage. Elle connaissait cette *wanderlust*; il lui semblait parfois qu'elle affectait tous les enfants de Terra. Elle en était atteinte elle-même, malgré sa répugnance pour le voyage proprement dit. D'abord, elle parla avec hésitation, cherchant ses mots. Puis elle fit soudain un saut linguistique, comme si elle avait découvert une cache de vocabulaire dissimulée dans un recoin de son esprit, comme si une barrière s'était rompue. Etonnant, parce que ça n'avait rien à voir avec le vocabulaire limité de ses cassettes.

Au bout de quelques minutes, elle réalisa que ce vocabulaire était plus étendu que ne pouvaient l'expliquer ses cinq années d'enfance passées sur Ténébreuse. C'était un dictionnaire non d'enfant mais d'adulte. Elle comprit qu'elle devait avoir entendu parler Dio et son père, la nuit, quand elle dormait — les cloisons sont minces et légères sur Thétis, pour laisser circuler la brise — et c'est ainsi qu'elle avait dû apprendre la langue et son rythme.

Toutes ces pensées lui traversaient l'esprit tandis qu'elle parlait de Thétis, du monde universitaire de Coronis où elle avait étudié, de Rigel Neuf et du Congrès de la Confédération où son père participait à l'élaboration des lois gouvernant la Fédération. Elle leur parla de Relegan, la dernière planète où elle avait séjourné avec Ivor, et de tout ce qui lui passa par la tête. Mais elle ne dit pas à Ethan qu'il ne pourrait sans doute jamais quitter Ténébreuse s'il ne savait pas lire et écrire, ce dont elle doutait à voir les enseignes des boutiques.

Ici, les maisons étaient en pierre brute et les rues un peu plus larges. Il y régnait une odeur de pierre mouillée et de crottin. Ils passèrent devant une auberge, d'où sortaient des odeurs appétissantes, et elle réalisa qu'elle mourait de faim. Et ces odeurs étaient familières ; elle aurait presque pu nommer les plats, bien qu'elle n'en eût pas mangé depuis sa petite enfance.

Elle ignora sa fatigue et sa faim, et continua à les amuser et à les instruire par ses récits. Le Professeur Davidson avançait péniblement. Gérémy l'avait finalement convaincu de lui confier sa précieuse guitare et de lui donner le bras.

— Margaret, c'est encore loin ? Je commence à m'essouffler.

— Je ne sais pas. Ethan, c'est encore loin, la Rue de la Musique ?

— Non, encore quelques rues, *vai Domna*.

C'était un nouveau titre honorifique, signifiant à peu près « Dame Hautement Honorée », et utilisé pour les princesses et les Gardiennes. *Mais qu'est-ce qu'une Gardienne, sapristi ?* Elle avait l'impression que la réponse flottait juste à la limite de sa conscience, sans pouvoir l'atteindre dans son état présent d'épuisement.

— Juste un peu plus loin, Ivor, dit-elle en Standard, avant de se retourner vers Gérémy pour poursuivre dans son ténébran très amélioré depuis son arrivée. Ça me semblera bon d'être au chaud et au sec, remarqua-t-elle, car un crachin glacé s'était mis à tomber. Nous venons de passer un an sur un monde très chaud, et ce froid est pénible pour lui. *Cet endroit semble plus froid que les enfers de Zandru.*

Ces demi-souvenirs la rendaient à moitié folle. Elle ne distinguait plus ce qu'elle se rappelait de ce qu'elle avait appris dans ses cassettes linguistiques et culturelles. Elle renonça, espérant que son esprit la laisserait tranquille jusqu'à ce qu'elle ait mangé et dormi.

— J'ai l'impression qu'il est tard. Vos parents ne vont pas s'inquiéter ?

— Oh non. La Rue des Etoffes où nous habitons n'est qu'à quelques minutes. Nous devons être rentrés une heure après le coucher du soleil, alors, nous avons le temps.

— Et toi, Ethan ?

— J'habite à côté de chez Gérémy. Nos pères sont frères. Au fait, nous connaissons tous nos noms, mais par le tien, *Domna.*

— C'est vrai. J'ai oublié de me présenter. Je m'appelle Margaret Alton.

— Alton. C'est un grand nom.

Ethan eut l'air très impressionné, et elle se demanda s'il savait que son père était le Sénateur de Ténébreuse. Cela semblait probable, mais elle était trop fatiguée pour s'y attarder.

Je savais qu'elle était comynara — *je le sentais !*

Ces paroles pénétrèrent son cerveau comme une aiguille, et elle sursauta. Ce genre de chose lui était déjà arrivé plusieurs fois, surtout quand elle était fatiguée, mais jamais avec autant de clarté. Elle regarda les deux garçons, sans pouvoir déterminer d'où venait cette remarque, et elle se dit que c'était sans importance.

— C'est encore loin ?

— Non, dit Ethan. Nous y sommes.

Il tourna dans une ruelle où des enseignes, décorées d'instruments de musique, pendaient au-dessus de presque toutes les portes.

— La Rue des Musiciens, annonça-t-il, avec une petite révérence et un geste large de magicien.

Il était si content de lui que Margaret éclata de rire, et il rit avec elle.

3

Des deux côtés de la rue, une stupéfiante variété d'instruments étaient peints, en couleurs vives, sur les portes. Margaret identifia un genre de harpe, un assortiment de flûtes en bois, et quelque chose ressemblant à un violon, en plus allongé. La rue était parcimonieusement éclairée par des torches tremblotantes et par le clair de lune, mais elle distinguait des copeaux et petits bouts de bois sur les galets. Sous un climat moins humide, cela aurait représenté un terrible risque d'incendie, mais elle doutait qu'ils sèchent jamais assez pour être dangereux. Ça sentait bon. Les diverses essences de bois émettaient des parfums subtils, l'air était pur, et des odeurs alléchantes de nourriture s'échappaient des portes fermées. Odeurs domestiques, si agréables après le confinement du voyage, qu'elle en aurait pleuré de plaisir. Margaret ne se rappelait pas avoir jamais si violemment réagi après un atterrissage. Ce n'était pas désagréable, mais troublant, comme si des souvenirs rôdaient à la limite de sa conscience sans qu'elle parvînt à les saisir.

De derrière une porte leur parvinrent des sons d'instruments à cordes. Quelqu'un fit une fausse note, et Margaret grimaça. Comme en réponse, une basse profonde tonitrua avec colère.

— C'est Maître Rodrigo, l'informa Gérémy. C'est un vrai tyran, mais il paraît qu'il sera le Maître de la Guilde après Maître Everard, parce qu'il est bien meilleur musicien qu'Erald, le fils d'Everard. Il est vraiment bon. Je l'ai entendu chanter au dernier Solstice d'Hiver, et ça m'a donné la chair de poule. C'est le meilleur chanteur de Thendara, après Ellynyn Ardais — mais Ellynyn est *comyn* et *emmasca*, alors, naturellement, il a une belle voix.

Margaret réfléchit à ces deux mots. Ils ne figuraient pas sur sa cassette de vocabulaire commercial, mais elle était pratiquement sûre de savoir ce que signifiait *emmasca*. Elle avait entendu les célèbres castrats du monde de Vainval, et souhaitait presque qu'ils fussent légaux sur d'autres mondes. C'étaient les plus belles voix de l'Empire. Les *emmascas* étaient-ils légaux sur Ténébreuse ? Ou étaient-ils castrats de naissance ? L'autre terme lui demeura mystérieux, parce que, bien que le connaissant, elle semblait avoir un blocage qui l'empêchait de le comprendre.

Puis elle réalisa qu'Ivor n'était plus près d'elle. Regardant autour d'elle, elle le vit planté sous une enseigne représentant le violon allongé. Branlant du chef, Margaret alla le chercher. Il marmonnait gaiement entre ses dents, faisant les questions et les réponses.

Quand ils rattrapèrent les deux garçons qui les attendaient patiemment, elle demanda :

— La charge de Maître de Guilde se transmet de père en fils, n'est-ce pas ?

Ils se regardèrent et haussèrent les épaules.

— Parfois, répondit Ethan. Ça dépend si le fils a du talent ou non. Les MacArdis et les MacAran sont Maîtres de la Guilde de la Musique depuis très longtemps. Comme les MacEvan et les MacCall sont maîtres tailleurs, et les MacDoevid maîtres tisserands. Erald MacArdis s'en moque, car ce qu'il aime le mieux, c'est courir la campagne pour recueillir des chansons. Ma sœur Becca a épousé le frère de Rodrigo, alors j'entends pas mal de commérages sur les musiciens quand elle vient à la maison. C'est ce que tu fais, *Domna* ?

— Exactement. Mais— pardonne-moi de te poser la question, je ne sais pas encore ce qui est impoli sur ce monde — pourquoi ta sœur s'est-elle mariée en dehors de sa guilde ?

— Parce qu'elle chante comme un rossignol. Et qu'elle tisse comme une savate ! Même moi, je tisse mieux qu'elle depuis l'âge de dix ans. *J'aimerais bien être comme elle, je pourrais faire ce qui me plaît. Mais*

comme dit maman, on ne fait pas toujours ce qu'on veut.
Mais quand elle chante, c'est un régal.

— Alors, j'espère bien l'entendre, dit-elle.

Ethan lui sourit à la lueur tremblotante des torches. Il était assez beau quand il souriait. Et ses pensées avaient une forte charge émotionnelle — même si elle ne faisait sans doute que les imaginer.

— P'pa l'a laissée se marier en dehors de la guilde parce qu'elle a menacé de s'enfuir chez les Renonçantes si on l'en empêchait.

Margaret s'interrogea sur ce genre de menace, sur ce qu'étaient les Renonçantes, et sur la nature de leur renoncement.

— Il habite encore loin, Maître Everard ?

— Non, juste là, dit Gérémy, montrant une maison au milieu de la ruelle.

Elle était un peu plus grande que les autres, mais à part ça, rien ne la distinguait de ses voisines. Sur la porte étaient peintes une sorte de harpe et une cornemuse. Gérémy posa les sacs, monta les trois marches du perron et frappa.

Après une brève attente, une grosse femme d'une cinquantaine d'années vint ouvrir, et posa sur eux son regard myope.

— Oui ? Ah, c'est toi, jeune homme ! Qu'est-ce que tu veux ?

— Je t'amène tes hôtes de l'astroport. Ce sont des personnes d'importance, venues d'au-delà des étoiles, annonça-t-il fièrement en bombant le torse. Où est Maître Everard, Anya ?

— Quoi ? *Maintenant* ? Tu es sûr ? dit-elle, regardant les arrivants et branlant du chef. Ce vieillard ne va pas tarder à oublier son nom ! Entrez, entrez ! Quelle pagaille ! Je ne vous attendais pas avant une décade, mais je me débrouillerai.

Elle sembla en douter un moment, puis se rappela ses manières.

— Ne reste pas dans le froid, *Mestra* et..., ce n'est sûrement pas toi Maître Daviedson ?

— Non, je suis son assistante.

Margaret regarda autour d'elle, et s'aperçut qu'Ivor était toujours de l'autre côté de la rue.

— Elle s'appelle Margaret Alton, Anya, dit Gérémy, sentant qu'il devait faire les présentations.

Margaret l'entendit en faisant traverser Ivor, et quand elle leva les yeux, elle vit qu'Anya était stupéfaite. Et curieuse — comme les garçons quelques minutes plus tôt. Elle n'y avait pas prêté attention, mais maintenant, au souvenir de leur réaction, elle se demanda ce qu'elle signifiait. Un grand nom, avait dit Ethan. Sans doute un patronyme très répandu, plutôt.

Elle y réfléchirait plus tard. Ivor monta le perron, vers la lumière et la chaleur de la maison, s'appuyant lourdement sur son bras.

— Allons, viens. Il fait trop froid pour admirer les enseignes.

— Oui, oui, ma chérie. Je suis sûr que tu as raison — mais ces images sont-elles des copies exactes des instruments ou des stylisations ? Tu te rappelles, sur Delphin, nous avons vu des images des cornes sacrées, mais les vraies cornes étaient bien différentes.

— Pas ce soir, dit-elle, le guidant à l'intérieur. Ça attendra demain.

— Moira ! Raimon ! cria joyeusement Anya. Venez prendre ces bagages. Nous avons de la visite !

A l'entendre, on aurait cru que leur absence était fautive, et Margaret en aurait ri si elle n'avait pas été si fatiguée.

Entre Gérémy, Ethan et les bagages, le perron était encombré, mais tout fut réglé en un instant. Les garçons tendirent les sacs à l'homme — ce devait être Raimon — et Ethan posa à l'intérieur la précieuse guitare pour qu'on ne marche pas dessus. Margaret fouilla dans sa banane, en tira deux pièces d'argent, et en donna une à chaque garçon. Ils se regardèrent, médusés, et Gérémy dit enfin :

— C'est beaucoup trop, *Domna*.

— Mais non, dit Margaret, trop fatiguée pour discuter. Vous reviendrez demain pour m'emmener chez votre oncle le maître tailleur et ailleurs. Je peux compter sur vous après le repas de midi ?

— Nous serons là. Nous t'aiderons dans toutes tes

courses. Le frère d'Ethan travaille pour le meilleur bottier de Thendara et... bon, ces pièces ne s'envoleront pas, non ?

Il fourra la pièce dans sa poche et sauta à bas du perron où son camarade l'attendait. Ils s'éloignèrent dans la rue, et Margaret l'entendit dire à l'autre :

— Je t'avais bien dit que c'était une *comynara*...

Encore ce mot ! Elle rentra dans la maison, ferma la porte et s'adossa avec lassitude au lourd battant. Elle rabattit son capuchon en arrière, et ses cheveux roux, dénoués, cascadèrent sur ses épaules.

Anya, grasse comme une caille, et les servantes la regardèrent comme s'il lui avait brusquement poussé deux têtes. Elle se força à sourire et s'apprêta à négocier un repas et un lit pour la nuit.

Margaret s'éveilla dans un lit assez large pour y dormir confortablement à quatre, se délectant de ce luxe. Après les étroites couchettes du vaisseau et les minuscules cabines des escales, c'était merveilleux. Et plus large que son lit à l'Université. Les Terriens considéraient peut-être Ténébreuse comme une planète arriérée, mais en ce qui concernait les lits, ils étaient très civilisés. Elle regarda la petite fenêtre. Les premiers rayons du soleil l'avaient réveillée, effleurant ses paupières comme une caresse. L'une des rares choses que son père lui avaient dites sur Ténébreuse était exacte. Elle ne l'avait jamais vraiment cru, mais c'était vrai : le gros soleil rouge était vraiment de la couleur du sang. « Soleil sanglant » était une description exacte, non une hyperbole poétique.

Elle se remémora les événements de la soirée précédente. Ils avaient mangé un bon ragoût de venaison, avec du pain de fabrication domestique. Elle n'avait guère eu le temps de le savourer, car elle servait d'interprète à Ivor et à Maître Everard MacArdis. Le professeur avait mémorisé tous les termes musicaux de sa cassette, mais il avait une prononciation épouvantable, et elle avait du mal à comprendre ce qu'il disait.

Elle avait la tête pleine de mots — mots qu'elle avait appris enfant, ou qu'elle avait entendus à travers les cloisons, mais qui lui revenaient dans une telle confusion qu'elle devait souvent faire une pause pour s'y retrouver. De plus, il y avait des mots qu'elle « savait », mais qu'elle ne parvenait pas à se rappeler. Pourquoi avait-elle des blocages pour certains termes et non pour d'autres ?

Les exigences des deux vieux musiciens, impatients d'échanger des informations, l'avaient épuisée, et Margaret n'avait pas été fâchée quand Ivor s'était brusquement endormi. Maître Everard s'était excusé de son enthousiasme, et avait appelé Anya pour les conduire à leurs chambres. Le maître de musique lui avait plu tout de suite, et elle se sentait chez elle dans sa grande maison.

Un autre souvenir se déroula dans son esprit, comme un serpent qui s'étire. C'était plutôt vague et déplaisant, et avait quelque chose à voir avec l'affreuse bâtisse — l'Orphelinat John Reade. Elle recula instinctivement devant ce souvenir. L'endroit n'était pas si mauvais, mais trop froid et ordonné. Nul n'avait le droit de parler le ténébran dans ses murs.

Elle gloussa. Ce devait être la racine de ses difficultés — une sorte d'aversion pour sa langue maternelle. Satisfaite d'avoir résolu ce mystère, elle laissa son esprit vagabonder sur des sujets plus agréables.

Elle repensa au bon bain chaud pris avant de se coucher. L'immense baignoire pleine d'eau brûlante était telle que dans son souvenir, et elle y avait laissé ses contractures et les odeurs du voyage. Gervis, une vieille servante, avait pris Ivor en charge, et Margaret avait constaté avec soulagement qu'elle savait parfaitement manœuvrer un vieillard fatigué et grognon. Puis la jeune Moira lui avait montré sa chambre, où elle avait défait les bagages. Son enregistreur et ses disques vierges étaient empilés sur la commode, et une chaude chemise de flanelle était étalée sur le lit, usée, mais propre ; elle était raccommodée autour des broderies des poignets, et le col était retourné. Elle avait été contente de l'enfiler, au lieu de coucher toute nue, ou dans l'horrible tube synthétique prévu pour les voyages, qu'elle avait dans son sac. Propre, bien au chaud dans les plis de la flanelle, elle s'était endormie — ou plutôt avait perdu conscience presque avant de tirer sa couverture.

Maintenant, la chambre ensanglantée par les rayons du soleil, elle s'assit dans son lit et regarda les broderies de ses poignets. *Oui, ma belle-mère portait quelque chose comme ça quand j'étais petite; les broderies représentaient des papillons. Non, ce n'était pas Dio — c'était une autre. Pourquoi cette idée que ce n'était pas Dio ?* Tout était tellement familier, et en même temps si étrange. Elle frissonna, car, bien que la maison fût chauffée, la température était très inférieure à celle à laquelle elle était habituée.

Je rêvais souvent d'un soleil rouge comme celui-là. Et Anya m'a regardée d'un drôle d'air toute la soirée, presque comme si elle me connaissait. Mais pourquoi ? Je ne ressemble pas beaucoup à mon père. Le Sénateur a les cheveux noirs et les yeux gris; moi, j'ai les cheveux roux et les yeux jaunes — « comme un chat », disait-il toujours quand il était de bonne humeur, ou ivre. Il ne s'agit donc pas d'une ressemblance physique, en tout cas, pas avec mon père. Ce doit être mon nom. Mais elle n'avait pas envie d'y réfléchir, car cela la mettait mal à l'aise.

A qui est-ce que je ressemble ? Pas à ma belle-mère, bien sûr, car nous ne sommes pas du même sang, même si elle m'a toujours traitée comme sa fille. Margaret s'attarda avec affection sur une image mentale de sa minuscule belle-mère, aux cheveux blonds fins comme de la soie, et aux yeux gris-vert et rieurs. Dès ses dix ans, elle était plus grande que Dio, et près d'elle, elle s'était toujours fait l'effet d'un grand cheval de carrosse.

Sa dernière soirée à la maison, bien des années plus tôt, lui revint à l'esprit. Assis dans son grand fauteuil, son père regardait la mer démontée. Thétis était une planète paisible, mais parfois de terribles tempêtes éclataient, magnifiques et terrifiantes. « Je n'ai jamais rien vu de pareil avant de quitter Ténébreuse », avait-il murmuré, serrant son unique main sur sa coupe.

Elle le détestait quand il buvait, quand il contemplait la mer rageuse, quand il rageait lui-même intérieurement au sujet de quelque blessure encore ouverte. Elle entendait toujours la tempête qui faisait rage en cet homme qu'elle appelait Père, et cela lui donnait la chair de poule. Parfois, il avait l'air de vouloir lui parler, mais elle savait qu'elle ne voulait pas l'écouter. C'était presque comme si elle pouvait lire dans son esprit, entendre les paroles qu'il ne prononçait pas.

Ces pensées la mirent trop mal à l'aise. Repoussant à regret ses couvertures, elle se leva. Elle ôta sa chemise de nuit, et la fraîcheur de la chambre lui donna la chair de poule. Elle enfila son uniforme de rechange — pantalon noir et tunique au genou —, et soupira.

Aujourd'hui, elle achèterait quelque chose de mieux adapté au climat et d'aspect moins terrien. Elle ne voulait pas passer son temps à répondre aux questions des curieux. Elle brossa ses cheveux et les natta, presque sans se regarder dans la glace. Elle n'aimait pas voir son reflet, même dans les vitrines. Il y avait quelque chose dans les miroirs qui la rendait nerveuse, et cela, aussi loin que remontait son souvenir.

Tout en terminant ses nattes, elle se demanda pourquoi elle voulait tellement des vêtements indigènes. Ce n'était pas qu'elle méprisait les synthétiques — elle en portait depuis plus d'une décennie et était très fière de son uniforme d'Humaniste de l'Université. C'était un privilège qu'elle avait conquis et qu'elle appréciait hautement — ce qu'il représentait, non la chose en elle-même. Mais ici, elle ne voulait pas se faire remarquer. Elle avait presque peur d'être vue, comme si quelque danger la guettait dans les rues tortueuses de Thendara. Sottise, bien sûr, mais c'était plus fort qu'elle.

Elle tordit ses nattes et les enroula en chignon plat qu'elle épingla sur sa nuque. Dio se coiffait toujours ainsi. Une fois, quand elle avait environ neuf ans, elle avait relevé ses cheveux sur sa tête, et le Sénateur était entré dans une rage terrible qu'elle n'avait pas comprise. Dio, comme toujours, s'était interposée, et lui avait expliqué en rougissant que montrer sa nuque était considéré comme indécent, et, depuis ce jour, Margaret associait l'indécence à des cheveux dénoués et à une nuque dégarnie. Par la suite, à l'Université, elle avait réalisé qu'il existait des centaines de tabous sur les différents mondes — ne pas manger avec la bonne main, ou manger des mets d'une forme interdite. Ces tabous n'avaient pas à être justifiés logiquement. La tradition, c'est la tradition.

Pourtant, sa disquette culturelle ne mentionnait pas cette coutume particulière. D'ailleurs, maintenant qu'elle y repensait en enfonçant ses dernières épingles dans son chignon, cette disquette ne contenait rien de vraiment utile. Elle disait, par exemple, que le gouvernement de Cotman IV était de nature féodale, mais donnait peu de détails. Il semblait y avoir un roi, ou un régent quelconque, et l'on parlait de puissantes familles. En fait, cette étude en disait plus sur les préjugés terriens que sur la culture ténébrane.

Margaret soupira et sortit son enregistreur et son transcripteur pour dicter ses notes sur la conversation de la veille entre Ivor et Maître Everard. Elle pensait n'avoir rien oublié d'important, mais elle écouta la bande pour s'en assurer, puis, agrafant le petit appareil à sa ceinture, elle descendit.

A la cuisine, Anya l'accueillit avec la même bizarre déférence que la veille, alors qu'elle ne s'était pas du tout comportée ainsi avec Ivor. Elle posa un bol de porridge devant Margaret, s'essuya les mains à son tablier, l'air pleine d'appréhension, puis fit une petite révérence.

La faim de Margaret étouffa sa curiosité, et elle se mit à manger comme une louve affamée. C'était délicieux.

Le Professeur Davidson parut comme elle finissait son second bol. Il semblait frais et reposé, mais un peu pâle sous le hâle rapporté de Relegan. Il avait boutonné de travers son uniforme d'Humaniste, et oublié de peigner ses cheveux clairsemés. Quand elle l'avait connu, il était à peu près aussi grand qu'elle ; maintenant, il était voûté et ne lui arrivait plus qu'à l'épaule. Mais il lui adressa un sourire radieux, et elle essaya d'ignorer la petite voix intérieure lui soufflant que quelque chose n'allait pas.

Maître Everard arriva vers la fin de leur déjeuner.

— Vous avez bien dormi, j'espère ? dit-il.

— Très bien, merci.

— Les chambres ne sont pas trop froides ? Parfois, c'est l'avis de nos hôtes d'outre-planète. J'ai été élevé au monastère de Saint-Valentin, et souvent, en nous réveillant, nous trouvions de la neige sur nos couvertures.

Depuis lors, j'ai juré qu'aucun de mes hôtes n'aurait jamais froid, dit-il, d'une voix vibrante de baryton, surprenante chez un homme si frêle, dont on avait l'impression qu'un coup de vent pourrait le renverser.

Malgré tout, il se tenait encore très droit malgré son âge, et n'était pas du tout ratatiné comme le pauvre Ivor. Il lui avait plu tout de suite car il ressemblait à certains de ses amis universitaires. Il avait les mâchoires carrées, des pattes d'oie rieuses autour de ses yeux gris clair, les cheveux blancs, et les joues sillonnées de *bonnes* rides, de celles qui expriment la satisfaction du travail accompli. Elle espérait lui ressembler au même âge.

Perdue dans ses pensées, elle faillit ne pas entendre son invitation.

— Quand vous aurez fini de déjeuner, nous reprendrons nos discussions, dit le Maître.

Margaret traduisit pour Ivor, et le vit avaler à la hâte le reste de son bol. Enfin, quand ils eurent mangé leur porridge et bu leur cidre chaud, Everard les conduisit dans une pièce donnant sur la rue. C'était plutôt une salle, ouvrant sur le hall d'entrée, et, à sa vue, Ivor rayonna de bonheur. D'ailleurs, cette salle aurait enchanté n'importe quel musicologue de la galaxie. Le sol était de bois bien ciré, et les murs lambrissés étaient couverts de tous les instruments imaginables. C'était un véritable musée des instruments de Cotman IV. A l'évidence, Everard avait le sens de l'histoire. Il expliqua que cette collection avait été commencée par son grand-père, ajoutant qu'à l'époque c'était plutôt un bric-à-brac qu'une véritable collection.

Il leur fit faire une visite en règle, à laquelle le professeur se soumit de bonne grâce. Bizarre... Margaret ne l'avait jamais vu si impatient d'apprendre, tremblant presque dans son désir d'amasser les connaissances. Margaret, très occupée à traduire, eut à peine le temps d'apprécier les différentes pièces, et elle regretta de ne pas avoir pris sa caméra en descendant déjeuner. Elle regretta plus encore de ne pas pouvoir essayer les quelques luths, et la petite harpe assez semblable à celle qu'elle avait apportée.

A l'évidence, Maître Everard se comportait en conservateur de musée vis-à-vis de sa collection, mais pas du genre pompeux qui rend souvent si ennuyeuse la visite de ce genre d'endroits. Chaque instrument était traité en vieil ami. Margaret démarra son enregistreur, et écouta des histoires de luthiers morts depuis longtemps, et de cornemuses ayant présidé à des batailles à des époques si reculées que Maître Everard lui-même ne savait pas si ces récits relevaient de l'histoire ou de la légende. Elle n'avait jamais vu de cornemuses, bien qu'en connaissant l'existence par ses cours de musique ancienne. Ici, crut-elle comprendre, on savait toujours en jouer, alors que cet art s'était éteint sur la Terre.

— Ça fait un boucan terrible, dit Maître Everard. Il paraît qu'on les a inventées pour faire fuir les ennemis — mais je suis sûr que jouées à pleins poumons, elles peuvent faire fuir un banshee.

La matinée tirait vers sa fin quand Maître Everard prit dans une niche une sorte de petite harpe qui avait déjà éveillé la curiosité de Margaret. Il leur dit que c'était une harpe, mais, comme un murmure sous-jacent à son haleine, Margaret entendit que c'était un *ryll*.

— Ils meurent si l'on n'en joue pas, vous savez, dit-il.

Il semblait avoir oublié que ni le Professeur Davidson ni Margaret n'étaient au courant, et réalisa qu'il avait parlé pour lui, perdu dans ses souvenirs.

— Vous allez peut-être me prendre pour un vieil imbécile. Les vieux maîtres comprenaient ces choses mieux que la nouvelle génération. Ils vous diraient que c'est l'esprit de l'arbre resté dans le bois qui donne vie à l'instrument. Un arbre est un arbre, direz-vous. Peut-être — mais le bois est vivant, contrairement à la pierre et à l'argile. Et le luthier y ajoute aussi quelque chose de son âme. L'instrument, s'il est associé à la même personne pendant des années, prend également quelque chose de sa personnalité.

Puis, comme s'il remarquait seulement leur présence, il eut l'air un peu embarrassé.

— Quiconque connaît un peu les instruments sera d'accord avec toi, Maître, dit Margaret en souriant. J'ai souvent l'impression que ma harpe est vivante, et Ivor a des rapports avec sa guitare à rendre sa femme jalouse, si elle était encline à la jalousie.

Margaret fut surprise de son éloquence, mais ravie de l'aisance croissante avec laquelle elle parlait la langue.

— Ma femme aussi était jalouse, soupira Everard. Mais elle est née Rue des Tanneurs, et n'a pas grandi avec des copeaux dans sa soupe, comme on dit. Pour en revenir à ce *ryll*, c'est un mystère. Il appartenait à une femme de grand talent et, de surcroît, plus qu'un peu folle — on dit qu'elle avait du sang *chieri* —, une femme qui a sa place dans l'histoire de notre peuple.

Du sang *chieri*? Elle ne reconnut pas le mot, mais il la mit mal à l'aise.

— Qu'a-t-il de si étrange, ce *ryll*? demanda-t-elle, tentée de caresser le bois soyeux, car l'instrument la fascinait depuis son entrée dans la salle.

Le vieillard soupira une fois de plus.

— Ce *ryll* m'a été offert par un élève, il y a une vingtaine d'années. Comment était-il arrivé en sa possession? Je ne sais pas, mais il l'a échangé contre une flûte en bois — échange inégal s'il en fut — pourtant, j'avais trop envie de le posséder pour lui poser des questions comme je l'aurais dû — et comme je le ferais aujourd'hui si je le revoyais. Je crois qu'il avait été fabriqué par Josef de Nevarsin, qui est sans doute le plus grand fabricant de *rylls* de tous les temps. A l'époque, il était mort depuis plus de cent cinquante ans, mais je sais que Mestra Melora Lindir, l'une de nos plus grandes artistes lyriques, a payé cent *reis*, ce qui est une belle somme, pour l'une de ses créations signées. C'est une MacAran, et elle s'y connaît en instruments. Bien sûr, je sais qu'il existe des contrefacteurs, même sur notre monde. Mais si ce *ryll* n'est pas de Josef lui-même, il est d'un de ses apprentis. Josef avait une façon à lui de couper le bois, sans tailler dans le fil ni dans le travers.

Il montra un endroit où le fil du bois semblait monter en spirale, comme s'il avait poussé ainsi sur l'arbre.

— Quiconque parviendrait à reproduire cela aujourd'hui ferait fortune. Mais, malgré cela, personne ne parvient à en tirer un son. Je ne suis pas médiocre harpiste moi-même, mais impossible d'en jouer. Oh, quand le vent souffle fort, il soupire un peu, mais les autres instruments aussi, et quand il y a des éclairs, comme souvent en été, il gémit — presque comme si quelque chose voulait en sortir.

Il les regarda avec hésitation, et comme Margaret ne manifestait ni dérision ni incrédulité, il poursuivit :

— Il émet le même accord déplaisant sans discontinuer, et c'est assez pénible. Tenez, je vais vous montrer.

Il posa la harpe sur ses genoux. Ses mains étaient raides et noueuses, mais encore assez souples pour pincer les cordes. Elle savait maintenant qu'il avait plus de quatre-vingt-dix ans, à peu près l'âge du professeur, et son cœur se serra en le voyant faire facilement ce qui était devenu impossible à Ivor. Il abaissa les clés à une extrémité et fit courir sa main sur les cordes. Mais, alors que tous les autres instruments avaient immédiatement réagi à son toucher de virtuose, celui-ci n'émit qu'un bourdonnement monotone.

— Vous voyez ? Impossible d'en tirer autre chose — ce qui n'est même pas un son de harpe. Tiens, essaye.

Maître Everard se leva et tendit l'instrument à Margaret, qui s'assit et l'étudia. Le bois blond pâle était très beau, et les spirales un peu plus foncées l'embellissaient encore. Elle caressa le bois, cherchant les joints, sans en trouver. Le cadre était décoré d'incrustations plus sombres. L'odeur du vieux bois lui parut plaisante et familière, comme les épices du ragoût de la veille. Un instant, elle vit la rousse, qui parfois hantait ses rêves, avec un *ryll* semblable dans les mains. Puis elle abaissa les clés, fit courir ses doigts sur les cordes, et fut récompensée d'une cascade d'arpèges cristallins, comme une pluie printanière sur Thétis. Oubliant les deux vieillards médusés, elle continua à caresser les cordes, cherchant une vieille berceuse apprise sur Zeepangu, où ils avaient un instrument assez semblable. Ses mains agissaient comme d'elles-mêmes — un peu comme si c'était le *ryll* qui *la* jouait, *elle,* et ce ne fut pas la simple berceuse qui résonna. Elle eut une vision floue de l'homme aux yeux et aux cheveux argentés de ses cauchemars, assis dans un grand fauteuil sculpté, et il lui inspira, comme toujours, une excitation mêlée de crainte. Un instant, elle vit le Vieux, non pas avec ses cheveux poivre et sel d'aujourd'hui, mais avec la chevelure noire de sa jeunesse. Et il avait deux mains, sortant de ses manchettes brodées. Ce ne fut qu'un éclair, aussitôt disparu.

Sa gorge se serra et les larmes lui montèrent aux yeux. Puis des paroles se pressèrent de force sur ses lèvres. Elle déglutit avec effort, car les mots étaient insaisissables, et différents de tout ce qu'elle avait chanté jusque-là. Puis, brusquement, toute résistance disparut ; elle laissa les mots couler, simplement parce qu'elle ne pouvait pas les retenir. Sa gorge se détendit, et elle s'abandonna, comme possédée, à la mélodie.

> *D'où vient ce sang sur ta main droite ?*
> *Mon frère, dis-moi, dis-moi.*
> *C'est le sang d'un loup gris*
> *Rôdant dans un hallier.*
> *Les loups ne rôdent pas à cette heure du jour.*
> *Mon frère dis-moi, dis-moi.*
> *C'est le sang de mon cher jumeau*
> *Assis à l'auberge avec moi.*

Les couplets s'enchaînaient, les uns après les autres, sans qu'elle y soit pour quelque chose. Margaret était en transe — possédée par elle ne savait quoi.

Des minutes ou des heures plus tard, Margaret s'affaissa sur le *ryll*, désorientée, avec un pressentiment de malheur, et l'image de l'homme aux cheveux argentés en surimpression sur sa vision. *Je le connais ; j'ai marché avec lui dans mes rêves, il me portait dans ses bras ; il m'a embrassée et a caressé mon visage. A l'époque, j'étais assez petite pour qu'on me porte. Qui est-ce ? Et pourquoi suis-je sûre qu'il est vieux, beaucoup plus vieux que Papa. Une fois, il m'a chanté une berceuse. Un jour, Dio m'a surprise en train de la chanter à ma poupée, et elle m'a giflée. Pourtant elle ne m'a jamais battue, pas même le jour où j'ai mangé la tarte destinée aux invités.*

Margaret sentait que l'épuisement de ses muscles n'avait rien à voir avec l'instrument maintenant tombé sur ses genoux. Elle sentait aussi qu'elle était sur le point de faire une découverte — sans avoir la moindre idée de ce qu'elle allait découvrir. Son cœur battait à grands coups, et elle attendit qu'il reprît son rythme normal. Elle avait envie de jeter le *ryll* par terre, de courir dans sa chambre, de fermer sa porte et de hurler à s'enrouer. Elle dut faire appel à toute sa volonté pour rester où elle était, et regarder les deux hommes, espérait-elle, comme une femme normale. Ils ne pouvaient pas deviner les visions qui la hantaient, ni que la ballade avait fait lever en elle comme une armée de fantômes. Elle avait la gorge sèche et serrée. Elle respirait à petits coups, car elle savait que, si elle prenait de profondes inspirations, elle s'évanouirait. Des questions tourbillonnaient dans sa tête — questions douloureuses qui surgissaient chaque fois qu'elle était désemparée. *Pourquoi mon père me regarde-t-il toujours comme si ma vue lui était pénible ? Plus je grandis, pire c'est. J'étais si heureuse de quitter ma famille, et j'ai encore des remords de cette joie.*

Un instant, elle eut l'impression que le Vieux s'était matérialisé devant elle, légèrement transparent mais, à ses yeux, parfaitement visible. Il fixait son moignon, comme étonné de l'absence de sa main. Elle savait que c'était un souvenir, même quand la vision releva la tête et regarda vers elle et comme à travers elle. Il pouvait rester comme ça pendant des heures, et elle devenait de plus en plus anxieuse, se demandant ce qu'elle lui avait fait.

Au fond de son cœur, Margaret savait qu'elle n'avait rien fait, que tout le mal qui était arrivé à son père, et lui avait coûté sa main, n'était pas de sa faute. Elle était trop petite pour commettre des fautes, sauf peut-être pour renverser son lait. Elle savait que l'image qu'elle avait devant les yeux n'était qu'un souvenir, rien de plus. Pourtant, elle avait l'impression que sa raison allait voler en éclats, et elle ne pouvait pas le permettre ; elle devait penser à Ivor, s'occuper de lui.

Margaret se força à ne plus penser à son père ou à l'autre homme, celui qui l'effrayait. Elle s'efforça donc de se ressaisir et dit, aussi calmement qu'elle put :

— Maître Everard, je crois que ta harpe est hantée. Le professeur et moi, nous avons observé un phénomène semblable sur Céti Trois, où la possession musicale est très courante.

Elle se réfugiait dans l'objectivité scientifique, oubliant

que Maître Everard n'avait jamais entendu parler de Ceti Trois.

— Je ne sais pas d'où sort ce chant. Il n'est pas dans Child, Ivor ? Il y en a plusieurs semblables, j'en suis sûre...

Voyant que Maître Everard ne comprenait pas, elle répéta ses paroles en *casta*.

— Mais moi, je connais cette ballade, dit Maître Everard. Elle est plus connue dans les Heller qu'ici. On l'appelle la *Ballade du Hors-la-Loi*, et elle est basée sur l'histoire de Rupert Di Asturien, qui vivait il y a deux cents ans, et qui, dans un accès de rage démente, avait tué toute sa famille, à l'exception d'une sœur qui l'avait déclaré hors la loi. Ton accent est excellent, et j'ai remarqué hier soir que tu parles notre langue mieux que bien des Terranans qui vivent ici depuis des années. Quand tu as chanté, j'aurais juré que tu avais vécu ici, si je n'avais pas été sûr du contraire. Tu avais même l'accent des Kilghard, où l'on chante le *Hors-la-Loi* à la veillée. Tu l'as chanté comme si tu l'avais entendu des centaines de fois.

— Si tu le dis ! Mais à ma connaissance, je ne l'avais jamais entendu avant tout à l'heure, dit-elle.

Puis elle se demanda si c'était exact. La mention des Kilghard l'avait fait frissonner — sorte de résonance assez semblable à la musique elle-même. Peut-être le Vieux en avait-il parlé un jour, lors d'un de ses rares épanchements. Ou alors, la ballade figurait sur sa disquette culturelle. Oui, ce devait être ça. Elle fut soulagée. Elle ne devenait pas folle. Simplement, son esprit lui jouait des tours, mêlant ses connaissances à ses souvenirs.

Juste comme elle était parvenue à se persuader qu'elle était calme et parfaitement rationnelle, elle vit mentalement une ligne de collines entourées de chaînes plus hautes, enveloppées de neige et de brume, et son sang bourdonna à ses oreilles. Maintenant, d'où venait cette image ? Elle était très nette, presque aussi bonne qu'un holovid, mais elle était sûre qu'elle n'avait jamais vu cet endroit, ni en réalité ni en vidéo. Puis elle se dit fermement qu'elle avait trop d'imagination, et ramena son attention sur les hommes.

— ... mais jouer une ballade sur ce *ryll*..., disait Maître Everard. Je crois qu'il t'aime ; je devrais te le donner. C'est une expérience qui me dépasse.

— Mais tu as dit que c'était un instrument historique...

— Oui. Il appartenait — ou est censé avoir appartenu — à une femme nommée Thyra. C'est un nom *chieri*, et l'on croyait qu'elle était à moitié *chieri*. Elle est morte... il doit y avoir une vingtaine d'années.

Margaret dressa l'oreille. *Thyra — je connais ce nom et il... il y a quelque chose de très sinistre à son sujet. Vingt ans ? C'est à peu près l'époque à laquelle mon père a quitté Ténébreuse.*

— Tu as connu cette... Thyra ? demanda-t-elle tout haut, hésitant même à prononcer ce nom.

— Dieu m'en préserve, dit Maître Everard, l'air désemparé maintenant. J'ai toujours été un loyal sujet de Danvan Hastur, que les dieux aient son âme. J'étais très jeune quand il est arrivé au pouvoir et... je ne supporte pas d'y penser. C'est une page très triste de notre histoire. Beaucoup de gens sont morts à l'époque, et ceux qui ont survécu ont beaucoup souffert parce que... bon, ça n'a aucun intérêt pour toi, *Domna*. Mon fils Erald te raconterait tout ça mieux que moi ; il a passé le plus clair de sa vie créatrice à écrire un cycle de ballades sur ces temps.

— Un cycle de ballades ! C'est merveilleux !

— Si on veut ! dit Maître Everard, avec un rire sans joie. A vingt-huit ans, mon fils a eu la triste distinction de voir l'une de ses ballades interdite, mais je ne sais pas si c'était une décision inspirée par la politique ou l'esthétique. Pourtant, j'avoue que *Ballade de Sharra* me met très mal à l'aise, moi aussi.

— Où est-il en ce moment ? demanda Margaret, agréablement reprise de sa curiosité universitaire.

Elle avait envie de parler à Erald et de le questionner. Voilà quelque chose à recueillir — un nouveau cycle de ballades, sans doute écrites en mode conventionnel. Même si cela ne lui fournissait qu'une note pour sa publication, c'était une vraie trouvaille. Ce *ryll*, cette Thyra et la *Ballade de Sharra* cachaient un mystère, et elle savait qu'il la tracasserait jusqu'à ce qu'elle l'ait éclairci.

— Il est dans les Heller. Ma mère m'avait dit de ne

pas épouser une fille de tanneur, dit Maître Everard, branlant du chef. Peut-être qu'elle avait raison. De mes trois enfants, seul Erald a quelques dons musicaux. Mes deux filles n'ont aucune oreille, et mes petits-enfants guère plus. Bon, j'aime mieux ne pas y penser. Mon petit-fils est assez bon luthier, c'est vrai, mais il n'a aucune musique en lui. C'est donc Rodrigo MacAran qui me succédera comme Maître de la Guilde. C'est un grand artiste, bien qu'il soit difficile de travailler avec lui. Mais seulement parce qu'il recherche la perfection, pas parce qu'il est méchant. Mon fils ne s'établira jamais, soupira-t-il. Bon, de quoi parlions-nous ? Ah oui, ce *ryll*. Tu peux en jouer tant que tu voudras, mais ne l'approche pas de la harpe des Hastur, dit-il, la montrant de l'autre côté de la salle. La dernière fois que je l'ai fait, six cordes ont sauté.

Le Maître ne semblait pas trouver étrange un *ryll* qui renfermait une ballade, ni une harpe qui cassait ses cordes toute seule, et Margaret se demanda s'il la taquinait. Mais il semblait sérieux, et, en tout cas, impatient de changer de conversation. Il s'éloigna, tout en poursuivant :

— Maître Ivor, tu voulais en savoir plus sur les violes, n'est-ce pas ? Eh bien, les voilà. La viole est un instrument à cordes dont on joue à l'aide d'un archet, quoiqu'on puisse aussi pincer les cordes pour obtenir certains effets...

Margaret raccrocha le *ryll* au mur. Elle savait que, pour le présent, il lui avait donné tout ce qu'il pouvait donner. Quand elle l'accrocha, il émit doucement quelques notes, semblables à des soupirs. Margaret posa la main sur la caisse de résonance, et se promit de revenir quelque jour à ce mystérieux instrument pour lui arracher son secret. Puis elle se sentit un peu bête.

Elle rejoignit les hommes près du mur des violes, et laissa son attention vagabonder, sachant que son enregistreur conserverait tout ce qui se dirait, et qu'Ivor n'hésiterait pas à la rappeler à l'ordre au besoin.

Debout près d'eux et n'écoutant que d'une oreille, Margaret réalisa que ce nom de Thyra ne lui était pas totalement inconnu. Son père l'avait crié parfois, dans ses rêves éthyliques, mais la dernière fois remontait si loin qu'elle l'avait presque oublié. Ce nom évoquait toujours la même image dans son esprit. Elle voyait une mégère aux cheveux roux qui hurlait, avec des griffes à la place des mains... et l'homme aux cheveux argentés criait : « Non, Thyra, non... », exactement comme son père criait ces mêmes mots dans ses cauchemars. Elle était déchirée entre sa curiosité et sa répugnance à savoir.

Parfois, dans ses rêves, elle levait les yeux, et voyait, comme à travers un voile, le visage de cette même femme, ou d'une autre qui lui ressemblait assez pour être sa sœur ; elle sentait la tiédeur d'un sein, et le goût sucré du lait. Presque comme si cette femme était sa mère — bien qu'elle ne parvînt pas à réconcilier l'image de cette mégère hurlante avec la douceur maternelle. Dio était la seule mère qu'elle ait eue et elle n'en avait jamais désiré d'autre.

Ces cauchemars avaient cessé quand elle avait quitté Thétis. Sous la main maternelle d'Ida Davidson, elle avait presque oublié le chaos de ses années d'adolescence, et les querelles entre son père et sa mère — la plupart à son sujet — qui lui avaient finalement fait fuir la maison. Les Davidson lui avaient donné une nouvelle famille, et elle les avait remerciés en confondant sa carrière avec celle d'Ivor. Elle savait qu'une étudiante de troisième année pouvait faire ce qu'elle faisait, et aussi bien qu'elle. Elle n'avait jamais réalisé qu'elle était malheureuse tant que les Davidson ne lui avaient pas fait connaître le bonheur, et elle ne l'oublierait jamais.

Un instant, Margaret se demanda si elle n'était pas venue sur Ténébreuse sur quelque plan astral. Non qu'elle crût en ces choses, quoique ce fût sans doute plus agréable que le voyage spatial. L'Université l'avait entraînée à penser rationnellement, à être logique et organisée, à ne croire que ce qu'elle pouvait voir et toucher.

Le moi de mes rêves était une très petite fille, ou même un bébé. Pourtant, je me rappelle cet orphelinat qui ressemblait à une forteresse. Et Dio s'est toujours comportée comme si elle était ma vraie mère. J'étais une orpheline, oui, mais le Vieux est mon père, non ? Dio et moi, nous n'aurions pas pu être plus proches même si c'était elle qui m'avait mise au monde. Quel gâchis ! Il faut que ça cesse — immédiatement ! Je ne supporterai pas ça plus longtemps! Ce qui est arrivé il y a vingt et quelques années est du passé et n'a rien à faire avec moi!

Les liens avec Dio s'étaient un peu relâchés depuis qu'elles ne vivaient plus ensemble, mais elles s'écrivaient toujours de longues lettres, et se parlaient plusieurs fois par an au vidcom. Le Vieux n'écrivait jamais, mais il chargeait Dio de lui transmettre son affection, et Margaret en était heureuse. Elle était plus qu'un peu troublée, et presque furieuse de n'avoir pas reçu de réponse à sa dernière communication, celle qu'elle avait envoyée peu avant de partir pour Ténébreuse. Enfin, elle était sans doute quelque part dans le réseau, et arriverait quand elle aurait quitté Thendara avec Ivor pour des contrées désertes.

Quelque chose la tracassait inconsciemment, quelque chose d'important, de douloureux et d'effrayant. Margaret fronça les sourcils, consciente que c'était quelque chose qu'elle ne désirait pas vraiment savoir. Puis cela lui revint en un éclair, avec un sentiment de désolation et de rage. Elle frissonna et tenta d'écarter le souvenir, puis elle s'y abandonna pour en finir et s'en débarrasser.

C'était sa dernière soirée sur Thétis après que son Vieux eut finalement accepté son choix. Elle avait assez bien débuté, par un bon dîner, arrosé de vins de Thétis et terminé par son dessert préféré. Margaret commençait à se détendre, à croire que tout tournerait bien. Dio s'était retirée de bonne heure, ce qu'elle faisait souvent. L'air marin la faisait dormir, disait-elle.

Puis le Sénateur avait bu à en être ivre mort, et avait tenté de lui dire quelque chose qu'elle n'avait pas envie d'entendre. Qu'avait-il crié? « Si tu as le Don des Alton, si tu es une télépathe non entraînée, tu es un danger pour toi-même et les autres. Tu es ma fille, et tu as sans doute le Don. Il vaudrait mieux dire la *Malédiction* des Alton... » Elle n'avait pas compris ce qu'il voulait dire, mais le ton de sa voix lui avait glacé le sang. Puis autre chose était arrivé — et elle réalisa que c'était cela qu'elle ne voulait pas se rappeler. Une seconde, elle avait eu l'impression qu'il y avait une autre femme dans sa tête, et redoutable avec ça. Sa voix était douce, mais en même temps très forte et autoritaire. *Tu ne te souviendras pas et tu ne me détruiras pas!* C'était cela, et non les divagations du Vieux, qui lui avait fuir le salon pour regagner la sécurité de sa chambre. Elle avait fermé sa porte à clé, et passé la nuit à faire et défaire ses bagages, comme si sa vie en dépendait.

Margaret se força à ramener son attention sur Maître Everard qui faisait un savant exposé sur les fiols. A l'évidence, ils étaient apparentés à la viole et au violon terriens, bien que la caisse fût plus profonde et percée de trous en forme d'étoiles multibranches. Le Professeur Davidson pinça une corde et soupira.

— Veux-tu en jouer pour moi, Maggie? Je crains que mes vieilles mains n'y parviennent pas.

— Les miennes non plus, dit Maître Everard. Et je te donne ma parole que cet instrument n'est possédé par rien, sinon par un son ravissant.

Margaret coinça le fiol sous son menton et accorda l'instrument. La position lui parut familière et confortable, quoique le manche fût un peu plus long que celui d'un violon terrien. A part ça, elle joua sans hésitation, car le Département de Musique de l'Université veillait à ce que ses étudiants soient capables de jouer de tout instrument construit pour huit doigts et deux pouces opposables. Elle commença par interpréter une gavotte de Bach, apprise pendant ses études, qu'elle fit suivre de variations de Cobernic. Elle avait quatre mille ans de musique terrienne dans la tête, mais Cobernic restait l'un de ses compositeurs préférés.

Everard écoutait avec attention, les yeux brillants.

— C'était exquis, lui dit-il en souriant. Net et rythmé, et pourtant plein de sentiment. J'inviterai quelques musiciens de la rue pour ce soir. Ils seront ravis de t'entendre.

Margaret rougit. Elle savait qu'elle ne dépassait pas le niveau d'un bon second violon, et qu'elle ne serait jamais concertiste, mais ces louanges la détendirent.

— J'en serai très heureuse.

Le temps d'essayer six autres fiols du musée — trois sopranos et trois altos — de disserter sur les bois dont ils étaient faits, le tout suivi d'une discussion technique sur l'acoustique qui lui redonna la migraine, Margaret était épuisée et morte de faim. Ivor avait le teint cireux et les yeux vitreux. Il voulait quand même passer aux grandes harpes, et regarda Margaret de travers quand elle suggéra une pause pour le déjeuner.

— Pardonnez-moi, dit Maître Everard. Je suis un bien mauvais hôte. Naturellement qu'il faut manger.

— Il y a tant à voir et à apprendre, marmonna Ivor.

— Tout sera encore là après le déjeuner et la sieste, dit-elle, s'efforçant patiemment de le persuader.

— Quand tu auras notre âge, jeune femme, tu feras comme nous, dit Maître Everard, riant doucement. Les jeunes pensent toujours qu'ils ont l'éternité devant eux.

En sortant du musée, Margaret tourna la tête et regarda une dernière fois le *ryll*, pendu au mur dans sa niche. En un éclair, elle vit des mains fuselées à six doigts effleurer les cordes — des mains fantômes qui l'attiraient et lui répugnaient à la fois. Elle fut soulagée d'entrer dans le hall, bannissant cette vision et maudissant son imagination trop active. Ce devait être une illusion d'optique provoquée par la lumière, se dit-elle sans y croire.

4

A l'évidence, les deux vieillards étaient ravis de leur intérêt mutuel pour la musique, mais Margaret, qui traduisait, tout en essayant de manger, trouva l'exercice plus qu'un peu fatigant. Elle fut presque soulagée quand, appelé ailleurs, Maître Everard interrompit son déjeuner de soupe épaisse et de gros pain. Puis elle en éprouva des remords. Le repas ne dissipa pas la migraine qui avait commencé au musée, mais elle se dit que c'était une séquelle des drogues antimal de l'espace. C'était le genre de migraine qu'elle avait parfois quand les vents soulevaient la Mer du Vin sur Thétis, tempêtes qui avaient à voir avec la pression barométrique ou quelque autre phénomène météorologique. Mais ça ne signifiait sans doute rien sur Ténébreuse.

Demeurée seule avec Ivor, elle fut troublée par son air fragile.

— Tu te sens bien, Ivor ? demanda-t-elle, dissimulant son anxiété et adoptant un ton badin.

— J'avoue que je suis assez fatigué, Maggie.

Voilà plusieurs fois qu'il l'appelait par son diminutif, et cela l'inquiéta.

— Plus je vieillis, moins je m'adapte aux nouvelles nourritures. Ces mets de Cotman sont savoureux, mais ils me pèsent sur l'estomac comme des briques. J'aimerais quelque chose de plus léger — bouillon et crackers, comme m'en fait Ida.

Il soupira d'un air gourmand à cette idée.

— Je me régalais d'avance de profiter de toutes les aménités de l'Université — lumière électrique, silence de la bibliothèque, lecture et mise en ordre à loisir de mes notes sur Relegan. Je ne parviens pas à m'ôter de l'idée que je ne le ferai pas, et qu'un jeune boutonneux, au diplôme où l'encre est encore fraîche, sabotera notre travail.

Et où est ma place dans cette fantaisie, Ivor ?

— Je sais, dit Margaret, ignorant l'irritation que ces paroles suscitaient en elle.

Immédiatement, elle eut des remords, parce que l'Université ne lui manquait pas du tout, à *elle*. Les sons et les odeurs de Ténébreuse la tourmentaient, comme des chants de sirènes lui promettant un confort qui n'avait rien à voir avec le chauffage contrôlé, les lumières activées par la voix et autres commodités de la technologie de pointe. A vrai dire, les lampes vacillantes, les chandelles et autres sources primitives de lumière de la maison de Maître Everard la frappaient comme une bizarre affectation — pourquoi Thendara n'était-elle pas électrifiée ? Elle regarda le soleil rouge, dont les rayons entraient à flot dans la salle à manger, les petites lampes qui brûlaient sur la table, et constata qu'ils ne lui blessaient pas la vue. En fait, maintenant qu'elle y pensait, la lumière extérieure lui paraissait « bonne », à un point qu'elle n'avait jamais ressenti sur aucune autre planète.

— Je crois que je me suis un peu refroidi hier soir en venant ici, reprit Ivor, interrompant ses pensées. Je n'arrive pas à me réchauffer.

—Ivor, personne ne peut avoir chaud dans ces maudits vêtements « tous temps » que nous donne le Service. Ajoutes-y l'année que nous venons de passer presque nus sous un climat tropical — moi aussi, j'ai froid ! C'est difficile de s'adapter à ce changement radical.

— Je ne suis qu'un vieillard, avec des récriminations de vieillard, mon enfant, gloussa-t-il. C'était amusant de remplacer notre uniforme par des plumes, des fleurs et des perles. Mais tu sais que le Service n'aime pas que ses envoyés vivent trop comme les indigènes — les idiots ! Je sais que j'avais l'air ridicule avec mes plumes — Ida a bien ri en voyant les holos — mais quelle liberté ça nous donnait. Tu sais, cet uniforme n'est pas confortable, Maggie. Je crois qu'il est trop étroit dans le dos.

Cette fois, l'usage de son diminutif la glaça jusqu'aux moelles. Il n'était pas lui-même pour être ouvertement si affectueux. Margaret connaissait Ivor, ses humeurs et ses manies, et cela ne lui ressemblait pas. Elle le regarda avec attention, mais il était comme d'habitude — petit vieillard ridé et fatigué, peut-être boudant un peu son assiette, mais il ressemblait à la personne qu'elle connaissait bien, et dont toutes les petites habitudes lui étaient familières. Il n'y avait pas de raison de s'alarmer. Elle commençait à avoir peur de son ombre, imaginant des fantômes dans les harpes et confondant la fatigue avec la maladie.

Ivor lui sourit, étirant ses lèvres desséchées sur ses grosses dents. Avec ses nouvelles perceptions exacerbées, elle eut l'impression de voir une tête de mort et elle réprima un frisson.

— Tu es sûr que tu te sens bien ? Avec toutes les piqûres qu'on nous a faites, tu ne devrais pas...

— Ne me couve pas comme ça, Maggie. Sors avec ces gamins et achète-nous des vêtements indigènes. Je sais qu'il te tarde d'ôter ton uniforme. Si tu vois un bon manteau de laine — rien de luxueux, bien sûr — prends-le-moi. Maintenant, je vais faire la sieste, et d'ici le dîner, je serai en pleine forme.

— Je ne te couve pas mais je ne peux pas m'empêcher de m'inquiéter, répondit-elle, s'efforçant d'ignorer le désarroi qui s'abattit soudain sur elle.

— Quelle brave enfant ! Tu as toujours été comme une fille pour moi — même si, la première fois que je t'ai vue en costume de Relegan, j'ai eu quelques pensées bien peu paternelles. Tu m'as fait regretter de ne plus avoir cinquante ans, soupira-t-il.

Cet aveu la fascina, parce que le professeur n'avait jamais paru la considérer comme une femme. Il y avait dans ses manières envers elle quelque chose de rassurant, et qui l'empêchait d'aspirer au tumulte des passions et des peines de cœur qui semblaient être le pain quotidien de ses camarades. Non pour la première fois, mais avec une surprise renouvelée, elle réalisa qu'elle avait vécu près de trois décennies sans aucune expérience sexuelle. Elle n'était pas prude, et elle avait écouté avec curiosité et intérêt les histoires pathétiques des autres étudiants, mais sans jamais ressentir le désir de se précipiter au lit avec aucun de ses camarades. Elle restait à l'écart, comme si elle obéissait à un instinct ou à un ordre. Brusquement, cela lui parut bizarre, mais sans importance. Cela ne lui manquait pas.

— Ma chérie, je suis vieux, mais pas encore mort. Et tu es ravissante. Les Relegans ont d'abord cru que tu étais ma femme, ou au moins ma concubine, et ils ont été très étonnés de nous voir dormir dans des tentes séparées. Les Relegans étaient fascinés par nos rapports, ou plutôt par leur absence, et finalement, le chef m'a demandé si tu étais tabou. Je leur ai dit que tu étais comme une fille pour moi, ce qu'ils ont compris étant donné leur stricte prohibition de l'inceste. C'est curieux comme ce tabou est universel !

— Pas vraiment ; il semble imprimé dans notre cerveau. Avec quelques exceptions notables, répondit Margaret, pensant à certaines cultures où l'inceste n'était pas interdit.

Elle savait qu'Ivor et Ida la considéraient comme leur fille, mais l'entendre le lui dire l'émut plus qu'elle ne l'aurait cru. Ces paroles lui réchauffèrent le cœur.

Elle s'éclaircit la gorge, et, pour dissimuler son émotion, elle demanda :

— Crois-tu que Kutner finira jamais son étude sur les tabous de l'inceste ?

— Peut-être. S'il ne prend pas la tangente pour finir dans une hutte d'herbes sur une planète arriérée aux confins de la galaxie. Les anthropologues sont parfois un peu dérangés.

— Je sais. Pas comme les musicologues, qui sont scientifiques et objectifs !

Ils rirent ensemble de cette vieille plaisanterie. Les débats pour déterminer s'il était possible d'évaluer objectivement une culture non-terrienne faisaient rage depuis des siècles, et on était toujours aussi loin de la solution. Le Professeur Davidson croyait qu'il était non seulement possible, mais nécessaire, d'étudier une culture dans son contexte, et il avait passé le plus clair de sa carrière à voyager vers de lointaines planètes pour prouver sa thèse.

— Bon, je vais faire la sieste, dit-il joyeusement en repoussant son bol. Amuse-toi bien chez le tailleur, et prête l'oreille à tout ce que tu entendras d'intéressant. Les tisserands ont souvent des chants de métier qu'on néglige en faveur d'autres musiques. J'ai longtemps pensé qu'il y avait un vaste champ d'études dans...

— Ivor, va te coucher. Tu as besoin de repos, pas d'un autre champ d'études.

Il sortit en riant, et sa joie la rassura un peu, tandis qu'elle s'attardait devant une tisane. Mais le temps de la boire, ses craintes étaient revenues. Ivor n'avait pas bonne mine, et ça ne venait pas de la fatigue. Elle regrettait d'être tourmentée par des éclairs de prémonition, et par l'idée ridicule qu'elle entendait les pensées des autres. Elle espérait que son appréhension la quitterait et la laisserait vivre. Elle était dans une maison confortable, bien nourrie, et elle n'avait rien à craindre.

Anya entra en coup de vent, encore rouge de la chaleur de ses fourneaux et ses joues bondissant à chaque pas, et lui fit une petite révérence.

— *Domna*, les garçons sont là pour t'emmener Rue de l'Aiguille.

— Parfait. Anya, peux-tu me donner une idée de ce que je devrais payer pour des bottes, un manteau, et des vêtements comme les tiens et ceux de Maître Everard. Non que je me méfie des garçons...

— Non, ils sont honnêtes, sinon je ne les laisserais pas entrer, et encore moins avec une noble invitée comme toi sous mon toit. Voyons, voyons...

Pendant qu'elle réfléchissait, Margaret médita l'emploi du mot « noble ». Pourquoi les gens agissaient-ils comme si elle était différente ? Avaient-ils deviné qu'elle était la fille du Sénateur de Cotman ? Elle n'en avait pas parlé, parce qu'elle savait par expérience que ses relations en haut lieu mettaient les gens mal à l'aise. Elle n'avait jamais tiré parti de la situation de son père dans le gouvernement terrien, et souvent n'y pensait pas pendant des mois d'affilée. Cela n'avait rien à voir avec elle. Mais « noble invitée » ? Une petite fonctionnaire ne justifiait pas ce qualificatif. Nouveau mystère ténébran, qu'elle ne pouvait pas élucider parce qu'elle ne savait pas quelle question poser.

— Je crois que cinq royaux suffiraient pour une bonne tenue, quoique les choses soient plus chères que dans ma jeunesse. Cela comprend une blouse, trois ou quatre jupons, une chemise et une tunique. Les dessous devraient coûter dans les sept *sekals*. Il te faudra dans les trois *reis* pour un manteau de bon lainage, et huit pour un manteau de cuir. Et quatre *sekals* pour les bas.

Anya renifla avec dédain.

— Ta combinaison ne tiendrait même pas chaud à un chien dans les montagnes. Je ne comprends pas pourquoi les Terriens mettent ça — le tissu a une drôle d'odeur et ils ont toujours l'air d'avoir froid. Qu'est-ce qu'il y a de mal à mettre un bon manteau au lieu de ces trucs luisants ?

— Des goûts et des couleurs, il ne faut pas discuter, Anya, dit-elle, évitant de lui expliquer l'attitude commune dans la Fédération Terrienne, à savoir qu'une personne civilisée se reconnaissait à ce qu'elle portait, c'est-à-dire des synthétiques, sauf les gens importants qui préféraient les fibres naturelles en signe de richesse.

— C'est bien vrai. Je suis vieille, et j'ai vu beaucoup de changements sur Ténébreuse — et pas tous en bien. Les garçons veulent être cosmonautes, et les filles pensent à tout sauf à la cuisine et au mariage. Bon, les pieds maintenant. Des bottines te coûteront dans les trois *reis*, et des hautes bottes quelques *sekals* de plus. Confie-toi aux mains de Maître MacEwan, et il t'équipera en un rien de temps. Et si tu as besoin de crédit, il se portera garant.

— Merci, c'est gentil. Mais Maître Davidson préfère payer à mesure. Merci pour tes conseils.

Elle monta dans sa chambre poser son enregistreur et prendre de l'argent. Si elle entendait quelque chose d'intéressant dans le quartier du vêtement, elle retournerait l'enregistrer avec Ivor. De l'autre côté du couloir, elle entendit ronfler Ivor, chose qu'il ne faisait que lorsqu'il était vraiment épuisé. Elle regarda ses pièces dans sa main. Les unes, en fer, étaient des *sekals*, et valaient trois centimes impériaux. Les autres, en argent, étaient des *reis* ou royaux, et équivalaient à environ trois crédits selon les derniers cours. L'employé, chez Rothschild et Tanaka, ne savait pas le change exact, et après un an passé sur une planète sans aucune monnaie, elle avait perdu l'habitude de penser à ces choses. A l'Université, bien entendu, elle ne s'occupait jamais d'argent ; tout se payait avec des jetons de crédit.

Ethan et Gérémy l'attendaient sur le perron, et ils se mirent en route. Les portes des boutiques étaient ouvertes, mais ce qu'elle avait pris pour des fenêtres, la veille, étaient de larges baies bordées de comptoirs. Au-delà des comptoirs, elle vit des artisans s'affairer sur leurs établis. L'air était plein d'odeurs de bois, d'huile et de résine, et de bruits de ciseaux et de limes, auquel se mêlait parfois le son d'un instrument qu'on accordait. Les garçons lui expliquaient tout en marchant, et le temps passa très vite.

Quelques artisans la dévisagèrent, et l'un d'eux s'avança même pour la saluer. D'autres froncèrent les sourcils et détournèrent la tête — des hommes de son âge ou des filles plus jeunes qu'elle, et elle en fut gênée.

— Ethan, sois franc : ma tenue est-elle indécente ?

Son uniforme couvrait tout son corps mais était bien plus moulant que les tenues des Ténébranes. Elle était certaine que sa nuque était couverte, le Sénateur ayant toujours insisté sur ce point. Sa tunique lui tombait presque aux genoux, et avait été spécialement conçue pour les planètes où les deux sexes s'habillaient presque de façon identique. Naturellement, l'idée que se faisaient de la décence les fonctionnaires impériaux n'avait souvent rien à voir avec la réalité, hors-planète.

— Pas exactement. C'est plutôt tes cheveux. Et ton uniforme. Dans cette partie de Thendara, les gens ne voient pas souvent de Terriennes — les Terranans restent entre eux autour de l'astroport. Ici, le noir n'est pas une couleur courante, parce que nos teinturiers ne savent pas faire un beau noir qui tient. Et comme nous estimons notre métier, nous n'utilisons pas cette teinte. Nos gardes ont des capes noires, mais elles sont faites avec de la laine naturellement noire. Tu sais comment sont les gens, *Domna* — ils baillent devant tout ce qui est différent.

— Et en plus, tu n'as pas tellement l'air d'une Terranan, ajouta Ethan. Tu as l'air d'une dame !

— Mais les autres femmes de l'astroport ne sont pas des dames ? demanda-t-elle.

— Grands dieux non ! répondit Gérémy. C'est juste des femmes.

A l'évidence, il trouvait que cette explication suffisait, et elle n'insista pas. Mais, en y réfléchissant, elle réalisa que sa propre définition de ce qu'était une « dame » était également basée sur l'apparence. Pour elle, une « dame » ressemblait à sa belle-mère, l'épouse du Sénateur. Ce qui comprenait des cheveux blonds, une petite taille et une poitrine généreuse. Ses cheveux roux et ses yeux jaunes ne lui avaient jamais plu. Sa taille était pour elle un fardeau depuis l'adolescence, car elle avait un pied de trop en hauteur, et il lui manquait quatre ou cinq pouces en largeur. Elle était très grande comparée aux natifs de Thétis et, même à l'Université, sa taille se remarquait. Elle aurait voulu des cheveux noirs comme ceux du Vieux avant qu'il ne grisonne, ou des yeux gris-vert et des cheveux d'or comme Dio.

— Voilà la boutique où mon frère est apprenti, mais il ne faut pas y aller. Ils font de mauvaises imitations de vêtements terriens, dit Gérémy, lui montrant un comptoir couvert de pièces d'étoffes.

— Comment se passe l'apprentissage ici ?

Flattés de son intérêt, ils se mirent à parler en même temps, et elle réalisa qu'elle obtenait sans effort des renseignements pour lesquels un anthropologue culturel aurait vendu sa mère ou hypothéqué son âme. Ce qu'ils lui dirent lui sembla juste et raisonnable, bien différent de certaines planètes où les apprentis étaient considérés comme des choses ou des esclaves. Dommage qu'elle ait laissé son enregistreur dans sa chambre.

Ils tournèrent dans une rue qui semblait être leur destination, car les enseignes montraient des vêtements terminés. Il y avait beaucoup de broderies partout. Elle remarqua des chemises fines, presque transparentes, et d'autres plus grossières. Une ou deux boutiques présentaient des silhouettes vêtues de robes de gala en tissu très fin, presque transparent, dont la vue la fit frissonner, et évoqua un souvenir vague et inquiétant. La porte mentale de son esprit, derrière laquelle rôdaient des terreurs enfantines, s'ouvrit un peu plus, et sa migraine revint.

Ethan ouvrit une porte et la fit entrer. Un grand gaillard aux cheveux noirs, debout près d'une table de coupe, considérait une pièce d'étoffe, avec l'air absent de l'artiste en pleine création, et elle hésita à troubler sa concentration. Son jeune guide n'eut pas ces scrupules.

— Oncle Aaron, voici la dame dont je t'ai parlé. *Domna* Alton, Aaron MacEwan.

L'homme s'inclina avec grâce.

— Bienvenue dans ma boutique, *Domna* ; tu m'honores. En quoi puis-je te servir ? Une robe de soie pour la Fête du Solstice d'Eté, peut-être ? dit-il, montrant une pièce de tissu chatoyant appuyée contre la table.

Puis il la souleva comme une plume et la présenta à l'examen de Margaret. Les réceptions où elle allait requéraient rarement une tenue plus élégante que sa toge académique, pour l'heure pliée dans son sac. Elle réalisa soudain qu'elle avait souvent désiré porter des robes semblables à celles que Dio revêtait pour les dîners et les bals diplomatiques.

— Merci, soupira-t-elle, mais je pensais à quelque chose de plus simple et pratique. Des vêtements solides et chauds pour marcher et monter. Un peu comme ceux d'Anya, mais pour le grand air, n'est-ce pas, Ethan ?

— Mais, Damé Margaret, Anya est vieille ! fit Ethan, l'air choqué.

Vieille, Anya ? Elle avait dans les cinquante ans, ce qui

n'était pas vieux pour Margaret. Avec les progrès des techniques de régénération, c'était à peine l'âge mûr. Ici, l'espérance de vie devait être beaucoup plus courte qu'elle ne l'avait pensé. Puis elle réalisa qu'Anya était une matrone, ayant sans doute passé l'âge d'avoir des enfants. Beaucoup de cultures habillaient différemment les jeunes filles et les femmes mariées.

— Alors, des vêtements comme ceux de Moira.

— Une servante, *Damisela*? Mais tu ne peux pas t'habiller comme une servante. Mon Oncle, et l'ensemble rouille que tu as fait pour *Mestra* Rafaella?

— Ce sera parfait, dit Aaron, soulagé. Il est tout neuf, *Domna*. La *Mestra* ne l'a pas voulu car les broderies ne lui plaisent pas. Vous avez à peu près la même taille et les mêmes cheveux. Ce garçon me sera bien utile — il connaît mon stock mieux que moi! Manuella!

Une femme entra, vêtue comme Anya, et Margaret réalisa qu'elle ne s'était pas trompée. Il y avait une différence entre ce que pouvait porter une femme mariée et une vierge un peu montée en graine comme elle-même.

— Mon épouse, *Domna*. Emmène-la derrière, ma bonne, et montre-lui l'ensemble rouille que nous a laissé cette capricieuse de Rafaella. Toi, Ethan, va au grenier me chercher le drap vert en laine de lapin cornu. C'est léger mais très chaud. Après, cours chez Jason et dis-lui de m'envoyer une bonne sélection de gants et ceintures pour dame. Toi, Gérémy, va voir *Mestra* Dayborah, et dis-lui de me faire porter un choix de dessous pour une dame — à peu près la taille de *Mestra* Rafaella.

Margaret se trouva gentiment entraînée au fond de la boutique par une Manuella manifestement embarrassée.

— Pardonne-lui, *Domna*. C'est un artiste et parfois, il oublie sa place et donne des ordres à tout le monde.

— Je crois qu'il était en pleine création à notre arrivée.

Manuella émit un soupir de martyr.

— Voilà des jours qu'il rumine sur cette pièce de soie, dit-elle avec un sourire timide. C'est un brave homme, et il ne regarde jamais une autre femme, mais sa façon de regarder les tissus, c'est presque pire! Comment rivaliser avec une pièce de drap, de soie, ou même de coton des

Villes Sèches? Mais c'est un maître dans son art. Ah, voilà l'ensemble fait pour Rafaella. Tu ne trouveras rien de mieux à Thendara, mais ce n'est pas assez bon pour cette... chipie! Ah, ces Renonçantes! Elles ne peuvent jamais faire comme tout le monde! Et celle-ci prend des grands airs parce que son père était *coridom* chez les Mac Loran. Mais un *coridom* n'est qu'un domestique, et ne vaut pas mieux qu'un honnête artisan!

Tout en parlant, elle secouait un ensemble très compliqué pour en détendre les plis. Il y avait trois jupes superposées, chacune d'un ton de rouille différent, et aux ourlets brodés de feuilles vertes, une blouse de la même couleur que la jupe la plus claire, et une tunique rouille foncé. Le tout porté ensemble devait être lourd et bien chaud, et beaucoup plus confortable que son uniforme.

— C'est magnifique, dit Margaret, et de ma couleur préférée. Mais peut-être un peu trop... élégant pour ce que j'avais en tête. Ce que je voudrais, c'est une tenue de travail. Un peu comme la tienne.

Manuella regarda ses jupes et sa tunique grises et leva les yeux au ciel.

— T'habiller en boutiquière? Pour faire honte à ta famille? Je t'en prie, *Domna*, chacun voit bien qui tu es, et t'habiller au-dessous de ton rang ne trompera personne, dit-elle d'un ton sévère.

Son rang? Margaret ne comprenait pas. Ces gens savaient-ils qu'elle était la fille du Sénateur de Cotman et ce que cela signifiait? A l'évidence, Manuella était désolée à l'idée qu'elle ne s'habille pas de façon adéquate, mais Margaret ne savait pas pourquoi. Elle allait lui poser la question quand entra une vieille femme, les bras chargés de lingerie. Elle s'immobilisa à la vue de Margaret, bouche bée, puis lui fit la révérence. Pendant les présentations, elle reçut les pensées de la vieille lingère Dayborah. *Comynara. Comme au bon vieux temps! Quand j'étais jeune fille...* Margaret perçut en elle regret et nostalgie d'une époque où chacun restait à sa place, et elle se secoua pour ne plus entendre ces pensées. A l'évidence, on la prenait pour une autre, mais elle ne savait pas qui.

Soudain, trop lasse pour discuter, Margaret se laissa convaincre d'acheter ce qu'elles considéraient comme des vêtements convenables pour elle. Elles lui essayèrent plusieurs ensembles avant que Manuella ne se déclare satisfaite. Ils lui allaient assez bien, et les cordons des encolures autorisaient quelques variantes. Margaret déroula sa tresse, refit son chignon qu'elle attacha avec une magnifique barrette d'argent en forme de papillon, apparue comme par magie dans la main de Manuella.

Tandis que les deux femmes discutaient ceintures et en choisissaient une vert foncé, Margaret eut l'impression déplaisante de perdre son identité. Il n'y avait plus de Margaret Alton, mais une longue succession d'étrangères emmaillotées dans des couches et des couches de vêtements, aux cheveux retenus par des barrettes en argent, aux poignets ceints de broderies et de bracelets. Les odeurs des tissus éveillèrent des souvenirs dont elle était certaine qu'ils ne lui appartenaient pas. Elles évoquaient l'image troublante de cet homme aux cheveux argentés qui parfois hantait ses rêves, et celle de la mégère hurlante. Soudain, un déluge d'images conflictuelles l'assaillit. Elle lutta pour demeurer dans le présent — pour éviter le dangereux passé. Mais les souvenirs de l'orphelinat lui revinrent et, soudain, elle prit peur. Elle se mordit les lèvres et se força à ramener son attention sur les deux femmes.

On mit dans sa main engourdie le drap vert en laine de lapin cornu, et elle accepta machinalement qu'on lui en fasse une tunique habillée, avec blouse de couleur assortie en fibres semblables à du coton. Car il faisait sûrement trop froid sur ce monde pour y cultiver du vrai coton, pensa-t-elle, se raccrochant mentalement à ses raisonnements d'universitaire pour combattre un sentiment croissant de désorientation. Elle posa la question et apprit qu'il s'agissait d'une fibre provenant de l'arbre à plumes. On lui parla aussi des moutons vigoureux élevés dans les collines et de bien d'autres choses. Ainsi, elle se ressaisit peu à peu, puis Manuella la ramena dans l'atelier.

Aaron MacEwan lui montra un coupon de soie arachnéenne, de couleur bleu-vert foncé, si beau qu'elle en resta muette d'envie. L'étoffe était encore plus belle que celle qu'il lui avait montrée à son arrivée, et sa résistance faiblit. Il la pressa de s'en faire faire une robe de bal.

Margaret protesta qu'elle n'avait pas l'usage de si beaux atours. Mais ils sourirent tous d'un air entendu, et finirent par l'emporter sur ses faibles protestations.

Elle s'aperçut alors dans le grand miroir de la boutique, et elle chancela. Elle vit une étrangère et détourna vivement les yeux. Ce n'était pas elle. Soudain, elle ressentit le besoin désespéré de remettre son misérable uniforme. Elle avait peur de la femme vue dans le miroir. Elle lui tourna le dos, se mordant les lèvres et s'efforçant de maîtriser ses frissons.

Aaron, Manuella et Dayborah prirent une apparence démoniaque et sa tête se mit à pulser. Elle prêta l'oreille, croyant entendre le tonnerre. Mais elle n'entendit que le bavardage futile du tailleur et de sa femme.

Aaron fit un croquis de la robe qu'il envisageait, et Margaret rassembla ce qui lui restait d'énergie pour faire taire ces voix qui la tourmentaient.

— Arrêtez ! Je n'ai pas besoin de robe de bal. Je suis une universitaire, pas une princesse !

Puis elle s'enfuit dans l'arrière-boutique, arracha ses nouveaux vêtements et remit son uniforme.

Quand elle revint dans l'atelier, Dayborah avait disparu, et Manuella et Aaron semblaient perplexes. Pire, Aaron avait l'air blessé.

— Mais le bal du Solstice d'Eté ? dit-il.

— Je suis sûre que s'il y a un bal au solstice, je n'y assisterai pas. Je n'évolue pas dans ce monde. Ce que je veux maintenant, c'est un bon manteau de laine pour un vieux monsieur un peu plus petit que toi, Maître MacEwan. Et il faut que je retourne près de lui ; je me suis absentée trop longtemps.

— Si c'est une obligation, il n'y a pas à discuter, *Domna*. Je te ferai tout porter au château dans la soirée.

Elle sentait chez eux de la confusion et un peu de ressentiment, comme si elle les privait de quelque plaisir. Si seulement elle arrivait à comprendre. Elle avait le cerveau comme du porridge.

Le château ? Ils la prenaient pour une autre. Elle devait ressembler à une aristocrate locale et ils croyaient qu'elle voulait s'encanailler.

— La *Domna* loge Rue de la Musique, chez Maître

61

Everard, je vous l'ai déjà dit! intervint Gérémy, rouge d'embarras.

Le tailleur le regarda, déçu et incrédule.

— Comme tu voudras, *Domna*, dit-il, branlant du chef.

— Fais-moi plutôt un paquet que j'emporterai avec moi, dit-elle, exaspérée.

— Non, *Domna*, ce ne serait pas convenable, dit fermement Maître MacEwan, doutant à l'évidence de ses affirmations et de celles de son neveu, et l'incarnation de la dignité outragée. Nous te ferons porter tout cela dans l'heure.

Margaret renonça. Ils ne croyaient pas qu'elle était ce qu'elle disait, et s'obstinaient à la prendre pour une autre.

— Combien je vous dois? demanda-t-elle.

Aaron semblait perdu dans ses pensées, et c'est Manuella qui lui cita un prix, très inférieur à ce qu'elle était prête à payer. Au moins, ils ne la volaient pas. La transaction terminée, MacEwan s'éclaircit la gorge.

— *Domna*, dit-il, nous connaissons trop notre place pour te poser des questions. Mais quand Gérémy m'a dit qui tu étais ou semblais être, j'ai été très honoré que tu m'aies choisi pour t'habiller à ton retour. Oh, je confesse que j'ai pensé à ma gloire. J'ai rarement l'occasion de travailler pour une dame des *comyn* car, en général, elles m'achètent les étoffes et les font façonner par leurs servantes. Je souffre de voir mes magnifiques tissus travaillés par des amateurs, mais c'est ainsi. Je ne suis pas sans réputation, mais il y a des limites à ce que je peux faire pour des arrivistes, des chanteurs et des ménestrels.

Mille tambours battaient dans sa tête, et elle avait des sueurs froides. Faisant un effort sur elle-même, elle répondit aussi aimablement qu'elle put :

— Si je devais prendre un tailleur, Maître MacEwan, ce serait toi. Tu as été plus qu'aimable, et je sais reconnaître un artiste quand j'en vois un. Je ne sais pas pour qui tu me prends, mais crois-moi, je ne fais pas partie de ces *comyn*, dont je n'ai jamais entendu parler.

Dès qu'elle eut prononcé ces paroles, elle réalisa qu'elles étaient mensongères. Elle connaissait ·le mot, savait ce qu'il signifiait. Mais tout cela se rapportait à cet endroit de son cerveau où elle ne voulait pas aller. Non, où elle *ne devait pas* aller, même si elle le désirait. Tout semblait trop silencieux autour d'elle, et de nouveau, elle prêta l'oreille pour entendre le tonnerre. Elle aperçut le miroir du coin de l'œil, et il y avait quelque chose dedans, comme l'esquisse d'un visage. Mais c'était un visage terrifiant, et elle détourna vivement les yeux.

Puis un grand poids tomba sur sa poitrine. Une énorme main se referma sur son cœur et serra. Chancelante, elle s'appuya contre la table de coupe, tandis qu'un long tunnel s'ouvrait devant elle. *Tombe, tombe*! Et elle s'abîma dans un tourbillon de ténèbres.

5

Margaret ouvrit les yeux, sentit une surface dure sous son dos, vit au-dessus de sa tête de grosses poutres peintes de motifs compliqués qui lui donnèrent le vertige. Elle ferma les paupières.

Quand elle les rouvrit, Aaron MacEwan, penché sur elle, l'observait avec anxiété. Elle sentit quelque chose sous sa tête, et pensa que c'était une pièce d'étoffe.

— Ne bouge pas, mon enfant. Manuella va t'apporter une tisane. Tu nous as fait une belle peur à t'évanouir comme ça. Mais je te comprends. Cette vague de chaleur me donne parfois le tournis. La boutique est étouffante.

Une vague de chaleur! Elle était froide comme un bloc de glace. Elle avait les mains et les pieds gelés, et la poitrine poisseuse de sueurs froides.

Elle voulut s'asseoir, et le monde tournoya autour d'elle. Elle se rallongea, épuisée, furieuse de la trahison de son corps. Quelque chose n'allait pas. Quelque chose de terrible qu'elle ne voulait pas savoir. Pourtant, elle le devait, c'était urgent. Mais son esprit refusait de coopérer.

Des mains tendres et calleuses, vraies mains d'artisan, l'aidèrent à se redresser, et quelqu'un approcha une tasse de tisane de sa bouche. Comme elle avait soif! Elle but avidement, et se brûla la langue. L'infusion était parfumée et abondamment sucrée au miel, et elle l'avala à grandes goulées avides. Le sucre se répandit dans sa circulation, et la revigora. Et la mémoire lui revint soudain.

Ivor! Il est arrivé quelque chose à Ivor! Cette certitude l'emplit d'épouvante. Elle résista à l'impulsion de se lever d'un bond et de partir en courant Rue de la Musique. Seule la conviction que ses genoux se déroberaient sous elle la fit rester où elle était, respirant très lentement. La discipline de sa formation universitaire reprit le dessus, ses vertiges cessèrent peu à peu et elle retrouva des forces.

— Je dois partir immédiatement !

— Mais, *Domna*, tu es malade, dit Manuella, le visage tout plissé d'inquiétude.

Malgré son trouble, elle sentit que cette inquiétude était sincère, et elle en fut touchée. Ces gens ne la connaissaient pas, et pourtant ils la traitaient en amie. Cela déclencha en elle une profonde nostalgie, sembla rouvrir une blessure qu'elle ignorait jusque-là.

Serrant les dents, elle résista à la tentation de se blottir dans leur gentillesse, repoussa sa couverture.

— Peu importe. Je dois rentrer immédiatement.

Elle se leva et chancela immédiatement.

— Gérémy ! Ethan ! Ramenez-moi chez Maître Everard aussi vite que possible.

Adultes et adolescents se regardèrent, impuissants. Aaron haussa les épaules, l'air de dire : « Comme tu voudras. » Elle rajusta la tunique de son uniforme détesté, et frissonna. Son cœur savait qu'elle n'avait aucune raison de se hâter. Il était trop tard. Mais elle espérait follement se tromper. De sa chute dans les ténèbres, elle conservait la sensation d'une main serrant un cœur. Pourtant, ce n'était pas son cœur à elle qu'elle serrait, mais celui d'Ivor. Elle aurait voulu que ce ne soit qu'un rêve, tout en sachant que cette main était aussi réelle que celles qui la soutenaient en ce moment. Réelle et impitoyable.

Dehors, le soleil déclinant frôlait les toits, éclairant les rues d'une lueur sanglante. Elle se mit à courir sur les galets inégaux, son sang battant à ses oreilles comme les tambours de mort de Vega VI. Elle glissa, tomba sur les mains et les genoux. Elle poussa un cri et jura avec une facilité qui l'étonna.

Les garçons l'aidèrent à se relever, et elle considéra la coupure de sa main comme de très loin. Elle sentit un filet de sang tiède couler sur sa jambe sous son uniforme. Ses cheveux s'étaient détachés et voltigeaient autour de son visage. Elle les écarta vivement, laissant une traînée de sang sur son front, et les rattacha.

La porte de la maison s'ouvrit avant qu'elle n'ait touché le heurtoir, et Maître Everard se dressa devant elle, pâle et défait, les yeux pleins de tristesse.

— Ivor... dit-elle, haletante. Il est mort, n'est-ce pas ?

— Oui, dit-il. L'apprenti est allé le réveiller, sans succès. Il a dû passer dans son sommeil.

— Mais il n'était pas malade ! s'écria-t-elle d'une voix hystérique. Il ne peut pas être mort, c'est impossible !

Maître Everard la fit asseoir, lui tapotant la main.

— Je ne sais pas ce qui s'est passé, mon enfant. Il était vieux et fatigué. Quand l'heure est venue, il n'y a rien à faire. Son visage est paisible ; je crois qu'il n'a pas souffert.

— Il faut que je le voie, dit-elle, en sanglotant.

— Non, mon enfant. Tu n'es pas en état. Calme-toi.

Anya entra avec de l'eau chaude, essuya doucement ses larmes, et nettoya ses écorchures, qu'elle enduisit ensuite d'une pommade odorante, sous le regard impuissant du maître de musique.

— Viens te coucher maintenant, lui dit Anya.

— Non, je veux le voir d'abord...

— Anya, conduis-la à la chambre. Elle ne dormira jamais dans cet état, dit Maître Everard d'un ton ferme.

Anya hocha la tête, aida Margaret à monter l'escalier, et elles entrèrent ensemble dans la chambre d'Ivor. Anya resta près de la porte, tandis que Margaret s'approchait du lit, d'un pas hésitant. Inutile de se hâter maintenant.

La chambre d'Ivor était orientée à l'ouest, et les rayons du couchant rougissaient la frêle silhouette allongée sur l'immense lit. Il semblait tout petit. Et apaisé. Comme s'il dormait encore, ainsi qu'elle l'avait regardé dormir tant de fois. Mais elle savait qu'il ne se réveillerait pas.

— Ivor, murmura-t-elle. *Qu'aurais-je pu faire ? Rien. Alors pourquoi ai-je l'impression que c'est ma faute ?* Je suis désolée. Pourquoi faut-il que tu me quittes ?

Qu'est-ce que je vais dire à Ida? Qu'est-ce que je vais faire sans toi?

Ces paroles sonnèrent stupides à ses oreilles, mais elles ne l'étaient pas. C'étaient juste les pauvres mots humains qu'on balbutie à la mort d'un être cher.

— Je t'aimais, vieil homme. Te l'ai-je jamais dit? T'ai-je jamais dit que tu étais un père pour moi, et que je ne t'aurais pas échangé pour tous les crédits de l'univers?

Elle lui prit la main, et resta longtemps près de lui, accablée de solitude, repensant à toutes les années passées ensemble, à toutes les gentillesses d'Ivor. Il était parti, et elle devrait continuer son œuvre; mais pour le moment, elle ne savait pas comment. Elle reposa la main d'Ivor sur sa poitrine, lissa les couvertures, toucha tendrement sa joue ridée et se détourna. Elle ne pouvait rien faire de plus.

L'épuisement l'assomma soudain comme une massue et elle chancela contre le lit, se cognant le mollet au cadre, si fort qu'elle en vit des étincelles. Elle écarta résolument son affliction, qui serait malgré tout toujours là, elle le savait. Pour le moment, elle était vide de larmes, vide de tout, sauf de solitude et de souffrance. Anya lui prit doucement le bras et la conduisit à son lit.

De hauts murs s'élevaient au-dessus d'elle. Sous ses pieds s'étendaient de grandes dalles de béton. Margaret se sentait toute petite et impuissante. Elle regardait les grandes sculptures autour d'elle. Un long clavier se dressait près d'elle. Sur la pointe des pieds, elle enfonça une touche, et un son cristallin résonna. Il lui rappela quelque chose, mais elle ne savait pas quoi. Elle frissonna.

Un ours lourdaud et amical dansait sur une estrade. A côté, une grande plaque de métal couverte de la notation compliquée de Ceti. Margaret s'efforça de la déchiffrer, car les signes de Ceti notaient à la fois la musique et la langue. C'était un code qu'elle savait lire, et pourtant elle n'y discernait aucun sens. Elle avançait, lentement et avec difficulté, comme à travers un liquide invisible et épais, faisant le tour du jardin des statues à la recherche d'une sortie.

La lumière d'un soleil jaune détesté l'éblouissait, et il devenait urgent de lui échapper. Elle longeait les murs, scrutant les pierres à la recherche d'une issue. Enfin, elle en trouva une, une petite porte qu'elle n'avait pas remarquée jusque-là. Margaret était petite, mais la porte l'était encore plus ; elle avait à peine un pied de haut et lui arrivait aux genoux. Elle tendit la main et tourna la petite poignée. La porte était fermée à clé. Elle martela le battant de ses petits poings, sous les yeux ironiques des statues qui semblaient se moquer de ses efforts. Epuisée, elle posa sa tête contre la porte, et pleura.

Elle ouvrit ses paupières gonflées, et tâta l'oreiller sous sa tête. La taie était humide. Elle cligna des yeux pour éclaircir sa vision. Il ne faisait pas très sombre dans la chambre. Elle se tourna vers la fenêtre, et jugea que c'était le milieu de l'après-midi. Pourquoi était-elle au lit ? Elle détestait dormir dans la journée. Elle en sortait toujours le cerveau brouillé et les idées fumeuses.

Elle roula sur le dos et vit les poutres peintes au-dessus d'elle. Les souvenirs l'envahirent comme une marée. L'évanouissement à la boutique, la course dans la rue, la chute sur les galets. Levant la main, elle vit le petit pansement sur sa paume. Non, ce n'était pas un rêve. Ivor était mort. Elle se remit à pleurer. Elle ne voulait pas réfléchir, parce que cela avivait sa douleur. Un instant, elle aspira à l'oubli qu'on trouve dans le vin, et pensa brusquement au Sénateur et à ses ivresses intermittentes. Etait-ce pour cela qu'il buvait ? Pour la première fois, elle le comprit presque, et trouva cette sensation troublante. Elle ne voulait pas comprendre son père — jamais !

Le bannissant dans le lieu où elle consignait ses souvenirs les plus haïs, et se surprit à fredonner un chant de Zeepangu, où les gens ne pleurent pas leurs morts mais les maudissent. Mais elle n'était pas sur Zeepangu, et n'avait pas envie de maudire Ivor pour l'avoir abandonnée. Simplement, elle aurait donné n'importe quoi pour qu'il fût là.

A son arrivée à l'Université, naïve Coloniale de seize ans, tout lui avait paru étrange et aliénant, et elle avait tout détesté jusqu'au moment où Ivor lui avait donné un foyer et une raison de vivre. Elle n'avait jamais réalisé son ignorance avant de rencontrer les autres étudiants, tous avec leurs propres coutumes et préjugés, tous aussi provinciaux qu'elle, et tous aussi convaincus que la façon de vivre chez eux était la seule bonne.

La différence entre Thétis et l'Université était la même qu'entre la campagne et la ville. Margaret ne s'était jamais doutée qu'elle était une paysanne, et que la fille d'un Sénateur pouvait être une idiote en certaines situations. Quelle révélation! Elle en avait été terrifiée, et n'avait retrouvé la paix qu'en rencontrant Ivor et Ida. Elle revécut la terrible solitude de cette époque, et le plaisir d'en avoir été sauvée par les compatissants Davidson.

Un instant, elle se détendit dans la chaleur et la sécurité de ses chers souvenirs. Mais son indignation demeurait, pesante comme une brique sur son cœur. Pourquoi cette fureur? Elle était logique, entraînée à réfléchir rationnellement, non? Pire, pourquoi était-elle furieuse contre Ivor?

Margaret ressentit le besoin urgent de découvrir la source de sa colère, de la définir, pour s'en débarrasser. Sauf que ses sentiments refusèrent de se laisser analyser. Ils lui labouraient le cœur et le ventre comme une bande de chats sauvages. Y avait-il autre chose qu'Ivor? Quelqu'un d'autre était-il mort, quelqu'un qu'elle aimait? Elle réfléchit, mais ne trouva personne, sauf sa vraie mère. Elle pensait peu à cette femme. Et les rares fois où elle en avait parlé à Dio, son air désemparé lui avait fait regretter ses paroles. Ou cette autre femme, cette Thyra, dont elle était sûre qu'elle faisait partie du mystère. Etait-elle morte? Maître Everard en avait parlé au passé.

Elle sentait la sueur et l'angoisse, alors elle se leva et chercha ses vêtements. Son uniforme avait disparu, mais elle trouva dans l'armoire les vêtements achetés la veille.

Considérant la lumière, elle se dit qu'elle devait avoir fait le tour du cadran. Et, effectivement, consultant son chronomètre, elle constata qu'elle avait dormi tout un jour. Pas étonnant qu'elle se sente abrutie! Passant une robe de chambre, elle se rendit à la salle de bains. Ténébreuse ne connaissait peut-être pas l'électricité et les automobiles, mais elle était très civilisée pour les bains.

Se plongeant dans l'eau bien chaude, elle prit une jarre verte posée sur la baignoire et en versa un peu dans la baignoire. Il s'en éleva une douce odeur florale — et quelque peu familière. La petite porte de son rêve reparut. Elle s'immobilisa, tentant de se souvenir. Qu'y avait-il derrière cette porte ? Elle ferma les yeux, et l'odeur des fleurs l'apaisa. Elle était petite, avec un corps d'enfant surimposé au sien. Elle était assise dans une baignoire, parfumée au même liquide vert. Des bras gracieux l'avaient plongée dans l'eau. Les bras de qui ? Les bras de la rousse qui hantait ses cauchemars, elle en était sûre. Et il y avait quelqu'un d'autre. Qui ? L'homme aux cheveux argentés ?

Brusquement, elle se rappela une autre soirée avant son départ pour l'Université, soirée qu'elle avait enfermée dans un coin de son esprit avec tant d'autres. Trop excitée pour s'endormir, elle était descendue chercher une lecture soporifique.

Le Vieux était assis devant le feu, un verre à la main. Elle le revit, avec sa barbe, ses rides, et les cicatrices qu'il cachait sous une crème couleur chair quand il sortait. Elle lui avait souvent demandé d'où venaient ces cicatrices, mais il n'avait jamais répondu. En grandissant, elle avait appris à ne pas poser de questions, à ne pas se souvenir, et à ne jamais désobéir à ses ordres étranges.

Il leva les yeux et un sourire effleura ses lèvres.

— Contente, Marja ?

— Oui. Je n'arrive pas à dormir. Je suppose que je dormirai sur le vaisseau.

— J'en doute. Quand nous avons quitté... quand nous sommes venus ici, tu as eu le mal de l'espace. Tu sembles avoir hérité de mes allergies aux drogues anti-nausée, quoiqu'on en ait inventé de nouvelles depuis. Marja, tu te rappelles quelque chose de ta vie avant notre arrivée ici ?

Pour une raison mystérieuse, et bien qu'il eût parlé avec douceur, cette question la terrifia.

— Pas grand-chose. J'étais presque un bébé.

— Non, tu avais près de six ans et, à cet âge, on a des souvenirs. Rien ? Pas même des rêves ?

— Pas vraiment.

Six ans? Il devait se tromper. Comment pouvait-elle avoir oublié six ans de sa vie?

— Seulement des trucs symboliques, dit-elle. Tu sais, des portes fermées, des murs. Quelque chose de précieux caché derrière une porte.

— Comme quoi? demanda-t-il, les yeux brillants.

— Un gros — comme un gros bijou, dit-elle, mal à l'aise. C'est important?

— Peut-être. Il y a autre chose?

— Non, pas vraiment.

Mais ce n'était pas vrai. Il dut le sentir, car il demanda, très doucement :

— Dis-moi tout, mon enfant.

— Parfois, je rêve d'une petite porte qui me fait peur. Je pleure et je tape dessus, mais je ne peux pas entrer. Ou pas sortir. Je suis petite, mais la porte l'est encore plus, et alors... toi et Dio, vous êtes là, comme toujours.

Mais vous n'étiez pas là quand on a fermé la porte. Bizarre comme elle était furieuse quand elle pensait à ce rêve. Elle espéra qu'il n'avait pas entendu sa pensée — parfois, il semblait lire en elle — parce qu'elle ne voulait pas qu'il connaisse la violence de sa fureur.

Apparemment, il n'avait pas perçu les émotions qui ravageait son esprit d'adolescente, ou peut-être qu'il était déjà trop ivre pour les remarquer.

— Viens près de moi, Marja. Assieds-toi par terre comme quand tu étais petite.

Une seconde, elle fut tentée, puis cela lui parut idiot.

— Je ne suis pas ton chien, dit-elle.

— Non. Tu es une mégère rousse comme ta mère.

— Belle façon de parler de ta femme morte! s'emporta-t-elle.

Puis elle frissonna. Il était dangereux de le provoquer quand il était de cette humeur. Mais il eut l'air stupéfait.

— Marjorie? Qu'est-ce qui te fait penser que je parlais d'elle? Je l'aimais plus que les mots ne peuvent l'exprimer. Mais ce n'est pas ta mère, maudits soient les dieux!

— Dio est la seule mère que j'aie connue. Mais je pensais que ma mère biologique était ta première femme, bien que tu n'en parles jamais. Je croyais que tu l'aimais trop pour ça.

A peine prononcées, elle regretta ces paroles. Elle savait qu'il était dangereux de lui tenir tête, et elle était étonnée de son audace. Tout était devenu déroutant depuis qu'elle avait décidé d'aller à l'Université. Il était toujours mécontent de son choix, mais ne voulait pas dire pourquoi.

— Marjorie ? Non. Ta mère est Thyra, la sœur de Marjorie.

Margaret essaya de digérer la nouvelle. Thyra ? Elle connaissait ce nom — parfois, il le hurlait dans son sommeil, et ça la faisait toujours frissonner. Elle avait envie de quitter la pièce, mais la curiosité l'emporta.

— Je connais des coutumes de mariage assez bizarres, mais ça, c'est nouveau ! Le premier enfant d'un couple est-il toujours porté par la sœur de la mariée ? dit-elle, sarcastique à dessein, car elle aurait préféré mourir plutôt que révéler sa curiosité à son père.

Il ne trouva pas ça drôle.

— Ce ne fut pas délibéré, dit-il d'un air sinistre.

Margaret était juste assez grande pour croire qu'elle comprenait, et elle fut embarrassée, mais pour elle ou pour lui, elle ne savait pas.

— Dio le sait ?

— Naturellement — je lui ai tout dit, après l'avoir appris moi-même. Sais-tu que nous avons eu un enfant, Dio et moi ? dit-il d'un ton si douloureux qu'elle grimaça.

— Non, dit-elle, plus douce. Je ne le savais pas.

— C'est pourquoi... Dio était si heureuse de t'avoir.

— Mais pourquoi n'en avez-vous pas eu d'autres ?

Elle aurait tant aimé avoir des frères et des sœurs, une grande famille turbulente comme celles de Thétis. Margaret avait toujours été frustrée d'être fille unique.

— Je n'ai pas osé, dit-il, bourru.

L'image terrifiante d'un nourrisson trop malformé pour survivre fulgura dans l'esprit de Margaret.

— Je ne pouvais pas lui demander de supporter ça... une nouvelle fois. Aucun homme ne l'aurait pu.

Après une courte hésitation, il reprit :

— Dio pensait qu'on devait te le dire, mais j'ai tou-

jours été trop lâche pour le faire. Notre fils... est mort.
Puis je t'ai retrouvée. Tu étais une ravissante petite fille,
et Dio voulait tellement un enfant de moi. Je crois qu'elle
a été une bonne mère.

— Elle l'est. Je ne l'ai jamais contesté. *Mais où — et
qui — est cette Thyra, ma vraie mère ?*

— Dio aurait dû avoir une demi-douzaine d'enfants ;
cela lui aurait plu. Mais je n'ai pas voulu prendre ce
risque.

Margaret ne pouvait pas le contredire. Mais pourquoi
était-ce un secret ? Et pourquoi avait-elle toujours eu
l'impression que c'était de sa faute s'ils n'avaient pas eu
d'autres enfants ?

— Non, dit-il avec douceur, et elle sut qu'il l'avait
entendue, comme cela lui arrivait parfois, comme s'il
lisait dans sa tête.

Elle savait que c'était impossible, impensable — les
personnes ne pouvaient pas envahir ainsi l'esprit des
gens !

— Cela n'a rien à voir avec toi, mais je sais que c'est
difficile à croire. A ton âge, chaque fois que mon père
avait des problèmes, je croyais que c'était de ma faute, et
tu dois être comme moi.

Comme Margaret n'imaginait pas que son père ait
jamais été jeune, ni qu'il eût jamais eu des problèmes,
elle s'était retirée avant qu'il n'en dise plus. Elle se rappelait être retournée dans sa chambre, et s'être forcée à
oublier ce qu'il avait dit. Ce n'était pas la première fois
qu'elle agissait ainsi, réalisait-elle maintenant. Chaque
fois que quelque chose l'effrayait ou la peinait, elle enfer-
mait le souvenir dans un coin bien scellé de son esprit.

Maintenant, dans l'eau chaude de son bain, elle se
demanda si la rousse hurlante de ses rêves était cette
Thyra. Si oui, elle préférait ne pas y penser. Et qui était
cet homme qui ne cessait de lui apparaître ? Si seulement
elle avait dit la vérité sur ses rêves à son père, lors de
cette conversation. Mais elle ne lui faisait pas assez
confiance pour lui révéler ses cauchemars. Et maintenant,
il était inutile de s'attarder sur le passé. Il était révolu, et
il ne l'intéressait pas.

Cette Thyra et la propriétaire du *ryll* étaient-elles une

seule et même personne? Cela semblait probable, mais elle n'avait personne à qui le demander. Elle remarqua que le bout de ses doigts commençait à se plisser d'être resté longtemps dans l'eau, et c'était une chose si quotidienne que cela la réconforta malgré elle. Margaret écarta de son esprit cette énigme qu'elle ne résoudrait sans doute jamais, et termina son bain.

Quand même, si la femme de ses rêves était la Thyra du *ryll* dont elle avait joué l'avant-veille, si c'était bien sa mère, alors son père lui devait beaucoup d'explications. Si elle le revoyait — non, quand elle le reverrait —, elle le ligoterait sur une chaise et ne le libérerait pas avant qu'il ne lui ait tout dit. Cette décision lui fit du bien, car elle s'aperçut qu'elle n'était plus une enfant terrifiée. Enfin, elle avait encore un peu peur, mais elle n'était plus une enfant.

La bureaucratie, pensa Margaret, avait été inventée par le diable pour compliquer la vie des gens. Après deux jours de discussions avec de petits fonctionnaires du Secteur Terrien, on lui avait dit qu'elle ne pouvait pas renvoyer chez lui le corps d'Ivor parce qu'elle n'était pas une parente. Il devait être enterré sur Ténébreuse, et, si Ida le désirait, elle pourrait venir le chercher plus tard. Elle avait gratifié le préposé de quelques épithètes colorées, puis elle était sortie en claquant la porte, souffrant toujours de la migraine qui menaçait de devenir permanente.

Elle avait envoyé un téléfax à Ida, qui avait répondu d'enterrer Ivor sur Ténébreuse, du moins pour le moment.

Remplir les formulaires et répondre dix fois aux mêmes questions avait tenu sa douleur en respect. Mais dès qu'elle n'avait plus rien à faire, elle se sentait perdue et abandonnée. Seule la présence amicale de Maître Everard et d'Anya l'empêchait de s'abandonner au désespoir. Ils se comportaient comme s'ils les avaient connus toute leur vie, Ivor et elle, et non comme s'il s'agissait d'un étranger qui avait eu le mauvais goût de mourir chez eux le lendemain de son arrivée.

En ce moment, Maître Everard marchait près d'elle

dans les étroites ruelles. Le cercueil était porté par quatre musiciens de la Guilde, et le reste de la maisonnée suivait derrière. Margaret portait la précieuse guitare du professeur. Sa coupure à la main, provoquée par sa chute sur les galets, était guérie, mais sa croûte au genou lui faisait mal.

A l'approche du petit cimetière situé non loin du Secteur Terrien, quelques passants s'arrêtèrent pour regarder le convoi. Margaret, abîmée dans son chagrin, ignora les regards curieux des Ténébrans et des Terriens. Elle portait les vêtements chauds et confortables achetés chez MacEwan, et elle parvenait tout juste à mettre un pied devant l'autre. Habituée aux pantalons, elle trébuchait souvent dans sa jupe.

Passant sous une arche élégante, ils entrèrent dans un espace entouré de murs. Elle vit quelques pierres tombales, des arbres dispersés çà et là, et, plus loin, un groupe de silhouettes qu'elle prit pour les statues de son rêve. Mais quand l'une d'elles tourna la tête, elle réalisa que c'étaient des personnes vivantes. La brise leur apportait une odeur de balsamine et faisait voleter les vêtements.

— J'espère que tu ne te formaliseras pas, mon enfant, mais j'ai demandé à quelques musiciens de la rue de se joindre à nous, dit Maître Everard, l'air embarrassé et un peu craintif.

— Non, pas du tout. Mais ils ne le connaissaient pas, et cela semble étrange.

— Oui, mais ils auraient désiré le connaître. Pendant le peu de temps où je l'ai côtoyé, j'avais appris à l'apprécier, et je me sens privilégié d'avoir fait cette rencontre.

Les porteurs abaissèrent le cercueil dans la fosse, et le chapelain lut quelque chose dans son livre, un gros volume usé, très vieux et sans doute de grande valeur. Les paroles aussi étaient anciennes, cérémonieuses, et sans doute aussi incompréhensibles pour les Ténébrans que pour elle. Quand il eut fini, il se pencha, jeta une poignée de terre dans la tombe et se retira, son devoir accompli. Margaret se baissa à son tour et ramassa une poignée de terre, qui lui picota les doigts, et sa tiédeur remonta dans son bras, comme si Ténébreuse pénétrait

74

dans son sang. Elle jeta la terre dans la fosse, puis s'immobilisa.

Margaret resta pétrifiée sur place, jusqu'au moment où une femme s'avança. Elle avait les cheveux noirs, le teint clair, et elle était vêtue de bleu. Levant les bras, elle se mit à chanter d'une voix vibrante de soprano, qui résonna entre les arbres et les pierres. C'était une mélodie déchirante, parlant de printemps qu'Ivor ne verrait plus, de mets qu'il ne mangerait plus, de fleurs qu'il ne respirerait plus. Tous les sens étaient célébrés, et Margaret se mit à sangloter.

Son chant terminé, l'inconnue s'écarta et un grand gaillard prit sa place. Margaret reconnut la voix de celui qui succéderait à Maître Everard à la tête de la Guilde. Il chanta une magnifique ballade en ténébran archaïque, et Margaret eut du mal à suivre les paroles. Son chaud baryton provoqua en elle une sorte de libération, et elle s'aperçut qu'elle avait cessé de pleurer et qu'elle écoutait en silence.

Enfin, Margaret sortit la précieuse guitare d'Ivor de son étui, l'accorda soigneusement et plaqua quelques accords. Elle se mit à chanter, d'abord d'une voix rauque, mais de mieux en mieux à mesure qu'elle s'échauffait. Perdue dans la musique, elle choisit les pièces préférées d'Ivor, de vieux chants terriens, des chansons à boire de l'Université. Elle chanta des chants d'amour d'une douzaine de mondes, et, quand elle fut trop lasse pour continuer, elle termina par un hymne funèbre si ancien que personne n'en connaissait l'origine. Il parlait d'un héros, brave et intrépide, tombé avant son heure.

Relevant la tête, elle constata que les assistants, touchés par son chant, pleuraient ou refoulaient leurs larmes. Elle posa sa guitare et baissa la tête. C'était fini.

— Viens, rentrons à la maison, dit Everard.

A la maison ? Où était la maison ? Où était sa place ? Son chagrin lui revint d'un seul coup, ravivant sa migraine.

— Merci pour tout, Maître Everard. Tu as été tellement gentil ! Mais j'aimerais rester un peu avec Ivor. Après, je rentrerai à la maison. Pourrais-tu remporter sa guitare ?

— Naturellement, mais tu es sûre que tu n'as pas besoin de moi ?

— Non. Je connais bien le chemin maintenant.

— Je n'en doute pas. Tu es une femme remarquable, Margaret Alton.

Sur quoi, il la quitta.

6

Restée seule, Margaret s'abandonna à son chagrin. Les oiseaux chantaient dans les arbres, mais elle ne les entendait pas. Enfin, son corps qui avait faim la ramena brusquement au présent. C'était irritant. Elle eut l'impression d'entendre glousser Ivor, lui disant de ne pas faire l'imbécile. Elle franchit les grilles du cimetière et chercha un endroit où se restaurer.

Elle trouva une petite taverne, juste avant le Secteur Terrien. La plupart des clients étaient des Terriens en uniforme de cuir noir qui parlaient à voix haute. Le bruit la fit grimacer, et elle s'installa à une table au fond de la salle où régnait un calme relatif. Encore engourdie par ses émotions violentes, elle laissa son esprit vagabonder.

Une Ténébrane potelée en costume indigène s'approcha et s'enquit de ce qu'elle voulait. Elle lui dit de lui apporter quelque chose du menu griffonné à la craie derrière le comptoir. Quoi que ce soit, elle savait que ce serait savoureux et bourratif.

La serveuse revint avec un bol de lapin cornu fumant, un petit panier de pain tout chaud, et une chope de bière. Il y avait de gros morceaux de viande tendre dans une sauce épaisse, et beaucoup de légumes, le tout dégageant des odeurs d'une familiarité obsédante.

Elle attaqua son repas avec appétit, sans se soucier des bonnes manières. Malgré les efforts et les protestations d'Anya, elle n'avait vécu que d'infusions depuis la mort d'Ivor, tenant sur les nerfs, avec, de temps en temps, une envie de café pas très pressante. Maintenant, elle avait envie de rattraper le temps perdu.

Elle avait presque terminé quand elle remarqua un homme de haute taille qui la regardait. Il portait l'uniforme de cuir noir des Terriens, mais il n'en avait pas l'attitude. Elle en resta perplexe, puis décida finalement qu'il ne venait pas là pour s'encanailler comme les autres. Elle détourna vivement la tête, refusant de le regarder en face, ce qui, paraît-il, était mal élevé sur ce monde, mais elle sentit qu'il continuait à l'observer. Elle s'en inquiéta un peu, et encore plus quand il se leva et marcha vers sa table.

Sans lui en demander la permission, il s'assit en face d'elle et lui sourit d'un air qui calma presque ses craintes.

— Je sais qui tu es, commença-t-il sans préambule. La fille de Lew Alton, non ?

Elle pouvait difficilement le nier, mais elle se demanda comment cet étranger le savait. Elle ne ressemblait pas du tout au Vieux. Il parut sentir sa perplexité et reprit de son ton amical :

— Je suis le Capitaine Rafael Scott, mais la plupart des gens m'appellent Rafe.

Elle le fixa sans répondre, et il poursuivit :

— Nous sommes parents.

— Quoi ?

— Je suis ton oncle. Lew ne t'a jamais parlé de moi ?

Margaret regretta d'être en vêtements indigènes, d'être si fatiguée, et que les gens lui parlent comme s'ils savaient des choses qu'elle ignorait. L'homme avait dans les quarante ans et paraissait assez aimable. Mais elle était méfiante. Elle ne voulait pas qu'on la prenne pour une catin de l'astroport — l'une des rares choses que Dio lui eût apprises sur Ténébreuse.

— Oui, je suis la fille de Lew Alton. Mais le seul oncle que je connaisse est le frère de mon père, et il est mort depuis très, très longtemps.

Elle se demanda ce que dirait son père de cette conversation, et le maudit mentalement de pas lui avoir dit ce qu'elle avait besoin de savoir. C'était bien de lui, de la laisser comme ça dans l'ignorance ! Sa colère, un peu oubliée pendant son repas, la reprit.

— Comment t'appelles-tu ?

— Marguerida, répondit-elle, ce qui était la forme ténébrane de son nom. Comment peux-tu être mon oncle ? On ne m'a jamais parlé de toi.

— En fait, nous nous sommes déjà rencontrés. Mais j'étais encore adolescent, et tu étais une toute petite fille.

— Je ne me rappelle pas.

Elle perçut un doute dans sa propre voix, et regretta de ne pas être meilleure actrice. Elle trouva que cette conversation était la plus étrange qu'elle ait jamais eue, quoique toutes ses conversations sur Ténébreuse aient eu quelque chose d'étrange. Elle se demanda s'il disait vrai, tout en ayant l'impression qu'il ne mentait pas. Elle sentait quelque chose de plus qu'une attitude ouverte et amicale. Elle sentait son honnêteté à travers la table, presque comme si elle lisait en lui à livre ouvert. *Il va se commander une autre consommation.*

Un instant plus tard, il fit signe à la serveuse et lui montra sa chope vide. Margaret s'inquiéta, se demandant comment elle l'avait deviné. Si seulement ces bizarres accès de clairvoyance cessaient ! Elle en était honteuse, comme si elle commettait des indiscrétions.

— Je m'arrive pas à croire que Lew ne t'ait jamais parlé de moi. Nous étions intimes, bien qu'il soit plus âgé que moi. J'étais plus vieux que Marius, le frère de Lew, mais pas de beaucoup. Marius aurait pris sa place au Conseil si on le lui avait permis. Mais les maudits conservateurs, comme Dyan Ardais, s'y sont opposés.

Margaret fut surprise par son ton coléreux, cette rage ancienne qui ressortait brusquement mais n'avait rien perdu de sa vigueur avec le temps. Et ce nom — Dyan Ardais. Elle était sûre de ne l'avoir jamais entendu, mais il lui donna envie de se cacher sous la table. Elle était si bouleversée qu'elle faillit ne pas entendre la phrase suivante.

— Il est mort avant ses vingt ans. Ton père était furieux.

— Quel Conseil ? Quels conservateurs ? *Et qui es-tu ?* dit-elle sèchement, incapable de se maîtriser davantage.

Rafe Scott la regarda calmement, haussant un sourcil étonné. La serveuse apporta sa chope, et il plongea ses lèvres dans la mousse.

— Je suis le frère de Marjorie Scott. C'est ta mère. De sorte que je suis ton oncle. C'est très simple.

Le frère de Marjorie Scott. Ce nom n'éveilla pas en

elle de puissants échos, car elle savait que ce n'était pas sa vraie mère. Dio était sa mère, la seule mère qu'elle connût. Mais elle trouva intéressant qu'il ne parût pas savoir que c'était Thyra, sa mère, et non sa sœur Marjorie. Bien sûr, si Thyra était la sœur de Marjorie, comme son père le lui avait dit, Rafe Scott était toujours son oncle. Elle eut envie de le lui demander, puis se ravisa. Quelque chose en elle refusait de parler de Thyra.

— Pourtant, tu es Terrien, et pas Ténébran, non ? dit-elle, surprise d'être convaincue d'avance que c'était vrai.

— Mon père, Zeb Scott, était Terrien. Il avait épousé Félicia Darriell des Aldaran, qui était ta grand-mère.

Il soupira.

— Voilà longtemps de ça, et c'est une triste page de l'histoire ténébrane. Marius est mort, ton père a perdu une main, et le Domaine d'Alton... enfin, ne parlons plus du passé.

Margaret lui en voulut de son attitude.

— C'est peut-être le passé pour toi, mais depuis mon arrivée, les gens sont persuadés que je sais de quoi ils parlent — mais ils ne me racontent jamais rien. J'ai l'impression d'être victime d'une conspiration du silence. Et franchement, je commence à en avoir assez !

— Mais Lew t'a certainement dit...

— Je n'ai vu mon père que pour de brèves périodes au cours de la dernière décennie, et il ne m'a jamais dit grand-chose quand il m'honorait de sa présence, dit-elle avec amertume. Je suis ici grâce à une bourse de l'Université pour faire des recherches musicales. Il y a quelques jours encore, j'étais en compagnie de mon maître. Mais il est mort subitement.

Elle s'interrompit, les yeux pleins de larmes.

— Je reviens de son enterrement. Tout ce que je sais de ma famille tiendrait facilement dans un dé à coudre.

— Tu veux dire que tu n'es pas ici pour le Conseil Télépathique ? demanda-t-il, atterré.

— *Pour le quoi ?*

— Désolé. Je pensais que tu étais avec Lew et que vous veniez tous les deux assister au Conseil.

— A ma connaissance, le Sénateur n'a pas prévu de venir — mais il ne m'informe pas de ses déplacements.

Quant au Conseil Télépathique, pourquoi y assisterait-il, ou moi, d'ailleurs ? La lecture de la pensée est un mythe, comme les dragons.

Le Capitaine Scott se renversa sur son siège, pensif.

— Qu'il aille au diable avec son entêtement imbécile ! dit-il enfin.

— Je n'aurais pas mieux dit moi-même.

Scott gloussa, et, malgré sa fureur, Margaret l'imita.

— Il a toujours été têtu comme une mule. Mais je ne comprends pas pourquoi il t'a tenue dans l'ignorance de ton héritage ! *Le Lew que j'ai connu était entêté, mais il n'était pas stupide !*

Margaret ignora ces paroles, qu'elle entendit mais que son compagnon n'avait pas prononcées. Elle aurait voulu rentrer chez Maître Everard à tire-d'aile — sans avoir à arpenter les rues de Thendara — et se mettre au lit une septaine.

— Je suppose qu'il avait de bonnes raisons. Il n'a jamais pensé que je reviendrais sur Ténébreuse, et je n'y serais jamais revenue si un professeur de l'Université n'en avait pas été empêché au dernier moment. C'était totalement inattendu. Il m'a quand même dit, reprit-elle, fronçant les sourcils, de couvrir ma nuque et de ne jamais regarder les gens en face, ce qui, paraît-il, est mal élevé ici. Mais c'est tout. Je comprends la première recommandation, mais je ne vois toujours pas pourquoi je dois éviter le contact oculaire.

— Le Don des Alton est celui des rapports forcés, et est facilité par ce contact oculaire. Mais Lew n'en a jamais eu besoin.

— Si tu continues à parler par énigmes, je vais te jeter ma bière à la tête ! Qu'est-ce que ce « Don » ? dit-elle, ressentant un curieux picotement dans la nuque.

— Ce serait gâcher une excellente bière. Je ne sais pas par où commencer, et je ne suis pas sûr que ce soit à moi de t'informer. Et ce n'est certainement pas le lieu.

— Il me semble pourtant que tu m'en as déjà dit beaucoup. Sans rien de très instructif !

Elle eut la satisfaction de le voir rougir. Il la regarda dans les yeux avec insistance, et elle vit que ses iris étaient remarquables, mouchetés d'or, comme les siens, mais plus pénétrants. Un instant plus tôt, il semblait rassurant, mais maintenant, Rafe lui parut inquiétant, comme s'il lisait dans son esprit. Son père la regardait comme ça, parfois, et elle réagit comme toujours, en pensant à autre chose. Elle se concentra sur une partition compliquée et, au bout d'un moment, il détourna les yeux. Pour la première fois, elle remarqua ses mains et vit qu'il avait six doigts.

Ces doigts firent surgir un souvenir, celui des mains de femme jouant du *ryll*. Elles aussi avaient un doigt surnuméraire. Margaret réprima un frisson et écarta cette image, car elle savait que ces mains appartenaient à Thyra.

Rafe remua avec embarras et soupira.

— Ton père est l'un des hommes les plus remarquables que j'aie jamais connus, mais il n'a jamais su diriger sa vie privée. Quel gâchis !

— Sa vie privée ? C'est à peine s'il en a une !

— Tu es très dure à son égard, non ?

— Pas autant que je le voudrais.

Rafe réprima un éclat de rire, et en parut encore plus sympathique.

— Nous ne pouvons pas parler ici. Je propose donc de te raccompagner au Château.

— Et moi, je te conseille de réviser ta proposition. Je n'irai dans aucun château, ni avec toi, ni avec quiconque viendra m'annoncer qu'il connaît le Sénateur. J'ignore peut-être les coutumes de Ténébreuse, mais j'en sais assez pour ne pas me compromettre avec un étranger.

Elle ne put malgré tout se défendre d'une certaine curiosité, en dépit de sa fatigue et de sa contrariété. Elle se rappela que MacEwan et sa femme pensaient naturellement qu'elle résidait au Château, et que les gens lui manifestaient une déférence uniquement basée sur son apparence.

— Margaret, dit Rafe à voix basse, tu es une personne très importante, que tu le saches ou non. Tu as une obligation à remplir. Il est de la plus haute importance pour l'avenir de Ténébreuse que tu m'accompagnes.

Elle resta un moment pétrifiée par ces paroles si contraignantes.

— Je crois que tu te trompes, dit-elle enfin.

— Non. J'étais jeune quand tu as quitté Ténébreuse, mais quand même assez âgé pour me rendre compte que tu avais le Don des Alton au plus haut degré.

— Veux-tu dire que j'étais une sorte de liseuse-de-pensées quand j'étais petite ?

Un vague souvenir lui revint, déplaisant, concernant la politesse. Quelqu'un l'avait traitée de fouineuse, mais en riant. La voix qu'elle réentendait dans sa tête était celle de son père, plus douce qu'elle ne l'avait jamais été depuis.

— Pas « une sorte de », mais une télépathe très douée.

— Eh bien, je dois avoir perdu ce don en grandissant, car il est certain que je ne l'ai plus !

Margaret n'était pas trop sûre de ce qu'elle affirmait. La télépathie expliquerait certainement plusieurs incidents curieux. Elle *ne voulait pas* y croire, réalisa-t-elle. Ça la faisait penser à l'homme aux cheveux argentés, à la rousse et à la mort.

Avec une soudaineté qui lui donna presque la nausée, Margaret sut qu'elle avait senti quelqu'un mourir, dans son esprit, voilà très longtemps. C'était horrible, et elle aurait voulu anéantir ce souvenir importun. Il était arrivé quelque chose de terrible, qu'elle avait enfermé dans un coin de son esprit, à jamais croyait-elle. Elle se raccrocha instinctivement à la table, et tenta de se lever, terrifiée. Mais une puissante main à six doigts se referma sur son poignet.

— Ce n'est rien. Il n'y a rien à craindre.

Margaret sentit une présence en elle, calmante, apaisante. Elle plongea son regard dans les yeux mouchetés d'or de l'autre côté de la table, et se mordit les lèvres.

— *Va-t'en* ! siffla-t-elle, furieuse et impuissante à la fois, et l'impression d'invasion s'évanouit, la laissant avec sa terreur.

— Viens, Marguerida. Sortons au moins d'ici.

Rafe jeta quelques pièces sur la table et se leva.

Elle se leva aussi en tremblant, et sortit derrière le Capitaine Scott, sans remarquer les regards curieux des Terriens et des Ténébrans. Elle s'immobilisa, comme hébétée, sur la chaussée, dans la lumière du soleil déclinant qui jetait sur la rue un linceul sanglant. Tout semblait à la fois étrange et familier. Le passé qu'elle ne voulait pas se rappeler semblait à portée de sa main.

Margaret aurait voulu s'en aller, quitter cet homme, retourner chez Maître Everard, prendre un bon bain et se coucher dans sa douillette chemise de flanelle. Elle ne voulait plus entendre parler d'énigmes ni de Conseils. Mais sa bouche semblait d'un autre avis, car elle s'entendit demander, avant d'avoir pu censurer ses paroles :

— Qu'est-ce que le Domaine d'Alton ?

Le Capitaine Scott la regarda en soupirant.

— Les grandes familles de Ténébreuse, appelées *comyn*, possèdent chacune des terres et propriétés ancestrales nommées Domaines. Depuis le départ de Lew, la branche aînée de la famille n'est plus représentée à Armida, la maison familiale des Alton. Gabriel Lanart-Alton, qui appartient à la branche cadette... bon, passons. Disons que si Lew mourait, le Domaine t'appartiendrait et, en son absence, tu dois parler en son nom, dit-il.

— Arrête ! Je ne te suis pas. Je sais que la société ténébrane est de type féodal, dit-elle. Les disquettes pédagogiques m'ont au moins appris ça. Maintenant, tu m'informes que ma famille est puissante et que je possède un morceau de la planète, c'est bien ça ?

— C'est un résumé exact, bien que sommaire.

— C'est ridicule ! Mon père me l'aurait dit !

— Lew a renoncé à ses droits sur le Domaine en devenant notre Sénateur.

— Ah ! Alors, je ne possède pas vraiment ce Domaine. C'est un soulagement. Je ne tiens pas à m'embarrasser de...

— Marguerida, Lew n'a pas renoncé à *tes* droits sur le Domaine, seulement aux siens. Selon la loi ténébrane, personne ne peut renoncer en son nom aux droits d'un enfant mineur — ce serait abusif.

— Abusif ? Si tu veux mon avis, toute la planète est incompréhensible et me semble marcher sur la tête, dit-elle, sachant qu'elle se montrait entêtée en évitant de poser des questions sur le Conseil et autres thèmes passionnants dont il avait parlé.

— C'est ce que disent les Terriens depuis des années, dit-il en riant.

— Eh bien, je suis citoyenne de l'Empire, ce qui fait de moi une pseudo-Terrienne, et je ne veux rien savoir de votre politique locale. Je suis venue ici pour recueillir des chants folkloriques, et c'est ce que je vais faire !

— Ça complique un peu les choses, mais je suis sûr que ça peut s'arranger — ta citoyenneté, je veux dire.

— S'arranger ! Que t'importe ? Tu es Terrien, non ?

— Il m'importe, parce que je vis sur Ténébreuse et que je l'aime... Oui, je travaille pour le Service Terrien, mais mon cœur est ici. Et ta présence est importante. Parce que si les Ténébrans ne font rien, il y a de grandes chances que la planète soit avalée par les Expansionnistes. Si nous perdons notre statut protégé... bon, j'aime mieux ne pas y penser. Mais je n'imagine pas pourquoi il t'a laissée dans l'ignorance de ton héritage.

Au moins, elle avait entendu parler des Expansionnistes. Avant son départ avec Ivor, elle avait appris qu'ils avaient obtenu la majorité dans la Fédération pour la première fois en plus de deux décennies.

— C'était sans doute une question trop douloureuse pour qu'il en parle. Capitaine Scott, l'homme que tu as connu n'est pas celui que je connais. Il a essayé de me dire quelque chose avant mon départ pour l'Université, mais comme nous n'avions pas l'habitude de nous parler, il ne s'est rien passé. Aujourd'hui, c'est un homme aigri et amer, qui boit trop et ne parle à personne. Et comme il ne m'a pas informée de mon histoire, j'ai supposé qu'il avait de bonnes raisons. Ce n'est pas un homme impulsif.

— Alors, il a vraiment changé, car je l'ai connu impulsif. Il fut un tendre mari pour ma sœur — je n'ai jamais connu quelqu'un de si amoureux. Tu ne te rappelles pas Marjorie — à qui tu ressembles beaucoup —, ou la maison des Alton, ici, à Thendara ? J'étais sûr que...

— Ce dont je me rappelle ou non ne te regarde pas. *Je ressemble à Marjorie ou à Thyra ? Et si mon père aimait tant sa femme, pourquoi a-t-il couché avec sa sœur ?*

De nouveau, elle eut l'impression qu'il lisait dans ses pensées, car il dit :

— Ainsi, tu sais au moins cela. Tu es toi-même, mais

tu présentes une forte ressemblance avec les sœurs Scott. Si on nous voyait ensemble en vêtements ténébrans, on nous prendrait pour le père et la fille, sans doute.

— C'est comme ça que tu m'as reconnue ?

— J'ai d'abord remarqué les cheveux roux des *comyn*. Puis la structure du visage. Il m'a fallu quelques minutes pour comprendre que tu devais être ma nièce — que tu devais être une Alton. Et comme Lew n'a qu'une fille, j'en ai déduit que tu étais aussi une Scott.

— Tu ne me dis pas tout, n'est-ce pas ?

— Seul un imbécile vide son sac d'un seul coup.

— Et seul un imbécile tente de faire rentrer dans le sac un cheval qui en est à moitié sorti, dit-elle, si contrariée qu'elle s'assit sur le trottoir.

Il s'assit près d'elle et dit avec une infinie compassion :

— Qu'est-ce qui t'a rendue si méfiante, Marguerida ?

— Les secrets. Les murs de l'orphelinat, et quelque chose de terrible que je n'arrive pas à me rappeler, répondit-elle, avant de réaliser qu'elle en disait plus qu'elle n'en avait eu l'intention.

Ils étaient épaule contre épaule, et elle réalisa pour la première fois qu'il n'était pas grand, avec trois bons pouces de moins qu'elle. Petit, sérieux et sincère.

— Si tu m'accompagnes au Château Comyn, je crois que je pourrai répondre à certaines de tes questions et débrouiller quelques secrets.

— Est-ce que tu lis dans ma tête ?

Sa confiance naissante s'évanouit.

— Pas vraiment. Je ne suis pas très bon télépathe. J'ai juste assez de *laran* pour capter les pensées superficielles, c'est tout. Mon point fort, c'est plutôt la prémonition. Je viens rarement dans cette taverne, je veux dire, mais aujourd'hui, je me suis senti presque contraint d'y manger.

— *Laran* ? Qu'est-ce que c'est que ça ?

Margaret eut l'impression de connaître le mot, et de savoir que son sens était important, mais sans deviner pourquoi. Comment pouvait-il parler de la télépathie comme d'une chose courante, et non pas impossible ?

Tout au fond de son être, elle sentit remuer quelque chose de sombre et d'effrayant. Quelque chose qu'elle

connaissait bien, car cela avait toujours été là, ce visage
terrifiant qui la regardait dans des miroirs, lui ordonnant
de rester à l'écart de tous. Maintenant, il voulait qu'elle
ignore cet homme et ce qu'il disait. Ce visage semblait
s'être emparé de son esprit et le posséder, et plus elle
s'efforçait de résister, plus son emprise se durcissait. Et
l'appréhension ressentie depuis l'annonce de son départ
pour Ténébreuse la reprit, lui coupant le souffle.

— Viens avec moi au Château Comyn, et je promets...

— Pourquoi ne pas tout me dire ici ?

— Parce qu'on ne peut pas dire ça dans la rue.

Margaret sut qu'elle était à une croisée des chemins.
Plusieurs avenirs, partant de ses pieds, s'éloignaient dans
toutes les directions, sombres et flous. Il fallait qu'elle
choisisse, mais elle était si fatiguée ! Si elle le quittait,
quelque chose de mauvais surviendrait, elle en était sûre.

Sa lutte intérieure lui sembla durer des heures, même
s'il ne s'agissait que de quelques secondes, elle le savait.
Cette force froide qui lui inspirait la peur des miroirs tentait de l'éloigner du Capitaine Scott, et, étant d'humeur
contrariante, elle décida de lui résister. Dès qu'elle eut
pris cette décision, son appréhension se dissipa en partie,
et le futur ne lui parut plus si terrifiant.

Elle redressa résolument les épaules.

— Très bien. Mais je ne jouerai jamais les princesses
féodales, quoi que tu me révèles.

Le Capitaine Scott se contenta de sourire.

7

Le Château Comyn était l'immense bâtisse blanche
qu'elle avait vue de la place contiguë à l'astroport. Il était
impressionnant, mais elle décida qu'elle ne voulait pas
être impressionnée. Ce n'était pas comme si elle n'avait
jamais vu de château, et, dans le genre, celui-ci n'était ni
le plus grand ni le plus beau. Cette distinction était toujours l'apanage du vieux Palais Impérial de Zeepangu,
qui couvrait quatre kilomètres carrés.

*Comment se retrouver là-dedans, c'est un vrai laby-
rinthe !* Au même instant, elle « vit » un dédale de cou-

loirs et de pièces, les niveaux se superposant les uns aux autres, et elle sut qu'elle possédait un plan intérieur de l'endroit. Il y avait des passages secrets, des chambres où personne n'entrait depuis des générations. Lieu de complots, de rivalités, de vieilles vendettas. *Comment puis-je le savoir ?*

Un vague souvenir semblait vouloir revenir à la surface de son esprit ; elle leva les yeux sur un balcon des étages supérieurs, et l'image d'une grande pièce flotta devant ses yeux. Lew était assis à une grande table — un Lew beaucoup plus jeune que celui qu'elle connaissait. Il lui parut énorme, et elle réalisa qu'elle le voyait par des yeux d'enfant qui regarde du sol. *Je suis sans doute déjà venue ici. Mais cela n'explique pas cette impression de tout connaître. Quand les choses prendront-elles un sens ?*

Elle détourna les yeux du balcon, interrompant ce déluge de souvenirs. Et son regard tomba sur une haute tour, sur le côté du complexe. Contrairement aux autres bâtiments, elle n'en avait pas une image nette, mais sa vue la glaça et l'effraya. Elle détourna la tête avec colère. Elle en avait assez d'être un pion sur un échiquier, et tout était de la faute de Lew Alton ! Sa colère envers son père lui fit du bien, et elle se détendit un peu.

Ils montèrent un perron menant à de grandes portes sculptées, devant lesquelles étaient postés deux gardes en uniforme. Ils ouvrirent les portes en saluant le Capitaine Scott comme s'ils le connaissaient, sans accorder un regard à Margaret. Elle fut soulagée d'entrer au Château Comyn sans autre formalité. Après avoir eu à présenter partout ses papiers pendant des années, à cause de la bureaucratie obsessive des Terriens, c'était agréable d'entrer aussi facilement quelque part.

Les portes donnaient accès à un vaste hall, couvert d'un épais tapis qui fut doux à ses pieds fatigués. Des bannières armoriées étaient fixées aux murs de pierre blanche translucide. La lumière du soleil déclinant pénétrait la pierre, répandant dans la pièce une atmosphère curieuse — triste, ou festive, ou les deux à la fois.

Rafe Scott lui fit traverser le hall jusqu'à un couloir sur lequel ouvraient plusieurs portes, et assez large pour que plusieurs personnes puissent y marcher de front. Il était décoré de tableaux, portraits pour la plupart, et d'autres bannières armoriées. Le Château Comyn, décida-t-elle, n'était pas un endroit douillet. La hauteur des plafonds et la sévérité du décor commencèrent à l'oppresser, et elle pensa avec nostalgie à la maison confortable de Maître Everard. Anya devait préparer son dîner, dans une maison pleine de musique et d'odeurs alléchantes. Elle avait mangé une heure plus tôt, mais elle constata qu'elle avait de nouveau faim, et qu'elle était terriblement fatiguée.

Le couloir était très long, et ils rencontrèrent plusieurs personnes vaquant à leurs affaires. Scott en arrêta une, lui dit quelque chose à voix basse en montrant le bout du couloir. La servante hocha la tête, regarda Margaret et s'éloigna.

Ils entrèrent enfin dans une sorte de salle de conférences, avec des rangées de chaises et une longue table à un bout. Rafe lui fit signe de s'asseoir, ce qu'elle fit avec soulagement. Elle avait une ampoule à un pied, et mal aux reins. Elle le regarda avec indifférence parler dans une boîte fixée au mur, et attendit les événements. Une partie d'elle-même regrettait d'être venue, et une autre partie avait envie d'en finir au plus tôt avec cette visite, pour revenir à son ancienne vie.

Pendant qu'elle attendait, elle se surprit à réfléchir à cette vie, et elle était profondément plongée dans ses pensées quand deux hommes entrèrent dans la salle. Ils n'étaient plus jeunes, et sa première impression fut qu'ils avaient l'âge de son père. Leurs mouvements confirmèrent cette idée quelques instants plus tard, car ils avaient une assurance qu'on n'acquiert qu'avec l'âge. L'un d'eux lui parut familier, et elle réalisa qu'elle avait vu son portrait dans le couloir. Ils se tenaient très près l'un de l'autre, et il y avait quelque chose de très profond et intime dans leur attitude. L'homme du portrait était mince et bien fait, avec les cheveux blancs d'un homme beaucoup plus âgé.

— Quel plaisir de te voir après si longtemps, Rafe, dit-il en souriant. Pas de problèmes, j'espère ?

Il parlait d'un ton amical, sans aucun formalisme, mais Margaret détecta une légère inquiétude sous-jacente à ses paroles. Avant que Rafe ait eu le temps de répondre, il aperçut Margaret, et ses yeux se dilatèrent — rapide coup d'œil, mais pas moins pénétrant pour cela. Son compagnon suivit son regard et elle sentit son sang se glacer quand ses yeux se posèrent sur elle. Elle baissa la tête et contempla ses mains.

— Mais tu dois être la fille de Lew Alton ! Je reconnaîtrais partout cette implantation des cheveux, quoique tu lui ressembles peu par ailleurs. Je lui enviais sa chevelure quand j'étais jeune, dit-il en s'approchant avec un sourire chaleureux. Où est Lew ?

Il fit une pause, comme attendant que le Sénateur sorte de sous une chaise. Puis il eut l'air déçu.

— Il n'est pas là ? Quand il nous a téléfaxé pour annoncer sa démission de Sénateur, je pensais qu'il reviendrait immédiatement. Il t'envoie à sa place au Conseil Télépathique ?

Tandis qu'il parlait, elle eut soudain la conviction que son nom était Régis Hastur — sans parvenir à imaginer comment elle le savait.

Sa démission ? Voilà des semaines qu'elle ne lisait pas les infofax et, dans la confusion consécutive à la mort d'Ivor, elle n'était pas allée chercher ses messages. C'était peut-être pour ça que Dio ne lui avait pas répondu — ils étaient en transit, quelque part entre les étoiles. Sans savoir pourquoi, cette démission lui parut inquiétante. Pourtant, elle s'entêta à ne pas paraître ignorante. Cela la mettait dans une situation d'infériorité qui lui déplaisait. Cette grande bâtisse semblait peser sur elle de tout son poids.

— Quel que soit ce Conseil, il ne m'y envoie pas, dit-elle d'un ton glacial.

Tous ces gens pensaient-ils qu'elle n'avait rien d'autre à faire que de traverser la moitié de la galaxie pour venir assister à une réunion ? Ce qu'ils étaient provinciaux ! Ténébreuse lui sembla peuplée de fous supposant qu'elle savait des choses qu'elle ignorait, qui ne faisaient jamais de réponses raisonnables, et qui ne s'étaient même pas présentés avant de la harceler au sujet de ce fameux Conseil Télépathique ! Ils n'étaient pas seulement provinciaux, ils étaient mal élevés !

Rafe toussota avant de prendre la parole.

— Régis, elle ne sait pas de quoi tu parles. Lew ne lui a jamais parlé de... de rien, à ce que j'ai compris.

Régis Hastur rougit légèrement. *Quoi ?*

— Et moi, j'ai oublié les bonnes manières, pardonne-moi. Je suis Régis Hastur, et voici Danilo Syrtis-Ardais, mon écuyer, dit-il, montrant l'homme debout à son côté.

Elle se raidit à ce nom comme lorsque Rafe avait parlé d'un certain Dyan Ardais. Elle eut envie de détourner la tête pour fuir son regard, comme s'il représentait une menace. Pourtant, il paraissait assez ordinaire — homme élancé portant l'épée et debout près de Régis dans une attitude vigilante. Alors, pourquoi lui donnait-il la chair de poule ? C'était ridicule, et elle se reprocha sa sottise.

Puis elle fut certaine que les deux hommes avaient reçu ses pensées, avaient senti sa peur et sa confusion. Elle fut à la fois embarrassée d'avoir eu peur d'un étranger, et furieuse de cette indiscrétion.

— Régis Hastur. Alors, tu es le Régent, n'est-ce pas ?

Voilà au moins une chose que lui avait apprise la disquette.

— Je suis enchantée de faire ta connaissance, reprit-elle, se demandant si elle devait se lever, faire la révérence ou autre chose.

Elle avait les jambes comme de la gelée et sa tête s'était remise à pulser.

— En effet, je remplis cette charge, dit-il, sans enthousiasme. Et je suis très heureux de t'accueillir au Château Comyn. Je prévoyais le retour de Lew, mais je suppose qu'il t'envoie à sa place ? Quand viendra-t-il ? Mais je manque à tous mes devoirs ! Tu es fatiguée. — Dani, voudrais-tu t'occuper des rafraîchissements ?

Il faut qu'il vienne, il le faut absolument, sinon tous mes plans ne servent à rien ! Malgré le calme de ses paroles, il était un peu agité, car ses mains s'ouvraient et se fermaient, et il dansotait d'un pied sur l'autre.

D'abord, l'écuyer ne bougea pas. Il étudiait Margaret avec un intérêt poli, aussi perplexe qu'elle. Puis il se détourna à regret, et s'approcha d'un cabinet mural. Dès qu'il ne la regarda plus, elle ressentit un immense soulagement.

— Je ne sais pas. Je n'ai reçu aucune communication

de mon père ou de ma belle-mère depuis quelque temps. Je leur ai téléfaxé de l'Université, mais je n'ai pas reçu de réponse, dit-elle. A ma connaissance, il n'avait pas prévu de venir sur Ténébreuse. Et jusqu'à tout à l'heure, j'ignorais qu'il avait donné sa démission de Sénateur.

Dans le silence qui suivit, l'écuyer revint avec un plateau chargé de plusieurs verres. Margaret s'étonna de le voir agir en domestique. Elle l'avait pris pour autre chose — quelque chose de plus puissant, et d'un peu sinistre. Il tendit un verre à Régis, leurs doigts s'effleurèrent et ils se sourirent. La tendresse du regard qu'ils échangèrent la choqua, comme si elle avait fait intrusion dans leur intimité. Elle baissa les yeux et lissa nerveusement sa jupe.

— Du vin, *Domna*?

Margaret vit les jambes de Danilo, et sut qu'il était debout devant elle, attendant sa réponse. Elle hésita à relever la tête, à rencontrer son regard.

— Merci, répondit-elle doucement, sans le regarder.

Au moins, elle savait qu'ici ce regard fuyant n'était pas impoli comme il l'aurait été à l'Université, et presque partout dans la sphère terrienne.

— Lew est mon cousin — et mon plus vieil ami, dit Régis, mais c'est l'homme le plus têtu et imprévisible que je connaisse. Nous avons été élevés ensemble à Armida. Je n'arrive pas à croire qu'il ne t'ait jamais parlé de moi. *Elle ne me connaît vraiment pas. Son esprit est verrouillé, bloqué, je n'ai jamais rien vu de pareil. Et elle ne savait pas que Lew avait quitté le Sénat — comme c'est bizarre.*

Margaret entendit ces paroles comme un murmure dans son esprit. Bien sûr qu'elle ne savait pas — Lew ne lui disait jamais rien! Elle s'efforça de cacher sa détresse en se réfugiant en elle-même.

— Il ne parlait jamais de son passé, sauf avec ma mère. Je n'aurais même pas su qui tu étais si je n'avais pas fait quelques recherches avant de quitter l'Université pour venir ici recueillir des chants folkloriques. Je savais vaguement que j'étais née sur Ténébreuse, mais je ne me rappelle pas grand-chose. *Et si ça dépendait de moi, je ne me rappellerais rien du tout — parce que tout ce qui me revient est étrange!* Peut-être ne m'a-t-il rien dit pour m'éviter des désagréments ? Comme je l'ai dit au Capitaine Scott, il n'est plus l'homme que vous avez connu. Quand il n'est pas au Sénat, il contemple l'océan et il rumine. *Et il boit*, ajouta-t-elle mentalement.

Elle vit que ses paroles accroissaient la consternation de Régis au lieu de la diminuer, et elle regretta de n'avoir pas plus de tact. C'est en cela qu'elle ressemblait le plus à son père — elle disait ce qu'elle pensait, sans égard pour la politesse.

— Viens au jardin, dit Régis. Il ne fait pas encore nuit, et cette salle est trop solennelle pour ce que nous avons à discuter. Danilo, emmène Rafe dans mon bureau. Nous vous y rejoindrons tout à l'heure.

Il la prit par le bras et la conduisit dans un jardin plein de fleurs odorantes.

— Je suis bien embarrassé, et je ne sais pas quoi faire.

— Vraiment ? dit-elle.

Il commençait à lui plaire, et cela l'inquiétait. Il était charmant, mais parce qu'il avait une raison derrière la tête. Elle sentait qu'il allait la manœuvrer pour qu'elle serve ses desseins.

— Oui, Marguerida. Lew a choisi de ne rien te révéler de son passé, mais tu dois le connaître pour comprendre le présent de Ténébreuse. Je suis encore choqué qu'il ne t'en ait pas parlé.

— Il a essayé, avant mon départ pour l'Université. *Et je ne l'ai pas laissé aller loin*, ajouta-t-elle mentalement. Je crois qu'il lui était très douloureux de parler de lui, de son passé, comme s'il avait des souvenirs terribles.

— Je comprends ça, dit Régis avec un rire amer. Il a failli causer la destruction de notre monde. Mais il est aussi un héros et un sauveur.

— La combinaison est un peu difficile, non ?

Elle haletait, sentant qu'elle était sur le point de découvrir quelque chose qu'elle avait besoin de savoir, mais terrifiée de l'apprendre.

— Ton père est un homme très complexe. Et les coutumes ténébranes lui ont causé de grandes souffrances avant qu'il soit en âge de les supporter. Chaque fois que je regarde le ciel et les étoiles, je pense à lui. Je rêvais de partir dans l'espace, et c'est lui qui a réalisé mon rêve, tandis que je restais ici à remettre de l'ordre dans le chaos, et à être un roi sans vrai royaume.

— Quelles souffrances ?

— La mère de Lew était mi-Terrienne, mi-Aldaran et, pour cette raison, le Conseil Comyn lui a dénié sa place, en le traitant de bâtard, ce qui a blessé son orgueil. Les Alton sont une famille fière, et il avait leur fierté au plus haut degré. Il craignait toujours de ne pas être à la hauteur. Je connais bien ce sentiment, qui m'a tourmenté toute ma vie. Il a essayé de contenter son père, qui était un homme de bien, mais têtu et exigeant. Il a forcé Lew à faire des choses dont ils savaient tous les deux qu'elles étaient mauvaises, parce qu'il voulait que Lew entre au Conseil.

— Pourquoi était-il si important de siéger au Conseil ?

— C'était important, mais Kennard voulait surtout qu'il soit reconnu comme l'héritier du Domaine d'Alton. La situation est devenue intolérable, soupira Régis, et Kennard, ton grand-père, a fini par emmener Lew hors planète, laissant le Domaine d'Alton sans chef. Kennard est mort dans les étoiles, et Lew est revenu six ans plus tard, avec une matrice très puissante qu'il avait emportée en exil avec lui. Et cela a provoqué une nouvelle crise, au cours de laquelle beaucoup sont morts, et qui a altéré à jamais toute la société ténébrane.

— J'aimerais comprendre, dit-elle, stupéfaite, mais il est très difficile de réconcilier ce que tu me dis avec ce que je sais du Sénateur. On dirait que tu parles d'un héros, ou même d'un mythe.

— Tu es très perspicace. La Rébellion de Sharra fut mythique, et même les dieux y participèrent. Autrefois, mes cheveux étaient roux comme les tiens.

— Vraiment ? dit-elle, souhaitant qu'il cesse de parler par énigmes, sans lui donner des faits tangibles.

Et le nom de Sharra la fit frissonner, malgré la tiédeur régnant dans le jardin.

— Très bien. J'en sais plus que jamais sur mon père. Mais s'il s'agit d'histoire, pourquoi ces faits ne figurent-ils pas sur ma disquette ? Et dans les archives terriennes ?

— Si, cela y figure, mais ce n'est pas à la disposition du grand public. Ténébreuse conserve encore ses secrets.

— Vos petits secrets n'ont rien à voir avec moi. Je suis ici par hasard, et je veux juste continuer mes recherches...

Elle avait pris son ton le plus froid et cérémonieux, pour se donner du courage. Car elle était envahie d'un profond désarroi, causé par ces deux syllabes — Sharra ! Parfois, son père criait ce mot dans son sommeil, et elle se réveillait, frissonnante. Et quand elle se rendormait, elle voyait un gros bijou plein de lumière et de feu. L'image flamba dans son esprit, et elle la bannit à grand-peine.

— Tu parles tout à fait comme ton père. Et tu ressembles beaucoup à ta mère en ce moment !

— Thyra ? demanda-t-elle, glaciale.

— Ah, au moins tu sais cela. C'était un peu gênant pour moi.

— Pourquoi ? Tu n'as pas couché avec la sœur de ta femme, non ? dit-elle regrettant aussitôt ces paroles.

A son grand soulagement, Régis ne sembla pas s'offenser, comme s'il comprenait son trouble et sa colère.

— Non. J'ai fait bien des choses dans ma vie, mais pas ça. Je n'ai vu Marjorie Scott qu'une fois, mais comme c'était la sœur de Thyra et qu'elles se ressemblaient beaucoup, je suppose que je pensais aux deux. Techniquement, tu es la fille de Marjorie Scott — bien qu'elle soit ta tante. Je veux dire, tu es inscrite comme sa fille dans nos archives. Tu ressembles à tous tes parents. *Et tu as la même sensibilité d'écorchée vive que Lew.*

— On dirait que je souffre d'une trop grande abondance de mères — si l'on y ajoute Dio. C'est plutôt déroutant et désagréable.

— Comment cela ?

— Que dirais-tu si tu découvrais que ta mère est ta tante, que ta tante est ta mère, et que c'était une personne si étrange que personne n'aime prononcer son nom ?

— Je crois que je serais bouleversé, c'est vrai. Mais comment l'as-tu appris ? demanda Régis, l'air à la fois intéressé et sincère.

— Chez Maître Everard, Rue de la Musique. Il m'a permis de jouer d'un *ryll*, dont il ne tirait aucun son, et une ballade en est sortie... C'était très étrange. Puis il m'a raconté l'histoire de l'instrument, et j'ai réalisé... enfin, peu importe, conclut-elle, frissonnant à ce souvenir.

— Tu as froid. Rentrons, dit-il en lui prenant la main.

Un instant, il sembla écouter quelque voix intérieure, et elle sentit un léger contact, comme une plume lui effleurant le front.

— Ainsi, tu as le *laran* et le Don des Alton, Marja.

— Quoi que soit le Don des Alton, dit-elle, réprimant un frisson, je ne crois pas l'avoir. Du moins, je l'espère. Depuis mon arrivée, tout me paraît démentiel : j'ai l'impression d'entendre les pensées, de voir dans le futur, et je rencontre sans cesse des parents dont j'ignorais l'existence. Ça ne me plaît pas ! Je ne veux rien avoir à faire avec des Dons bizarres et des Conseils Télépathiques ! Je veux juste terminer l'œuvre d'Ivor — notre œuvre — et... je ne comprends rien à ce qui se passe ici. Et, pour une universitaire, ne rien comprendre est une rude épreuve !

— Universitaire ? dit-il, les yeux brillants. Parle-moi de l'Université ; j'ai toujours désiré... mais plus tard. Thendara a dû te dérouter — depuis quand es-tu là ?

— Une semaine environ. J'ai perdu la notion du temps depuis la mort d'Ivor, dit-elle, éclatant en sanglots.

Régis ne chercha pas à arrêter ses larmes, mais attendit calmement, en terminant son vin, qu'elle se ressaisisse.

— Je suis certain que tu avais le Don quand tu étais petite. C'est pourquoi...

A cet instant, une femme sortit dans le jardin, suivie de Danilo. Elle lui tendit les bras avec un sourire chaleureux, et l'air joyeux de quelqu'un qui aime la vie. Elle plut tout de suite à Margaret.

— Ah, vous voilà ! Régis, il fait trop froid pour être dehors à cette heure ! Et cesse de tourmenter cette petite avec tes intrigues et tes complots. Pardonne-lui, mon enfant. Il est persuadé qu'il porte tout le poids du monde sur ses épaules et parfois il manque de perspective, dit-elle, serrant Margaret dans ses bras.

— Cette impulsive créature est mon épouse, Linnea Storm, Dame Hastur, dit Régis. Linnea, voici la fille de Lew Alton, Marguerida.

— Tu es aussi une parente ? demanda Margaret.

Dame Hastur gloussa en lui tapotant la joue.

— Nous sommes des cousines éloignées, mais j'aurais pu être ta mère, car on avait fait le projet de me marier avec Lew — j'avais quinze ans — mais il a refusé, brisant mon cœur de vierge. Pourtant, c'est aussi bien, car je ne serais pas devenue Dame Hastur, ce qui me convient parfaitement, dit-elle, souriant à Régis, qui lui rendit son sourire avec une sincère affection.

Linnea s'écarta, et Margaret s'aperçut que Danilo l'observait. Son regard la troubla. Non qu'il fût ouvertement hostile, mais il avait quelque chose de subtilement menaçant qui la glaça.

— Je n'en doute pas, répondit-elle, défaillante.

Elle commençait à se noyer dans l'abondance des informations et des parents. Et le pire, c'est que plus elle apprenait, moins elle savait.

— Cela semble bien jeune pour se marier. Pourquoi cette coutume ? demanda-t-elle, regrettant aussitôt son manque de tact et rougissant jusqu'aux cheveux.

— Nous avons à la fois un taux de mortalité infantile élevé, et un taux de naissance très bas. J'ai eu de la chance avec mes enfants, mais ce n'est pas le cas de toutes. Nous chérissons nos enfants comme des trésors, et nous voulons en avoir le plus possible.

Margaret avait passé la plus grande partie de sa vie sur des planètes où la population était à la fois limitée et contrôlée, soit par la loi, soit par la coutume, et l'idée d'avoir des ribambelles d'enfants lui semblait consternante. Seuls les habitants des mondes arriérés, primitifs, avaient encore beaucoup d'enfants. Et elle savait que la mortalité infantile était injustifiée, car les technologies terriennes avaient supprimé le danger des grossesses.

Il y avait tant d'énigmes sur cette planète. Non seulement les véhicules à moteur n'y existaient pas, mais les Ténébrans semblaient avoir rejeté toute technologie.

— Mais tu avais *envie* de te marier à quinze ans ?

— Certainement. C'était mon devoir.

— Ton devoir ?

Régis lança un regard entendu à sa femme, et elle haussa un sourcil étonné.

— Nous possédons certains talents sur Ténébreuse, et, au cours des siècles, nous avons découvert que le meilleur moyen de les conserver est de nous marier jeunes.

— Des talents ? Tu veux dire que vous avez comme un programme d'élevage ?

— Si l'on veut, dit Linnea avec une petite moue, quoique je n'aime guère l'analogie. Elle me donne l'impression d'être une jument reproductrice.

Margaret fut choquée. Plus, elle fut dégoûtée. Elle réalisait que cela avait quelque chose à voir avec les Dons dont Rafe et Hastur lui avaient parlé, et que ces parents apparemment amicaux pensaient sans doute à la marier pour conserver ses gènes sur la planète. Pas étonnant que son père l'ait quittée !

— Comme c'est intéressant ! répondit-elle d'une voix mourante. Mais il faut que je m'en aille. La journée a été longue, et je veux rentrer chez Maître Everard avant la nuit. *Je ne peux pas en supporter davantage. Si je reste, je vais me mettre à hurler !*

— Mais tu vas rester au Château, mon enfant, dit Dame Hastur, l'air navré.

Jamais de la vie ! Margaret voulait fuir cet immense édifice le plus vite possible. Il y avait en haut une suite qu'elle reconnaîtrait, si elle n'avait pas changé depuis vingt ans. Elle appartenait aux Alton, à son père, et elle savait que sans doute des servantes s'affairaient à changer les draps et à aérer les pièces. Elle sentait presque leur activité, et savait qu'elle pouvait trouver son chemin sans guide.

A l'expression de Régis et Linnea Hastur, et de l'énigmatique Danilo, elle comprit qu'elle avait hurlé ses pensées. Elle aurait voulu être polie, diplomate, et faire honneur à sa famille, et en même temps elle avait envie de s'enfuir aussi vite que ses jambes pourraient la porter.

— Ce serait un plaisir pour moi, dit-elle avec une politesse cérémonieuse, mais je quitterai Thendara dès que j'aurai pris les dispositions nécessaires. J'ai du travail à faire, et la mort de mon maître Ivor m'a déjà retardée.

— Du travail ? Je ne comprends pas, dit Dame Hastur.

— Je ne suis pas venue pour votre Conseil Télépathique. Je suis ici pour recueillir les chants folkloriques, et j'ai bien l'intention de le faire. Et rien d'autre !

— Recueillir des chants folkloriques ? répéta Dame Hastur, perplexe. J'ai sans doute mal compris, ajouta-t-elle, avec un regard d'impuissance à Régis, comme pour dire : « J'ai fait ce que j'ai pu. »

Margaret les entendait presque se parler d'esprit à esprit, cherchant des arguments pour la retenir. Il n'en était pas question. Ils ne la comprenaient pas, et elle ne les comprenait pas. Sa tête pulsait, ses genoux l'élançaient, et elle voulait s'en aller.

— Nous ne te forcerons pas à rester contre ton gré, dit Danilo, prenant la parole pour la première fois.

A sa façon de le dire, elle pensa que ce n'était pas tout à fait vrai, qu'il aurait pu l'obliger à rester s'il l'avait voulu.

— Pourtant, je crois que ce serait une bonne chose pour Ténébreuse. Ta place est ici, que tu le réalises ou pas.

Assez grossièrement, Margaret le regarda droit dans les yeux. Elle vit un homme entre quarante et cinquante ans, beau, avec des cheveux blonds et des rides profondes autour de la bouche, comme s'il avait vécu une grande tragédie. Il y avait une certaine ressemblance entre l'expression de Danilo et celle de son père. *Mais qui est-il pour parler avec tant d'autorité ?*

Elle découvrit qu'il ne lui déplaisait pas, mais qu'il lui inspirait de la méfiance. A l'évidence, il était dévoué à Hastur corps et âme. Elle se demanda s'il était le serviteur ou l'amant de Régis, et s'en voulut de cette pensée. Mais, quelle que fût sa situation, elle était certaine que Danilo pourrait tuer pour Régis si c'était nécessaire.

— Tu le crois sans doute, mais ce n'est pas mon avis. *Je ne veux rien avoir à faire avec vos problèmes !*

Elle sentit des ondes d'incompréhension déferler sur elle, mais elle était trop fatiguée pour s'en soucier.

Il y a un an — que diable, une semaine — l'idée de connaître la famille de mon père m'aurait ravie. Maintenant, ça m'enrage — non, ça m'effraie. Je ne veux plus être manipulée ! L'image de l'homme aux cheveux argentés se leva dans son esprit, et elle se mit à trembler. *Je*

veux juste m'éloigner de ces gens, me libérer de cette
impression qu'ils marchent dans ma tête.

— Merci de m'avoir reçue. Je regrette de ne pouvoir
rester. Maintenant, si vous voulez bien m'excuser.

Elle fit une petite révérence, gauche génuflexion qui
trahit la fatigue de ses jambes, et se dirigea vers la porte,
pour fuir Régis, Linnea et l'écuyer ambigu.

— Je te raccompagne à la Rue de la Musique, dit le
Capitaine Scott quand elle le rejoignit.

Elle en aurait pleuré de reconnaissance.

— D'accord — si tu ne m'importunes plus avec des
obligations que je n'ai pas l'intention d'honorer.

— Ainsi, tu es bien résolue à vagabonder comme si tu
n'étais pas l'héritière d'un Domaine ? Pour ce « travail »
dont tu parles, alors que Ténébreuse a besoin de toi.

Il semblait troublé plutôt que triste.

— Exactement ! dit-elle, avec une fureur qui la surprit,
mais trop proche de l'épuisement total pour s'en soucier.

— Ah, tu es vraiment la fille de Lew, dit-il, ironique.

— Tel père, telle fille, répliqua-t-elle, acerbe.

— Si tu savais comme c'est vrai, Marguerida, soupira
Rafe. Sais-tu qu'il te faudra des permis pour quitter Thendara ? Veux-tu au moins me laisser t'aider à les obtenir ?

Margaret se mit à rire, un peu réconfortée par sa solide
présence. Enfin quelqu'un de rationnel !

— Je suis peut-être têtue, mais je n'ai rien contre les
gens qui se rendent utiles.

8

Un linceul de brume enveloppait le cimetière, et elle
marchait entre les tombes rongées par les intempéries,
cherchant quelque chose ou quelqu'un. Dans le ciel
sombre piqué d'étoiles, une lune violette se levait sur
l'horizon. Finalement, elle arriva à un tumulus de terre
meuble, couvert de fleurs fanées. Elle sentait dans l'air
l'odeur de la balsamine, et celle de la terre retournée
sous ses pieds.

Une forme spectrale s'éleva de la tombe, et son souffle
s'arrêta. Peut-être qu'Ivor n'était pas mort !

La silhouette se retourna et s'avança vers elle. Elle attendit, prête à fuir, s'attendant à voir les os dénudés d'un squelette. Un instant, elle ne distingua pas nettement le visage enveloppé de brume, puis elle reconnut les mâchoires carrées et les joues balafrées de Lew Alton. Il la regarda avec un sourire en coin, et lui tendit la main.

Margaret s'assit dans son lit, le cœur battant à grands coups, la respiration haletante, la gorge sèche et douloureuse serrée de frayeur. Les images continuaient à tourbillonner dans sa tête, alors même qu'elle voulait se convaincre que ce n'était qu'un rêve. Que faisait son père dans la tombe d'Ivor, et pourquoi lui tendait-il la main ? Elle retomba sur ses oreillers, les yeux pleins de larmes, et resserra ses couvertures autour d'elle. *Ce n'était qu'un rêve.*

Le lendemain des obsèques d'Ivor, Margaret se présenta au Q.G. Terrien, de nouveau revêtue de son uniforme d'Humaniste et armée de tous les documents indispensables. Puis elle attendit. Elle attendit deux heures avant qu'un fonctionnaire somnolent ne l'expédie devant un terminal remplir des formulaires. L'odeur du Q.G. lui donna la migraine, et l'atmosphère surchauffée la fit transpirer.

Après avoir rempli les formulaires complexes, déroutants et ambigus, elle pressa le bouton « transmission », puis elle se leva et s'approcha d'un distributeur de boissons. Il accepta son jeton de crédit sans problème, et lui donna en échange un gobelet de boue tiède qualifiée de café. Elle retourna à son fonctionnaire, qui lui donna une disquette et l'envoya dans un autre bureau. Là, elle attendit encore pour voir un autre bureaucrate, se disant qu'efficacité et bureaucratie étaient des termes s'excluant mutuellement. Elle regretta de n'avoir rien à lire, mais il n'y avait même pas de prospectus dans le bureau, et encore moins de magazines. Elle s'ennuyait tellement qu'elle aurait même lu les derniers procès-verbaux des délibérations du Sénat de la Fédération s'ils avaient été disponibles.

L'idée du Sénat lui rappela son cauchemar, et elle sombra dans une humeur morbide. Les yeux fixés sur ses bottes, elle s'efforça de se ressaisir ; sans succès. Plongée dans sa détresse, elle faillit ne pas entendre son nom.

Une femme au visage rébarbatif tambourinait sur son bureau. L'air revêche, elle ne se leva pas à l'entrée de Margaret. Une plaquette métallique posée devant elle l'informa qu'il s'agissait du Commandant Wintergreen.

— Je doute que nous vous autorisions à continuer les travaux du Professeur Davidson sur la musique folklorique indigène, Miss Alton, commença Wintergreen sans préambule. Vous êtes trop jeune pour entreprendre ce genre de mission. Vous n'avez pas les pouvoirs nécessaires et, de plus, ce n'est pas un travail pour une femme seule. Et d'ailleurs, je ne comprends pas qu'on ait autorisé une expédition si inutile et coûteuse. La musique locale n'intéresse personne, à part les indigènes.

— Etes-vous musicologue diplômée, Commandant ?

— Certainement pas !

— Alors vous n'êtes guère compétente pour porter un jugement sur la musique ténébrane, n'est-ce pas ? Le Capitaine Scott m'avait laissé entendre que le transfert des fonds à mon nom ne poserait aucun problème.

— Qui ? fit Wintergreen, pinçant les lèvres et étrécissant les yeux.

— Le Capitaine Rafael Scott.

Elle réalisa alors qu'elle aurait mieux fait de chercher à le localiser au lieu d'attendre sans rien faire. Il lui avait proposé son aide, qu'elle avait acceptée, en revenant du Château Comyn. Mais elle s'était lancée sans lui dans ces démarches. Pourquoi était-elle si indépendante ? Margaret réalisa qu'elle ne savait même pas dans quel service il travaillait, ni s'il avait assez d'influence pour lui faciliter les choses. Pourtant, son nom semblait avoir impressionné cette femme.

L'air mécontent, elle tapa quelque chose sur son clavier, puis elle croisa les mains et regarda Margaret.

— Comment connaissez-vous le Capitaine Scott ?

— Nous sommes parents.

Wintergreen serra les dents. Elle tapa autre chose sur son clavier, puis fixa son écran avec une fureur surprenante. Margaret sentit des ondes d'envie et de rage déferler sur elle, sans comprendre la jalousie de cette femme.

— Ce n'est pas dans les archives, grogna-t-elle.

— Le Capitaine Scott est le frère de ma mère, que ce soit ou non dans vos archives.

Comme si l'énoncé de son nom l'avait matérialisé par magie, Rafe franchit la porte. Margaret avait rarement été aussi contente de voir quelqu'un. Il lui sourit, lui tapota l'épaule, puis se tourna vers Wintergreen.

— Quel est le problème, Commandant ?

Maintenant, Wintergreen avait l'air appréhensif, et, si c'était possible, encore plus furieux qu'avant.

— Ça ne vous regarde pas, Scott ! Je ne vais pas laisser cette fille déambuler dans l'arrière-pays. L'exploration de Cotman n'est pas faite pour les femmes seules.

— Comment le savez-vous, Commandant, vu que vous ne sortez jamais du Q.G. ?

— Pourquoi en sortirais-je ? Il n'y a rien à voir ici, à part des bandes d'indigènes arriérés qui n'ont même pas assez de jugeote pour désirer...

— Thelma, vos préjugés vous égarent.

Le ton de Scott étonna Margaret — dur et autoritaire, il était tout différent de l'homme charmant de la veille.

— Vous devriez vraiment demander votre changement, vous savez.

— Ne vous mêlez pas de mes affaires, Scott !

— Je ne demande que ça. Donnez-nous seulement les documents nécessaires, et nous disparaissons.

Quelque chose comme de la malice passa sur le visage de Wintergreen.

— Je ne crois pas que ce soit possible, Capitaine. Elle n'est pas Professeur en titre, mais seulement secrétaire.

— Elle a tous ses diplômes, elle travaille sur le terrain depuis des années, sur plus de mondes que vous en avez jamais visités. Et elle est assistante, et non pas secrétaire. Cessez ces objections, qui ne vous font pas honneur.

Margaret regarda son oncle. Il devait avoir consulté son dossier depuis la veille. Un grand élan de gratitude lui réchauffa le cœur.

— Comment osez-vous ?

— Thelma, tout le monde au Q.G. sait que vous détestez et méprisez Ténébreuse et les Ténébrans. Même les gens qui ne vous ont jamais vue doivent le savoir. Vous n'êtes pas la personne qu'il faut pour ce poste, et si cela se retrouve dans votre dossier, vous pouvez dire adieu à votre prochaine promotion. Maintenant, soyez gentille et laissez Margaret faire son travail.

— C'est hors de question. Elle ne sait rien de Té...

— Je suis née sur Ténébreuse, Commandant.

— Ce n'est pas dans le dossier...

— Si vous cherchez à l'orthographe correcte A-L-T-O-N, vous trouverez que ma nièce est née sur Ténébreuse, intervint Rafe. Quand j'ai appelé ton dossier, ajouta-t-il, se tournant vers Margaret, je me suis aperçu qu'un imbécile avait écrit ton nom avec un E au lieu d'un A.

— Ce n'est pas la première fois, dit Margaret, haussant les épaules avec philosophie. Mais je pensais avoir fait rectifier cette erreur. *Parfois, j'ai l'impression que les Terriens sont des handicapés orthographiques.*

Exactement!

— Et le prénom sera Marguerida, poursuivit Rafe, ironique.

Margaret le remarqua à peine, tellement elle était stupéfaite de ce bref échange mental. Elle savait qu'elle ne l'avait pas imaginé, et elle le regrettait plutôt.

Si les regards pouvaient tuer, Scott aurait été raide mort. Cependant, Wintergreen appela quelque chose sur son terminal et grogna en lisant ce qui s'y afficha.

— Vous pensez sans doute qu'être la fille d'un Sénateur vous donne des privilèges spéciaux, ricana-t-elle.

— Je ne me sers jamais de l'influence de mon père. Je n'en ai jamais eu besoin, dit Margaret, avec fierté.

Le Commandant fit la grimace, enfonça une touche, et une foule de papiers surgirent de la fente de l'imprimante. Elle les jeta presque à la tête de Margaret.

— Apportez ça au Bureau 411. Et ne venez pas vous plaindre si vous êtes violée ou tuée dans les montagnes!

— Quoi? Pour vous priver du plaisir de me dire : « Je vous l'avais bien dit! » Je vous promets de revenir vous persécuter s'il m'arrive quelque chose, rétorqua Margaret, donnant libre cours à son aversion pour le Commandant.

Scott l'escorta jusqu'au Bureau 411, par un dédale de couloirs, d'ascenseurs et d'escaliers.

— Tu n'aurais jamais trouvé ton chemin toute seule.

— Je m'en rends compte. C'est pire que le labyrinthe du Château Comyn. Pourquoi était-elle si hostile ?

— Je ne connais pas toute l'histoire, mais elle a fait une grosse gaffe lors de sa dernière affectation, et ça l'a rendue amère. Ténébreuse n'est pas le genre d'endroit qui attire les Terriens — ces dernière années, une affectation ici est une sorte de punition.

— Tout le monde est comme elle ?

— Pas du tout. Nous avons beaucoup de gens compétents et dévoués, qui prennent à cœur les intérêts de Ténébreuse. Enfin, ce qu'ils croient ses intérêts — c'est-à-dire l'accès au progrès terrien. Malheureusement, ce que désirent les Ténébrans et ce que les Terriens leur croient utile, ce n'est pas toujours la même chose. J'ai un pied sur les deux planètes, et comme toi, je suis citoyen des deux mondes. Ce n'est pas facile. Dans le passé, les Terriens ont fait des erreurs terribles, et les Ténébrans aussi. L'une des tâches que ton père a entreprises, c'est de guérir certaines de ces blessures, en conservant le statut protégé de Ténébreuse sans l'exclure de la Fédération.

Bien que cela lui devînt évident maintenant, Margaret n'avait jamais imaginé son père en serviteur de la planète qu'il représentait. Elle se sentit non seulement ignorante mais stupide d'avoir accordé si peu d'attention à son travail. Elle savait que ce n'était pas entièrement de sa faute, et que son père l'avait rabrouée quand elle avait tenté de communiquer avec lui. Le rêve lui revint, et une main glacée lui serra le cœur. Et s'il était mort ?

Le Bureau 411 était bien différent des petits bureaux où elle avait passé la matinée. Il était meublé de confortables canapés, couverts de tissus locaux, et il avait l'odeur de Ténébreuse. Quelques beaux masques accrochés aux murs lui firent froncer les sourcils. Un, en particulier, la troubla — une femme, la tête entourée de flammes à la place des cheveux. Elle trembla et détourna les yeux, inquiète de sa réaction. Ce n'était pas la première fois qu'elle voyait des masques, et ils ne lui avaient jamais donné la chair de poule.

Un homme, assis à une table sculptée, se leva. Il battit des paupières derrière des lunettes qui étaient une pièce de musée. Ses cheveux grisonnaient, et il arborait une barbe clairsemée qui semblait pousser au hasard sur ses joues creuses. Mais il sourit, et cela donna à ses traits vieillissants une cordialité qui rendit sa bonne humeur à Margaret.

— Ainsi vous êtes Margaret Alton ! Enchanté de vous connaître ! Je suis Brigham Conover, Chef du Service d'Ethnologie.

— Professeur Conover, dit Margaret, lui tendant la main avec amitié. J'ai lu votre article sur les coutumes nuptiales des Villes Sèches, l'un des rares sur Ténébreuse qui fussent accessibles.

Ils se serrèrent la main et se sourirent comme des enfants rieurs méditant une espièglerie. Conover lui rappela Ivor, quand il était plus jeune et plus solide. Maintenant qu'elle était tout près, elle voyait ses yeux bleus brillants de malice, entourés de pattes d'oie qui souriaient. Rafe s'éclaircit la gorge.

— Je vais me sauver, Marguerida. Je reviendrai te prendre dans une heure pour aller déjeuner.

— Merci, Rafe. Tu as été formidable.

— Asseyez-vous donc, dit Conover, lui indiquant un canapé. Je peux vous offrir du thé ?

— Avec plaisir. J'ai la gorge sèche comme de l'amadou. L'air est tellement sec ici.

Elle le regarda s'affairer, et sentit sa tension intérieure se dissiper. Maintenant, elle allait peut-être obtenir des réponses franches. Il revint avec deux tasses fumantes et lui en donna une.

— En quoi puis-je vous aider ?

— J'ai l'intention de terminer les travaux que le Professeur Davidson venait faire avec mon aide, et, de quelque côté que je me tourne, je me heurte à des murs. Quand on nous a nommés ici, je n'ai pas pu obtenir d'informations du fichier central. Comment ça se fait ?

— Vous voulez une réponse simple à une question complexe. Je ferai de mon mieux pour vous renseigner, dit Conover, contemplant la vapeur s'élevant de sa tasse. Vous savez que Ténébreuse est une planète protégée, ni membre à part entière de la Fédération, ni totalement indépendante. Les événements historiques justifiant ce statut se sont passés avant mon arrivée, mais je connais certains faits. Il y a une vingtaine d'années, une rébellion a éclaté, et beaucoup de gens importants sont morts. Votre père y participait. Il s'exila pour devenir la voix de Ténébreuse dans la Fédération, et Régis Hastur essaya de conclure un accord avec la Fédération. Ce ne fut pas facile. La culture ténébrane résiste au changement. Et l'une des conséquences, c'est que beaucoup d'informations sur la planète, qui seraient normalement accessibles, sont devenues classées.

— Pourquoi ? Ténébreuse ne présente certainement aucun danger pour la Fédération.

— Il est impossible de prédire ce qui peut être perçu ou non comme une menace, miss Alton.

— Ah ! Vous ne voulez pas m'appeler Margaret ?

— Certainement — si vous m'appelez Brigham. Je vois à votre air que vous n'êtes pas satisfaite. Le problème, c'est que beaucoup de choses sur Ténébreuse demeurent pour nous un mystère, ici, au Q.G. Or les mystères et les secrets suscitent toujours la méfiance entre les nations. Alors, la Fédération a classé la plupart des informations sur Ténébreuse et a choisi d'attendre. Ceux qui ont pris ces décisions — et dont la plupart n'ont jamais mis les pieds ici — croient que Ténébreuse finira par capituler, ouvrir ses portes, révéler ses secrets et devenir un membre de la Fédération comme les autres. De leur côté, les Ténébrans restent sur leurs positions. Ils ne veulent pas accepter n'importe quoi des Terriens, et renoncer à leur mode de vie millénaire. Moi, je suis au milieu. Mon travail est d'étudier l'ethnologie, et de rassembler des données pour la Fédération Terrienne.

— Dans quel but ?

— Ce qu'ils veulent connaître, ce sont les faiblesses de la culture ténébrane qui pourraient leur permettre de manipuler les Ténébrans à l'avantage de la Fédération. J'avoue que j'ai d'énormes réserves en ce qui concerne les interférences avec les coutumes locales. J'en ai trop souvent vu les résultats. L'histoire de la Terre est l'histoire de la destruction de cultures entières par l'arrogance et le progrès.

— Alors, que faites-vous? Vous ne détruisez pas les données?

— C'est un péché que je n'ai pas encore commis, Margaret, dit-il avec un rire sans joie. Non, je ne supprime pas les faits — mais je sélectionne soigneusement les sujets étudiés. Voyez-vous, c'est moi qui attribue les fonds pour la recherche. Alors, nous étudions la musique locale, les coutumes nuptiales et autres questions relativement inoffensives, mais nous n'approfondissons pas trop les mystères essentiels de Ténébreuse.

— Tels que?

— Il n'existe aucune publication savante sur le Don des Alton et les autres curieux talents qui ont été observés.

— Je ne comprends toujours pas pourquoi.

Elle était stupéfaite. Il connaissait l'existence des Dons. Où qu'elle se tournât, semblait-il, les gens savaient des choses qu'elle ignorait. Enfin, peu importait. Elle n'avait pas envie de se mêler des coutumes locales, et quant à son prétendu Don — qu'il aille au diable. Si elle avait de temps en temps un échange télépathique, comme tout à l'heure avec Rafe, ce n'était pas grave. Elle se tiendrait à l'écart de tous, comme elle l'avait toujours fait. Elle ignora la sensation de froid et de tristesse qui lui contracta la poitrine à cette pensée.

— Il y a des gens au sein de la Fédération qui exploiteraient ces talents, et ce ne serait pas dans l'intérêt de Ténébreuse. C'est un équilibre précaire, soupira-t-il.

— Mais s'il s'agit d'un secret si bien gardé, comment connaissez-vous l'existence du Don des Alton. Moi, j'en ai entendu parler hier pour la première fois.

— Votre père a eu la bonté de m'accorder plusieurs interviews avant mon départ, et, après avoir pris ma mesure, il a parlé sans réticences. C'est comme ça que je vous ai reconnue à votre entrée — il a un portrait de vous dans son bureau.

— Vraiment? dit-elle, reprise par sa migraine.

— Oui, et il est très fier de vous.

— Dommage qu'il ne m'en ait jamais parlé, dit-elle, dissimulant sa fureur du mieux qu'elle put.

Lew faisait des confidences à Conover, alors qu'il n'avait même pas eu la considération de lui dire ce qu'elle avait besoin de savoir sur son héritage. N'avait-il pas confiance en elle ? Mais comment l'aurait-il pu ? Ils se connaissaient à peine.

— Eh bien, Brigham, dites-moi quelle est la meilleure façon de terminer le travail que je suis venue faire ici.

— Il vous faudra un guide, car vous irez dans les Kilghard. C'est une rude contrée, et les gens ne sont pas toujours accueillants. Vous aurez un avantage, car un seul coup d'œil sur vous les convaincra que vous êtes native de Ténébreuse. Mais ça ne suffira pas.

— Je connais cette réaction, dit-elle en riant. Quand je suis allée chez le tailleur, tout le monde m'a reçue comme si j'étais de sang royal. J'ai failli devenir folle. Puis Ivor est mort, et je n'y ai plus pensé. Alors, vous imaginez ma surprise quand j'ai rencontré Rafe Scott par hasard, et découvert que j'étais une sorte de riche héritière et que j'avais des parents un peu partout. Il m'a amenée au Château Comyn, où j'ai fait la connaissance de Régis et Linnea Hastur — qui sont tous deux des cousins, paraît-il. Ils voulaient que je m'installe au château et ils ont paru contrariés que j'insiste pour terminer le travail d'Ivor. Ils ont été très courtois, mais j'avais l'impression d'étouffer.

— Vous avez l'habitude de la liberté relative dont jouissent les femmes de la Fédération. Les Ténébranes sont plus surveillées, et, à part les Renonçantes, voyagent peu.

— Les Renonçantes ? Ce sont des religieuses ?

— Non, du moins pas au sens où vous l'entendez, dit-il en souriant. La Guilde des Renonçantes, ou Amazones Libres, est composée de femmes qui ont choisi de rejeter les restrictions de la culture ténébrane. Elles ne se marient pas, ce qui est presque impensable ici, et si elles ont un enfant, elles ne lui donnent pas le nom du père. Elles ont commencé par travailler comme guides et gardes du corps, puis elles ont étendu leurs activités à l'éducation et à l'obstétrique. Depuis vingt-cinq ans, elles

ont été les principaux agents de diffusion des idées terriennes sur Ténébreuse. Ce sont des femmes remarquables.

— Amazones Libres ! C'est elles qui se sont choisi ce
nom ?

— Très perspicace, cette remarque. Non, c'est un surnom qu'on leur a donné — la plupart des Ténébranes ne
feraient pas la différence entre une Amazone et un lapin
cornu. Les Renonçantes sont une anomalie culturelle, des
femelles indépendantes dans une société patriarcale. Elles
savent lire et écrire, ce qui est rare ici, et elles n'acceptent
la domination d'aucun homme. D'où leur surnom d'Amazones. Elles étudient dans tous les domaines, des arts
martiaux à la médecine. Plusieurs Terriennes sont devenues Renonçantes — au grand dam de gens comme le
Commandant Wintergreen.

— Vous voulez dire qu'elles ont adopté le mode de
vie indigène ?

— Essentiellement. Il y a quelque chose sur Ténébreuse qui attire certains. Génétiquement, les Ténébrans
sont des humains, mais il n'y a pas que ça. Ils ont quelque
chose en plus, qui vous attire ou vous repousse. Si on se
sent bien sur Ténébreuse, il y a de grandes chances qu'on
y reste, et c'est ce qui contrarie les gens comme Thelma.

— Et vous, Brigham ?

— J'ai une femme et deux enfants ténébrans. Si j'étais
plus jeune, j'aurais sauté le pas. A la place, j'ai choisi
d'imiter Magda Lorne et quelques autres, comme le Capitaine Scott, qui sont devenus des ponts entre nos mondes.
Bon, maintenant, revenons à nos moutons.

Quand Rafe revint, Margaret mourait de faim, au point
d'avaler sans discuter le repas insipide de la cafétéria du
Q.G. Conover lui avait appris beaucoup de choses — les
risques d'incendie de forêt dans les Kilghard, et le danger
des brigands. Il lui avait donné des cartes et répondu à
toutes ses questions. Et c'est seulement en s'asseyant à la
cafétéria qu'elle réalisa avoir oublié de lui parler du
Conseil Télépathique ou du mystérieux Don des Alton.
Comme si elle était déjà entrée dans la conspiration du
silence qui taisait tant de choses concernant Ténébreuse.

— Je vais t'amener à la Maison de Thendara, dit Rafe quand ils eurent fini de manger. Les Renonçantes te fourniront un guide et t'indiqueront ce qu'il te faudra emporter. Au fait, tu montes à cheval ?

— Oui. J'avais un cheval sur Thétis, et l'équitation est le seul sport que j'ai continué à l'Université. Bien sûr, les chevaux étaient assez médiocres, là-bas, mais je n'avais pas les moyens de m'offrir mieux. Sinon, j'adore lâcher la bride à un cheval. On a l'impression de voler !

— Ne t'amuse pas trop à galoper dans les Kilghard — le terrain ne s'y prête pas. Mais on faisait des courses à Armida quand j'étais jeune. Et les chevaux d'Armida sont célèbres sur Ténébreuse — dignes d'une rançon de roi.

La Maison de Thendara était une grande bâtisse, non loin du Secteur Terrien. De l'extérieur, elle n'avait rien de spécial, et n'avait rien de l'« anomalie culturelle » annoncée par Conover. Seule, une plaque au-dessus de la sonnette indiquait que ce n'était pas une demeure particulière.

Il l'amena jusqu'au perron, lui tapota l'épaule, puis la quitta. Margaret le regarda partir, le dos très droit dans son uniforme noir, et réprima une impression d'abandon. Tandis qu'il s'éloignait, elle sentit qu'il dissimulait une émotion forte, une sorte de nostalgie qui la laissa perplexe. Aurait-il voulu l'accompagner dans son voyage ? Elle s'arracha à ces émotions confuses et sonna.

La porte s'ouvrit presque immédiatement sur une fille rieuse d'une vingtaine d'années. Elle ne lui fit pas la révérence comme les autres Ténébrans rencontrés jusque-là, mais la regarda en face, évaluant d'un coup d'œil son uniforme terrien. Elle avait les cheveux courts, contrairement aux autres Ténébranes, un chiffon à la main et une traînée de poussière sur le front. Elle avait l'air heureux et frétillant comme un jeune chiot, et ne concordait pas du tout à l'image que Margaret s'était faite des Renonçantes.

— Je viens pour engager un guide.

110

— Entre donc, dit la fille. Je vais te chercher Mère Adriana — n'importe quoi pour échapper à l'épousse-tage ! Je suis venue chez les Renonçantes parce que je voulais être indépendante, et je me retrouve au ménage !

— La technologie n'a jamais résolu le problème de la poussière, dit Margaret, ironique.

— Tu veux dire que les Terriennes font le ménage ? Je croyais qu'elles avaient des machines pour tout !

— Pas tout à fait.

— Je vais te mettre au salon en attendant la Mère. Je ne suis pas portière aujourd'hui, mais j'étais là, et j'ai trouvé idiot d'en attendre une autre.

Elle fit entrer Margaret dans un agréable salon et la laissa. Il y avait de profonds fauteuils à la tapisserie lui-sante d'usure, d'épais tapis sur le sol dallé de pierre, et des affiches aux murs. Margaret lut avec curiosité l'annonce d'une classe pour les sages-femmes et réalisa que la surveillance d'une grossesse n'était pas chose aussi simple qu'elle le pensait. Elle lut une autre affiche, racontant l'histoire de la Société du Pont, fondée par une femme qui s'appelait à la fois Magda Lorne et Margali n'ha Ysabet. Conover avait parlé d'une Magda Lorne, et elle se demanda si elle vivait toujours. Elle pourrait peut-être répondre à ses questions. Plongée dans sa lecture, elle faillit ne pas entendre quelqu'un qui toussota près d'elle.

Une femme d'une quarantaine d'années était dans le salon. Brune aux yeux verts, avec un menton volontaire, elle avait l'air à la fois amicale et intimidante.

— Bienvenue à la Maison de Thendara. Je suis Adriana n'ha Marguerida. Jillian me dit que tu veux engager un guide, dit-elle en Terrien avec un fort accent.

— Je suis Margaret Alton, répondit Margaret en *casta*. Et je veux effectivement engager un guide pour aller dans les Kilghard. J'ai tous les papiers et les autorisations...

— Les papiers ! Peuh ! Que feraient les Terriens sans leur permis ? Quelle sottise ! Mais excuse-moi, le tact n'est pas mon fort.

Son franc-parler plut à Margaret.

— Moi aussi, je manque parfois de tact. Je viens de

passer la matinée au Q.G. pour remplir des tonnes de formulaires, et je partage ton aversion.

— Ils ne semblent pas réaliser, dit *Mestra* Adriana en souriant, que Ténébreuse s'est très bien passée de permis et de papiers pendant des siècles. Maintenant, assieds-toi, et dis-moi pourquoi tu veux aller dans les Kilghard.

Elle se tut, pendant que Margaret s'asseyait.

— Alton? reprit-elle, la regardant avec attention. Tu n'es pas Terrienne.

— Non, je suis née ici, mais j'en suis partie très jeune. *Pas au point d'oublier les couleurs et les sons de Ténébreuse.*

— Je vois, dit *Mestra* Adriana, se remettant à l'observer de ses yeux verts pénétrants.

Margaret réprima un soupir et se prépara une fois de plus à parler de sa famille. Mais *Mestra* Adriana ne lui posa aucune question personnelle.

— Tu parles bien la langue, dit-elle simplement.

— Merci. Elle me revient par à-coups. Mais parfois, je ne comprends pas la moitié de ce qu'on dit.

— Eh bien, dans quel but vas-tu dans les Kilghard? *Alton! Elle retourne à Armida? Ce que je suis curieuse!*

Margaret entendit ces pensées informulées, et se sentit rougir comme si elle avait commis une indiscrétion. Pire, elle n'avait rien pu faire pour l'empêcher.

Armida. Rafe en avait parlé. C'était le berceau familial des Alton et son héritage. C'était sans doute au milieu d'un village où il y avait des tas d'Alton, et où tout le monde parlait par énigmes. Même s'ils avaient les plus beaux chevaux de la galaxie, elle n'avait pas l'intention d'y aller.

— Je suis envoyée par l'Université pour recueillir des chants folkloriques. Je suis venue avec mon maître, le Professeur Davidson, mais il est mort subitement. J'ai l'intention de terminer ses travaux. Les gens du Q.G. ont essayé de m'en dissuader, et il y avait un certain Commandant Wintergreen qui trouvait que c'était trop dangereux. Mais maintenant, j'ai toutes les autorisations nécessaires. *Grâce à Rafe, que j'ai oublié de remercier!*

— Musique folklorique? Curieuse raison pour aller

escalader les montagnes, *Domna* Alton, dit-elle, d'un ton incrédule, mâtiné de quelque méfiance.

— Pas si tu es musicologue, *Mestra* Adriana. Pour moi, c'est la chose la plus logique du monde.

— Tu as déjà entrepris ce genre d'expédition ?

— Oui, sur plusieurs planètes, avec mon Maître, pour recueillir les chants locaux.

— C'est vraiment bizarre, et je ne comprendrai jamais ces choses-là.

— Je suis universitaire, et mon travail consiste à assembler des données apparemment inutiles. De plus, j'adore la musique.

— Je m'en doute si tu as eu le courage d'aller défier le dragon Wintergreen dans son repaire et que tu en es sortie vivante. Comment as-tu fait ?

— J'étais aidée par le Capitaine Scott, mon oncle.

Oui, cela concorde.

— Très bien. Voyons si je peux te trouver quelqu'un.

Margaret entendit en même temps la pensée et les paroles. Tous les Ténébrans se promenaient-ils avec toutes les généalogies cliquetant dans leur tête ? Elle se leva, et retourna lire l'histoire de la Guilde, pendant que *Mestra* Adriana réfléchissait. Margaret s'étonna qu'elle ne consulte pas une liste, puis elle réalisa que, malgré les affiches, c'était une culture orale, faisant plus confiance à la mémoire qu'à l'écrit.

— Ah ! Rafaella est la personne qu'il te faut ! *De plus, elle a besoin de travailler. Un voyage en compagnie d'une jeune femme aussi équilibrée la stabilisera peut-être.*

Margaret entendit ces pensées aussi nettement que si elles avaient été exprimées tout haut, et se demanda pourquoi l'inconnue avait besoin d'être stabilisée.

— C'est un bon guide ?

— Certainement. Il ne serait pas bon pour la Guilde que je te conseille quelqu'un d'incompétent. Mais je l'ai choisie parce qu'elle chante assez bien et comprendra ton travail mieux qu'une autre. Elle est née dans les Kilghard et a des parents dans toutes ces montagnes.

— Ça me semble parfait. Où la trouverai-je ?

— Va au Marché aux Chevaux demain matin. Elle t'attendra.

— Comment la reconnaîtrai-je ?

Margaret retrouva son anxiété, n'ayant aucune idée du quartier où se trouvait le Marché aux Chevaux. Oh, elle trouverait bien quelqu'un pour le lui indiquer ! Et peut-être que le jeune Gérémy serait content d'échapper à l'atelier pour une matinée.

— Nous avons un box au Marché aux Chevaux — uniquement réservé à la Guilde. Tu ne pourras pas la manquer. Rafaella n'ha Liriel est unique.

9

Margaret quitta la Maison de Thendara, fatiguée mais pas autant que les jours précédents. Elle décida de se rendre Rue de l'Aiguille avant de rentrer chez Maître Everard, pour voir si Ethan ou Gérémy pourrait l'accompagner au Marché aux Chevaux le lendemain. Maintenant, elle s'orientait assez bien dans Thendara, et elle retrouva la maison du tailleur sans problème.

A son entrée, Aaron MacEwan supervisait la coupe d'un vêtement par un apprenti, et Manuella repliait une pièce d'étoffe. Ils l'accueillirent chaleureusement et lui offrirent du thé, ce qui la réconforta après l'atmosphère stérile du Q.G. Elle leur annonça qu'elle partait pour les Kilghard, et ils échangèrent un regard qui en disait long.

— Il te faudra des vêtements chauds là-bas, *Domna*, et ta robe de bal ne te servira à rien. Il te faudra une bonne chemise et une grosse tunique d'équitation, dit-il, regardant avec dédain son uniforme terrien.

Elle resta interdite, car elle n'y avait pas pensé. Elle envisageait de porter son misérable uniforme, bien qu'elle le détestât. Ainsi, sans lui donner le temps de se retourner, Manuella l'entraîna dans l'arrière-boutique et lui passa une jupe qui couvrirait ses jambes tout en lui permettant de monter à califourchon. Marron foncé et très ample, elle était très confortable. Manuella y ajouta une tunique d'un brun plus clair et, de nouveau, Margaret se sentit chez elle, comme lorsqu'elle avait touché la terre de la tombe d'Ivor.

Elle conclut la transaction, puis demanda si l'un des garçons pourrait l'emmener au Marché aux Chevaux le lendemain de bonne heure. Manuella lui promit qu'Ethan serait chez Maître Everard dès l'aube. Elle rassembla ses achats et partit pour la Rue de la Musique, satisfaite d'une journée bien remplie.

Le noir du néant fut rompu par le tournoiement de la roue galactique, tourbillon scintillant d'étoiles sur la nuit. Elle flottait sans effort entre les astres. Quelle merveilleuse façon de voyager, sans drogues ni astronefs puants! Une silhouette commença à prendre forme, d'abord les pieds, puis les jambes et le torse, les bras et les épaules, et, enfin, la tête. Lew Alton, composé de soleils, la foudroyait depuis le vide. Son unique main se tendit vers elle, sa bouche remua comme s'il lui parlait. Elle sentit ses mains se tendre vers lui, une poigne glacée se refermer sur elles. Le froid était insoutenable, et elle s'arracha à cette emprise. Les étoiles s'éteignirent, et elle resta seule, à hurler dans les ténèbres.

Quand les premières lueurs de l'aube touchèrent son visage, Margaret s'assit dans son lit, et les dernières images de son rêve s'évanouirent quand elle ouvrit les yeux. Rejetant ses chaudes couvertures, elle se leva, frissonnante dans le froid de la chambre. Elle se lava les dents et le visage et s'habilla rapidement, impatiente de partir. Puis elle brossa ses cheveux, les tordit et les attacha avec la barrette en forme de papillon. Enfin, elle jeta un rapide coup d'œil dans la glace pour juger de la correction de sa tenue, et, mal à l'aise, se mordit les lèvres. Décidément, elle détestait les surfaces réfléchissantes.

Satisfaite de son apparence, elle prit ses bagages et descendit. Anya était déjà levée et il régnait dans la maison une bonne odeur de porridge. Elle trouva la maîtresse de maison dans la cuisine, avec le jeune Ethan qui déjeunait avec appétit.

Margaret s'assit, et Anya posa devant elle du thé et un bol de porridge. Il y avait sur la table une jarre de miel et un pichet de crème, et Margaret en ajouta sans vergogne à son déjeuner. Elle et Ethan se sourirent en mangeant, et elle lui fut reconnaissante de son silence. Elle détestait bavarder au saut du lit, et elle fut impressionnée par sa sensibilité. En général, les garçons de son âge ne s'arrêtaient de parler que pour dormir.

Maître Everard entra comme ils finissaient, ses cheveux blancs tout ébouriffés.

— Ainsi, tu t'en vas dans les montagnes, *chiya*. Voilà bien longtemps que je ne suis pas allé par là — des années. Tu nous manqueras — ce fut un vrai plaisir de t'avoir dans la maison. Mon fils est dans les Kilghard, et tu le rencontreras peut-être. C'est un brave garçon, mais il déteste la vie des villes et je le vois rarement.

Margaret fut touchée qu'il l'appelle *chiya*, ce qui était un terme d'affection, mais qui ressuscita des souvenirs importuns. La rousse qui était sa mère s'en servait, mais sans affection, et l'homme aux cheveux argentés l'avait appelée ainsi quand il l'avait laissée à l'orphelinat. C'était la première fois qu'elle se rappelait si nettement cet épisode, et elle se sentit toute petite et terrifiée comme alors. Et furieuse.

— Tu me manqueras aussi, Maître Everard. J'ai beaucoup apprécié mon séjour dans ta maison, et j'y reviendrai avant de quitter Ténébreuse.

— Quitter Ténébreuse ?

— Bien sûr. Quand j'aurai terminé les travaux d'Ivor, je repartirai à l'Université.

— Mais je pensais... enfin, après ta visite au Château Comyn, j'avoue que...

Sa voix mourut, confuse et embarrassée.

Toute la ville était-elle au courant de sa rencontre avec le Seigneur Hastur ? Un instant, cela lui parut violer le secret de sa vie privée. Puis elle se dit que c'était une très petite communauté, comparée aux grandes métropoles des autres mondes. Malgré son astroport et son Secteur Terrien, Thendara était une petite ville.

— Je vais dans les Kilghard pour terminer les travaux d'Ivor — pas pour faire valoir mes droits sur le Domaine d'Alton, qui que ce soit qui tente de m'en convaincre.

Ses paroles tranchantes frisaient l'impolitesse, et elle les regretta aussitôt, mais il lui semblait très important de se distancier des murmures séducteurs de Ténébreuse et de ne pas se laisser entraîner dans des affaires dont elle était certaine qu'elles ne la concernaient pas.

— Je vois, dit Maître Everard avec tristesse. Enfin, chacun son destin. Tu dois suivre ton cœur — mais peut-être que tu le fuies au lieu d'aller vers lui pour le réaliser.

— Tu as peut-être raison.

Margaret avait le sentiment d'avoir fui toute sa vie. Elle avait fui Thétis pour échapper à la douleur de son père, sans savoir ce qu'elle était, et elle était devenue l'assistante d'Ivor pour fuir les gens de son âge. La pensée du mariage lui donnait la chair de poule, et l'idée d'avoir des enfants lui paraissait trop terrible pour seulement y penser. Il y avait un souvenir, profondément enfoui en elle, qui lui faisait fuir tout contact physique et toute intimité. Elle ne savait pas ce que c'était, mais elle savait qu'il existait.

— Que dois-je faire de la guitare de ton maître ?

— La guitare d'Ivor ? Pourrais-tu la garder pour le moment ? Je crois que cela lui ferait plaisir. Et si sa femme vient un jour chercher son corps, elle la remportera en même temps. Je ne veux pas la confier au courrier spatial non accompagnée. C'est stupide.

Ou plutôt elle n'avait pas la tête à ça, réalisa-t-elle. Et elle n'avait pas le temps d'aller au centre des communications, d'envoyer un message et d'attendre la réponse. Elle voulait quitter, le plus vite possible, Thendara et tous ces gens qui la prenaient pour une autre, et rien ne l'en empêcherait.

— Je serai honoré de la garder aussi longtemps qu'il le faudra, dit-il, l'air ravi, car c'est un merveilleux instrument. Crois-tu que *Mestra* Davidson viendra le chercher ?

— Je ne sais pas. Elle le voudrait sans doute, mais le voyage est très cher. Bon, merci pour tout. J'ai été très heureuse dans cette maison, dit-elle, impatiente de partir.

— Nous avons eu plaisir à t'accueillir — et franchement, tu nous manqueras. Cette maison a besoin de jeunes, et Erald est si rarement là.

Quelques minutes plus tard, après avoir dit adieu à Maître Everard et Anya, elle se mit en route avec un Ethan repu et silencieux. Il portait un de ses sacs, elle portait l'autre sac et sa harpe. Ils étaient trois rues plus loin quand elle remarqua qu'il avait un balluchon dans sa main libre.

— Qu'est-ce que c'est — ton déjeuner? demandat-elle, d'un ton plus léger que son humeur présente.

— Non, dit-il en souriant. Ce serait trop, même pour moi. Ma mère dit que je mange comme quatre et que je finirai par la mettre sur la paille.

— C'est possible. Mais ça ne me dit pas ce que tu as dans ton paquet. Bien sûr si c'est un secret, c'est différent. Je ne trahis jamais les secrets.

— Je sais. Tu n'as pas dit à Oncle Aaron que je voulais être astronaute.

— Non. Ça ne me regarde pas, et je crois qu'il n'aurait pas aimé apprendre la nouvelle d'une étrangère, et que, de toute façon, ça ne lui plairait pas.

— C'est bien vrai, *Domna*. Aaron pense que le monde commence et finit Rue de l'Aiguille. Tu sais qu'il n'a jamais quitté Thendara de toute sa vie?

— Je ne savais pas, mais ça ne m'étonne pas. Il aime son travail comme j'aime le mien, et on voit qu'il n'imagine pas pouvoir faire autre chose. C'est souvent le cas.

— Crois-tu que ce sera différent quand j'aurai grandi?

— Pas vraiment. A tous les âges, il se trouve toujours des aînés qui pensent détenir la sagesse.

— C'est bien ce que je pensais. Ma grand-mère n'arrête pas de reprocher à mon père d'avoir fait du commerce au lieu de s'élever dans la société.

Seigneur, les implications sociologiques de cette situation! se dit Margaret, réprimant une grimace. Tous les parents faisaient des projets pour leurs enfants, supposait-elle, et étaient souvent déçus. Pourquoi l'humanité ne s'était-elle pas assagie depuis tant de millions d'années?

Ils débouchèrent soudain sur une grande place, où une forte odeur de crottin, de cuir et de paille humide s'élevait des pavés, avec des douzaines de box en grosse toile alignés les uns à côté des autres. Même à cette heure matinale, il y régnait une grande activité — et les conversations allaient bon train, transactions commerciales ou simples papotages.

Au centre du Marché se trouvait une cuisine en plein air. En passant, Margaret vit une femme jeter des beignets dans un chaudron, les retirer de l'huile bouillante avec des pincettes en bois, et les étaler sur un linge. Un homme, en pantalon bouffant enfoncé dans des bottes écarlates et tunique de couleur vive, lui offrit une piécette, et elle lui tendit deux beignets. Margaret remarqua son turban, et se dit que ce devait être un Séchéen.

Bien qu'elle se levât de table, Margaret en eut l'eau à la bouche. Elle se rappela une main pâle lui offrant une friandise semblable, et revit sa menotte potelée se refermer dessus. Elle en sentait encore la douceur dans sa bouche, et sa gorge se serra à ce souvenir.

Ethan la conduisit à un box de l'autre côté de la place. Plusieurs femmes en pantalon et tunique y étrillaient des chevaux. Elles avaient les cheveux courts, comme la portière de la Maison de Thendara, et elles portaient un long couteau à la ceinture. Elles avaient le visage bronzé par le grand air, et l'air compétentes et imposantes.

— Qui est Rafaella n'ha Liriel ? demanda Margaret.

Une femme, qui nettoyait le sabot d'un cheval, se redressa et les regarda. Elle avait des cheveux roux flamboyants, et semblait avoir quelques années de moins que Margaret. Elle les évalua rapidement d'un regard qui annonçait une nature volontaire, et s'approcha.

— En quel honneur portes-tu ma blouse ? dit-elle.

— Ta blouse ? D'abord interdite, Margaret se rappela soudain qu'elle avait acheté Rue de l'Aiguille un ensemble destiné à une certaine Rafaella, mais il ne lui était pas venu à l'idée que c'était la même Rafaella qu'elle avait engagée pour guide, ce nom étant assez répandu ici.

— J'avais cru comprendre qu'elle ne te plaisait plus.

— J'ai changé d'avis !

Rafaella releva le menton, faisant danser ses courtes boucles rousses, et la regarda en face, pour lui faire baisser les yeux. Malheureusement, elle était plus petite que Margaret et dut lever la tête, ce qui gâcha son effet.

— Je suis partie en expédition, et pendant le voyage, j'ai changé d'avis. Mais, à mon retour, MacEwan m'a dit qu'il avait vendu l'ensemble. Il s'est excusé, prétendant qu'il n'avait pas les moyens de garder des invendus —

comme si ma mère et ma grand-mère ne lui accordaient pas leur clientèle depuis des années !

Ethan fronça les sourcils en rougissant.

— Tu ne peux pas demander à mon oncle de lire dans les têtes. Il n'a pas le *laran, Mestra* J'Ordonne. *Domna* Alton a acheté ces vêtements régulièrement, alors, ne viens pas prendre tes grands airs.

Il avait parlé avec fermeté, sa jeune voix crépitant d'indignation. Mais Margaret sentit autre chose sous ses paroles, à quoi elle ne put donner un nom, quelque chose qui voulait dire *Personne ne parle comme ça à ma* Domna.

Puis le mot de féal lui vint à l'esprit, et elle réalisa quelque chose d'important sur la culture ténébrane, qu'elle n'avait pas vraiment compris jusque-là. Elle l'avait senti chez Danilo, l'écuyer de Régis Hastur, puis de nouveau chez Rafe Scott. Ce n'était pas une fidélité aveugle comme elle l'avait cru, mais une profonde fierté de la forme de gouvernement représentée par les Comyn et les Domaines. Pas étonnant que les Terriens ne soient pas parvenus à transformer Ténébreuse en colonie comme les autres. Pour des raisons à lui, l'Empire Terrien avait décidé que la démocratie participative était la seule garantie de la liberté. Margaret savait qu'il y avait bien des formes de gouvernement dans la Fédération, et qu'elles fonctionnaient aussi bien qu'il était possible pour d'énormes populations. Mais les Terriens essayaient d'imposer leurs idées à toutes les planètes, souvent avec des résultats catastrophiques. A l'évidence, les Ténébrans aimaient leur mode de vie et ne voyaient aucune bonne raison d'en changer.

Rafaella parut aussi étonnée que Margaret de cette vigoureuse défense. Elle foudroya l'adolescent.

— Tu ferais mieux de tenir ta langue, Ethan Mac-Doevid, où j'achèterai mes vêtements chez le vieil Isaac la prochaine fois. Ton oncle ne serait pas content de perdre ma clientèle.

— Isaac, ricana Ethan. Il n'arrive pas à couper droit, même avec une règle ! Tu auras l'air d'être habillée par un... par un chervine.

Le mot suscita une bizarre image dans l'esprit de Margaret, et Rafaella parut aussi le trouver amusant car elle rit malgré elle.

— Tout va de travers depuis la décade dernière, dit Rafaella, comme pour excuser sa mauvaise humeur. Mon cheval a été tué en allant dans le sud, et son remplaçant traîne la patte. J'ai terminé mon contrat en retard, ce qui m'a coûté cher, et, en rentrant, j'apprends que mon ensemble a été vendu à une étrangère. J'avais dessiné moi-même les broderies ! Et j'étais à peine arrivée que *Mestra* Adriana me dit que je suis engagée par une Terranan.

Elle interrompit le récital de ses malheurs et rougit.

— Je n'ai rien contre les Terranans, mais ils sont souvent difficiles à satisfaire.

— Elle n'est pas plus Terranan que toi, grommela Ethan, toujours rouge d'indignation.

— Hum ! Mais je ne sais pas trop si j'aime mieux travailler pour une *comynara* que pour une Terranan, dit-elle à Ethan, indifférente aux réactions de son employeuse. Maintenant, qu'est-ce que je vais mettre pour la Fête du Solstice ? Et je n'ai même pas eu le temps de le voir ! Au diable Mère Adriana qui se mêle de tout !

Margaret ne savait pas qui pouvait être ce « le », mais à l'évidence, être Renonçante n'excluait pas les aventures romanesques comme elle l'avait cru. Elle commençait à comprendre pourquoi *Mestra* Adriana voulait « stabiliser » Rafaella. Elle n'était pas du tout sûre de vouloir partir dans les montagnes avec une femelle au tempérament si volatile. Il ne lui manquait que ça — un guide énamouré, dans les affres de la passion !

— Je suis désolée de ce problème, mais Maître MacEwan a agi de bonne foi, j'en suis certaine.

Margaret parlait avec calme, mais elle avait l'estomac tout chaviré par les violentes émotions de son guide qu'elle percevait sans le vouloir.

Rafaella renifla avec dédain.

— Je ne doute pas qu'il ne préfère les clientes comyn aux simples Renonçantes, dit-elle, apparemment déterminée à récriminer le plus longtemps possible. Il savait bien que je le paierais, et que, s'il m'arrivait quelque chose, la Guilde paierait à ma place.

Soudain, Margaret en eut assez. Si une seule personne commentait encore son statut imaginaire, elle allait se mettre à hurler.

— Je ne suis pas membre des comyn — simplement universitaire. De plus, je ne vois pas ce que ça vient faire dans notre affaire, dit-elle perdant patience.

— Pas *comyn* — c'est le plus beau ! Tu t'amènes dans mon ensemble, avec des grands airs de *leronis,* et tu penses que je vais te croire ! Oh, la couleur te va aussi bien qu'à moi, mais je l'avais dessiné pour une occasion très spéciale. *Pour qu'une personne très spéciale m'en voie vêtue.* Et je ne veux pas qu'une autre le porte ! Ce n'est pas juste — les marchands ne pensent qu'à l'argent et...

— Et tu es très impolie. Je ferais peut-être mieux de retourner à la Maison de Thendara pour informer *Mestra* Adriana que je veux un autre guide.

Pendant qu'elle parlait, le visage du Capitaine Scott se leva devant ses yeux, qui se dilatèrent. Etait-ce possible que le « il » que Rafaella n'avait pas eu le temps de voir fût Rafe Scott ? Mais il était assez vieux pour être son père ! *Ça ne me regarde pas !* Mais quand il m'a quittée à la Maison de Thendara, il avait l'air... d'un amoureux transi !

Rafaella battit des paupières, l'air misérable.

— Non, j'ai vraiment besoin de ce travail. La perte de mon cheval et...

Margaret en avait assez de ses jérémiades.

— Alors, agis en professionnelle, pas en enfant gâtée.

Rafaella la dévisagea, presque impoliment.

— C'est vrai que tu n'es pas *comyn* ?

Margaret ne comprenait pas pourquoi c'était si important pour Rafaella, mais elle décida de régler la question une fois pour toutes.

— Si j'ai bien compris, mon père était *comyn* en effet. Mais il a quitté Ténébreuse il y a des années. Je suis née sur Ténébreuse, mais j'en suis partie avant mes six ans. J'ai été élevée hors planète, et j'ai vécu sur des mondes de l'Empire aussi loin que remonte mon souvenir. Plusieurs m'ont prise pour une de vos aristocrates, mais je ne suis qu'une universitaire et une musicienne. Je n'ai pas grandi ici, et je ne m'intéresse pas à être autre chose que moi-même. Maintenant, si nous cessions de discuter de ma vie personnelle et de la tienne sur la place publique, nous pourrions peut-être nous mettre en route avant demain !

Elle avait parlé du ton autoritaire qu'elle réservait généralement à Ivor, quand il fallait le rassurer, ou aux conférences d'orientation pour les nouveaux étudiants. Elle fut stupéfaite du son qui sortit de sa bouche, comme si elle était possédée d'une force qu'elle ignorait. Stupéfaite, et troublée aussi.

Rappelée à l'ordre, Rafaella reprit :

— Je suppose que Mère Adriana m'a choisie parce que je suis bonne chanteuse. Bruyante, en tout cas. Je n'avais pas le talent pour entrer à la Guilde des Musiciens, et d'ailleurs, ça ne m'aurait pas plu. Mais en voyage, je chante parfois dans les tavernes pour payer mon écot.

Margaret s'efforça de dissimuler sa détresse. Une chanteuse de taverne n'était pas ce qu'elle espérait.

— Ta voix parlée est sonore, dit-elle.

— Et j'en aime le son, répondit Rafaella, acide. De plus, je connais des tas de gens dans les montagnes qui savent les vieilles ballades.

— C'est merveilleux ! dit Margaret, avec plus d'enthousiasme qu'elle n'en ressentait. Tu joues d'un instrument ?

— Je me débrouille à la guitare et, en voyage, j'emporte toujours ma flûte en bois. Tu joues d'un instrument ? demanda Rafaella, oubliant son hostilité.

— Je joue de beaucoup d'instruments, dit Margaret, mais d'aucun assez bien pour travailler dans un orchestre.

Elle se rappela le *ryll* hanté de Maître Everard, et qu'elle en avait joué comme si elle n'avait fait que ça de sa vie. Elle ne dit rien du chant qu'elle avait pratiqué toute son enfance, et, qui avait souvent fait froncer les sourcils à son père. Un instant, elle se rappela qu'elle fredonnait toute seule dans sa chambrette de l'orphelinat, et fut sur le point de se souvenir de la berceuse qu'elle se chantait pour tenir la solitude en respect. Elle était sûre que la mère dont elle ne se souvenait pas la lui chantait et, maintenant, elle comprenait pourquoi il était pénible à son père de l'entendre.

Elle bannit ces souvenirs avec effort.

— Ce me sera utile d'avoir quelqu'un qui connaît les villageois, Rafaella. Bon, quand partons-nous ?

— Je m'occupe d'abord des chevaux et de la mule.

— *Domna,* dit timidement Ethan pour se rappeler à elle. Voilà pour toi. C'est ma tante qui te l'envoie, dit-il, lui tendant son balluchon. C'est un cadeau.

— Comme c'est gentil de sa part, Ethan.

Margaret plia les genoux pour mettre ses yeux au niveau de ceux d'Ethan, ignorant les expressions horrifiées des indigènes qui les observaient avec intérêt.

— Tous les marchands ne sont pas cupides, quoi qu'en dise cette chipie, dit-il, bien décidé à défendre l'honneur de sa famille.

— Je le sais bien, Ethan. D'ailleurs, ton oncle est un artiste, et tout le monde sait que les artistes n'ont pas le sens de l'argent.

Il rit, puis fixa sur elle un regard pénétrant.

— Tu crois que je pourrais aller dans les étoiles ?

— Comme je n'ai pas de boule de cristal, je ne peux pas te prédire l'avenir, mais je crois que si on veut vraiment quelque chose, on peut toujours l'obtenir. Bien sûr, ce sera très dur, et tu devras apprendre des choses que tu n'imagines même pas.

— Le travail ne me fait pas peur, dit-il, hochant la tête. J'ai travaillé toute ma vie. Mais où pourrai-je apprendre ce que je devrai savoir ?

Margaret se mordilla les lèvres puis se redressa. Son matériel d'écriture était dans ses sacs mais, de l'autre côté de la place, elle vit un écrivain public, entouré des outils de son art.

— Viens, dit-elle à Ethan, se dirigeant vers l'échoppe. Je désire écrire une lettre, informa-t-elle le scribe.

— Adressée à qui, *Domna* ?

Elle réprima une grimace — encore ce terme honorifique ! Il semblait impossible d'y échapper.

— Au Capitaine Rafael Scott, Q.G. Terrien.

Le scribe dressa l'oreille, curieux maintenant. Il prit une feuille dans une belle boîte en bois, et elle vit qu'elle était de meilleure qualité que le papier étalé sur sa table. Il prit sa plume, la trempa dans l'encre, et écrivit le nom en lettres ornées ténébranes.

« Salut », commença-t-elle, se félicitant que son *casta* se fût suffisamment amélioré ces derniers jours pour lui permettre d'écrire une lettre. « Le porteur de cette lettre est mon ami Ethan MacDoevid. Son plus cher désir est de voyager entre les étoiles. Je te serais reconnaissante de l'aider à réaliser cette ambition et à acquérir l'instruction dont il aura besoin. » Elle s'interrompit un instant, se demandant si elle devait ajouter autre chose, puis décida que non. « Je demeure ta nièce respectueuse, Marguerida Alton. » Le scribe les regardait alternativement, ne se possédant plus d'intérêt. Il sécha l'encre avec une poudre fine tandis qu'elle cherchait de l'argent.

— Combien ? demanda-t-elle.

— Trois sekals, *Domna*.

Ethan était muet de stupeur, mais peu à peu un sourire commença à jouer sur ses lèvres.

— Je t'en donnerai cinq si tu ne partages pas le contenu de ma lettre avec toute la ville.

Le scribe hocha la tête, cramoisi.

— Certainement, *Domna*. J'espère que tu m'accorderas ta pratique à l'avenir.

— Oui, si tu sais tenir ta langue.

Elle le paya, prit la feuille qu'elle plia en quatre puis tendit la main vers la plume.

— Tu permets ?

Il eut l'air étonné et Margaret réalisa que la plupart des femmes, mêmes celles de l'aristocratie, étaient illettrées. Mais il hocha la tête. Elle écrivit le nom et le grade de Rafe, ajouta « personnel », puis en bas, son nom, Margaret Alton, en caractères terriens. Enfin, elle trempa son pouce dans l'encre et apposa son empreinte à côté de son nom, de sorte que, si l'authenticité de sa lettre était mise en doute, on puisse vérifier son identité dans les fichiers terriens.

— Ethan, tu apporteras cette lettre à l'un des gardes de l'astroport — un de ceux que tu connais. Il trouvera le Capitaine Scott, qui déterminera si tu es assez intelligent pour faire ces études.

Ethan battait des paupières pour refouler ses larmes.

— Merci, *vai Domna,* dit-il, prenant la lettre comme un trésor, puis lui tendant son balluchon. Tu veux l'ouvrir, pour que je puisse dire à Tante Manuella si ça te plaît.

— Certainement, dit-elle, s'essuyant le pouce à un chiffon du scribe avant d'ouvrir la toile cirée.

Elle vit une sorte de boule de drap marron. Elle la souleva, et une lourde cape se déplia sur son bras. Quelque chose en glissa, manquant tomber sur les galets de la place. Ethan le rattrapa en souriant. C'était la robe de bal en soie bleu-vert qu'Aaron avait voulu lui confectionner lors de sa première visite. Des feuilles d'argent étaient brodées autour de l'encolure et des poignets.

— Ethan, c'est magnifique, mais je n'aurai jamais l'occasion de la porter.

— Tantine dit que tu en auras peut-être besoin la prochaine fois que tu iras au Château.

Margaret ne put s'empêcher de rire.

— Eh bien, si je retourne au Château, je la porterai.

Tous les Ténébrans semblaient conspirer pour la transformer en une autre Margaret, nommée Marguerida, et héritière d'un Domaine, qu'elle le veuille ou non. Elle serra sa belle robe dans ses bras, incapable de résister à la gentillesse des MacEwan. De plus, elle avait toujours eu une secrète envie des robes que portait Dio pour les réceptions et les dîners officiels.

Ils traversèrent la place dans un silence amical, pour rejoindre Rafaella. Ethan et son cousin Gérémy avaient été ses premiers amis sur Ténébreuse, et elle savait qu'elle ne les oublierait jamais.

Elle ouvrit une fonte et y plaça la robe de bal. Puis elle attacha la cape derrière sa selle, tâtant voluptueusement son tissu souple et épais. Le cheval attendit patiemment et, quand elle eut fini, elle alla faire sa connaissance. D'abord, il roula les yeux, passant d'un pied sur l'autre. Margaret roucoula, comme elle l'avait toujours fait pour ses autres chevaux, sur Thétis et à l'Université, et lui fit flairer son odeur. Il eut un bref hennissement, comme troublé par les senteurs ténébranes mélangées à quelque chose d'exotique. Elle lui caressa le museau, et il dressa les oreilles.

— Je vois que tu sais t'y prendre avec les chevaux, commenta Rafaella. C'est un soulagement. J'ai eu des employeurs qui ne distinguaient pas la tête de la croupe — et qui s'en moquaient. Une Terranan, par exemple, qui est arrivée à la Maison avec de ces questions ! On la trouvait toutes idiote, mais on voulait être polies. Enfin, on ne voulait pas vraiment être polies, mais Mère Adriana nous y obligeait. C'était une universitaire comme toi, mais on voyait bien qu'elle ne s'était jamais assise sur un cheval de sa vie. Terrorisée, elle serrait l'encolure à pleins bras et ne voulait pas la lâcher ! On s'est fourré nos manches dans la bouche pour ne pas éclater de rire.

— Les chevaux ne sont pas communs sur la Terre, Rafaella.

— Je suppose que tout le monde se déplace en aérocar, dit-elle avec un de ses petits reniflements, pour exprimer son mépris des machines.

— Pas tout le monde, mais il y a beaucoup d'aérocars, de trottoirs roulants et autres.

Margaret décida qu'elle ne voulait pas s'étendre.

— Bon, on est aussi prêtes que possible. On y va ?

— Oui, je t'en prie.

Après avoir chevauché une heure sur une route bien entretenue mais assez primitive, elles laissèrent Thendara derrière elles et abordèrent une campagne de vergers et de cultures. L'air était frais et revigorant, plein d'odeurs de végétaux. Margaret, qui n'avait pas fait de cheval depuis longtemps, se concentrait sur sa monte et faisait connaissance avec son étalon.

— Désolée d'avoir été si revêche au Marché, dit soudain Rafaella, interrompant les rêveries de Margaret. D'après le dicton, tous les roux ne sont pas *comyn*. Mon père était *nedesto* d'un *comyn*, mais il ne m'a pas transmis le *laran* de *Dom* Rodrigo. C'est une bonne chose, sinon nous serions submergés par les *leroni*.

Margaret rumina un moment ces paroles. *Laran* et *leroni* ne figuraient pas sur sa disquette, mais elle connaissait vaguement ces mots. Ils avaient quelque chose à voir avec les Dons dont Rafe et le Seigneur Hastur lui avaient parlé, mais le rapport n'était pas clair dans sa tête. Pourquoi n'avait-elle pas approfondi la question quand Rafe l'avait soulevée la veille ? De nouveau, elle eut l'impression qu'elle ne devait pas poser trop de questions, et aussi que c'était un ordre venant du tréfonds de son esprit. Elle écarta ces pensées, car y réfléchir lui donnait le tournis, et elle ne voulait pas avoir le vertige tant qu'elle était en selle. Elle essaya plutôt de comprendre le reste des paroles de Rafaella. *Nedesto* signifiait « bâtard », mais, semblait-il, sans la honte qui s'y attachait ailleurs. En tout cas, son guide ne paraissait pas gênée que son père fût illégitime.

— Tu désirais donc avoir le *laran* ? dit-elle enfin.

— Oui, quand j'étais jeune et bête. On m'a testée, et je n'en avais pas une trace. Entre nous, ça ne m'a jamais manqué. C'est un fardeau de voir l'avenir et d'entendre les pensées des autres, qu'on le veuille ou non. Et la maladie du seuil ! Brrrr ! Cela m'a été épargné. J'ai vu ma sœur passer par là, et ce n'était pas beau à voir. Je suis contente que mon père m'ait donné une bonne cervelle et une bonne voix, et pas les pouvoirs qui m'auraient rendue malade.

— Malade ?

— Quand le *laran* s'éveille, il provoque une maladie. Certains en meurent. Elle cause des migraines terribles, des évanouissements, et des nausées qui t'empêchent de garder toute nourriture, à moins d'avaler des drogues qui te font délirer.

— Ça a l'air affreux. Pourquoi supporter ça ?

— Quand tu as le *laran,* ou bien tu surmontes la maladie du seuil, ou bien tu en meurs. Tu n'as pas le choix — tu as le *laran* de naissance, ou tu ne l'as pas.

— Et elle survient quand, cette maladie ?

— Vers douze ou treize ans — quelquefois un peu plus tard, mais guère.

Margaret se sentit soulagée. Elle était bien trop âgée pour avoir ce problème ! Tant pis pour le Seigneur Hastur, si sûr qu'elle avait le Don des Alton !

— Qu'est-il arrivé à ta sœur ?

— Elle est allée à Neskaya où elle est devenue technicienne des matrices, puis elle est revenue et elle s'est mariée. Maintenant, elle a une ribambelle d'enfants et elle a l'air assez heureuse.

— Et toi, tu es devenue Renonçante ?

— Je ne voulais pas m'attacher à un homme ou à une maison, jamais. Maintenant, je n'en suis plus si sûre, ajouta-t-elle après un court silence.

De nouveau, Margaret « vit », en un éclair, le visage de Rafe Scott.

— Tu peux être une Renonçante et te marier quand même ? demanda-t-elle avec tact.

— On peut vivre en union libre avec un compagnon, mais on ne prend pas son nom, et les enfants non plus. Et certains ne voient pas cela d'un bon œil. Ma mère était loin d'être enchantée que je devienne Renonçante, et elle n'aimait pas... bon, peu importe.

Elle fit une pause, l'air gêné.

— Comment te débrouilles-tu sur les sentiers de montagne ? reprit-elle.

Ce brusque changement de conversation fit comprendre à Margaret que son guide ne désirait pas s'appesantir sur sa vie privée. Au-delà des champs cultivés, elle regarda la ligne des collines à l'horizon, et derrière, les hauts sommets encore couverts de neige.

— Je ne sais pas. Je n'ai jamais vécu sur une planète montagneuse.

— Vraiment ? C'est difficile à imaginer. Même dans la région des Villes Sèches, c'est très vallonné. Et comment est-ce, Terra ?

— Je ne suis jamais allée sur Terra. J'ai grandi sur Thétis, dans un monde d'îles et d'océans. C'est assez plat. Je faisais galoper mon cheval sur les plages.

— Si tu cherches de belles ballades, tu en trouveras dans les Kilghard, mais les plus belles sont dans les Heller. Ce sont les montagnes que tu vois au loin. Elles sont à des jours de marche, bien qu'elles semblent toutes proches, dit Rafaella, tendant le doigt vers l'horizon. Là-bas, les sentiers sont étroits et escarpés, bordés de falaises et de précipices. Le pays est rude, sans parler des bandits et des banshees. *Et en plus, je ne veux pas rester si longtemps loin de Thendara !*

— A parler franchement, je ne supporte pas très bien l'altitude, dit Margaret, ignorant la pensée parasite.

— Il y a des sœurs à la Guilde qui ont connu la fondatrice de la Société du Pont, Margali n'ha Ysabet. C'était bien avant mon époque. Elles disent qu'elle était acrophobe, dit-elle, utilisant le terme terrien, puis continuant en ténébran, mais malgré ça, elle a cartographié une bonne partie des Heller. On dit même qu'elle est allée jusqu'au Mur-Autour-du-Monde, mais je ne le crois pas. Margali n'ha Ysabet est une sorte de légende à la Guilde.

— Pourquoi ça ?

— Parce qu'elle était brave et qu'elle a fait des choses remarquables, mais surtout parce qu'elle n'est jamais revenue de son dernier voyage, dit Rafaella en riant. Elle est allée dans les Heller, et on ne l'a jamais revue. Certaines pensent qu'elle a trouvé le chemin de... bref, elle est sûrement tombée dans un précipice où elle est morte. Elle était comme toi, née sur Ténébreuse mais élevée ailleurs.

Rafaella se tut, apparemment lasse du sujet.

Margaret se rappela l'affiche qu'elle lisait à la Maison de Thendara quand *Mestra* Adriana l'avait interrompue. Elle citait une Magda Lorne, également nommée Margali n'ha Ysabet, comme fondatrice de la Société du Pont. Elle constata que le personnage éveillait à la fois sa curiosité et sa désapprobation, comme si une partie d'elle-même trouvait déplacés les exploits de cette Margali. Qu'est-ce qui lui prenait ? Elle n'avait jamais de pensées semblables ! Margaret se sentait envahie, comme si une nouvelle personnalité émergeait dans son esprit, et une personnalité très antipathique, en plus.

— Je veux faire autant de recherches que je pourrai, mais je ne pense pas que me casser le cou augmente ma contribution à la science.

Rafaella rit si fort qu'elle faillit tomber de cheval.

— Je vais donc prévoir un itinéraire qui ne sera pas trop dur pour toi, dit-elle, quand elle eut repris son souffle. Et comme ça, je pourrai être à Thendara pour le Solstice d'Eté ! Tu montes assez bien, mais ce soir, tu auras des courbatures.

— Modique prix à payer pour une ballade, répondit

Margaret, ce qui redéclencha le rire de Rafaella. Tu m'as dit que tu savais des chansons, Rafaella. Je pourrais sortir mon enregistreur et tu chanterais en chevauchant, non ?

Rafaella lui sourit, rougissant de plaisir.

Le premier soir, elles bivouaquèrent à la belle étoile, et Margaret fut bien contente de la chaude cape, cadeau de Manuella. Elle s'en fit une couverture supplémentaire, et se demanda ce que devait être l'hiver si l'été était aussi froid. Cette pensée la fit frissonner, et elle se rapprocha encore de leur feu de camp. Une nouvelle vision de Lew Alton vint troubler son sommeil. Il semblait furieux qu'elle soit venue sur Ténébreuse, et, dans le rêve, elle était furieuse aussi.

Vers la fin du troisième jour, elles quittèrent une bonne route pavée et prirent des sentiers qui montaient, se dirigeant vers l'est pour autant qu'elle en pouvait juger. Les jambes de Margaret avaient cessé de la faire souffrir, mais maintenant c'étaient ses poumons qui lui faisaient mal, car elles arrivaient à des altitudes auxquelles elle n'était pas habituée. Elles traversèrent un pont de pierre au-dessus d'une rivière au courant rapide, et Rafaella lui dit que c'était la Kadarin. Ce nom lui donna la chair de poule, comme celui de Dyan Ardais quelques jours plus tôt. Elle se demanda pourquoi et, de nouveau, elle découvrit que son esprit résistait à l'analyse. Elle en fut troublée tant qu'elle entendit les eaux de la rivière, puis la tension se dissipa et elle observa le paysage.

— C'est une bonne chose que tu viennes écouter ces vieilles ballades, remarqua Rafaella comme elles traversaient un hameau endormi.

C'était la première fois que son guide faisait allusion à son travail.

— Pourquoi ?

— Les vieux meurent les uns après les autres, et une partie de notre musique se perd. Nous n'avons pas des bibliothèques comme les Terriens, seulement les archives des *cristoforos* à Nevarsin. C'est la première fois que j'y pense. Bon, je crois que nous allons passer la nuit ici. Si la vieille Jerana n'est pas morte, elle sera contente de chanter pour toi. Autrefois, c'était la meilleure chanteuse de Thendara, et elle connaît beaucoup de ballades. Mais elle a épousé un fermier et a renoncé à sa carrière, ce qu'elle regrette, je crois. Maintenant, c'est une vieille mémé édentée, mais la dernière fois que je suis venue, elle avait encore de la voix.

— Cette vieille dame sait-elle beaucoup de choses sur les Terriens ? demanda Margaret.

— Assez pour ne pas croire qu'ils ont des cornes et une queue comme certains démons, répondit placidement Rafaella. De plus, personne ne te prend pour une Terranan.

Elles arrêtèrent leurs chevaux près d'un petit cottage bien entretenu, et une vieille femme se dandina à leur rencontre. Elle était voûtée et édentée, mais elle avait le regard vif, et elle parlait d'une voix claire et forte. Elle salua chaleureusement Rafaella et regarda Margaret avec curiosité. Rafaella la présenta, et la vieille fit une profonde révérence à l'énoncé de son nom.

— Une Alton ! Ça fait des années qu'on n'a pas vu un Alton par ici ! Tu ressembles au vieux Kennard. Le pauvre. Il est parti et il est mort. Sur une planète, je ne sais plus laquelle. Mes idées se brouillent un peu ; je suis née l'année où les Terranans sont arrivés à Aldaran.

Margaret savait que Ténébreuse avait été redécouverte une centaine d'années plus tôt — fait révélé à regret par la disquette historique. Elle regarda Jerana avec émerveillement, car peu de citoyens de la Fédération arrivaient à cet âge sans le traitement qui prolongeait la vie.

— *Domna* Alton souhaite t'entendre chanter et t'enregistrer, Jerana.

— Vraiment ? Mais ça fait bien trente ans que je n'ai pas chanté en public ! dit-elle, l'air ravi. Entrez, mes enfants. Alan ! Ah, te voilà, paresseux. C'est mon arrière-petit-fils. Mets ces beaux chevaux à l'écurie.

Après un nourrissant dîner de ragoût et de pain, Jerana s'assit sur un tabouret tandis que Margaret installait ses enregistreurs. Rafaella prit une guitare au mur, et l'accorda. C'était une pièce de musée, au bois poli par des années d'usage.

— Le fils d'Everard est venu récemment, gloussa

Jerana, et il voulait emporter mon vieil instrument pour la collection de son père. Mais je lui ai dit que, depuis la mort de mon mari, c'était mon seul amant.

Elle se mit à chanter d'une voix ferme et claire qui démentait son âge. Margaret s'abandonna à son chant, perdue dans la musique au point qu'elle ne s'aperçut pas qu'elle pleurait. L'émotion s'enfla en elle comme une onde et, à la fin de la ballade, elle se sentit en paix pour la première fois depuis des jours.

Il était tard quand Jerana s'arrêta de chanter, et Margaret avait enregistré deux douzaines de morceaux. La vieille femme leur indiqua un grand lit au fond du cottage, et Margaret dissimula sa gêne à l'idée de dormir avec une autre. Mais peu importait... elle avait du mal à garder les yeux ouverts. Rafaella baillait aussi. Elle tira ses bottes, arracha sa tunique et son pantalon et grimpa dans le lit, et Margaret l'imita.

Elle sombra immédiatement dans le sommeil, et, pour une fois, elle ne rêva pas.

10

Margaret s'éveilla au point du jour, oppressée, les oreilles bourdonnantes. Encore somnolente, elle remua sous les couvertures, et s'aperçut que Rafaella avait pris son épaule pour oreiller. Elle regarda la chevelure flamboyante et sourit. Rafaella ronflait doucement. Elle dégagea délicatement son épaule, et l'impression de suffocation cessa. C'est sans doute une bonne chose que je ne me sois pas mariée, si partager mon lit me met si mal à l'aise. Dès que cette pensée lui eut traversé l'esprit, Margaret sut que ce n'était pas tout à fait vrai. Ça ne l'avait pas gênée de se mettre au lit avec Rafaella, la veille.

Elle perçut des bruits venant du séjour, et Jerana se mit à chanter. Une bonne odeur de porridge emplit l'air matinal, et elle ressentit une grande lassitude dans tous ses membres. Elle se délectait de cette détente, quand Rafaella eut un ronflement explosif, puis cessa de ronfler. Elle s'assit en rejetant les couvertures.

— Je sens le petit déjeuner, annonça-t-elle.

Margaret éclata de rire. Rafaella avait un solide appétit, et Margaret se demandait comment elle pouvait être si mince avec tout ce qu'elle mangeait.

Pendant qu'elles déjeunaient avec Jerana et son taciturne arrière-petit-fils, l'ancienne chanteuse épilogua sur sa carrière, les faiblesses des interprètes d'aujourd'hui et les scandales du passé. Margaret regretta de ne pas avoir apporté son enregistreur, car c'était fascinant d'entendre ces vieux commérages racontés avec une joie malicieuse.

Le déjeuner fini, Alan et Rafaella allèrent s'occuper des chevaux, tandis que Margaret terminait son thé. Elle se sentait sale, et soupirait après un bon bain et des vêtements propres, mais elle avait l'estomac bien calé et le cœur léger comme une plume. Elle jouissait d'un bonheur tranquille, et elle réalisa qu'elle n'avait pas été aussi sereine depuis bien longtemps.

— Si tu vas au village derrière la colline, dit Jerana, interrompant ses pensées, le vieux Gavin te sera bien utile.

— Gavin ?

— Gavin était bon chanteur, à l'époque, dit Jerana, bien qu'il n'ait jamais adhéré à la Guilde. Il est un peu querelleur, mais il connaît la musique. Maintenant, ne va pas lui dire que je te l'ai dit ! Il est assez prétentieux sans ça. Et je te préviens qu'il ne peut pas voir ta Rafaella.

— Pourquoi ?

— Gavin pense que la place d'une femme est à la maison, et il n'approuve pas les Renonçantes. Comme si elles avaient besoin de son approbation ! Autrefois, c'était un jeune homme orgueilleux, et maintenant c'est un vieillard arrogant. Jadis, il voulait m'épouser — il n'a que quatre-vingt-dix ans, et je le trouvais trop jeune à l'époque — et il ne m'a jamais pardonné d'avoir choisi mon Padric à la place. Tu ne le croirais pas, mais tous les hommes me couraient après. J'étais une vraie beauté. Aujourd'hui, je radote. Permets-moi de te dire, Marguerida, que le grand âge est une bénédiction, mais aussi une malédiction. Il y a des jours où on ne se rappelle même pas son nom.

Margaret repensa à Ivor, s'affaiblissant de plus en plus sous ses yeux, et hocha la tête.

— Oui, mon maître était comme ça. Il était affûté

comme une lame pour tout ce qui concernait la musique, mais pour le quotidien, son esprit était... brouillé?

— C'est le mot! Et où est-il, ton maître?

— Il est mort la semaine dernière, juste après notre arrivée, dit-elle, les yeux pleins de larmes qu'elle refoula de son mieux.

— C'est terrible! Je vois qu'il te manque beaucoup. Allons, allons, pleure tout ton saoul, mon agneau, ça te fera du bien.

— Je croyais avoir versé toutes les larmes de mon corps tellement j'ai déjà pleuré, sanglota Margaret, son chagrin ravivé par la compassion de la vieille femme. Nous voyagions ensemble depuis des années, de planète en planète, pour étudier les musiques indigènes. Je l'aimais beaucoup, ajouta-t-elle, s'essuyant les yeux.

— Nous marchons tous sur le chemin de la mort, mais je n'en ai pas encore vu le bout. J'ai survécu à un mari, deux fils, une fille et trois petits-fils. Maintenant, Alan est marié, et quand sa femme accouchera, je serai arrière-arrière-grand-mère. Et je suis toujours là. Parfois, je trouve que ce n'est pas naturel de vivre si vieux.

Par délicatesse, Margaret ne lui dit pas que les citoyens de la Fédération vivaient souvent deux cents ans avec l'aide des traitements de réjuvénation. Il lui semblait injuste que ce n'eût pas été le cas d'Ivor.

— Ainsi, Gavin est querelleur?

— Hum! C'est un vieux grincheux, mais autrefois, c'était un jeune grincheux. Il connaît beaucoup de chants, je le reconnais. Et il y a une auberge au village où vous pourrez loger.

Margaret rougit, se demandant si Jerana avait deviné qu'elle soupirait après un bain

— Je ne te remercierai jamais assez de ton hospitalité, Jerana.

— Peuh! Tout le plaisir était pour moi. Quand j'ai chanté hier soir, j'ai eu l'impression de retrouver mes soixante-dix ans!

Rafaella et Margaret se mirent en route un peu plus tard, avec, dans leurs fontes, un pain frais, du fromage et de la viande salée, cadeau d'adieu de Jerana. Elles avaient quitté le hameau depuis une heure quand Margaret se sentit barbouillée. Elle avait l'estomac noué et mal à la tête, mais elle n'en dit rien à sa compagne.

Elles prirent leur repas de midi près d'un ruisseau gazouillant, dont Margaret but l'eau avidement. Puis elle s'assit sur un rocher et resta immobile quelques minutes, lasse et moulue. Et quand elle se leva, elle chancela.

— Ça ne va pas, Margaret ?

— C'est l'altitude. J'ai passé la plus grande partie de ma vie au niveau de la mer, et, bien que ces collines ne soient pas hautes, mon corps réagit. J'ai du mal à respirer.

— Tu es bien pâle.

— Ce n'est rien. Ça ira mieux quand j'aurai mangé.

Mais il n'en fut rien. Moins d'un mile après le ruisseau, son estomac se révolta et elle n'eut que le temps de démonter avant de vomir son déjeuner et une bonne partie de son petit déjeuner.

— Tu es malade, dit Rafaella, inquiète.

— Pas vraiment. Je me sens bien maintenant. C'est l'altitude, ou peut-être le changement de nourriture.

Elle se rinça la bouche et se remit en selle.

— C'est encore loin le village de Gavin ?

— A trois heures de cheval, au moins. On ferait peut-être mieux de camper ici.

— Non. Je me sens mieux.

C'était vrai. Elle avait toujours très soif, mais depuis qu'elle avait vomi, elle respirait mieux.

Le sentier montait toujours, de plus en plus étroit et abrupt. Puis il s'élargit, et Margaret réalisa qu'elles avaient atteint la crête. Elle jeta un regard en arrière. La Kadarin n'était plus qu'un éclair d'argent très loin au-dessous d'elles. La montée avait été graduelle, et elle n'avait pas réalisé qu'elles étaient si haut.

Le crépuscule approchait quand elles arrivèrent au village, beaucoup plus grand que celui de Jerana, avec plusieurs vastes maisons de pierre dispersées au milieu des humbles cottages. L'auberge était signalée par une enseigne se balançant au-dessus de la porte, et représentant une sorte de cerf. Elles s'arrêtèrent devant la porte, et un garçon aux yeux vifs accourut pour les saluer.

— Salut, Rafaella ! Bienvenue chez nous !

— Merci, Valentin. Tu as bien grandi de deux pouces depuis ma dernière visite.

— Exact, dit l'enfant, bombant le torse avec un grand sourire. Maintenant, je porte les vieilles nippes de Tomas, mais ses vieilles bottes me sont déjà trop petites.

— Comment vont tes parents ?

— L'hiver a été dur pour Ma — ses rhumatismes lui ont fait un mal ! Mais elle a repris du poil de la bête avec le retour de la chaleur, comme toujours. Et Pa, c'est Pa. Entrez. Je vais mettre les chevaux à l'écurie, et Ma vient juste de faire la chambre de devant.

Margaret démonta, et la tête lui tourna. Elle prit plusieurs inspirations profondes pour faire passer son vertige. Elle se sentait de plus en plus malade depuis une heure, mais elle n'avait rien dit. Elle n'avait pas envie de passer la nuit à la belle étoile !

Elles entrèrent dans une vaste taverne, où des hommes en grossières tuniques buvaient de la bière en bavardant. La fumée de la cheminée et l'odeur de bois brûlé et de bière faillirent l'achever. Elle se raidit pour ne pas tomber. Elle s'était déjà couverte de honte ce jour-là, et elle n'avait pas envie de recommencer. Elle fut soulagée quand, quittant la salle, on leur fit monter un étroit escalier et qu'on les introduisit dans une grande chambre bien aérée.

Margaret se jeta sur le lit et se détendit. Au loin, elle entendit la voix de Rafaella et celle d'une autre femme, sans doute la mère de Valentin, mais elle était trop faible pour écouter. Des mains énergiques tirèrent ses bottes et lui ôtèrent sa tunique. Elle voulut protester mais les mots ne sortirent pas.

— J'ai juste besoin de dormir, marmonna-t-elle en fermant les yeux.

Une vaste plaine de neige s'étendait d'un horizon à l'autre, et le ciel était blanc de nuages. L'odeur du froid la glaçait jusqu'aux os. Les nuages se séparèrent, et une lune argentée brilla un instant dans le ciel. Deux femmes marchaient vers elle, semblables et différentes à la fois.

Elles étaient rousses toutes les deux, mais l'une d'un roux plus clair que l'autre. Elles avançaient du même mouvement, leurs bras graciles se balançant au même rythme, leurs longues jambes avançant à grandes enjambées dans le paysage drapé de neige. Leurs robes, blanches comme la neige, étaient souples et flottantes, et leurs cheveux dénoués tombaient sur leurs épaules.

Les deux femmes la fixèrent de leurs yeux ambrés mouchetés d'or et lui tendirent leurs mains pâles. Elle sentit qu'elle avait un mouvement de recul. « Mon enfant », dit l'une. « Mar-ja », dit l'autre. Elle savait qu'elles étaient sœurs, et que l'une d'elles était sa mère, mais elle ne savait pas laquelle tant elles se ressemblaient.

Soudain, un homme surgit entre elles, brun et fort. Il posa les mains sur leurs épaules et les écarta. Puis il grandit jusqu'à ce que sa tête touche les nuages. Margaret regardait son père, tel qu'elle ne l'avait jamais connu; il avait ses deux mains, il était jeune, beau et fort et n'avait pas de cicatrices. J'ai essayé de t'avertir! Je t'ai dit qu'un télépathe sauvage était dangereux! Pourquoi ne m'as-tu pas écouté? Lève-toi! Cesse de fuir ton devoir! Cesse de fuir le Don!

Margaret s'assit dans son lit, la tête pulsante. Elle fixa les murs chaulés et les grosses poutres du plafond, et resta désorientée un moment. Puis elle se rappela qu'elle était dans l'auberge à l'enseigne du cerf, et non perdue dans la neige avec sa mère, sa tante, et un père furieux. Défaillante de soulagement, elle sentit ses mains se détendre. Son cœur, qui battait à grands coups, reprit son rythme normal au bout de quelques minutes. Regardant autour d'elle, elle vit Rafaella couchée par terre sur un matelas près de son lit, un gros chat gris niché au creux de ses jambes. Il leva la tête vers elle et bâilla. La banalité de la scène la rassura. Elle sortit les jambes de sous les couvertures, et s'aperçut qu'on l'avait complètement déshabillée et revêtue d'une chemise de nuit ténébrane. Mais les fortes odeurs de la route lui collaient encore à la peau, et elle avait envie de prendre un bain.

Rafaella ouvrit un œil et l'examina.

— Il y a une baignoire deux portes plus loin dans le

couloir, et *Mestra* Hannah a lavé tes affaires. Elles devraient être sèches maintenant. Comment te sens-tu ?

— Bien mieux, merci. Ce devait être l'altitude.

— Tant mieux. J'étais inquiète. Va prendre ton bain pendant que je dors encore un peu. Tu as fait des cauchemars — tu n'arrêtais pas de gémir, quand tu ne hurlais pas.

— Désolée de t'avoir empêchée de dormir, Rafaella.

— Pas moi — rien ne me réveille quand je dors —, mais les maquignons d'à côté n'ont pas dû fermer l'œil. Bien fait pour eux, ajouta-t-elle avec un grand sourire. Parce que s'ils sont maquignons, moi, je suis lapin cornu.

Sur cette remarque énigmatique, elle se tourna de l'autre côté et se rendormit.

Lavée et revêtue de l'ensemble acheté chez MacEwan, Margaret se sentit redevenir elle-même pour la première fois depuis vingt et quelques heures. Rafaella la rejoignit en se frottant les yeux, pendant qu'elle prenait son thé.

— J'ai parlé au vieux Gavin hier soir à la taverne, et il nous attend en fin de matinée, annonça-t-elle. Il n'était pas trop content de me voir, mais je lui ai promis quelques *reis* pour son chant, et je lui ai dit que tu étais Terranan.

— Pourquoi lui as-tu dit ça ? dit Margaret, contrariée, parce qu'elle voulait se faire passer pour Ténébrane.

— Il est très égoïste — égocentrique, plutôt. Il aurait refusé si je ne lui avais pas dit que ses chansons seraient écoutées sur d'autres planètes. C'est bien ça, non ? J'espère que je ne lui ai pas menti.

— Bien sûr. Mes enregistrements iront dans les archives de l'Université, des étudiants en musique les écouteront, et après ça, qui sait ?

Les deux femmes se présentèrent au cottage de Gavin MacDougal au milieu de la matinée. Il faisait encore frais, et les rues étaient un peu boueuses de la pluie de la veille. Margaret transportait ses précieux appareils dans un sac passé en bandoulière, et elle regarda autour d'elle avec intérêt. Elle se sentait trop mal à son arrivée pour observer.

La demeure de MacDougal avait des allures de masure. Le petit jardin était plein d'herbes folles où perçaient des arbustes desséchés, et l'allée menant à la porte était jonchée de détritus. Rafaella poussa la porte à demi dégondée, et entra sans frapper. A l'intérieur, il faisait sombre et l'odeur prenait à la gorge. Ça sentait le vieillard, la fumée, la cuisine et les vêtements sales. Margaret fut choquée. Elle s'imaginait que toutes les maisons ténébranes étaient propres et sentaient la balsamine. Comment ce vieillard pouvait-il vivre dans cette saleté ?

Une forme remua près de la cheminée, et, ses yeux s'étant adaptés à la pénombre, Margaret vit Gavin. Il était petit et ratatiné, les épaules voûtées par l'âge, et complètement chauve. Il toussa et cracha dans le foyer, et le grésillement du crachat rompit un instant le silence.

— Bienvenue, murmura-t-il, bourru, posant un regard myope sur les femmes. Je croyais que tu m'avais dit qu'elle était Terranan.

Rafaella racla ses bottes par terre.

— Oui, elle l'est sans l'être.

— Pas de devinettes avec moi, ma fille. Je suis vieux mais je ne suis pas gâteux. Elle est l'un ou l'autre.

Il s'approcha, et elle respira ses effluves de sueur rance et son haleine empestant la bière. Il la regarda avec attention dans la lumière parcimonieuse.

Margaret fut contrariée qu'on discute d'elle comme si elle n'était pas là.

— En vérité, je suis les deux. Je suis née sur Ténébreuse, mais j'ai passé la plus grande partie de ma vie...

— Pardonne-moi, *Domna*, l'interrompit-il. Même ces vieux yeux peuvent voir que tu es *comyn*. Tu honores ma maison. A quoi tu joues ? poursuivit-il, foudroyant Rafaella. Tu veux la faire passer pour Terranan ? Tu es une drôlesse et tu finiras mal. Et ce sera bien fait pour toi. Te promener comme ça en garçon manqué, au lieu de te comporter en femme respectable !

Rafaella se hérissa et allait lui répondre vertement quand Margaret intervint.

— Mon père était *comyn*, *Mestru* MacDougal.

— Je le savais ! Ah, tu croyais pouvoir me tromper ! Et puis-je savoir ton nom, *Domna* ? demanda-t-il, alliant la malveillance à la servilité en un mélange détestable.

Margaret comprit que Jerana n'ait pas voulu l'épouser, car il avait dû être très déplaisant dans sa jeunesse.

— Mon père est Lewis Alton, Sénateur Impérial de Ténébreuse.

Devant l'air stupéfait de Rafaella, elle réalisa qu'elle ne lui avait jamais dit le nom de son père.

Il pinça sa bouche édentée, l'air parfaitement dégoûté.

— Je ne te souhaite que du bien, *Domna*, mais si j'étais toi, je ne m'en vanterais pas par ici. Il y en a encore d'assez vieux pour se rappeler l'incendie de Caer Donn, et certains en gardent encore une dent contre lui.

— Je ne suis pas au courant, dit-elle, maudissant le Sénateur qui était un vieux... — elle écarta cette pensée. Je ne sais même pas ce qu'est Caer Donn.

— Etait, *Domna*, était. C'était l'une des plus vieilles cités de notre monde. Puis les Terranans ont débarqué, ils ont construit leur premier astroport à Caer Donn, et conclu des traités avec ces maudits Aldaran. J'allais chez eux autrefois, et j'y ai souvent chanté, mais ils n'étaient pas généreux. Ils vous payaient un coup par chanson. Et il y a une trentaine d'années, Caer Donn a été détruite.

— C'est bien triste, mais comme je n'étais pas encore née, je ne vois pas ce que cela vient faire avec moi. On ne peut pas me tenir responsable d'événements si lointains.

Gavin MacDougal émit un grognement.

— Ça, c'est une idée de Terranan, pour sûr. Ici, dans les montagnes, on n'a pas la mémoire courte, surtout en ce qui concerne cette époque. Ici, le nom d'Alton rappellera la Tour Interdite et l'incendie de Caer Donn à beaucoup de gens qui préféreraient oublier.

— Tu croasses comme un corbeau de malheur, vieillard, dit Rafaella.

— Tu es trop jeune et trop têtue pour savoir de quoi tu parles, alors tiens ta langue. Ton père Lewis est partiellement responsable de la destruction de Caer Donn, même si je n'étais qu'un enfant à la mort des derniers membres de la Tour Interdite. Nous n'avons pas fait de ballades sur cette époque, mais nous nous souvenons.

Margaret s'efforça d'imaginer le rôle qu'avait pu jouer son père dans les événements rapportés par Gavin. Sans succès. Les brumes de l'histoire ténébrane étaient trop impénétrables pour elle. Puis elle se rappela son rêve, où son père, qui avait encore ses deux mains, séparait les deux femmes. Elle réprima un frisson au prix d'un gros effort.

— Je suis venue pour t'écouter chanter, *Mestru* Mac-Dougal, pas pour ressasser de vieilles histoires.

Ce n'était pas tout à fait vrai. Margaret réalisait que cette histoire l'intéressait énormément, mais qu'en même temps elle *ne voulait pas* savoir ce qui s'était passé. Elle se rappelait maintenant que le Seigneur Hastur et Brigham Conover avaient fait allusion à des événements terribles, et se rendait compte qu'ils ne lui avaient pas tout dit pour ne pas l'attrister. *Je vais enregistrer ce vieillard, puis nous rentrerons tout droit à Thendara. Rafaella sera contente, et moi, j'échapperai à... Partir sans terminer le travail ? Non, c'est impossible. Je dois finir en souvenir d'Ivor !*

— Eh bien si c'est des chants que tu veux, tu vas en entendre, dit-il, décrochant du mur un vieux *ryll* qu'il caressa doucement. Mais sortons plutôt au soleil.

Ils s'assirent sur des pierres devant la maison, et le vieillard accorda son instrument pendant que Margaret installait ses appareils. Sa voix, reste d'un beau ténor, était grêle maintenant, mais il avait une mémoire inépuisable, et, au soleil couchant, il avait considérablement augmenté la moisson de Margaret. Le postérieur endolori d'être resté si longtemps assis sur une pierre, elle se leva avec plaisir et s'étira. Elle offrit de le payer, mais il refusa de la tête.

— Je serais aussi rapide qu'un lapin cornu pour prendre l'argent d'une Terranan, mais je m'en voudrais d'accepter l'argent d'une Alton. Fais bien attention à toi, jeune femme, et ne laisse pas Rafaella t'entraîner dans des histoires.

Sur quoi, il rentra dans sa masure et leur claqua la porte au nez. Margaret rangea ses appareils dans son sac, et elles repartirent vers l'auberge.

— Parle-moi de la Tour Interdite, dit Margaret, ignorant sa fatigue et un vertige soudain, parvenant tout juste à formuler sa question avant que son censeur intérieur ne la réduise de nouveau au silence.

Son cœur se mit à battre à grands coups et bourdonna à ses oreilles. *Tu ne poseras pas de questions!* Elle déglutit avec effort pour contrôler sa nausée.

Rafaella continua à marcher en silence.

— Il vaut mieux ne pas parler de cette époque, Marguerida, dit-elle enfin.

Margaret voulut protester, mais elle savait déjà que ça ne servirait à rien de discuter, car Rafaella était têtue. Elle déplaça son sac sur son épaule et n'insista pas. L'excitation provoquée par l'audition des nouveaux chants s'estompa et elle recommença à sentir ses courbatures. Elle fut bien contente quand elles arrivèrent en vue de l'auberge. Elle passerait un moment à transcrire quelques chants et à prendre des notes, puis elle se mettrait au lit. Dès le matin, elles repartiraient vers Thendara, et elle laisserait derrière elle cette impression d'épuisement et d'oppression. Un autre finirait le travail. Elle regagnerait la sécurité de l'Université par le premier astronef en partance.

Des bâtiments la cernaient, mornes, carrés, typiques de l'architecture terrienne. Il faisait nuit et les lunes étaient levées. Un silence étrange l'entourait. Puis les bâtiments rougirent et, en un instant, tout fut en feu.

Le matin la trouva fiévreuse, la tête tournant comme une toupie quand elle voulut s'asseoir. Elle retomba sur ses oreillers, déglutissant avec effort. Elle avait la gorge sèche et l'estomac barbouillé. Elle refit une tentative pour quitter son lit, sans succès. Rafaella se pencha sur elle et rabattit ses cheveux en arrière.

— Tu es malade, Marguerida. Il te faudra rester au lit toute la journée.

— C'est l'altitude, murmura-t-elle. Il faut que je rentre à Thendara.

— Tu n'iras nulle part aujourd'hui. Repose-toi, je vais t'apporter à boire.

Trop faible pour discuter, elle resta sous ses couvertures, s'efforçant de respirer lentement, de se détendre. La matinée passa mais elle n'allait toujours pas mieux. Sa peau, de plus en plus brûlante, lui donnait l'impression de se rétrécir et de lui rentrer dans les muscles. Le poids de ses couvertures lui devint insupportable, et elle les rejeta, puis frissonna, épuisée par cet effort. Une sourde pulsation lui martelait la tête, qui augmentait à chaque seconde. Elle essaya de boire le breuvage que Rafaella lui apporta, mais son estomac ne put le garder, et elle vomit plusieurs fois dans une cuvette. Elle sentit qu'on lui bassinait le visage avec des linges, puis elle perdit toute notion du temps.

Margaret se mit à frissonner, crispant sur les couvertures une main froide et sèche. Elle poussait des cris perçants. Chaque mouvement était une souffrance. Elle sentit une main douce effleurer sa joue, et la border.

— Dee — Maman !

Elle sentit qu'elle tombait dans le vide, et crispa ses doigts douloureux sur sa chemise de nuit.

Blancheur ! Elle n'avait jamais vu une telle blancheur. Elle l'emplissait des orteils à la tête, et elle était froide, stérile, terrifiante. Il n'y avait rien dedans, que du vide. Elle semblait peser sur sa poitrine, lui volant son haleine, lui suçant la vie. Elle luttait pour s'en libérer, et s'enfonçait plus profondément dans le froid.

Puis il y eut quelque chose dans ce blanc effrayant — non, quelqu'un — et elle essaya de se cacher et de disparaître. Quelqu'un la cherchait, et elle avait peur. Etait-ce l'homme aux cheveux argentés ? Ou Thyra-la-Rousse ? Les morts la cherchaient, essayant de l'attirer à eux !

Un visage la regardait d'en haut, différent de tous les visages qu'elle connaissait. Sa peau luisait sur la blancheur ambiante, et ses yeux la regardaient avec une compassion infinie. Elle allait mourir ! Elle allait rejoindre Ivor, Thyra et Marjorie Alton, et le grand-père qu'elle n'avait pas connu. Le visage était désolé, comme s'il connaissait ses pensées, et l'homme secoua la tête, comme pour nier ses idées de mort. Le visage s'approcha tandis qu'elle cherchait à reculer, et elle sentit des lèvres sur son front. La terreur s'évanouit comme si elle n'avait

144

jamais existé, et elle se détendit, calme et froide, atten-
dant la fin.

Combien de temps attendit-elle ? Elle ne savait pas
mais, au bout d'un moment, elle vit le Sénateur marcher
vers elle. Il était vieux, voûté, infirme, et il scrutait la
blancheur en aveugle. Margaret voulut l'appeler, mais sa
voix avait perdu sa puissance.

Enfin, il la vit et eut l'air furieux. « Lève-toi ! Tu ne
peux pas te permettre d'être malade maintenant ! Je
ne veux pas que tu meures ! J'ai déjà trop perdu. Tu ne
mourras pas, Marja ! Lève-toi ! » Quelque chose s'enfla
dans sa poitrine, comme une bulle d'émotion, qui lui
remonta dans la gorge et éclata.

Je mourrai si je veux ! Puis elle lui rit au nez.

Elle s'étonna de se réveiller à l'auberge, la fièvre était
retombée pour le moment. Elle se sentait incroyablement
fatiguée, mais elle avait les idées claires. S'aidant des
coudes, elle s'assit dans son lit. Elle tendit une main prudente vers le gobelet d'eau de la table de nuit, se demandant quelle heure il était. Puis elle remarqua qu'elle était
seule et se demanda où était Rafaella.

Soudain, elle eut peur que Rafaella ne l'ait abandonnée
dans le village sans nom, puis elle entendit sa voix dans
le couloir. Un instant plus tard, elle entra, fronçant les
sourcils. Quand elle la vit réveillée, son air inquiet disparut, et elle soupira de soulagement.

— Comment vas-tu, *chiya* ?

— Ça va. Un peu faible, mais une bonne soupe me
remettra d'aplomb.

Immédiatement, le mot « soupe » lui donna la nausée
et elle ravala sa salive.

— Tu es sûre ?

— Evidemment.

Elle n'était sûre de rien, mais elle ne voulait pas le
montrer à Rafaella. Elle était trop faible pour se lever, et
elle ne comprenait pas comment elle avait pu être si
malade. Elle avait été vaccinée contre toutes les maladies
imaginables avant de quitter l'Université. Ce devait être
l'altitude. Il fallait que ce soit ça !

— Hum, tu ne te rends pas compte de ton état. Tu es blanche comme ta chemise, et tu as encore la fièvre.

— Peut-être, mais je serai remise demain matin. Je suis désolée de t'avoir inquiétée — je ne voulais pas être malade ! dit-elle d'une voix plaintive de petite fille.

— Allons, allons, je sais bien que tu ne voulais pas être malade — que tu es bête ! Tu crois que tu peux te lever un moment pour que je change tes draps ? Ils sont trempés.

— Je m'excuse ! dit Margaret, éclatant en sanglots. Je ne voulais pas salir. J'ai essayé d'être sage !

— Bien sûr, la rassura Rafaella fronçant de nouveau les sourcils, et la berçant dans ses bras. Ne t'inquiète pas.

Rafaella caressa ses cheveux trempés de sueur tandis que Margaret continuait à sangloter en s'excusant.

La porte s'ouvrit et l'aubergiste entra — solide matrone à l'air décidé. Elle avait des draps sur un bras, une robe de chambre sur l'autre. Elle branla du chef, posa les draps et s'approcha du lit. Margaret voulut refouler ses larmes, sans y parvenir, et se donna le hoquet à la place, qui faillit la faire vomir.

Rafaella et l'aubergiste levèrent ensemble Margaret, l'assirent dans un fauteuil et refirent le lit. Margaret sentit la bonne odeur de propre des draps. Elle sentit aussi sa propre odeur de sueur et de maladie, et elle grimaça. Elle avait besoin d'un bain.

Puis les deux femmes lui ôtèrent sa chemise. Elle voulut protester, gênée d'être nue devant des étrangères, mais elles ne l'écoutèrent pas. Rafaella alla chercher une cuvette d'eau chaude et un linge, et la lava de la tête aux pieds, comme un nourrisson. Elle avait la peau sèche et parcheminée. L'aubergiste s'en aperçut, sortit et revint avec un pot de baume. Elle massa les muscles endoloris de Margaret, et, à sa grande surprise, cela lui fit du bien. Puis elles lui enfilèrent une chemise propre et la remirent au lit. Margaret s'affaissa sur ses oreillers, trop épuisée pour bouger, et entendit les voix des deux femmes comme d'une grande distance.

— Je n'aime pas sa mine, je te le dis, Rafaella. Elle n'a que la peau sur les os. Et elle va avoir une autre poussée de fièvre, ou je ne m'appelle pas Hannah MacDanil.

— Je sais.

— Il nous faudrait une guérisseuse, mais on n'en a pas vu depuis la mort de la vieille Griselda, l'hiver dernier.

— Il faut trouver quelqu'un ! dit Rafaella.

Margaret entendit la panique dans sa voix, et aurait voulu lui dire qu'elle n'avait pas besoin de guérisseuse. Elle se voyait d'ici, soignée avec les herbes et les potions indigènes ! Pourquoi était-elle venue sur cette planète ? Pourquoi Ivor était-il mort ? Ce n'était pas juste.

— Je crois que tu ferais bien d'aller chercher du secours à Ardais, dit l'aubergiste. J'enverrais bien mon fils, mais je ne peux pas me passer de lui en ce moment. En plus, je n'ai pas trop confiance en ces maquignons et je ne veux pas être sans homme dans la maison. Si Emyn était un mari comme les autres... soupira-t-elle. Enfin, inutile de souhaiter ce qu'on n'a pas !

Margaret entendit Hannah comme de très loin, mais le nom d'Ardais la fit presque sortir de sa torpeur. Elle voulut protester, supplier Rafaella de ne pas partir, de ne pas aller en ce lieu où résidaient les Ardais. Mais ses lèvres ne parvinrent pas à prononcer les mots. Tout ce qu'elle savait, c'est qu'elle était non seulement malade, mais terrifiée.

— Je vais partir tout de suite. C'est assez loin, et je ne veux pas faire le trajet de nuit.

— Parfait. Je m'occuperai de la *vai Domna* jusqu'à ton retour.

Les heures passaient. Margaret sortait de son marasme et y retombait, dormait, rêvait et remuait fiévreusement. Elle s'efforçait de rester éveillée, pour ne pas entendre les voix qui la troublaient. Elle entendait le Sénateur qui l'exhortait à se lever, et Ivor qui lui disait avoir besoin d'elle. Et il y avait aussi des voix de femmes — qui se disputaient ou pleuraient. Mais le sommeil la terrassait, troublé et cotonneux. Et les voix s'élevaient comme la tempête, glapissantes et hurlantes.

Un moment, elle se réveilla brièvement, et entendit le bruit du vent et de la pluie contre les volets. Assise dans un fauteuil près de son lit, l'aubergiste la veillait en tricotant à la lueur d'une chandelle.

— Où est Rafaella ? croassa-t-elle. J'ai tellement soif !

Hannah se leva et lui fit boire de l'eau avec quelque chose dedans, à en juger par le goût.

— Rafaella est allée chercher une guérisseuse.

Elle regarda vers la fenêtre. *J'espère qu'elle est arrivée sans dommage à Ardais. Nos tempêtes de montagne sont si terribles !*

— Oh !

Elle but, et, avant de retomber dans le sommeil, elle frissonna. Elle savait qu'elle avait entendu les pensées de l'aubergiste, qu'Hannah n'avait pas parlé tout haut. Elle savait que quelque chose l'attendait, quelque chose qu'elle ne voulait pas connaître. Elle sentait presque ce quelque chose tirer sur ses muscles douloureux.

La lumière effleura son visage. Elle lui fit mal ! Elle leva la main pour se protéger les yeux. Puis elle sentit la chambre tanguer sous elle, et elle chercha le bois du lit pour s'y cramponner, mais ne trouva que deux grosses pièces de bois de part et d'autre. Elle entendit des bruits de sabot, sentit l'odeur des chevaux. Son lit roulait et tanguait, et son estomac se révolta, mais elle n'avait rien à vomir, alors elle continua à haleter.

Le visage de Rafaella flotta au-dessus d'elle.

— Marguerida !

— Où sommes-nous ? Qu'est-ce qui se passe ? Oh, comme j'ai mal !

— Je sais, *chiya*, mais nous serons bientôt à Ardais et tu retrouveras ton lit.

— Pourquoi est-ce que le lit se balance ?

— Tu es dans une litière à chevaux. Ne t'inquiète pas. Tu es en sûreté. Nous serons bientôt au Château Ardais.

— La lumière me fait mal aux yeux !

Puis les paroles de Rafaella parvinrent à son cerveau.

— Ardais ! Non ! Danilo va me faire du mal !

— Elle délire ? dit une voix mâle, grave et troublée.

— Je ne sais pas, dit Rafaella. Elle semble avoir peur de quelque chose. C'est comme ça depuis deux jours.

— On ferait bien de l'attacher plus serré dans la litière, *Mestra*. Sinon, elle risque de tomber et de se blesser.

Rien de ce qu'ils disaient n'avait de sens. Elle ne pouvait penser qu'à l'écuyer silencieux de Régis Hastur, et à la peur irrationnelle qu'il lui inspirait. *Il va me métamorphoser en quelqu'un d'autre!* Ce fut sa dernière pensée cohérente avant longtemps.

11

Les violents cahots de la litière changèrent de nature, et Margaret fut juste assez consciente pour réaliser qu'ils avaient quitté le terrain inégal pour entrer sur un sol plus uni. Elle entendit les sabots claquer sur des pierres, et se força à ouvrir les yeux.

Ils étaient dans une grande cour, qu'enserraient comme des bras le corps principal et les deux ailes d'un grand édifice de pierre gris clair. Il semblait remplir l'espace, d'un horizon à l'autre, et ses étages paraissaient se tendre vers le ciel noir de nuages. Du lichen poussait sur les pierres, et les fenêtres du rez-de-chaussée étaient plus étroites que celles des étages supérieurs. C'était différent du Château Comyn, et ressemblait à une forteresse. Margaret se demanda contre quoi ils devaient se protéger. Les brigands? Elle découvrit avec soulagement qu'elle n'avait aucun souvenir antérieur du Château Ardais, malgré sa violente aversion pour le nom, et décida que sa peur irrationnelle était stupide.

Quand les hommes dételèrent les chevaux de la litière, aussi doucement qu'ils le purent, Margaret ne put retenir un cri de douleur, bien qu'elle se mordît les lèvres pour s'empêcher de crier. On la porta dans le Château, dans un hall où le plafond s'élevait à deux étages de sa tête. Couchée sur la litière, elle voyait les lumières des étages supérieurs entrer dans la salle en ce jour finissant.

Margaret vit un visage d'homme se pencher sur elle.

— Bienvenue au Château Ardais, dit-il, l'air perplexe. Je suis Julian Monterey, *coridom* de Dame Marilla.

Malmenant sa pauvre cervelle, elle tenta de se rappeler ce que signifiait ce terme. Il désignait une personne qui se situe entre le majordome et l'intendant, mais elle était incapable de préciser davantage en son état présent.

— Merci de me souhaiter la bienvenue, croassa-t-elle, et pardonne-moi d'arriver en cet équipage. Je n'avais pas prévu d'être malade.

— Bien sûr que non, répondit-il avec bonté, comme si les visiteurs fiévreux arrivant en litière étaient un événement quotidien.

— Pourquoi mon hall d'entrée est-il bruissant de bavardages ? l'interrompit une voix douce. Et puis-je savoir pourquoi notre hôte attend ici ? J'ai ordonné qu'on lui prépare une chambre. Est-ce fait ?

Malgré la douceur de la voix, Margaret soupçonna la femme d'avoir une volonté de fer.

— *Domna* Marilla, on ne m'a pas informée que nous attendions des hôtes, gémit Martha, l'intendante, et je ne savais pas qu'il fallait préparer une chambre.

— Ce ne sont pas les excuses qui donneront un lit à notre visiteuse, répondit Marilla. Et *Mestra* Rafaella doit être fatiguée, car elle a fait trois fois le trajet sans dormir et presque sans manger. Cesse donc tes jérémiades et au travail ! Julian, j'ai à te parler.

Margaret entendit le murmure de la conversation entre Julian et sa maîtresse, et les froufrous de jupes des servantes allant exécuter leurs ordres. Les deux porteurs de sa litière attendaient patiemment ; elle voyait le dos de celui qui était devant elle. Rafaella se pencha sur elle, l'air inquiet, lui prit le pouls, puis lui serra tendrement la main.

— Comment te sens-tu ?

— Mal.

Puis remarquant les yeux cernés de son guide, elle eut des remords de ses plaintes. Les cheveux bouclés de Rafaella étaient sales et lui collaient au crâne, comme s'ils avaient été mouillés récemment. Est-ce qu'il avait plu ? Elle ne se rappelait pas.

— Je m'endors et je me réveille sans arrêt, et j'ai des visions terribles. Et aussi, j'ai mal à la gorge.

— Ça ne m'étonne pas. Pendant tout le trajet, tu as hurlé assez fort pour faire fuir un banshee. Mais maintenant, tu seras bien soignée.

— Je t'ai donné du tracas, n'est-ce pas ? dit Margaret, apparemment résolue au pessimisme. C'est bien regrettable — tu ne t'étais pas engagée comme infirmière. Je suis désolée, Rafaella.

— Ne dis pas de bêtises. Ce n'est pas de ta faute. Je n'ai jamais rien vu comme cette fièvre. Si tu ne m'avais pas assurée que tu n'étais pas *leronis*, j'aurais juré que tu avais la maladie du seuil.

— Je suis bien trop âgée pour ça, répondit Margaret, soudain glacée d'angoisse.

Pendant leur voyage, Rafaella l'avait assez renseignée sur la maladie du seuil pour la mettre extrêmement mal à l'aise. C'était une maladie infantile, et elle n'était plus une enfant, mais elle n'était pas certaine que son âge lui conférât l'immunité. Elle savait vaguement qu'elle annonçait l'éveil de ce *laran* qu'elle refusait de toutes ses forces.

Une blonde d'une cinquantaine d'années parut de l'autre côté de sa litière, au beau visage aux traits accusés maintenant adoucis par l'âge.

— Bienvenue à Ardais. Je suis Dame Marilla Lindir-Aillard, dit-elle, tapotant la main de Margaret. Rafaella, va te coucher! Tu dors debout! Je m'occuperai de ta compagne. Comment t'appelles-tu, mon enfant? Nous ne savons rien de toi, sauf que tu es victime d'une maladie inconnue.

— Je m'appelle Marguerida Alton, murmura-t-elle.

— Quoi? Répète, je te prie, je suis un peu dure d'oreille.

A l'expression de Marilla — sourcils froncés et moue dubitative —, Margaret fut certaine qu'elle avait bien entendu mais n'en croyait pas ses oreilles.

— C'est *Domna* Marguerida Alton, *Domna* Marilla, intervint Rafaella.

— Je croyais que je t'avais dit d'aller te coucher, dit Dame Marilla, relevant la tête. *Ainsi, c'est la fille de Lewis. C'est obligatoire. Je croyais qu'elle était morte pendant la Rébellion — non, je me rappelle, c'était une autre. Lew l'a emmenée avec lui en partant. Oui, elle ressemble bien à sa famille. J'espère qu'il n'y a pas de danger à l'accueillir ici. Par Zandru! Elle pourrait être la sœur jumelle de Félicia Darriell!*

Recevant ces pensées, Margaret vit un visage vieillissant, si semblable au sien qu'elle en frissonna. Elle ignorait qui était cette Félicia, mais la ressemblance était frappante.

Rafaella hésita, répugnant visiblement à abandonner sa compagne, bien que tremblante d'épuisement.

— Comme tu voudras, *Domna*, dit-elle enfin.

Lâchant la main de Margaret, elle se retira.

Dame Marilla sourit de toutes ses dents.

— Rafaella est pleine de qualités, mais elle n'aime pas qu'on la commande. Bon, maintenant, on va te mettre au lit et voir ce qui ne va pas.

— Je suis désolée de te causer tant d'ennuis, murmura Margaret.

Elle était de nouveau fiévreuse et recommençait à avoir le tournis. Elle avait l'impression que sa peau était mince comme du papier, et la lumière tombant des hautes fenêtres lui faisait mal aux yeux.

— Mais non, ne parle pas d'ennuis. Portez Dame Marguerida dans la Chambre Rose, mes amis, et doucement. *Des ennuis ! Les Alton n'ont causé que des ennuis depuis des générations ! Pauvre petite ! La maladie du seuil, et elle a au moins vingt-six ans ! Cela me dépasse. Je ne sais pas quoi faire, ce qui ne m'arrive jamais ! Jamais ! Bien fait pour moi, ça m'apprendra à être si orgueilleuse. Il va me falloir autre chose qu'une guérisseuse, et vite.*

Le temps perdit toute signification. Il y avait des voix de femmes différentes, et des breuvages affreux qui la faisaient vomir. Il y avait des linges humides posés sur son front, et d'autres qui lui lavaient le corps. Les mains tenant les siennes étaient douces, mais Margaret criait à leur contact. Et, jetant leur ombre sur le tout, il y avait les cauchemars. Elle voyait Lew et les deux sœurs, Marjorie et Thyra, et, derrière elles, Félicia dont elle semblait avoir le visage. Ils paraissaient tous vouloir quelque chose d'elle, quelque chose qu'elle ne comprenait pas. Cela les mettait en colère, et elle s'efforçait de rester éveillée pour ne pas les voir, mais son corps la trahissait tout le temps.

Pendant ses rares moments de lucidité, elle voyait Rafaella et Dame Marilla, et aussi une vieille qui la forçait à boire des potions répugnantes. Elles avaient toutes l'air anxieux, et elle aurait voulu leur dire que tout allait bien, mais elle n'émettait que des croassements.

Enfin, elle entendit clairement une voix.

— Désolée, Dame Marilla, mais cela dépasse mes compétences de guérisseuse. Il faut faire venir une *leronis*.

— Je l'ai déjà envoyé chercher, Beltrana, mais elle n'arrivera pas aujourd'hui. Tout aurait été tellement plus facile si on l'avait transportée à Armida.

Le tumulte de son esprit s'apaisa, et Margaret se réveilla dans un grand lit. Elle regarda les rideaux brodés qui l'entouraient, et elle se demanda où elle était et pourquoi elle était si étroitement bordée. Puis la mémoire lui revint — la fièvre soudaine, l'horrible voyage en litière. Et aussi les terribles cauchemars.

Margaret se sentait très faible, mais elle avait les idées claires pour la première fois depuis des jours. Du moins le pensait-elle, car elle avait l'impression de se rappeler les changements de la lumière derrière les rideaux du lit, jour, nuit, puis jour de nouveau. Elle se redressa doucement, et vit une femme assise dans l'embrasure de la fenêtre. Elle était très vieille, avec la peau parcheminée, mais elle releva vivement la tête au mouvement qu'elle perçut dans le lit.

— Bonjour, *Domna*. Je suis Beltrana, la guérisseuse. Comment te sens-tu ?

Margaret ne répondit pas tout de suite, mais écouta la pluie tambouriner doucement sur la fenêtre.

— Je suis moulue, comme après dix miles de route cahoteuse, mais j'ai faim. C'est bon signe ?

Puis elle s'aperçut qu'elle avait parlé en Terrien, non en *casta*. Elle humecta ses lèvres desséchées et grimaça.

— Je voulais dire que j'ai faim, répéta-t-elle en *casta*. C'est bon signe ?

La vieille hocha la tête en gloussant, l'air soulagé.

— C'est signe que la santé revient. Le dernier remède que je t'ai administré semble avoir fait tomber la fièvre.

— Le remède ?

Margaret se revit nettement en train de se débattre tandis qu'on la forçait à avaler un breuvage répugnant.

— Tu veux dire ce truc qui avait un goût de fiente ?

Elle tira la langue en grimaçant. Cela lui fit mal. Le moindre mouvement lui était douloureux.

Beltrana hocha la tête, ses cheveux blancs faisant comme un halo autour de son vieux visage. Margaret baissa les yeux, car ce mouvement lui donna le vertige.

— Oui, quoique personne n'en ait jamais fait une telle description.

— Quand pourrai-je me lever ?

— Pas tout de suite, *Domna*. Tu as eu une grosse fièvre pendant trois jours, et j'ai failli désespérer. Maintenant, il faut te reposer et manger pour recouvrer tes forces.

— Mais... je n'ai fait que me reposer !

Margaret savait qu'elle n'était pas raisonnable, mais quand elle était petite et qu'elle était malade, elle affirmait toujours qu'elle allait bien et exigeait de se lever immédiatement. En fait, le simple fait de s'asseoir dans son lit l'avait épuisée, mais elle refusait de l'avouer.

— Tu as été très malade, *chiya*, et tu ne peux pas quitter ton lit comme ça. Ecoute Beltrana, et tu guériras rapidement. *Elle a mauvaise mine, elle est trop rouge et elle va nous faire une autre poussée de fièvre si on ne la surveille pas — mais elle est si têtue ! Elle n'est pas encore sortie du bois — pourtant, j'aimerais bien qu'elle aille mieux quand la* leronis *arrivera.*

Margaret entendit ces pensées, et elle frissonna. *Pourquoi est-ce que cela m'arrive ? Comment se fait-il que j'entende soudain des choses qui ne sont pas dites ? Ça m'arrivait un peu, autrefois, mais ça devient de pire en pire. Ce n'est pas juste ! Je ne veux pas être malade et entendre les pensées ! Je ne veux pas de* leronis. *Je voudrais retrouver ma chambre à l'Université, ou n'importe où sauf ici. Si Ivor n'était pas mort... je voudrais n'être jamais venue sur Ténébreuse !*

Ses yeux s'emplirent de larmes qui se mirent à couler

lentement sur ses joues, meurtrissant sa peau devenue ultrasensible. Elle retomba sur ses oreillers.

Beltrana se leva et s'approcha pour la border.

— Je sais, je sais, mon petit, mais laisse faire Beltrana, et tu seras debout en un rien de temps.

— D'habitude, c'est moi qui prends soin des autres, et pas le contraire, sanglota-t-elle. Mais je me suis mal occupée d'Ivor et il est mort ! Tout est de ma faute ! dit-elle, martelant l'oreiller d'un poing sans force.

La vieille lui tapota le bras, très doucement, mais cela lui fit mal et elle grimaça. C'était rageant — d'être malade et de pleurer comme un bébé. Mais elle ne pouvait s'en empêcher, et, au bout de quelques minutes, elle renonça.

— Rafaella, j'en ai assez d'être malade, s'indigna Margaret le lendemain matin. Je veux me lever !

— Ça doit aller mieux si tu commences à commander. Tu nous as fait une de ces peurs ! J'ai cru que Dame Marilla allait en faire sauter ses boutons — qu'on me pardonne de parler aussi vulgairement d'une Comyn !

Rafaella avait l'air fatigué, mais ses yeux pétillaient de malice comme d'habitude. Ses cheveux roux, récemment lavés, flamboyaient, et ses cernes s'étaient estompés.

Margaret remua sous ses couvertures, s'efforçant de trouver une position confortable, sans y parvenir. La propreté de Rafaella lui fit envie. Elle se sentait crasseuse, tout en sachant qu'on l'avait lavée tous les jours et que sa chemise avait été changée régulièrement. L'idée d'un bain lui parut très désirable, mais elle était si faible qu'elle se noierait sans doute dans la baignoire.

Elle regretta d'être incapable de rester oisive. Au bout d'un moment, elle décida que non seulement elle était nerveuse, mais qu'elle s'ennuyait. Il n'y avait sans doute rien à lire dans cette immense maison, et d'ailleurs elle n'était pas certaine de pouvoir se concentrer sur une lecture. Elle chercha un sujet de conversation, et décida qu'elle voulait en savoir plus sur son hôtesse.

— Parle-moi de Dame Marilla, Rafaella. D'après le peu que j'ai vu d'elle, elle m'a paru impressionnante.

— C'est le moins qu'on puisse dire. Et il fallait l'être pour supporter le Seigneur Dyan Ardais. Il était... enfin, pas comme tout le monde, dit Rafaella à voix basse, l'air très mal à l'aise. Il est mort avant ma naissance et j'ignore la plus grande partie de l'histoire. Les gens n'aiment pas parler de lui. Et il est inconvenant de raconter des commérages sur ses hôtes.

Des émotions contradictoires passèrent sur le visage de Rafaella, mais, au moins, Margaret n'entendit que ses paroles. Ce fut un soulagement. Peut-être qu'elle s'était imaginé qu'elle entendait des pensées. *Arrête! Cesse d'essayer de te convaincre que tu imagines tout ça! Sois l'universitaire que tu prétends être et accepte les faits.*

Puis, comprenant enfin les paroles de Rafaella, son esprit se révolta, comme s'efforçant de fuir devant lui-même. Elle connaissait ce nom, et elle se rappelait un visage pour aller avec, un visage d'oiseau de proie, beau et cruel. Et ce nom de Dyan Ardais suscita en elle un autre souvenir, celui d'une pièce froide, et de quelque chose... *Tu ne dois pas te souvenir et tu ne dois pas questionner. Je ne te laisserai pas me détruire — tu es malade, mais bientôt tu iras mieux. Tu seras libérée de la peur et de la souffrance, mon enfant. Fais ce que je te dis, et tout sera bientôt fini.*

Margaret ne savait pas qui parlait dans son esprit, mais elle s'aperçut qu'elle tremblait de tous ses membres. La voix était bizarre, familière sans l'être. Elle avait quelque chose qui la faisait penser aux miroirs et à l'aversion qu'ils lui inspiraient. Elle ne voulait pas y penser, pas plus qu'à cet homme, ce Dyan. Il l'avait prise dans ses bras et l'avait emportée dans un lieu glacé. Ce souvenir l'effraya encore davantage que celui de l'homme aux cheveux argentés, et elle eut envie de s'enfuir. Mais ses jambes étaient des jambes d'enfant, trop courtes pour échapper à ce péril.

Une vision familière surgit devant ses yeux, qu'elle avait vue bien des fois, parvenant toujours à l'enterrer au plus profond de son esprit. Margaret vit une bataille, avec lumières et épées. Elle avait duré longtemps, et pourtant elle avait été très brève. Incapable de réconcilier ces contradictions, elle renonça à comprendre.

Les événements se déroulèrent devant ses yeux, comme quelque ancien vid-dram, et quand ce fut fini, Dyan Ardais était mort. Elle en était certaine — qu'elle avait été témoin de cette scène. Il avait l'air assez inoffensif dans la mort, plus du tout effrayant. Mais maintenant, Margaret savait pourquoi elle avait été si mal à l'aise en présence de Danilo au Château Comyn. Cela n'avait rien à voir avec la personne de l'écuyer, mais avec le nom qu'il portait.

Le corps de Dyan Ardais gisait par terre, et il y en avait un autre près de lui. Dans son souvenir, le visage se détourna, mais les cheveux roux qui se répandirent sur le sol lui dirent que c'était Thyra. Elle n'avait pas vu mourir sa mère, mais elle l'avait vue morte, et cela la rendit furieuse. Pourquoi ne lui avait-on pas épargné cette vision ? Où était Lew dans tout ça — elle était certaine qu'il se trouvait tout près, mais sa mémoire ne lui disait rien. La coque vide qui avait été Thyra, cette Thyra qui la terrifiait, n'était plus qu'un vase brisé.

Elle voulut rejeter ces souvenirs, tout en sachant maintenant qu'elle ne le pourrait plus jamais. C'était même inutile d'essayer. Elle soupira, et s'aperçut que Rafaella l'observait avec inquiétude.

— Ne t'inquiète pas, dit-elle, haussant les épaules. Un souvenir que je voudrais oublier, c'est tout.

— Oh ! Tu es devenue si pâle — j'ai bien cru que tu allais t'évanouir.

— Non, je ne vais pas m'évanouir, et pourtant ce serait un soulagement en ce moment.

Pour la première fois, elle se demanda quels autres souvenirs elle avait volontairement oubliés, et comment elle avait fait. Elle était très jeune et vulnérable à l'époque. Les gens la déménageaient de chambre en chambre, et s'ils n'étaient pas cruels, ils n'étaient pas tendres non plus. Comme si elle n'avait aucune valeur par elle-même, mais simplement comme monnaie d'échange pour obliger son père à faire quelque chose. Il n'était pas vieux à l'époque, mais plus jeune qu'elle ne l'était actuellement, déjà manchot pourtant, et sans doute aussi incertain de son avenir qu'elle l'était en ce moment du sien.

Ses pensées revinrent involontairement à Dyan Ardais,

si grand et sévère. Il était séduisant, réalisa-t-elle, mais très froid et distant. Qu'est-ce qui l'avait rendu ainsi ? Il l'avait emmenée en un lieu à la fois vide et occupé, une pièce étroite aux murs de verre bleu. Pourtant ce n'était pas du verre, mais de la pierre que la lumière traversait. Et ce n'étaient pas non plus des murs. Le plafond et le sol étaient de la même matière. Ça donnait l'impression d'être à l'intérieur d'un diamant bleu — chose impossible, bien sûr. La pièce était incroyablement froide, et elle frissonnait parce qu'elle était en chemise de nuit. Et parce qu'elle avait peur.

Maintenant, c'étaient plus des impressions qui s'entre-choquaient dans sa tête que des souvenirs proprement dits. La pièce semblait vide, à part un fauteuil sculpté de pierre grise à haut dossier. Comme un trône. Elle voulait détourner la tête, mais ses yeux étaient irrésistiblement attirés par le siège vide. Elle distinguait presque une silhouette, une toute petite femme aux yeux qui avalaient la lumière et les sons, et, plus encore, les sensations. Quand l'entité la regarda, elle se sentit vide ; elle n'était plus Marja, mais un petit bloc de néant.

Le nom d'Ardais avait déclenché des souvenirs. Alors, pourquoi conservait-elle l'impression que Danilo Syrtis-Ardais était dangereux ? Elle savait que, depuis son retour sur Ténébreuse, les bruits et surtout les odeurs faisaient remonter à la surface des événements cachés au plus profond de son esprit. Quelque chose était arrivé qu'elle *ne voulait pas* se rappeler, quelque chose qui concernait cette petite femme dans le fauteuil de pierre. Où se trouvait cette pièce de cristal ? Elle ne voulait pas le savoir et, pourtant, elle le devait !

Il y avait autre chose que le refus de se souvenir, réalisa-t-elle en sursautant. La voix ! La voix glaciale qui lui ordonnait de ne pas se souvenir, de ne pas questionner. Ce n'était pas la voix de Dyan, ni celle de l'homme aux cheveux argentés. C'était une voix de femme, elle en était certaine, et elle avait quelque chose à voir avec la chambre de cristal. Elle eut le vertige rien que d'y penser.

— Marguerida, qu'est-ce qu'il y a ? demanda Rafaella, la secouant par le bras.

— Je crois que je ne vais pas si bien que je pensais, murmura-t-elle.

— Tu roulais des yeux blancs, *chiya*, et j'ai cru que tu avais une autre crise.

— Une quoi ?

— Une crise — tu en as eu plusieurs dans la litière. Courtes, c'est vrai, mais inquiétantes quand même.

— Vraiment ? Désolée de t'avoir effrayée, dit Margaret, avec calme, refusant de montrer la terreur qui lui broyait le cœur.

Elle n'avait jamais eu de crise d'épilepsie, mais qui sait ce que pouvait provoquer cette étrange maladie ?

— Parfois, la fièvre provoque des attaques.

— Vraiment ? dit Rafaella, apparemment rassurée.

Les plis de son front disparurent, et sa bouche se détendit un peu. Margaret la regarda et réalisa qu'elle ressentait une grande affection pour son guide. Elle n'avait jamais eu beaucoup d'amis de son âge. Ses camarades de l'Université étaient sympathiques, mais elle avait toujours gardé ses distances. Presque comme si elle refusait d'établir des liens avec les autres. Les Davidson avaient été pour elle plus que des amis, mais ils étaient séparés par deux générations, et ce n'était pas la même chose.

Serrant la main calleuse de Rafaella, Margaret se laissa couler dans cette impression d'amitié.

Non ! Tu te tiendras à l'écart de tous ! Elle tressaillit en entendant ces paroles, prononcées par une voix féminine, douce mais implacable, n'appartenant à aucune femme qu'elle connaissait. Ce n'était pas Dio, ni Thyra non plus. En un éclair, elle revit la pièce de verre, et elle sut que c'était la femme dont l'invisible présence occupait le trône de pierre qui avait parlé. Comment avait-elle créé cette barrière interdisant à Margaret tout contact affectif, alors qu'elle était si jeune ? Elle ne le savait pas. Mais elle savait que c'était une réalité, et non un fantasme. Elle se sentit entraînée vers le trône de pierre, aspirée contre sa volonté, et elle faillit hurler.

Puis la vision disparut, et elle se retrouva dans son lit, bien en sécurité sous ses chaudes couvertures. Tant qu'elle ne remuait pas ses souvenirs et qu'elle se tenait à l'écart de tous, elle était en sûreté. Elle avait l'esprit plein de salles fermées à clé, plein de portes qui devaient rester verrouillées. Chaque minute de plus qu'elle passait sur Ténébreuse augmentait le danger qu'elle se rappelle ce qu'elle devait oublier. Tant que son corps vivrait, elle ne pourrait pas échapper à cette terrible présence dans son esprit. C'était ce qu'elle voulait dire en affirmant qu'elle serait bientôt libérée.

Le désespoir monta en elle. Elle allait mourir. Et peut-être cela valait-il mieux que continuer à être prisonnière de son propre esprit, et de cette chose qui habitait en elle. Pourtant, une autre partie d'elle-même s'indignait. Elle comprit que ses nombreuses colères, si puissantes et étranges, venaient de cette partie de son être qui non seulement ne voulait pas mourir, mais voulait se venger de...

Elle était trop faible pour gérer ces émotions conflictuelles. Elle avait envie de pleurer, de hurler, de sauter du lit pour casser quelque chose, de s'évanouir, et de bien d'autres actions qu'elle n'avait pas l'énergie de nommer. Mais, au lieu d'analyser son tumulte intérieur, elle dit :

— Je crois que je vais faire la sieste. Même si j'ai l'impression de dormir depuis une éternité.

— Tu as raison. Ton pouls est trop rapide, et Beltrana va m'écorcher vive s'il t'arrive quelque chose pendant mon tour de garde.

Rafaella se pencha et l'embrassa tendrement sur la joue. Stupéfaite et émue de son affection, Margaret lui rendit gauchement son baiser, puis détourna la tête sur l'oreiller, pour que Rafaella ne voie pas qu'elle rougissait.

Pauvre petite. Je me demande ce qu'elle aurait fait si je l'avais serrée dans mes bras ?

12

Le lendemain matin, Margaret se sentait mieux, mais son pouls s'accélérait au moindre mouvement, et ses genoux étaient comme de la gelée. Elle avait fait cette déplaisante découverte quand Rafaella l'avait aidée à se lever, pendant que deux servantes changeaient sa literie, et elle avait juré jusqu'à épuisement. Elle avait également découvert que, chaque fois qu'elle était seule, elle paniquait.

Heureusement, Rafaella restait constamment avec elle, et elle parvint presque à se convaincre que ces frayeurs étaient causées par sa maladie. Elle avait l'impression de s'être rappelé quelque chose de très mauvais la veille, mais elle ne s'en souvenait plus et elle en était soulagée.

Pour passer le temps, elle demanda à son guide de lui raconter ses voyages, et, après les protestations de modestie rituelles, Rafaella la régala d'histoires de tempêtes, de falaises et de brigands.

Un léger coup frappé à la porte interrompit le récit passionnant d'une rencontre avec un banshee, et Rafaella se leva pour aller ouvrir.

— *Domna*, permets-moi de te présenter le Seigneur Dyan Ardais, dit Rafaella, raide d'indignation. *C'est honteux! Il sait qu'il n'a rien à faire dans la chambre d'une malade. C'est bien d'un Ardais de s'arroger des libertés qui violent toutes les convenances!*

Elle frissonna à ce nom, tout en sachant que ce n'était pas l'homme de ses visions. Il était mort, non? Elle l'avait vu mort. Elle sentit le souvenir frémir en elle, et elle le refoula de toutes ses forces au fin fond de son esprit. Ce devait être son fils ou son petit-fils, ou même un parent de Danilo, et elle n'avait rien à craindre.

Malgré son appréhension, Margaret sentit sa curiosité s'éveiller. Elle entendit les pensées de Rafaella avec un certain trouble. Comme elle n'avait reçu les pensées de personne pendant toute la matinée, elle s'était presque convaincue que ce petit talent était sans importance, comme l'habileté à jongler. Maintenant, elle se demanda pourquoi il allait et venait, pourquoi elle entendait à certains moments, et pas à d'autres. La perception était-elle favorisée par la force des émotions? Il devait y avoir une explication logique! Si seulement elle parvenait à la trouver! Mais, malgré son désir de se renseigner, quelque chose en elle la réduisait au silence.

L'homme qui la regardait entre les rideaux de son lit était blond comme les blés, de taille moyenne et d'une beauté saisissante. Il semblait du même âge qu'elle ou un peu plus jeune, et ses yeux étaient si clairs qu'ils en paraissaient incolores. Il ne ressemblait pas au Dyan de ses souvenirs, qui était brun. Il détourna vivement les yeux, et Margaret se souvint que, sur Ténébreuse, il était mal élevé de regarder dans les yeux un membre du sexe opposé.

Un instant, elle vit le visage du Dyan Ardais de ses cauchemars se surimposer à celui du jeune homme, et elle se mit à trembler. Ils avaient la même structure osseuse, mais le jeune homme ressemblait davantage à Dame Marilla et il n'avait pas l'énergie de l'autre Dyan. Il affichait une certaine arrogance tout en manquant d'assurance. Il avait le menton étroit, comme Dame Marilla, et plutôt mou. Il marchait nerveusement de long en large, regardant les murs avec anxiété, comme s'il lui déplaisait d'être à l'intérieur.

— *Dom* Dyan, je ne vous remercierai jamais assez, toi et ta mère, de m'avoir accueillie et soignée.

Tripotant nerveusement un rideau du lit, il demanda :

— Tu es vraiment Marguerida Alton ?

La question sembla lui échapper involontairement. *Elle ressemble bien aux Alton — trop grand nez pour prétendre à la beauté. Je déplore l'ambition de ma mère. Si elle me répète une seule fois que cette alliance serait avantageuse, je m'embroche sur mon épée pour en finir !*

— Oui, à ma connaissance, dit Margaret, s'efforçant d'ignorer ces pensées parasites.

Trop grand nez pour prétendre à la beauté, vraiment ! Heureusement qu'elle n'était pas vaniteuse. Cherchant à se distraire de sa propre angoisse, elle décida que c'était un jeune homme très beau, mais encore sous la coupe de sa mère.

— Et tu as pris les Grands Bateaux pour Terra ?

— Enfin, je ne suis jamais allée sur Terra proprement dite, mais j'ai visité un certain nombre de planètes.

— J'aurais voulu le faire, moi aussi, dit-il, dansotant avec embarras d'un pied sur l'autre, mais je dois rester ici.

— Ce doit être pénible pour toi.

— Dis-moi, intervint Rafaella, tu m'as dit que tu voulais prendre des nouvelles de *Domna* Marguerida, pas que tu voulais discourir sur des endroits où tu n'iras jamais.

— Désolé. J'espère que tu seras bientôt guérie. Rafaella nous a dit que tu es musicienne, alors, quand tu te sentiras mieux, tu pourras peut-être chanter pour nous. Mon grand-père chantait très bien, paraît-il. Je ne l'ai pas connu. Je n'ai pas hérité de son talent, mais j'adore la musique.

— C'est assez, dit Rafaella d'un ton sévère. Il faut sortir maintenant. Elle est trop faible pour recevoir des visites. *Surtout de tes pareils!*

Apparemment, le jeune Ardais avait l'habitude d'être commandé par des femmes, car il s'inclina et sortit.

— Qu'est-ce qu'il y a? demanda Margaret.

— Ah, les hommes! fit Rafaella, avec un reniflement dédaigneux. Ils croient que toutes les femmes soupirent après le mariage et le privilège de porter leurs enfants! Comme si nous n'avions pas d'autre but dans la vie!

Très amusée, Margaret réprima néanmoins un sourire.

— Tous les hommes, ou celui-là en particulier?

— Lui! Il a trois fils *nedestos*, mais jusqu'à présent, il n'arrive pas à se trouver une femme. Il a failli épouser l'une des jumelles Lanart-Hastur il y a quelques années, mais elle avait le *laran*, et elle est allée dans une Tour à la place. Je ne me rappelle plus si c'était Ariel ou Liriel — pourtant, en fait de jumelles, elles sont aussi différentes que le lait et le vin. Il est frère adoptif de leur frère Mikhail et il a grandi avec elles. Les *comyn* se méfient un peu d'épouser un Ardais depuis la Rébellion de Sharra.

Elle étrécit les yeux, craignant d'en avoir trop dit.

— Bah, ce sont de vieux commérages. Bon, la matinée a été longue. Fais donc une petite sieste, et après, je t'apporterai de la soupe.

Le terme de frère adoptif éveilla un lointain écho dans l'esprit de Margaret. Elle savait vaguement que c'était pratique courante sur Ténébreuse de confier ses enfants à une autre famille. Le Sénateur parlait parfois de son propre frère adoptif, et elle réalisa soudain qu'il devait penser à Régis Hastur. Curieux, cette coutume de faire élever ses enfants par des parents ou des étrangers, mais elle savait que cela se pratiquait dans d'autres sociétés humaines, l'idée étant que les adolescents écoutaient plus volontiers des étrangers que leurs parents.

Dans ce qu'avait dit Rafaella, il y avait quelque chose à quoi elle ne voulait pas penser — que son esprit évitait délibérément. Chaque fois qu'elle tentait de se concentrer dessus, son cerveau refusait de coopérer. Il y avait un mot, un seul mot, qui lui échappait, et elle enrageait. C'était déjà assez pénible d'avoir l'esprit plein de portes fermées, sans que des mots isolés viennent la tourmenter. Elle pensa soudain au vieux conte de Barbe Bleue, l'homme qui tuait ses femmes, et qui avait donné à sa dernière épouse les clés du château, assorties de l'interdiction d'ouvrir une certaine pièce que, étant humaine, elle avait ouverte, naturellement.

Quel était le mot ? Elle tâtonna mentalement un moment. Ah oui — Sharra. Non. C'était un autre mot, très semblable, mais différent. Il avait quelque chose à voir avec le gros bijou dont elle rêvait parfois — ou était-ce le bijou qui contenait le fauteuil de pierre ? Elle frissonna, s'efforçant de saisir des bribes de souvenirs.

Ce qu'elle s'était rappelé la veille lui revint, avec moins d'éclat, de sorte qu'elle put y réfléchir sans trop trembler. Le fauteuil et la silhouette assise dedans étaient son Barbe Bleue personnel, elle en était certaine. Les gens lui mettaient des clés dans les mains, mais elle ne savait pas quelles portes elles ouvraient, et elle avait peur de ce qu'elle trouverait derrière. Quelque chose de pire que des cadavres d'épouses.

Elle regrettait d'être venue sur Ténébreuse, mais il était trop tard. Elle se força à accepter le présent sans regret. Il ne lui plaisait pas, mais il fallait l'affronter. Si seulement elle n'était pas tombée malade.

Tout ce qui l'entourait, l'odeur des draps, le bruit de la pluie contre la fenêtre, l'air lui-même, parlait à son cœur du foyer qu'elle n'avait jamais connu ailleurs. Sa vie paisible d'assistante d'Ivor Davidson s'éloignait comme un rêve, et elle en était malheureuse. C'était une vie simple, pleine de problèmes intellectuels passionnants et de planètes étranges, et sans complications familiales.

La famille ! Ce mot avait beaucoup d'importance sur Ténébreuse. Pour la première fois, elle avait une famille, dont elle n'avait jamais entendu parler. Elle s'était découvert un oncle qui, comme elle, avait un pied dans l'Empire Terrien et un autre sur Ténébreuse, et elle soupçonnait que Rafe n'était que la partie émergée de l'iceberg. On aurait dit que chaque Ténébran — du moins ceux appartenant aux Comyn — était apparenté à tous les autres, soit par le sang, soit par le mariage. Et la parenté de Dio ? Elle avait peut-être une douzaine d'oncles et de tantes, et des centaines de cousins dont elle n'avait jamais entendu parler, et qui, bien que n'étant pas de son sang, seraient quand même de la famille.

Pour la première fois, elle vit dans le Sénateur et son épouse les exilés qu'ils étaient, coupés de leur culture natale, éloignés des rapports qui liaient les *comyn* en un corps politique et social. Margaret n'avait jamais pensé que ses parents pouvaient être malheureux, ni que Lew s'enivrait pour oublier les sons et les odeurs de Ténébreuse. Et Dee ?

Margaret ne l'avait jamais entendue se plaindre, mais parfois, le soir, elle contemplait le feu l'air douloureux et absent. Elle tisonnait les bûches et reniflait, cherchant sans doute les senteurs de la balsamine qui semblaient parfumer toutes les maisons ténébranes, de la masure de Jerana aux salons du Château Comyn. Si elle réagissait si violemment aux réminiscences d'odeurs et de bruits, alors qu'elle avait quitté la planète à cinq ou six ans, que devait-ce être pour Dio et Lew qui y avaient vécu tant d'années ?

Margaret s'attarda un moment sur cette nouvelle empathie avec ses parents, puis sa colère la reprit à l'idée qu'on l'avait gardée dans l'ignorance de son héritage. C'était absurde ! Ce silence n'avait aucune raison logique ! Son père représentait Ténébreuse au Sénat, mais il n'en parlait jamais à la maison.

Lew, je n'en peux plus ! La voix de Dio était aussi nette que si elle avait été au Château Ardais. *Chaque fois que je prononce le nom de Ténébreuse, Marja se met à hurler ! Elle se roule en boule et se cache les yeux, et j'ai peur qu'elle entre en convulsions.*

Je sais, mon amour, je sais ! Et je suis désolé de t'imposer cette épreuve. Elle était normale à notre départ, bien qu'un peu agressive. Mais elle était trop jeune pour savoir ce qu'est un télépathe poli !

Je ne l'oublierai jamais ! La petite coquine nous épiait chaque fois que nous faisions l'amour — elle était pire qu'impolie, elle était indiscrète ! Mais je donnerais beaucoup pour la revoir comme ça, au lieu d'avoir cette adulte distante dans un corps d'enfant. Qu'est-il arrivé ?

Je crois que le voyage a été traumatisant — son allergie aux drogues contre le mal de l'espace — mais je pense qu'il y a autre chose. D'une façon ou d'une autre, ses canaux ont dû être... manipulés. Je ne suis ni Gardien ni mécanicien des matrices, mais il n'est pas besoin d'être leronis pour s'apercevoir que Marja a subi un choc violent. Je crois qu'elle le surmontera avec le temps. Les enfants ont une résistance extraordinaire.

Je ne crois pas, Lew. Tu ne passes pas autant de temps que moi avec elle, tu ne peux pas vraiment juger...

C'est vrai ! Chaque fois que je la regarde, je revois Sharra, Thyra si petite dans la mort, et les cheveux de Régis brusquement blanchis...

Nous devrions la ramener sur Ténébreuse, Lew.

Non, Dee. Je crois que cela la tuerait ! Et, en tout cas, cela me tuerait, moi !

Margaret battit des paupières. Avait-elle vraiment surpris cette conversation, ou était-ce son imagination qui lui jouait des tours ? Son père avait voulu la protéger, bien que sa vue le fît souffrir. Et cela avait dû empirer quand elle avait grandi, car elle savait maintenant qu'elle ressemblait beaucoup à sa mère, Thyra. Comme il avait dû être soulagé quand elle était partie à l'Université ! Le Sénateur avait sans doute pensé qu'elle y serait en sécurité. Comment aurait-il pu savoir que son travail, si simple et banal, la ramènerait en un lieu plus dangereux pour elle que toutes les maladies connues ? Non, il ne pouvait pas le savoir, à moins de voir dans l'avenir, et c'était impossible, non ? Mais était-ce bien sûr ?

Sharra ! Le mot résonna dans son esprit comme un glas. Son père l'avait prononcé quand il parlait à Dio. Brigham Conover l'avait mentionné à propos d'une certaine rébellion. Qu'est-ce que c'était ? On aurait dit un nom de femme, mais aucun souvenir d'une personne ne s'y attachait. Pas si vite ! Il y avait autre chose. Un mot qui essayait de se frayer un chemin dans son esprit. Elle l'avait presque. La sueur perla à son front. C'était presque ça! Un son similaire. Elle était musicienne, et donc très sensible aux sons. Alors, pourquoi diable ne pouvait-elle pas... *Asharra!* C'était ça! C'était à la fois un lieu et une personne. Elle faillit sangloter de soulagement.

En un éclair, elle « vit » la silhouette indistincte assise sur le trône de pierre de la terrible pièce glacée. Puis son estomac se noua, et son cœur battit à grands coups. Margaret crispa ses mains sur ses couvertures, comme pour se raccrocher à la vie. *J'espère qu'ils ont un bon hôpital pour les folles*, pensa-t-elle, glissant dans la sécurité du sommeil.

En début de soirée, Margaret était presque redevenue elle-même. Rafaella la réveilla avec un bol de soupe et plusieurs tranches de pain. Elle les avala si rapidement qu'elle faillit en être malade, mais quand le tout fut descendu, elle se sentit presque normale. La force revenait dans ses membres, et elle sut qu'elle allait hurler si elle devait rester au lit une minute de plus.

— Je me lève, annonça-t-elle.

— Je le vois, dit Rafaella, d'un ton désapprobateur, comme Margaret balançait ses jambes sur le côté du lit. Tu es sûre? ajouta-t-elle, dubitative.

— Il faut que je bouge. Sinon, je vais me mettre à compter les points des rideaux tellement je m'ennuie.

Rafaella lui tendit ses vêtements, lavés et parfumés à la balsamine. Margaret les porta à son visage, inspirant profondément leur odeur. Ce faisant, elle sentit la sienne. Malgré les fréquentes toilettes qu'on lui avait faites, elle était assez forte.

— D'abord, je veux prendre un bain.

— Très bien, dit Rafaella, très réticente. Mais je viens avec toi. Tu pourrais te noyer dans la baignoire.

La Renonçante lui reprit ses vêtements, et lui offrit à la place une chaude robe de chambre et son bras. Elles quittèrent la chambre où Margaret était depuis des jours, firent quelques pas dans le couloir et entrèrent dans l'atmosphère embuée d'une salle de bains. Le temps d'y arriver, les oreilles de Margaret bourdonnaient, et elle dut s'asseoir une minute. Elle n'était pas aussi gaillarde qu'elle croyait.

Rafaella l'aida à ôter sa chemise, puis à entrer dans la baignoire. Elle se pencha, l'air inquiet, essayant de garder une main sur Margaret. Finalement, elle haussa les épaules, se déshabilla et entra dans l'eau avec elle.

— Hum, ce que ça fait du bien, murmura Margaret.

L'eau brûlante détendait ses muscles endoloris, mais elle était bien contente que Rafaella fût avec elle dans le bain, car la chaleur lui faisait tourner la tête.

— Oui, ça étourdit. Tu veux que je te frotte le dos ?

— Ce serait agréable.

Elle était plus détendue de minute en minute, et même la présence d'une autre dans la baignoire ne parvenait pas à la perturber. Après tout, elles avaient déjà partagé le même lit, alors pourquoi pas le même bain ? Quand même, c'était un peu troublant d'être si près d'une autre personne nue.

Margaret haussa les épaules et sentit l'eau clapoter. Rafaella prit une grosse éponge sur le rebord de la baignoire, et se mit à lui frictionner doucement le dos. Cela fait, elle tendit l'éponge à Margaret pour qu'elle finisse de se laver. Margaret se sentait si relaxée qu'elle avait du mal à penser clairement. Elle aurait voulu se dissoudre complètement dans l'eau.

Puis, comme s'il était dans la pièce, elle entendit la voix de Lew, tonnante et rageuse. *J'ai fait mon devoir toute ma vie ! J'ai tenté de donner satisfaction à mon père, et même de protéger Ténébreuse de la bêtise et de la cupidité de la Fédération ! J'en ai eu mon compte, du devoir, Dio, et je ne sais pas si je peux continuer !*

Margaret ne put déterminer si ces paroles étaient un souvenir ou si elles étaient prononcées au moment où elle les entendait. Mais elles avaient quelque chose d'intime, d'immédiat, qui l'inquiéta. Ces intrusions dans son esprit allaient-elles se poursuivre, ou cesseraient-elles un jour ? Elle souhaitait qu'elles cessent, sans beaucoup y croire.

— Je voudrais sortir, je commence à avoir le tournis.

— Je vais te rincer d'abord, dit Rafaella, lui versant de

l'eau sur la tête. Bon, je vais sortir la première, et après, je t'aiderai.

Rafaella enjamba le rebord de la baignoire, dégoulinante, prit un drap de bain qu'elle jeta sur son épaule, et, se penchant vers Margaret, la prit sous les aisselles et la souleva, tandis que Margaret passait une jambe par-dessus la baignoire. Puis Rafaella l'enveloppa dans la serviette et en attrapa une autre pour elle.

Ses idées se brouillèrent, puis s'éclaircirent. Elle sentit quelque chose en elle, une force qui n'avait rien à voir avec la force musculaire. Elle n'était même pas sûre que cette force lui appartenait — elle avait quelque chose de froid et distant. Ses jambes, flageolantes un moment plus tôt, s'étaient raffermies. Elle inspira l'air surchauffé de la salle de bains, et réalisa qu'elle avait retenu son souffle, comme effrayée d'être trop proche d'une autre personne, comme si le contact était dangereux.

— Je peux me sécher seule, dit-elle en s'écartant.

Rafaella parut en douter, mais hocha la tête. Margaret se sécha, grimaçant un peu aux endroits sensibles. Quand elle eut terminé, l'afflux de cette force nouvelle avait cessé, et elle était au bord de l'évanouissement. Rafaella, qui commençait à se rhabiller, remarqua sa détresse.

— Là, assieds-toi, tête de pioche, dit-elle, la guidant jusqu'à une chaise.

Margaret sourit, réalisant qu'elle avait besoin d'elle, même si cela l'embarrassait. Elle laissa Rafaella l'habiller.

— Je suis désolée de te donner tant de travail.

— Ce n'est pas le travail qui me dérange, mais l'inquiétude.

— L'inquiétude ?

— *Chiya*, ça fait des jours et des jours que je me fais du mauvais sang. Comme tout le monde. Le travail, ce n'est pas grave — je connais. Là — lève les bras que je t'enfile ta tunique.

— J'ai l'impression d'être un bébé !

— Je sais. Et comme tu es très indépendante, ça doit te rester en travers de la gorge. Mais à la Maison de Thendara, on nous apprend que ce n'est pas une honte que d'avoir besoin d'aide ; que nous sommes toutes sœurs et que des sœurs doivent s'entraider. Et crois-moi, ce n'est pas toujours facile — parce que les femmes qui viennent chez les Renonçantes sont soit du genre poulette qu'on plume, soit du genre coq de basse-cour en jupons.

— Et à quel genre appartiens-tu ? demanda Margaret en riant.

Rafaella branla du chef, rejetant ses cheveux en arrière.

— Personne ne m'a jamais plumée ! *Je ne le permettrais jamais, et il en cuirait à quiconque voudrait s'y risquer. Mais tu me donnes l'impression d'être une poule couveuse avec un seul œuf dans son nid. Un œuf de coq ! Oh-la-la* !

— Je le crois sans peine, dit Margaret, se levant avec effort pour qu'elle lui enfile plus facilement ses jupons et sa jupe. Et ça te plaît d'être une Renonçante ? Je veux dire, le mariage et la famille semblent très importants ici.

— Oui, mais ma famille, ce sont mes sœurs. Et les enfants sont aussi bienvenus à la Maison de Thendara que partout ailleurs. Simplement, je n'ai pas besoin d'un homme pour me dire ce que je dois faire. *Et « Il » me donne l'impression qu'il ne le ferait pas. Oh, j'espère que je pourrai lui faire confiance — les hommes sont des créatures si bizarres.* Bon, retournons dans ta chambre. Il faut te reposer un peu. Et après, si tu te sens assez forte, tu pourrais descendre dîner à la salle à manger.

— Ce serait épatant. J'ai presque oublié ce que c'est que de manger à table. Et j'ai très faim tout d'un coup.

— C'est bon signe, et ça me rassure, dit Rafaella en souriant. Tu as été une malade facile, à part le fait que tu voulais tout le temps te lever.

Deux heures plus tard, Margaret descendit le grand escalier, au bras de Rafaella, tenant la rampe de sa main libre. Son énergie s'enflait et refluait sans préavis, de sorte qu'elle était gaillarde un instant et toute faible l'instant suivant. Elle serra les dents, contente de pouvoir s'appuyer sur Rafaella, et en même temps gênée de ce contact.

Julian Monterey, le *coridom*, attendait au bas de l'escalier.

— C'est un plaisir de te voir debout, *Domna*, dit-il à Margaret. Nous avons été très inquiets.

— Je suis désolée de vous avoir causé tant d'inquiétude — belle façon de se conduire pour une invitée, en vérité ! dit-elle, soulagée de l'entendre glousser.

— Je vais vous conduire à la salle à manger.

— Merci. Je sens des effluves délicieux !

Comme elles n'étaient plus dans l'escalier, Rafaella lui lâcha le bras, mais resta près d'elle pour la soutenir au besoin. Elle avait une présence forte et rassurante.

Julian les précéda dans le hall et les introduisit dans une grande salle où le couvert était dressé sur une longue table. Un bon feu flambait dans la cheminée, encadrée des deux côtés de tapisseries, représentant l'une un homme armé d'une lame flamboyante, l'autre une femme tenant un bijou étincelant dans sa main. Leurs visages étaient de vrais chefs-d'œuvre, et ils regardaient sereinement l'assistance.

Deux hommes, debout devant la cheminée, se réchauffaient les mains. L'un était le jeune Seigneur Ardais qui avait envahi la chambre de Margaret, au grand déplaisir de Rafaella, l'autre était un étranger. Ils se retournèrent au bruit de leurs pas, et les regardèrent poliment en évitant de les fixer dans les yeux.

Dyan Ardais s'avança, ouvrant la bouche pour parler, mais Julian le devança.

— Mes Dames, permettez-moi de vous présenter le Seigneur Dyan Ardais et Mikhail Hastur-Lanart, son écuyer et frère adoptif. Seigneurs, je vous présente *Domna* Marguerida Alton. Vous connaissez déjà Rafaella n'ha Ysabet, *Dom* Dyan, mais je ne sais pas si *Dom* Mikhail l'a déjà rencontrée.

A son ton, il entendait manifestement faire respecter les convenances. Il était sans doute au courant de la visite de Dyan à Margaret, et la désapprouvait.

Dyan regarda le *coridom* comme s'il allait se rebeller, puis afficha une sorte d'arrogance qui fit grimacer Margaret. Cela lui rappelait trop son père.

— Effectivement, j'ai déjà rencontré *Mestra* Rafaella, mais je suis enchanté d'accueillir *Domna* Alton à Ardais.

Il s'inclina, et Margaret se dit que c'était peut-être un

enfant gâté, mais qu'il avait des manières exquises quand il voulait.

Pourtant, ce n'est pas lui qui retint son attention, mais son compagnon, et avec plus de force qu'elle n'aurait voulu. Elle le dévisagea presque et détourna les yeux avec effort.

Mikhail Hastur-Lanart présentait une certaine ressemblance avec le Seigneur Régis, mais il était plus grand, et, estima-t-elle, à peu près de son âge. Il avait des cheveux blonds, bouclant au-dessus d'un front haut, une bouche faite pour le rire, et des yeux d'un bleu remarquable. En même temps, il avait une attitude un peu hésitante, comme s'il ne savait pas exactement où était sa place. Malgré ça, il lui plut tout de suite, car il y avait en lui quelque chose de franc et de solide qui manquait totalement à Dyan Ardais.

— Enchanté de te connaître, dit-il d'une jolie voix de ténor, l'air pourtant rien moins qu'enchanté.

Margaret se sentit rejetée, ce qui accrut son intérêt pour lui. Puis elle se reprocha d'être si sotte. Qu'est-ce qu'il avait de spécial ? Il était bel homme, mais elle en avait déjà vu à l'Université, qui ne manquait pas de mâles séduisants, dont plusieurs plus beaux que Mikhail Hastur-Lanart. Elle considéra la bouche pleine et généreuse, et pourtant inquiète, et les yeux, pleins d'une tristesse tranquille. Elle le regarda passer d'un pied sur l'autre, nerveux. Elle aussi, elle faisait ça quand elle n'était pas sûre d'elle.

Dame Marilla entra alors, interrompant ses réflexions.

— Ça fait plaisir de te voir debout, Marguerida. J'espère que tu pardonnes ma familiarité — ce serait assez sot de faire des cérémonies à un dîner familial. Nous sommes modernes à Ardais. Mon fils a été éduqué à la terrienne, et les femmes de ma maison ont appris à lire avec une femme de la Guilde de Rafaella — de la Maison de Neskaya. Non que ça leur serve à grand-chose ! Pour le moment, elles ne comprennent pas l'utilité de l'instruction. Mais nous sommes isolés ici, et j'ai trouvé qu'il serait bon d'être mieux informés. Le Seigneur Dyan — le père de mon fils — doit se retourner dans sa tombe. Il désapprouvait tout ce qui est Terrien, dit-elle, tout en les conduisant vers la table. De plus, je pourrais être ta mère. Oh, comme tu es grande ! Je ne l'avais pas réalisé. *Quelle dommage qu'elle ait une main de plus que Dyan !*

Margaret ignora la remarque informulée. Voilà longtemps qu'elle ne se désolait plus de sa taille, bien qu'elle en ait été très malheureuse dans son adolescence.

— Mon père est grand. Je tiens de lui, je suppose.

Elle douta soudain de pouvoir supporter ce genre de conversation pendant tout un repas. Elle avait la bouche sèche, et sa migraine recommençait. Peut-être que ce n'était pas une bonne idée d'être descendue.

Margaret se retrouva assise entre Marilla, placée au haut bout de la table, et Mikhail, à sa gauche. Rafaella était assise en face, avec Dyan près d'elle, ce qui leur déplaisait à l'un et à l'autre à en juger sur leur air chagrin.

— Julian, fais servir, je te prie, dit Dame Marilla.

Quelques instants plus tard, un serviteur apporta une soupière en grande pompe, mais gâcha son effet en roulant des yeux blancs sur Margaret ; comme si elle était une bête curieuse. Un léger toussotement de Julian le rappela aux convenances, et il posa la soupière près de la maîtresse de maison. Un second serviteur parut, avec un plateau de bols en faïence bleu et vert, qu'il présenta au premier. Celui-ci les remplit, les posant à mesure devant les convives.

La soupe sentait bon, et Margaret eut du mal à contrôler sa faim jusqu'à ce que Marilla prenne sa cuillère et commence à manger. C'était délicieux. Son potage terminé, Margaret remarqua enfin les bols finement travaillés, réalisant que, depuis son arrivée, c'était la première fois qu'elle ne mangeait pas dans des ustensiles en bois.

— Voilà des bols magnifiques, Dame Marilla. Je n'ai rien vu de pareil sur cette planète.

Cela n'aurait pu être qu'un compliment poli, mais Margaret, ragaillardie par l'excellente soupe, parlait avec sincérité.

— Je te remercie, dit Marilla, rayonnante de fierté.

— Oh non ! grommela Dyan. Nous voilà repartis pour une autre...

— Ce service a été fait dans nos propres fours à céramique, ici à Ardais, l'interrompit sa mère comme s'il n'avait rien dit.

— Il faut pardonner à ma mère. Elle est obsédée par l'argile. Une matière si vulgaire, dit-il avec un reniflement dédaigneux, comme gêné du goût maternel.

Margaret commençait à trouver que ses manières laissaient quand même à désirer. Elle sentit Mikhail remuer sur son siège, et le regarda furtivement. Ses joues s'étaient légèrement colorées, et il considérait Dyan avec sévérité.

— Pas du tout, Seigneur Dyan. Sur certaines planètes, la belle vaisselle est plus prisée que les bijoux ou les métaux précieux. Je ne suis pas spécialiste, mais je trouve ces bols très beaux. Les motifs sont très bien venus, et originaux, en plus.

Marilla s'efforça de dissimuler sa satisfaction, sans y parvenir ; elle rayonnait, ce qui la rajeunit, car les rides de son front s'estompèrent, et sa bouche se détendit.

— C'est un motif inspiré de la sculpture sur bois, mais je suis heureuse qu'il te plaise. Pourtant, étant la fille du Sénateur, tu dois avoir souvent mangé dans de la plus belle vaisselle.

Margaret secoua la tête en riant, et quelques mèches échappèrent de sa barrette. Rafaella lui avait fait son chignon, mais ses cheveux fins et soyeux avaient pris la mauvaise habitude de refuser toute contrainte.

— Mon père, peut-être, mais pour moi, j'ai plus souvent mangé dans des horreurs en plastique incassable, quand ce n'était pas dans des feuilles.

Elle posa sa cuillère, consciente que si elle avalait une autre gorgée de soupe, elle ne pourrait plus rien manger.

— Des feuilles ? répéta Dyan, la fixant à travers la table avant de baisser poliment les yeux. C'est une nouvelle coutume de l'Empire ?

— Non, répondit Margaret. Malgré la situation de mon père, j'ai rarement évolué dans la haute société de la Fédération. Depuis que je suis adulte, j'ai passé le plus clair de mon temps sur des planètes où les populations n'avaient pas encore inventé, ou ne voulaient pas inventer, la vaisselle. Une large feuille fait une très bonne assiette, qu'il n'est pas besoin de laver après le repas.

Elle sentit un peu d'incrédulité chez tous les convives, sauf chez Rafaella. Mais, au moins, elle n'entendit pas leurs pensées, et ce fut un soulagement.

Julian vint s'asseoir près de Dyan Ardais quand on apporta le service suivant — du poisson frais frit à la perfection. Elle se félicita qu'on en ait enlevé les têtes — elle détestait manger des mets qui la regardaient. Un domestique remplit les verres, et elle goûta. C'était un bon vin sec, parfait pour accompagner le poisson, et elle se demanda où il faisait assez chaud sur Ténébreuse pour cultiver la vigne. Elle faillit poser la question, mais cela lui aurait demandé un trop grand effort.

Tout le monde se tut pendant quelques minutes, chacun se concentrant sur l'extraction des petites arêtes et la dégustation du délicieux poisson.

Mikhail remua avec gêne à côté d'elle, et elle leva la tête de son assiette pour le regarder. Il lui rendit son regard, les yeux étrécis et presque hostiles. Il ouvrit la bouche, la ferma, la rouvrit, hésitant manifestement à faire une remarque désagréable.

— Ainsi, tu es revenue pour jeter dehors mes vieux parents ? dit-il enfin.

Stupéfaite, elle faillit lâcher sa cuillère.

— Quoi ? Et pourquoi ferais-je une chose pareille ?

Elle sentait en lui des émotions conflictuelles qui le bouleversaient, sans qu'elle pût en déterminer la cause. Elle détestait les disputes et, généralement, battait en retraite au moindre signe avant-coureur de querelle, sauf lorsqu'il s'agissait de la bureaucratie terrienne. Comme la plupart des gens de la Fédération, elle considérait un devoir de contrecarrer les bureaucrates chaque fois qu'elle le pouvait.

Cependant, elle ne ressentit, pour une fois, aucun désir d'éviter la confrontation. En fait, elle avait presque envie de se disputer avec cet étranger. Toutes ses colères réprimées avaient besoin d'une cible contre laquelle se déchaîner. Et, sans qu'elle pût en déterminer la raison, elle sentait qu'une dispute avec lui ne serait pas dangereuse. Elle avait la curieuse impression qu'il n'était pas tout à fait un étranger, mais quelqu'un qu'elle connaissait. Elle ressentait de la sympathie à son égard, sans comprendre pour-

quoi. Un élan chaleureux la porta vers lui, immédiatement suivi d'un frisson glacial. *Tu resteras à l'écart de
tous — quoi qu'il arrive!*

— Armida t'appartient de droit, bien que mon père
l'administre depuis des années.

Trop distraite par la dernière intrusion dans son esprit,
Margaret ne répondit pas tout de suite. Elle se sentait glacée — glacée et menacée, sans savoir si la menace venait
de cette présence étrangère en elle, ou du jeune homme
assis près d'elle. Des deux, peut-être. Il y avait quelque
chose d'un peu intimidant dans son attitude, car il la
regardait en face, au mépris de tous les usages. Margaret
baissa les yeux, parce que ce regard lui titillait le cœur
d'une façon qu'elle trouva désagréable.

Elle les releva peu après, incapable de les garder sur
son assiette. Qui était ce garçon, et pourquoi avait-elle
l'impression de le connaître? Comment osait-il affecter
ainsi son cœur — elle était bien trop âgée pour se laisser
tourner la tête par un beau profil et de grands yeux bleus.

— Ton père? balbutia-t-elle enfin. Pardonne-moi, Seigneur Mikhail, mais je ne sais absolument pas de quoi tu
parles. Ou dois-je t'appeler Seigneur Hastur-Lanart?

Cette réponse le laissa perplexe, comme si son ignorance le prenait au dépourvu. Il se redressa, tentant de
rassembler ses idées. *Diable! Elle a les plus beaux yeux
que j'aie jamais vus! Et cette coupe de visage! Je
n'aurais jamais cru que des mâchoires carrées aillent si
bien à une femme. Elle me prend sans doute pour un parfait imbécile — et je n'ai que moi à blâmer!*

— Tu ne sais vraiment rien? Etonnant.

Il détourna le regard, prit une profonde inspiration, et
poursuivit, comme récitant une leçon:

— Je suis le plus jeune fils de Gabriel Lanart-Alton,
qui est apparenté à ton père, et de Javanne Hastur, la sœur
aînée du Seigneur Régis Hastur. J'ai deux frères plus
âgés, Gabriel et Rafael, et l'on nous appelle collective-
ment « les Anges de Lanart », parce que nous portons les
noms des archanges des *cristoforos*, dit-il, avec une
nuance d'autodérision. Nous avons aussi deux sœurs,
Liriel et Ariel.

Il se tut et la regarda, comme attendant une réponse.

— Tu as de la chance. J'ai toujours désiré avoir des frères et des sœurs. Elles sont aussi des anges ?

Elle se sentit toute bête dès qu'elle eut posé cette question, mais elle ne comprenait rien à ce qu'il avait dit.

Mikhail gloussa, et elle le sentit se détendre.

— En tout cas, ma mère trouve qu'aucun de nous est angélique.

— C'est souvent le cas pour les mères, intervint Dame Marilla, ironique.

Elle lança un regard significatif à son fils, comme mécontente qu'il ne parle pas à Margaret et laisse Mikhail lui damer le pion.

— Je n'y comprends toujours rien, dit Margaret, un peu lasse, et contrariée de l'attitude des convives. Devrais-je manifester respect, révérence, ou humilité ?

— N'importe lequel des trois ferait l'affaire, remarqua Dyan avec quelque malice.

Dame Marilla le fit taire du regard, et dit :

— Je n'avais pas réalisé que tu savais si peu de choses sur les Alton, Marguerida.

— Peu de choses ? C'est encore beaucoup dire, remarqua-t-elle, récompensée par les rires de ses compagnons.

— Avoue que tu as fait une gaffe, Mik, reprit Dyan, ignorant sa mère.

— Oui, je suppose.

— Alors, commence par le commencement, lui dit Margaret, le prenant en pitié.

Elle sentait son embarras et n'oubliait pas qu'il aimait ses yeux. Personne ne les avait admirés jusque-là, et elle découvrit qu'être admirée lui plaisait. Pourtant, c'était une sensation curieuse, et elle sentit la froide présence intérieure s'agiter en elle.

— Oh, Seigneur ! Le commencement ?

Mikhail fit une pause pour rassembler ses idées, et elle attendit qu'il continue.

— Je ne sais pas vraiment ce que je peux dire.

Elle sentait en lui des émotions conflictuelles, bien que ses pensées ne fussent pas assez claires pour faire impression sur elle.

— Tu m'accuses de vouloir jeter dehors tes vieux

parents, comme un propriétaire de mélodrame. Puis tu me récites ton arbre généalogique, comme si ça expliquait tout. Eh bien, ça ne m'explique rien — et j'attends toujours des éclaircissements.

Elle s'efforçait de se montrer calme et raisonnable, mais elle était trop faible pour maîtriser sa voix qui grimpa dans l'aigu. Rafaella la regarda, un peu alarmée, et ouvrit la bouche. Mais avant qu'elle ait eu le temps de parler, Mikhail demanda, comme si c'était une question à laquelle elle pouvait répondre :

— Qu'as-tu l'intention de faire au sujet d'Armida?

— Pourquoi ferais-je quoi que ce soit au sujet d'Armida? Et pourquoi tout le monde suppose-t-il que je vais revendiquer quelque chose qui ne m'appartient même pas? Mon père est encore bien vivant, et, à ma connaissance, c'est à lui qu'appartient Armida, non à moi.

— Il a renoncé à ses droits, mais pas aux tiens, remarqua Mikhail.

— Tu te donnes peut-être le nom d'ange, mais tes manières n'ont rien d'angélique, Seigneur Mikhail. Qu'est-ce que j'en ferais? Je ne connais rien à l'agriculture ni à l'élevage. Je suis une universitaire, et je ne veux spolier personne, comme tout le monde semble le croire.

Elle rougit de fureur à se voir si mal comprise. Ce n'était pas juste.

— Pardonne mon incrédulité, *damisela.*

Je voudrais la croire, mais comment est-ce possible? Et mon père ne me saura aucun gré d'avoir défendu ses intérêts. Je fais tout de travers! Elle ne peut pas être aussi ignorante qu'elle le prétend — c'est impossible!

— Tu peux croire tout ce qui te plaira, siffla-t-elle.

Margaret sentit sur elle les yeux de Dame Marilla, qui la regardait avec plus de suspicion que de sollicitude. Sa tête recommençait à pulser et son estomac se nouait, mais est-ce que ça venait de son étrange maladie ou de cette discussion avec Mikhail, elle ne le savait pas. Si ses jambes avaient été plus solides, elle aurait quitté la table, se réservant d'affronter plus tard les conséquences de cette attitude. Mais avant qu'aucun d'eux n'ait repris la parole, un coup violent fut frappé à la porte, et Julian se leva et quitta la salle à manger. Dame Marilla intervint vivement pour meubler le silence qui suivit.

— Crois-tu que notre vaisselle trouverait des marchés sur les mondes où les gens mangent encore dans des feuilles, Marguerida ?

Quelque chose dans le ton donnait à penser que cette histoire de feuilles lui semblait une plaisanterie ; elle avait parlé avec une nuance d'humour que Margaret ne lui soupçonnait pas jusque-là.

— Elle est très belle et de qualité, et il y a une forte demande pour ce genre d'objets sur bien des mondes, répondit-elle.

C'était un soulagement de comprendre enfin une question et de pouvoir y faire une réponse rationnelle. Ces gens étaient vraiment très bizarres. Mais c'était normal. Ils ne savaient presque rien d'elle, sauf qu'elle était la fille de Lewis Alton, et qu'elle était techniquement l'héritière d'un Domaine. Bien sûr, ils n'arrivaient pas à croire qu'elle n'en voulait pas — cela ne faisait pas partie de leur mentalité.

Margaret entendit des voix dans l'entrée — celle de Julian, et celle d'une femme. Elle s'efforça de ne pas écouter, mais sans succès. Sa nuque se mit à la picoter, et elle fut certaine qu'elle ne voulait pas voir l'arrivante.

Julian revint, accompagné d'une petite femme en cape de voyage jetée sur une longue robe écarlate qui semblait pulser sous les lumières de la salle à manger. Malgré sa petite taille, il émanait d'elle une impression de grande autorité. Ses yeux balayèrent la pièce et s'arrêtèrent sur Margaret, qui baissa la tête.

— La *leronis* Istvana Ridenow, annonça le *coridom*.

13

Margaret jeta un coup d'œil sur la petite femme, et le peu d'appétit qui lui restait disparut. Il y avait quelque chose d'inquiétant dans le regard fixe de ses yeux gris, quelque chose de sévère dans le port de ses étroites épaules. Seule la bouche trop grande pour le visage ovale lui donnait un peu d'humanité, car elle était entourée de rides suggérant qu'elle avait su rire autrefois.

Puis, se répétant mentalement le nom de la femme — Istvana Ridenow —, elle commença à distinguer une légère ressemblance avec Dio, sa belle-mère.

En un éclair, Margaret eut l'impression de voir le visage de Dio, creusé par l'angoisse et la fatigue. Il faisait vieux, incroyablement vieux. Elle frissonna et se cramponna à la table d'une main glacée.

Dame Marilla se leva, laissant tomber sa serviette. Un sourire adoucit ses traits plutôt madrés, et elle traversa la salle pour accueillir l'arrivante.

— Isty ! Je ne t'attendais pas avant le matin ! Julian — prends sa cape et fais apporter un couvert. Tu dois être épuisée.

— Arrête de t'agiter, Mari. Tu sais bien que je ne suis jamais fatiguée, dit-elle d'une voix grave de contralto, forte et autoritaire, qui avait l'habitude d'être obéie. Seigneur Ardais, Seigneur Hastur, poursuivit-elle, saluant laconiquement les hommes sans quitter des yeux Margaret.

— Ah, Isty, tu es toujours la même, dit Marilla Aillard, pas le moins du monde intimidée et branlant du chef comme à un souvenir agréable. Tu n'es peut-être pas fatiguée après ce voyage, mais tu le devrais. Monter à cheval est plus épuisant que travailler dans les relais.

Elles s'embrassèrent.

— Je suis venue aussi vite que j'ai pu, car ton message m'a semblé urgent.

Maintenant, Marilla paraissait un peu anxieuse.

— Il l'*était*, Isty. *Dommage qu'elle arrive maintenant et non demain matin comme je l'avais prévu.*

— Et l'urgence est passée ? dit-elle d'une voix tendue, donnant à penser qu'elle était très lasse, en dépit de ses dénégations.

— Tu jugeras par toi-même, temporisa Marilla, l'air inquiet et beaucoup moins imposante que d'ordinaire. Mais je vais te présenter mes invitées, Istvana.

Elle la conduisit vers la table où un serviteur dressait un autre couvert.

— Mari, ne viens pas me dire que tu es toujours

l'écervelée que j'ai connue à Neskaya il y a dix-huit ans, dit doucement la *leronis* avec une affection évidente.

Dyan et Mikhail, refoulant un fou rire, s'empourprèrent. Margaret les comprenait. Ecervelée n'était pas le mot qu'elle aurait choisi pour qualifier son hôtesse.

— Istvana, je te présente *Domna* Marguerida Alton et sa compagne, Rafaella n'ha Liriel, reprit Marilla, ignorant la pique et la réaction des jeunes gens.

Les yeux gris se posèrent sur les deux femmes, et Margaret sentit qu'elle avait été sondée et jugée sans qu'un mot fût échangé. Puis elle se demanda si l'arrivante savait qui était qui. Elle et Rafaella avaient le même âge, la même taille et la même couleur de cheveux — elles se ressemblaient assez, en fait, pour qu'on puisse les confondre. Non, la chevelure plus courte de la Renonçante devait renseigner Istvana. Puis les paroles de la *leronis* bannirent tous les doutes qu'elle conservait encore.

— Je suis honorée de te connaître, Dame Alton, dit-elle, regardant Margaret droit dans les yeux. Cette rencontre est... inattendue. Tu as été malade?

— Tout l'honneur est pour moi, répondit Margaret avec raideur. Apparemment, les vaccins terriens ne sont pas aussi efficaces qu'on le dit, et j'ai dû réagir à une bactérie locale. Ou alors, j'ai eu une mauvaise réaction à l'altitude, dit-elle, sans croire ses propres paroles.

Elle était affaiblie et nauséeuse, mais bien résolue à ne pas le montrer. Elle avait de douloureux élancements dans la tête, et un mauvais goût dans la bouche, comme si elle avait mangé de la ferraille et non pas une bonne soupe et un excellent poisson.

Elle vit Marilla et Istvana échanger un regard éloquent qui lui donna la chair de poule, et elle baissa les yeux sur son assiette. Sa gorge se serra devant les restes refroidis de son poisson. L'idée d'avaler une bouchée de plus lui donna un haut-le-cœur.

En revanche, Istvana avait apparemment décidé que manger était une bonne idée, car elle s'assit devant le couvert dressé à son intention. Margaret s'efforça de ne pas la regarder, mais ses yeux étaient irrésistiblement attirés vers elle. On lui enleva son assiette à poisson et on la remplaça par une autre, avec viande, légumes et céréales. Elle la regarda avec horreur et se mordit les lèvres.

La *leronis* mangeait avec distinction mais régularité, consommant des quantités que Margaret trouva étonnantes. Où mettait-elle tout cela ? Le repas continua à s'éterniser, ponctué d'interminables silences interrompus de rares reprises de la conversation, qui retombait après chaque tentative. Tous les convives semblaient gênés, l'atmosphère bon enfant du début s'étant envolée, bannie par la présence de la nouvelle venue. Tous faisaient comme si l'arrivée de la *leronis* n'avait rien d'extraordinaire, mais Rafaella lui en avait dit assez pendant leur voyage pour qu'elle sache qu'une Gardienne quittait rarement sa Tour — quoi que fussent ces Tours par ailleurs. Margaret savait que sa venue avait quelque chose à voir avec elle, et qu'Istvana et Marilla étaient en train de s'entretenir mentalement. Cela lui donnait la chair de poule, mais elle ne pouvait rien faire pour l'empêcher. Elle s'était rarement sentie aussi impuissante de sa vie.

Encouragé par un regard de sa mère, le Seigneur Dyan tenta bravement de ranimer la conversation, posant à Rafaella des questions sur les chevaux, auxquelles elle répondit. Puis Mikhail se joignit à eux, et ils discutèrent tous les trois des pedigrees les plus célèbres. Margaret n'y comprenait rien, mais fut reconnaissante qu'on ne lui demande pas d'y participer, car elle avait du mal à respirer et en aurait eu encore plus à parler. Elle révisa son jugement sur Dyan qui ne lui parut plus aussi futile, puis elle sentit Mikhail remuer à son côté. Elle le regarda et leurs yeux se rencontrèrent inopinément. Son expression était indéchiffrable, et elle baissa les paupières, regardant la nourriture répugnante de son assiette avec un dégoût croissant. Mikhail semblait avoir pitié d'elle, et c'était insupportable. Comment osait-il ? S'il la regardait encore comme ça, elle allait le gifler !

Margaret sentit sa température remonter, et avala avidement de l'eau. La vue du vin lui donnait la nausée. Elle soupirait après son lit et le silence. Les bruits de vaisselle lui déchiraient le cerveau comme des éclats de verre. Si seulement elle n'avait pas insisté pour se lever !

Brusquement, Istvana Ridenow posa sa serviette près

de son assiette et se leva. Tous repoussèrent leurs chaises aussitôt. Margaret les imita plus lentement et s'aperçut que Mikhail l'observait, l'air inquiet, ce qui la réconforta et l'irrita à la fois. Une fois debout, elle fut prise de vertige et chancela. Rafaella contourna la table à une rapidité surprenante, foudroyant tous les assistants d'un air accusateur, et Margaret se sentit réchauffée et protégée par son guide.

— Tu peux utiliser mon petit salon, Istvana, annonça Marilla. Il n'a guère changé depuis ta dernière visite.

Margaret regarda alternativement Istvana et Marilla, qui arboraient des visages neutres. Margaret était certaine qu'elles s'étaient parlé, tout en cherchant à se persuader du contraire. Elle n'avait reçu aucune bribe de leurs pensées, ce dont elle se félicitait. Elle pouvait s'estimer heureuse de ne pas avoir surpris leur conversation, non ? Maintenant, elle allait se réfugier dans sa chambre et regagner son lit. Et dès qu'elle se sentirait assez bien, elle retournerait à Thendara et... Elle avait trop mal à la tête pour penser plus loin. Mais cet espoir ne dura pas.

— *Domna*, si tu veux bien me suivre, dit Istvana, nous allons tenter de découvrir la cause de ta maladie.

— Je t'ai dit que c'était simplement...

— Il faut me faire confiance, *chiya*. Je sais ce qu'il te faut, dit la *leronis* d'un ton sans réplique, et Margaret ne se sentit pas assez forte pour discuter. *Pourquoi ont-ils tous l'air de penser qu'ils savent mieux que moi ce qu'il me faut ? Ils ne me connaissent même pas ! Et, pire, je ne me connais plus moi-même. Je voudrais n'être jamais venue ici. Pourquoi faut-il que je sois tombée malade ? Et pour qui se prend-elle à commander tout le monde, moi comprise ? Je crois qu'ils ont tous un peu peur d'elle — moi oui, en tout cas. Mais pourquoi ?*

Rafaella l'aida à sortir de la salle à manger et à enfiler le couloir. Elles suivirent Istvana dans un petit salon où brûlait un bon feu. Il y avait un canapé, plusieurs fauteuils, et un tambour à broder sur lequel était tendu un ouvrage en cours. La pièce, décorée dans des tons crème et bleu pâle, était confortable et reposante. Margaret aurait aimé y séjourner si elle n'avait pas été si épuisée.

— Laisse-nous, dit Istvana à Rafaella. Je te promets qu'elle sera en sécurité avec moi, ajouta-t-elle avec bonté.

— Ne la fatigue pas, *vai Domna*. C'est la première fois qu'elle se lève depuis des jours.

La Renonçante sortit à regret, et Margaret se laissa tomber dans un fauteuil, épuisée par cette courte marche.

Istvana s'assit en face d'elle, et arrangea les plis de sa robe. Le silence s'installa entre elles, interrompu par une servante qui apporta un plateau chargé d'une théière, de deux tasses, et d'un flacon de quelque chose qui devait être une liqueur. Elle était d'un bleu saisissant, ou alors c'était le verre, et Margaret lorgna le flacon avec méfiance. Elle ne voulait absolument pas boire d'alcool.

— J'avoue que je ne m'attendais pas à trouver ici la fille de Lew Alton, commença Istvana, remplissant une tasse qu'elle lui présenta.

Tourmentée d'une soif dévorante, elle la prit.

— Ni toi, ni personne, dit-elle assez sèchement. Depuis que j'ai débarqué, les gens n'arrêtent pas de me faire des courbettes, de me donner des robes de bal et... je ne sais quoi d'autre. C'est très perturbant, et je n'aime pas ça.

— C'est bien compréhensible, répondit la *leronis* avec une douceur surprenante. Je ne connais personne à qui ça plaise d'être perturbé. Il se peut que je puisse répondre à certaines de tes questions.

— Tu serais bien la première, répondit Margaret avec amertume. Tout le monde refuse de répondre franchement à mes questions — ils parlent tous en termes vagues, et me disent qu'il vaut mieux ne pas discuter de « ces choses-là ». Ils ont l'air de supposer que je sais tout, ou bien ils me disent qu'ils sont de ma famille. Honnêtement, ça me donne envie de hurler, sauf que ma gorge ne me le permet pas. Est-ce que je suis vraiment apparentée à *tout le monde* sur Ténébreuse ?

Istvana éclata de rire.

— Essentiellement, oui. A tout le moins, tu es apparentée par le sang ou par les mariages à toutes les familles des Domaines, ce qui, dans ton cas, est la seule chose qui compte.

— Pas pour moi, contra Margaret. Si tu veux la vérité, je préfère Rafaella à tous ces « nouveaux parents ».

— Je vois. Alors, je ne devrais peut-être pas te dire que Diotima Ridenow est ma nièce? dit-elle, une petite lueur dans l'œil, et Margaret se détendit un peu.

— Ce n'est pas nécessaire — tu lui ressembles beaucoup. Et vous avez le même nom de famille. Cela fait de toi ma tante par alliance?

— Oui, en effet. J'espère que ça ne te contrarie pas trop, la taquina gentiment Istvana.

— Ça serait bien futile. Et d'ailleurs, ça n'a pas d'importance, parce que je rentrerai à Thendara dès que je tiendrai sur un cheval, et de là, à l'Université où est ma place.

— Marguerida, as-tu entendu parler des Dons des Domaines?

— Je connais leur existence — mais c'est à peu près tout. Le Seigneur Régis Hastur et mon oncle Rafe Scott ont fait référence au Don des Alton, et Oncle Rafe a précisé que c'était le don des « rapports forcés ». Mais ni l'un ni l'autre n'a pris la peine de m'expliquer en quoi ça consistait. *Mais je ne les y ai guère encouragés. J'avais peur d'entendre ce qu'ils pourraient me dire, et cette personne... qui est en moi... je ne dois pas y penser! Je dois rester à l'écart! Oui, c'est ce que je dois faire!*

Margaret sentit qu'elle ne devait pas permettre à la conversation de devenir trop sérieuse, et maintenant qu'elle avait l'occasion d'entendre les réponses à certaines de ses nombreuses questions, elle s'aperçut qu'elle n'en avait pas envie. Elle sentait qu'elle courait un danger, que ces connaissances la changeraient d'une manière irréversible.

— Les Dons sont des capacités mentales innées qui, au cours des siècles, ont été développées et renforcées. Le Don des Ridenow est l'empathie, c'est pourquoi j'ai une petite idée de ce que tu ressens en ce moment. Je ne peux pas m'en empêcher, alors, je te prie de ne pas prendre cela pour une indiscrétion. L'un des problèmes d'une société télépathique est celui de l'intimité, et nous faisons de notre mieux pour ne pas fourrer notre nez là où il n'a que faire.

Une société télépathique ? Comment cette femme pouvait-elle parler de ça comme d'une chose simple et courante ? L'empathie ? Oui, Dee en avait beaucoup, mais Margaret n'était pas certaine qu'elle aurait appelé ça un don. Elle réalisait maintenant que Dee avait essayé de l'aider, de l'atteindre. Mais elle était trop révoltée à l'époque ! Et froide. Elle se demanda ce que devait ressentir une empathe au voisinage d'une adolescente en révolte, et décida que c'était sans doute épouvantable. Elle eut envie de pleurer sur son passé, mais elle se retint.

Istvana attendit patiemment que Margaret se décide à parler, et, si elle entendit une partie des pensées qui se bousculaient dans sa tête, elle ne le montra pas.

— Je pense l'avoir compris, sans vouloir y croire. Depuis mon arrivée, j'entends les pensées des gens, par bribes et morceaux. Au début, j'ai cru que je devenais folle. Et je ne peux rien y faire.

— Cela s'est-il déjà produit avant ton arrivée ici ?

— De temps en temps, mais beaucoup moins souvent que maintenant. Je me disais que c'était mon imagination.

— Et Lew ne t'a jamais parlé des Dons ?

Margaret vida sa tasse.

— C'est une autre affaire, ça aussi ! Tout le monde suppose que mon père m'a dit des tas de choses... eh bien, il ne m'a jamais rien dit. Nous nous parlions à peine, et quand cela arrivait, nous n'avions pas des conversations intimes, mentales ou autres. Quand il était à la maison, nous tâchions de nous éviter dans la mesure du possible.

— Tu as dû te sentir très seule.

Margaret se hérissa. Elle ne supportait pas la pitié ! Puis elle inspira avec effort, s'exhortant à se calmer. Cette femme s'efforçait de l'aider, non ?

— Pas vraiment. J'ai appris à ne pas me sentir seule presque avant de savoir marcher. A l'orphelinat. Et, pour ne rien te cacher, je ne peux pas dire que je le regrette. Toutes ces choses survenues avant ma naissance — celles dont personne ne veut parler — m'ont rendue méfiante. *Je reste dans mon coin et c'est très bien comme ça.*

— Oui, je le sens. Mais ce n'est pas parce que tu te méfies des gens que tu aimes la solitude. Ainsi, tu sais quand même que le Don des Alton est celui des rapports forcés. Mais sais-tu ce que cela signifie ?

— Est-ce la capacité d'établir un contact mental avec les gens, qu'ils le veuillent ou non ? Alors, ce n'est pas un Don ! C'est plutôt une malédiction, et je suis bien contente de ne pas l'avoir.

— Incontrôlé, oui, ce serait une malédiction. Au cours des âges, nous avons appris que *tous* ces talents doivent recevoir une formation. Ton père a fait preuve d'une négligence coupable en ne t'enseignant pas à utiliser...

— Je n'ai pas ce Don ! hurla Margaret à la *leronis* qui recula comme si elle l'avait frappée. Je ne veux pas l'avoir. Je ne veux pas savoir ce que les gens pensent ou ressentent. Je veux juste quitter cette maudite planète et aller quelque part où je n'ai aucun parent qui veut...

— *Chiya*, le Don est déjà éveillé. Tu ne peux plus revenir en arrière. Ou bien tu apprends à utiliser ton Don, ou bien tu deviens folle en effet. Il faut te tester, pour déterminer la force de ton *laran*, mais tu ne peux pas l'ignorer. Il est trop tard.

— Tu ne peux pas le savoir ! s'écria-t-elle, désespérée.

— Mais si. Et je le *sais*. Je sens en toi le Don des Alton, malgré la faiblesse provoquée par une maladie du seuil d'une violence que je n'ai jamais vue. Généralement, elle survient pendant l'adolescence. Te souviens-tu avoir éprouvé quelque chose de semblable à cette époque ?

— Non. J'étais une adolescente parfaitement normale, et je n'ai jamais... Quand j'étais petite, il y a eu quelque chose. Je n'arrive pas à m'en souvenir. *Elle m'a ordonné de ne pas me souvenir.*

Qui t'a ordonné cela, Marguerida ?

Cet échange mental dura le temps d'un éclair, et Margaret ressentit un violent élancement dans le front. Elle battit des paupières, haletante comme si elle avait couru. Et elle transpirait. Elle avait peur, non de la petite femme assise en face d'elle, mais d'autre chose.

Istvana Ridenow tira de son corsage un sachet suspendu à un cordon. Margaret le vit et eut un mouvement de recul. Elle vit une main d'enfant, tendue vers un sachet semblable, et entendit une voix lui disant de ne pas le toucher. Elle savait qu'il y avait dedans quelque chose de plus dangereux que du poison.

La *leronis* l'ouvrit et en sortit une pierre brillante, bleue et taillée à facettes où se reflétaient les flammes du feu. Istvana la posa sur sa main qui prit une coloration orange. Margaret baissa la tête et serra les poings, s'enfonçant les ongles dans les paumes jusqu'au sang.

— N'aie pas peur, *chiya*. Lève les yeux et regarde le cristal. N'essaye pas de le toucher — regarde-le, c'est tout.

La voix d'Istvana était grave et contraignante, mais Margaret refusa de bouger. Elle contemplait ses mains, regardant un mince filet de sang suinter sous ses ongles, la tête en feu comme si tous les tambours de l'enfer battaient sous son crâne.

Les minutes passèrent. Margaret entendait le feu crépiter, la pluie tambouriner doucement contre la fenêtre, les feuilles bruisser dehors. Elle sentait l'odeur du feu, les vieilles pierres du Château Ardais, et le léger parfum de la femme assise en face d'elle, et qui attendait avec une infinie patience qu'elle regarde dans le cristal.

Elle s'efforça de ne pas penser à cette pierre, en se concentrant sur les notes d'une partition très complexe, mais, malgré ses efforts, elle réalisa que son esprit entrait dans une pièce glacée, meublée d'un trône de pierre entre des murs de verre bleu. La silhouette redoutable attendait sur le trône, et tendit vers elle des mains presque visibles. Des mains minuscules mais terrifiantes. *Tu te tiendras à l'écart de tous !*

Margaret sentit la vibration de la voix dans ses os plus qu'elle ne l'entendit. Comme un carillon de quartz et de métal à la fois — son si puissant qu'elle eut envie de s'enfuir en gémissant. Mais elle ne pouvait pas — tout était dans sa tête ! Si elle pouvait seulement cesser de voir cette pièce ! Si elle pouvait seulement échapper à cette voix qui résonnait dans sa chair ! Mais il était trop tard !

Range cette babiole avant que je ne la détruise, et toi avec ! Margaret prononça tout haut ces paroles, pourtant, ce n'était pas sa voix, mais celle d'une étrangère.

Elle sentit quelque chose changer, une subtile altération dans le salon. Le feu, la pluie et les arbres étaient les mêmes, mais elle était maintenant entourée d'un réseau d'énergie, comme si une tour de pierre s'était élevée autour de la *leronis*. Margaret sentit qu'elle était prise entre deux forces d'égale puissance, qui luttaient pour la possession de son corps affaibli.

— Arrête ! Je ne veux pas être un os que deux chiens se disputent.

Maintenant, c'était sa voix, mais grêle comme celle d'une enfant. Malgré tout, elle avait une force surprenante, et l'étau enserrant sa poitrine se desserra un peu. Elle déglutit avec effort et prit plusieurs inspirations tremblantes. L'air lui brûla les poumons.

— Tu ferais bien de ranger ce bijou, parce que si je le regarde, il va exploser.

Ce n'était plus la voix enfantine, mais celle qu'elle prenait pour faire ses cours à l'Université. Celle à laquelle elle était habituée et qu'elle connaissait le mieux. Ce n'était plus une voix étrangère ou enfantine, mais sa voix normale, et elle en fut soulagée.

Puis elle entendit un froufrou d'étoffe en face d'elle.

— J'ai rangé ma matrice, Marguerida. Maintenant, regarde-moi, je te prie. Dis-moi, si tu le peux, ce que tu as vu et ressenti, et qui parlait par ta bouche.

— Je ne sais pas, dit-elle, prenant sa tasse d'une main tremblante.

Elle était vide ; elle la regarda bêtement, puis se resservit et but avidement.

— Ou plutôt, je sais, mais je suis incapable de le dire.

Elle sentit quelque chose se dénouer en elle, une sorte de tension intérieure qu'elle avait toujours connue sans y prêter attention.

— Tu as toujours su ?

— D'une certaine façon. C'était plutôt flou, comme un rêve, mais pendant ma maladie, c'est devenu bien plus net, dit-elle, fronçant les sourcils. Je crois que Dio le savait, ou que quelque chose en moi la troublait quand j'étais petite. Elle en avait discuté avec mon père, et je me rappelle qu'il avait répondu en parlant de « canaux », mais je ne sais pas ce que c'est. Et pendant mes accès de fièvre, je l'ai entendu beaucoup parler — en imagination, je crois. Je ne me rappelle pas bien maintenant, mais quelque chose m'est arrivé il y a vingt ans, après notre départ de Ténébreuse.

Une partie de Margaret ne voulait pas parler, mais une autre partie d'elle-même aspirait à découvrir les secrets enfouis dans son esprit, quel que fût le prix à payer. Elle réalisa qu'elle ne souciait pas des Dons ni du Domaine, mais qu'elle désirait ardemment résoudre cette énigme. En cet instant, c'était la chose la plus importante au monde.

— Ton père savait que tes canaux avaient été manipulés, et il n'a rien fait ?

Maintenant, Istvana était furieuse, en proie à une indignation qui réchauffa le cœur de Margaret et lui donna l'impression d'être protégée pour le moment.

— Il pensait que ça passerait tout seul.

— Alors, il est encore plus insensé que je le pensais. Ces choses ne « passent pas toutes seules ». Il faut les soigner, les guérir. Je crois, reprit-elle après un court silence, que le mieux serait de te ramener avec moi à Neskaya.

Margaret vit mentalement une haute tour de pierre luisant dans la nuit. Des gens circulaient à l'intérieur, et elle voyait de gros cristaux montés en série, et dont toutes les facettes étincelaient. Elle fut prise de violents frissons. C'était une autre pièce de verre, un autre piège de cristal. Sa main trembla, renversant du thé sur les écorchures de ses paumes, et elle poussa un cri de douleur.

Non ! Ne me force pas à rentrer dans le miroir ! Je ne veux pas y mourir !

Istvana Ridenow recula, comme frappée au visage. Elle se frictionna le front et fit rouler ses frêles épaules, comme pour se débarrasser d'un fardeau.

— Peux-tu me parler du *miroir*, Marguerida ? demanda enfin la *leronis*.

— Le miroir ? dit-elle, regardant autour d'elle.

Puis elle posa sa tasse et essuya sur sa jupe ses mains pleines de thé et de sang

— Il n'y a pas de miroir ici, non ?

— Non, pas ici. Mais dans ton esprit, il y a un lieu plein de verre ou de glaces, et il te terrifie, n'est-ce pas ?

— Oui.

— Et ma matrice t'y fait penser ?

— Je suppose, dit-elle avec lassitude.

Pourquoi ne la laissait-on pas tranquille ?

Parce que tu es une menace pour toi et pour les autres jusqu'à ce que cette question soit résolue. Le ton était ferme, mais compatissant.

— Dis-moi ce que tu te rappelles, et arrête-toi quand tu te sentiras menacée.

— Je me sens menacée en permanence. Mais il y a des mots, des mots spécifiques, et ça, c'est le pire. Et je n'arrive pas à m'en souvenir, je ne peux que les contourner, comme des barrières. Aujourd'hui, Rafaella a dit quelque chose sur une certaine rébellion, et ça a tout redéclenché. Un instant, j'ai failli me souvenir, et alors... *elle* m'a forcée à m'arrêter. Pas Rafaella, mais quelqu'un dans ma tête. *Il fait si froid dans le miroir !*

— Tu as un esprit très puissant, Marguerida, ce dont nous pouvons nous réjouir. Si tu étais moins forte, il y a longtemps que tu serais devenue folle. Mais maintenant, c'est cette force même qui te nuit, et nous devons trouver le moyen de te guérir. Qu'a dit Rafaella, exactement ?

— Je ne me rappelle pas, mais c'était quelque chose sur les Ardais — Dyan est venu me voir dans ma chambre quand j'étais encore au lit, et Rafaella était furieuse. Je crois que sa mère veut qu'il m'épouse ou quelque chose comme ça. Et quand il est parti, elle a dit que tous les *comyn* se méfiaient des Ardais depuis cette fameuse Rébellion, mais qu'il valait mieux ne pas en parler.

— Très bien ! dit Istvana, l'air enchanté. Je soupçonnais qu'elle parlait de la Rébellion de Sharra, mais maintenant, j'en suis certaine. J'étais jeune à l'époque, mais j'entendais bien des choses. Ce fut une époque terrible pour Ténébreuse. Mais je ne savais pas que tu y étais mêlée — tu ne devais pas avoir plus de quatre ans en ce temps-là.

— J'avais cinq ans, presque six, je crois, quand nous avons quitté Ténébreuse. Ça dépend du calendrier utilisé.

Quelque chose remonta des profondeurs de son esprit, quelque chose de si terrible qu'elle ne voulait pas en prendre connaissance. Elle tenta de résister, mais elle n'en eut pas la force. *Sharra a tué ma mère et l'homme aux cheveux argentés. Pourquoi ne m'a-t-elle jamais aimée ? Pourquoi m'a-t-elle envoyée à l'orphelinat ?*

— Oui, ta mère est morte à la fin de la Rébellion de Sharra, *chiya*, dit Istvana avec une infinie tristesse.

Puis elle se ressaisit et redressa les épaules.

— Quand j'ai prononcé le mot « Sharra », ton corps a réagi, exactement comme il réagit en ce moment. Et quand tu y as pensé il y a quelques instants, tous les muscles de ta gorge se sont crispés, et j'ai senti qu'on étranglait ta voix. Et laisse-moi te dire que la sensation d'étranglement n'est pas agréable pour une empathe !

Istvana s'essuya le front de sa manche, et Margaret réalisa qu'elles transpiraient toutes les deux, bien qu'il ne fît pas trop chaud dans la pièce. C'était un geste normal, simple et humain. *Je suppose que les télépathes ne sont pas des surhommes s'ils transpirent devant le danger.* C'était une pensée réconfortante, et pour le moment, elle avait besoin de tout le réconfort qu'elle pouvait trouver.

Puis elle s'aperçut qu'elle avait presque hurlé cette pensée, et elle frissonna d'embarras. Maintenant, elle sentait la différence entre l'incessant bavardage de l'esprit se parlant à lui-même, et ces autres pensées qui se communiquaient mystérieusement aux autres. Comment supportaient-ils cela ?

— Désolée. Je ne voulais pas penser si fort.

— Avec le Don des Alton, dit Istvana en riant, tu ne peux guère faire autrement. Et en fait, pour une télépathe non entraînée, tu te débrouilles assez bien pour limiter tes émissions. Tu es sûre que ton père ne t'a rien enseigné ?

— Oh, quand j'étais petite et que je violais leur intimité, je suppose qu'ils m'ont dit de ne pas le faire. Oui, Dee se plaignait que je... enfin, tu sais, quand ils faisaient l'amour...

Elle rougit, gênée. Il y avait quelque chose de subtilement virginal chez Istvana, et Margaret fut sûre d'avoir violé un tabou inexprimé.

— L'énergie de la passion, *chiya*, est le miel du télépathe. Surtout quand les amants s'aiment sincèrement. Mais voyons si j'ai bien compris — tu avais cinq ans quand tu as quitté Ténébreuse, mais tu pouvais déjà

« entendre » les pensées de ton entourage. Et plus tard, tu as perdu cette faculté ?

— C'est à peu près ça. Le Sénateur pensait que c'était peut-être dû aux drogues qu'on prend contre le mal de l'espace. Il y est allergique, et moi aussi.

— C'est une explication facile, dit Istvana, ironique. C'est bien d'un homme de penser à une cause simple sans examiner tous les faits.

— Le souvenir le faisait souffrir, je crois, *vai Domna*.

— Certainement, et ça le fait souffrir encore, mais ce n'est pas une raison pour se mettre la tête dans un sac ! Ton père est un grand homme, et il a bien servi Ténébreuse au Sénat Impérial, mais cela ne change rien au fait qu'il n'a jamais réfléchi avant d'agir dans sa vie personnelle. Je le boxerais avec plaisir si je pouvais l'atteindre.

— Hum. Dio a dit bien des fois la même chose. Il est à rendre fou. J'ai toujours pensé que ça venait de moi, qu'il était devenu comme ça à cause de quelque chose que j'avais fait.

— Lewis Alton était un homme perturbé bien avant ta naissance, Marguerida. Je ne l'ai pas connu, mais je sais ce qu'il a fait. La famille n'était pas très contente quand Dio a décidé de l'épouser, mais elle a toujours suivi son cœur. A-t-elle été heureuse, au moins ?

Margaret s'aperçut qu'elle avait les larmes aux yeux.

— Je ne sais pas. Je sais qu'elle a essayé d'être heureuse, mais je ne sais pas si on peut être heureux avec mon père. Je désirais qu'ils le soient. Nous avions des voisins sur Thétis, que j'allais voir quand mes parents étaient hors planète. Ils étaient très gentils avec moi, et ils semblaient tellement... sereins, je suppose. Je souhaitais souvent que le Sénateur et Dee soient comme eux.

— Tu ne l'appelles jamais Papa, n'est-ce pas ?

— Rarement. Il faut se connaître pour ça. Je ne connais pas mon père et je ne l'ai jamais connu.

— Je crois que tu le connais mieux que tu ne l'imagines, peut-être mieux que personne, mais ce que tu connais ne te plaît pas.

— C'est possible, dit Margaret, terrassée par une fatigue soudaine.

Mais il y avait autre chose que de la lassitude dans ce qu'elle éprouva, une sorte de confort et de bien-être. Elle réfléchit un moment, et s'aperçut qu'Istvana minait doucement ses défenses, que sa gentillesse, sa compréhension et sa ressemblance avec Dio étaient très réconfortantes et apaisantes. Elle commençait à avoir confiance en la *leronis*, et c'était terrifiant.

J'ai fait confiance à Ivor, et il est mort!

— Je sais ce que tu ressens, dit Istvana.

— Quoi?

— Faire confiance à quelqu'un, et puis le voir mourir. Mon père, Kester Ridenow, est mort depuis près de vingt ans, et parfois, il m'arrive encore d'être furieuse qu'il m'ait abandonnée. Et ce n'était même pas sa faute — il a été assassiné. Mais je pense toujours, quand je n'ai pas le moral, qu'il aurait pu l'éviter.

Margaret éclata de rire, mais se ressaisit aussitôt.

— Ai-je été déraisonnable? Je sais que tu as fait un long voyage pour me secourir, et j'ai l'impression de ne pas être très coopérative. Il m'est arrivé tant de choses depuis que j'ai débarqué ici que je me sens perdue, et quand je me sens perdue, je deviens très entêtée. Comme quand je vais en pique-nique et qu'il se met à pleuvoir — je m'assieds sur un rocher et je refuse de bouger jusqu'à ce que le soleil revienne. Peu m'importe que je sois trempée jusqu'aux os et que je risque la pneumonie — je ne bouge pas tant que les choses ne sont pas comme je les désire.

Istvana hocha la tête en souriant.

— Tu n'es pas déraisonnable, mais tu as de très fortes défenses. Tu as géré tes talents aussi bien que tu pouvais en te montrant têtue et volontaire. C'est une qualité, mais qui peut devenir un défaut. Une forteresse n'est utile que si tu peux en sortir quand tu veux. Et tes barrières ne sont pas de ta fabrication, mais viennent de ce lieu plein de miroirs que tu refuses de te rappeler.

— Alors, que faire? Tu proposais de m'emmener dans cette Tour, mais ce serait une erreur, je crois.

— Maintenant que je connais mieux ton histoire, je suis aussi de cet avis. Ce serait très néfaste, et dangereux.

— Dangereux?

— Pas pour toi, pour les autres. Tu es une bombe à retardement. Je ne peux pas te laisser circuler sur Ténébreuse en somnambule, en télépathe non entraînée, car ce serait irresponsable. Quitter Ténébreuse ne résoudrait pas le problème non plus. Mais si tu penses pouvoir me faire confiance, nous pourrons peut-être faire quelque chose pour te libérer de cette pièce que tu crains.

— Pas de cristal ! s'écria-t-elle, sentant encore la présence de la matrice cachée dans le corsage d'Istvana.

— Non, pas de cristal. Ce qui t'est arrivé, quoi que ce soit par ailleurs, t'a rendue très sensible au verre, aux miroirs et aux matrices. Je crois que tu as été enfermée à l'intérieur d'une matrice, mais je ne sais pas comment. Les matrices-pièges ne sont pas inconnues dans notre histoire, mais voilà des décennies qu'on ne les utilise plus, dit Istvana, grimaçant comme à une mauvaise odeur. J'avoue que j'avance au juger dans cette affaire. Je n'ai jamais vu personne réagir comme toi devant une matrice.

— Explique-moi ce que c'est.

— Au cours des siècles, nous avons découvert que nous pouvions utiliser certains cristaux pour concentrer nos esprits, augmenter nos talents innés, et accroître la portée de nos Dons. Une matrice n'est pas absolument nécessaire, mais extrêmement utile. La matrice est un outil, accordé sur un individu précis.

Margaret n'était pas sûre de comprendre cette explication, mais elle l'accepta pour le moment. En fait, il lui était plus facile de croire en ces cristaux que d'accepter la télépathie. Sauf que, même si la télépathie l'effrayait, elle ne lui donnait pas la chair de poule comme la matrice d'Istvana.

— Alors, qu'est-ce que je peux faire — si je ne peux pas aller dans une Tour sans causer des problèmes, et si tu ne peux pas utiliser ta matrice sans... sans que cette chose qui est en moi ne pointe sa tête. Attendre qu'une prochaine crise de la maladie du seuil m'achève ? Car je ne te cache pas que j'ai failli mourir deux fois la semaine dernière, sans compter celles où je l'ai souhaité !

Istvana eut une moue dubitative, réfléchissant à quelque chose qui, à l'évidence, ne lui plaisait pas. Elle regarda le joli flacon bleu, toujours sur le plateau.

— Nous disposons d'autres ressources. Au cours des âges, nous avons développé certaines substances qui aident à affaiblir les barrières mentales. Elles ne sont pas sans risque, mais je ne vois pas d'autre moyen de découvrir ce qui bloque ton Don. Accepterais-tu de tenter l'expérience ?

— Les drogues, tu veux dire ? demanda Margaret, fronçant les sourcils. J'en ai essayé une pendant ma première année à l'Université, et ça ne m'a pas plu. Elle a provoqué des visions qui m'ont laissée... vulnérable. Je n'y avais plus repensé depuis une éternité, mais je crois maintenant qu'elle a fait resurgir des souvenirs que j'étais censée oublier. Je n'ai jamais recommencé.

— Tu es très raisonnable.

Malgré son désir d'être approuvée par Istvana, elle ne put que la contredire.

— Moi, raisonnable ? Juste entêtée, et plutôt stupide.

— Nous ne sommes jamais à la hauteur de l'idéal impossible que nous nous assignons, n'est-ce pas ? Maintenant, voilà ce que je te propose : tu vas passer une bonne nuit et, demain matin, nous essaierons un peu de *kirian* pour voir si nous pouvons dégager tes canaux.

Cela semblait tout simple et pratique, mais Margaret perçut la tension d'Istvana, et sentit que l'opération était beaucoup plus complexe qu'elle ne le voulait bien le dire.

Margaret réfléchit un long moment.

— J'ai peur d'attendre. Si je m'endors, j'ai peur d'être piégée dans le miroir. Cette partie de moi — celle qui a parlé tout à l'heure, celle qui t'a menacée — est beaucoup plus proche qu'avant, comme si elle attendait pour me sauter dessus et m'avaler. Je peux la réduire au silence quand je suis consciente, mais je ne suis pas sûre de la contrôler si je m'endors.

— Tu es très courageuse. A une autre époque, on aurait chanté des ballades sur toi pendant des générations.

— Courageuse ? dit-elle avec un petit rire embarrassé. Je veux juste en finir avec cette histoire, pour recommencer à vivre normalement.

Margaret repensa à certaines ballades qu'elle avait entendues, et se demanda si elle était digne qu'on en compose une sur elle.

196

— Tu es bien la fille de ton père! Très bien. Nous allons donc tenter le *kirian*, à très petite dose, et voir ce qui se passe. Un instant.

Elle ferma les yeux et se renversa dans son fauteuil.

— Je viens de demander à Marilla de monitorer — elle y était très habile à la Tour — et elle accepte.

Margaret regarda vers la porte, s'attendant à voir entrer Dame Marilla.

Comme personne ne vint, elle haussa un sourcil interrogateur à l'adresse d'Istvana Ridenow.

— Où est-elle?

— Dans la pièce voisine. Elle n'a pas besoin d'être physiquement présente. Et j'ai pensé que tu te sentirais mieux si nous restions seules.

— Je te remercie. Tu es très bonne.

Istvana prit le flacon sur le plateau, et en versa quelques gouttes dans une tasse minuscule, plutôt un jouet d'enfant. Le liquide était d'un bleu saisissant, et son léger parfum se répandit dans la pièce, se mêlant à l'odeur du feu et de la pluie. Puis elle tendit la tasse à Margaret.

— Maintenant, essaie de concentrer ton esprit, de bannir tes craintes. Respire lentement et profondément, et, quand tu te sentiras calme, bois. Ne te presse pas.

— Qu'est-ce que c'est?

— Une distillation de plante, que nous utilisons depuis longtemps pour desserrer l'emprise de l'esprit conscient.

— C'est exactement ce que je voudrais éviter

Ses craintes la reprirent, et elle les étouffa de son mieux. Sa volonté était fragile, comme un roseau pliant au moindre souffle

— Enfin, qui ne risque rien n'a rien, dit-elle avec plus d'assurance qu'elle n'en ressentait. Que va-t-il se passer?

— Je ne sais pas exactement — chacun a des réactions différentes. Avec la dose que je te donne, tu devrais entrer en transe superficielle. Tu verras peut-être des lieux qui te paraîtront étranges, mais tu seras en sécurité. Ce sera comme un rêve éveillé.

En sécurité? Ce serait merveilleux, mais Margaret en doutait. Elle inspira plusieurs fois à petits coups.

— Très bien; j'ai déjà eu plusieurs transes, alors, je sais ce qui m'attend.

Elle ferma les yeux et s'efforça de penser à quelque chose d'apaisant. Le feu dévastateur la troubla, et elle tenta de s'en abstraire. Une partie de Margaret désirait savoir pourquoi le bruit du feu la gênait, mais elle écrasa la question dans l'œuf. Le doux bruit de la pluie sur les murs du Château Ardais était agréable, et elle se mit à inspirer profondément en l'écoutant. Elle imagina qu'elle échauffait sa voix pour chanter, non qu'elle se préparait à une expérience alarmante. D'abord un peu étourdie, elle réalisa qu'elle n'inspirait pas à fond. Sa gorge s'ouvrit, et elle pensa aux paroles d'une sérénade qu'Ivor aimait. C'était familier et sans danger.

Au bout d'un moment, ses muscles se détendirent, et son esprit se concentra sur la musique de la pluie. Et la pluie avait un langage étrange... non, elle ne devait pas se laisser distraire. Au prix d'un effort surhumain, elle porta la tasse à sa bouche et la vida. Le liquide avait un goût de fleurs et de soleil.

Le temps se ralentit, les instants devenant des heures, de sorte qu'elle entendait chaque goutte de pluie séparément. Elle enfilait un couloir, chaque pas plus lent que le précédent, passait devant des portes, et arrivait enfin à un escalier tournant qui montait. Elle attendit un long moment sans bouger, puis posa le pied sur la première marche de pierre.

Une marche, puis une autre, et soudain, elle accélérait, ses pieds touchant à peine le sol. Elle volait, et c'était merveilleux. Elle ne voulait pas s'arrêter, mais quelque chose la retenait, doucement et tendrement, comme si une main amie serrait la sienne. Elle baissa les yeux et vit une main fantôme enlacée à ses doigts. Une frayeur dont elle n'avait pas eu conscience, la peur de se précipiter dans le néant, la quitta à la vue de cette main.

Puis elle arriva dans une immense plaine, vide à perte de vue, et s'immobilisa. Elle était debout, comme sur une plate-forme invisible avec vue dans toutes les directions, et il faisait froid. Elle se mit à frissonner, puis une douce chaleur l'envahit, et, reportant son regard sur la plaine, elle vit qu'elle n'était pas vide comme elle l'avait d'abord pensé, mais pleine de hautes structures scintil-

lantes comme des étoiles, qui étaient des phares dans la nuit.

Une, en particulier, attira son attention. Elle était très ancienne, et les pierres scintillantes qui la composaient s'effritaient, à peine maintenues en place par le mortier. Mais, malgré sa ruine apparente, elle était pleine d'énergie et de puissance. Elle l'attirait et l'effrayait à la fois, et elle s'obligea à rester immobile alors qu'elle avait envie de courir vers elle. Elle percevait une présence dans cette Tour, vieille et faible, mais encore assez forte pour la menacer. Et, comme si elle sentait son regard, elle semblait aviver son éclat sous ses yeux. Les pierres se densifiaient, le mortier s'épaississait.

Viens !

L'ordre résonna dans son esprit, sévère et péremptoire, et, épouvantée, elle lutta pour rester où elle était. Mais bien qu'elle ne bougeât pas, le lointain édifice commença à se rapprocher, ses pierres brillant d'une lumière surnaturelle qui lui blessait les yeux. Elles étaient comme des miroirs ! Elle se sentit défaillir, sentit sa gorge se serrer. De plus en plus proche, la Tour se ruait vers elle à travers les infinis du temps et de l'espace.

Puis la Tour fut près d'elle, la dominant de toute sa masse, l'attirant vers ses pierres scintillantes, sa puissance pulsant dans son sang, arrêtant son cœur et son souffle pendant ce qui lui sembla une éternité. Elle allait être dévorée. Elle était si petite, et la Tour était si grande !

Puis la main fantôme se resserra sur la sienne, et sa terreur diminua. Elle attendit. Il lui fallut toute sa volonté têtue pour rester immobile, et elle serra les dents sous l'effort. Alors, la Tour se pencha vers elle, souple comme un serpent.

Viens !

Non ! La prononciation de ce mot sembla prendre une éternité, et il fut dit d'une voix d'enfant. A sa stupéfaction, l'édifice s'immobilisa. Tu n'existes pas !

Regarde dans le miroir, Marja !

Les pierres de la Tour reflétées dans ses yeux, elle se vit un millier de fois. Tant de Marja la regardaient qu'elle se sentit perdue au milieu d'elles. Elle aurait voulu fermer les yeux pour ne plus voir son image multipliée. Il devait y avoir autre chose qu'elle à regarder !

Qu'était cette Tour, et qui ou quoi l'occupait ? Elle était très ancienne, et avait peut-être existé avant tout autre édifice de cet étrange royaume. Elle aurait juré qu'elle sentait l'âge de ces pierres, et savait qu'elles possédaient quelque chose qui donnait sa puissance à la voix tentant de la commander. *Le secret est dans les pierres,* murmura une voix dans son esprit, quelqu'un qui s'y était introduit furtivement comme une souris.

Le murmure se tut avant qu'elle ait eu le temps d'y réfléchir, si rapidement qu'elle crut presque l'avoir imaginé. Elle sentait la panique se lever dans une partie de son être, et un calme froid s'emparer d'une autre, comme si elle était séparée en deux personnes. La partie paniquée menaçait de la dominer, et elle dut faire un effort pour la tenir à distance. L'autre partie, la partie froide, cherchait fiévreusement une réponse dans les pierres elles-mêmes.

Quand elle trouva enfin l'unique pierre qui ne reflétait pas son visage, elle fut étonnée et plus terrorisée qu'elle ne l'aurait cru possible. Un visage luisait à sa surface, un visage lunaire aux yeux profonds comme des puits. A part les yeux, ce visage n'avait rien de remarquable ni d'effrayant, et pourtant elle avait envie de hurler de peur. Elle essaya de détacher les yeux de ce visage, des cheveux roux qui l'encadraient, de la petite bouche qui lui souriait. Mais ce sourire n'avait ni humanité ni chaleur. De petites mains se tendirent vers Margaret, des vieilles mains crochues comme des serres.

Maintenant, je te tiens ! Maintenant je vais revivre !

Revivre ? Qui es-tu ?

Je suis Ashara et j'attendais ta venue. Tu ne peux pas me détruire. Je reviendrai et je retrouverai mon pouvoir ! Il y avait dans ces paroles une avidité qui sembla lui ronger les os, et les yeux vides se dilatèrent.

Lâche-moi !

Margaret se débattit pour échapper à cette emprise, à ces yeux sombres comme des puits qui tentaient de l'emprisonner, et elle sentit les griffes lâcher ses bras.

Son visage disparut des autres pierres. La chose nommée Ashara devint plus floue, moins présente, tandis que Margaret se penchait en arrière dans un effort pour s'échapper. Le secret était dans les pierres et dans les yeux! Si seulement elle avait su quoi faire! Elle haletait maintenant, le corps couvert de sueurs froides. Elle tourna la tête, et regarda au loin les autres Tours. Le temps se ralentit encore, s'arrêta presque. Immobile, elle sentait quelqu'un rôder près d'elle, quelqu'un qui la protégeait, déversait sa force en elle.

Puis, lentement, à regret, Margaret ramena son regard sur la Tour aux Miroirs, et se revit multipliée, pâle et tremblante. La petite femme, sur son unique miroir, la fixait de ses yeux gris féroces, déchirant l'air de ses griffes comme si, elle aussi, était prisonnière de la myriade de reflets. Margaret avança, bras tendus pour se défendre, et s'aperçut que sa main droite était serrée dans une main fantomatique. Avec une lenteur angoissante, elle souleva la main gauche et la tendit vers les miroirs, se penchant vers la Tour scintillante.

Elle se pencha au-dessus du vide et s'étira jusqu'au moment où elle sentit ses doigts se refermer sur l'unique pierre portant l'image d'Ashara. D'abord, elle appuya sa paume sur la face, puis enfonça ses doigts dans les orbites vides, son pouce dans la bouche grimaçante. Elle sentit une résistance, mais pas de chair ni d'os. Elle referma très fort la main sur l'unique pierre, et serra, et elle entendit un hurlement lointain. Margaret ne sentait rien dans sa main, et pourtant elle savait qu'elle tenait quelque chose, et qu'elle ne devait pas le lâcher.

Et maintenant? Elle ne pouvait pas tenir la pierre éternellement. Elle était trop fatiguée. Elle sentit ses doigts à demi invisibles commencer à s'ouvrir, et elle perçut un ronronnement de triomphe sous sa paume. Son visage, pâle et inondé de sueur, reflété tout autour d'elle, semblait la railler.

Elle rassembla ses forces, leur commanda de revenir, et se mit à tirer sur la pierre, qui résista, et elle sut qu'elle ne parviendrait pas à l'extraire par ses propres moyens. Pourtant, elle était seule, et elle allait être dévorée par cette chose terrible, comme, réalisa-t-elle soudain, bien d'autres avant elle. Le désespoir l'étreignit, minant son énergie. La pierre hurla dans sa main.

Puis, venant d'au-delà de ce lieu, Margaret sentit en elle une décharge de puissance, présence bizarre, étrangère, très différente de celle d'Istvana. Cette présence avait quelque chose de mâle, lui durcissait les muscles, réchauffait ses mains et ses pieds glacés.

Tire, bon sang! Tire! Elle ne reconnut pas la voix, mais ce n'était pas celle d'Istvana.

Elle tira sur la pierre, et la sentit céder un peu. Dans son esprit, le hurlement s'accrut à mesure qu'elle extrayait la pierre de la Tour aux Miroirs. Elle était terrifiée à l'idée de perdre prise et bien résolue à ne pas lâcher. Elle avait l'impression de traîner quelque chose à travers un épais liquide, quelque chose de si lourd que ça lui faisait l'effet d'une montagne.

NON! NON!

Angoisse! Une souffrance aiguë fulgura dans sa paume, remonta dans son bras jusqu'à sa poitrine, lui lacéra le cœur comme un poignard, et elle eut envie de tout lâcher. Sa bouche s'arrondit en un hurlement qui parut secouer le miroir et la plaine brumeuse. Puis la pierre céda tout d'un coup et lui resta dans la main, et elle faillit tomber à la renverse.

Arrête! Arrête! Je suis As... As... har... ah!

Elle tituba en arrière et, soudain, elle fut loin de la Tour aux Miroirs et de retour sur la plate-forme où elle avait émergé dans la plaine, la pierre dans une main, tandis que l'autre était serrée dans une poigne fantomatique. Elle était faible, épuisée, mais elle n'osait lâcher ni la pierre ni la main.

Tu n'existes pas! Ces paroles s'échappèrent de sa bouche comme un vent de tempête, tandis que la pierre brûlait d'un feu froid dans sa paume. Elle haletait et tremblait, en proie à l'angoisse et au désespoir. De toutes ses forces déclinantes, elle serra la pierre, qui résista longtemps, mais qui, au bout d'une éternité, se brisa. Déluge de lumière et de bruit, et le reste de la Tour surgit dans le vide et explosa en une gerbe flamboyante qui l'aveugla un moment. Et quelque part au loin, en un lieu *que Margaret ne savait pas nommer, une autre Tour vacilla sur ses fondations.*

Epargnée par la destruction de l'étrange Tour, Margaret tomba comme une masse, uniquement retenue par une main fantôme. Bravo! rugit dans son esprit la voix mâle inconnue, puis, elle aussi, disparut.

Elle était revenue dans le salon de Dame Marilla, trempée de sueur, le visage inondé de larmes, tous les muscles douloureux, et elle tremblait de tous ses membres. En face d'elle, Istvana Ridenow était avachie dans son fauteuil, respirant à peine, ses cheveux argentés collés à son front par la sueur.

La porte s'ouvrit brusquement, et Dame Marilla entra, haletante, les yeux dilatés. Elle se pencha sur la *leronis*, veillant à ne pas la toucher.

— Je n'aurais jamais dû la laisser faire ça!

Un instant, elle foudroya Margaret, puis elle s'adoucit.

Margaret aurait voulu disparaître sous ce regard, mais elle était si fatiguée qu'elle pouvait à peine bouger, et encore moins protester de son innocence. Son cerveau lui semblait meurtri et les pensées tourbillonnaient dans sa tête. Malgré cela, elle s'aperçut qu'elle avait une centaine de questions à poser, si seulement elle avait pu les formuler. *Elles n'y répondront sans doute pas de toute façon. Et qui était cet homme dans mon esprit?*

Pas ce soir, chiya. Patiente encore un peu.

— Tu n'aurais jamais dû me laisser faire quoi, Mari? demanda Istvana d'une voix grêle mais ferme. Trouvemoi quelque chose à manger!

Dame Marilla les regarda alternativement, branla du chef, puis cria d'une voix forte:

— Julian — réveille le cuisinier! Immédiatement!

La *leronis* repoussa ses cheveux en arrière et prit plusieurs inspirations tremblantes.

— Par tous les dieux, je plains quiconque s'est trouvé dans le surmonde cette nuit.

— Qu'est-ce qui s'est passé? demanda Margaret d'une voix mourante.

— Tu as brisé le miroir, *chiya*, tu as brisé le miroir.

Istvana et Marilla la regardaient, épuisées et incrédules. Pourquoi?

Elle baissa les yeux sur ses mains, et vit celles qu'elle avait vues toute sa vie. Sa paume droite portait encore les marques de ses ongles, mais la gauche était lisse, comme si quelque chose avait guéri ses écorchures. Elle la leva vers le feu pour mieux voir, et vit, imprimés dans sa chair, les contours d'une pierre à nombreuses facettes.

14

Malgré ses efforts de mémoire, Margaret ne sut jamais comment elle était arrivée dans son lit. Seules quelques bribes de souvenirs lui revinrent — des bras puissants qui la soulevaient, mais sans qu'elle sût lesquels, et des voix qui parlaient, beaucoup de voix, dont aucune identifiable. Elle ne se rappelait qu'un profond épuisement, et une impression de gueule de bois sans avoir bu auparavant.

Elle s'éveillait et se rendormait tour à tour, tombant dans un état insomniaque différent de tout ce qu'elle connaissait. Quand elle était « réveillée », elle souffrait, comme si toutes les cellules de son corps se révoltaient contre une menace imprécise. Elle aurait pu supporter cette souffrance, s'il n'y avait pas eu la terreur. Elle avait peur d'un danger, qu'elle ne pouvait ni éviter ni nommer.

L'état de sommeil était peut-être pire, car si la souffrance diminuait, la terreur croissait, et elle s'efforçait de rester éveillée pour échapper à l'épouvante.

Le temps perdit son sens, ne lui laissant que l'angoisse et les tourments. En ses rares moments de lucidité, l'effroi reculait ; elle savait qu'elle avait la fièvre, qu'elle était de nouveau sous l'emprise de la maladie du seuil, et que son entourage s'efforçait de l'assister.

Quand elle approchait du réveil, tout son corps lui faisait mal, et elle tentait de s'enfoncer dans ses oreillers pour fuir ses craintes. Parfois, elle savait qu'elle était dans la Chambre Rose du Château Ardais, sur Ténébreuse, et d'autres fois, elle était sûre d'être de retour sur Thétis, ou dans son petit lit de l'orphelinat. Et chaque fois qu'elle y pensait, elle sentait encore sa terreur, et l'être qui l'avait provoquée.

Le doux contact des mains était une agonie, et la présence de plusieurs femmes autour d'elle lui paraissait plus menaçante que rassurante. Elle tentait de se persuader qu'aucune de ces femelles n'était la petite femme aux yeux vides qui avait failli la détruire. Lentement, elle réalisa que ce n'étaient pas toutes les femmes qui la menaçaient, mais seulement celle nommée Istvana, la *leronis*. Quelque chose en elle lui rappelait l'autre, Ashara, bien qu'elle sût que c'était stupide.

Dans ses rares moments de lucidité, elle était certaine qu'elle allait mourir, comme Ivor. Perspective tentante pour échapper à ses souffrances, mais qu'une partie de son être rejetait avec colère. *Je n'ai pas supporté tout ça pour mourir! Je ne mourrai pas! Maudite soit cette Ashara!*

La colère était purifiante, presque rafraîchissante, mais elle la laissait épuisée. Et des accès de fièvre suivaient toujours, qu'elle notait avec détachement, comme si c'était une musique bizarre exigeant son attention. Si elle cessait d'être en colère, la fièvre la quitterait, elle en était sûre. Parfois, elle faisait la liste de ceux qui lui inspiraient de la colère, parce que cela tenait ses terreurs en respect. D'abord, il y avait son père, mais elle découvrit curieusement qu'elle n'était pas aussi furieuse contre lui que contre d'autres — contre Thyra, contre l'homme aux cheveux argentés dont elle ne savait pas le nom, contre ce Dyan Ardais qui l'avait livrée à Ashara, et, par-dessus tout, contre Ivor qui l'avait abandonnée en mourant.

Il lui était impossible d'alimenter sa rage indéfiniment, et quand elle cessait, ses terreurs revenaient. C'était un cycle sans fin, qu'elle ne parvenait pas à briser. Malgré la voix rassurante d'Istvana qui la certifiait du contraire, elle était sûre que cette Ashara allait revenir pour la capturer. Elle résistait au sommeil de toutes ses forces, car le sommeil amenait les rêves, et elle ne voulait pas rêver. Le peu de logique restant dans son esprit troublé lui disait qu'elle avait détruit l'être de la Tour aux Miroirs, mais tout le reste de sa personne le niait. Comment détruire quelque chose n'existant que dans le surmonde? Elle était trop malade pour croire à quoi que ce soit, sauf au pire.

Même le son, son fidèle allié, devint son ennemi, car le moindre bruit la faisait gémir. Les murmures d'Istvana et de Rafaella l'affolaient d'épouvante, jusqu'au moment où elles décidèrent de parler normalement. Curieusement, cela lui fit moins peur.

— Je t'en supplie, Margaret, essaye de te reposer.

— Ne la laisse pas me prendre !

— Il n'y a rien à craindre.

— Elle va revenir pour me faire mal.

— Non, non, *chiya*, elle est partie à jamais !

— Je ne te crois pas. Empêche-la de me faire souffrir.

— C'est ta peur qui te fait souffrir. Essaye de dormir.

— Si je dors, elle va m'emporter.

Cette conversation se renouvela plusieurs fois. Dans ses moments de calme, Margaret savait qu'Istvana et Beltrana avaient raison. Mais elle ne réussissait pas à endiguer la terreur qui déferlait en elle dès qu'elle se détendait un peu. Comme une dernière tentative d'Ashara pour la dominer, et, si elle n'y parvenait pas, pour la tuer.

Isty — que se passe-t-il ? J'ai déjà vu des crises de la maladie du seuil, mais jamais rien d'approchant.

Moi non plus, Mari. Je ne sais pas ce qui se passe, mais quoi que ce soit, c'est normal.

Normal ? Elle n'a pas dormi depuis trois jours. Elle a eu des convulsions qui en auraient tué une autre. Je sais que tu es une empathe, mais son état ne peut pas être normal !

Oui, je sais. Mais c'est une situation incroyable — une adulte subissant les épreuves de l'enfance. Nous ne savons pas quelles sont les répercussions sur le corps.

Elle est déshydratée et elle délire ! Dame Marilla était indignée, et Margaret convint intérieurement qu'il y avait de quoi susciter l'indignation. Elle commença à la trouver plus sympathique, puis elle se rappela qu'elle devait se tenir à l'écart, que les gens mouraient si elle s'approchait. Cela raviva sa terreur, et elle s'efforça de la bannir. Elle se remit à écouter, avec un peu de remords, comme si elle écoutait aux portes. *Comment parler de normalité ? Vraiment, Isty, il y a des moments où tu me ferais devenir folle ! Qu'est-ce qu'on peut faire ?*

Elle est terrifiée — et je la comprends. Je n'ai vu Ashara que par ses yeux, et elle m'a terrorisée. Et elle a vécu vingt ans avec cette présence dans sa tête ! Ima-

gines-tu ce que ce doit être pour une fillette de cinq ou six ans que d'être sous l'emprise d'une *leronis* morte ? Si nous parvenions seulement à briser le cycle de la terreur, je crois qu'elle commencerait à se remettre.

Pourtant, elle n'a gardé aucun remède assez longtemps pour qu'il lui fasse le moindre bien ! Et je ne crois pas que son pauvre corps pourra supporter cela encore longtemps. Elle a perdu beaucoup de poids, et elle n'était déjà pas grosse.

Je sais qu'il faut faire quelque chose, mais je ne sais pas quoi. Quand même, je pense... Ses canaux ont été manipulés quand elle était petite. Selon la théorie, les canaux s'impriment dans l'esprit pendant la maladie du seuil. A mon avis, ce à quoi nous assistons doit être la formation de nouveaux canaux, qui n'ont jamais existé jusque-là. Cela a sans doute quelque chose à voir avec ces marques bizarres dans sa main.

De nouveaux canaux ? C'est impossible et tu le sais !

Rien n'est impossible ! Je n'aurais jamais cru que l'esprit d'une Gardienne morte depuis des siècles pouvait traverser le temps pour modifier la volonté d'une femme de son lignage, et c'est pourtant ce qui s'est produit. Mari — tu es épuisée. Et tu ne m'es d'aucun secours quand tu sais à peine ce que tu fais. Envoie-moi Rafaella et va te reposer.

Mais elle ne sait pas monitorer ! Je pourrais demander à Mikhail — c'est le seul qui sache, mais ce serait pas convenable !

Ce n'est guère le moment de se soucier des convenances ! Mais envoie-moi Rafaella. J'ai remarqué que Marguerida est plus calme quand elle est présente, car elle doit avoir plus confiance en elle qu'en nous. Elles ont voyagé ensemble, et cela crée des liens presque aussi forts que ceux qui se nouent dans les Tours.

Margaret aurait voulu leur dire qu'elle souhaitait très fort la présence de Rafaella. Mais ses lèvres gercées étaient trop enflées pour former des paroles, et elle avait mal à la gorge. Son corps était douloureux, mais elle remarqua qu'elle avait l'esprit clair, ni furieux ni terrorisé, et elle savoura ce calme.

Il y avait autre chose qu'elle s'efforçait de se rappeler.

Quelque chose concernant son bagage. Elle sentit un linge humide sur son visage, et l'humidité lui fit du bien. On lui lava les paupières, et elle parvint à ouvrir les yeux.

La lumière lui blessa la vue, et elle faillit les refermer aussitôt. Seul le visage de Rafaella l'en empêcha.

— Je vais mettre du baume sur tes lèvres, *chiya*. Ça te fera peut-être un peu mal, mais ça réduira l'enflure et guérira les gerçures. Il y a de l'herbe anesthésiante dedans, alors, ne passe pas la langue dessus, sinon elle s'engourdira.

De l'herbe anesthésiante. Elle concentra son esprit sur ces mots, et elle se rappela ce qu'elle cherchait.

— Medkit, balbutia-t-elle soudain.

— Quoi ?

Mourant de soif, elle passa sa langue sur ses lèvres et, tout d'un coup, elle ne la sentit plus. Elle articula à grand-peine :

— Sac. Medkit. Patch.

Elle parlait comme si elle était ivre, mais Rafaella dut comprendre, car elle sortit. Margaret ferma les yeux, mais entendit des voix à l'autre bout de la chambre. Au bout d'un moment, elle les rouvrit, et vit Istvana et Rafaella penchées sur elle, comme deux anges inquiets.

— Nous avons ta trousse médicale, dit Rafaella.

— Patch, répéta-t-elle, la langue un peu moins pâteuse, ce qui lui fit supposer que l'effet de l'herbe anesthésiante se dissipait.

— Qu'est-ce qu'elle veut dire ? demanda Rafaella.

Marguerida ! Dis-nous ce que c'est ! Margaret perçut l'urgence de ces paroles, mais elle recula devant le contact.

Sors de mon esprit !

Je te laisserai tranquille dès que tu nous auras dit ce que tu veux dans ta trousse.

Margaret fustigea son esprit et visionna le contenu familier de son medkit. C'était la trousse standard de tous les Terriens en voyage. Elle l'avait complètement oubliée, ce qui était stupide car elle contenait des antibiotiques, des pansements, des pommades, et même une attelle de mousse pour les membres cassés. Elle sentit qu'Istvana observait ses images mentales sans vraiment faire intrusion dans sa tête, comme si la *leronis* se tenait à l'écart, regardant son esprit de l'extérieur pour ne pas la faire hurler de terreur.

La plupart des médicaments se présentaient sous forme de petits carrés à appliquer sur la peau, comme l'hyperdrome qu'on administrait contre le mal de l'espace. L'un d'eux était un euphorisant qui la ferait dormir d'un sommeil sans rêves. Elle ne voulait pas dormir, mais elle savait que si elle ne dormait pas bientôt, elle allait mourir. Alors, elle visualisa le patch, avec ce qu'il y avait écrit dessus, puis elle le colla en pensée sur son bras. L'effort fut épuisant et fit perler la sueur à son front, mais cela valait la peine. Elle entendit les deux femmes fouiller dans la trousse, quelques marmonnements d'Istvana, et quelques questions de Rafaella.

— Ah voilà ! C'est la première fois que je regrette de ne pas lire l'écriture terrienne, mais c'est ce que j'ai vu dans sa tête.

— Mais, *Domna*, elle est si troublée ! Et si c'était un poison mortel ?

— L'image était très nette, Rafaella. Bon, et qu'est-ce que j'en fais ? Ah oui, dit-elle, déchirant le plastique.

— Qu'est-ce que c'est ?

— D'après ce que j'ai vu dans l'esprit de Marguerida, cette petite chose contient une drogue qui entre dans le sang par la peau — ce qui est bien utile si l'estomac ne garde rien. Regarde, c'est collant du côté du bras. Comme ça, dit Istvana, soulagée et très contente d'elle.

Margaret sentit qu'on appuyait le patch sur sa peau et grimaça. Puis elle attendit. D'abord son bras s'engourdit, puis ses mains et ses épaules, et, après ce qui lui sembla une éternité, tout son corps. La terreur omniprésente commença à s'estomper dans la distance, et elle se sentit sombrer dans un sommeil bienheureux.

Le réveil survint brusquement ; un instant elle flottait dans les nuages, et l'instant suivant elle était dans son lit. Margaret ouvrit les yeux et fixa les rideaux. Silence total, à part le léger ronflement rassurant du feu dans la cheminée. La première chose qui lui vint à l'idée, c'est qu'elle n'avait plus mal ; la seconde, qu'elle mourait de soif.

La chambre était très sombre et elle se dit que ce devait être la nuit. Quelle nuit, elle n'en avait aucune idée car elle ne savait pas combien de temps elle avait dormi. Ça ne semblait pas important. Rien n'avait d'importance, sauf de ne plus être une boule de souffrance. Et de peur.

Elle gémit à cette pensée, et des pas résonnèrent aussitôt dans la chambre. Istvana Ridenow émergea des ombres du lit, l'air épuisé. Dans la pénombre, sa ressemblance avec Dio était beaucoup plus frappante, et le cœur de Margaret lui remonta dans la gorge. Jusque-là, elle n'avait pas réalisé à quel point elle désirait la présence de sa belle-mère.

— Soif, dit-elle, incapable d'articuler davantage.

Istvana posa sa petite main sur son front, geste si semblable à celui de Dio que Margaret retint un cri. Mais ses yeux s'emplirent de larmes, tandis que la *leronis* l'aidait à s'asseoir ; puis Istvana porta une tasse à sa bouche, et elle but une gorgée, puis une autre.

— Pas trop pour la première fois. Oui, oui, je sais. Tu as une soif à boire la Kadarin et les poissons. Quoi ? Tu trembles ?

Kadarin !

Istvana grimaça malgré elle.

— Inutile de hurler comme ça, *chiya*. Et je n'aurais pas dû prononcer le nom de cette rivière. Mais je ne suis pas au mieux de ma forme, je l'avoue. Bon, rallonge-toi, et je te redonnerai de l'eau dans un moment, quand je serai sûre que ton estomac la gardera. La fièvre est tombée, Dieu merci, et tu as le regard clair. Tu nous en as fait voir !

— Désolée, dit-elle, son cerveau refusant de composer de longues phrases, tout en comprenant bien Istvana.

Margaret réalisa à quel point elle était affaiblie quand le simple effort d'avaler la laissa sans force. Mais l'eau calma l'irritation de sa gorge et ranima tous ses muscles. Tout en sachant que c'était impossible, elle imagina qu'elle sentait chacune de ses cellules boire à grandes goulées.

Istvana continua à bavarder à bâtons rompus, tout en l'abreuvant, quelques gorgées à la fois, jusqu'à ce que sa soif. soit étanchée. Margaret, concentrée sur son corps, l'écoutait à peine.

La terreur rôdait toujours en elle, prête à l'assaillir. Si seulement elle n'était pas aussi faible. Comment combattre ses peurs maintenant ?

— Ashara !

— Elle est partie !

— J'ai peur.

— Oui, je sais. Et tu continueras à avoir peur pendant quelque temps. Ce n'est pas moi qui te dirai le contraire. Mais pour le moment, il faut reconstituer tes forces. Je vais te donner une tasse de bouillon de poulet.

Margaret ne se souvenait pas s'être endormie après le bouillon, mais elle s'endormit quand même, et elle se réveilla, reposée et sereine. Il faisait jour, et, à en juger sur l'inclinaison des rayons, c'était l'après-midi. Elle s'agita, impatiente de se lever, et trop faible pour le faire.

Rafaella était assise près de son lit, le visage fatigué.

— Alors, paresseuse ? dit-elle en souriant. Comment te sens-tu ?

— Je crois que j'ai faim.

— *Domna* Istvana l'avait prévu. Tu nous as fait une de ces peurs ! Je ne me suis jamais sentie aussi impuissante de ma vie ! dit-elle, fronçant les sourcils

— Moi non plus, répondit Margaret. Et ne fronce pas les sourcils comme ça. Ça te donne l'air d'un pruneau desséché, et Rafe...

Elle s'interrompit, rouge d'embarras. Rafaella réagit de même, s'empourprant jusqu'aux cheveux.

— Qu'est-ce que tu sais sur lui ?

— Je ne voulais pas être indiscrète, mais une ou deux fois, je t'ai entendue penser à lui, et comme c'est mon oncle, je savais de qui il s'agissait.

— Ton oncle ! Oui, bien sûr. J'aurais dû faire le rapprochement.

Elle se leva d'un bond et s'éloigna vivement du lit, marmonnant presque joyeusement. Elle revint avec un bol de soupe et du pain sur un plateau.

— J'essaye de ne pas penser à lui, mais sans grand succès.

Elle posa le plateau sur les genoux de Margaret, puis se mit à la nourrir à la cuillère comme un bébé. Son envie de protester s'envola après la première cuillerée, Margaret réalisant qu'elle était trop faible pour manger toute seule.

— Ça n'a pas d'importance d'ailleurs, car il n'en sortira sans doute rien.

— Pourquoi pas ? dit Margaret, avalant une bouchée. Si tu l'aimes et qu'il t'aime — où est le problème ? Vous pourriez vivre en union libre, non ?

— Je ne sais pas. Nous n'en sommes pas encore là, dit Rafaella, dubitative.

La porte s'ouvrit, et elles sursautèrent en se regardant. Istvana s'approcha, le visage serein et presque reposé.

— Bon, te voilà réveillée. Comment te sens-tu ?

— Assez bien étant donné les circonstances. Mais je me sentirai encore mieux quand j'aurai pris un bain !

— On verra, répondit la *leronis*. Peut-être en fin d'après-midi, ajouta-t-elle, voyant Margaret froncer les sourcils. Je ne veux pas que tu rechutes en en faisant trop à la fois. Tu as été plus malade que tu le crois.

— Peut-être. Mais je n'ai jamais su rester sans rien faire, et je crois que j'ai assez dormi pour me passer de sommeil pendant des jours. *Je continue à refuser le sommeil, c'est ça ? Qui était Ashara ?*

— Rafaella, je prends la relève. Va te reposer.

— Oui, *Domna*.

— Je ne peux pas manger une bouchée de plus, dit Margaret à Rafaella qui prit le plateau et sortit.

Après son départ, Istvana s'assit près du lit et regarda Margaret un long moment.

— Tu as des tas de questions à poser. Je peux répondre à certaines, mais je n'ai pas de réponses à la plupart. Pourtant, je te dirai tout ce que je sais.

— Tu ne vas pas me dire des pièces et des morceaux, sans informations véritables, au moins ? Parce que dans ce cas, je sens que ma fièvre va reprendre !

— Ah, des menaces. Signe certain de guérison, dit la *leronis*, l'air enchanté. J'essaierai de répondre, mais le problème, c'est que je n'ai pas toutes les réponses. Tu comprends, il est une époque de notre histoire que les historiens ont appelée les Ages du Chaos, et à juste titre.

Nous avons perdu beaucoup d'archives de cette période, à cause des guerres incessantes, et ce qui nous en reste relève plus du mythe que de l'histoire. Difficile de les distinguer.

— C'est vrai sur beaucoup de planètes, Istvana. Je connais des tas de contes où un homme normal a été transformé en dieu soleil parce qu'il avait fait des choses remarquables, paraissant impossibles à un simple mortel.

— Pardonne-moi ; j'oublie toujours que tu as une instruction qui me dépasse. Bref, je te dirai tout ce que je sais d'Ashara et des Alton — c'est-à-dire, pas grand-chose.

— Les Alton ? Tu veux dire que c'est une de mes ancêtres ? demanda Margaret, très contrariée.

— Tu descends d'un membre de sa famille, c'est certain, mais pas en ligne directe, car elle était Gardienne.

— Pourquoi ?

— A son époque, les Gardiennes ne se mariaient pas et n'avaient pas d'enfants. On pensait que la virginité était indispensable à leur charge, et c'est seulement récemment qu'on a réfuté cette idée. Réfutation qui constitue aussi un épisode pénible de notre histoire, dit Istvana, l'air troublé, comme si ce souvenir la perturbait.

— Mais je croyais que, pour transmettre ces Dons, les femmes devaient se marier et avoir des enfants.

— C'était la règle, dont les Gardiennes étaient l'exception. Ashara, poursuivit Istvana, s'éclaircissant la gorge, était la Gardienne de Hali, alors la principale Tour de Ténébreuse, et, au dire de tout le monde, elle était la *leronis* la plus puissante de son temps, et de tous les temps. Maintenant, en des circonstances normales, une Gardienne reste dans sa Tour toute sa vie. Même quand elles ont vieilli et n'ont plus tout à fait leur tête, elles restent dans les murs de la Tour. Mais Ashara n'est pas restée à Hali — je ne sais pas pourquoi ; personne ne le sait. Mais le fait est qu'elle a été expulsée d'Hali.

— Pas si vite ! Si elle était si puissante, comment a-t-on fait pour l'expulser ?

— Je ne sais pas, Marguerida. Je suppose que ça s'est fait par les efforts conjugués de plusieurs télépathes — mais ce n'est qu'une supposition. Les archives ont été détruites, et il ne nous reste plus que quelques fragments historiques et des légendes. Je sais qu'on ne l'a pas tuée, parce qu'elle s'est retirée à Thendara et a vécu en recluse dans une Tour de sa fabrication. On commençait alors la construction du Château Comyn — pas celui que tu as vu, mais un autre, actuellement caché à l'intérieur.

— Le Labyrinthe !

— Quoi ? sursauta Istvana.

— Quand le Capitaine Scott m'a emmenée voir Régis Hastur, et que nous sommes arrivés dans la cour du Château, j'ai cru « voir » un plan... lumineux. A certains endroits, il était coupé par un mur, mais la lumière continuait à travers. Sur le moment, j'ai trouvé ça insensé. Et sur un côté s'élevait une haute tour qui m'a donné la chair de poule et dont la lumière semblait issue. Tout ce que je peux dire, c'est qu'à ce moment, j'ai senti que je pourrais trouver mon chemin dans le Château les yeux fermés — si j'avais pu passer à travers quelques murs.

— Je vois. Il existe en effet une légende parlant de l'existence d'un labyrinthe à l'intérieur du Château Comyn, mais je ne connais personne sachant à quoi il ressemble.

— Si cette... ancêtre était là lors de la construction du premier château, et si elle était aussi puissante que tu le dis, alors... peut-elle avoir influencé les architectes ?

Margaret sentit sa terreur revenir, mais sous forme d'émotion atténuée, parce qu'elle était intensément intéressée à l'histoire. C'était le passé, et le passé était sans danger. Non, il était plein de périls. Son agitation la reprit.

— Avec le Don des Alton, dit Istvana avec un rire sans joie, il n'est pas difficile d'influencer les autres, *chiya*. C'est la nature même du rapport forcé. Et, bien que nous ne sachions pas grand-chose sur elle, nous savons quand même qu'elle n'hésitait jamais à utiliser son Don pour arriver à ses fins.

— Qu'est-elle devenue ?

— Etant mortelle, elle a fini par mourir. Enfin, son corps. Le reste de son être a continué à hanter sa tour de Thendara, et nous savons qu'elle a, de temps en temps, projeté son ombre sur plusieurs Gardiennes.

— Projeté son ombre ? Qu'est-ce que ça veut dire ?

— C'est difficile à expliquer, mais cela signifie que la personnalité de l'autre était enfoncée, comme enfermée, et dominée par l'autre.

— C'est ce qu'elle m'a fait ?

— Oui, mais je ne comprends pas pourquoi. Tu étais si petite !

— Quel esprit malfaisant ! Je suis contente de l'avoir tuée ! Est-ce que les Gardiennes voient dans l'avenir ?

— Quelle drôle de question. Il y en a qui peuvent. Mais ce n'est pas un attribut des Alton. Pourquoi ?

— C'est à cause d'un rêve. Je jurerais avoir entendu sa voix disant qu'elle ne me laisserait pas la détruire — comme si elle savait que je venais sur Ténébreuse. C'est sans doute mon imagination. Parce qu'elle est morte, non ?

— Il y a des centaines d'années, Marguerida. Pourtant, poursuivit-elle après avoir réfléchi un moment, on parle d'une assistante venue de Hali avec elle. Elle était de la lignée des Aldaran, qui ont le Don de Prophétie.

— Mais elle est partie à jamais ? dit Margaret, craignant toujours qu'Ashara ne vienne la reprendre.

— Depuis des siècles, elle n'existe plus dans le monde matériel, mais seulement dans le surmonde. Et quand tu as retiré la pierre de sa Tour, tu as détruit le lieu où résidait son esprit. Elle ne peut plus te nuire. Mais je me demande quelle partie de sa mémoire reste en toi.

— Je voudrais croire qu'elle est partie à jamais. Quant à sa mémoire, je ne peux rien dire. Je n'ai aucun moyen de distinguer mes souvenirs des siens. Pour le moment, je n'en ai pas, et je partirai donc du principe qu'elle ne m'en a pas transmis. Mais il y a autre chose. Quand tu as prononcé le mot Kadarin — c'est une rivière, non ? —, j'ai eu peur. Une peur différente de celle que m'inspirait Ashara. Pourquoi ?

— Robert Kadarin faisait partie de la Rébellion de Sharra et était l'amant de ta mère, répondit Istvana.

— Comment était-il ?

— Assez grand, paraît-il, avec des cheveux argentés.

— Ah c'était donc ça ! dit-elle, soulagée. Il est mort, non ?

— Oui. Mais pourquoi es-tu bouleversée?

— Il était toujours dans mes rêves, avec Thyra, et il y avait en lui quelque chose de pas naturel. Il était comme un cauchemar, parce qu'il était gentil avec moi, mais c'est lui qui m'a emmenée à l'orphelinat...

— Arrête! Tu es retournée, et c'est mauvais pour toi.

Elle se tut, baissant les yeux sur ses mains. Elle vit alors les lignes bleues imprimées sa paume gauche, et les montra à Istvana.

— Qu'est-ce que c'est?

— C'est un mystère que nous éluciderons une autre fois, *chiya*. Tu as assez parlé pour le moment, et je t'en ai peut-être dit plus que tu n'étais capable d'en entendre.

Margaret rapprocha sa main de son visage et scruta intensément les lignes. Elle fut prise de vertige, toutes ses forces quittant ses membres, comme aspirées par le dessin. Les lignes étaient chaudes et pulsantes. Elle s'efforça d'en détourner le regard, sans succès.

Istvana la secoua par l'épaule, mais Margaret continua à fixer sa main, plus faible de seconde en seconde. Alors, la *leronis* saisit une serviette mouillée restée sur la table de nuit, et lui en fouetta le visage. Le choc la fit revenir à elle.

Elle rabaissa sa main et la cacha sous la couverture. Istvana se pencha sur elle, tendue et inquiète.

— Il faut t'emmener dans une Tour aussi vite que possible. Cela dépasse mes seules capacités.

— Non, je ne crois pas. Trouve-moi un gant pour couvrir ma main, c'est tout, et je pourrai me débrouiller. Quoi que ce soit, c'est... puissant, mais seulement si je le regarde. Je crois que c'est le dernier piège d'Ashara, mais que le diable m'emporte si je la laisse gagner!

15

Quelques jours plus tard, Margaret fut sur pied, et de plus en plus écœurée d'être dorlotée par tous. Elle pouvait manger et s'habiller seule, monter et descendre les escaliers sans fatigue. Mais tous s'obstinaient à la traiter en malade, Et elle avait l'impression d'être un poussin suivi par toute une basse-cour de poules caquetantes. Elle avait besoin de solitude, et elle s'étonnait que ce fût si difficile à trouver, même dans une demeure aussi grande qu'Ardais.

Son indépendance faisait partie du problème. Elle avait vécu trop longtemps seule ou avec Ivor, pour accepter facilement qu'on lui dise ce qu'elle devait faire. L'autre problème, c'est que tous semblaient penser qu'elle les laisserait prendre ses décisions à sa place et qu'elle leur obéirait. Istvana et Marilla voulaient qu'elle aille à la Tour de Neskaya, et rien de ce qu'elle disait ne les en faisait démordre. Margaret contempla sa main, maintenant gantée de peau souple, se demandant pourquoi elle était si entêtée. Elle avait l'impression de *savoir* qu'elle n'irait pas à Neskaya, ni dans une autre Tour. En revanche, elle ne voyait pas où elle pourrait aller à la place, sauf à revenir à Thendara et à quitter Ténébreuse. Mais ce n'était pas sa voie non plus, elle le sentait jusqu'au tréfonds d'elle-même.

Elle explora le rez-de-chaussée du château, espérant trouver un coin pour s'isoler, et elle tomba sur la pièce servant de bibliothèque. Elle en fut ravie, car les livres étaient encore ses compagnons préférés. Bien qu'elle ait fait toutes ses lectures universitaires sur des disquettes, elle avait grandi au milieu de vrais livres. Les Thétans fabriquaient un beau papier à base d'algues, et avaient créé une petite industrie du livre à l'intention des collectionneurs. Margaret avait toujours aimé la sensation d'un livre dans ses mains, car, contrairement aux gens, les livres ne la menaçaient pas. En fait de bibliothèque, celle-là était assez rudimentaire, mais elle aima tout de suite le silence de la petite pièce, l'odeur poussiéreuse des vieux bouquins reliés en cuir. L'endroit était douillet et confortable, et elle pouvait y méditer sans penser au sur-monde et à ses terreurs.

Une étagère se dressait le long d'un mur et, en face, il y avait une cheminée où brûlait un bon feu, avec, à côté, une étagère plus petite. A part ça, il n'y avait qu'un grand fauteuil où elle était présentement assise, une couverture sur les genoux. Le seul autre endroit où s'asseoir était l'embrasure de la fenêtre, ouvrant sur l'arrière du château et un petit jardin plein de fleurs et d'oiseaux.

Jugeant sur la poussière des étagères et les quelque quarante volumes qui s'y ennuyaient, Margaret déduisit que les Ardais n'étaient pas de grands lecteurs. Elle était quand même contente d'avoir de la lecture, car c'étaient les premiers livres qu'elle voyait depuis son arrivée.

En fait, ce qu'elle aurait voulu trouver, c'était une histoire de Ténébreuse — si possible en plusieurs volumes pleins de notes. Elle ne comprenait pas qu'un tel ouvrage n'existât pas, car, dans le cas contraire, elle était sûre qu'Istvana le lui aurait signalé. Non que les Ténébrans n'eussent pas le sens de l'histoire, car, à l'évidence, ils l'avaient, mais ils ne l'avaient pas encore écrite. A moins qu'il n'y eût des archives conservées dans ce monastère de Saint-Valentin des Neiges, qu'elle avait entendu mentionner plusieurs fois. Où était-il? Ah oui, à Nevarsin bien sûr. Elle avait des cartes dans son sac, mais elle était trop fatiguée pour aller les chercher. Elle se dit quand même qu'elle devrait les sortir bientôt.

Margaret fléchit sa main gauche, maintenant couverte d'un gant souple que Rafaella lui avait donné. Elle sentait sur sa paume les lignes qui semblaient intriguer Istvana et Marilla, et les inquiéter, aussi. Elles convenaient que l'étrange dessin devait être couvert, et qu'il avait quelque chose à voir avec leurs matrices, mais elles ne se risquaient pas à l'expliquer.

Margaret ne voulait pas penser aux lignes imprimées sur sa main, ni à l'étrange aventure qui les lui avait laissées en souvenir, mais elle avait du mal à se concentrer sur autre chose. Elle baissa les yeux, et, l'espace d'un instant, elle « vit » les lignes à travers le cuir souple. C'était troublant, et elle se demanda s'il n'existait pas un matériau imperméable à sa vue. Le cuir n'était pas la solution, bien qu'il lui permît de toucher les choses sans problème. Sa paume enflammée la démangeait, et la peau en était toujours très sensible.

Margaret se força à ignorer sa main, et à se concentrer sur le livre qu'elle avait finalement choisi — *Mémoires d'une universitaire vagabonde*, d'une certaine Paula Lazarus — le pensant prometteur, mais qui s'était révélé très ennuyeux. Puis son regard dériva vers les flammes du foyer, et le livre lui tomba des mains. Les yeux la picotaient, bien qu'elle ait beaucoup dormi ces derniers jours, et elle les ferma avec lassitude, se demandant si elle se sentirait jamais reposée. Puis elle se mit à somnoler.

Un bruit de pas dans le couloir la réveilla en sursaut. La porte était derrière son fauteuil, et elle l'entendit s'ouvrir. Un courant d'air froid s'engouffra dans la pièce, tandis qu'elle se penchait pour voir qui entrait. Elle s'attendait à voir Dyan, ou Mikhail, car ils lui avaient rendu de brèves visites à la bibliothèque, ou même Julian Monterey, bien qu'il n'eût pas la démarche aussi lourde.

Trois hommes entrèrent, deux en uniformes gris et vert, raides et vigilants, avec des yeux fureteurs de policiers. Le troisième était large d'épaules, lourd et trapu, avec les mâchoires carrées d'un homme habitué à imposer sa volonté à tous. Il vint se planter devant elle. Il avait les cheveux roux, grisonnants aux tempes, et une courte barbe bien taillée, et des yeux bleus, froids et pénétrants. Il la dévisagea, d'une façon qu'elle savait grossière selon l'étiquette ténébrane, et elle dut faire effort pour ne pas le prendre en grippe immédiatement. Elle ne le regarda pas, fixant les yeux sur les broderies de ses manchettes.

— *Domna*, commença-t-il, s'inclinant comme à regret. *Mais regardez-moi cette pimbêche arrogante. Exactement comme son père! Elle empeste le laran, et elle le sait!*

Arrogante? Elle ne comprit pas pourquoi il la qualifiait ainsi, mais la comparaison avec son père semblait motiver son jugement. Bizarre. Elle avait reproché bien des choses à son père, mais l'arrogance n'en était pas.

— *Vai Dom*, répondit Margaret avec douceur, imitant les manières de Dame Marilla tout en essayant d'ignorer les pensées agitées du visiteur.

Elle sentait qu'il avait un peu peur d'elle, sans comprendre pourquoi. Il était effrayé et hostile. Pire, elle soupçonnait qu'il ignorait le rire.

— Ton père n'est pas là? Qu'est-ce qu'il fait? Il t'envoie à sa place? *Je ne le tolérerai pas! Je gère Armida depuis vingt ans, et je ne me laisserai pas expulser par une gamine, qui qu'elle soit.*

Comme souvent quand elle se sentait menacée, Margaret se réfugia dans la plaisanterie.

— Il ne se cache pas sous mes jupes, assurément, dit-elle, ravie de l'air choqué des deux uniformes. Tu peux le chercher dans ces volumes poussiéreux si tu veux, ajouta-t-elle, montrant les livres.

— Il t'envoie à sa place ?

— Je n'imagine pas qui pourrait prendre la place de mon père, mais en tout cas, pas moi.

Maintenant, elle était bien réveillée et plus contrariée de seconde en seconde.

Arrogante et belle parleuse en plus ! Pourquoi Javanne m'a-t-elle imposé cette démarche inutile ! Maudites soient toutes les femmes !

— Je suis ton oncle — ton seul oncle vivant — Gabriel Lanart-Alton, et je suis venu te demander quelles sont tes intentions au sujet d'Armida ! dit-il avec effort, en proie à des émotions violentes.

Margaret en conclut que c'était un homme d'action, pas de discours, et qu'il était aussi mal à son aise qu'elle.

C'était donc le père de Mikhail, le vieillard qu'il craignait de lui voir mettre à la porte. Mais il n'était pas vieux, et surtout pas faible. Pourquoi s'était-elle mis dans l'idée que les parents de Mikhail étaient vieux ? Son aversion envers lui diminua.

— Tu m'en vois ravie, même si Rafe Scott trouverait discutable ta prétention à être mon seul oncle vivant.

— Il ne compte pas, ricana Gabriel. C'est un Terranan. *Elle cherche à m'embrouiller les idées — ça ne se passe pas comme prévu ! Elle est sans doute aussi astucieuse que son père, et moi, l'astuce n'est pas mon fort.*

— Vraiment ? En tant que frère de ma mère, il compte beaucoup pour moi. Quant à Armida, pourquoi devrais-je avoir des intentions à son sujet ? Pour une raison qui m'échappe, la moitié des gens que je rencontre supposent que je vais m'y précipiter et exiger qu'on me remette immédiatement la clé de la cuisine.

Derrière Gabriel, l'un des gardes avait le plus grand mal à garder son sérieux.

— Pour quoi d'autre serais-tu venue sur Ténébreuse ? Et à ce sujet, que diable fais-tu à Ardais ?

Gabriel avait l'air accablé d'un homme poussé aux limites de son endurance par des questions dépassant son entendement. *Javanne va m'arracher le foie si elle épouse Dyan Ardais!*

— Je suis venue sur Ténébreuse en tant qu'universitaire chargée de recueillir des chants folkloriques, et ignorant que j'étais une riche héritière. Quant à ma présence au Château Ardais, c'est mon affaire.

Margaret commençait à prendre la mesure de ce nouvel oncle, et le soupçonnait de ne pas être un homme de réflexion, mais une sorte de taureau furieux ravageant tout sur son passage. Et il semblait aussi avoir une dent contre son père, mais elle n'en imaginait pas la raison.

Gabriel devint cramoisi, les yeux exorbités, dans ses efforts pour réprimer sa frustration. *Je ne savais pas que j'étais une héritière! Je croirai ça quand les enfers de Zandru fondront! Quel jeu joue Lew? Il a toujours été faiseur d'histoires. Même quand on était jeunes et amis. Pourquoi n'est-il pas venu lui-même?* Étant donné que tu es ma parente, *Domna*, tout ce que tu fais est mon affaire. Je ne peux pas te laisser vagabonder dans les Heller...

— On ne peut guère dire que j'ai vagabondé, *Dom* Gabriel. Je suis à Ardais parce que j'ai été très malade et qu'on m'a transportée au château parce que c'était le plus proche. Dame Marilla m'a très bien soignée, et je lui suis profondément reconnaissante.

Je m'en doute, et elle n'a pas oublié de faire valoir sa mauviette de fils. Il n'y a pas une mère dans les Domaines qui ne voudrait pas cette femme pour son fils, même si elle n'est pas très bien née. Si seulement je n'avais pas été terrassé par la fièvre, tout ça ne serait pas arrivé.

— Je suis venu pour t'emmener à Armida.

— *Dom* Gabriel, commença Margaret, s'efforçant d'être conciliante avec un homme qui semblait menacé par l'apoplexie si sa fureur augmentait, je réalise que tu as l'habitude de donner des ordres et qu'on leur obéisse. Mais je ne suis pas quelqu'un que tu peux forcer à l'obéissance. Je n'avais pas prévu d'aller à Armida, et je ne vois aucune raison de changer mes plans.

— Ecoute-moi bien, ma fille! Tu es ici, ton père n'y

est pas, et ça signifie que tu feras ce que je te dirai, et sans répliquer. En l'absence de Lew, je suis ton gardien légal.

Ils se défièrent du regard une seconde.

— Quels sont exactement nos liens de parenté ?

— Ma mère était la sœur de ton grand-père Kennard. Mais qu'est-ce que cela a à voir ?

— Simple curiosité. Depuis mon arrivée, je ne cesse de rencontrer des parents dont j'ignorais l'existence. Mais je doute que tu sois mon gardien, légal ou autre. Quand j'ai vu le seigneur Hastur, il ne m'en a pas parlé, je pense donc que tu usurpes un droit que tu n'as pas.

— Je gère le Domaine Alton, et ça me donne ce droit.

— Tu arrives et tu demandes si je vais revendiquer le Domaine et te jeter dehors. Tu ne veux pas en entendre parler, et c'est normal. Tu ne me crois pas quand je te dis que je n'ai pas l'intention de faire valoir mes droits. Tu veux que je t'accompagne à Armida, mais tu n'as pas envie de m'y voir. En bref, tu es très contradictoire, et nous sommes partis sur un très mauvais...

— Silence ! s'emporta-t-il avec rage, et Margaret essaya de le prendre en pitié, sans y parvenir.

— Je ne suis pas ton enfant et je ne suis pas ton bétail. Ta femme et tes filles acceptent peut-être que tu les commandes, mais je ne suis ni ta femme ni ta fille.

Ses épaules se raidirent de fureur. Il la rendait folle, et elle se demanda comment « Javanne » le supportait.

C'est Kennard tout craché, têtue comme une mule. Plus ce qu'elle tient de sa maudite mère ! Pourquoi faut-il qu'elle soit revenue ?

— En ta qualité de nièce, *Domna*, tu pourrais aussi bien être ma fille. J'excuse ton langage parce que tu ne connais pas nos coutumes. Sur Ténébreuse, tu es toujours considérée comme une enfant parce que tu n'es pas mariée, et considérée comme ma fille parce que je gère le Domaine.

— Sottises ! Ou bien je suis héritière, et le Domaine d'Alton m'appartient, ou bien je ne le suis pas. Mais ta pupille, jamais ! Maintenant, va-t'en. A l'évidence, tu viens d'arriver, et tu dois être aussi fatigué que moi. Je pense que nous devrions reprendre cette conversation plus tard.

Margaret s'étonna de la force de sa voix, et du timbre qu'elle ne se connaissait pas. On aurait dit la voix d'une autre, et elle frissonna. Elle espérait que ce n'était pas un vestige d'Ashara, car elle ne voulait plus rien avoir à faire avec cette femme terrifiante.

A sa grande surprise, il baissa un peu le ton.

— Tu ne peux pas rester à Ardais.

— Dès que je serai en état de voyager, j'ai l'intention de retourner à Thendara et de quitter Ténébreuse.

C'était un mensonge éhonté, mais elle s'en moquait.

— Quitter Ténébreuse ? Tu ne peux pas faire ça ! *Ça résoudrait mes problèmes à court terme, mais ça ne solutionnerait rien. Maudit soit Lew qui nous met dans ce pétrin et me laisse seul pour nous en sortir ! Où est-il ? Il a démissionné de sa charge, sans même prévenir et...*

— Ah non ? Eh bien, tu verras ! dit-elle avec fureur.

Gabriel se ressaisit, redressa ses larges épaules, la respiration oppressée.

— Tu ne comprends pas. Tu dois venir à Armida. Tu dois connaître la famille. *J'ai complètement raté mon coup. Javanne et Jeff seront furieux. Pourquoi n'est-ce pas une douce jeune fille, et non cette mégère furibonde ?*

— Je dois ?

Dom Gabriel sortit en claquant la porte, suivi de ses gardes.

Environ une heure plus tard, on frappa à la porte.

— Entrez, dit Margaret, s'attendant à voir Rafaella.

Mais ce fut Mikhail qui parut, l'air hagard. Le cœur de Margaret eut un frémissement inattendu à sa vue, et elle se gronda intérieurement. Elle n'était plus en âge de se laisser émouvoir par un beau visage.

— Il paraît que mon Vieux est arrivé pour t'emmener à Armida, commença-t-il vivement.

— Ton Vieux ? dit-elle, battant des paupières, étonnée. Ah, tu veux dire *Dom* Gabriel ? C'est drôle. Moi aussi j'appelle mon père comme ça. Pas devant lui, bien sûr.

Mikhail éclata de rire et perdit son air hagard. Dommage, car il n'en fut que plus beau et elle se sentit très attirée. Elle avait l'impression de le connaître, tout en sachant que c'était impossible. Elle sentait en elle cette froideur familière, ce désir de rester à l'écart. Istvana lui avait dit que cela faisait partie du sort qu'Ashara lui avait jeté dans son enfance, et Margaret se mordit les lèvres, car elle avait horreur de cette impression d'isolement.

Mikhail la troublait beaucoup, sans qu'elle eût aucune idée de ses sentiments, pensait-elle. C'était aussi bien. Il n'était sans doute pas l'homme qu'elle imaginait, qu'elle croyait déjà connaître. Margaret aurait bien voulu se libérer de cette attirance, car elle la désorientait.

— Non, jamais devant lui. Mon père a horreur de vieillir. Autrefois, il pouvait rester à cheval trois jours et trois nuits sans manger ni dormir — du moins à l'entendre. Maintenant, un jour en selle le fatigue et l'irrite. De plus, il vient d'être malade, et comme il n'a jamais rien, il est furieux que son corps lui ait refusé le service. Sans ça, il y a des jours qu'il serait ici.

— Cela explique son comportement. Et je suis bien contente qu'il ne soit pas arrivé plus tôt, car il aurait été capable de faire irruption dans ma chambre, en exigeant que je me lève immédiatement pour le suivre.

Mikhail soupira, branlant du chef avec tristesse.

— Il a été très brutal ?

— Enfin, il m'a paru habitué à être obéi.

— Il est toujours comme ça, en voyage ou pas.

Mikhail se croisa les mains dans le dos et contempla le feu. *Je dois prendre sur moi pour ne pas la regarder. C'est intolérable ! Je n'ai jamais été autant attiré par une femme ! Elle m'a séduit d'un seul regard et je la suivrais n'importe où.*

— Il était Capitaine de la Garde jusqu'à l'année dernière, et il a pris l'habitude du commandement. Ou peut-être qu'il a toujours été comme ça. Nous ne sommes pas très proches, parce que j'ai longtemps été l'héritier du Seigneur Régis. J'ai été élevé au Château Comyn et j'y ai vécu des années. Quand Dame Linnea a eu son fils Danilo, il est devenu l'héritier, et je suis retourné à Armida. Depuis je suis devenu l'écuyer de Dyan, et je n'y vais plus beaucoup. Il m'aime bien à sa façon, je suppose.

Si c'est le cas, il le cache bien. Il a toujours l'air de vouloir m'étrangler. Alors, quand pars-tu?

Occupée à trier les pensées de Mikhail qu'elle recevait sans le vouloir, ravie de son attirance pour elle et de son aversion pour son père, elle ne répondit pas tout de suite.

— Je ne pars pas, dit-elle enfin.

— Quoi? dit Mikhail, la regardant en face avant de baisser les yeux.

Mais ce regard la fit frémir d'un désir inconnu.

— Tu l'as défié? Il devait être hors de lui!

— Il a claqué la porte si fort qu'il a failli casser les gonds. Il avait l'air de croire que je ferais automatiquement ce qu'il voulait. Il m'a fait un laïus pour me convaincre qu'il était mon gardien. Je lui ai fait remarquer que je ne suis plus une enfant, mais il ne m'a pas vraiment écoutée.

— Mon père est un brave homme, mais écouter n'est pas son fort. Il prend une décision, et il fonce. Désolé.

— Tu n'as pas à l'être. Nous ne sommes pas responsables du comportement de nos parents. S'il te plaît, dis-moi, si tu le peux, pourquoi il veut que j'aille à Armida? Je veux dire, s'il a peur que je fasse valoir mes droits, pourquoi me veut-il là-bas? Et qui est Jeff? Et Javanne? J'ai l'impression de tomber au milieu d'un roman russe.

— Qu'est-ce que c'est?

— Un roman russe? Une histoire avec des milliers de personnages qui ont tous au moins quatre noms différents.

— On doit s'y perdre, dit Mikhail en riant.

— Pas plus que dans les généalogies ténébranes.

— Oh! J'ai toujours vécu avec, alors je ne les trouve pas compliquées. Mais je comprends que ce soit difficile pour toi. Javanne est ma mère; Javanne Hastur, sœur du Seigneur Régis.

— Ah! Je savais qu'elle était ta mère, mais j'ignorais qu'elle était sœur du Seigneur Régis. Je crois que mon père a parlé d'elle, une fois — à propos d'une réception et d'une bataille à coups de griffes. Non, ce n'étaient pas des griffures, mais des morsures! Il a une petite cicatrice à un bras, et quand je lui ai demandé qui la lui avait faite, il m'a dit que Javanne l'avait mordu. C'est la même personne ?

Mikhail éclata de rire.

— Ma mère adore cette histoire — elle avait neuf ans à l'époque, et déjà un fichu caractère. Elle s'était disputée avec Lew, et elle voulait qu'il retire ce qu'il avait dit. Et comme il refusait, elle l'avait jeté par terre, s'était assise à califourchon sur sa poitrine, et lui avait mordu le bras quand il avait essayé de la déloger. Très peu distingué, mais Maman était un peu garçon manqué, s'il faut en croire Oncle Régis. En fait, il m'a dit une fois que c'était bien dommage qu'elle ait été femelle et lui mâle. Mais il avait un peu bu, alors je ne l'ai pas trop cru.

— Elle a l'air impressionnante. Elle a mûri avec l'âge ?

— Je n'ai pas remarqué, dit-il avec un grand sourire. Elle est merveilleuse, mais très autoritaire.

— Je m'en doute. Et avec ton père qui est assez têtu, je suppose qu'ils vont bien ensemble.

— Si les hurlements et les coups de poing sur la table expriment l'amour et l'harmonie, alors, oui.

Margaret s'étonna d'être tellement à l'aise avec Mikhail, comme si elle pouvait tout lui dire. C'était la première fois que ça lui arrivait, et elle en fut très détendue. Puis le froid intérieur revint, l'impression qu'elle devait se tenir à l'écart. De sorte qu'elle fut tiraillée entre deux émotions contradictoires.

Enfin, elle sentit, plus qu'elle n'entendit, des émotions semblables chez Mikhail, qui lui aussi semblait à l'aise avec elle comme il ne l'avait jamais été avec personne. C'était une sensation merveilleuse, mais très troublante pour tous deux. *Il pourrait être mon ami ! Je n'ai jamais eu d'homme pour ami, sauf Ivor, mais c'était différent. Pourtant, je ne dois pas. Un événement terrible nous menace si je me laisse attirer par lui.*

Un instant, elle se raidit, attendant quelque chose. Puis elle réalisa que la voix intérieure qui l'avait toujours isolée se taisait, et elle commença à comprendre toute la portée de l'épreuve subie avec Istvana Ridenow.

— Et qui est Jeff ? demanda-t-elle.

— Jeff, c'est le Seigneur Damon Ridenow, dit-il, comme si ça expliquait tout.

— Ridenow ! Encore un oncle ?

— J'en ai peur. Mais généralement, nous donnons le nom d'oncle ou de tante aux parents de la génération qui précède immédiatement la nôtre, et Jeff est de celle d'avant. Tu lui es apparentée des deux côtés, parce qu'il descend d'Ellemir Lanart, qui appartient à la lignée Alton, et d'Arnad Ridenow, qui est parent de ta belle-mère.

— Tu sais, je commence à regretter de ne pas être du genre à m'évanouir tout le temps, parce que tous ces nouveaux parents me rendent folle. Mais pourquoi appelle-t-on Jeff le Seigneur Damon ?

— Quelqu'un t'a parlé de la Tour Interdite ?

— Istvana m'en a dit quelques mots.

— Quoi ?

— Attends que je réfléchisse. Ça s'est passé il y a soixante-dix ou soixante-quinze ans, c'est ça ? C'est là que j'ai entendu le nom de Damon Ridenow pour la première fois. Je savais que c'était familier. Mais ce Jeff ne peut pas être la même personne — il aurait plus de cent ans !

— Non, ce n'est pas la même personne. Ah, c'est une vieille histoire, et assez triste, soupira-t-il. Pendant des siècles, toutes les Gardiennes furent des femmes et des vierges. Damon Ridenow fut le premier Gardien depuis les Ages du Chaos. Il avait épousé Ellemir Lanart, mais il avait une fille d'une autre femme, Jaelle n'ha Melora.

— N'ha Melora ? Tu veux dire que c'était une Renonçante, comme Rafaella ?

— Oui. Et, je t'en prie, ne m'interromps pas, car l'histoire est assez compliquée sans ça.

— Désolée, dit-elle avec sincérité, car il n'était pas contrarié le moins du monde et qu'elle en ressentait un grand contentement intérieur.

— Léonie Hastur, qui était *leronis* à la Tour d'Arilinn où ton père a reçu sa formation, en fut très affligée, parce qu'elle et Damon étaient très proches, et qu'elle se sentit trahie lorsqu'il devint Gardien et engendra des enfants.

Les Gardiennes jouissaient d'un immense pouvoir, le seul permis aux femmes, et elles entendaient le conserver.

— Je les comprends, à la façon dont on les embrigade dans le mariage à un âge si tendre.

Mikhail sourit, la menaçant plaisamment de l'index comme fait un maître d'école pour un enfant pas sage.

— Je ne veux pas entrer dans une discussion avec toi sur la façon dont nous traitons nos femmes, Marguerida.

Son nom, prononcé par Mikhail, ne lui avait jamais paru si harmonieux.

— Non, bien sûr. Je n'avais pas l'intention de critiquer. *D'après ce que m'a dit Rafaella sur la route, ce ne sont pas les sujets de critique qui manquent, mais ça ne me regarde pas. Mais le mariage ici, très peu pour moi.*

— Bref, Damon fonda une tour opérationnelle à Armida, avec sa femme, sa sœur jumelle Callista, et un Terranan nommé Ann'dra Carr. Cela fut assez mal vu, mais c'était difficile à empêcher sans de grandes effusions de sang. La fille de Damon, Jaelle, s'appelait Cleindori, et l'on dit qu'elle était l'une des femmes les plus belles qui aient jamais existé. Si l'on en juge sur l'unique portrait que l'on ait d'elle, c'est vrai. Elle alla à Arilinn, devint *leronis*, et commença à créer une science basée sur la matrice, qui avait disparu depuis des siècles. Nous avons perdu beaucoup de connaissances pendant les Ages du Chaos, soupira-t-il. Et nous ne les avons pas encore toutes retrouvées.

— Pourquoi ? Enfin, je ne comprends pas très bien comment fonctionnent ces matrices, mais je sais qu'elles servent à concentrer l'esprit. Si les Ténébrans s'en servent depuis des siècles, j'aurais pensé qu'ils avaient créé une science fonctionnelle depuis longtemps.

— Tu as raison, mais les destructions survenues pendant les Ages du Chaos nous ont rendus très méfiants — beaucoup d'excès furent commis à cette époque, et nous ne voulions pas refaire les erreurs de nos ancêtres.

— Qu'est devenue Cleindori ?

— Elle a violé les règles. Elle devait tenir de son père, je suppose. Elle a épousé Arnad Ridenow, or, il était inconcevable qu'une Gardienne se marie. C'était déjà scandaleux, mais en plus, elle a conservé son *laran* ! Et cela fut très mal accepté, car il avait été établi depuis des siècles que seule une vierge pouvait avoir un *laran* de Gardienne. Elle était aussi puissante qu'avant, ce qui bouleversait toutes les idées admises.

— Je sens que ce récit te met mal à l'aise, mais je ne sais pas pourquoi.

— Eh bien, c'est parce que je n'ai jamais parlé de virginité avec une femme de mon âge, et que ça me semble bizarre. Ça ne te gêne pas, toi ?

— Ça devrait ? Ce n'est pas comme si j'étais ignorante des choses du sexe, Mikhail. Je veux dire, j'ai fréquenté l'Université, dit-elle d'un ton enjoué.

— Bien sûr ! dit-il en riant. Tu es une femme sophistiquée, et moi, je suis un homme des bois !

— Ne dis pas de bêtises. A l'évidence, tu es intelligent, et c'est ce qui compte.

— Oui, soupira-t-il, je suis le cerveau de la famille, et c'est sans doute pour ça que je ne m'entends pas avec mon père. Le Vieux se méfie des gens intelligents.

— Des gens comme mon père, tu veux dire.

— Exactement !

— Pourquoi ? J'avais l'impression que nos pères étaient amis autrefois.

— Oui, en effet. Mais mon père était toujours dans l'ombre de Lew Alton, et il en souffrait. Du moins, c'est ce que je suppose sans en être certain. Mon père n'avait jamais pensé administrer le Domaine d'Alton ; il ne l'a fait que parce que Lew a quitté Ténébreuse, et il a toujours eu le sentiment de n'être qu'un bouche-trou. De plus, ton retour a bouleversé tous ses projets. Alors, je t'en prie, tâche d'être patiente avec lui. C'est un brave homme, mais qui tient beaucoup à ses idées, pour vieux jeu qu'elles soient.

Margaret ne savait pas ce qu'il entendait exactement par « vieux jeu », mais elle s'aperçut qu'elle avait envie de faire plaisir à Mikhail. Sentiment surprenant, parce qu'en dehors de la musicologie elle n'avait jamais cherché à plaire à personne depuis son enfance et qu'elle s'était toujours sentie rejetée chez elle.

— Je ferai de mon mieux. Mais tu n'as toujours pas fini de m'expliquer qui est ce Jeff, qui est mon grand-oncle, mon cousin ou les deux. Toutes les familles ténébranes sont-elles aussi compliquées?

— La plupart, oui. N'oublie pas que nous nous marions entre nous depuis des générations, de sorte que tous les Domaines sont liés autant par le sang que par le loyalisme. Merci d'accepter d'être patiente envers mon père. Je sais qu'il est pénible, mais il est totalement dévoué à Ténébreuse, et cela le rend parfois un peu étroit d'esprit, dit-il avec un sourire complice. Bon, où en étais-je?

— Au moment où Cleindori épouse Arnad.

— Ils eurent un fils, nommé Damon Ridenow comme son grand-père, qui fut plus tard adopté et emmené sur Terra où on l'appela Jeff Kerwin Jr. Par la suite, Cleindori et Arnad furent assassinés par des fanatiques qui ne comprenaient pas que la virginité d'une Gardienne n'avait aucune importance. Quelques années après, Jeff revint sur Ténébreuse et découvrit qui il était. Il s'aperçut qu'il avait un *laran* très puissant et alla à Arilinn pour y recevoir sa formation, mais il conserva le nom sous lequel il avait été élevé. Comme il était le petit-fils du premier Damon, il était l'héritier du Domaine d'Alton. Il renonça à ses droits en faveur de ton père, parce qu'il voulait rester à Arilinn. Après la Rébellion de Sharra, quand ton père quitta Ténébreuse pour devenir notre Sénateur, il renonça à son tour à ses droits, car nos lois stipulent que le chef d'un Domaine doit résider sur Ténébreuse. C'est ainsi que mon père s'est retrouvé à Armida. Il l'a bien géré et il l'aime, de sorte que ton retour le bouleverse. Techniquement, Jeff pourrait réaffirmer ses droits, mais il ne le fera pas. Fondamentalement, c'est très compliqué, et ta présence complique encore la situation.

— Je crois qu'elle me plaisait mieux avant tes explications. On dirait qu'il y a trop de prétendants au Domaine d'Alton, non? Oh, j'ai la cervelle toute brouillée. Mais où interviennent les Lanart? ajouta-t-elle, fronçant les sourcils en s'efforçant de comprendre cette généalogie.

— Les Lanart sont une branche cadette de la lignée Alton.

— C'est pourquoi ton père est un Lanart-Alton?

— Oui.

— Mais alors, ce Jeff n'appartient pas du tout à la lignée, me semble-t-il. Il est le petit-fils de Jaelle et du premier Damon Ridenow, non de son épouse Ellemir Lanart, c'est bien ça ?

— Oui. Mais Marcella Ridenow avait épousé Esteban Lanart, et Ellemir et Callista étaient leurs filles...

— Arrête ! protesta-t-elle, soudain très fatiguée. Ma pauvre cervelle refuse d'assimiler un fait de plus ! J'accepterai donc que ce Jeff — le Seigneur Damon Ridenow — soit mon oncle, bien qu'il ne le soit pas. Si je ne connaissais pas les modèles de parenté dans d'autres cultures, je penserais que vous êtes tous fous.

— Je n'avais jamais réalisé à quel point c'était compliqué avant de tenter de te les expliquer.

— Je ne comprends toujours pas pourquoi ton père veut que je rencontre ce Seigneur Damon Ridenow. D'ailleurs, je ne comprends pas la moitié de ce qui s'est passé depuis mon arrivée.

— Mon Vieux est à cheval sur l'étiquette quand ça l'arrange. Alors il a sans doute envoyé une invitation pour Jeff à Arilinn, afin de respecter la coutume, et pour dissimuler sa véritable intention.

— Et quelle est-elle ?

— De te marier à l'un de mes frères dès que possible.

— A tes frères ? Pourquoi pas à toi ?

— Mon père s'efforce de penser à moi le moins possible, sauf quand il m'ordonne de faire quelque chose qui me déplaît. Comme je le te l'ai dit, nous n'avons jamais été proches après que le Seigneur Régis m'eut désigné pour son héritier. Alors, lui et ma mère doivent te vouloir pour Gabriel ou Rafael. *Je n'entre même pas en ligne de compte — je suis l'outsider. Si Régis ne m'avait pas fait donner de l'instruction, il en aurait peut-être été autrement. Le Vieux n'a pas confiance en moi. Bon sang !*

— Pourquoi ?

Margaret comprenait que Régis Hastur ait désigné le fils de sa sœur pour son héritier avant d'avoir des enfants à lui. Etant donné l'obsession ténébrane de conserver l'intégrité des Domaines, toute autre attitude aurait paru insensée.

— Je suis le plus jeune.

— Mais tu as mon âge à peu près. Tes frères sont donc plus âgés et encore célibataires ? N'est-ce pas inusité ?

— C'est presque scandaleux, si tu veux la vérité. Chaque fois que je vais à Thendara, Dame Linnea a toujours une jeune fille de bonne famille à me présenter. Ou Régis suggère discrètement que telle ou telle fille pourrait m'intéresser. J'ai été poursuivi par les femmes tant que j'étais l'héritier de Régis, pour ma situation réelle ou potentielle. Cela m'a donné mauvaise opinion d'elles, car je ne sais jamais si je suis recherché pour moi ou pour mes relations. De plus, si quelque chose était arrivé à Gabriel ou Rafael, j'aurais aussi hérité du Domaine d'Alton. Bien sûr, ton retour a changé tout ça.

— Tu désires le Domaine ?

— C'est difficile à comprendre pour toi, dit-il, haussant les épaules, parce que nos coutumes sont très complexes — même pour moi qui les connais depuis le berceau. Régis avait promis de donner la régence à un enfant de Javanne, et il m'avait choisi de préférence à mes aînés. Oncle Régis m'a formé pour le gouvernement et bien d'autres choses.

— Bien d'autres choses ? Que veux-tu dire ?

— Oncle Régis est devenu régent presque par hasard. Des événements survinrent que personne n'avait prévus, et quand la poussière est retombée, il était le seul survivant. Il n'avait pas été formé pour cette charge, et il ne voulait pas que ça m'arrive. Mon père n'était pas trop content, parce que Régis m'a fait apprendre des tas de choses qui ne sont pas ténébranes. J'ai beaucoup lu sur l'histoire et la philosophie de la Terre, parce que Régis trouvait que c'était important. Mon père trouvait que c'étaient des fariboles.

— Mais ça a tourné court.

Mikhail hocha la tête, passant d'un pied sur l'autre.

— Régis a trouvé Linnea, ils ont eu des enfants, et donc, tout en restant techniquement l'héritier, parce que Régis n'a pas encore officiellement déclaré pour héritier son fils aîné Danilo, le fait est que je suis un homme élevé pour gouverner mais que je n'ai pas de royaume.

— Pourquoi Régis Hastur n'a-t-il pas clarifié la situation — déclaré son fils pour héritier ? Ça fait désordre !

— Bien dit, gloussa-t-il. Je ne sais pas pourquoi Régis n'a pas encore déclaré Danilo pour son héritier. Il ne m'a pas consulté, et il serait très impoli de le lui demander. Mon oncle ne prend pas ses décisions à la légère. Mais si quelque chose lui arrivait, je serais encore le régent désigné, et si quelque chose arrivait à mon père et à mes frères, j'aurais des droits réels sur le Domaine d'Alton. Enfin, j'en aurais eu avant ton retour. Question d'équilibre des pouvoirs, Marguerida. Je ne convoite plus spécialement la régence, et je ne pense pas vraiment au Domaine d'Alton, parce que c'est une possibilité trop éloignée. Mais personne ne le croit, et surtout pas mon père. Ils imaginent que je convoite soit le trône, soit le Domaine. Ils n'ont aucune idée de ce que je désire vraiment.

— Et qu'est-ce que c'est ?

— Quitter Ténébreuse et voir d'autres planètes. Régis m'a promis de s'en occuper quand il aura fait de Danilo son héritier officiel. Il me comprend, parce qu'il aurait voulu lui-même aller dans les étoiles, mais qu'il ne l'a pas pu. Je ne veux pas rester ici pour me marier et engendrer des tas d'enfants — tout en sachant que c'est mon devoir. Ça me donne l'impression d'être un...

— Un étalon ?

Il rougit, et Margaret comprit qu'elle avait vu juste.

— Oui, cela résume bien la situation. J'ai lu quelques romans terranans et je connais l'existence des attachements romanesques. Eh bien, permets-moi de te dire que ça n'existe pas sur Ténébreuse, du moins parmi les familles des Domaines. Nous ne nous marions pas par amour, et souvent, nous ne rencontrons notre partenaire que le jour des noces. Il y a eu quelques exceptions, mais c'est encore pire parce qu'elles ont tendance à brouiller les choses. Ton père et Marjorie Scott, entre autres, sont considérés comme de mauvais exemples de ce qui arrive quand les gens ne font pas leur devoir !

— Oh, ils avaient fait un mariage d'amour ? Je ne sais rien de leur histoire. Mon père ne parle jamais d'elle, et ma belle-mère non plus.

— Je ne suis pas sûr, mais je crois que c'était assez exceptionnel. La coutume, jusqu'à ma génération, c'est que les parents arrangent les mariages. Les enfants, voilà ce qui importe.

— Ça me semble très impersonnel. Non que je sois amateur de romans d'amour — j'en ai lu quelques-uns, et ils m'ont paru idiots. Et Ténébreuse n'est pas si différente de bien d'autres planètes, parce que les mariages arrangés sont communs sur beaucoup de mondes. Mais pas pour les enfants — pour la richesse et le pouvoir.

— Pour ça aussi. Les Domaines gouvernent Ténébreuse depuis des générations, et ils ne voient aucune raison de changer.

— Crois-tu que tes frères me plairaient ?

— Gabe est le portrait du Vieux ; aussi lourd, carré et sûr de lui, dit Mikhail, faisant la grimace. Nous nous évitons dans la mesure du possible.

— Et Rafael ?

— Il aime la chasse et l'élevage des chevaux.

— Ils ne semblent faits pour moi, ni l'un ni l'autre.

— Tu ne considères pas sérieusement...

— Et que t'importe ?

Mikhail réfléchit, pensif et un peu perplexe.

— Je ne voudrais pas que tu sois malheureuse. Tu es... tu ne ressembles à personne de ma connaissance Tu es intelligente et tu ne le caches pas. Tu es instruite, tu parles de « romans russes » et de modèles de parenté sur des planètes dont je n'ai jamais entendu parler. Tu serais très malheureuse d'être mariée à Gabe ou Rafael. Gabe ne supporterait pas une femme plus intelligente que lui, et Rafael n'est pas grand causeur. *Et tu es trop indépendante, trop semblable à moi. Pourquoi n'es-tu pas laide et idiote, tout aurait été tellement plus facile.*

— Alors, pourquoi pas toi ? dit-elle avec malice.

Avant qu'il n'ait pu répondre, ils se raidirent, comme si une présence étrangère avait envahi la bibliothèque. Ce n'était pas dans la pièce, mais quelque part dans le château.

— Enfer et damnation ! Je crois que le Vieux et la *leronis* se disputent. Je me demande pourquoi ? *Le vieil imbécile. Pourquoi aller chercher querelle à Istvana ?*

— Je crois que c'est à cause de moi, Mikhail, soupira-t-elle. Ton père veut que j'aille à Armida, et Istvana veut que j'aille dans sa Tour pour me former — et ni l'un ni l'autre ne se soucient de ce que je veux !

— Et qu'est-ce que tu veux, ma cousine ?

Elle le sentit se distancier, et elle eut une impression de solitude plus forte que jamais.

— Je ne le sais plus. Tout est trop confus. Une partie de moi désire partir immédiatement, mais une autre partie désire rester sur Ténébreuse. Je n'ai aucune des connaissances nécessaires pour vivre ici — que pourrais-je faire ? Devenir fermière ou aubergiste ? Ici, personne n'a besoin d'une musicologue, non ? Et je n'ai pas envie de me marier, ce qui semble la vocation principale des Ténébranes.

— Tu pourrais essayer la culture des champignons, répondit-il, une lueur amusée dans l'œil. Je crois que ça n'exige aucun talent spécial.

— C'est une idée, dit-elle, entrant dans la plaisanterie pour esquiver les questions plus graves. Et cela n'exige pas de se lever en pleine nuit pour accoucher une jument.

— Exactement. Il ne faut qu'un couteau et un panier...

Ils se mirent à rire aux larmes.

La porte s'ouvrit ; Gabriel Lanart-Alton et Istvana Ridenow entrèrent, tous deux congestionnés, et les regardèrent. Margaret se sentit prise en faute, comme si elle avait fait quelque chose de mal, et Mikhail rougit jusqu'aux cheveux. Ils échangèrent un bref regard, ce qui fut une erreur, car ils faillirent se remettre à rire.

— Que fais-tu là ? gronda Gabriel à son fils.

— J'entretenais ma cousine des délices d'Armida, répondit Mikhail avec raideur, tout humour envolé.

— Ça ne te regarde pas. Je lui dirai tout ce qu'elle a besoin de savoir. Maintenant, laisse-nous.

Mikhail se raidit à ce congé sans cérémonie, lança à son père un regard dénué d'aménité, et sortit. *Je ne discuterai pas avec lui ! Même si ça me tue !*

Margaret entendit ces pensées et sentit la rage du jeune homme. Elle avait envie de défendre Mikhail, de dire au vieux tyran ce qu'elle pensait. La force de son émotion la stupéfia, comme si elle et Mikhail étaient des alliés. Cela dépassait la simple amitié, réalisa-t-elle, sentant un grand froid l'envahir, succédant à une forte impression de parenté qui n'avait rien à voir avec le sang. Son désir de défendre Mikhail le disputait à la réserve habituelle qui l'avait toujours maintenue à l'écart des autres, et ni l'un ni l'autre n'avait le dessus. Elle se mordit les lèvres et foudroya son oncle. Elle garda le silence, les mains croisées sur les genoux, si bien que Gabriel finit par s'agiter avec embarras.

— Je veux que tu viennes à Armida, Marguerida, et aussi vite que possible, dit Gabriel, commençant avec calme, mais terminant sur le ton de l'aboiement.

— Ce serait une très mauvaise idée, dit Istvana. Il faut que tu viennes à la Tour pour apprendre à te servir de tes talents. Nous avons anéanti le principal obstacle à ton Don, mais sans entraînement, tu es aussi impuissante qu'un nourrisson. Et dangereuse, en plus. Je te l'ai expliqué, et je croyais que tu avais compris. Et voilà que *Dom* Alton m'informe que tu pars immédiatement pour Armida et...

Margaret les regarda alternativement. Elle aimait la *leronis*, et, qui plus est, après les jours et les nuits passés ensemble, elle avait confiance en elle. Elle pensa à discuter du problème avec Rafaella, car elle avait également confiance en elle et appréciait sa compagnie.

— Marguerida n'a pas besoin d'aller à la Tour de Neskaya, dit Gabriel à la *leronis*, s'enflant de nouveau de colère en voyant discuter sa volonté. Ma fille Liriel et mon cousin Damon Ridenow peuvent prendre soin d'elle. Elle a surmonté la maladie du seuil, et elle n'a pas besoin d'être dorlotée comme...

— Je n'ai que respect pour *notre* parent, dit Istvana, soulignant sa propre parenté avec le Seigneur Damon, mais il ne constitue pas un cercle de Tour à lui seul, et Liriel non plus, quoiqu'elle soit excellente technicienne. Tu n'imagines pas les épreuves que Marguerida a subies, et tu ne sais pas quels soins ni quel entraînement il lui faut, dit-elle, souriant à Margaret et la couvant d'un regard maternel. Tu comprends certainement l'importance pour elle d'un séjour à Neskaya, Seigneur Lanart.

Margaret enregistra la subtile insulte, car, en utilisant

le titre de Seigneur Lanart au lieu de celui, plus élevé, de *Dom* Alton, Istvana le remettait à sa place. Il se hérissa.

— Marguerida doit être avec sa famille. Elle doit apprendre nos coutumes et faire son devoir envers Alton.

— Pendant que vous vous affairez à organiser mon avenir, vous ne semblez pas vous soucier de ce que je veux, moi, dit Margaret avec calme, et tous deux la regardèrent comme s'il lui avait poussé une seconde tête. Vous n'avez pas l'air de vous douter que j'ai ma propre vie, mes propres projets et ambitions, et que ni Armida ni Neskaya n'en font partie.

— Plus de cette sottise de quitter Ténébreuse ! Ta place est ici, et tu y resteras ! *Je la ferai arrêter par mes hommes s'il le faut ! Je ne veux pas qu'elle s'en aille avec cette sorcière — le* laran *est une malédiction — et je n'ose pas la laisser ici non plus !*

Margaret réalisa qu'il faisait ce qu'il croyait le mieux pour elle, et qu'il ne comprenait pas sa résistance. Il n'était pas stupide, mais résolu à imposer sa volonté, inspirée par sa propre conception du bien et du mal. A contrecœur, elle en éprouva pour lui une certaine admiration, car elle savait que ce n'était pas facile pour lui de tenir tête à Istvana.

D'autre part, la *leronis,* ayant anéanti le blocage qui la frustrait de son potentiel, s'inquiétait de tout le mal qu'elle pouvait se faire par sa vaste ignorance. Le pauvre Gabriel croyait sincèrement que sa place était à Armida, épouse de l'un de ses fils et mère dès que possible. Il ne concevait pas d'autre mode de vie pour une femme, et il considérait contre nature toute autre voie que le mariage et la maternité.

Alors, que voulait-elle ? Mikhail lui avait posé la question, et elle se rendait compte que la question était importante. Elle n'avait aucune idée de la vie dans une Tour, mais ça ne l'attirait pas. Elle savait qu'on y utilisait des matrices, dont la seule idée l'angoissait.

Les Renonçantes étaient une alternative, mais elle savait qu'elle n'était pas une Magda Lorne et qu'elle n'avait aucun désir de suivre la voie étroite d'une Renonçante. Quant au mariage et aux enfants, elle n'y avait jamais vraiment réfléchi, et pensait qu'elle n'était pas faite pour ça. Avec un homme assorti, ce serait peut-être valable, mais elle n'avait jamais rencontré personne qu'elle désirât épouser. Elle aurait voulu un homme aussi érudit qu'Ivor, aussi fort que son père, mais aussi un homme qui saurait rire avec elle. Puissant et enjoué lui semblait une combinaison impossible. Elle avait beaucoup voyagé et était presque certaine qu'elle ne serait jamais tout à fait heureuse de ne vivre que sur Ténébreuse.

Marja!

Son diminutif d'enfant résonna dans sa tête et, un instant, elle crut qu'Istvana ou Gabriel l'avait pensé. Puis elle réalisa que ni l'un ni l'autre ne l'appelleraient ainsi — c'était trop intime pour ces étrangers, malgré leur parenté avec elle. Dio l'appelait ainsi, et, plus rarement, le Sénateur. Mais ce n'était pas une voix de femme qu'elle avait entendue.

Pour la première fois depuis des années, Margaret *désirait* la présence de son père. Elle se revit, petite, assise sur ses genoux, la tête contre sa poitrine, à écouter les battements de son cœur avec une confiance totale. Il avait une odeur réconfortante.

Il y avait en elle un grand vide, aspirant à être rempli non par l'homme qu'elle avait connu sur Thétis, mais par le Lew Alton qui existait quand elle était enfant. Elle savait qu'elle ne pourrait jamais redevenir une fillette blottie dans ses bras, mais elle le désirait néanmoins. Elle aurait voulu qu'il soit là, et non à des années-lumière. Elle n'avait aucune expérience directe de sa force et de sa sagesse, mais elle était sûre qu'il lui dirait ce qu'elle devait faire.

Le temps s'immobilisa une seconde, et elle oublia la présence de l'homme et de la *leronis*. Elle se rappela un certain moment, pendant sa maladie, où elle avait eu l'impression que Lew était dans la pièce, et qu'il lui parlait. Elle avait pensé que c'était un rêve provoqué par la fièvre, mais elle n'en était plus si sûre. Peut-être qu'il n'était pas de l'autre côté de la galaxie.

Margaret se rappela la surprise exprimée par plus d'un en apprenant que Lew n'était pas sur Ténébreuse, comme si on l'y attendait d'une minute à l'autre. Il se passait des choses dont elle ignorait tout. Et l'impression de sa présence était très forte. Elle n'avait pas besoin de *laran* pour la percevoir. Elle en sentait presque l'odeur.

Marja! Va à Armida! Tout ira bien. Chiya, *tout ira bien à la fin!* Elle fut subjuguée par ces paroles, accompagnées d'un tel flot d'affection et de désir de la voir que son cœur se brisa. Elle ne croyait pas que les pensées du Sénateur venaient de très loin. La logique, sa fidèle servante, lui souffla alors qu'il devait déjà être sur Ténébreuse. Mais, dans ce cas, Gabriel et Istvana l'auraient su. Peu importe. Elle était sûre d'avoir entendu sa voix.

Gabriel se préparait à une nouvelle exhibition d'autorité, et Istvana réprimait à grand-peine la contrariété que lui inspirait ce butor ; mais avant qu'il ait pu parler, Margaret hocha la tête.

— Je viendrai à Armida. Rafaella m'y accompagnera.

— Sottise ! Tu y viendras avec moi.

— Je viendrai en mon temps et à mon heure, mon Oncle.

— Mais... oh, très bien, dit-il, faisant contre mauvaise fortune bon cœur, et elle lui sut gré de ne pas trop se rengorger de sa victoire. Je suis content que tu aies enfin le bon sens de faire ce qu'on te dit, de cesser de parler d'aller dans une Tour, de quitter Ténébreuse et autres sottises.

Il se détendit, et, pour la première fois, elle remarqua sa ressemblance avec Mikhail. Il devait avoir été beau dans sa jeunesse.

— Nous veillerons à l'établir avant le Solstice d'Hiver.

— Je ne fais pas cela pour toi, *Dom* Lanart, et je doute que je sois établie au Solstice ou plus tard. Tu n'as aucune autorité sur moi, et j'espère que tu seras bientôt désabusé de cette idée.

— Nous saurons bien t'ôter ces sottises terranans de la tête, et te faire faire ce qu'on te dit.

— Je t'en prie, ne me fais pas regretter mon choix, répondit-elle, avec plus de douceur qu'elle n'en ressentait.

Soudain trop fatiguée pour discuter, elle conclut :

— Je ferai ce que je veux, quoi que tu en penses.

Gabriel ragea intérieurement un moment, puis sortit en claquant la porte. Istvana regarda Margaret.

— Sois prudente. Gabriel a peut-être l'air d'un vieil imbécile, mais il est rusé et puissant.

— Crois-tu que j'ai fait le bon choix?

Istvana hésita.

— Je l'ai entendu comme toi, et je soupçonne que la moitié des *leroni* de Ténébreuse ont dû l'entendre aussi, dit-elle, se frictionnant le front comme si elle avait mal à la tête. Je suis inquiète, mais je crois que tu agis comme il le faut. Jeff veillera sur toi, j'en suis sûre. Tu peux lui faire confiance.

— Merci pour tout.

— J'ai fait de mon mieux, j'ai fait mon devoir, mais j'avoue que j'y ai pris plaisir. Quand je serai une vieille radoteuse, sans doute que j'ennuierai les jeunes en leur racontant l'histoire de Marguerida Alton et de la Tour aux Miroirs. Car je ne me remettrai sans doute pas de cette expérience avant de devenir gâteuse, dit-elle en frissonnant.

Puis elle gloussa et rajeunit de plusieurs années.

— Je te souhaite le meilleur, *chiya*. Tu le mérites.

16

Margaret décida qu'il serait mauvais pour sa digestion de dîner en compagnie de *Dom* Gabriel Alton et d'Istvana Ridenow, toujours à couteaux tirés. Prétextant la fatigue, elle se retira dans sa chambre où une servante lui apporta un plateau.

Ses premières pensées allèrent à Mikhail. Bien qu'elle fût contrariée de sa sottise, elle était incapable d'agir autrement. Il avait percé ses défenses, et il était à la fois charmant et intelligent. A l'évidence, l'attirance était réciproque, mais, chez lui aussi, quelque chose lui interdisait de suivre son penchant.

Qu'avait-il dit? Quelque chose sur la nécessité de conserver l'équilibre des pouvoirs? Bien sûr! Si elle était héritière du Domaine d'Alton et qu'il fût toujours héritier de Régis Hastur, cela les mettait en position de force. Elle s'imagina un moment en train de gouverner Ténébreuse, de fonder des écoles, des hôpitaux et autres institutions reprises à la civilisation terrienne. Le problème, c'est qu'elle ne voulait pas de ce genre de vie, et elle le savait.

Que se passerait-il si elle renonçait simplement à ses droits ? Cela plairait à *Dom* Gabriel. Et sans doute aussi à Dame Javanne. Après tout, elle savait peu de choses sur Ténébreuse et n'était pas capable de gérer un Domaine. Mais non, cela déplairait au Vieux et, pour le moment, c'est surtout à lui qu'elle voulait plaire, et non à ces étrangers. Elle n'avait pas assez d'informations, et, en sa qualité d'universitaire, elle savait qu'il était dangereux d'échafauder des théories sans données suffisantes. De plus, si Mikhail semblait la trouver à son goût, cela ne signifiait pas qu'il voulait l'épouser, non ?

Quelque chose d'autre lui titillait l'esprit. Quelque chose que Mikhail avait dit... non, c'était une pensée vagabonde. Puis elle se rappela ses derniers instants dans le surmonde, quand elle luttait avec la matrice dont les contours étaient toujours imprimés sur sa main. Il y avait quelqu'un, qui n'était ni Istvana ni cette Ashara — un homme. Se pouvait-il que ce fût Mikhail ? Cela paraissait peu probable — pourquoi l'aurait-il aidée et comment serait-il allé dans le surmonde ?

A regret, elle se força à ne plus penser à Mikhail et se concentra sur le message mental de son père. Pourquoi voulait-il qu'elle aille à Armida ? Il y avait dans ses paroles une urgence, une tension, qui la troublait. Là encore, elle n'avait pas assez d'informations. Elle était frustrée de son ignorance et de la façon dont les gens éludaient ses questions. Elle aurait voulu en savoir plus sur les Dons, le sien et ceux des autres. Istvana était restée très vague sur ce sujet, sauf sur la nature du Don des Alton. Et encore, elle ne lui avait guère donné de renseignements utiles, réalisait-elle maintenant.

Elle savait que le Don des Alton était celui des rapports forcés, mais ce n'étaient que des mots. Qu'est-ce que ça signifiait exactement ? Margaret savait que le Don des Ardais était celui de télépathes catalystes — la capacité d'éveiller chez un autre ses dons latents de télépathe.

Pourtant, le jeune Dyan Ardais ne semblait pas le posséder. Istvana lui avait expliqué que son malaise en présence de Danilo Syrtis-Ardais venait sans doute de sa capacité à catalyser le don télépathique. Elle avait dit que Danilo était le télépathe catalyste vivant le plus puissant de Ténébreuse.

Et le Don des Ridenow était l'empathie, dont elle avait eu la démonstration pendant sa convalescence sous l'œil vigilant de la *leronis*.

Demain, elle demanderait à Istvana de lui parler des Dons. Cette décision prise, elle se sentit mieux, termina son dîner, et bâilla. Et demain, elle reverrait Mikhail.

Pourtant, rien ne se passa comme prévu. Fatiguée des événements de la veille, elle se réveilla tard. Et quand elle descendit enfin, elle trouva le hall plein d'activité et de bagages. Istvana et Gabriel se préparaient à partir.

— Je dois retourner à Neskaya et à mes devoirs, *chiya*, lui dit la *leronis* avec un bon sourire. Mais je suis contente que tu te sois réveillée avant mon départ.

— Tu veux dire que tu serais partie sans me dire au revoir ? dit Margaret, stupéfaite et blessée.

— Nous nous sommes dit tout ce que nous avions à nous dire pour le moment, dit Istvana, haussant les épaules.

Sa voix tremblait un peu, comme si ce départ la contrariait. *Il craignait que je n'use de mon influence sur elle ! Au diable ce vieux fou de* Dom *Gabriel ! Mais il l'aurait emmenée de force si je n'avais pas accepté de partir. Je le connais. Il ne respecte aucune opinion hormis les siennes. Je dois faire confiance à Mari pour s'occuper d'elle, et je prierai pour qu'elle n'ait pas d'autres problèmes.*

Cela expliquait bien des choses, et Margaret foudroya le large dos de *Dom* Gabriel. Elle se sentait abandonnée par Istvana, et déçue qu'elle n'ait pas eu la force de s'opposer à son oncle. Pourtant, elle la comprenait. Et elle avait encore Rafaella, Mikhail et même le jeune Dyan ; elle n'était donc pas seule. Alors, pourquoi avait-elle envie de pleurer ?

— Mais j'ai encore des questions, protesta-t-elle.

— Elles devront attendre, *chiya,* dit Istvana, barricadant soigneusement ses pensées.

Margaret fit un violent effort pour réprimer sa rage. Une fois de plus, on la trimballait sans lui demander son avis, comme lorsqu'on l'avait emmenée à l'orphelinat. Furieuse et frustrée, elle se retourna pour regagner sa chambre, mais Gabriel se planta devant elle.

— Tu as bien meilleure mine aujourd'hui, Marguerida, dit-il, la regardant dans les yeux. Je devrais peut-être retarder mon départ pour t'escorter moi-même.

— Je doute d'être en état de voyager demain, *Dom* Gabriel. Je me fatigue encore très vite.

— Mais je suis sûr que si tu...

Retourne à Armida, importun vieillard! Je ne veux pas de ton escorte! Laisse-moi tranquille! Interdit, il la regarda partir vers l'escalier qu'elle attaqua d'un pas rageur. Gabriel et Istvana, très pâles, levèrent la tête vers elle. En cet instant, elle les détestait tous les deux. Non, elle ne retournerait pas à Thendara. Elle irait à Armida pour jeter Gabriel et Javanne à la porte — dommage qu'on fût en été, elle aurait aimé les chasser sous la neige. Mais Mikhail ne le lui pardonnerait jamais. et, au fond, elle savait qu'elle ne ferait jamais rien d'aussi cruel. Mais ce n'était pas l'envie qui lui manquait. Elle en avait assez d'être déplacée comme un pion.

L'après-midi, une fois remise de sa contrariété, elle redescendit et partit à la recherche de Mikhail. Personne dans la salle à manger, le grand hall et la bibliothèque, ni dans plusieurs autres pièces dont elle ne connaissait pas la destination. Finalement elle arriva devant la porte du salon où, voilà plus d'une semaine, elle était sortie de son corps et entrée dans le surmonde pour livrer bataille à une Gardienne morte depuis des siècles. Elle frissonna.

Sentant une présence dans la pièce, elle frappa.

— Entrez, répondit une voix douce.

Dama Marilla, penchée sur un tambour de broderie, leva la tête et sourit en la voyant.

— Eh bien, voilà une interruption agréable, Marguerida. Entre donc.

— Je cherchais Mikhail pour qu'il me parle d'Armida.

Ce n'était pas tout à fait vrai, mais tant pis.

— Il est parti, j'en ai peur.

— Parti ? Où ?

— Je n'en ai aucune idée. Il nous a quittés brusquement, hier soir avant le dîner. Je crois qu'il voulait éviter tout autre affrontement avec son père. Ils ne peuvent pas rester cinq minutes dans la même pièce sans se disputer, soupira Marilla. Alors, j'ai plutôt été soulagée. La digestion se passe toujours mieux sans querelles, non ?

— Il est parti comme ça ? Sans dire où il allait ni s'il reviendrait ? dit Margaret, étreinte d'un sentiment d'abandon, si tôt après le départ d'Istvana et la rage qu'elle en avait éprouvée.

— Il l'a peut-être dit à Dyan, mais Dyan est parti visiter certaines fermes lointaines qui ont des problèmes avec les chats.

— En été ? dit-elle. Je croyais que les chats ne s'attaquaient au bétail qu'en hiver, quand le gibier est rare.

Maintenant, d'où tenait-elle ce renseignement ? Ah oui, Rafaella. Elle avait presque peur de demander où était la Renonçante, de crainte qu'elle aussi ne soit partie sans un mot d'adieu. Mais non, elle sentait sa compagne toute proche — à l'écurie, en train de s'occuper des chevaux. Cela la rassura plus qu'elle ne l'aurait cru possible.

Dame Marilla haussa les épaules, constatant qu'elle était surprise en flagrant délit de mensonge, et s'en moquant.

— Nous devrons nous contenter de notre compagnie réciproque, *chiya*. Assieds-toi. Tu as été si malade depuis ton arrivée que je te connais à peine.

— Je souhaiterais que les gens cessent de disparaître dès le matin sans prévenir ! dit-elle, avec plus de véhémence qu'elle n'aurait voulu. Au fait, t'ai-je remerciée de ton hospitalité ? ajouta-t-elle, cherchant à faire amende honorable pour son accès de mauvaise humeur.

— Plusieurs fois. Comme tu es méfiante ! Sais-tu que tu considères tout avec suspicion, comme si ça allait te mordre ?

— Je n'en avais pas conscience, mais je crois avoir de bonnes raisons à ça. D'ailleurs, la vigilance est toujours un bon atout pour la survie.

— Quand tu seras établie sur Ténébreuse, tu seras en sécurité.

Margaret eut envie de contester, puis y renonça.

— Peux-tu répondre à certaines questions — qu'Istvana a laissées sans réponses ?

Instantanément, Dame Marilla fut sur ses gardes.

— Peut-être, dit-elle, mal à l'aise.

— Je sais certaines choses sur les Dons — ceux des Alton, des Ardais et des Ridenow. Ah oui, et les Aldaran ont le Don de Prophétie, non ? Mais j'aimerais en savoir plus. N'y a-t-il pas un livre que je pourrais lire ?

— Il existe certains écrits, mais ils sont conservés dans les Tours. Ce ne sont pas des choses à mettre entre toutes les mains, tu comprends.

— Non, je ne comprends pas.

— Si l'étendue réelle de nos pouvoirs était connue des Terranans...

— Oui, ils voudraient les exploiter, c'est certain. Quelle est la nature du Don des Hastur ?

— Pleinement développé, il leur permet de travailler sans matrice, comme si leur chair même suffisait.

— Tu veux dire comme... cette chose dans ma main ?

— Non. Cela, c'est entièrement nouveau et inconnu. Ni Istvana ni moi ne savons qu'en penser.

Dame Marilla était de plus en plus agitée, et Margaret, recevant son malaise, la plaignit. Ce devait être l'enfer d'avoir une invitée possédant un talent inconnu et non entraîné.

Margaret décida que des informations lui importaient plus que la tranquillité de son hôtesse, et revint à la charge.

— Y a-t-il autre chose dans le Don des Hastur ?

Marilla sembla soulagée.

— Ils peuvent, en certaines circonstances, manipuler les esprits — quoique cela soit un manquement à l'éthique, bien sûr. Il ressemble au Don des Alton à certains égards, mais en est très différent à d'autres. Et comme je ne possède ni l'un ni l'autre, je ne peux pas t'en dire plus.

— Et le Don des Aldaran ? Chaque fois que je mentionne leur nom, les gens réagissent comme si j'avais dit quelque chose de... monstrueux.

— C'est bien le mot. On ne peut pas leur faire confiance.

— Mais c'est pourtant l'un des Domaines ?

— Plus maintenant. Ils peuvent pourrir chez eux jusqu'à la fin des temps, pour ce que ça m'intéresse ! *Qu'est-ce que je vais dire là ? Pourquoi Istvana m'a-t-elle laissée seule avec cette femme remarquable ? Elle me fait peur, et je n'aime pas avoir peur. Je ne sais pas quoi lui dire ni quoi lui taire ! Isty a raison — je suis une évaporée, bien que je gère Ardais aussi bien qu'un homme. Mais penser aux Aldaran me rend toujours nerveuse, et elle est Aldaran par sa mère. Oh ! là ! là !*

Margaret s'efforça d'ignorer les pensées qu'elle entendait, sachant qu'elle avait bouleversé Dame Marilla sans le vouloir. Elle aimait bien son hôtesse, qui était en général très calme. Sous son agitation, Margaret perçut comme un château massif, des pics couronnés de neige, des hommes et des femmes à la forte personnalité et à la chevelure rousse. A l'évidence, le sujet était sensible, comme tant d'autres. Elle s'obligea à ne pas s'offusquer des atermoiements de Marilla, et regretta une fois de plus l'absence inattendue de Mikhail, qui lui aurait répondu plus franchement, sans doute.

Margaret se renversa dans son fauteuil. Quelle était sa parenté exacte avec les Aldaran, et pourquoi chacun se hérissait-il à la simple mention de leur nom ? D'ailleurs, étant donné le nombre des mariages consanguins dans les Domaines, elle était sans doute apparentée à tous, sans que cela tire à conséquence.

— Je n'ai pas l'intention de te peiner, Dame Marilla, mais tâche de comprendre que je suis une universitaire et que poser des questions est mon métier.

— Oui, bien sûr. Et je suis certaine que ta curiosité n'est pas satisfaite, dit Marilla, reprenant son calme habituel en sentant que le danger était passé. Mais il faudra attendre encore un peu tes réponses. A Armida, le Seigneur Damon pourra sans doute t'expliquer bien des choses. *Et ce ne sera pas trop tôt ! Je n'ai jamais été aussi mal à l'aise avec une invitée !*

Deux jours passèrent encore, chacun plus long que le précédent. Le soir du troisième, Dyan revint, et l'on fit un banquet comme s'il s'était absenté un mois et non trois jours. A l'évidence, Dame Marilla l'adorait.

Le lendemain matin, Margaret se déclara en état de voyager et effectivement, elle se sentait redevenue elle-même. Rafaella soupira de soulagement et s'en alla préparer les bagages et les chevaux. Margaret partit à la recherche de Dame Marilla, pour l'informer de sa décision qui fut acceptée avec un soulagement à peine déguisé. Elle lui proposa son aide pour les préparatifs, mais Margaret refusa, car elle n'avait pas grand-chose à préparer. Puis elle revêtit sa tenue de voyage, bien propre, avec plus de plaisir qu'elle ne l'aurait cru possible. Comme elle descendait le grand escalier pour la dernière fois, Margaret vit Mikhail franchir l'entrée. Sa tunique était sale et fripée, et il semblait ne pas avoir dormi de plusieurs jours. Arrivant près de lui, elle fronça le nez aux vapeurs de bière émanant de toute sa personne.

— Pouah! Qu'est-ce que tu as fait?

— Quoi? Ah oui, je ne dois pas sentir la rose. Il fallait que je m'en aille avant de faire quelque chose d'impardonnable à mon Vieux, et j'ai perdu la notion du temps.

— Où étais-tu donc?

Margaret avait bonne envie de lui faire des reproches, puis elle se dit que ça ne la regardait pas.

— Dans une auberge, à une matinée de cheval.

— Il leur reste un peu de bière pour leurs habitués?

Mikhail sourit, et le cœur de Margaret battit la chamade.

— Guère, et pas beaucoup de vin non plus. Dyan m'apprend que le Vieux t'a ensorcelée au point que tu as accepté d'aller à Armida, dit-il, rejetant ses boucles blondes en arrière, en un geste qui aurait pu être désinvolte si elle n'avait pas perçu son agitation.

Ils se foudroyèrent une seconde.

— *Dom* Gabriel ne m'a pas ensorcelée du tout, dit-elle, contrariée. Ma motivation est tout autre.

— Peu importe, dit-il, boudeur. Tu finiras par faire ce qu'il veut. Il gagne toujours.

— Sottise! Personne ne gagne toujours.

Elle lui en voulait de s'être enfui et enivré, car cela lui rappelait trop son père, mais en même temps, elle supportait mal de le voir si abattu.

— Tu ne le connais pas comme moi !

— Et je m'en félicite, Mikhail, car je n'imagine pas pouvoir rester dix secondes avec ton père sans entrer en fureur. J'en viendrai peut-être à le respecter, Mikhail, mais je ne l'aimerai jamais.

Cette remarque parut le ranimer un peu.

— Il est vraiment impossible, hein ?

— Je crois que les parents sont toujours impossibles, même les meilleurs.

— S'il n'arrive pas à te plier à ses volontés, alors, ce sera ma mère, je te préviens. Elle aussi, elle est autoritaire.

— Tu penses toujours qu'ils vont me marier à l'un de tes frères ?

— C'est la principale joie de ma mère dans la vie, après le plaisir de gâter la marmaille d'Ariel. Elle dit souvent qu'elle est très contente d'avoir épousé mon père, mais on ne le dirait pas en les entendant se quereller.

— Je crois comprendre qu'il n'est pas dans tes habitudes de boire toute la bière de la ville ?

— Non. En fait, je suis assez sobre. Tu ne le croiras peut-être pas, mais c'est la première fois de ma vie que je suis vraiment saoul.

— Tu m'en vois soulagée. Bon, avant mon départ, parle-moi un peu de ta mère.

— C'est une force avec laquelle il faut compter. Si mon père ne parvient pas à te convaincre, elle te convaincra, car elle ne permet *jamais* qu'on contrecarre sa volonté. Elle est très commandante, et c'est un miracle que, de tous mes frères et sœurs, Ariel soit la seule mariée.

— Comment sont-elles, tes sœurs ?

— Je ne peux rien en dire car je les ai perdues de vue. Ma mère a marié Ariel dès qu'elle a quitté ses jupes courtes, et quand Ari s'est plainte qu'elle ne pouvait pas épouser un homme qu'elle ne connaissait pas, ma mère a dit simplement : « Tu le connaîtras bien assez tôt. » Je suppose qu'elle savait ce qu'elle faisait, car Ariel est si heureuse avec Piedro qu'on croirait qu'elle l'a choisi elle-même.

Il soupira, et Margaret sentit qu'il aimait beaucoup sa sœur Ariel, bien qu'il prétendît ne pas la connaître.

— Mais Ariel est assez nerveuse et préfère qu'on prenne les décisions à sa place. Elle a à peine un soupçon de *laran*; encore moins que Gabe, ce qui n'est pas peu dire.

— Et Liriel ?

— Ah, Liri ! Elle est comme ma mère à bien des égards. Je faisais parfois des blagues à Ariel, mais jamais à Liriel. Maman a voulu la marier, mais elle a sa tête et a préféré aller à la Tour de Tramontana. Elle te ressemble assez, quoique ça ne m'ait jamais frappé avant. Mais, fais-moi confiance, Javanne te passera la corde au cou en...

— Si elle veut me marier, j'aurai le plaisir de l'informer que ça n'entre pas dans mes projets. Je ne suis plus une gamine, mais une adulte, et je crois qu'elle aura du mal à trouver, sur Ténébreuse, un homme acceptant d'épouser une femme aussi avancée en âge.

Elle ne croyait pas vraiment ce qu'elle disait, mais elle désirait l'égayer un peu, et fut récompensée d'un sourire.

— Oh, je ne sais pas. J'en connais un ou deux. Et avec Armida en dot, il y en a beaucoup qui passeraient sur ton âge et ton habitude de regarder les gens dans les yeux. *Elle a des yeux d'aigle et ils me vont droit au cœur.*

— Je sais. Je n'ai pas l'intention d'être impolie, mais c'est une habitude difficile à perdre, dit Margaret, s'efforçant d'ignorer ses pensées — chose fort difficile.

— Personnellement, je n'ai rien contre. Je trouve ça plutôt rafraîchissant, après toutes ces jeunes filles de bonne famille qui baissent les yeux dès qu'on les regarde. Mais tu mettras beaucoup de gens mal à l'aise. Alors, sois prudente. Ils penseront que tu cherches à lire dans leurs esprits, même s'il n'en est rien.

— Je vais tâcher de bien me tenir, dit-elle, réprimant une soudaine envie de rire.

Elle n'y comprenait rien, mais chaque fois qu'elle était avec Mikhail, le rire lui montait aux lèvres.

— Si je ne me trompe, ils te destinent à Gabriel.

— D'après ce que tu m'en as dit à la bibliothèque, je crois que nous serions très mal assortis.

— Exact, mais sans importance. Cela n'a rien à voir. Mais si tu veux vraiment Armida...

— Mais je n'en veux pas ! dit vivement Margaret. Et je n'en voudrais pas même avec toutes les Kilghard en prime ! Et pourquoi penses-tu que tes parents veulent me marier à l'un de tes frères ? Pourquoi pas à toi ?

— Epargne-moi ce genre de plaisanterie, je te prie.

Il était si grave et si lugubre qu'elle ne put se retenir de le taquiner.

— Et pourquoi serait-ce une plaisanterie ?

— Je n'entre pas en considération, *Domna*, dit-il avec raideur. C'est impossible.

Elle sentait ses émotions — violentes et confuses.

— Mais si c'est Armida que tu veux...

— Pourquoi ne peux-tu pas te mettre dans la tête que je ne veux pas Armida ?

— Tu pourrais choisir le vieux Damon, reprit-il comme si elle n'avait rien dit. Il ne s'est jamais remarié après la mort d'Elorie, mais il est encore en âge d'engendrer des enfants. Le Vieux serait vraiment furieux, ajouta-t-il avec une sombre satisfaction. Jeff a renoncé à ses droits sur le Domaine, mais il pourrait se raviser.

— Peut-être, mais il n'a pas l'air de vouloir une femme. Et d'ailleurs, quel âge a-t-il ?

— Il est assez vieux pour être ton père — non, ton grand-père ! *C'est scandaleux rien que d'y penser ! Mais moins scandaleux que Rafael ou Gabriel !*

Margaret ne comprit pas sa fureur, mais sentit qu'il s'agissait d'un sujet tabou. Elle savait par expérience que les coutumes locales paraissaient rarement sensées aux gens qui ne les connaissaient pas depuis le berceau.

— Pourquoi es-tu si pressé de me voir mariée ?

— Il faut bien que tu convoles ! Tu n'as pas le choix !

Il diffusait des émotions puissantes, très pénibles à supporter.

— Mikhail, dit-elle, je n'ai jamais vu le vieux Jeff, ou Damon, mais je t'assure que je ne l'épouserais pas même s'il était le dernier célibataire de Ténébreuse et riche comme Crésus, ou tout autre personnage symbolisant la richesse sur cette planète.

— Nous disons : « Riche comme le Seigneur de Carthon », répondit-il. Mais si tu ne veux pas de Jeff, il faut te résigner à l'un de mes frères.

— Je ne me résigne à rien du tout !

— Alors, promets-moi de ne pas laisser mon père ou ma mère te marier à leur guise, dit-il, reprenant espoir.

— Rien n'est plus facile. Je vais à Armida pour des raisons qui me sont propres, et je ne pense pas au mariage !

17

Après quatre jours de cheval, à une allure modérée mais régulière, Margaret et Rafaella arrivèrent sur les terres d'Alton. Margaret ne réalisait pas qu'elles avaient franchi quelque frontière invisible, car ces terres ressemblaient à toutes celles traversées les jours précédents. Il y avait de petits villages où les enfants sortaient pour dévisager les étrangères avant que leurs mères ne les fassent rentrer. Il y avait des bourgs plus grands, avec une auberge pour le voyageur occasionnel, et des fermes isolées où les poules picoraient et les chervines broutaient. Mais quand Rafaella l'informa qu'elles étaient maintenant sur les terres d'Alton, elle regarda autour d'elle avec un nouvel intérêt. Les champs cultivés alternaient avec des parcelles de bois qui n'avaient pas l'air sauvages mais plantées dans un but précis. Malgré son ignorance de la vie rurale, elle se rendait compte que les basses branches étaient coupées et les sous-bois dégagés. Son oncle Gabriel était peut-être un butor, mais il gérait bien le Domaine.

— Regarde ! Voilà Armida, annonça Rafaella, se dressant sur ses étriers et montrant quelque chose au loin.

Margaret vit une grande bâtisse en bois et pierres brutes, nichée dans un pli des Kilghard comme un œuf dans son nid. Grande, mais plus petite et moins prestigieuse que le Château Ardais. Des barrières clôturaient des prairies pleines de chevaux. Elles empruntèrent le large chemin courant entre les clôtures, regardant courir les poulains

C'était très beau, et d'abord, elle ne ressentit rien à part de la curiosité. Elle n'était jamais venue là, car aucun souvenir ne la troublait. Mais la forme de la maison lui sembla très familière et elle se dit qu'elle devait l'avoir vue dans l'esprit de son père, quand elle était petite, avant que son *laran* ne soit bloqué. Il adorait cette maison, et d'anciennes émotions de Lew frémirent en elle. Les larmes lui montèrent aux yeux, et elle détourna la tête, encore incapable d'affronter des sentiments tumultueux.

Pour se distraire, elle regarda les chevaux qui gambadaient dans la prairie longeant le sentier. Un étalon gris, au museau blanchi par l'âge, posa la tête sur la clôture et hennit. Margaret, se penchant dans sa selle, tendit la main vers lui, il renifla dédaigneusement, puis il fit demi-tour et traversa la prairie à une allure qui démentait son âge.

— Il ne doit pas aimer mon odeur, dit-elle.

— Non, Marguerida, gloussa la Renonçante. Ton odeur n'a rien à voir. Je crois que tu as plu à ce vieil étalon. Regarde-le seulement !

Rafaella avait cessé de lui donner des titres, et elles voyageaient sur un pied d'égalité et d'amitié totales. Margaret s'en félicitait, car elle trouvait toujours bizarre qu'on lui donne du « *Domna* Alton ».

Mais l'attention de Margaret fut distraite par une jument grise à la crinière et à la queue noires comme la nuit. Elle n'était pas grande comme l'étalon, mais de taille moyenne et très distinguée. Ses sabots dansaient presque quand elle galopait, et elle pointa les oreilles vers Margaret en arrivant à la clôture. Piaffant avec impatience, la jument la regarda dans les yeux et s'ébroua. Margaret n'avait jamais vu un si bel animal et se demanda à qui il appartenait. Malgré sa fatigue, elle aurait voulu la monter.

Soudain, elle réalisa que, si elle était héritière d'Alton, la jument était à elle. Un instant, elle eut envie d'accepter le Domaine juste pour avoir la jument, puis elle éclata de rire. Les chevaux voyageaient encore plus mal dans l'espace que les Alton, raison pour laquelle peu de pla-

nètes de la Fédération en avaient importé. Et elle ne resterait pas sur Ténébreuse, non ?

— Qu'est-ce qu'il y a de si drôle ? s'étonna Rafaella.

— Je viens de tomber amoureuse de cette jument.
Ridicule, n'est-ce pas ?

— Tout le monde convoite les chevaux d'Alton,
Domna, dit Rafaella, hochant la tête. Ce sont les plus
beaux des Domaines, avec, peut-être, ceux de Serrais.

Elle regarda sa compagne avec affection. Serrais ? Istvana lui en avait parlé — c'était l'endroit où les Ridenow
avaient leur Domaine. Elle ignorait encore tant de choses.

— Qu'est-ce qui te prend ? Je croyais que nous étions
convenues que tu m'appellerais Marguerida.

— Je ne crois pas que cela plairait à Dame Javanne,
dit la Renonçante avec une grimace.

— Rafaella, je veux bien observer de mon mieux les
coutumes ténébranes, mais si tu te mets à me faire des
courbettes, tu me blesseras. Franchement, je me moque
de ce que pensent Javanne ou d'autres. Elle me fait l'effet
d'une Madame J'Ordonne, et ça ne me plaît pas. Je
m'occupe de mes affaires et j'entends qu'on m'accorde la
même courtoisie.

— Je sais, dit Rafaella en souriant. Mais tu devrais te
préparer à être souvent contrariée, parce que tous les gens
de la maison vont s'occuper de tes affaires, que ça te
plaise ou non. Ils pensent que c'est leur droit.

— Tu as raison, j'en ai peur, mais je ne suis pas obligée d'aimer ça, non ?

— Non. *Pauvre Marguerida. Elle ne sait pas ce que
c'est que d'être une grande dame, et c'est pourtant ce
qu'ils attendront d'elle.*

Elles arrivèrent dans la cour de la maison et démon-
tèrent. Deux jeunes garçons accoururent pour prendre
leurs chevaux et les aider à décharger leurs bagages, tandis que Margaret observait la maison où son père était né
et avait passé sa jeunesse. De près, elle vit que certaines
pierres étaient translucides, et argentées.

Comme les garçons emmenaient les bêtes, un homme
trapu descendit le perron. Il avait les cheveux noirs, mais
sinon c'était le portrait de Gabriel Lanart en plus jeune. Il
devait avoir dans les trente-cinq ans, et Margaret devina

que ce devait être l'un de ses cousins et l'un des Anges de Lanart. Si c'était un ange, c'était un ange noir, et elle supposa que Mikhail tenait ses cheveux blonds de sa mère. Il s'avança vers elles, l'air grave et posé.

— Bienvenue à Armida, commença-t-il d'une belle voix grave. Je suis Rafael Lanart, et tu dois être ma cousine Marguerida. Mon père a annoncé ton arrivée.

Il s'inclina, mais ignora la Renonçante, qui ne parut pas s'en offusquer.

— Merci de ton accueil, dit-elle, cérémonieuse.

— Nous sommes contents de te voir. Mon frère Gabriel inspecte les terres, mais il devrait rentrer bientôt. Tu feras sa connaissance ce soir. Et l'on a envoyé chercher Mikhail — mais tu l'as déjà rencontré, non ? A Ardais ?

— En effet, dit Margaret, s'abstenant d'ajouter qu'il ne viendrait pas. Il a eu la gentillesse de me détailler toutes les ramifications de la famille Alton, mais je ne suis pas sûre d'avoir tout compris.

— Vraiment ? Je ne savais pas qu'il était si obligeant, dit-il, se raidissant légèrement. *Il veut sans doute nous couper l'herbe sous le pied, à Gabe et moi ! Aucune importance. Père ne le permettra pas !*

Réalisant enfin qu'il avait ignoré Rafaella, il la salua avec raideur.

— Bienvenue à Armida, *Mestra*. Tu te réjouiras sans doute de voir ma cousine rentrée dans le sein de sa famille, et d'être déchargée de la responsabilité de la garder.

D'abord outragée de voir sa compagne ignorée, elle s'amusait maintenant de la condescendance de Rafael. Il n'était pas aussi grossier que son père, mais, à l'évidence, taillé dans la même étoffe.

— Me garder ? De quoi ? demanda-t-elle en riant. Rafaella a été mon guide, et elle m'a soignée pendant ma maladie.

Malgré sa voix rieuse, Margaret lui fit comprendre qu'elle n'appréciait pas ces remarques. Rafaella regardait la scène, les yeux brillants, réprimant un sourire à grand-peine. Elle devait se réjouir de voir remettre Rafael Lanart à sa place, la soupçonna Margaret, tout en étant trop bien élevée pour le montrer. Puis elle regarda Margaret et lui fit un clin d'œil. *Attention, Margaret. Les dragons sourient souvent avant de te dévorer!* Margaret se raidit pour cacher sa surprise. C'était la première fois que Rafaella lui parlait mentalement, et il y avait tant d'affection et de fidélité dans le ton qu'elle en fut profondément émue.

La délivrance de Rafael parut sous la forme d'une femme d'âge mûr très séduisante. Elle n'était pas grande, mais évoluait avec un air d'autorité souverain. Ses cheveux, sans doute roux vif autrefois et coiffés avec art, avaient pris des tons de rouille avec l'âge. Son col tuyauté cachait, au premier abord, sa mâchoire carrée, signe d'une forte personnalité. Elle tendit à Margaret une main blanche à six doigts — comme celle de son père.

La ressemblance avec Régis Hastur était frappante, et Margaret se dit qu'elle l'aurait reconnue n'importe où. Des yeux gris résolus rencontrèrent les siens un instant, puis deux bras l'enveloppèrent, et un baiser effleura sa joue. Son parfum capiteux était presque entêtant.

— Bienvenue à Armida, ma nièce. Je suis Javanne. Mon Gabriel m'a beaucoup parlé de toi.

Je m'en doute, pensa Margaret, révoltée. *Et sûrement pas en bien*. Elle observa sa tante avant de répondre, notant que Mikhail lui ressemblait tout en étant très différent. Elle remarqua aussi que Rafael avait hérité de sa belle forme de visage, mais aussi des yeux plutôt porcins de son père.

— Merci de m'avoir invitée.

— Allons, allons, pas de cérémonie. Tu es dans ta famille maintenant. Il me tarde de te présenter mes filles — elles ont à peu près ton âge.

Il n'y avait ni chaleur ni enthousiasme dans le ton, et Margaret la soupçonna de n'être pas spécialement contente de l'avoir chez elle. Le conflit intérieur était bien maîtrisé, mais il en transparaissait suffisamment à l'extérieur pour lui inspirer des inquiétudes. L'insouciance du voyage s'envola, et sa méfiance revint.

— Entre donc. Tu dois être fatiguée du voyage. Rafael, ne reste pas là comme une statue. Prends les affaires de Marguerida.

Margaret voulut protester, puis elle vit que Rafaella avait passé sa harpe sur son épaule et ramassé le sac contenant les appareils enregistreurs, laissant Rafael se débrouiller avec le reste des bagages. Elle lui sourit derrière Javanne, et Rafaella hocha la tête en retour.

Elles entrèrent dans un vaste hall, avec des bancs des deux côtés, puis Javanne les conduisit dans une grande pièce confortable où ronflait un bon feu. La cheminée était assez grande pour faire rôtir un bœuf, et comme le temps était doux à l'extérieur, il faisait presque trop chaud.

Il y avait plusieurs canapés contre les murs, dans des tons de noir et de vert, et quatre ou cinq fauteuils, dont l'un occupé par quelqu'un dont seuls dépassaient les pieds tendus vers le feu.

Les jambes se replièrent au bruit de leurs pas étouffés par l'épais tapis, des mains puissantes poussèrent sur les accoudoirs, et elle se retrouva devant un grand gaillard aux cheveux roux grisonnants, mais aux yeux vifs et alertes. Ses mouvements étaient un peu lents, quoiqu'il ne semblât pas dépasser la soixantaine. Il prit la main de Margaret dans la sienne, et, à son contact, un flot d'émotions la submergea. Il y avait en lui quelque chose qui lui rappelait son père, pas son apparence, mais une certaine qualité d'âme qu'elle ne parvenait pas à identifier. Son amour réprimé pour son père reflua en elle, et sa gorge se serra.

— Comment vas-tu ? Je suis ton parent, Jeff Kervin — ou Damon Ridenow si tu préfères.

Il l'observa attentivement, comme cherchant une ressemblance avec son père.

— Tu as le même épi que lui sur le front, mais à part ça, tu ne lui ressembles guère. Et comme je n'ai jamais connu ta mère, je ne peux pas dire si tu tiens d'elle.

— J'essaye d'être moi-même, dit-elle, d'un ton plus acerbe qu'elle n'aurait voulu. Dame Marilla trouve que je ressemble à ma grand-mère, Felicia Darriell, ajouta-t-elle en souriant. Mais je ne sais pas. Je n'ai jamais vu de portrait de ma mère, et la mémoire n'est pas toujours sûre.

— Non, soupira Jeff. Les gens que je trouvais grands sont souvent bien plus petits quand je les revois ! *Et depuis sa mort, Elorie devient plus belle d'année en année!* Lew n'est pas revenu avec toi?

Elle en avait assez de cette question, comme si elle avait amené son père dans ses bagages. Mais depuis qu'elle avait entendu sa voix au Château Ardais, elle s'était mise à anticiper sa présence. Son absence était presque contrariante. Où diable était-il? Il semblait si proche quand il lui avait dit de venir à Armida, et pourtant, personne ne savait où il était. Mais plutôt mourir que montrer à quiconque qu'il lui manquait.

— Je l'avais dans ma poche, mais il en est tombé pendant la traversée de la rivière et je ne sais plus où il est.

Il rit, mais Javanne eut l'air scandalisé.

— Impertinente, comme ton père! dit-il en Terrien.

Le son de son rire plut à Margaret, et elle regretta que Lew n'eût pas été plus enjoué. Elle aurait aimé avoir pour père quelqu'un comme Jeff, et se demanda pourquoi. Sans doute, se dit-elle, parce qu'il semblait le genre d'homme à qui l'on pouvait parler, chose qu'elle n'avait jamais pu faire avec le Sénateur.

— *Oui, tu peux me parler si tu veux.* Tâche de ne pas être trop dure envers Lew, ajouta-t-il tout haut en Terrien. Il n'a jamais bien su communiquer avec les autres, et encore moins avec les femmes. *Je suis sûr que tu lui fais honneur, et si l'une de mes filles avait vécu, je voudrais qu'elle soit aussi forte et indépendante que tu le sembles.*

Il y avait beaucoup de chagrin dans cette pensée, mais aussi une grande tendresse, et Margaret rougit d'embarras à cette expression d'affection qu'elle n'avait pas méritée.

Puis elle entendit Javanne s'éclaircir la gorge, et elle réalisa qu'il était impoli de parler en Terrien, tout en soupçonnant sa tante de comprendre parfaitement le Standard.

Elle retrouva son ambivalence : une partie d'elle-même voulait partir du bon pied avec tous ces nouveaux parents, et une autre aspirait à vivre sans cérémonie, comme la femme qui était arrivée avec Ivor voilà quelques semaines.

— Je sais que tu es mon parent, mais je ne sais pas si tu es oncle ou cousin. Mikhail a essayé de m'expliquer, mais franchement, je n'ai pas bien compris.

— A strictement parler, je suis ton cousin. Nous descendons tous deux d'Esteban Lanart, qui était l'arrière-arrière-grand-père de Lew. Mais comme nous avons deux générations d'écart, je serais plutôt ton oncle.

— Pourquoi ?

— Sur Ténébreuse, les cousins peuvent se marier entre eux, mais pas les oncles et les nièces.

— Et moi qui trouvais compliqués les rapports de parenté sur Arcturus !

— Tu y es allée ? dit-il, sincèrement intéressé et indifférent à la nervosité croissante de Javanne.

— Non, mais j'ai lu des articles sur la question. *Pourquoi oncles et nièces ne peuvent-ils pas se marier ?*

Autrefois, chiya, *tout homme assez vieux pour être ton père l'aurait pu !*

Cette remarque était déconcertante, parce que Margaret avait l'impression que les femmes étaient très surveillées, et que l'obsession de la lignée proscrivait la licence sexuelle à laquelle Jeff venait de faire allusion. Dans le passé, avait-il dit. Ce devait être l'explication. Se rappelant ce que Mikhail lui avait dit de la Tour Interdite, elle comprit que tout n'était pas aussi organisé qu'elle le pensait. Les rapports sexuels entre les générations étaient tabou. Satisfaite d'avoir compris, elle crut savoir pourquoi Mikhail avait réagi si violemment lorsqu'elle avait suggéré en plaisantant que, pour résoudre le problème du Domaine, elle pourrait épouser Jeff. Non, il y avait autre chose. Mikhail la trouvait attirante, mais, pour une raison qui lui échappait, il combattait son inclination. Pourtant, il semblait presque jaloux ; mais n'ayant aucune expérience personnelle de la jalousie, Margaret n'en était pas certaine. Et d'ailleurs, elle ne pouvait rien y faire.

Elle espérait seulement ne pas diffuser ses pensées à l'extérieur. Pour une fois, son habitude de rester à l'écart, triste héritage d'Ashara, lui semblait un atout. Et se mettre l'esprit à la torture ne servait à rien. Elle ferait mieux de jouir de l'impression de sécurité ressentie en présence de Jeff, comparable à celle qu'elle éprouvait avec Ivor.

— Je ne veux pas te monopoliser, Marguerida. Javanne veut t'installer, dit-il, lui lâchant la main à regret.

Je m'en doute — m'installer avec l'un de ses fils! Margaret était à peu près sûre que sa tante avait entendu cette pensée, mais elle était soudain trop lasse pour s'en soucier. Et elle ne voulait pas se laisser tyranniser si elle pouvait faire autrement.

— Oui, nous aurons tout le temps de parler plus tard.

Jeff se pencha et l'embrassa sur la joue.

— Jusqu'à l'arrivée de Lew, je te servirai de père, et tu pourras me poser toutes les questions que tu voudras. D'accord? lui dit-il à l'oreille.

Trop surprise pour répondre, elle hocha la tête. Elle sentit la contrariété de Javanne et l'entendit penser : *Vieil importun! Gabriel est idiot de l'avoir invité! Je me serais mieux débrouillée sans lui, car il va prendre son parti.*

— Je suis ravie que tu remplaces le Sénateur, et je sais qu'il en serait content s'il le savait.

Pourquoi le Vieux m'a-t-il envoyée à Armida? Que se passe-t-il? Tout est tellement confus! Pourquoi suis-je venue sur cette planète? Dieu, que je suis fatiguée!

Margaret se retourna et sortit du salon derrière Javanne. Inutile d'être télépathe pour s'apercevoir que son hôtesse fulminait intérieurement; la raideur de ses épaules était assez éloquente. Montant l'escalier derrière sa tante, elle réalisa qu'en établissant des rapports père/fille avec Jeff, dont les droits sur le Domaine d'Alton étaient aussi valides que les siens, elle s'était efficacement soustraite à la mainmise de Gabriel Lanart. Ce n'était pas ce que Javanne avait prévu. Sa tante devait mijoter quelque chose.

Le temps d'arriver à sa chambre, Javanne s'était suffisamment calmée pour s'efforcer d'être aimable.

— J'espère que ça ne te fait rien de partager ta chambre, dit-elle. Je sais que les Terriens aiment les petites cellules particulières, ce qui m'a toujours semblé bizarre.

Margaret embrassa l'immense chambre du regard. Il y avait un lit assez grand pour quatre, une armoire, une table de toilette, deux chaises à dossier droit, et deux fauteuils rouges à oreillettes devant la cheminée. Dans l'ensemble, c'était une pièce agréable, mais Margaret se demanda si elle allait devoir partager son lit avec

259

Rafaella. Elle avait des sentiments ambivalents sur le sujet. Cela ne lui avait pas été pénible chez Jerana, et le lit était bien assez large. Elle fut pourtant soulagée quand Rafaella tira un lit de camp de sous le grand lit et y posa les bagages. Au cours du voyage, la Renonçante était devenue pour elle comme la sœur qu'elle n'avait jamais eue, mais elle était toujours dans un état d'esprit où un contact, physique ou autre, la mettait mal à l'aise. Cela aussi était un héritage d'Ashara, comme Istvana le lui avait expliqué.

— Voilà quelque temps que nous couchons dans la même chambre, Rafaella et moi, Dame Lanart, et nous sommes habituées l'une à l'autre. Quand j'étais sur Relegan et sur différentes autres planètes avec mon maître Ivor Davidson, nous partagions souvent un logement moins confortable que celui-ci, dit-elle, réalisant aussitôt qu'elle venait de faire une remarque choquante.

— Quel genre de logement ? dit Javanne, la curiosité l'emportant sur l'indignation.

Elle ne s'intéressait pas aux détails, mais désirait en savoir plus, se demandant sans doute si Ivor avait été son amant. Elle réalisait que personne sur Ténébreuse ne comprendrait qu'une jeune femme ait pu sillonner la Fédération avec un mâle en toute innocence.

— Oh, des huttes de branchages à pièce unique, répondit-elle, se décidant pour la provocation.

Si elle se déshonorait suffisamment, peut-être que Javanne renoncerait à lui faire épouser l'un de ses fils et que son séjour à Armida serait moins déplaisant.

La servante ravala son air, et Javanne se tourna vers elle comme une furie.

— Pose ces affaires et retourne à ton travail ! Et tiens ta langue ! Je ne veux pas de commérages sur la *Domna* !

Puis, fixant sur Margaret un regard glacial, elle ajouta :

— Je ne sais comment tu t'es comportée sur d'autres planètes, mais j'entends que tu tiennes ton rang et que tu te comportes en dame tant que tu seras sous mon toit.

— Ivor était un vieillard de plus de quatre-vingt-dix ans et peu susceptible de...

— Assez ! J'excuse tes manières parce que tu ne

connais pas nos coutumes, mais cela va changer immédiatement. Est-ce compris ?

Fatiguée, et outrée de ces remontrances, elle répondit sèchement :

— Dis-moi, ma Tante, tous les Ténébrans ont-ils l'esprit si mal tourné ?

Javanne s'empourpra sous son maquillage, et, tremblant de rage, sortit en claquant la porte. *Maudite gamine, qui vient chez moi et se comporte en catin !*

— Je me demande s'il y a encore des portes sur leurs gonds à Armida, avec *Dom* Gabriel et *Domna* Javanne qui les claquent sans arrêt, dit-elle, ravie de cet enfantillage.

Rafaella hurla de rire.

— C'était très pervers de la provoquer, dit la Renonçante quand elle eut repris son souffle.

— Elle me met dans une chambre avec un lit assez large pour une orgie, et elle ne veut pas qu'on envisage le sexe. C'est stupide.

— Elle est très comme il faut, Marguerida, et elle se soucie du qu'en-dira-t-on. Et dans le passé...

— Assez ! Je vais hurler si tu me dis qu'on ne peut pas en parler ! Pourquoi est-elle si susceptible ?

— Quand la Tour Interdite était ici, à Armida, soupira Rafaella, il s'y est passé des choses très choquantes.

— Tu penses à Damon Ridenow ayant un enfant de sa maîtresse ? Mikhail m'en a parlé. Qu'est-ce qu'il y a de si terrible — les hommes font des enfants à leurs maîtresses depuis des temps immémoriaux. Même des hommes de bien, même de bons maris. *Même mon père*, pensa-t-elle.

— Oui, mais c'est un point sensible chez elle.

— Pourquoi ? Dis-le-moi pour m'éviter de gaffer.

La Renonçante réfléchit un moment, hésitante.

— Tu comprends, *Dom* Gabriel descend d'Ellemir Lanart, épouse du vieux Damon Ridenow, et d'Ann'dra Carr, le Terranan qui faisait partie de la Tour Interdite. Et ça, c'est très gênant !

— Pourquoi ? Parce que le père de Gabriel était *nedesto* ou parce qu'il était à moitié Terrien ?

Elle repensa à l'hostilité informulée de son oncle

envers les Terriens, et se demanda si c'en était la raison, ce qui aurait expliqué bien des choses.

— Les deux, je crois. Mais Dame Javanne a conscience qu'il s'est passé ici des choses assez choquantes.

— Non, pas vraiment. Cela remonte à des années. *Dom* Gabriel est un descendant légitime des Lanart, ou du moins aussi légitime que moi. Est-ce que tout le monde a peur qu'il rôde par ici quelque gène d'inconduite sexuelle?

— Non, dit la Renonçante, se mettant à défaire ses bagages. Mais... c'est difficile à expliquer. En fait, cela concerne plutôt le *laran*. Pendant des siècles, le *laran* s'est transmis uniquement dans les familles des Comyn.

— Je vois. Mais si les seigneurs Comyn se sont mis à faire des *nedestos* à toutes les femmes, il était fatal que le *laran* se répande dans tout le peuple. Exemple, ta sœur.

— Oui, mais ce n'est toujours pas très bien vu.

— Pas bien vu? Ça me paraît sacrément commode pour les hommes et parfaitement affreux pour les femmes.

Rafaella haussa les épaules, l'air de dire, c'est la vie, et alla regarder dehors.

— Tiens, voilà le jeune Gabriel, qui pousse trop son cheval. Et Mikhaïl l'accompagne.

— Quoi? dit Margaret, se précipitant à la fenêtre.

Il devait avoir pris la route le même jour qu'elles, ou alors, il avait voyagé plus vite — chose plus probable car elles avaient pris leur temps, à cause de sa convalescence.

Lors de leur séparation à Ardais, il lui avait dit qu'il ne viendrait pas à Armida, et pourtant il arrivait. Rafael leur avait dit qu'on l'avait « envoyé chercher », se rappelait-elle, un peu déçue. Peut-être n'était-il pas l'homme qu'elle imaginait, s'il suffisait de le siffler pour qu'il vienne. Peut-être était-il plus soumis à son père qu'il ne le prétendait.

Elle s'exhorta à ne pas le juger trop vite, et s'aperçut qu'elle était très contente de son arrivée, quelle que fût la raison de sa venue. Peut-être sa présence à Armida n'avait-elle rien à voir avec l'obéissance ou le devoir. Peut-être qu'il ne pouvait pas rester loin d'elle. Cette supposition la choqua et elle secoua la tête. Pourtant, l'idée lui plaisait. Elle était difficile à contenter, non ?

Quelle importance, d'ailleurs ? Elle faisait une visite de courtoisie à la maison familiale, et uniquement parce que le Sénateur le lui avait dit. Elle n'avait pas choisi de venir, n'est-ce pas ? Pendant qu'elle regardait, elle vit la jument grise à crinière noire traverser la prairie en hennissant, se cabrer en arrivant à la clôture et elle vit Mikhail lui faire bonjour de la main. La jument devait lui appartenir, ou alors, elle venait accueillir tous les arrivants. Elle regarda le soleil briller sur la crinière noire. C'était vraiment une bête magnifique. Et la regarder l'aida à distraire sa pensée de Mikhail.

Quand Margaret et Rafaella descendirent pour le dîner, elles trouvèrent la famille rassemblée dans le grand salon où, dans l'après-midi, elles avaient fait la connaissance de Jeff Kervin. Javanne s'était changée et portait maintenant une robe plus habillée, mais toujours avec un col tuyauté lui cachant le cou. Margaret se dit que sa tante était très coquette. Enfin, parce qu'elle n'était pas coquette elle-même, ce n'était pas une raison pour en faire un grief à sa tante, se reprocha-t-elle, réalisant qu'elle se cherchait des raisons de *ne pas* aimer cette femme, ce qu'elle eut du mal à s'avouer, car ce n'était pas une découverte flatteuse.

Javanne se leva à leur entrée, souriant de toutes ses dents et scrutant Margaret d'un œil glacial.

— J'espère que tu es bien reposée, Marja-*chiya*. As-tu besoin de quelque chose ?

Lavée et vêtue de l'ensemble acheté chez MacEwan, Margaret était plus à l'aise qu'à son arrivée, mais elle éprouvait une grande méfiance à l'égard de presque tous les assistants. Jeff Kervin somnolait devant la cheminée ; Rafael et Mikhail étaient en grande conversation. Elle sentit que Mikhail s'efforçait de ne pas la regarder, se concentrant désespérément sur ce que son frère lui disait. Très bien — elle aussi pouvait jouer à ce jeu.

Dom Gabriel et son fils aîné, si semblables d'apparence qu'ils auraient pu être jumeaux, gardaient le silence. Ils semblaient mal à leur aise, comme trop serrés dans leurs vêtements de cérémonie. Sur un canapé, une petite femme menue, entourée d'une ribambelle d'enfants réclamant tous son attention. Elle avait dû être jolie, mais maintenant, elle était pâle et desséchée, avec des cheveux roux tout ternes. Elle faisait bien cinquante ans, et pourtant, se dit Margaret, elles devaient avoir à peu près le même âge toutes les deux.

Une autre femme se leva, en longue robe verte ballonnant autour d'elle comme une tente. Aussi grande que Margaret, avec une puissante ossature enveloppée de muscles fermes, il émanait d'elle une impression de force, de dignité et de grandeur. Elle faisait dans les vingt kilos de trop, au juger, mais ça lui allait bien. Les yeux brillant dans le visage rond étaient pleins d'intelligence et du même humour que Mikhail. Ses épais cheveux roux lui tombaient jusqu'aux épaules, retenus sur la nuque par une lourde barrette en forme de papillon.

— Marguerida, dit Javanne, suivant son regard, permets-moi de te présenter tes cousines. Je crois que tu connais déjà mes fils Mikhail et Rafael. Voici ma fille Ariel et mes petits-enfants. Ariel, arrête de dorloter Kennard et viens saluer ta cousine.

A regret, Ariel écarta ses enfants et tendit la main à Margaret, la regardant à peine de ses yeux éteints avant de retourner à sa marmaille.

Margaret vit alors, debout derrière le canapé, un homme vêtu de couleurs si sombres qu'il en était presque invisible. Lui aussi surveillait les enfants avec inquiétude, comme prêt à intervenir dans l'éventualité improbable où Margaret aurait voulu en enlever un.

— Et voici mon gendre, Piedro Alar.

Il la salua cérémonieusement, sans bouger de sa place.

— Maintenant, Marguerida, dit Javanne, l'éloignant du couple déprimant, voici ta cousine Liriel. Ariel et elle sont jumelles, bien que ça ne se voie pas.

— Ainsi, tu es Marguerida Alton? dit la cariatide en souriant. Où Maman t'a-t-elle logée? Pas dans la chambre bleue, j'espère — il y a une fuite au plafond, à moins qu'on ne l'ait réparée depuis mon dernier séjour.

264

Maman y met des invités quand elle ne veut pas qu'ils s'éternisent.

Javanne foudroya sa fille, et Margaret comprit que les deux femmes ne s'entendaient guère. D'après Mikhail, Liriel avait du caractère et avait refusé de se marier. Rien que pour ça, Margaret la trouva sympathique. Elle semblait rayonnante comparée à sa sœur, et bienveillante en prime.

— Je ne sais pas dans quelle chambre je suis, mais je la trouve confortable, répondit poliment Margaret.

Les murs de sa chambre étaient bleus, réalisa-t-elle, de même que les rideaux de son lit. Elle et Liriel regardèrent Javanne, qui rougit.

— Je ne me doutais pas qu'Armida était si grand.

— Oh, tu en as déjà fait le tour ? demanda Liriel. J'avais l'impression que tu étais tout de suite montée dans ta chambre.

— C'est vrai ; mais ça paraît très grand de l'extérieur.

Elle se sentait attirée par cette cousine, et elles échangèrent un regard amusé. Il y avait de la malice, en même temps que de l'intelligence, dans les yeux bleus de Liriel.

— Les apparences sont parfois trompeuses, dit Liriel, avec une solennité sibylline, puis Javanne entraîna Margaret presque de force.

— Marguerida, voici mon fils Gabriel, dit Javanne, et l'homme debout près de *Dom* Gabriel la salua avec raideur.

Elle avait parlé avec fierté, et Margaret comprit qu'elle aimait son aîné comme la pupille de ses yeux. Il était râblé comme son père, avec les mêmes yeux exorbités, et, sans doute, les mêmes dispositions colériques.

— Bienvenue chez nous, dit-il d'un ton bourru.

— Bonjour, Cousin Gabriel. Enchantée de faire enfin ta connaissance, dit Margaret, espérant que personne ne remarquerait son peu d'enthousiasme.

Apparemment épuisée par ses devoirs d'hôtesse, Javanne s'éloigna et la laissa en tête à tête avec Gabriel. Elle chercha un sujet de conversation intéressant pour tous deux, mais ne trouva rien. *Dom* Gabriel les regarda l'un après l'autre, espérant qu'ils allaient se montrer sociables, mais, comme le silence s'éternisait, il grogna, l'air d'annoncer un événement extraordinaire :

— J'ai invité des chanteurs après le dîner.

— Ce sera charmant, répondit Margaret, se demandant si elle pourrait endurer ce genre de conversation toute la soirée, et regrettant de ne pas avoir le courage de prétexter une migraine pour remonter dans sa chambre.

Mikhail s'approcha alors et demanda en souriant :

— Eh bien, ma cousine, comment trouves-tu Armida ?

— Ce que j'en ai vu est très beau, dit-elle, reconnaissante d'être sauvée de l'obligation de converser avec l'un ou l'autre Gabriel. Les chevaux sont magnifiques. Je suis tombée amoureuse de la jument grise.

— C'est Dorilys. Belle bête, quoiqu'un peu rétive.

— Quel joli nom ! s'écria-t-elle, se demandant si ces propos ineptes allaient continuer longtemps.

C'était ça que Dio devait endurer aux dîners officiels ? Son admiration pour sa belle-mère monta encore d'un cran.

— Elle est née pendant la mère de tous les orages, dit Mikhail. Je le sais, parce que j'étais à l'écurie lors de son arrivée. Ce nom signifie « dorée » et ne convient donc pas à sa couleur, mais il y eut autrefois une Dorilys qui, dit-on, pouvait commander aux orages. Alors comme j'avais joué les sages-femmes, j'ai eu le privilège de lui donner son nom, et j'ai choisi Dorilys. Je suis content qu'elle te plaise.

— Plus que ça, je l'aime. Pourrai-je la monter ?

— Ce n'est pas une monture pour une jeune fille, gronda *Dom* Gabriel.

— Mais mon Oncle, répondit Margaret, aussi suavement qu'elle put, je ne suis plus une jeune fille et je monte depuis des années.

Heureusement, le *coridom* annonça le dîner avant qu'il n'ait eu le temps de lui dire ce qu'elle devait faire, et ils se transportèrent dans une salle à manger assez grande pour contenir une armée. Margaret hésita, ne sachant où elle devait s'asseoir, puis elle vit que Javanne et *Dom* Gabriel hésitaient aussi. Normalement, ils se plaçaient aux deux bouts de la table, mais comme l'aîné du clan Alton était présent, en la personne de Jeff, la situation n'avait rien de normal. Avant que chacun tergiverse jusqu'à ce que le dîner refroidisse, Jeff résolut la question en prenant le coude de Margaret pour la conduire au haut bout de la table.

— Voilà ta place, *chiya*.

— Mais Dame Javanne...

— Doit te la céder.

Margaret réprima un fou rire.

— Je ne l'imagine pas capable de céder quoi que ce soit, Oncle Jeff, murmura-t-elle.

— Alors, il est grand temps qu'elle apprenne. Tout le monde doit céder de temps en temps. Ce n'est jamais agréable mais c'est une leçon nécessaire.

Il lui tint sa chaise, l'aida à s'asseoir, puis prit place à sa droite, sous les yeux fascinés et horrifiés de toute la famille. Enfin tous s'assirent dans de grands raclements de chaises, et on servit.

Le dîner fini et la table débarrassée, Ariel rassembla ses enfants et les emmena se coucher, suivie de Piedro, lugubre et anxieux. Leur départ allégea un peu l'atmosphère et, peu après, les chanteurs arrivèrent. Quatre sœurs, qui se ressemblaient tant qu'elles auraient pu être des quadruplées, et un frère boiteux.

Ils accordèrent leurs instruments — un *ryll*, et une sorte d'hybride de harpe et de guitare, et se mirent à chanter. Maintenant, plusieurs de ces chants étaient familiers à Margaret, mais d'autres lui étaient inconnus, et elle regretta de ne pas avoir apporté son enregistreur. Puis elle réalisa que cela aurait choqué tout le monde, et elle sourit à part elle. Elle était peut-être une riche héritière, mais elle ne perdrait jamais ses habitudes d'universitaire.

Puis ils attaquèrent une ballade, et Margaret en eut la chair de poule.

« D'où vient ce sang sur ta main droite,
Mon frère, dis-moi, dis-moi... »

Elle l'avait chantée elle-même, lors de son premier jour sur Ténébreuse, s'accompagnant du *ryll* hanté ayant appartenu à la mère qu'elle n'avait jamais connue. Elle n'avait pas pensé à Thyra depuis son départ du Château Ardais, et elle en éprouva un malaise.

— Ce n'est pas quelque chose à chanter devant des frères et des sœurs, gronda *Dom* Gabriel, heureux de l'occasion de dissiper sa frustration croissante. C'est un chant de mauvais augure.

— Nous ne sommes pas superstitieux ici, mon Père, répondit Liriel. Moi en tout cas, et Ariel est partie. *La sotte a peur de son ombre.*

Une chanteuse haussa les épaules.

— Nous pouvons chanter autre chose, *vai Dom,* proposa le boiteux

— J'ai déjà entendu cette ballade, dit Margaret à Liriel. Et je l'ai chantée moi-même. A-t-elle une histoire ?

Liriel Lanart éclata de rire.

— Elle raconte la malédiction d'une famille des Kilghard. On dit que ça porte malheur qu'une sœur la chante en présence d'un frère. Nous avons bien des superstitions dans ces montagnes. Mais où l'as-tu apprise ? On ne la chante pas à Ardais, j'en suis certaine.

— Quand je logeais chez Maître Everard, Rue de la Musique, il m'a montré un vieux *ryll*, dont, disait-il, personne ne pouvait tirer un son. C'était un instrument magnifique, fabriqué par un luthier célèbre, et je l'ai pris... avec ma curiosité coutumière. Et le chant en est sorti, comme laissé sur les cordes par la dernière personne à s'en être servie. Plus tard, reprit-elle après une courte hésitation, j'ai appris qu'il avait appartenu à ma mère Thyra Darriell.

Dom Gabriel fronça les sourcils, Javanne la foudroya, tandis que Jeff prenait l'air pensif. Un silence gênant tomba sur l'assistance.

— Je connais une ballade encore plus interdite, dit Mikhail en se levant pour meubler le silence. On a déjà fait la guerre pour moins que ça sur Ténébreuse, mais je ne suis pas superstitieux.

Il prit une profonde inspiration, redressa les épaules, et chanta :

> *Mon père étant Gardien de la Tour d'Arilinn*
> *Séduisit un* chieri *avec du* kireseth.
> *De cette union naquirent trois :*
> *Deux étaient des Comyn, et le troisième, moi...*

268

La voix n'était pas travaillée, mais grave et vibrante, et Margaret sut gré à Mikhail de distraire l'attention de Thyra. A l'air de Javanne, il était clair qu'on ne devait pas en parler. Et tant mieux, car elle n'en avait pas envie non plus. D'ailleurs, pourquoi avait-elle mentionné le *ryll* hanté ?

— Tu retardes, mon frère, gloussa Liriel. Ce n'est pas interdit, simplement de très mauvais goût. J'ai moi-même appris cette ballade quand j'étais à Arilinn. Et toi aussi, je suppose, mon cousin ? dit-elle à l'adresse de Jeff.

— Naturellement. Nous commençons à savoir rire de nous-mêmes, ce qui est une très bonne chose.

— Ton père te l'a-t-il jamais chantée, Marguerida ? A Arilinn, on se souvient de lui comme l'un des meilleurs techniciens de tous les âges — pour mon malheur ! dit Liriel, faisant la grimace. C'est très déprimant d'être sans cesse comparée à quelqu'un qu'on ne connaît même pas.

— Non, pas une note. Le Sénateur était trop occupé par les devoirs de sa charge pour me chanter quoi que ce soit, dit-elle, dissimulant un peu.

Quant à la Tour d'Arilinn ou une autre, rien que d'y penser lui donnait la chair de poule depuis son aventure dans la Tour aux Miroirs.

— En fait, je n'ai appris que très récemment qu'il avait été entraîné dans une Tour. *Il m'a tu bien des choses, et il me tarde de lui dire ce que j'en pense — bientôt, j'espère !*

— Il ne t'a jamais dit... commença Liriel, l'air aussi choqué et furieux que l'avait été Istvana Ridenow. Tu veux me faire croire que tu te promènes depuis des années avec le Don des Alton et le *laran* qui te sort par les oreilles, si tu pardonnes ma franchise...

— Je ne veux rien te faire croire, dit-elle sèchement.

Elle, elle avait le droit de critiquer Lew Alton, mais pas ces étrangers qui ne l'avaient jamais vu !

— Pardonne-moi, ma cousine. Je manque de tact comme tous les Alton, dit Liriel.

Margaret sentit qu'elle était sincère et la trouva plus sympathique d'admettre son défaut. Elle décida que le tact manquait cruellement à Armida, et qu'on y pratiquait une politesse compassée justement parce que tous avaient tendance à la franchise brutale.

— On manque un peu d'air ici, n'est-ce pas ? annonça brusquement Javanne, comme pour détourner la conversation de Lew Alton. Tu sembles avoir trop chaud, Marja. Rafael, montre donc le jardin des fragrances à ta cousine !

Rafael accueillit cette suggestion d'un air morne, et les yeux de Mikhail pétillèrent de malice.

— Bien sûr, ma Mère. Mais ma cousine devra se couvrir un peu car il fait frais dehors.

— Avec plaisir, dit-elle, heureuse de sortir, avec ou sans châle.

Rafaella lui sourit, et elle répondit d'un hochement de tête. Elle pouvait compter sur Rafaella pour la maintenir de bonne humeur.

Une servante apporta un châle finement brodé, et elle sortit avec Rafael sous un ciel nuageux. L'air humide présageait la pluie et était plein de senteurs enivrantes.

— J'ai tellement l'habitude de voir les étoiles dit-elle dans le noir, consciente de la proximité de son cousin, que je ne sais pas si je pourrais jamais m'habituer à vivre sans cesse sous tant de nuages.

— C'est ce que les Terranans disent souvent. Comment dois-je t'appeler ? Marguerida, Marja ou cousine ?

— Comme tu voudras, mais je suis un peu trop âgée pour Marja. Cousine devrait faire l'affaire.

— Très bien, dit-il, l'air de ne plus savoir quoi dire.

— Qu'est-ce que ces odeurs ensorcelantes ? demanda Margaret, resserrant son châle autour d'elle.

— Le jardin des fragrances de Maman. Autrefois, avant l'arrivée des Terranans sur Ténébreuse, il y avait à Arilinn une Gardienne qui était aveugle. Elle s'était composé un jardin des fleurs les plus odorantes, diurnes et nocturnes, car il faisait toujours nuit pour Fiora. Ce jardin a tellement plu à Maman quand elle a séjourné à Arilinn qu'elle a voulu en avoir un ici.

Les nuages s'écartèrent révélant une lune.

— J'aimerais voir les quatre lunes ensemble dans le ciel, dit Margaret.

Un vague souvenir se leva dans son esprit, et elle entendit son père et Dio rire de ce qui se passait sous quatre lunes. Leur ton était si nettement sexuel qu'elle fut convaincue d'avoir fait une remarque regrettable. Pour dissimuler son embarras, elle ajouta :

— Ce doit être un événement astronomique rare ?

— Oui, dit-il, transférant son poids d'un pied sur l'autre. Sur Ténébreuse, nous n'en parlons pas... Sapristi, nous ne sommes pas là pour parler du temps et des lunes !

— Oui, je sais, dit Margaret, sentant sa gêne mais ne sachant quoi faire pour la dissiper.

Rafael prit une profonde inspiration et expira bruyamment, comme accablé d'un lourd fardeau.

— Maman n'est pas très subtile, n'est-ce pas ?

— Non. Mais j'aurais pensé...

— Ma cousine, je suis célibataire et en bonne santé, l'interrompit Rafael comme s'il devait absolument parler. Je suis donc libre, et je considérerais comme un grand honneur si tu acceptais de réunir les deux branches de notre famille en m'épousant.

— Tu ne peux pas parler sérieusement, dit Margaret, médusée. Nous ne nous connaissons que d'aujourd'hui.

— Sur Ténébreuse, ça n'a pas d'importance. Ma mère et mon père se sont mariés le lendemain de leur rencontre. Ce serait une bonne chose et...

Sa voix mourut.

— Je ne veux même pas y penser, dit carrément Margaret. Je me moque de la coutume. Le mariage est une décision trop importante pour la laisser prendre à d'autres que les futurs époux. *Et la façon dont tes parents malmènent les portes ne parle pas en faveur de ces rencontres la veille du mariage !*

Non, en effet !

Rafael rit avec embarras et dit :

— Je te remercie. J'avais promis à ma mère de faire ma demande, mais je n'espérais pas une réponse favorable. Tu es... plutôt volontaire, comme ma mère, et cela ne me conviendrait pas. Pouvons-nous rester amis ?

— Ta mère fourre son nez partout, répondit Margaret.

La franchise de Rafael lui plut, et elle l'en estima davantage, tout en ressentant de plus en plus d'antipathie pour sa tante.

— Elle fait son devoir tel qu'elle le conçoit, et elle

voudrait que les Alton ne fassent plus qu'une seule famille.

— Alors, elle devra le faire sans moi. Il commence à faire froid. Rentrons — à moins que tu veuilles t'esquiver discrètement pour éviter l'orage.

— Peu importe. Un seul regard sur ton visage, et ma mère saura que tu m'as refusé.

— Alors, je crois que je vais monter directement dans ma chambre. Je n'ai vraiment pas le courage de passer une heure de plus à surveiller mes paroles ou mon visage !

— Comme tu voudras, ma cousine.

18

Margaret s'éveilla à l'aube et se retourna dans l'immense lit. Rafaella ronflait doucement sur son lit de camp. Margaret se demanda comment elle pourrait dormir sans ce bruit familier et rassurant, puis elle rit en silence. Elle pourrait difficilement arracher la Renonçante à Ténébreuse ! Quelle idée ! Elle se demanda comment Rafaella se comporterait hors planète, puis conclut que son amie était assez adaptable pour affronter n'importe quoi. Comment étaient-elles devenues si proches, si vite ?

La comparant au clan Alton, Margaret décida que la différence venait de ce que Rafaella n'avait ni ambitions ni projets personnels. Elle ne désirait rien de Margaret, qui en était rassurée. Soudain, Margaret se sentit un peu perdue et s'exhorta à ne pas céder à ses humeurs noires.

Les yeux fixés sur le plafond, elle remarqua une grosse tache sombre dans un coin, humide, même s'il n'en tombait aucune goutte. A l'évidence, la fuite dont parlait Liriel n'avait pas été réparée. Elle en éprouva une certaine colère. Gabriel se mêlait tellement des affaires des autres, qu'il laissait Armida tomber en ruines. Sa maison ! Non, pas sa maison — mais elle s'y sentait quand même attachée. Comme c'était contrariant ! La véhémence de sa pensée l'étonna et elle s'exclama :

— Bon sang !

— Euh ? Qu'est-ce qu'il y a ?

— Oh, Rafaella, désolée de t'avoir réveillée.

— Aucune importance. Ma vessie n'aurait pas tardé à en faire autant, dit-elle, se levant et quittant la chambre.

Quand elle revint quelques minutes plus tard, Margaret, assise au bord du lit, essayait de mettre de l'ordre dans ses idées, agitant ses orteils nus dans l'air frais du matin et enroulant une mèche sur son doigt.

— Tu réfléchis ou tu boudes ? demanda Rafaella.

— Les deux je suppose. Hier au jardin, Rafael m'a demandé de l'épouser, et je suppose que Gabriel le jeune présentera sa demande aujourd'hui.

— Et qu'as-tu répondu ?

— J'ai refusé, bien sûr. Qu'est-ce que tu croyais ?

— Il ne ferait pas le pire mari du monde, et je pensais que tu l'accepterais peut-être comme le moindre de deux maux, dit Rafaella en riant. Depuis que tu m'as parlé de Rafe Scott à Ardais, je pense que je pourrais vivre avec lui en union libre si je le désirais. *Et je crois que je le désire.* Je n'y avais jamais pensé jusqu'à maintenant. Je ne sais pas si ça marcherait. Mais toi, tu devrais te marier *di catenas* et je ne sais pas si tu le supporterais.

— Je ne suis pas certaine de te suivre.

— Tu as vu le bracelet de Javanne ? Et celui d'Ariel ?

— Celui de Javanne, oui, mais pas celui d'Ariel. Pourquoi ?

— On l'a refermé sur son bras quand elle a épousé *Dom* Gabriel, et on ne le lui retirera jamais, même à sa mort. Son mari en porte un aussi, mais plus petit, et on ne le voit pas, parce que chez les hommes, il est souvent caché par la manche. Un mariage *di catenas* est éternel, et les Comyn se marient toujours de cette façon. Ça signifie que la femme appartient à son mari et non à elle-même.

— Ainsi, dit Margaret, fronçant les sourcils, *Dom* Gabriel peut faire des *nedestos* à droite et à gauche — bien que j'aie du mal à l'imaginer dans ce rôle —, mais Javanne doit rester bien sage et ne jamais retrousser ses jupes ?

La Renonçante se mit à hurler de rire.

— C'est à peu près ça, dit-elle, quand elle eut retrouvé son souffle.

— Bon, eh bien, ça ne me concerne pas. Tu as raison.

Je ne supporterais jamais de servir de jument reproductrice à un homme. Et à propos de jument, crois-tu que j'aurai l'occasion de monter Dorilys pendant mon séjour ici ? dit-elle, changeant de conversation car ces propos sur le mariage la mettaient très mal à l'aise.

Istvana l'avait assurée qu'elle s'était libérée de l'emprise de l'antique Gardienne, mais elle n'était pas certaine que les manipulations d'Ashara ne continuaient pas à l'influencer, et elle trouvait cela détestable.

— Marguerida, si tu restes sur Ténébreuse, tu seras obligée de te marier, que ça te plaise ou non. Et changer de conversation ne changera pas la situation ! Vraiment, pour une femme intelligente, tu peux être stupide parfois !

— C'est pour ça que je ne vais pas rester. Je renoncerai sans doute à mes droits sur Armida, puis je retournerai à l'Université où est ma place.

Elle sifflait dans le noir pour se rassurer, et elle le savait, mais elle était résolue à ne pas se laisser embarquer dans les étranges coutumes de Ténébreuse, et à refuser ces bracelets qui transformaient les femmes en bétail. Ce qu'elle ferait de son don de télépathie, elle ne le savait pas. Il disparaîtrait tout seul, sans doute !

— Tu en es sûre ?

— *Non, je n'en suis pas sûre, et va au diable pour l'avoir vu !* Bon, habillons-nous et descendons déjeuner, ajouta-t-elle tout haut. Je meurs de faim !

Seule Liriel était dans la salle à manger, devant un bol vide, l'air de songer à prendre une seconde portion. Elle leva les yeux à leur entrée et sourit.

— Vous avez bien dormi ?

— Très bien, merci. Mais je crois qu'il y a toujours une fuite au plafond.

— Maman avait envie de m'étrangler quand j'ai dit ça, gloussa Liriel. Elle a souvent envie de m'étrangler, raison pour laquelle j'ai choisi de vivre dans une Tour. Ça nous évite de nous crêper le chignon. Nous nous ressemblons trop, Maman et moi, et deux fortes personnalités sous le même toit, c'est la guerre assurée, tu ne trouves pas ?

— Je n'y avais jamais pensé, mais tu dois avoir raison.

Elle plaisait de plus en plus à Margaret qui pensa pouvoir devenir amie intime avec elle si elle restait sur Ténébreuse. Et tant qu'elle n'aurait pas trouvé le moyen de vivre avec sa télépathie, elle y serait contrainte, même si ça lui déplaisait. Elles s'assirent ; une servante apporta des céréales et des fruits, et Liriel lui tendit son bol.

— J'espérais te parler seule, dit Liriel, après avoir avalé sa seconde portion en un temps record. Tu peux rester, Rafaella, ajouta-t-elle. Par seule, j'entendais sans mon importune famille.

— Eh bien, tu as ce que tu désirais, répondit Margaret, méfiante. *J'espère qu'elle ne va pas plaider la cause de ses frères, parce que je ne pourrais pas le supporter.*

— Absolument pas, dit Liriel, recevant manifestement ses pensées. Je suis sûre que tu en auras soupé avant la fin du jour, dit-elle, ironique, mais avec un regard de sympathie. Je suis partie dans une Tour pour éviter un mariage forcé, moi aussi. On voulait me marier au jeune Dyan Ardais — tu as dû le rencontrer au Château Ardais.

— En effet, et tu as été sage de refuser. Il ne semble pas... faire le poids à côté de ta forte personnalité. Mais peut-être que je suis injuste, parce que nous n'avons pas parlé souvent, et surtout de choses ordinaires.

— Façon polie de dire que je n'en aurais fait qu'une bouchée et qu'il m'aurait fallu un bon steak pour terminer.

Elles éclatèrent de rire toutes les trois.

— Je sais qu'il t'est très difficile de comprendre nos coutumes, reprit Liriel, mais elles donnent satisfaction depuis des siècles. Tu regardes ma mère comme ton ennemie, et tu ne devrais pas ; elle fait son devoir tel qu'elle le conçoit, ce qui ne me convient pas toujours, ni à mon frère Mikhail. Bien que je demeure à Tramontana, elle ne cesse de suggérer qu'il n'est pas trop tard pour me marier et avoir des enfants.

— Ici, tout le monde paraît ne penser qu'au mariage, dit sobrement Margaret. J'ai tout le temps l'impression qu'un prêtre va sortir d'un placard, me sauter dessus et me marier sans me demander mon avis.

— C'est une appréhension déplacée, même si bien des

Comyn, dont mon père, refusent de voir que les temps ont changé, et que Ténébreuse n'est plus ce qu'elle était dans le passé. Mais je ne vais pas discuter de notre histoire — même s'il est clair qu'elle t'intéresse. J'ai eu une longue conversation avec Oncle Jeff hier soir, quand nous sommes restés seuls. Nous avons tous les deux conscience que tu as le Don des Alton dans toute sa force.

— Comment le sais-tu ? dit-elle, gênée comme si on l'avait vue toute nue.

— Pour n'importe quel télépathe, c'est aussi évident que la couleur de tes cheveux. Jeff et Istvana en avaient déjà discuté, de sorte que nous le savions avant ton arrivée.

Au diable tous ces gens qui parlent de moi derrière mon dos ! Et dire que je ne peux rien y faire ! Elle maîtrisa son émotion au prix d'un effort qui lui coupa l'appétit.

— Je sais que tu as raison, mais je trouve que ça ne te regarde pas, dit-elle avec raideur, tous sentiments amicaux envers sa cousine s'étant envolés.

Liriel prit un air sévère, qui donna à son visage rond une grandeur saisissante.

— Sur Ténébreuse, le *laran* regarde tous ceux qui le possèdent. Ce n'est pas comme les autres talents, la peinture ou la musique, qu'on peut développer ou négliger. Si tu l'as, tu dois apprendre à t'en servir comme il faut. Sinon, tu es un danger pour toi-même et les autres. Et c'est encore plus vrai du Don des Alton, parce que la capacité de forcer le rapport avec un autre peut se comparer au fait de se promener avec une arbalète bandée. Si quelque chose te fait sursauter, tu peux tirer sans réaliser qu'il ne s'agit pas d'un cerf mais d'un humain.

— Je comprends ça et je serai prudente. Mais où veux-tu en venir ?

— Jeff pense qu'il serait sage que je te monitore. Istvana t'a déjà testée, mais elle trouve que tes canaux ne sont pas encore bien dégagés. Elle croit que pendant ta maladie, tu en as créé de nouveaux — ce qui est une théorie remarquable. Elle a fait tout ce qu'elle a osé pendant le peu de temps qu'elle a passé avec toi.

— Je sais. Elle voulait que j'aille à la Tour avec elle, mais je ne peux pas. Je ne m'explique pas pourquoi.

— Inutile d'expliquer, ma cousine, soupira Liriel. Je regrette moi-même que tu ne sois pas allée à Neskaya, car j'ai un immense respect pour ses talents de *leronis*. Jeff pourrait faire ce qu'il faut, bien sûr, mais ce ne serait pas convenable, dit-elle avec un rire nerveux.

— Et le ciel me préserve de faire quoi que ce soit d'inconvenant ! dit Margaret, oppressée comme s'il n'y avait pas assez d'air dans la pièce.

Tout le monde voulait soit la marier à n'importe quel pantalon sur deux jambes, soit l'enfermer dans une Tour pour lui éviter de se nuire.

— Nos coutumes te paraissent étranges, dit Liriel en rougissant, parce que tu n'as jamais vécu dans une communauté télépathique. Nous avons bien des règles qui seraient absurdes partout ailleurs. Monitorer est une fonction intime qu'un homme n'accomplit jamais sur une femme qui pourrait être sa fille.

— Tu ne parles donc que vocalement à ton père ?

— Non, malheureusement. Nous nous disputons souvent sans prononcer un mot. Mais il mourrait d'embarras s'il devait me monitorer. Se parler d'esprit à esprit n'est pas très différent de se parler face à face, mais monitorer c'est beaucoup plus.

— Je commence à comprendre. Ce fameux soir à Ardais, je croyais qu'Istvana avait demandé à Dame Marilla de me monitorer parce qu'elles avaient travaillé ensemble à la Tour, ou parce qu'il n'y avait personne d'autre de disponible. Mais Mikhail aurait pu le faire, non ?

— Mon frère est un puissant télépathe, mais, en ces circonstances, il ne t'aurait pas plus monitorée qu'il ne t'aurait déshabillée dans ta chambre. Dans une Tour, il en va autrement, parce que lorsqu'on travaille dans un cercle, beaucoup de règles ne s'appliquent plus. Jeff est trop proche d'un père pour te monitorer, et Mikhail... bon !

Margaret rougit jusqu'à la racine des cheveux. Elle repensa à la soudaine intrusion d'un mâle quand elle luttait pour arracher la pierre au donjon d'Ashara, et qu'elle avait eu l'impression qu'il la tenait par la taille. Elle soupçonnait que c'était Mikhail, sans comprendre comment il était arrivé dans le surmonde ni pourquoi. Et elle hésitait à le lui demander. Elle et Mikhail avaient échangé des pensées, mais avec prudence et réserve, et bien qu'ils aient approché d'une certaine intimité plusieurs fois, ils n'étaient jamais allés très loin. Ils s'approchaient, puis s'écartaient, comme effrayés de leurs sentiments.

Enfin, elle comprenait pourquoi son père avait semblé s'éloigner d'elle quand elle avait grandi. Elle en avait souffert et en souffrait toujours. Quand elle était petite, elle adorait Lew, puis, sans aucune raison apparente, il était devenu froid et lointain. Elle avait craint de lui avoir déplu d'une façon ou d'une autre. Pourquoi ne lui avait-il pas dit ce qui se passait ? Pourquoi Dio s'était-elle tue ?

Dio, nous ne pouvons pas faire ça sans un cercle, bon sang ! Je ne peux pas patauger dans son esprit quand elle est fermée comme ça et que nous ne sommes que nous deux. Et nous ne pouvons pas retourner sur Ténébreuse. J'ai accepté cette charge et je l'assumerai jusqu'au bout, quoi qu'il arrive. Au moins, j'aurai fait quelque chose de valable dans ma vie !

La voix du Sénateur résonna dans sa tête, et Liriel l'entendit aussi car elle hocha la tête.

— Tu as dû recevoir des bribes et des morceaux.

— Comment ? Istvana m'avait donné l'impression que j'étais plus hermétiquement fermée qu'un tambour.

— Même les gens qui n'ont pas le *laran* reçoivent parfois les émotions fortes. Nous pensons maintenant que c'est un trait humain normal, ayant peut-être précédé le langage. Les Terranans sont sceptiques, mais nous connaissons la question mieux qu'eux. Pendant des générations, nous avons cru que le *laran* était un don spécial limité aux Comyn. Mais depuis cent ans, nous avons découvert que bien des gens le possèdent à un degré quelconque.

— Pourtant, je ne comprends toujours pas pourquoi tu veux me monitorer.

— Tu as été sous emprise très jeune, et bien que certains de tes canaux soient maintenant dégagés, certains dommages demeurent. Jeff et moi, nous pensons qu'il est très important de te surveiller, pour nous assurer que tu es sur la voie de la guérison.

— La guérison ! On m'a laissée seule dans un orphelinat jusqu'à ce que je sois utile, et on m'a laissée vivre dans l'ignorance parce que le Sénateur trouvait plus important de s'occuper de Ténébreuse que de moi ! Puis le Destin ou la Fatalité m'amène ici, et tout d'un coup, je deviens le parti le plus désirable de cette maudite planète et vous voulez vous assurer... allez tous au diable !

A la surprise de Margaret, Liriel n'eut pas l'air de s'offusquer de cette sortie.

— C'est exactement pour ça que nous voulons te monitorer. Tu es furieuse, et tu as toutes les raisons de l'être. Mais cette fureur est dangereuse, non seulement pour toi, mais pour quiconque peut la déclencher d'un mot ou d'un regard. Je suis entraînée et bien barricadée, mais beaucoup d'autres ne le sont pas, comme ton amie Rafaella. Tu pourrais la tuer de ta colère.

— Je ne ferais jamais aucun mal à Rafaella. C'est mon amie — la sœur que j'ai toujours voulue. Désolée, ajouta-t-elle avec une inspiration tremblante. Je sais que personne ne veut me faire du mal, pas intentionnellement, en tout cas.

— Marguerida, sais-tu ce qui se passe si l'on met de l'eau dans un vase fermé et qu'on le pose sur le feu ?

— Je sais assez de physique pour savoir que si la vapeur ne peut pas s'échapper, le pot explose.

— Je n'aurais pas employé le mot pot. Tu es plutôt un alambic, transparent et fragile, mais solide. Pourtant, si tu bouches la sortie, l'alambic volera en éclats.

— Oui, et pour filer ta métaphore, les éclats blesseront tous les assistants. Comme je regrette d'être venue !

— Comme tu dis, c'était ta destinée. Et tu te plais ici, même si tu nous trouves bizarres.

Margaret soupira et garda longtemps le silence.

— C'est vrai. J'ai vécu en exil toute ma vie, et maintenant, je suis rentrée chez moi. Si j'avais su, je serais revenue depuis longtemps, mais... mais Liriel, je ne veux pas être une télépathe !

— Ce n'est plus possible. Tu l'es, et il n'y a rien à y faire. Et, dans ton intérêt et celui des autres, il faudra te monitorer fréquemment, parce que maintenant que ton Don est éveillé, il va croître et changer. Et tu changeras aussi. C'est ainsi. Je suis désolée.

— Pas tant que moi. Enfin, fais ce que tu veux — je serai sage.

— Allons dans mon bureau. Maman m'en a accordé la disposition à regret, pour que je puisse m'isoler. Personne ne nous y dérangera.

— Ils n'ont pas besoin d'y venir. Ils peuvent juste fourrer leur nez dans ma tête...

— Marguerida, ne dis pas de bêtises, dit Liriel, se levant dans un grand froufrou de jupes. Mon père est tellement strict qu'il ne reste même pas dans la maison quand nous travaillons. Et Jeff n'est pas du genre indiscret.

— Et ta mère ? dit-elle, se hérissant à cette idée.

— Elle sera curieuse, dit Liriel en souriant, parce que c'est sa nature, mais elle n'interférera pas.

— Pourquoi ? A cause des convenances ?

— En partie. Mais surtout par bon sens. Tu es si puissante que tu peux plonger quelqu'un dans le coma pendant une décade si tu te sens menacée.

— Vraiment ? dit Margaret, sortant derrière Liriel.

L'idée de blesser les gens sans lever le petit doigt était encore plus terrifiante que celle d'être télépathe.

Elles entrèrent dans un salon de taille modeste, avec une fenêtre ouvrant sur une cour circulaire, mais avant que Margaret ait le temps d'observer l'extérieur, Liriel tira un rideau devant. Alors, elle regarda autour d'elle, et vit des coussins rebondis empilés sur un épais tapis, et, le long de deux murs, des étagères pleines de livres.

— C'est ta bibliothèque personnelle ?

— Oui. Je l'ai commencée avec des livres laissés dans la maison, certains appartenant à ton père, d'autres au grand-père Kennard, quoiqu'il n'ait pas été grand lecteur. Il y a des livres en Terrien, apportés par Ann'dra Carr quand il vivait ici, et d'autres que j'ai commandés à Thendara. Maman m'a toujours dit que j'allais m'abîmer la vue à lire, mais pour le moment, tout va bien.

— Je commençais à penser que personne ne lisait ici.

— En général, ce n'est pas un passe-temps si répandu

que le chant, la couture ou la chasse, mais nous ne sommes pas des paysans illettrés.

— Je n'ai jamais pensé ça, mais je me suis étonnée de voir si peu d'imprimés. Il y avait bien quelques livres à Ardais, mais ceux-ci sont plus intéressants.

— Viens t'asseoir ici, près du brasero.

Margaret obéit, ignorant son malaise. Elle avait l'impression d'être chez le docteur, où elle serait mesurée, testée, palpée, et ça lui déplaisait beaucoup. Elle s'enfonça dans un gros coussin, et regarda Liriel jeter une poignée d'herbes dans le brasero. Elles s'enflammèrent au contact des charbons ardents, émettant une fumée pâle et une odeur douce et enivrante, comme des fleurs chauffées par le soleil de l'été. Elle remarqua que son malaise la quittait.

— Qu'est-ce que tu brûles ? demanda-t-elle à Liriel.

— Des fleurs séchées. Elles ont un effet calmant, un peu comme l'encens. C'est une découverte à moi, et je n'en suis pas peu fière, je l'avoue.

— Est-ce que je dois sentir mon corps léger comme une plume ? demanda Margaret.

— Tu dois te sentir détendue, dit-elle, un peu inquiète.

— Si je me détends un peu plus, je vais m'endormir, pouffa Margaret. Je me sens comme si plus rien au monde n'avait d'importance. C'est assez détendu pour toi ?

— C'est parfait. Tu es très tendue, Marguerida. Vigilante conviendrait peut-être mieux. Toujours en alerte. Tu sais pourquoi ?

— Je le devine. Quand j'étais Marguerida Kadarin...

— Quand tu étais *qui* ? s'exclama Liriel, l'air stupéfait et un peu bizarre.

Elle ne répondit pas tout de suite, pleine de sentiments étranges mais lointains.

— A l'orphelinat, c'est ainsi qu'on m'appelait. Je ne m'en souvenais pas, mais ça m'est revenu quand tu m'as demandé pourquoi j'étais toujours anxieuse. Il y avait là une fille de mon âge, mais plus grande, qui adorait pincer, griffer et mordre. Surtout moi. Puis on m'a retirée de l'orphelinat, et je me suis retrouvée avec... avec ma mère, qui riait une minute et hurlait la suivante. J'essayais de me faire toute petite, pour qu'elle ne me voie pas, dit-elle avec un rire tremblant. Je croyais que je pouvais me rendre invisible si j'essayais assez fort. *Et il était à la fois gentil et indifférent, Robert Kadarin.*

— Je vois. Tu as de nouveau essayé hier soir au dîner, non ? De te rendre invisible ?

— Je suppose. Ta famille est plutôt envahissante.

— Notre famille, Marguerida. Et ils sont vraiment envahissants, surtout quand Ariel est là avec tous ses enfants. Elle ne supporte pas de les perdre de vue. Je ne sais pas ce qu'elle fera quand ils grandiront et voudront partir. Elle et Piedro surveillent ces mioches comme si un faucon allait fondre dessus pour les leur enlever. Nous sommes jumelles, mais de dispositions très différentes. Elle est toujours languissante et inquiète, et moi, je suis joyeuse et dynamique. Et nous avons toujours été comme ça.

— Je sais que vous avez un taux élevé de mortalité infantile sur Ténébreuse. Ariel a-t-elle perdu des enfants ? Est-ce pour ça qu'elle est si mère poule ?

Liriel secoua la tête, ce qui fit voleter ses cheveux.

— Ma sœur a eu beaucoup de chance. Aucun de ses enfants n'est mort, et je n'ai jamais vu une marmaille en aussi bonne santé. Mais elle ne se trouve aucune valeur, sauf comme mère. Je crois qu'elle ne sait même pas à quel point Piedro l'adore. C'est ma mère qui a arrangé ce mariage, mais elle a bien choisi pour Ariel. Elle est de nouveau enceinte, quoique ça ne se voie pas encore. Une fille, enfin. J'espère qu'elle s'arrêtera après, car un enfant tous les deux ans, ça la tue.

— Comment sais-tu que c'est une fille ?

— Je suis technicienne, Marguerida. De plus, Ariel et moi, nous avons passé des mois ensemble dans le ventre de maman avant de respirer l'air de Ténébreuse. Je sais toujours quand Ariel a conçu, et je sais aussi le sexe de l'enfant. Ça fait partie de mon *laran*.

— Je crois que je ne comprends pas encore très bien cette histoire de *laran*. C'est plus que la télépathie, non ? Istvana Ridenow m'a dit que son Don était l'empathie et, tout en comprenant ce que c'est intellectuellement, je n'en ai aucune compréhension émotionnelle.

— Oui, c'est plus que la télépathie, ma cousine. Chaque famille des Domaines a un Don, c'est-à-dire un talent transmis par le sang. Le Don des Alton est celui des rapports forcés, c'est-à-dire qu'ils peuvent entrer dans l'esprit de quiconque, télépathe ou non, qu'il le veuille ou non. C'est pour cette raison que les autres Domaines se sont toujours un peu méfiés de nous. Le rapport forcé peut tuer, et c'est pourquoi Jeff et moi pensons qu'il est si important de te monitorer. Les Ardais sont des catalystes, et peuvent éveiller le *laran* chez les autres. Les Aldaran ont le Don de précognition, et tu le possèdes peut-être.

— Voilà autre chose ! Ça ne suffit pas que je puisse entrer dans l'esprit des gens qu'ils le veuillent ou non, il faut encore que je voie dans l'avenir ! Mais attends — pourquoi aurais-je le Don des Aldaran ? Dama Marilla a pensé à quelque chose quand je l'ai interrogée sur les Dons. Elle ne m'a pas dit grand-chose, et elle est devenue très agitée quand je lui ai parlé des Aldaran.

— Le père de Thyra Darriell était Kermiac Aldaran, et la mère de ton père était Yllana Aldaran, qui était à moitié Terranan. Ainsi, tu as du sang Aldaran des deux côtés.

— Je comprends. Mais je ne crois pas avoir le Don des Aldaran. Car si j'avais eu la moindre prémonition de ce qui m'attendait, je ne serais jamais venue sur Ténébreuse, dit-elle, tout en réalisant que ce n'était pas tout à fait vrai.

— La capacité de voir dans l'avenir et de le modifier sont deux choses différentes, cousine. Bon, commençons.

Liriel tira de son corsage un sachet identique à celui d'Istvana, et sortit un cristal de ses enveloppes.

Margaret réprima l'impulsion de s'enfuir en courant, tant ce cristal la terrorisa. Ses épaules se raidirent, elle serra les dents, attendant la voix familière et détestée qui avait parlé par sa bouche à Ardais. Comme rien ne se passa au bout de quelques minutes, elle se détendit un peu.

— Je te l'ai dit, Liriel, je n'aime pas ces choses.

— Je sais. Mais regarde-la calmement. Ne la touche pas. On ne doit jamais toucher une matrice accordée sur une autre personne. Cela peut mettre en état de choc et même provoquer la mort.

Au lieu de regarder le cristal, Margaret ouvrit sa main gauche et ôta lentement son gant, puis elle étudia sa paume. Liriel la regarda, étonnée mais sereine.

Les lignes bleues qui s'étaient imprimées sur sa main étaient un peu estompées, mais elle en distinguait encore le dessin. Si seulement elle parvenait à comprendre ce qu'elles signifiaient. Elle perçut une légère pulsation sous sa peau, comme s'il y circulait une énergie ne venant pas entièrement de son corps. Les lignes s'assombrirent, leur bleu s'aviva de plus en plus, et elle frissonna.

Autour d'elle, la pièce devint floue et pleine d'ombre, et la technicienne assise en face d'elle n'était plus Liriel, mais une image lumineuse, un réseau d'énergie désincarné. Puis même cela disparut, et elle se retrouva plongée dans une sombre vision de son propre esprit.

Devant elle béait un couloir tortueux, et quelque part, une femme hurlait. C'était un hurlement terrible, poussé par cette femme inconnue qui était Thyra Darriell, sa mère. Il y avait de la folie dans ce cri, et elle se sentit se recroqueviller, rapetisser, pleine de méfiance et d'angoisse. Une voix d'homme cria : « Elle est folle — elle a perdu tout contrôle ! »

D'autres crièrent, et elle reconnut la voix de Lew Alton, et celle d'un autre — de l'homme aux cheveux argentés. Elle le connaissait maintenant, elle savait que c'était Robert Kadarin, qui lui avait donné son nom un certain temps et l'avait amenée à l'orphelinat pour la mettre à l'abri de l'instabilité de sa mère. Elle se rappela la traversée d'une rivière qui s'appelait la Kadarin et le malaise qu'elle avait éprouvé. Elle savait enfin pourquoi.

Et si je suis folle comme ma mère ?

Brusquement, les ténèbres disparurent, et elle fut de retour dans la bibliothèque confortable et embaumée, avec sa cousine Liriel. La crainte de la folie perdurait dans son esprit, plus terrifiante que le fantôme d'Ashara. Elle frissonna, et considéra sa main gauche, pleine de rage et de haine. Si seulement elle n'avait pas arraché la pierre à la Tour aux Miroirs, rien de tout cela ne serait arrivé ! Mais, dans ce cas, Ashara serait encore en elle, lui commandant de se tenir à l'écart, lui interdisant tout contact humain.

Quand enfin elle regarda Liriel, la technicienne rangeait sa matrice. Son front luisait de sueur, et ses épaules affaissées annonçaient une grande lassitude.

— Tu es trop forte pour moi, Marguerida.

— Je n'avais pas l'intention de t'épuiser, dit Margaret, honteuse, mais encore en proie à tant d'émotions conflictuelles qu'elle parlait plutôt par politesse.

Elle avait envie de s'enfuir, de se cacher, de mourir, pour échapper à tant de sentiments oppressants, dont aucun n'était réconfortant, et qui s'opposaient tous les uns aux autres. Terrible sensation que d'être piégée entre des sentiments qu'elle ne pouvait ni contrôler ni supprimer.

— Tu n'y es pour rien. J'aurai récupéré dans un moment. Mais tu es trop puissante — il faut *absolument* que tu ailles dans une Tour pour recevoir une formation.

La terreur de l'emprisonnement lui coupa le souffle.

— Je ne peux pas ! *Et si on continue à me dire ce que je dois faire, je vais devenir folle, et on ne doutera plus que je suis bien la fille de Thyra !*

— Je crois qu'Arilinn serait le meilleur choix, poursuivit Liriel comme si elle n'avait rien entendu. Jeff y travaille, et je crois que je pourrais moi-même...

— Je n'irai pas dans une Tour, là ou ailleurs !

— Mais il n'est pas question de t'enfermer définitivement. Il s'agit juste de t'enseigner à utiliser tes talents.

Margaret éclata en sanglots.

— Je sais, sanglota-t-elle. Mais je ne supporte pas l'idée d'être enfermée une fois de plus.

Elle sentit son cœur décharger une parcelle d'énergie étrangère, quelque chose de glacé dont elle ne prit conscience qu'avec sa disparition. Elle sentit sa tension se relâcher, et elle s'efforça de la retenir. C'était la seule chose qui maintenait sa cohésion, cette tension de l'esprit et de muscles !

— Encore ?

La Tour aux Miroirs se dressait dans la plaine, froide sous un ciel sans étoiles. Une fois de plus, elle s'inclina vers elle, une fois de plus elle vola en éclats.

— Je n'y retournerai pas !

— Marguerida, cette Tour a disparu. Elle n'existe plus

que dans ta mémoire — et peut-être aussi dans la tête de tous les télépathes, car tu émettais avec tant de puissance que tous ont dû la voir ! Tu as détruit cette construction mentale, et tu n'as plus besoin de la craindre.

— Tu vois ces lignes ? dit Margaret, tournant sa paume gauche vers Liriel.

— Je vois des traces bleues, oui. C'est un tatouage ? Rapporté d'une autre planète ? J'ai remarqué ton gant hier soir, et je me suis étonnée. Il jurait avec ta robe.

— Non, ces marques viennent du surmonde. Quand j'en suis revenue, je les avais dans la main. Elles étaient plus vives, alors, mais elles reproduisent exactement les facettes de la pierre que j'ai arrachée à la Tour aux Miroirs. Istvana ne t'en a pas parlé ?

— C'est encore plus important que je ne le croyais, dit Liriel, l'air pensif. Je réalise que j'avais mal compris. Istvana m'a informée, bien sûr, mais elle ne m'a pas dit que la chose avait une forme physique. Elle ne savait peut-être pas avec certitude ce que c'était.

Elle se tut, mais Margaret sentit qu'elle conversait avec quelqu'un à l'extérieur de la pièce.

— Tu as accompli un exploit remarquable, ma cousine, dit-elle enfin. Tu as rapporté du surmonde une matrice fantôme.

Margaret essuya ses larmes sur sa manche.

— Exactement ce qu'il me fallait — une matrice fantôme. Ma mère était folle, mon père ne supporte pas ma vue, j'ai hérité de ce maudit Don des Alton, et maintenant, comme si ça ne suffisait pas... Comment me débarrasser de cette chose ?

— Je ne crois pas que ce soit possible. Il faudra que tu apprennes à vivre avec et à t'en servir. Si je ne me trompe pas, c'est tout ce qui reste d'Ashara Alton.

— Istvana m'a un peu parlé d'elle à Ardais. Pas assez pour satisfaire ma curiosité — mais rien ne la satisfera tout à fait, je crois. J'ai passé des années avec cette Ashara en moi, et maintenant, bien que je l'ai détruite, tu viens me dire qu'elle est toujours là, sur ma peau, sur ma main. Je la trancherai ! s'écria-t-elle, frisant l'hystérie. Comme ça on sera manchot de père en fille dans la famille, ajouta-t-elle avec amertume.

— Assez !

— Je *ne veux pas* d'une matrice fantôme ! Je ne veux pas de matrice du tout ! Je déteste ces maudites pierres ! Je ne veux pas être télépathe ! Je veux juste être Margaret Alton, universitaire !

— Crois-moi, Marguerida, je te comprends. Tout cela est très nouveau pour toi, et tu ne réalises pas encore que ce n'est pas un fardeau mais quelque chose qui...

— Cesse d'essayer de me convaincre que c'est un avantage ! C'est une malédiction, et je le sais !

— Non, *chiya*, ce n'est pas une malédiction, mais il te faudra sans doute du temps pour t'en rendre compte. D'ailleurs, tu ne peux rien y changer, et tu ferais mieux de t'habituer à cette idée pour retrouver la paix de l'esprit.

— La paix de l'esprit ! J'ai oublié ce que c'était, en supposant que je l'aie jamais su.

L'odeur persistante de l'encens de Liriel et le calme de la technicienne elle-même commencèrent à dissiper les émotions de Margaret, comme des fumerolles s'élevant du brasero. Malgré elle, un semblant de sérénité s'insinua dans son esprit.

— Parle-moi au moins d'Ashara. Il me semble que j'assumerais mieux la situation si j'en savais plus — mon esprit d'universitaire veut des faits.

— Je ne peux guère t'en dire plus qu'Istvana, j'en ai peur. Nous avons peu d'archives de cette période. Elle était Gardienne, il y a des siècles, à une époque où les *leroni* étaient des vierges. Elle fut exilée de Hali — on ne sait plus pourquoi — et envoyée à Thendara. Elle mourut, mais on ne sait pas comment, parvint à continuer... après la mort de son corps, son esprit perdura en s'introduisant dans d'autres Gardiennes. Nous pensions tous que Callina Aillard avait été sa dernière victime.

— Qui ?

— La Gardienne de Neskaya pendant la Rébellion de Sharra, répondit machinalement Liriel. Non, c'est trop fort pour moi. Jeff doit t'emmener immédiatement à Arilinn.

Chiya ! Ne te laisse pas impressionner ! Reste à Armida. Et n'aie pas peur, ma Marja. N'aie pas peur.

La soudaine intrusion de Lew Alton dans son esprit la stupéfia, car il semblait très proche, et pourtant très lointain. C'était si rassurant, si réconfortant que, la première surprise passée, elle en éprouva un immense soulagement. Elle avait l'impression qu'il était dans la pièce voisine ou devant la maison. Elle le crut, et se sentit protégée. C'était son père, et, sans qu'elle sût pourquoi, elle était sûre qu'il allait tout arranger. Puis elle se traita d'idiote — son père ne s'était jamais occupé d'elle ; pourquoi commencerait-il maintenant ?

Elle réfléchit aux options qui s'offraient à elle. Elle pouvait quitter Ténébreuse, et démolir par le rapport forcé n'importe quel étranger qui la contrarierait — chose vraisemblable sans entraînement. Elle comprenait la nécessité d'un apprentissage — elle n'avait pas appris la musique en un jour ou un mois. Elle pouvait aller dans une Tour et risquer de blesser quelqu'un comme Liriel, sans le vouloir. Liriel n'avait pas idée de la force brute qu'elle avait dans la main. Elle non plus, mais elle la soupçonnait d'être formidable. Elle pouvait épouser un Ténébran, en espérant que son *laran* disparaîtrait avec sa virginité, comme cela s'était vu dans le passé. Ou elle pouvait faire confiance au Vieux.

De toutes ces possibilités également rebutantes, faire confiance à son père semblait la moins déplaisante.

— Je ne discuterai pas avec toi, Liriel. Tu as ton idée, j'ai la mienne — et elles ne concordent pas ! A moins que tu demandes aux serviteurs de ton père de me fourrer dans un sac pour m'emmener à Arilinn...

— Marguerida ! Je ne ferais jamais une chose pareille !

Margaret rit soudain, et sentit quelque chose se dénouer dans sa poitrine.

— En voilà assez ! J'ai lu trop de mauvais romans et j'ai une assez pauvre opinion de l'humanité pour l'heure. Sortons avant que la fureur me reprenne !

Elle renfila son gant et se leva.

— Tu as raison. Nous ne pouvons pas en faire plus, dit Liriel, ses yeux bleus et son visage rond assombris par l'inquiétude. *Nous autres Alton, nous sommes tellement têtus ! Je ne sais pas pourquoi j'imaginais qu'elle accep-*

terait immédiatement. J'espère que Jeff parviendra à la
persuader de faire le nécessaire.

19

Quand elles entrèrent dans le hall, Margaret remarqua
qu'elle mourait de faim et de soif. Elle n'avait pas envie
de vin, de tisane ou de bière, mais d'une pleine cafetière
de café bien fort, avec beaucoup de crème et de sucre.

— Je suppose que personne ne peut me téléporter du
café des Montagnes d'Aldebaran, non ? Personne ne m'a
parlé d'un Don de ce genre, mais je ne sais pas tout,
hein ?

— Non, tu ne sais pas tout, mais je crois que Jeff a
apporté du café avec lui. Il n'en a jamais perdu le goût —
moi, je trouve ça épouvantable, mais des goûts et des
couleurs... Il t'en fera volontiers profiter, j'en suis sûre.

Liriel n'avait pas répondu à sa question sur la télé-
portation, mais Margaret décida de ne pas insister pour le
moment. Peu importait, tant qu'elle ne se mettait pas à
téléporter elle-même.

Margaret s'étira, et fit craquer ses vertèbres.

— Je ne veux pas aller à Arilinn, mais pour un pot de
café, je serais capable de reconsidérer ma décision.

Liriel la regarda, une lueur malicieuse dans l'œil.

— Bizarre. Je t'aurais crue incorruptible.

— Parce que personne n'a essayé de me corrompre
jusqu'à maintenant, c'est tout.

Les deux femmes enfilèrent le couloir en riant, dans
l'harmonie de l'expérience partagée et du respect mutuel.
Margaret aimait sa cousine presque autant que Rafaella,
et c'était beaucoup dire. A l'approche de la salle à manger, un bon arôme de café les accueillit, et Margaret sourit. Elle entendit aussi des voix, dont certaines haut per-
chées, et comprit qu'Ariel était là, avec ses nombreux
enfants. Elle soupira puis haussa les épaules. Elle regrettait de ne pas éprouver les mêmes sentiments amicaux
pour Ariel Lanart-Alar que pour Liriel, mais il n'y avait
rien à faire. Cette femelle geignarde lui donnait la chair
de poule, et les enfants étaient pour elle des énigmes.

Le couvert était dressé pour un repas, et les enfants se gavaient en jacassant à qui mieux mieux. Margaret remarqua l'absence de *Dom* Gabriel et de ses fils, et se demanda où ils étaient. Elle fut très déçue de ne pas voir Mikhail, et craignit qu'il ne fût reparti. Elle espérait que non.

Elle fut distraite de ses pensées par les exigences de son estomac. Elle examina la table chargée de plats de viandes froides, de coupes de fruits et de grands pains tout frais dont l'odeur, mêlée à celle du café, lui mit l'eau à la bouche. Javanne présidait au haut bout de la table. Voyant Margaret, elle fit mine de se lever, mais la jeune fille lui fit « non » de la tête, et elle se rassit.

Margaret prit place sur une chaise vide, entre Javanne et l'un des enfants, âgé de sept ou huit ans, et brun comme son père. Mangeant une salade de fruits, il dit :

— Je suis Donal Alar.

— Ne parle pas la bouche pleine, le reprit Javanne, d'une voix si douce que Margaret en resta pantoise.

Elle n'aurait jamais cru que sa tante pouvait être si tendre.

L'enfant avala vivement et annonça fièrement :

— J'ai presque sept ans. Et je monte à cheval — enfin, à poney.

— Mes compliments, répondit Margaret, ne sachant trop que dire au jeune garçon.

Elle avait rencontré des enfants sur plusieurs mondes, mais n'avait jamais été à l'aise avec eux. Elle s'était demandé pourquoi, et pensait maintenant que cela avait quelque chose à voir avec l'histoire d'Ashara.

Jeff entra avec un plateau, et posa devant elle un grand bol de café, un pot de crème et une jarre de miel.

— Ce n'est pas du Noir d'Aldebaran, j'en ai peur — d'ailleurs, en as-tu déjà bu ? Je me demande parfois si ce n'est pas un mythe, vu les éloges fantastiques qu'on en fait. Tu devras te contenter de Nouveau Kenyan. Il n'y a pas de sucre, mais le miel de thym est un bon substitut.

— Merci, Oncle Jeff. J'adore le Nouveau Kenyan.

— Alors, je veillerai désormais à ce qu'il y en ait toujours à Armida.

— C'est très gentil de ta part, mais cela suppose que

j'y reste, dit-elle avec un regard incisif, et il eut la bonne grâce de détourner les yeux. Et, oui, j'ai déjà bu du Noir d'Aldebaran — une fois, lors d'une réception de l'Université, à un dîner qui a duré des heures. On l'a servi après le dessert, et il est aussi extraordinaire qu'on le dit.

— Eh bien, gloussa Jeff, je suis content que quelqu'un de la famille partage mon goût pour le café. A Arilinn, ils ont l'air de considérer cela comme un vice secret.

Margaret mit de la crème et du miel dans son bol, remua et goûta. C'était délicieux.

— Tu fais un excellent café, Oncle Jeff, dit-elle, empilant des viandes froides sur son assiette.

Elle avait une faim dévorante et, pourtant, il n'y avait pas trois heures qu'elle avait déjeuné.

— Merci, Marguerida.

— Tu sais monter? dit Donal, la tirant par la manche.

— Oui, Donal.

— N'embête pas ta cousine pendant qu'elle mange, le gronda Ariel, faisant sauter un petit garçon sur ses genoux.

— Comment fais-tu pour t'occuper de tant d'enfants? demanda Margaret, s'efforçant de trouver un sujet d'intérêt commun avec Ariel.

— Tant d'enfants? dit-elle, regardant ses rejetons d'un air à la fois fier et anxieux. Ils ne sont que cinq. Kennard que voilà, qui a deux ans, et Lewis, nommé d'après ton père, qui en a quatre, dit-elle, montrant un solide garçonnet près d'elle. Puis il y a Donal, assis à côté de toi, et Domenic et Damon, respectivement huit et dix ans. Le prochain sera une fille, du moins je l'espère. Ou deux filles, peut-être. Tu as mon âge et tu n'as pas d'enfant, comme c'est triste. Tu devrais te marier le plus vite possible, car il n'y a rien de plus important que les enfants pour une femme.

Margaret ne trouva rien d'aimable à répondre, alors elle continua à manger et à boire son café. La séance avec Liriel l'avait fatiguée, et le café la revigora. Elle ne comprenait pas qu'avec cinq enfants Ariel puisse encore en désirer d'autres, même avec des nurses et des servantes pour l'aider. Et, à la façon dont Ariel couvait ses fils, Margaret la soupçonnait de s'épuiser à s'en occuper seule.

— Alors, lequel de mes frères choisiras-tu? Gabriel ou Rafael? demanda Ariel en toute innocence, ignorant à l'évidence que Margaret avait déjà refusé Rafael.

Elle était contrariée qu'on ne mentionne jamais Mikhail, et, tout en comprenant vaguement les raisons de ce silence, elle les trouvait stupides.

— Ils sont honorables, solides et fiables, reprit Ariel, apparemment prête à chanter les vertus de ses frères.

— Je suis certaine qu'ils ont de grandes qualités, Ariel, mais je ne pense pas au mariage.

— Pourtant, ton devoir est clair, dit Ariel, choquée. Tu dois te marier, et vite, sinon tu seras trop âgée pour avoir des enfants en bonne santé. Et Maman dit que tu as le Don des Alton. Tu dois donc avoir des descendants pour le transmettre.

C'en était trop!

— Est-ce qu'on ne pense jamais à autre chose ici qu'à conserver le *laran*? Vous en êtes tous obsédés!

Ariel eut un mouvement de recul, comme si Margaret l'avait frappée, et elle se reprocha sa brusquerie.

— Je ne voulais pas t'offenser, ma cousine, mais vraiment, je ne comprends pas ton attitude. *Obsédés par le* laran — *comment ose-t-elle? Elle se moque de moi parce que j'en ai si peu! Elle me regarde avec ses yeux d'or comme si j'étais un insecte répugnant! Oh, je pourrais la tuer! Pourquoi sont-ils tous contre moi!* Les pensées d'Ariel avaient plus de force que Margaret ne l'en aurait crue capable et ses joues pâles s'étaient empourprées de passion. Elle était transformée, c'était presque une autre femme. Et elle avait une lueur dans l'œil qui fit presque grimacer Margaret, car elle n'était pas totalement rationnelle. Puis ses joues reprirent leur pâleur habituelle.

— Je suppose que tu es comme ton père, poursuivit Ariel. Egoïste. Ce doit être ton sang Terranan. Si tu avais été élevée convenablement, tu serais déjà mariée et mère de famille, et tu saurais où est ta place.

— Ariel! dit Javanne d'un ton tranchant, ses bajoues frémissant au-dessus de son col tuyauté. *Je n'aurais pas dû l'inviter. Personne ne peut la contrôler quand elle s'emporte comme ça!*

— *Quoi?* J'en ai par-dessus la tête de voir qu'on traite Margaret comme une princesse. Si personne ne veut lui expliquer ses obligations, je m'en chargerai. Elle ne vaut guère mieux qu'une enfant gâtée. Il est temps qu'elle commence à vivre décemment, au lieu de vagabonder dans la montagne avec une Renonçante pour écouter chanter des vieillards. Jeff dit que c'est une universitaire — qu'est-ce que c'est? Quelqu'un qui lit des livres et pense des choses inutiles?

Margaret sentait l'indignation de sa cousine, sans parvenir à comprendre la raison de sa fureur. Au bout d'un moment, elle réalisa que ce qui tourmentait Ariel n'avait sans doute rien à voir avec elle. Elle embrassa la table du regard, cherchant la solution de l'énigme. Jeff avait l'air troublé, Javanne semblait prête à tuer, mais Margaret ne put déterminer si c'était elle ou Ariel la victime présumée. Les enfants s'étaient tus en entendant la voix stridente de leur mère. Seule Liriel demeurait imperturbable et continuait à manger.

Oh! oh! Voilà que Maman a encore une crise. Margaret pensa reconnaître la voix de Donal, mais cette pensée pouvait venir d'un des autres enfants.

C'est ma faute! C'était la voix mentale de Javanne, empreinte d'une profonde affliction. *Je n'aurais pas dû la consoler de l'absence de* laran *en lui vantant la noblesse de la maternité. C'est vrai, pourtant, mais l'esprit d'Ariel est si fragile. J'ai essayé d'être une bonne mère, mais...*

Margaret aurait donné beaucoup pour ne pas recevoir ces bribes de pensées, mais les émotions de sa tante étaient violentes, et elle ne savait pas se protéger.

Personne ne me comprend! Ils me croient tous stupide et sans mérite. Mais j'ai des enfants, et c'est la seule chose qui compte. Si quelque chose leur arrivait...

Sa terreur était si grande que la gorge de Margaret se serra. Elle savait que la peur hantait Ariel du matin au soir, et sans doute aussi du soir au matin. Pas étonnant qu'elle fût si usée. Ce n'étaient pas les grossesses qui l'avaient vieillie prématurément, mais ses craintes incessantes. Ça au moins, Margaret le comprenait.

Mais pourquoi ? Les enfants semblaient remarquablement solides. Et, sur une planète au taux de mortalité infantile si élevé, cinq enfants en bonne santé, c'était un accomplissement extraordinaire. De plus, Ariel était enceinte de la fille qu'elle désirait. Que craignait-elle ?

Sans avoir vraiment conscience de ce qu'elle faisait, Margaret regarda Domenic et Damon, et, au même instant, sut que Domenic n'atteindrait jamais l'âge adulte. Impression choquante, assez semblable à ce qu'elle avait ressenti en regardant Ivor, la veille de sa mort. Cette sensation la bouleversa, et quand elle se transforma en vision, elle aurait voulu s'enfuir en courant. Sous ses yeux, le petit Domenic sembla se faner. Un instant, elle vit sa peau livide tachée de sang, puis, sous ses yeux horrifiés, il devint un squelette, ses petites mains décharnées comme des griffes.

Elle entendit Liriel ravaler son air au bout de la table à l'instant où Javanne reprenait la parole.

— Ariel — ce n'est pas à toi de t'occuper de ces problèmes. C'est à ton père d'en décider !

— Dame Javanne, *Dom* Gabriel ne décidera rien à ma place, dit Margaret, heureuse de se concentrer sur les paroles de sa tante pour se distraire de sa terrible vision.

— Liriel ! Marguerida a vu quelque chose, non ? Dis-le-moi immédiatement, cria Ariel, couvrant de sa voix celles de Margaret et de Javanne. Dis-moi ce que tu as vu, espèce de... *monstre*. Tu as le Don des Aldaran, hein ? Et tu vas faire du mal à mes petits parce que j'ai été la seule à avoir le courage de te dire...

— Assez ! dit Liriel d'une voix impérieuse. Tu deviens hystérique, Ariel.

— Non, je ne suis pas hystérique ! Elle a vu quelque chose ! Fais-lui dire ce que c'est !

Margaret soupira. Une fois de plus elle regretta la tranquillité du voyage avec Rafaella. Là au moins, les repas n'étaient pas interrompus par les querelles familiales.

— Ariel, pour rien au monde je ne ferais du mal à tes enfants. *Liriel, dis-moi que j'ai imaginé cette vision, dis-moi que c'était mon imagination — je t'en supplie !*

Non, tu n'as rien imaginé. Je sais faire la différence entre la précognition et l'imagination, crois-moi. Tu possèdes le Don des Aldaran. Nous nous en doutions, bien sûr. Tu as vraiment vu l'avenir, mais merci d'avoir essayé de calmer ma sœur. Domenic ne vivra pas assez pour engendrer des enfants. Laisse-moi m'occuper de ça.

Merci, Liriel. Le Don des Aldaran en plus du Don des Alton — je suis complètement dépassée. Je les échangerais volontiers contre un passage sur le premier astronef en partance ! Dois-je quitter la maison ? Est-ce que ça arrangerait les choses ?

Rien ne peut aider Ariel maintenant. Quand elle est bouleversée, elle perd le peu de bon sens qu'elle a. Maman espérait que ces crises cesseraient en grandissant et quand elle serait mariée et mère de famille.

Que les crises cesseraient en grandissant — je ne connais que trop ce refrain !

Oui, je sais, ma cousine.

Margaret s'étonna de la facilité avec laquelle elle conversait avec Liriel, et trouva un grand réconfort chez sa cousine. Contrairement à sa sœur, elle était raisonnable et équilibrée. Malgré le malaise croissant provoqué par les violentes émotions que diffusait Ariel, elle était contente d'avoir enfin trouvé sur Ténébreuse quelqu'un capable de répondre à ses questions et de comprendre ses sentiments.

Ariel, inconsciente de cet échange, se leva et hurla :

— Parce que j'ai beaucoup d'enfants, croyez-vous que j'ai envie d'en perdre un ? Piedro ! Où est Piedro ? Je ne passerai pas une minute de plus sous le même toit que ce monstre.

— Cesse de te comporter en paysanne superstitieuse ! dit sèchement Liriel.

— Ariel, tu sais parfaitement que les premières expériences du *laran* ne sont pas fiables, dit Jeff, avec la calme autorité de l'âge et de l'expérience, mais Ariel n'écoutait pas.

— Non, je ne le sais pas ! Liriel a pris tout le *laran* qu'on aurait dû partager. *Elle l'a volé dans le ventre de notre mère ! Ce n'est pas juste ! Elle est installée à vie à Tramontana, et je suis la seule de la famille sans* laran.

Mais j'ai des enfants, et personne ne jettera de malédic-
tion sur mes petits. Tout est de la faute de Marguerida.
Elle aurait dû mourir. Piedro m'aime uniquement parce
que je lui donne des enfants, alors je dois veiller sur
eux...

— Arrête ces sottises, ma sœur.

— Peux-tu me jurer que sa vision est mensongère ?
Elle est mauvaise. Elle est pleine d'idées des Terranans !

Elle se leva d'un bond, manquant jeter par terre
l'enfant qu'elle tenait sur ses genoux. Piedro entra précipitamment dans la salle à manger, l'air inquiet.

— Qu'y a-t-il, ma chérie ?

— Marguerida a vu quelque chose de terrible dans
l'avenir, et elle ne veut pas me dire ce que c'est ! Fais
préparer la calèche. Nous partons immédiatement.

— Ma bien-aimée, commença Piedro avec douceur,
prenant le bras de sa femme, une tempête se prépare. Il
serait imprudent de partir maintenant. Calme-toi. Pense à
l'enfant que tu portes.

— Fais préparer la calèche, répéta Ariel, maintenant
désespérée. Je ne vais pas rester là à attendre que Marguerida ait une autre vision ou daigne choisir l'un de mes
frères pour époux. Vous conspirez tous contre moi.

Conscient de l'inutilité de raisonner sa femme, Piedro
branla du chef.

— Personne ne conspire contre toi, *chiya*, dit doucement Jeff. *Je ne savais pas que son état était encore si*
grave. Pauvre femme ! Ses craintes finiront par la tuer.

— Je sais ce que vous pensez de moi, que je suis stupide et tout juste bonne à porter des enfants. Je n'ai pas
besoin de *laran* pour savoir que vous me méprisez tous.

Javanne parut sincèrement choquée de ces paroles, et
blessée également.

— Ariel, ce n'est pas vrai ! Comment peux-tu penser
une chose pareille ?

— Tu ne m'as jamais aimée, alors, ne viens pas faire
semblant maintenant. Il te tardait de débarrasser Armida
de ma personne ! Et toi ! continua-t-elle, se tournant vers
Jeff avec fureur. Ça ne m'étonne pas que tu prennes son
parti. Tu as vécu sur Ténébreuse la plus grande partie de
ta vie, mais tu es toujours amoureux des Terranans. Si

elle avait vu la mort d'un des enfants d'Elorie, resterais-tu si calme ? Peux-tu me jurer que sa vision est mensongère ?

Triste et las, Jeff semblait avoir vieilli brusquement.

— Seul Dieu connaît notre destin, Ariel.

Ariel étrécit les yeux, pleins de désespoir et de haine.

— Vous ne saurez jamais à quel point je vous méprise tous !

Se dégageant de l'emprise de son mari, elle serra farouchement Kennard contre son cœur, attrapa le jeune Lewis de sa main libre, et, rassemblant ses autres enfants, quitta la salle à manger avec eux. Ses cris continuèrent à retentir dans l'escalier, tandis que Margaret, Javanne, Jeff et Liriel, accablés, gardaient le silence.

— Je n'avais jamais réalisé que l'absence de *laran* la tourmentait à ce point, dit enfin Javanne. Jamais jusqu'aujourd'hui.

Lasse et un peu hagarde, elle faisait maintenant plus vieux que son âge.

— Marguerida, je m'excuse de l'attitude de ma fille. C'était une enfant nerveuse, mais je pensais qu'une fois mariée et mère de famille, elle se stabiliserait. Je n'ai jamais voulu me débarrasser d'elle, bien qu'elle semble le croire.

Elle paraissait sincère, et, pour la première fois, Margaret ressentit de la sympathie pour sa tante.

— Tu n'as aucune raison de t'excuser, ma tante. C'est moi qui aurais dû surveiller mon visage.

— Non, Marguerida, ce n'est pas ton visage qui l'a alertée, mais celui de Liriel et le mien. La seule chose qu'on puisse te reprocher, c'est de ne pas avoir mieux contrôlé tes pensées.

Elle haussa les épaules et ajouta :

— Je vais essayer de la calmer, mais je doute de réussir. Ariel est très entêtée quand elle a pris une décision.

Elle sortit, et Margaret regretta de ne pas être à des années-lumière, sur quelque planète où le *laran* fût inconnu. Si seulement Ivor n'était pas mort ! Si seulement elle n'était pas venue sur Ténébreuse ! Si seulement le Sénateur ne lui avait pas ordonné de venir à Armida ! Mais il n'y avait rien à faire, et elle savait qu'elle devrait endurer la situation jusqu'au moment où elle pourrait partir — mais où, elle n'en avait aucune idée. Si seulement elle avait quelqu'un à qui parler, à qui demander conseil !

Margaret regarda Liriel et secoua la tête. Elle tourna la tête vers Jeff et s'aperçut qu'il l'observait, les yeux pleins de tristesse. Impulsivement, elle eut envie de lui faire confiance, de lui parler. Puis les habitudes de toute une vie reprirent leurs droits, et elle se retira en elle-même, de nouveau froide et distante. Dorénavant, elle resterait à l'écart de tous, comme ça, elle ne ferait de mal à personne. Alors pourquoi son cœur se serrait-il ? Et pourquoi avait-elle tellement envie de pleurer ?

20

En l'espace d'une heure, et avec un sens de l'organisation remarquable pour une femme presque folle d'inquiétude, Ariel, tarabustant les servantes, eut tout préparé pour le départ. Elle sortit entourée de ses enfants, et suivie d'un Piedro à l'air désespéré. Devant le perron, les attendait une calèche bizarre, d'un genre que Margaret n'avait vu que dans les musées — haute caisse carrée à six roues traînée par quatre vigoureux chevaux. Les enfants y montèrent à regret, les aînés regardant en arrière, les plus jeunes pleurnichant et piaillant.

Des bagages de toutes sortes étaient empilés sur le toit, et le véhicule ne parut pas très stable à l'œil inexercé de Margaret. Deux cochers assis à l'avant lorgnaient d'un air inquiet les nuages qui s'amoncelaient au-dessus des montagnes. Encore peu au courant du climat de Ténébreuse, elle ne savait pas quand la tempête éclaterait, mais sans doute bien avant que la famille Alar n'ait couvert les vingt miles la séparant de sa demeure. Branlant du chef, Margaret soupira en écoutant Javanne s'efforcer de faire revenir Ariel sur sa décision, mais elle claqua la porte de la calèche au nez de sa mère. Piedro Alar, l'air plus abattu que jamais, se mit en selle. Il ne devait pas être très bon cavalier, car il n'avait pas une bonne assiette. Si seulement elle n'avait pas eu cette vision !

Debout sur le perron, l'air furieux, Javanne suivit des

yeux la calèche qui s'éloignait. Puis elle se retourna pour rentrer, et, avisant Margaret sur le seuil, lui dit :

— Il ne faut pas te reprocher cet incident, Marguerida. Naturellement, étant la fille de ton père, tu te le reprocheras quand même. *Lew s'imaginait toujours plus important qu'il n'était, s'efforçant d'être un autre que lui-même. Kennard n'aurait jamais dû forcer le Conseil à l'accepter. C'est mon Gabriel qu'il aurait dû faire son héritier, et nous n'aurions pas tous ces problèmes. Je sais que ce n'est pas ta faute, mais je ne peux pas m'empêcher de penser ainsi. Ton père était un enfant morbide et orgueilleux, et tu lui ressembles beaucoup.*

Javanne s'éloigna, la laissant frappée de stupeur à ces commentaires cinglants. Le ressentiment de sa tante l'étonnait, et, tout en sachant que cela n'avait rien à voir avec elle, la blessait. Ce n'était pas sa faute si Lew était impossible, non ?

Margaret regarda sa tante monter au premier, majestueuse comme une déesse. Elle allait la suivre et se réfugier dans sa chambre quand elle entendit un bruit de bottes venant du fond de la maison. Mikhail émergea de l'ombre de l'escalier, entouré d'une odeur d'écurie et sifflotant joyeusement. Son visage s'éclaira à sa vue, et le cœur de Margaret eut une ratée. Elle avait beau se raisonner, faisant appel aux arguments les plus logiques, elle ne pouvait s'empêcher d'être ravie quand elle le voyait.

— Marja ! Exactement la personne que je cherchais !

— Ne m'appelle pas comme ça, dit-elle sèchement, troublée d'entendre le petit nom que lui donnait son père sur les lèvres de Mikhail. Tu me donnes l'impression de retomber en enfance.

— Pardonne-moi, ma cousine. Alors, comment dois-je t'appeler ? Marguerida, c'est bien long, dit-il, ses yeux bleus pétillants de malice. Moi-même, j'ai toujours l'impression d'être un enfant dans cette maison, alors, pourquoi pas toi ?

— Excuse ma nervosité. La matinée a été dure. D'abord, Liriel a voulu me monitorer, puis elle a dit que je devais aller à Arilinn, et enfin, quelque chose est arrivé à la salle à manger et Ariel vient d'emmener ses enfants de peur que je leur jette le mauvais œil.

— C'est ce que m'a dit Piedro pendant qu'on préparait la calèche. Je regrette que ma sœur se soit conduite si sottement — pas de *laran*, et assez d'émotions pour six, c'est tout Ariel. Mais je te cherchais pour te faire visiter les terres. Je te laisserai même monter Dorilys, ajouta-t-il, taquin.

Margaret sourit en pensant à la jument grise.

— Ce serait merveilleux ! En fait, une bonne chevauchée m'aiderait à surmonter l'impression de... d'avoir fait quelque chose d'épouvantable. Mais *Dom* Gabriel semblait penser que ce n'était pas une monture pour une « simple » femelle. De plus, une tempête se prépare, dit-elle, ravie quand même à l'idée de mécontenter son oncle, et qui plus est en compagnie de Mikhail.

— Je sais. Mais nous ne resterons pas longtemps. Mon père pense que toutes les femmes, ma mère comprise, devraient toujours monter de vieilles haridelles incapables de galoper même si leur vie en dépendait. Mais il n'est pas là, alors profitons de son absence pour lui faire la nique, dit-il avec un grand sourire. *Comme elle est belle, et je crois qu'elle ne le sait même pas !*

Cette pensée empêcha Margaret de se demander où était *Dom* Gabriel. Personne ne lui avait jamais dit qu'elle était belle.

— Quand le chat n'est pas là... Ça me fera du bien de prendre l'air. Où te retrouverai-je ?

— Traverse la maison, passe devant le repaire de Liriel, et tu trouveras une porte donnant sur la Cour des Ecuries. Je t'attendrai. *Je t'ai attendue toute ma vie — que sont quelques minutes de plus ?*

Margaret s'interdit de s'attarder sur les pensées de Mikhail. Elles étaient d'autant plus troublantes que ses propres émotions y répondaient. Quel gâchis ! La situation était déjà assez compliquée sans y ajouter ça !

Entrant dans sa chambre, elle y trouva Rafaella assise sur le lit de camp, les yeux larmoyants et le nez rouge.

— Qu'est-ce qui t'arrive ?

— J'ai attrapé un bon rhume, renifla la Renonçante.

— Alors, déshabille-toi, et au lit ! Je vais me promener avec Mikhail, mais je ne resterai pas longtemps.

— Tu es sûre, Marguerida ? Il va bientôt pleuvoir. *Une*

promenade avec Mikhail ? C'est mettre le renard dans la basse-cour ! Oh ! là ! là ! je devrais l'accompagner. Dame Javanne aura ma tête si elle l'apprend. Mais j'ai mal partout.

Margaret sortit sa jupe d'équitation du placard.

— Si je reste encore dans cette maison, je vais devenir folle. Ça me fera du bien de sortir. Le voyage me manque, tu sais. Un peu de pluie ne me tuera pas, et même, ça risque de me calmer. Quelle matinée !

Elle enfila sa jupe en riant, puis, ignorant le risque de contagion, serra Rafaella dans ses bras et sortit.

Arrivant dans la Cour des Ecuries, elle réalisa qu'elle l'avait vue de la bibliothèque de Liriel. Comment l'avait-il appelée, Mikhail ? Son repaire ? C'était bien le mot. Elle traversa la cour, respirant avec plaisir l'odeur des chevaux, du crottin, des pierres humides. Des palefreniers s'affairaient, étrillant les bêtes, vérifiant les sabots. Quel soulagement après l'atmosphère tendue de la maison et les exigences de sa nouvelle famille ! Un lad en tunique rouille conduisit Dorilys hors de l'écurie, et Mikhail le suivit. Un autre garçon d'écurie sortit avec la monture de Mikhail, un beau cheval bai avec une étoile blanche au milieu du front et deux socquettes blanches aux jambes antérieures. Mikhail s'approcha pour aider sa cousine à se mettre en selle, mais, comme il lui prenait la main, Gabriel sortit de l'écurie, l'air maussade, repoussa rudement son frère et saisit Margaret par le bras.

— Pas de ça, Mik. Ce n'est pas à toi de faire visiter les lieux à Marguerida. *Il ne prendra pas ma place.*

Margaret se dégagea.

— Je préfère monter seule, merci, dit-elle froidement. Et j'avais l'intention de monter avec Mikhail, pas avec toi.

Elle sentit Mikhail bouillir intérieurement de la brutalité de son frère, mais il y avait autre chose. *J'ignorais que je pouvais désirer une femme à ce point. Aucune femme n'a jamais... Autant désirer les lunes ! Je ne pourrai jamais avoir ce que je voudrais, ni femme ni royaume. Quoique actuellement, je renoncerais facilement au royaume pour... je ne supporte pas d'y penser.*

— Peu importent tes intentions, ma cousine. C'est moi qui te montrerai Armida, et personne d'autre ! Ramène Dorilys au pâturage, Asa. Tu dois être fou, Mikhail, de la confier à une simple femme. Elle est trop...

— Gabe, j'ai honte de toi, dit Mikhail avec calme, mais avec une autorité que Margaret ne lui avait jamais vue, et qui rappelait Javanne et Régis.

Elle en fut à la fois stupéfaite et ravie. Elle commença à soupçonner que Mikhail était beaucoup plus indépendant que quiconque ne l'imaginait, et regretta qu'il fût le cadet de la famille, et non l'aîné.

— J'ai envie de monter Dorilys, dit Margaret, devançant les deux frères.

Ils allaient sûrement se quereller si elle n'y mettait pas bon ordre, et elle en avait assez de ces esclandres pour la journée. Elle se demanda comment ils faisaient pour vivre ensemble, avec des caractères pareils.

— Mikhail a dit que je pouvais la monter, et, à ce que j'ai cru comprendre, elle lui appartient.

Gabriel foudroya son frère.

— Elle est trop rétive pour tout le monde, et encore plus pour une novice comme toi, ma cousine. Je le sais mieux que toi. Tu dois te fier à mon jugement. Quant à Mikhail, il se mêle de ce qui ne le regarde pas.

— Tu ne me connais pas, Gabriel, pas du tout.

Sur ce, elle mit le pied à l'étrier, et sauta sur la bondissante Dorilys, qui hennit de plaisir en relevant joyeusement la tête.

Gabriel semblait prêt à exploser. Il poussa brutalement Mikhail qui tomba à la renverse, et il sauta sur le bai.

— Tu ferais bien d'apprendre à faire ce qu'on te dit, ma cousine ! hurla-t-il, rageur, et Margaret sentit ses émotions violentes déferler sur elle tandis qu'elle s'éloignait.

Elle était furieuse à hurler. Pourquoi ne la laissait-on pas en paix ? Elle se faisait un plaisir de visiter Armida avec Mikhail, et Gabriel avait tout gâché. Puis elle sentit la jument réagir à ses émotions, et décida qu'elle ferait bien de se calmer. Elle prit plusieurs inspirations, lentes et profondes, et lâcha la bride à Dorilys. La jument partit au trot, crinière au vent, en hennissant de joie.

Des bruits de sabots claquèrent derrière elle, mais elle

les ignora. Puis, entendant jurer Gabriel, elle se retourna. Le bai s'efforçait de désarçonner son cavalier et semblait refuser de la poursuivre. Les animaux étaient-ils sensibles au *laran* ? Ou Gabriel déplaisait-il au grand bai ?

Margaret arriva à un chemin de terre, traversant de vastes pâtures en direction des montagnes. Les nuages s'amoncelaient sur les sommets, mais l'air était pur et frais, et même le grondement lointain de l'orage n'affaiblit pas pour elle l'ivresse de la liberté retrouvée. Elle dirigea Dorilys sur un chemin plus large, toujours sans s'occuper de son poursuivant. Trouvant le rythme de sa monture, elle la mit au petit galop, ne faisant qu'un avec elle, et, après les horreurs de la matinée, elle n'en demandait pas plus.

Elle était si profondément absorbée par le plaisir de la course qu'elle sursauta quand une main puissante tira sur ses rênes. Elle entendit un hennissement de protestation, à laquelle elle joignit la sienne.

— Arrête ! Si tu lui as blessé la bouche, je...

— Quoi ? s'écria-t-il, le souffle court, le regard furibond. Pour qui te prends-tu, espèce de chatte sauvage ?

— Lâche ces rênes !

— Tu ferais bien de t'habituer à faire ce que je dis, ma cousine. Cela rendrait notre mariage moins désagréable.

— Notre mariage ? Même si tu étais le dernier homme de l'univers, je ne voudrais pas de toi !

— Tu n'as pas le choix, répondit-il avec suffisance. Mes parents ont décidé que tu m'épouserais. Franchement, ça ne me plaît pas plus qu'à toi, parce que je n'aime pas les femmes indociles. Mais je connais mon devoir, et tu apprendras le tien. *C'est la seule façon de conserver Armida.*

Margaret lui arracha les rênes, et Dorilys s'éloigna en dansotant, avec un hennissement nerveux. Puis elle talonna sa monture, qui partit comme l'éclair, galopant ventre à terre vers le bois le plus proche. Couchée sur l'encolure, elle respirait l'odeur tiède de l'animal. Non loin derrière, elle entendait jurer Gabriel, qui s'efforçait de rattraper la jument volante.

Elles s'enfoncèrent sous les arbres, et Margaret comprit que Dorilys connaissait son chemin. Soudain la lumière vira de l'or à l'argent, et, levant les yeux, elle vit les nuages au-dessus d'elle, noirs et menaçants. Elle sentit de l'électricité dans l'air, et, un instant plus tard, retentit le grondement du tonnerre. Elle allait être trempée, mais peu lui importait. Si elle attrapait un rhume comme Rafaella, elle aurait une bonne excuse pour se mettre au lit et éviter la famille !

Un éclair illumina le ciel, et elle entendit le cheval de Gabriel, tout proche. Dorilys hennit et dressa les oreilles, mais sans s'effrayer de l'orage. Elle ralentit quand même et se mit au trot. Margaret lui caressa l'encolure. Quelle bête merveilleuse !

Suant et soufflant, Gabriel arriva à son niveau.

— Quelle imbécile ! Tu aurais pu te casser le cou.

— Cela aurait arrangé tout le monde, n'est-ce pas ?

— C'est ça que tu penses de moi et de mes parents ? Tu es aussi folle que ton père ! Sans parler de ta mère !

— Ne mêle pas le Sénateur à ça ! Et bas les pattes ! Je n'accepterai pas que tu me commandes, Gabriel. Et j'accepterai encore moins de t'épouser !

— Tu ne comprends donc pas ? Tu n'as pas le choix !

— Non, c'est toi qui ne comprends pas. Je ne suis pas un objet dont on dispose à sa volonté. Je m'appartiens à moi, et pas à toi, à tes stupides parents ou à Armida.

Un instant, elle se vit accouplée avec Gabriel, et cette vision la révolta. Plutôt mourir vieille fille et vierge que se laisser toucher par cet homme.

Gabriel la saisit par le bras, rageur comme s'il entendait ses pensées, et lui enfonça les doigts dans les chairs. Margaret poussa un petit cri de douleur.

— Tu vois, ricana-t-il, tu n'es pas assez forte pour me repousser. *J'obtiendrai enfin ce que je désire ! Je l'emporterai sur ce sournois de Mikhail, et Armida m'appartiendra !*

Sous la pluie qui commençait à tomber à verse, Margaret considéra son air triomphant, abasourdie.

— Alors, qu'est-ce que tu comptes faire ? Me violer ? dit-elle, furieuse et méprisante à la fois.

Si elle avait été à pied, elle aurait utilisé les techniques d'autodéfense apprises à l'Université, mais à cheval, c'était impossible. Elle s'efforça de maîtriser ses émotions. Dorilys dansota en relevant la tête, et Gabriel perdit sa prise sur son bras. Sa mâchoire s'affaissa et il devint livide.

— Bien sûr que non, dit-il horrifié, réalisant seulement comment son attitude pouvait s'interpréter.

— Parfait. Parce que je ne voudrais pas tester mon *laran* sur toi.

Il s'emporta une fois de plus.

— Tu veux dire que tu pourrais... c'est révoltant ! Mégère ! Mégère dénaturée ! Je te briserai, et j'y prendrai plaisir ! *Je pourrais te tuer !*

Margaret ne comprenait pas ce qui, dans son passé, pouvait le pousser à ces excès de colère. Elle tâcha de trouver quelque chose pour le calmer, mais sans succès. La tension qui enserrait sa poitrine comme un étau était presque insupportable mais se détendit soudain dans un éclat de rire, à sa honte et à sa surprise.

— Comment ? Tu es un imbécile, Gabe. Une télépathe bien élevée ne penserait jamais à se défendre à l'aide de son Don, j'en suis sûre. Mais je ne suis pas limitée par vos règles. Crois-tu pouvoir me soumettre par les coups ? Es-tu assez aveugle pour l'imaginer ?

Gabriel leva la main et la gifla. Piquée au vif, Margaret sentit monter en elle quelque chose de puissant et d'inconnu. Ses tempes battirent, et le tonnerre lointain lui sembla résonner dans ses os. Elle avait envie de le tuer parce qu'il l'avait touchée, parce qu'il l'avait frappée. *Un visage de femme, convulsé par la rage, planait au-dessus d'elle, et des mains petites mais puissantes la giflaient. Puis quelqu'un écarta de force la femme, qui continuait à hurler de fureur, et elle vit que c'était l'homme aux cheveux argentés. Thyra et Robert Kadarin se battaient, l'homme s'efforçant de maîtriser la femme sans lui faire de mal. Elle s'entendit sangloter, et sentit sa rage enfantine. Elle avait désiré tuer la femme.*

Un éclair fulgura, et la vision s'évanouit. Sa fureur d'autrefois fit encore rage en elle une seconde, puis elle éloigna Dorilys, mettant quelque distance entre elle et Gabriel. Il tombait une pluie diluvienne et des coups de tonnerre éclataient autour d'eux.

— Si tu me touches encore, je réduis ton cerveau en

cendres ! ragea-t-elle, sans savoir si elle aurait vraiment la capacité d'accomplir cette chose terrible, mais assez furieuse pour le croire.

L'homme eut un mouvement de recul.

— Pardonne-moi, Marguerida. J'ai dû être frappé de folie, dit-il, l'air misérable. Je voulais être gentil et te demander poliment de m'épouser. Je ne sais pas ce qui m'a pris. *Mikhail ! C'est de sa faute, à ce chien qui fourre son nez partout ! Il va falloir que j'arrange ça, sinon Maman sera furieuse. Elle est forcée de m'accepter, parce qu'elle a déjà refusé Rafael et il n'y a personne d'autre.*

— Cela n'aurait servi à rien, Gabriel. Je t'aurais refusé, même si tu étais l'homme le plus gentil de Ténébreuse. *Et tu ne l'es pas, il s'en faut de beaucoup !*

— Pourquoi es-tu si entêtée ? Ne vois-tu pas que tu m'appartiens de droit ? Tu ne penses vraiment pas que nous allons te laisser faire ce qui te plaît ? S'il le faut, mon père demandera au Conseil Comyn de te déclarer sa pupille, et, alors, tu verras bien qu'il te faudra obéir. Tu es beaucoup trop indépendante, et tu ne sais pas ce qui est bon pour toi. Je suis plus vieux et plus sage que toi. Tout sera beaucoup plus facile si tu ne cherches plus à esquiver ton devoir et si tu fais ce qu'on te dit.

Margaret se demanda s'il était possible qu'il eût raison. Les lois de Ténébreuse pouvaient peut-être la forcer au mariage.

— Gabriel, tu n'as pas assez de sagesse pour remplir un dé à coudre. Tu me menaces et, l'instant d'après, tu viens me dire que tu sais mieux que moi ce qu'il me faut. C'est ridicule. Un nouvel éclair illumina le visage de Gabriel, et elle réalisa qu'il parlait sincèrement. Il y avait quelque chose dans son regard, tourné vers l'intérieur, indiquant qu'il écoutait rarement quiconque à part lui-même. Elle avait déjà vu ce genre d'égocentrisme chez certains universitaires entichés d'une théorie ou d'une autre, mais jamais chez un solide paysan. Pourtant, il n'y avait pas que cela dans ce regard. Margaret y perçut quelque chose d'instable, et un entêtement qui niait tout ce qui ne s'accordait pas à sa conception des convenances. Il n'était pas stupide, comme elle l'avait d'abord pensé, mais il semblait, comme Ariel, avoir l'esprit un peu dérangé. Cela venait-il de trop de mariages consanguins au cours des siècles, ou simplement d'un narcissisme exacerbé, elle ne savait pas. La seule chose dont elle était certaine, c'est qu'il n'était pas homme à accepter facilement un refus. Sous la pluie diluvienne, Margaret perçut chez lui comme un souffle de folie. C'était dans ses yeux, et dans la façon dont il se penchait vers elle, comme si rien ne s'était passé, comme s'il ne l'avait pas menacée et qu'elle n'ait rien répondu.

— Ecoute-moi bien, Marguerida, dit-il d'une voix forte dominant la tempête. Je serai ton mari et tu ferais mieux de l'accepter. Je t'aurai toi, et j'aurai Armida, et il n'y a pas à discuter.

Il termina en hurlant, le grand bai piaffant nerveusement sous lui.

— On se reverra d'abord en enfer !

La foudre frappa un arbre à moins de cent pas, et Dorilys décida qu'elle en avait assez. Elle se cabra, puis partit ventre à terre entre les arbres, projetant des paquets de boue dans toutes les directions. Couchée sur l'encolure, Margaret resserra sa main droite sur les rênes et se cramponna à la crinière de la gauche.

Le tonnerre cessa un moment, et elle entendit un bruit de galop. Gabriel la poursuivait encore, et elle prit peur. Elle savait qu'elle pouvait se protéger, mais elle savait aussi qu'elle représentait une menace pour ce butor têtu. Elle pouvait réduire son cerveau en cendres, mais elle voulait l'éviter à tout prix. Et Gabe était trop furieux pour se rendre compte du danger qu'il courait.

Maudit mon père pour m'avoir gardée dans l'ignorance, et maudits Jeff, Liriel et Istvana pour avoir raison. Je ne veux pas aller dans une Tour ! Je ne veux pas être une héritière ! Je ne veux pas être télépathe — mais je le suis. Ce n'est la faute de personne. C'est ma nature, et il faut que je trouve une solution pour éviter de faire du mal autour de moi. Je ne peux pas continuer comme ça. J'aurais pu le tuer tout à l'heure, et il est trop obtus pour le réaliser. Je dois soit quitter immédiatement Ténébreuse, soit apprendre à contrôler mon Don. Et cela signifie sans doute un séjour dans une Tour.

Dorilys s'ébroua, ramenant Margaret à la réalité. Elle vit un cavalier au loin dans la brume et son cœur battit de terreur. Elle espérait être dissimulée par le brouillard. Elle resserra la main sur les rênes, maintenant glissantes, prête à s'enfuir au galop. Un éclair l'éblouit, mais elle eut le temps de voir les cheveux blonds du cavalier. Immensément soulagée, elle vit sortir de la brume non Gabriel, mais Mikhail.

Je n'ai jamais été si contente de voir quelqu'un !
Parlerais-tu ainsi si tu n'étais pas trempée ?

Elle entendit son rire léger par-dessus la tempête et se détendit un peu. Une décharge d'adrénaline accéléra son sang dans ses veines. Mikhail arriva à son niveau.

— Ne te voyant pas revenir, je me suis inquiété.

— Je suis partie depuis longtemps ?

— Non, une heure à peu près. Mais avec cette pluie... je ne comprends pas Gabriel. En général, il est très raisonnable.

— Nous nous sommes disputés.

— Je suppose qu'il t'a informée que tu allais être sa femme et que tu as eu le mauvais goût d'objecter, dit-il, tournant son cheval vers la maison.

— C'est à peu près ça. J'ai menacé de transformer sa cervelle en porridge s'il me touchait encore, et je ne sais pas lequel a eu le plus peur, de lui ou de moi. Tout le monde me dit depuis des semaines qu'un télépathe non entraîné est dangereux, mais je n'avais pas réalisé à quel point jusqu'à ce moment. Ça l'a fait hésiter mais... tiens, le voilà ! Je ne le convaincrai pas que je ne l'épouserai pas, car il semble croire que je lui appartiens de droit.

Gabriel les rejoignit, retint brutalement la bride au grand bai et foudroya son frère. Il suait et soufflait comme s'il avait dû combattre l'animal.

— Qu'est-ce que tu fais là, Mik ? Je savais que Margaret ne pourrait pas contrôler Dorilys qui l'a emportée sans lui demander son avis, dit-il, tendant la main vers les rênes de la jument.

Il était trempé jusqu'aux os, d'humeur exécrable, avec des pensées et des émotions tumultueuses.

— Pas du tout, mon cousin. Dorilys et moi, nous nous sommes enfuies ensemble et avec juste raison, dit-elle, faisant reculer sa jument hors de portée de Gabriel. Mais ce n'est pas le lieu d'une nouvelle dispute. Rentrons.

— Nous ne nous sommes pas disputés, rugit Gabriel, comme si ces paroles pouvaient réparer sa bévue.

— Et il ne pleut pas des hallebardes, contra Margaret, ironique.

— Mikhail, je t'ordonne de nous laisser ! Je ramènerai Marguerida à Armida.

— Je ne crois pas, Gabe. Notre cousine ne semble pas apprécier ta compagnie.

— Allez au diable tous les deux !

Il talonna le grand bai qui partit au galop.

— Il va casser son cou d'imbécile s'il ne fait pas attention, dit Mikhail, se lançant à sa poursuite.

— Ça m'étonnerait, commenta Margaret, acide. Les homme de son espèce ont rarement la fin qu'ils méritent.

La pluie s'était calmée quand les trois cavaliers entrèrent dans la Cour des Ecuries, mais ce n'était qu'une accalmie dans la tempête. Le tonnerre continuait à résonner dans le lointain tandis qu'ils démontaient et que deux palefreniers emmenaient leurs montures. Margaret atterrit dans une flaque d'eau assez profonde, couronnement logique d'une journée catastrophique.

Et elle n'est pas finie. Quelque chose se prépare... et ce n'est pas seulement la tempête. Quelque chose va se passer — quelque chose de terrible ! Impossible de se défaire de cette impression de désastre imminent, qu'elle ne pouvait ni contrôler ni changer.

Ils entrèrent par l'arrière de la maison, cheveux et vêtements fumant dans la chaleur. Mikhail ôta ses bottes, et Margaret l'imita. Gabriel, raide d'indignation, enfila le couloir, laissant la trace de ses pas dans son sillage.

Javanne apparut alors, l'air plus inquiet que furieux.

— Viens, Marja. Il faut te changer immédiatement ou tu vas prendre froid. Tu n'aurais jamais dû la sortir par ce temps, ajouta-t-elle à l'adresse de Mikhail.

— Je ne l'ai pas sortie. Et si je l'avais fait, nous serions rentrés avant la tempête. Je crois que Gabriel a fait une nouvelle gaffe avec sa brutalité habituelle, répondit-il, regardant sa mère dans les yeux.

— Que veux-tu dire ? dit Javanne avec irritation.

Elle les regarda, fronçant les sourcils.

— Il veut dire que Gabriel l'a renversé dans la Cour des Ecuries et qu'il m'a demandée en mariage — si l'on peut qualifier de demande en mariage le fait de m'informer que j'allais l'épouser, que ça me plaise ou non — et à cheval en plus. Est-il toujours aussi bête ou seulement quand il fait mauvais temps ?

— Gabriel fabrique son propre temps, dit-elle d'un ton n'augurant rien de bon pour son aîné. Désolée, *chiya*.

— Désolée qu'il ait fait sa demande ou désolée qu'il ait essuyé un refus ? D'ailleurs, peu importe, ma Tante. J'ai assez vu mon affectueuse famille pour jusqu'à la fin de mes jours. Dès la fin de la tempête, je retourne à Thendara.

— Mais ta compagne est malade !

Elle avait oublié le rhume de Rafaella. Elle serra les dents, bien résolue à partir dès le lendemain, et seule s'il le fallait. Ce n'était pas loin, un jour de cheval environ, et elle serait de retour dans le Secteur Terrien où personne ne la persécuterait pour l'épouser ou l'expédier dans une Tour.

— Je me débrouillerai, gronda-t-elle, frustrée.

— Ce n'est pas le moment de prendre des décisions précipitées. Viens te changer et boire un bon thé.

— Cela ne me fera pas changer d'avis.

— C'est ce que nous verrons. *J'espère que Gabriel est arrivé à Thendara et que Régis nous confiera la tutelle de Margaret. Nous ne pouvons pas la laisser courir partout sans chaperon. Pourquoi est-elle si pénible ? Et pourquoi mon fils est-il si bête ? Il faut que je fasse tout, comme d'habitude.*

Margaret entendit ces pensées et en éprouva une colère furieuse. Ainsi, Gabriel n'inventait rien en disant que le Conseil pouvait la déclarer pupille des Lanart, et la livrer aux mains de ces parents, qui recherchaient son alliance uniquement pour les enfants qu'elle pourrait porter. Ils avaient tous agi derrière son dos. Elle ne s'était jamais sentie aussi trahie.

Elle suivit Javanne, sentant que Mikhail bouillait intérieurement aussi outré qu'elle. Pire, il avait honte du comportement de ses parents.

— Javanne ! dit Margaret, d'un ton qui arrêta sa tante sur place. Ne crois pas que vous pouvez m'imposer la décision de vos juges. Je suis citoyenne terrienne, et si vous essayez de me retenir contre ma volonté...

— Nous sommes sur Ténébreuse, non sur Terra, dit Javanne pivotant vers elle tout d'une pièce. Tu feras ce qu'on te dira. Tu n'as aucun droit sauf...

— Je crois que les Terriens verront d'un très mauvais œil une de leurs citoyennes détenue contre son gré.

Les lèvres de Javanne se retroussèrent en un rictus, et elle s'empourpra sous son maquillage.

— Même les Terranans n'auraient pas la bêtise de faire la guerre pour une femme.

— Quand vous trouverez une compagnie de Marines Impériaux campés devant chez vous, vous changerez peut-être d'avis.

Margaret ne bluffait qu'à moitié. Plusieurs fois, la Fédération était intervenue pour protéger un de ses ressortissants, avec assez de forces pour renverser un gouvernement planétaire. Ces interventions étaient toujours dans l'intérêt de la Fédération, et toujours étouffées par la suite. Margaret ne savait pas si la Fédération cherchait le moyen de modifier le statut de Ténébreuse, mais si oui, c'était le prétexte idéal.

— Je ne te crois pas ! Tu es gâtée et têtue, et je ne le tolérerai pas ! Tu es dans ma maison, tu es ma nièce, et tu feras ce que je te dirai !

— Non, ce n'est pas ta maison ! dit Margaret avec rage. C'est la mienne ! Et toutes vos pensées et vos actions l'attestent ! Mon père a renoncé à ses droits sur Armida, mais pas aux *miens*. Sinon, pourquoi voudriez-vous tellement que j'épouse l'un de vos fils ?

Margaret eut conscience d'une puissante énergie fulgurant le long de ses nerfs, d'une rage terrible, incroyablement dangereuse. Elle tenta de calmer sa colère par de profondes inspirations, tandis que Javanne la fixait, muette de stupeur. Elle avait peur de ce qu'elle pourrait faire, mais Javanne avait encore plus peur.

Ariel avait raison — c'est un monstre. Que faire ? Je

n'ai jamais vu un laran *brut aussi puissant. Et elle le sait!*
Dès le retour de Gabriel, il faudra la forcer à aller dans
une Tour — c'est la seule protection possible!

Les deux femmes se foudroyèrent en silence, puis un
bruit de bottes résonna dans la cour du manoir. Un instant, Javanne parut soulagée, et Margaret se demanda si
Dom Gabriel rentrait déjà de Thendara. Non, c'était trop
loin, et le visage de Javanne se décomposa quand elle
réalisa que ce n'était pas son mari qui venait à son
secours.

Des voix, des cris et des hennissements de terreur leur
parvinrent par la porte fermée, dominés par des cris de
femme hystérique. Des poings martelèrent la porte,
l'ébranlant sur ses gonds, jusqu'à ce que Dartan, le *coridom*, aille ouvrir.

Ariel était sur le seuil, le corps inanimé du petit Domenic dans les bras. Derrière elle, les autres enfants, livides
de terreur.

— Tu as essayé de tuer mon fils! hurla Ariel.

21

Un silence de mort suivit ces paroles et tous les assistants se pétrifièrent. Dans les bras d'Ariel, l'enfant remua
faiblement. Puis tout le monde se mit à parler en même
temps, et le chaos se déchaîna. Frissonnante et tremblante, Ariel se remit à hurler, plus hystérique que jamais,
tandis que Javanne et Piedro s'efforçaient de la calmer.
Margaret resta enracinée dans le sol jusqu'au moment où
Mikhail lui toucha le coude. Elle se sentait moulue, et,
qui plus est, furieuse.

— Silence! vociféra Jeff, en entrant dans le hall.
Qu'est-ce qui se passe?

Margaret, sûre qu'il allait tout arranger, fut soulagée de
voir son visage sévère et les larmes lui montèrent aux
yeux.

— Elle a tué mon petit! brailla Ariel, serrant convul-
sivement le petit corps qui émit un gémissement.

Javanne essaya de lui prendre l'enfant, sans autre résultat que de redoubler l'hystérie d'Ariel. Piedro tenta de

dominer les voix stridentes de sa femme et de sa belle-mère, sans succès.

— Que se passe-t-il? répéta Jeff.

— La tempête, dit Piedro en s'approchant. Je savais que nous ne devions pas partir. C'est ma faute, non celle de Marguerida.

— Ce n'est la faute de personne, Piedro, dit Mikhail.

— Nous roulions vers la maison, poursuivit Piedro comme si son beau-frère n'avait rien dit, quand il s'est mis à tonner. La foudre est tombée sur un arbre juste au moment où les chevaux passaient dessous, et ils se sont emballés. Jedidiah a tenté de les maîtriser, mais il est tombé de son siège et sous les roues, ce qui a déséquilibré la calèche qui a versé, tandis que les chevaux continuaient à galoper. Ils ont dû traîner la voiture sur trois cents pieds avant de s'arrêter. J'entendais hurler Ariel et les enfants et je ne pouvais rien faire. Mon fils est blessé, et Jed, mon cocher, est mort, conclut-il, le visage inondé de larmes.

Les enfants se regardaient, apeurés, et l'aîné, Damon, essuya ses larmes, redressa ses frêles épaules et dit :

— Nous étions tous à l'intérieur avec Maman quand la calèche a versé. Il faisait noir et la pluie entrait. La vitre était cassée et il y avait du verre partout.

Il montra sa petite main, coupée en plusieurs endroits.

— On a cru que tout allait bien quand les chevaux se sont arrêtés. Papa a ouvert la porte, et je lui ai tendu Kennard, puis Lewis. Donal est descendu tout seul ; et alors, j'ai tendu le bras pour prendre la main de Domenic ; elle était tiède, mais toute bizarre.

— Il a la nuque fracturée, dit Piedro, hochant la tête. Il a dû mal tomber quand la calèche a versé.

— Il faut le mettre au lit immédiatement, dit Jeff. S'il a la nuque fracturée, sa mère ne peut que lui faire du mal à le tenir comme ça.

Margaret aurait voulu disparaître pour ne plus voir cette horreur. Que faire pour une nuque brisée avec la technologie primitive de Ténébreuse ? Puis elle se rappela l'attelle de mousse de sa trousse médicale, accompagnée des instructions nécessaires à son emploi.

Ariel avait continué à gémir pendant cette conversation, puis elle se remit à hurler.

— Je suis tombée sur lui. Je l'ai senti sous moi. Mais ce n'est pas ma faute. J'aime mes enfants ! C'est toi qui as fait ça ! dit-elle pointant un doigt accusateur sur Margaret.

Margaret se plaqua contre le mur, atterrée.

Liriel entra alors dans le hall, embrassa la scène du regard, et, s'approchant de sa sœur, la gifla violemment.

— En voilà assez, Ariel ! Si tu n'étais pas partie alors que la tempête menaçait, rien ne serait arrivé.

— Marguerida me faisait peur, murmura Ariel. C'est sa faute, pas la mienne !

— Les accidents ne sont la faute de personne, dit Jeff d'un ton sévère. Nous savons que tu aimes tes enfants, *chiya*. C'est une terrible tragédie pour nous tous.

Loin de se calmer à ces paroles, Ariel s'empourpra de fureur.

— Qu'en sais-tu, vieillard ? Tu es de son côté. Tout le monde est contre moi ! Tout le monde me prend pour une idiote, mais je sais des choses que vous ne saurez jamais. Vous ne saurez jamais ce que c'est que d'être une mère.

Liriel eut une moue dubitative et consulta Jeff du regard. *Elle va perdre l'enfant qu'elle porte si elle ne se calme pas, et ça l'achèvera. Il faut la coucher avant qu'elle ne se rende malade. Ma pauvre sœur. Si seulement j'avais réalisé à quel point elle était malheureuse.*

Margaret, trouvant sa présence plus nuisible qu'utile, fit mine de se retirer. Mikhail la retint par la taille. *Reste.*

Pourquoi ? Ma vue bouleverse Ariel.

Je ne crois pas. Elle t'accuse, bien sûr, mais, au fond, elle sait qu'elle est aussi responsable que personne de l'accident. Elle sentit sa force, et aussi son sang-froid. C'était merveilleux. Ou l'aurait été si elle n'avait pas été si accablée.

Liriel pense qu'elle va faire une fausse couche si elle ne se calme pas et je ne vois pas ce que je peux faire en restant là, Mikhail. De plus, j'ai dans ma trousse médicale une attelle qui pourrait être utile pour Domenic.

Vraiment ? Enfin, quelqu'un qui a une idée pratique au

lieu de piquer une crise! Je vais la chercher. J'en ai l'image dans la tête.

Mais je la trouverai plus vite.

Non, ma cousine. Je serai bientôt de retour. Reste ici. Liriel a raison; si elle perd l'enfant, elle ne retrouvera jamais la raison. Pourrais-tu prendre assez sur toi pour lui dire quelque chose de gentil — n'importe quoi?

Bien sûr — mais j'ai peur que ça ne la bouleverse un peu plus.

Mikhail se retourna et monta l'escalier quatre à quatre, tandis que Margaret, déglutissant avec effort, réfléchit à ce qu'elle pourrait bien dire.

Liriel s'efforçait toujours d'enlever l'enfant à sa sœur. Il n'était pas mort, mais le serait bientôt si sa mère ne le lâchait pas. Ariel continuait à divaguer, disant que sa famille ne la comprenait pas et la haïssait. C'était pathétique; Jeff semblait désemparé, et Javanne était au bord des larmes. Margaret s'approcha doucement pour ne pas effrayer Ariel.

— Pense à l'enfant que tu portes, ma cousine. Tu ne voudrais pas la blesser, non?

— « La »? dit Ariel, d'une voix rauque d'avoir trop crié.

— Oui, la fille que tu as toujours espérée.

— Comment le sais-tu? dit-elle, hagarde, l'air d'ignorer qu'elle parlait à celle qu'elle croyait responsable de son malheur.

— Liriel me l'a dit ce matin.

— C'est vrai? dit Ariel, se tournant vers Liriel en relâchant sa prise sur son fils.

Liriel en profita pour le lui enlever.

— Oui. Je te l'aurais dit aussi, mais tu es partie avant que j'en aie eu le temps.

Jeff prit alors Domenic dans ses bras, lui soutenant soigneusement la tête.

— Une fille. Enfin! J'ai toujours désiré une fille qui m'aimerait, dit-elle, plus calme, et caressant sensuellement son ventre encore plat.

— Et tu l'auras, répondit Liriel, remerciant Margaret du regard. Mais il faut te calmer pour qu'elle vive.

Soudain, Margaret eut une vision, comme quelques heures plus tôt à la table de la salle à manger.

— Et elle sera très belle, dit-elle, sans penser aux conséquences de ses paroles.

Ariel, encore hébétée un instant plus tôt, attacha sur elle un regard pénétrant.

— Que vois-tu ? Dis-le moi ?

— Je pense que ce ne serait pas sage, répondit Margaret, quoique sa vision ne fût pas alarmante.

— Je me moque de ce que tu penses ! dit Ariel, d'une voix redevenue stridente. Dis-moi ce que tu vois !

— Elle sera belle et en bonne santé. Qu'est-ce qu'une mère peut désirer de plus ?

— Je me moque qu'elle soit belle, murmura Ariel. Je veux qu'elle m'aime.

A ces mots, Margaret vit l'enfant à naître sous la forme d'une jeune femme grande, rousse, et d'une beauté saisissante, avec les mâchoires volontaires et le regard intense de Javanne.

— Bien sûr qu'elle t'aimera. Tu es une bonne mère, et elle ne pourra pas faire autrement que t'aimer.

Ce disant, Margaret savait qu'elle mentait. Elle se demanda s'il y avait un moyen d'empêcher que ce bébé ne devienne la femme passionnée et perturbatrice qu'elle voyait. Javanne attacha sur sa nièce un regard pénétrant. *Merci de ta gentillesse envers ma fille, et j'espère que tu te trompes dans ta vision. Je n'ai jamais su jusqu'aujourd'hui qu'elle se sentait si mal aimée.*

Maman, ce n'est pas ta faute ! dit Liriel, d'une voix mentale claire et ferme. *Tu as toujours fait de ton mieux pour elle, pour nous tous.*

Merci Liriel, mais ça ne change rien. Je suis sa mère, et j'aurais dû savoir comme elle serait malheureuse de n'avoir pas de laran. *Peut-être parce que nous y attachons trop d'importance. Et, à la vérité, je n'étais pas ravie d'avoir des jumelles. Peut-être ne la désirais-je pas assez.*

Cesse de te flageller ainsi ! lui ordonna Jeff. *Tu perds ton temps. Tu as fait de ton mieux, et personne n'aurait pu faire plus. Les regrets n'y changeront rien.*

Je n'aime pas quand tu as raison comme ça, dit

Javanne, retrouvant sa vitalité habituelle. *Maintenant, nous devons nous occuper de l'enfant. La blessure n'est peut-être pas aussi grave que nous l'imaginons, mais il y a risque d'une inflammation des poumons.*

Je l'ai monitoré, Maman, et une vertèbre cervicale semble touchée.

Mikhail est allé chercher ma trousse médicale. Elle contient un appareil qui pourrait être utile.

Piedro avait pris les mains de sa femme, et lui parlait avec tant de tendresse que Margaret se demanda avec envie si elle inspirerait jamais autant d'affection à un homme. Mikhail, qui redescendait quatre à quatre, faillit les renverser, mais ils ne firent même pas attention à lui. Mikhail avait la trousse à la main, et il était rouge d'embarras. Bien sûr, Rafaella dormait dans la chambre ! Si elle n'avait pas été aussi fatiguée, Margaret en aurait ri.

Jeff allongea Domenic par terre dans l'entrée.

— L'endroit est mal choisi pour un hôpital de campagne, mais je ne veux pas le déplacer davantage. Apportez-moi des couvertures, qu'il ne prenne pas froid. Et passe-moi cette trousse, Mik. Seigneur, il y a bien longtemps que je n'en ai pas vu de semblable. On dirait qu'ils y ont ajouté certaines choses, dit-il, se mettant à en examiner le contenu avec Margaret, agenouillée près de lui.

Les quatre garçons regardaient ces activités, les yeux dilatés. Javanne semblait partagée entre le désir de suivre sa fille, et celui de s'occuper de ses petits-fils. Elle dit enfin, tapotant l'épaule de Damon :

— Ta mère va mieux, mais ton père doit rester près d'elle, alors tu vas m'aider à m'occuper de tes frères.

Damon bomba le torse avec fierté, ce qui fit sourire les adultes, malgré les circonstances.

— Oui, bien sûr. Occupe-toi de Lewis, dit-il, se tournant vers Donal. Moi, je m'occuperai de Kennard.

Donal regarda son frère de travers, puis haussa les épaules. Des quatre enfants, il semblait le moins perturbé, et Margaret lui envia sa résistance.

— Viens, Lewee. Il faut te changer sinon tu vas prendre froid. Et Nounou va te donner une bonne camomille.

Il tendit la main à son frère, qui la prit et fit la grimace au nom de la tisane. *Maintenant, je suis le second; j'apprendrai à lire comme Domenic et je serai savant comme Mikhail et Marguerìda.*

Javanne eut l'air choqué de cet opportunisme enfantin, mais Mikhail retint un éclat de rire.

— Ce n'est pas de sa faute, Maman. Ce n'est pas drôle d'être le troisième.

Margaret avait sorti l'attelle de sa trousse et lisait les instructions d'emploi. Cela semblait assez facile, mais elle avait peur de faire plus de mal que de bien à l'enfant. Si seulement ils pouvaient le transporter dans un hôpital !

Près d'elle, Jeff était très calme, et cela la réconforta. Mais elle avait dans l'esprit comme un tonnerre qui n'avait rien à voir avec la tempête. Comme les sabots de quelque énorme cheval se rapprochant de plus en plus, ce qui, ajouté au tumulte régnant dans le hall, perturbait sa concentration.

Dartan, le *coridom*, revint avec des couvertures dont ils enveloppèrent le petit corps. Puis, tandis que Jeff soulevait la tête de Domenic, elle glissa l'attelle dessous, pressa un bouton sur le côté, et l'appareil se gonfla légèrement, immobilisant la nuque sans presser sur la gorge. Maintenant, au moins, il serait possible de le déplacer sans endommager davantage sa colonne vertébrale.

Soudain, des coups violents furent frappés à la porte. Dartan, à genoux près de l'enfant en face d'elle, se leva pour aller ouvrir. Elle ressentit un petit tiraillement au cœur, fort, merveilleux et inattendu.

Avant qu'elle n'ait eu le temps de se demander ce que c'était, Dartan avait ouvert, et une silhouette dégoulinante de pluie entra dans la lumière du hall. Le vent soufflant derrière elle faisait voler les plis de sa cape et lui enfonçait sa capuche sur le visage. Puis un bras sans main écarta un pan de la cape, et Margaret se leva d'un bond.

Glissant sur le sol mouillé, elle courut à l'arrivant et se jeta sur lui.

— Papa ! s'écria-t-elle, et elle fondit en larmes.

Lew Alton rabattit sa capuche en arrière, lui arrosant la tête de gouttelettes, et la serra dans ses bras. Margaret sentit sa tante se raidir derrière elle, en proie à des émotions contradictoires. Elle était tout à la fois furieuse, choquée, mécontente et résignée.

Oh, arrête d'être autant à cheval sur les principes, Javanne. Je ne l'ai pas vue depuis dix ans! Au diable la coutume!

Je sais. Mais je n'aime pas ça quand même. Et je ne t'aime toujours pas, Lew.

Alors, remercions le ciel de ne pas être mariés!

— Toujours impudent à ce que je vois, dit Javanne, riant malgré sa contrariété. Et un oiseau de tempête.

— Tu ne vas quand même pas me rendre responsable du temps de Ténébreuse, Javanne! Allons, allons, Marja, je sais que tu es contente de me voir — mais ce n'est pas la peine de m'étrangler! Et pourquoi êtes-vous tous dans le hall, trempés jusqu'aux os?

Margaret ne savait que penser de l'homme qu'elle étreignait si étroitement. Il plaisantait, contrairement au Lew Alton de son souvenir. Il taquinait Javanne qui pourtant n'invitait pas à la taquinerie. Mieux, Javanne en semblait ravie. Il lui paraissait différent — presque joyeux. Pourtant, sous cette joie, elle sentait un profond chagrin, non pas ancien mais tout récent.

— Bien sûr que je suis contente. Pourquoi as-tu mis si longtemps?

— Si j'avais pu, je serais arrivé plus tôt, *chiya*.

— Je sais. Tu n'arrêtais pas de me le dire, mais je n'arrivais pas à y croire. Tant de choses étranges sont arrivées...

— Je n'ai pas été un très bon père, n'est-ce pas?

— Non, murmura-t-elle, mais tu ne pouvais pas faire autrement.

Lew Alton regarda la tête de sa fille, posée sur son épaule, et elle perçut ses regrets poignants. *Tu as un cœur généreux, Marja. Je ne sais pas de qui tu le tiens — pas de moi, ni de...* Il ne put se résoudre à prononcer le nom de Thyra.

Je crois que c'est Dio, Papa. Où est-elle?

Elle est restée à Thendara, avec Régis et Linnea.

Margaret sentit qu'il lui cachait quelque chose. Son bras se raidit sur sa taille, et même sa voix mentale sembla tendue. Ainsi, c'était cela la source de ce chagrin qu'elle avait perçu tout à l'heure, et son cœur se serra.

Qu'est-ce qu'il y a ? Elle est malade ?

Oui, chiya, *très malade. Ce fut la dernière goutte qui fait déborder le vase. Alors, je l'ai ramenée ici, et pourtant, je pensais bien ne plus jamais revoir Ténébreuse.*

La dernière goutte ?

Plus tard, chiya. *Je ne devrais plus t'appeler ainsi, car tu es une femme maintenant. Mais pour moi, tu seras toujours ma petite Marja.*

Ils s'écartèrent à regret.

— Je veux des vêtements secs et un repas chaud, et je les veux immédiatement, annonça Lew comme s'attendant à les voir apparaître par magie.

Margaret lui trouva l'air d'un monarque qui donne ses ordres ; elle ne l'avait jamais vu ainsi.

— Et après, vous pourrez me dire pourquoi vous êtes tous rassemblés là comme des rats noyés.

Dartan surveillait deux serviteurs qui soulevaient Domenic par les quatre coins d'une couverture, et marchaient avec précaution pour ne pas le secouer. Lew l'aperçut en suspendant sa cape à une patère.

Qu'est-ce qui s'est passé ? Margaret lui raconta tout mentalement, plus vite qu'elle n'aurait cru possible, sans oublier sa participation involontaire à l'incident. Lew poussa un profond soupir. *Les choses n'ont pas été faciles pour toi, mon enfant ! C'est en grande partie de ma faute, car je ne t'ai jamais raconté ton histoire. Espérons quand même que l'enfant guérira complètement.*

Mais ils ne savent pas soigner les blessures à la colonne vertébrale.

La science des matrices comporte des possibilités qui t'étonneraient, Marja. Je les ai connues toute ma vie, et elles continuent à me surprendre.

— Mikhail, emmène Lew dans ton appartement. Tes vêtements devraient lui aller, dit Javanne, maintenant calme et presque résignée. Tu n'as pas rencontré Gabriel en chemin ? Il est allé à Thendara.

— Non, Javanne, et je ne peux pas dire que je le regrette. Nous sommes en désaccord depuis des années, bien que nous ayons été amis autrefois.

Il est allé demander à Régis de m'instituer sa pupille, pour me faire épouser son aîné — qui est un idiot congénital, dit mentalement Margaret, pleine de rancune au souvenir de cette journée.

Alors, il sera à la fois trempé et déçu, répondit Lew.

Il était d'un calme qu'elle ne lui avait jamais connu, malgré l'inquiétude que lui inspirait Dio, et Margaret en ressentit une grande paix intérieure.

Une demi-heure plus tard, les adultes se retrouvèrent à la salle à manger, dans une atmosphère pesante que les agréables odeurs de rôtis ne firent rien pour alléger.

De nouveau, les convives hésitèrent avant de s'asseoir. Lew, ses cheveux argentés maintenant secs bouclant légèrement sur son front, s'assit au haut bout de la table, comme s'il ne lui était jamais venu à l'idée qu'il pouvait s'asseoir ailleurs. Il portait une tunique rose brodée à l'encolure et aux poignets, et un pantalon bleu. Il considéra l'assistance avec une totale assurance. Margaret ne lui avait jamais vu une telle autorité, et elle en fut à la fois soulagée et contrariée. Comment pouvait-il avoir l'air si joyeux ?

Elle s'assit à sa droite, et Jeff à sa gauche. Javanne prit place au bas bout, avec Gabriel et Rafael de part et d'autre. La table semblait le champ de bataille de deux armées ennemies, dont Javanne et Lew étaient les généraux. Quand Mikhail s'assit près de Jeff, s'alliant ainsi avec leur camp, Javanne, se sentant trahie, lui lança un regard noir.

Liriel parut alors, courbant un peu ses larges épaules.

— J'ai calmé Ariel et envoyé Piedro se coucher. Les enfants sont à la nurserie. Je crois qu'ils ne comprennent toujours pas bien ce qui s'est passé. Notre vieille nounou veille Domenic pour le moment ; il ne peut pas être en de meilleures mains. Ton appareil semble l'avoir soulagé, Marguerida, et, pour le moment, le danger de pneumonie est plus inquiétant que sa fracture de la nuque. Il faudra l'emmener à Arilinn dès qu'il sera transportable.

Elle s'assit près de Mikhail, apparemment inconsciente du regard hostile de sa mère. Puis, regardant autour de la table, ses yeux s'arrêtèrent sur Lew Alton. Médusée, elle se tourna vers sa mère, mais ce qu'elles se dirent mentalement resta entre elles. Pourtant, Javanne paraissait s'inquiéter davantage de l'état de sa fille et de son petit-fils que de la soudaine apparence du Vieux, ce qui était bien compréhensible. Cependant, elle aurait sans doute préféré que Lew soit à l'autre bout de l'univers qu'assis en face d'elle.

Donal apparut alors, en robe de chambre et les cheveux en bataille, et s'assit à côté de Margaret.

— Je ne veux pas de porridge, annonça-t-il avec un sourire charmeur.

— Bien sûr que non. Je n'ai jamais aimé le porridge au dîner, moi non plus.

— Pourtant, on t'en donne quand tu es malade, mais je ne suis pas malade.

La présence de l'enfant détendit l'atmosphère, et on servit. Tous semblaient inquiets, sauf Donal, alors, plutôt que de faire la conversation, ils se concentrèrent sur leur potage, suivi d'un rôti et d'une crème aux fruits secs. Margaret fut surprise, et un peu honteuse, d'avoir si faim.

Puis elle remarqua que tous, y compris sa tante, mangeaient avec appétit, et elle se sentit moins coupable. Non qu'ils fussent indifférents à l'accident — absolument pas ! Mais ils avaient fait tout ce qu'ils pouvaient pour le moment et devaient reconstituer leurs forces.

— Je ne pensais jamais te revoir sur Ténébreuse, Lew, dit Jeff, rompant enfin le silence.

— Je ne l'aurais jamais cru non plus — mais il faut croire que « jamais » est un mot qui n'est pas fait pour moi. En tout cas, je ne suis plus diplomate. La diplomatie n'a jamais été mon fort, mais avec la maladie de Dio, c'était devenu intolérable.

— Dio est malade ? dit Jeff avec inquiétude, mais Lew lui indiqua de la tête qu'il ne voulait pas en parler pour le moment.

— Mais alors, Lew, qui nous représentera au Sénat maintenant ? demanda Javanne avec intérêt, jetant un regard éloquent à Mikhail.

Sans user de télépathie, Margaret comprit que sa tante désirait qu'il remplisse cette charge. Cela aurait résolu avec élégance le problème de son troisième fils. Et Margaret savait qu'il aurait aimé aller hors planète. Mais cela ne lui plaisait guère, à elle, pour une raison qui lui échappait.

— Herm Aldaran, qui siège à la chambre basse depuis quatre ans, va prendre ma place. Il a de l'expérience, et sait manœuvrer les Terriens mieux que moi. Et il est assez jeune pour le poste. Moi, je commence à me faire vieux.

— Un Aldaran au Sénat! Il va livrer Ténébreuse aux Terranans sur un plat d'argent! Tu es fou?

Javanne avait l'air choquée, mais Margaret fut immensément soulagée.

— Au contraire, Javanne. Herm est peut-être le seul homme de la galaxie à pouvoir nous sauver de ce sort.

— Nous sauver?

— Aux dernières élections, le Parti Expansionniste a acquis la majorité à la chambre basse.

— Qu'est-ce que c'est? dit Rafael, devançant sa mère.

— La Fédération a adopté une ancienne forme de gouvernement terrien à deux chambres. La chambre basse, ou Chambre des Communes, formule la politique, et le Sénat la contrôle pour éviter les excès. Il y a actuellement un certain nombre de partis dans la Fédération, dont les plus importants sont le Parti Expansionniste et le Parti Libéral. Pendant des décennies, les Libéraux, qui trouvent que les planètes doivent choisir le genre de gouvernement qu'elles désirent, ont eu la majorité dans les deux chambres. Cela vient de changer. Il y a juste assez de voix au Sénat pour empêcher les Expansionnistes de changer de politique, et de faire passer les besoins de la Fédération avant les intérêts des planètes. Si les Expansionnistes ont la voie libre, aucun monde ne sera plus à l'abri de la cupidité des Terriens.

— Et tu es parti dans une telle situation! Tu es encore plus irresponsable que je ne le pensais! Tu aurais dû rester pour nous protéger, au lieu de nous livrer à un Aldaran! Je connais Herm. J'étais opposée à sa nomination à la chambre basse, quand Régis l'y a envoyé il y a six ans. Il semble assez honnête pour un Aldaran, mais...

— Javanne, quoi que tu penses de lui, il a à cœur les

intérêts de Ténébreuse. Cette situation ne date pas d'hier, et Herm a l'avantage de connaître tout le monde aux Communes. Et il est meilleur vendeur que moi !

— Peuh ! Il va sûrement nous vendre en échange d'un aérocar ! Il y a sûrement des hommes plus expérimentés et plus capables dans les Domaines. Je ne comprends pas que Régis ait consenti à cette folie. Les Aldaran sont tous des lâches et des menteurs !

— Maman, tu ne sais pas de quoi tu parles, intervint Mikhail. Herm Aldaran est l'un des hommes les plus compétents que je connaisse.

— Qu'en sais-tu ? dit Javanne avec colère. Ce n'est pas parce que tu lis le Terranan que tu sais tout !

— J'ai confiance en Herm.

La mère et le fils se foudroyèrent.

Donal, indifférent à la tension régnant dans la pièce, repoussa son assiette, et rota en se frictionnant l'estomac.

— Qu'est-ce qu'il y a pour dessert ?

— Où le mettras-tu ? demanda Liriel.

— Je garde toujours un peu de place pour le dessert, répondit-il avec calme. Il y a de bons desserts à la Cité du Commerce ?

— Pas vraiment, répondit Margaret. Pourquoi ?

— Parce que si Domenic meurt, je serai le second et je ferai des études comme Oncle Mikhail. C'est ce que j'ai toujours voulu — enfin, en tout cas, depuis le Solstice d'Hiver. Je veux aller à Thendara et tout apprendre !

— Donal, dit Javanne, branlant du chef, d'abord, je ne veux pas entendre parler de la mort de Domenic. Et ensuite, ta mère ne te laissera pas y aller. Tu iras à Neskaya dès que tu seras en âge, et même cela sera très dur pour elle. Tu y apprendras tout ce que tu as besoin de savoir.

— Non ! Tante Liriel dit que tu sais lire tous ses livres, dit-il, se tournant vers Margaret. C'est vrai ?

— Oui, ceux-là et bien d'autres.

— Je ne veux pas que tu l'encourages dans cette voie, Marguerida, intervint Javanne avec colère. Tu ne sais rien de nos coutumes, et je t'interdis d'interférer davantage. Tu as causé assez de problèmes pour aujourd'hui. *Lew sème toujours la perturbation partout, et sa fille est comme lui. Je sais que j'ai raison. Nous devons maintenir les Domaines tels qu'ils ont toujours été. Nous n'aurions jamais dû laisser les Terranans prendre pied sur notre monde. Si j'avais été Régis... pourquoi suis-je née femme ?*

Croient-ils que je ne vois pas ce qui se passe ? Je vois comment mon fils regarde Marguerida — mais il perd son temps. Il doit y avoir un moyen d'exclure Herm Aldaran du Sénat pour mettre Mikhail à sa place. Ce serait le mieux. J'en parlerai à mon frère, et il m'écoutera. Il m'écoute toujours.

— Mon père ne sait pas très bien lire, poursuivit Donal, de sa voix d'enfant haut perchée, et ma mère ne sait pas du tout. Domenic leur a demandé de l'aider pour des mots difficiles et... ils n'ont pas pu. Ils ont dit que ça ne servait à rien, mais Domenic m'a dit que c'était super de lire et d'apprendre ! J'ai toujours voulu être comme Dom, et maintenant je le serai, qu'il guérisse ou pas !

Gabriel décida alors de mettre son grain de sel.

— Liriel a beau dire que la lecture rend plus sage, je trouve que ça ne tient pas debout. Les gens n'ont pas de raison de s'abrutir à apprendre des choses qu'ils n'ont pas besoin de savoir.

— Ecoutons un homme qui sait à peine signer son nom, murmura Mikhail, assez fort pour être entendu de Margaret, mais pas à l'autre bout de la table.

— Nous anticipons tous, dit Jeff avec calme. D'abord, nous devons espérer que Domenic guérira complètement, et que l'attelle de Marguerida y contribuera. D'autre part, Donal a l'esprit vif et il faudra lui donner de l'instruction. Il est dans l'intérêt de Ténébreuse que nos enfants soient instruits. Ariel résistera, mais il ne faudra pas lui permettre d'attacher ses fils aux cordons de son tablier. Ce n'est ni sain ni sage. *Les Tours nous ont bien servi, mais elles ne suffisent plus. Il faut changer avec le temps, ou périr.*

— L'intérêt de Ténébreuse ? ricana Gabriel. C'est le plus beau ! La moitié des garçons ne pensent qu'à partir dans les étoiles, et pas mal de filles aussi, dit-il sombrement. Les anciennes traditions étaient assez bonnes pour mon père, et elles sont assez bonnes pour moi et aussi pour Donal. Il est trop jeune pour savoir de quoi il parle. Il serait mort d'ennui au bout d'une décade.

— Non, protesta l'enfant.

— Tu ne sais pas ce qui est bon pour toi, insista Gabriel, s'empourprant et étrécissant les yeux.

Il chercha du regard le soutien de sa mère, mais elle était perdue dans ses pensées.

— Gabriel, dit sèchement Margaret, tu as l'air de penser que tu sais ce qui est bon pour chacun — mais tu te trompes lourdement.

Ils se foudroyèrent, et Jeff tenta de calmer le jeu.

— Nous ne pouvons pas transformer Ténébreuse en un jour, ni même en une génération, mais si nos fils et nos filles ne sont pas instruits, ils seront incapables de prendre des décisions judicieuses pour notre avenir. Voilà longtemps, soupira-t-il, que je regrette l'absence d'un plan quelconque pour enseigner aux jeunes davantage qu'ils ne peuvent apprendre dans les Tours ou chez les *cristoforos*.

Margaret le regarda, et réalisa qu'il parlait pour lui et pour elle. Comme elle, il était l'homme de deux mondes, et il aimait Ténébreuse comme elle commençait à l'aimer. Ils savaient tous deux que, sans instruction, Ténébreuse était vulnérable à des forces telles que celle des Expansionnistes qui considéraient toutes les planètes autres que Terra comme des productrices de matières premières, et non comme le séjour de peuples ayant leurs propres buts et ambitions. D'après les rares fax qu'elle avait consultés, elle en savait assez sur les Expansionnistes pour comprendre qu'ils représentaient une menace, non seulement pour Ténébreuse, mais pour certaines planètes qu'elle avait visitées — Relegan et Mantenon, pour ne citer que celles-là.

Ainsi, ma Marja, tu voudrais rester ici pour y fonder des écoles ? En venant, je t'ai « entendue » souhaiter être n'importe où sauf sur Ténébreuse, et je dois dire que je te comprenais. Mais tu sembles avoir changé d'avis.

Je ne sais pas. Entre Istvana Ridenow, Jeff et Liriel qui veulent m'expédier dans une Tour, Javanne qui veut me forcer à épouser l'un de ses imbéciles de fils, la maladie du seuil et la mort d'Ivor, je n'ai pas eu le temps de réflé-

chir. Elle sentit Mikhail grimacer mentalement, et ajouta : *Ne sois pas stupide, Mik. Je ne pensais pas à toi, et tu le sais très bien !*

Merci, ma cousine. Je commençais à craindre que l'inconduite de Gabe ne t'ait prévenue aussi contre moi !

Ne dis pas de bêtises. Tu es assez raisonnable pour un Lanart.

Piètre compliment, mais je m'en contenterai, dit-il d'un ton moqueur.

Mais, sous le ton léger, il y avait une passion à la fois captivante et effrayante. Que faire si Javanne parvenait à l'envoyer hors planète ? Elle préférait ne pas y penser.

Le Sénateur suivit cet échange avec un intérêt que Margaret trouva embarrassant, et elle se sentit rougir. Il observa Mikhail avec curiosité, haussant un sourcil interrogateur à son adresse, puis il considéra sa fille, et ses yeux se dilatèrent légèrement.

Papa, ne commence pas à me marier, sapristi ! J'ai eu assez de demandes en mariage pour plusieurs vies ! Tu sais que le jeune Dyan Ardais est venu me demander ma main jusque dans ma chambre ? Rafaella était outrée !

Qui ? demanda Lew avec curiosité, et elle se calma.

Rafaella n'ha Liriel, mon guide et amie. Elle est en haut, couchée avec un gros rhume.

Une Renonçante ? Eh bien, tu n'as pas perdu ton temps, mon enfant ! Tu as eu plus d'aventures que je ne le réalisais. Je ne veux pas jouer les marieurs, ayant eu pas mal de problèmes avec les femmes dans ma jeunesse. Pourtant, n'importe qui peut voir que tu es en excellents termes avec ton cousin, ce qui m'étonne vu que tu n'aimes guère ta tante Javanne. Mais je te connais si peu ! conclut-il, haussant les épaules.

Non, mais peu importe pour le moment. Tout ce que je te demande, c'est de ne pas accorder ma main au premier qui la demandera, parce que je suis difficile, et que je ne veux pas passer les trente ou quarante ans qui viennent à claquer les portes à Armida, comme Oncle Gabriel et Tante Javanne.

Lew Alton sourit jusqu'aux oreilles, ce qui le rajeunit de dix ans. Margaret le regarda, médusée, car elle ne l'avait jamais vu sourire comme ça. *Naturellement, nous devons avoir de la considération pour les portes d'Armida.*

La mâchoire de Margaret s'affaissa. Son père la taquinait ! Il plaisantait comme s'il n'avait jamais été un buveur déprimé, affligé d'un caractère de chien. Elle fut partagée entre le désir de le serrer dans ses bras, et celui, non moins fort, de le gifler. *Tu crois que je pourrais fonder des écoles sur Ténébreuse ? J'y ai pensé de temps en temps quand je n'étais pas occupée à vomir ou à combattre des Gardiennes mortes.*

Quoi ? fit Lew, stupéfait.

Je te raconterai tout plus tard.

Je l'espère, parce que maintenant, cela m'intrigue vraiment. Mais je crois que tu peux faire tout ce qui te plaira, ma fille. Je n'ai jamais pu t'empêcher d'en faire à ta tête, tu sais.

Vraiment ? Je ne le savais pas.

Donal s'impatienta du silence soudain et de l'absence de dessert.

— Tu voudrais bien m'apprendre à lire, Marguerida ? Je demanderais bien à Liriel, mais elle va bientôt retourner à la Tour.

— Je ne sais pas, Donal. Je n'ai jamais enseigné la lecture à personne. Ce n'est pas aussi facile que tu le crois.

— Oncle Jeff a dit que j'étais intelligent, alors, ça ne devrait pas être difficile.

Il termina sur un sourire ensorcelant, et elle se dit qu'en grandissant, il deviendrait un vrai charmeur.

— En voilà assez pour aujourd'hui de ces sottises, dit Javanne, avant que Margaret n'ait eu le temps de répondre. Gabriel a raison — Donal est trop petit pour savoir ce qu'il veut. Parce que Domenic sait lire, il croit que c'est passionnant, mais il ne sait pas de quoi il parle.

— Javanne, dit Jeff, branlant du chef, il est toujours inutile de fermer l'écurie après que les chevaux ont fui. Nous autres Ténébrans, nous devons choisir notre avenir, et, sans doute plus tôt que tu ne penses, nous aurons besoin que tous nos jeunes Donal soient aussi bien informés qu'ils le pourront pour ne pas nous laisser dévorer par les Expansionnistes, ou pire.

Pour une fois, Javanne tint sa langue, et se contenta de

foudroyer Jeff, Lew et Margaret. Au bout d'un moment, elle s'éclaira, et Margaret se dit qu'elle devait comploter quelque chose. Son aversion pour sa tante s'accrut, et elle se força à penser à autre chose pour ne pas bouillir de rage.

On apporta enfin le dessert — une crème rouge foncé dans des coupelles de verre —, et un silence tendu s'installa autour de la table. Margaret détestait ces émotions qu'elle sentait prêtes à exploser chez sa tante et chez Gabriel, bien que ne recevant pas leurs pensées. Ils étaient furieux, et, décida-t-elle, dangereux. La crème sucrée tourna au vinaigre dans sa bouche.

Margaret, se renversant dans sa chaise, se dit que les deux faces de Ténébreuse étaient rangées autour de la table. Javanne, son fils aîné, et son mari absent tenaient pour le passé, mais elle n'était pas sûre de représenter l'avenir. Une fois de plus, elle se sentait piégée par des forces qu'elle ne contrôlait pas. Le désir glacé de rester à l'écart de tout contact humain reparut en elle, et elle eut l'impression que le fantôme d'Ashara enfonçait ses griffes dans son esprit. Le désespoir lui contracta la gorge, et elle refoula les larmes qui lui montaient aux yeux.

Elle regarda son père et vit qu'il était épuisé. Non seulement par la longue chevauchée pour venir de Thendara, mais par ses nombreuses années d'exil. Elle n'avait jamais trouvé que son père était grave, et elle n'avait toujours vu en lui que le Vieux tourmenté, mais elle réalisait maintenant qu'il possédait bien des facettes qu'elle ne soupçonnait pas jusque-là.

Chez elle aussi, les effets d'une longue journée tumultueuse commençaient à se faire sentir. Elle avait du mal à garder les yeux ouverts et elle avait les jambes courbatues de sa folle chevauchée. Elle frissonna, non de froid mais de fatigue, et décida qu'elle ne resterait pas une minute de plus en compagnie de sa famille. Sans un mot, elle se leva et quitta la salle à manger.

Au milieu de l'escalier, elle réalisa qu'elle n'était pas seule. Elle se retourna, s'attendant à voir son père, ou, peut-être, Mikhail, mais à sa surprise, c'était Donal qui la suivait, l'air grave et résolu.

— Qu'y a-t-il, Donal ?

— Grand-mère m'a dit d'aller me coucher.

— Eh bien, viens avec moi. Ta nurse sait que tu es descendu ?

— Non. Elle s'est tout de suite endormie dans son fauteuil. Elle n'est pas très maligne.

Il fourra sa petite main sale dans celle de Margaret et la regarda avec un grand sourire.

— Moi aussi, je trouvais toujours que mes nurses n'étaient pas très malignes, tu sais.

— C'est vrai ? Grand-mère peut bien penser ce qu'elle veut, dit-il, reprenant son sérieux, ou Gabe, parce que tout le monde sait qu'il est idiot, mais j'apprendrai à lire et à écrire et aussi tout le reste.

— C'est une respectable ambition, Donal, mais pas ce soir. La journée a été longue, pour toi comme pour moi.

— Est-ce que je me fatiguerai vite quand je serai vieux comme toi ?

— Je ne sais pas, répondit-elle d'un ton morne.

Elle ne s'était jamais sentie vieille, mais après toutes les émotions de la journée, la cavalcade sous la pluie et le retour de son père, elle avait l'impression d'avoir cent ans. Elle conduisit le petit garçon jusqu'à la porte de la nurserie, puis elle se dirigea vers sa chambre, traînant presque les pieds sur le plancher.

22

Margaret se mit en chemise de nuit. Rafaella dormait à poings fermés, et c'était aussi bien car elle n'avait pas envie de parler. Elle se fourra sous les couvertures, remonta les genoux et regarda le feu flambant dans la cheminée. Malgré sa fatigue, elle était trop énervée pour s'endormir tout de suite. Elle pensa à l'arrivée de son père, qui ne l'avait presque pas surprise, et elle sourit. Elle pensa aussi à Diotima et à sa maladie. Comme il lui tardait de la voir ! Elle pensa à Mikhail qu'elle aurait voulu voir plus souvent, et regretta qu'il ne fût pas un homme plus ordinaire, qu'elle aurait pu avoir pour ami sans provoquer l'hostilité de ses parents.

Mais elle pensa surtout à Lew Alton, qui, la bouilloire restant au point d'ébullition pendant tout le dîner, était parvenu à éviter qu'elle ne déborde plus d'une ou deux fois. Et c'était Javanne qui avait débordé, pas lui. Elle n'avait jamais respecté le diplomate chez son père, mais elle réalisait qu'il avait des talents insoupçonnés. Le lendemain, elle aurait une longue conversation avec lui. Et elle ne le lâcherait pas tant qu'il n'aura pas répondu à toutes ses questions ! Satisfaite de son plan, elle se renversa sur ses oreillers et glissa dans le sommeil.

Le clair de lune l'éveilla à moitié, et, un instant, elle ne sut plus où elle était. Puis elle entendit un bruit dans le couloir, se dit que c'était une servante et referma les yeux.

Entendant un bruissement d'étoffe, elle s'assit, hébétée de sommeil, et vit une petite silhouette blanche, tremblant et oscillant dans le clair de lune, se lever au pied du lit, et le froufrou se répéta. Sous cette lumière éthérée, le spectre était à la fois insubstantiel et menaçant. Le cœur battant à grands coups, elle se demanda vaguement s'il y avait des fantômes à Armida.

Puis elle entendit pouffer, et réalisa que ce n'était pas un fantôme, mais l'un des jeunes Alar lui faisant une bonne farce. Furieuse d'avoir été réveillée, elle cria :

— Sors ! Sors immédiatement !

Ses mots vibrèrent fortement dans sa gorge, et, frissonnant d'angoisse, elle entendit sortir de sa bouche l'écho de la voix qui avait menacé Istvana de mort à Ardais.

La petite forme se retourna et repartit vers la porte, lentement, gauchement, presque comme un automate et un frisson d'inquiétude parcourut ses nerfs surmenés.

— Elle n'a pas crié, dit une voix dans le couloir, qu'elle reconnut pour celle du jeune Damon Alar.

Il paraissait déçu.

— Je savais bien que tu ne pouvais pas faire peur à Cousine Marguerida !

Un bruit de coups s'ensuivit.

— Aïe ! Pourquoi m'as-tu renversé, Donal ?

Elle entendit des pas qui s'éloignaient de sa chambre.

— Où vas-tu, idiot ? Reviens !

De plus en plus inquiète, Margaret repoussa ses couvertures et sortit dans le couloir, parcimonieusement éclairé par deux petites lampes murales, et, un instant, elle ne vit rien d'inquiétant. Puis elle distingua Damon dans la pénombre, en chemise de nuit, et qui se frictionnait le bras. Il la fixa, bouche bée, puis regarda vers l'escalier.

— Qu'est-ce que tu lui as dit, cousine ? Il m'a renversé — avec une force incroyable — et il est parti en courant comme s'il avait tous les diables à ses trousses.

La grande porte d'entrée claqua en bas dans le silence.

— Je lui ai dit de sortir, répondit Margaret, désemparée. Il m'a réveillée en sursaut, et je l'ai grondé.

Elle se baissa et ramassa un drap tombé par terre.

— Vous faisiez le fantôme ! Vous n'êtes pas un peu trop grands pour ça, Damon ? Ce n'est pas drôle.

— Ça aurait été drôle si tu avais crié comme prévu, dit Damon, se tortillant avec embarras. Mais pourquoi est-il sorti ? Il était bizarre — comme s'il ne me reconnaissait pas.

Des pas résonnèrent derrière eux dans le couloir. Se retournant, ils virent Jeff sortir de l'ombre en chemise.

— Que se passe-t-il ? Je voudrais bien dormir tranquille, à mon âge !

— Désolée, Oncle Jeff, dit Margaret. Donal est venu faire le fantôme dans ma chambre, je lui ai dit de sortir. Et il est bien sorti, mais de la maison. Je ne sais pas pourquoi.

— Tu dis, sorti de la maison ?

— Oui.

— Tu t'es servie de la voix de commandement ?

Jeff ne semblait pas très inquiet, ce qui calma un peu ses craintes.

— Qu'est-ce que c'est ?

— La voix de commandement ? dit Jeff, branlant du chef devant sa confusion. Elle fait partie du Don des Alton. Elle oblige l'auditeur à faire ce qu'on lui dit.

Elle en resta atterrée.

— Tu veux dire que je peux faire agir les gens contre leur volonté, juste en le leur commandant ? C'est affreux !

Elle entendit la voix d'Ashara lui commandant de rester à l'écart de tous et de l'oublier, et elle faillit hurler.

— J'ai juste dit : « Sors immédiatement ! » Ça ne peut pas être une compulsion !

— *Chiya*, tu as le Don des Alton dans toute sa force et tu ne sais pas le contrôler. Je ne te reproche rien, car on t'a réveillée en sursaut. C'est très mal, Damon, ce que tu as fait avec ton frère. Vous savez bien qu'il ne faut jamais faire peur aux gens. Bon, je vais aller le chercher avant qu'il ne tombe dans le lac ou pire.

Jeff commença à descendre, puis se retourna.

— Comprends-tu maintenant que tu dois t'entraîner à Arilinn ? Et si tu lui avais dit de tomber raide mort ?

Margaret fut consternée, puis furieuse. Ses anciennes fureurs la reprirent, ses anciennes blessures se rouvrirent. Elle avait la capacité d'imposer sa volonté à tous, d'entendre leurs pensées et de leur commander de sauter dans le lac, et ils ne pensaient tous qu'à conserver ce don dans la famille ! Ténébreuse n'avait pas seulement besoin d'écoles pour apprendre à lire et à écrire. Toute la planète avait besoin d'une sérieuse dose de bon sens ! L'ingénierie génétique pouvait produire des dents qui ne se cariaient jamais et des artères qui ne se bouchaient pas, mais hélas, on n'avait pas encore trouvé le gène du bon sens !

Margaret descendit derrière Jeff, pieds nus sur les marches glacées. Comme ils arrivaient à la porte, elle s'ouvrit devant eux. Le clair de lune éclaira un homme portant quelque chose dans les bras. Il ressemblait tant à Ariel portant le corps inanimé de Domenic que Margaret faillit pousser un cri. Puis le fardeau remua, et elle soupira, soulagée que Donal fût indemne.

— J'ai vu le petit dehors, dit Lew Alton, et je suis allé le chercher, mais il n'a pas paru me reconnaître ; quand je lui ai touché l'épaule, il a perdu connaissance, et j'ai réalisé qu'il était en transe. Je n'ai jamais vu un enfant si jeune dans une transe si profonde, conclut-il d'un ton perplexe.

— Marguerida s'est servie de la voix de commandement quand il l'a réveillée en sursaut, Lew.

— Que lui as-tu dit, Marja ?

— Je lui ai dit de sortir, c'est tout.

Comment ces mots si simples pouvaient-ils avoir eu un

effet pareil? Elle passa d'un pied sur l'autre, tremblant dans l'air nocturne venant de la porte ouverte.

— Ferme la porte, Jeff, avant qu'on n'attrape froid. Je crois que tu l'as expédié hors de son corps, ma fille.

— Hors de son corps?

— Et dans le surmonde.

Le cœur de Margaret s'arrêta. Le surmonde! Ce mot la glaça jusqu'au sang. Elle aimait bien le petit Donal, et le savoir tout seul dans cet endroit terrible lui parut insupportable. Elle savait que le surmonde l'effrayait, mais jusqu'à cet instant, elle ne savait pas à quel point. Istvana avait tenté de lui expliquer que le surmonde n'était pas un lieu redoutable, simplement différent, mais elle ne l'avait pas vraiment crue. Elle ne voulait plus y retourner, et c'était l'une des raisons de son refus d'aller dans une Tour. Selon Istvana, circuler de temps en temps dans le surmonde faisait partie des activités normales des Tours.

— Couvrons-le bien, car s'il prenait froid nous serions vraiment dans le potage, dit Jeff, calme mais inquiet. Damon, retourne te coucher.

— Mais mon frère...

— Nous nous en occupons. Tu ne peux rien faire et tu ne feras que nous gêner. Allez, sauve-toi!

Damon regarda les adultes, puis attaqua l'escalier à regret. Margaret aurait bien voulu le suivre, mais comme elle était responsable de ce gâchis, c'était à elle de le réparer. Cela couronnait parfaitement ce qui, pour elle, était la pire journée de sa vie.

Sottises! dit fermement la voix de Lew dans son esprit. *Tu ne sais pas ce que pire veut dire,* chiya.

Arrête de me consoler!

D'accord. Emmenons ce garçon au salon avant qu'il ne tombe malade. Et cesse de t'accuser de tous les maux du monde, Marja. J'ai passé une bonne partie de ma vie à le faire, et ça ne m'a valu que quelques bonnes gueules de bois et beaucoup d'apitoiement sur moi-même. Dee m'a toujours dit de ne pas être si dur avec moi, mais je ne l'ai jamais écoutée. Et je suppose que tu ne m'écouteras pas non plus.

Le ton caustique de son père la revigora. Margaret sentit la tension de Lew, cette impression qu'il était responsable d'événements sur lesquels il n'avait aucun contrôle. Elle perçut aussi en lui des regrets, surtout de s'être tant éloigné d'elle quand elle était plus jeune. Elle eut honte de tant penser à elle, de tant s'apitoyer sur elle-même. Elle n'était pas importante. C'étaient Donal, Lew et Dio qui comptaient.

Cesse ces niaiseries, Marja! Ce n'est pas le moment de faire vœu d'altruisme! La remarque mordante de Liriel la fit sursauter, et, se retournant, elle vit la technicienne descendre l'escalier. Elle semblait contrariée d'avoir été tirée du lit après une journée épuisante, mais malgré tout, elle était prête à affronter n'importe quelle situation. Quelle femme! Margaret aimait et respectait Istvana, mais Liriel avait une autorité que Margaret n'avait jamais vue à la Gardienne. Margaret devina que Jeff l'avait réveillée à distance, et décida que la télépathie avait ses avantages. Ce don ne lui plaisait toujours pas, mais pouvait être utile.

Comme Liriel arrivait en bas de l'escalier, Mikhail parut sur le palier, clignant des yeux, ses cheveux blonds en bataille, et il se mit à descendre.

— J'ai entendu des voix. Que se passe-t-il?

Margaret se détendit à sa vue, une fois de plus très contente de le voir et moins hésitante. Mais ce plaisir la mit mal à l'aise. Les années de la domination d'Ashara continuaient à exercer une influence qu'elle commençait seulement à comprendre. C'était presque un réflexe que de se tenir à l'écart, et elle devait faire effort pour le combattre.

Jeff lui expliqua l'incident tandis que Liriel prenait Donal dans ses bras. Ils entrèrent dans le grand salon et allongèrent l'enfant sur le canapé le plus proche de la cheminée. Liriel l'enveloppa dans un châle qui traînait sur un fauteuil, Lew attisa les braises, Jeff ajouta des bûches dans la cheminée, et Mikhail alluma les lampes, tous calmes et efficaces, comme s'il s'agissait d'un incident ordinaire, et non d'un accident terrible et effrayant.

Elle savait que leur calme apparent dissimulait une profonde inquiétude. Elle avait envoyé Donal dans le surmonde par quelques paroles malavisées, sans soupçonner qu'elle était capable de ce genre d'exploit, et ce n'était pas une mince affaire. Comment allaient-ils le ramener ? Margaret se demanda ce qu'elle allait faire, toujours tentée de se retirer dans sa chambre, puisqu'elle n'avait pas l'entraînement lui permettant d'être utile.

— Non, Marja. Tu as fait sortir Donal de son corps, et c'est à toi de l'y ramener, lui dit son père. *Pauvre enfant. Si je l'avais envoyée ici au lieu de la laisser partir à l'Université, tout cela aurait pu être évité. Si je l'avais ramenée à la maison... enfin, il est trop tard maintenant. Tâchons de réparer au mieux.*

— Le ramener dans son corps ? Comment ?

— Nous devons tous aller dans le surmonde, trouver Donal et le ramener à la maison, dit Liriel, comme si elle proposait un pique-nique au bord du lac. Je comprends ta réticence, Marguerida. Mais la Tour aux Miroirs a disparu, et tu n'as plus rien à craindre dans le surmonde. C'est une bonne chose que tu aimes bien l'enfant — cela facilitera les recherches.

— C'est facile à dire !

— Oncle Lew, tu peux remplir le rôle de technicien ?

— Je suis un peu rouillé, mais ça ira. Je n'ai pas oublié mes années à Arilinn — les plus heureuses de ma vie.

— Parfait. Moi, je vais monitorer, tandis que toi et Jeff vous guiderez Marguerida.

— Ne m'oublie pas, ma sœur, dit doucement Mikhail. Je n'ai pas suivi un entraînement aussi intensif que toi, mais j'ai fait mon temps à Arilinn et je connais mon affaire.

— Je sais, Mik, mais...

— Je sais que ce n'est pas convenable pour moi, en dehors d'une Tour, mais Marguerida et moi nous sommes amis et je peux être utile. *Elle peut se reposer sur moi et elle le fait déjà, même si elle l'ignore encore. Dommage que je sois le troisième fils, mais il n'y a rien à y faire. Nous sommes amis, et, quoi qu'il arrive, nous aurons au moins ça. Je voudrais seulement avoir davantage.*

Amis ? Ces paroles et ces pensées la rassurèrent, et ses craintes commencèrent à se dissiper. Mais sa peur de toute intimité continua à la tourmenter. C'était une chose que d'échanger mentalement quelques ripostes, de se taquiner et de faire des remarques caustiques sur d'autres personnes, mais c'en était une autre toute différente de vivre cette fusion dont elle avait fait l'expérience avec Istvana Ridenow lors de sa première incursion dans le surmonde. Istvana s'était montrée discrète, mais Margaret savait que la Gardienne ignorait peu de choses sur elle après la bataille contre Ashara.

L'idée d'entrer dans une telle intimité avec Jeff et son père était difficile à envisager. Pour Mikhail, c'était différent. C'était à la fois désirable et menaçant. Elle ne voulait pas qu'il connaisse ses sentiments, qu'il sache qu'elle avait confiance en lui, qu'elle aimait le son de sa voix, le tomber de ses boucles sur son front, la courbe de sa bouche dans le sourire. Et par-dessus tout, elle ne voulait pas qu'il sache comme sa présence lui réchauffait le cœur.

Après la séance de la veille avec Liriel, elle savait pouvoir lui faire confiance. Elle avait confiance en Jeff, mais elle ne le connaissait pas, et son père était presque un étranger. C'était bizarre. Elle avait connu Lew toute sa vie, mais elle n'avait presque aucune idée de son caractère. Elle connaissait mieux Mikhail, rencontré à peine un mois plus tôt. Sa présence serait rassurante, équilibrante, se dit-elle, bataillant avec ses émotions contradictoires.

Margaret réalisa enfin que tous la regardaient, attendant qu'elle dise quelque chose, et se gardant respectueusement d'écouter ses pensées. Elle sentit une ambivalence presque palpable dans la pièce.

— Je pense que ça m'aiderait si Mikhail... je ne sais pas comment fonctionne un cercle. Istvana me l'a expliqué, mais j'étais si résolue à ne pas aller à Neskaya que... je n'ai pas écouté ! Je crois quand même que plusieurs personnes valent mieux qu'une. *Tant qu'il n'y a pas Tante Javanne.*

Margaret perçut le rire mental de son père. *Crois-moi, Marja, aucun de nous n'a envie qu'elle nous rejoigne. Elle a des capacités, mais elle ne t'aime pas et cela poserait des problèmes.*

Je sais. J'ai fait de mon mieux pour lui complaire, mais elle a le don de me mettre en rage.

Javanne pourrait faire damner un cristoforo, chiya. En fait, ça a déjà dû lui arriver. Ta présence lui rappelle la mienne, et nous ne nous sommes jamais bien entendus.

Non, je crois que tu es injuste envers ma mère, Oncle Lew, intervint mentalement Mikhail. *Malgré son sens de la famille et son désir d'accueillir Marguerida comme sa fille, elle ne parvient pas à éprouver de la sympathie à son égard. Cela n'a rien à voir avec toi, Lew, mais simplement avec ce qui se passe quand deux fortes personnalités féminines sont réunies sous le même toit.*

Assez bavardé! Commençons, annonça Liriel.

— Que dois-je faire ? demanda Margaret. L'autre fois, Istvana m'avait donné du *kirian*, mais j'aimerais mieux ne pas en prendre, car ça m'a fait une drôle d'impression.

— Tu n'avais pas encore découvert ton Don, Marguerida, répondit Liriel. D'après ce que j'ai appris en monitorant ce matin, je crois que tu peux entrer en transe assez facilement. Le principal problème, c'est ta peur.

— Ça a toujours été le problème, dit-elle, nerveuse.

Elle regarda Lew, et le vit désemparé.

— Ton encens d'herbes séchées me ferait du bien, je crois. Ça m'a détendue ce matin.

— J'ai dû oublier ma tête sur l'oreiller, dit Liriel, qui sortit dans le froufrou de sa volumineuse robe de chambre.

Margaret frissonna. Elle regarda Donal, allongé sur le canapé, et, se penchant sur lui, lui prit la main. Il avait froid lui aussi, et elle eut envie de le prendre dans ses bras pour le réchauffer.

Et si elle ne parvenait pas à le ramener ? Elle savait qu'elle ne se pardonnerait jamais, car ce drame serait la conséquence de son ignorance. Pourtant, elle n'était pas entièrement responsable. Elle foudroya Jeff et son père, qui, en attendant Liriel, se chauffaient devant le feu. Elle aimait Donal plus qu'elle ne l'avait réalisé. Elle aimait son intelligence, sa crânerie, et son assurance étonnante pour un si jeune enfant. Elle se demanda si elle avait jamais eu autant confiance en elle quand elle était petite, et en douta.

Lew lui retourna son regard avec solennité, et elle regretta de l'avoir regardé avec tant d'insistance.

Quel gâchis elle avait fait! Les Lanart l'avaient accueillie à Armida aussi bien que possible, mais elle s'était entêtée à n'en faire qu'à sa tête. Si seulement elle avait pu éprouver un peu de sympathie pour Gabe ou Rafael, ou si la famille n'avait pas été aussi déterminée à la marier à l'un d'eux! En revanche, si on lui avait proposé Mikhail, tout aurait été différent.

Elle fut si stupéfaite de cette idée qu'elle en eut le souffle coupé. Maintenant, elle était certaine que les Lanart se réjouiraient qu'elle ait refusé leurs fils. Javanne serait ravie de la voir partir. Et avoir Tante Javanne pour belle-mère était une perspective rebutante.

Si tu avais choisi l'un de mes frères, ma cousine, elle se serait adoucie. Elle n'a pas l'habitude qu'on lui résiste.

Je ne comprends toujours pas pourquoi...

Pourquoi je ne fais pas partie de tes ardents prétendants? Crois-moi, je le serais si c'était possible. Mais nous rions ensemble, et c'est déjà beaucoup.

Alors, qu'est-ce qui te retient? Tu n'as quand même pas peur de tes parents?

Ma mère est sœur de Régis Hastur, et si elle se déclare contre un mariage, c'est son avis qui prévaut. Mon père et mes frères ne me pardonneraient jamais. Ils m'envient depuis que Régis m'a déclaré son héritier. J'ai grandi sachant que mon père ne m'aimait pas, et que mes frères trouvaient que je les avais spoliés de ce qui leur appartenait de droit. Enfin, Rafael pas autant que Gabe...

Oui, je sais, il est du genre insatiable.

C'est assez bien vu. Et le retour de ton père complique encore la situation. De droit, Armida lui appartient, ce qui remet mon père au rang de parent pauvre qu'il occupait avant le départ de Lew hors planète. Tu n'imagines pas à quel point il a envié ton père toute sa vie.

Mais Papa ne les jetterait pas dehors! Ce n'est pas son genre!

Elle regarda vers son père, qui, absorbé dans sa conversation avec Jeff, ne lui prêta pas attention. Après tout, elle n'était pas certaine qu'il ne déposséderait pas *Dom* Gabriel et Dame Javanne. Elle ne le connaissait pas, et il pouvait très bien le faire.

Je crois que tu as raison, Marguerida, mais mes parents se méfient de ton père. Quand ma mère le traite d'oiseau de tempête, elle n'a pas tout à fait tort.

Je ne comprends toujours pas pourquoi il serait bon que j'épouse l'un de tes frères, mais pas toi.

Je croyais que tu ne voulais pas te marier.

Je peux changer d'avis. Je suis femme, après tout, et les femmes...

Je sais que tu es femme, Marguerida, Cette pensée ne me quitte pas depuis la première fois que je t'ai vue, tout en sachant que je suis le seul homme de Ténébreuse à ne pas pouvoir t'obtenir. Mon père veut Armida pour Gabe, et ma mère l'a toujours préféré à tous ses autres enfants.

C'est ridicule! Gabe est exactement comme ton père, et ton père, elle ne l'aime absolument pas. Elle hésita voyant Liriel rentrer, un sachet d'herbes à la main, puis ajouta : *Je suppose que tu ne pourrais pas te résoudre à t'enfuir avec moi?* Elle se sentit rougir de tant d'impudence, mais ne la regretta pas. C'était la première fois de sa vie qu'elle faisait des avances à un homme, et elle savoura son émotion.

Quelle idée choquante! Je ne demanderais que ça, mais, et les conséquences? Il n'avait pas l'air choqué mais plutôt content de sa proposition, et riait intérieurement. Margaret en fut réchauffée malgré ses pieds glacés et sa peur de ce qui l'attendait.

Lew et Jeff se turent et Liriel invita tout le monde à s'asseoir. Puis elle jeta ses herbes dans le feu. L'odeur douceâtre emplit la pièce, et Margaret perdit une partie de ses craintes. Elle était également moins fatiguée comme si ce parfum l'avait revigorée. Elle ferma les yeux et entendit un froufrou d'étoffe. Sans les rouvrir, elle sentit que les assistants sortaient leurs matrices et que les membres du petit groupe se rapprochaient.

C'était une sensation curieuse, chaude et intime, comme des bras qui l'enveloppaient, et à mesure qu'elle augmentait, Margaret comprit qu'elle avait toujours désiré ce contact étroit, et que son absence avait laissé un grand vide en elle. Elle sentit son père, fort comme un vieux chêne, d'une puissance qu'elle ne lui soupçonnait pas. Il y avait en lui plus que de la force, un amour, une compassion qu'elle n'avait jamais voulu voir. Elle ne l'avait jamais connu ! Pourquoi étaient-ils restés aliénés si longtemps ? Etreinte d'un profond sentiment d'abandon et de désespoir, elle faillit crier.

Je sais, ma Marja, je sais. Mais je suis là maintenant, et il faudra trouver le moyen de rattraper le temps perdu.

L'odeur de l'encens adoucit ses émotions. A contre-cœur, elle ôta son gant, maintenant en piteux état. La pluie ne l'avait pas arrangé et le cuir s'était durci en séchant. Les lignes bleues de sa paume commencèrent à tiédir, puis devinrent brûlantes. Ce n'était pas une sensation plaisante, mais ce n'était pas douloureux non plus. Comment Liriel appelait-elle ça ? Une matrice fantôme ? Pensant ces mots, elle vit mentalement le dessin, et les lignes commencèrent à se raffermir, à s'épaissir.

Dans les facettes du dessin, elle « vit » son père, Mik-hail et Jeff ; non leurs visages, mais comme des réseaux d'énergie, comme des lumières sans origine. L'énergie de Lew était puissante, mais en quelque sorte dégradée ; celle de Jeff était si claire qu'elle blessa son œil intérieur ; mais ce fut celle de son cousin qui retint le plus son attention.

L'énergie de Mik était aussi forte que celle des deux hommes, mais embrumée par le doute, la déception, et un si grand sentiment de solitude qu'elle en aurait pleuré.

En dehors de ces lumières scintillant dans son esprit, elle avait conscience de Liriel qui gardait le silencieux petit groupe. Sa lumière à elle était douce, comme celle de la lune dont elle portait le nom, mais si claire et concentrée qu'elle en ressentit un calme profond. Elle se détendit sous l'emprise de Liriel et laissa s'estomper la conscience qu'elle avait de son corps. Au début, rien ne se passa, puis elle se sentit monter... monter... vers la plaine du surmonde. Un instant, elle était sur le canapé, et l'instant suivant, elle planait au-dessus de l'immensité de l'au-delà.

Le surmonde s'étendait dans toutes les directions, et Margaret voyait s'y refléter toutes les Tours de Téné-breuse. Ça et là circulaient des rêveurs, marchant vers des buts inconnus. C'était si vaste qu'elle se demanda comment elle pourrait retrouver un petit enfant exilé de son corps.

Où pouvait bien être Donal ? Pour lui, que signifiait « sors » ? Margaret scruta les Tours astrales, cherchant le garçonnet, sans le trouver. Elle regarda les promeneurs endormis, mais même sans entraînement, elle savait que ce n'était pas eux qu'elle cherchait.

Le désespoir l'envahit. Le désespoir et le remords. Si elle était allée dans une Tour, comme le voulait Istvana, rien de tout cela ne serait arrivé.

Calme-toi, Marja. Tu t'en sors très bien. La voix de Lew la fit sursauter, car elle avait oublié qu'elle n'était pas seule. Ce fut une sensation terrifiante. Margaret avait vécu si longtemps dans l'isolement que cette intimité était aliénante, menaçante. Et qui plus est, c'était, pour la première fois de sa vie, une intimité avec son père. C'était la fin d'un exil dont elle ne se savait pas victime, et cette idée faillit détruire son précaire équilibre émotionnel.

Je sais, mon enfant. Mais regarde maintenant dans les endroits où tu es allée l'autre jour.

Quoi ?

Ce n'est pas ta première visite dans le surmonde. Cherche là où tu es allée la première fois.

Mais j'ai détruit la Tour aux Miroirs.

Dans le surmonde, rien n'est jamais complètement détruit.

La peur qu'elle tenait en respect l'envahit de nouveau à l'idée que cet horrible endroit où, en un sens, elle avait été si longtemps prisonnière, existait encore. La dernière chose qu'elle désirait, c'était bien une nouvelle rencontre avec Ashara. Elle se pétrifia, et le surmonde parut s'immobiliser.

Puis elle sentit quelque chose toucher ses oreilles, quelque chose de calme et fort, et elle sut que ce n'était pas son père, mais Mikhail. Ce fut comme une bouche effleurant son front, et, bien qu'il n'y eût rien d'érotique dans ce baiser, il avait tant de passion que son cœur bondit dans sa poitrine. Et maintenant, elle sentait l'énergie de son cousin tout autour d'elle, et elle fut certaine que c'était lui qui l'avait accompagnée la première fois et l'avait encouragée à arracher la pierre à la Tour aux

Miroirs. Margaret savait qu'elle n'oublierait jamais ce moment d'intimité extraordinaire.

Elle sentit la joie fulgurer dans ses veines, et son cœur qui battait trop fort, trop vite. Puis elle sentit Liriel le ralentir, et elle en fut reconnaissante à sa cousine. Et à son cousin. Mikhail avait allégé le poids de sa terreur, et Liriel avait régularisé son pouls.

Rassemblant son courage, Margaret scruta la plaine une fois de plus, ignorant les rêveurs et les Tours fantômes, et cherchant un endroit où elle n'avait pas envie d'aller. D'abord sans succès, car la plaine paraissait vide, sans le moindre éclat de miroir, ce qui apaisa encore ses craintes.

Elle continua à chercher, et, après ce qui pouvait être un instant ou une heure, elle repéra des pierres à l'aspect très ancien et qui pouvaient être des pierres de fondation, dispersées par une main géante. Sa paume pulsait, et elle savait que c'était sa main, sensation difficile à supporter malgré l'influence de Liriel et de l'encens.

Puis elle atteignit les ruines, et elle sut que c'était l'endroit qu'elle craignait, mais aussi qu'elle cherchait. Des éclats de miroir coincés entre les pierres reflétaient les étoiles qui ne brillaient pas. Margaret ne les regarda qu'à la dérobée, certaine qu'ils étaient encore dangereux. Les vestiges de la Tour astrale d'Ashara semblaient déserts, mais la matrice fantôme pulsait dans sa main sous la peau fantôme. Elle s'attendait presque à voir le spectre de la petite vieille se lever des ruines pour lui parler.

Donal ! Donal Alar — viens immédiatement.

J'ai peur.

La voix était défaillante, et elle ne put déterminer d'où elle venait.

Je suis là, et tu n'as rien à craindre. Elle regretta de ne pas mieux savoir parler aux enfants et aussi d'être terrifiée elle-même.

Tu es toujours en colère contre moi ?

Non, Donal. Je ne suis plus en colère, je suis inquiète. Notre place n'est pas ici. Viens.

Je te demande pardon de t'avoir fait peur, reprit la voix, accompagnée de la silhouette floue de l'enfant. Il sembla se matérialiser à partir d'un éclat de glace, et il semblait effrayé.

Tout est fini. Ce n'était pas grave, sauf que tu t'es retrouvé ici au lieu d'être dans ton lit.

Je ne savais pas où aller.

Bien sûr que non, Donal. Bon, maintenant, donne-moi la main. Voilà. Margaret attira à elle la petite silhouette et la serra contre son cœur de sa main indemne, sachant que le toucher de l'autre lui serait fatal. Son cœur battait à grands coups et la fatigue courait dans ses veines comme un poison subtil. *Comment sortir d'ici ?* se demanda-t-elle.

Elle embrassa la plaine du regard et vit les Tours. Pendant un moment, elle ne vit rien d'autre, et elle se sentit seule et perdue. Puis elle aperçut une luminosité qui n'était pas une Tour mais seulement une boule de lumière, et elle sut que c'était Armida où sa famille l'attendait.

Elle dériva en direction de cette lumière, rapide et immobile à la fois, puis elle eut la sensation d'être tirée par des mains puissantes, des mains fermes et aimantes. Elle sentit la détermination de Jeff et la force de son père, mais plus que tout, ce fut la présence de Mikhail Lanart-Hastur qui l'attira. Elle n'avait pas la puissance de son père ni la sûreté de Jeff, mais elle avait un amour qu'elle ignorait désirer jusqu'à cet instant où elle l'éprouva.

23

Le surmonde disparut brusquement, sans transition, et Margaret se retrouva affalée sur le canapé près de Donal, les visages inquiets de sa famille penchés sur elle : son père, grave et sérieux, Jeff, fatigué, Mikhail souriant, qui rencontra brièvement son regard, Liriel, indéchiffrable. *Quand il sourit, il a vraiment l'air d'un ange,* se dit-elle.

Margaret s'assit lentement, le visage inondé de sueur, les pieds et les mains froids comme des glaçons. Sa chemise de nuit lui collait à la peau, mais elle ne pensait pas à la pudeur. La bouche pâteuse, elle frissonna, regrettant de n'avoir pas enfilé sa robe de chambre avant de descendre, mais il était trop tard pour y penser. Liriel disparut et revint avec un grand châle de laine sentant bon la lavande dont elle l'enveloppa. C'était réconfortant, comme la présence de sa famille autour d'elle.

Puis elle baissa les yeux sur sa main, curieuse de ce qu'elle allait voir. Les lignes étaient toujours là, sombres, mais commençant à s'estomper, comme si elles rentraient dans sa chair. Margaret détestait cette matrice fantôme, même si elle lui donnait des capacités qu'elle n'avait jamais soupçonnées jusque-là. A contrecœur, elle renfila son gant. Donal s'assit alors et regarda les adultes en se frottant les yeux, apparemment pas plus mal en point de son aventure.

— Qu'est-ce que je fais là ? J'ai faim.

Tous éclatèrent de rire.

— Tu as toujours faim, on dirait. Tu te rappelles ce qui est arrivé ? demanda Margaret, fléchissant les doigts dans son gant raide. *Je devrais pouvoir trouver quelque chose de moins laid,* se dit-elle.

— Je me rappelle que j'ai fait le fantôme dans ta chambre, c'est tout.

De nouveau, il se frotta les yeux, puis se blottit contre Margaret avec confiance. Elle regarda sa tête ébouriffée et ressentit quelque chose d'inconnu. Il respirait la santé, et on n'aurait jamais dit qu'il venait de se promener dans le surmonde. Quel enfant adorable ! Après tout, peut-être que la maternité n'était pas si terrible qu'elle l'avait imaginé.

Relevant les yeux, elle s'aperçut que Mikhail la regardait à la dérobée, le visage indéchiffrable. Toute l'énergie qu'elle lui avait vue récemment semblait envolée, ou contenue. Elle se rappela comme il lui avait paru beau et troublé, vu par les yeux de l'esprit. Et elle se demanda comment lui était apparue, non son triste corps physique, mais cette autre Margaret qu'elle connaissait à peine.

Tu as été magnifique, ma cousine ! Cette pensée de Mikhail lui réchauffa le cœur, même si elle se reprocha aussitôt sa vanité, son besoin d'approbation.

— J'ai faim ! Je peux avoir quelque chose à manger ?

La voix haut perchée de Donal interrompit sa rêverie, et elle s'aperçut qu'elle aussi, elle mourait de faim. Elle se demanda si, désormais, elle pourrait jamais avoir une pensée ou un sentiment secret. Elle regarda son père. Il leva les bras et s'étira, et elle entendit craquer ses jointures. Il semblait différent, mais pas de la même différence que pendant le dîner. Qu'est-ce qui avait changé ?

Je te connais comme je ne t'ai jamais connue jusque-là. Cette pensée pleine d'une affection sereine l'enchanta. C'était une sensation intense, pleine de tendresse et de respect. Elle aimait l'intimité ressentie dans le cercle, mais en même temps, c'était un peu oppressant, tant elle avait l'habitude d'être seule et séparée, si peu accoutumée à être connue, et, qui plus est, acceptée. *Serai-je jamais à l'aise avec ces Dons ?*

— Chez ceux d'entre nous qui ont le Don des Alton, dit Jeff, répondant à sa question informulée, ce que tu considères comme l'intimité est presque inconnu. J'en souffrais beaucoup quand j'ai épousé Elorie. Non que cela ait arrangé les choses. Les choses sont ce qu'elles sont. On s'y habitue, ou non. On apprend à vivre avec. Point final.

— Super, dit-elle, trop fatiguée pour être polie.

— La vie n'est pas juste, gloussa Jeff. Et elle n'est jamais facile. Pense comme elle serait ennuyeuse dans le cas contraire !

— Pour le moment, j'envisagerais avec plaisir dix ans de vie ennuyeuse. Depuis que je suis sur Ténébreuse, j'ai eu assez d'aventures pour jusqu'à la fin de mes jours. J'apprendrais même à broder s'il le fallait pour jouir d'une existence sans histoire !

— C'est la première fois que j'entends soupirer après une vie ennuyeuse, dit Liriel en riant.

— Pour l'heure, je troquerais volontiers Armida et le Don des Alton contre un bon bain et la promesse d'une tranquillité durable.

Lew la considéra avec un petit sourire.

— Le bain, tu peux l'avoir gratuitement, ma Marja. Pour le reste — je ne crois pas. J'ai la nette impression que tes aventures ne font que commencer.

— Tu serais gentil de garder pour toi ce que tu sais par le Don des Aldaran, Papa ! Il a fait assez de mal aujourd'hui ! Bon, viens, Donal. Allons dévaliser l'office avant de tomber d'inanition.

Mikhail les rattrapa à l'entrée de la cuisine, immense salle pourvue de deux cheminées, d'un four en forme de ruche, avec trois longues tables au milieu. Casseroles et poêlons bien astiqués étaient accrochés aux murs ou empilés sur ses comptoirs. L'endroit sentait le propre et la bonne chère.

— Tu parlais sérieusement quand tu as proposé de nous enfuir, ma cousine, ou tu me taquinais comme d'habitude ?

La question la surprit, mais agréablement.

Mikhail traversa la pièce, ouvrit un placard, et en sortit un plat de viandes froides, restes du dîner, qu'il posa sur la table. Puis il remplit une bouilloire qu'il mit sur le feu. Donal s'assit et, prenant une tranche de viande, se mit à manger goulûment.

— Je ne te taquinais pas, Mikhail, mais je badinais. Cela créerait beaucoup de problèmes, je le sais, et pour le moment, je ne sais pas ce que je veux faire de ma vie.

— Sauf apprendre à broder et à vivre sans histoire. Comme je t'envie. Tu connais d'autres planètes, alors tu peux maintenant envisager une fin tranquille.

Le ton l'inquiéta un peu, mais elle était trop fatiguée pour parler de l'avenir ; elle voulait juste manger et dormir. Ses yeux la picotèrent, et elle s'efforça de se concentrer sur une idée neutre, sans charge émotionnelle. Elle ne voulait pas penser à la façon dont il lui était apparu et dont elle lui était apparue dans le surmonde.

— Mikhail, si tu avais déjà vu mes ouvrages, tu saurais que je suis incapable d'apprendre à broder correctement. Dio a fait de son mieux pour m'enseigner le point de bourdon et le point de croix, mais sans grand succès, dit-elle, tandis que Mikhail disposait sur la table des assiettes, du pain, du miel et de la crème.

A ce moment, Lew, Jeff et Liriel entrèrent, l'air solennel et conspirateur. Margaret les regarda tout en se coupant une tranche de pain qu'elle tartina de miel.

— Alors, vous avez décidé ce que vous ferez de moi ? demanda-t-elle avec défi, toujours rebelle à l'obéissance.

Elle ferait un séjour dans une Tour, mais de son propre

choix. Il fallait qu'elle garde au moins ce contrôle sur sa vie. Lew et Liriel se regardèrent, et Jeff eut l'air penaud comme un enfant surpris à chiper des confitures.

Lew se frictionna la nuque de son unique main.

— Non, mais nous avons discuté de la question.

— Est-ce qu'un bon café t'empêcherait de t'endormir, Marguerida ? demanda Jeff avant qu'elle n'ait eu le temps de répondre.

— Rien ne m'empêcherait de dormir, mais je boirais volontiers un bon café. Alors, Papa, je vais épouser le jeune Gabriel ou me faire enfermer dans une Tour ?

— Ton penchant pour le drame ne s'est pas atténué avec l'âge, dit Lew, s'asseyant près d'elle à la table.

— Franchement, je crois que j'ai de qui tenir ! D'après ce qu'on m'a dit depuis mon arrivée, tu n'étais pas mal dans le genre avant de quitter Ténébreuse.

Istvana lui avait raconté la Rébellion de Sharra et le rôle joué par son père, le tout fortement censuré, soupçonnait-elle, mais avec assez de détails pour lui faire penser que Lew Alton avait été un personnage dans sa jeunesse.

— Et tu as gardé l'habitude dérangeante de dire ce que tu penses, à ce que je vois, soupira-t-il. Non, nous ne pensons pas que tu devrais épouser le jeune Gabriel — dans l'intérêt des portes et des gonds d'Armida, bien sûr.

Margaret pouffa, et il poursuivit :

— Jeff, fais assez de café pour moi, veux-tu ? Dommage qu'on ne trouve pas un coin de la planète où l'on pourrait le cultiver ! Mais nous pensons effectivement qu'il serait totalement irresponsable de ne pas t'envoyer à Arilinn.

— Je suis d'accord, mais pas forcément à Arilinn.

— Quoi ?

Elle ne put déterminer si Lew était surpris par sa soudaine capitulation ou par sa réticence à l'égard de la Tour où il avait reçu sa formation.

— J'ai conscience qu'un entraînement est indispensable. Je ne veux plus jamais imposer ma volonté à quelqu'un. J'ai peur du surmonde. J'ai peur de la télépathie. Si j'avais le choix, j'aimerais mieux avoir les cheveux crépus ou une grosse poitrine.

Tous éclatèrent de rire à cette remarque, sauf Donal, trop occupé à se gaver de viande.

— Mais pourquoi pas Arilinn ? C'est la Tour principale de Ténébreuse, et tout le monde y va.

— Je sais. Mais j'ai l'impression que je ferais mieux de commencer à Neskaya avec Istvana Ridenow.

Elle s'interrompit, fronçant les sourcils. Elle ignorait cette idée avant de la formuler, mais elle fut persuadée de son bien-fondé.

— C'est contre les règles ?

Jeff, qui versait du café moulu dans un filtre en papier, se tourna vers elle.

— Non, mais pas tout à fait traditionnel. Franchement, ça ne nous est pas venu à l'idée. Tu ne voudrais pas t'entraîner avec moi ?

— Si, bien sûr, Oncle Jeff. Mais le Don des Alton me paraît si puissant que cela m'aiderait, je crois, de travailler avec une empathe. *Et maintenant, j'ai un lien avec Istvana que je n'ai avec personne d'autre.*

Un grand silence se fit dans la cuisine. Jeff prit la bouilloire sur le feu et versa de l'eau dans son filtre. L'arôme du café se répandit dans la pièce. Mikhail posa d'autres victuailles sur la table, et regarda Margaret avec un sourire d'encouragement. *Neskaya n'est pas loin d'Ardais et je pourrais venir te voir quand tes devoirs le permettront.*

Et même quand ils ne le permettront pas, nigaud !

Comment résister à d'aussi tendres pensées ?

Et qu'est-ce qui te fait croire que je veux que tu y résistes ?

Ce badinage passa inaperçu des hommes, mais pas de Liriel. Elle les regarda alternativement, fronçant les sourcils, puis haussa les épaules. *C'est donc ainsi que souffle le vent entre vous ? Bien sûr, nous aurions dû le deviner. J'avoue que j'en suis ravie et consternée à la fois, car nos parents ne voudront jamais de ce mariage, Mik, et tu le sais.*

Oui, je le sais, mais qu'y faire ? Ce n'est pas ma faute si tant de pouvoir potentiel repose entre les mains de Marguerida et les miennes.

Tu es logique, Mik, comme toujours, mais il n'est pas

question de logique ici! Notre père n'a jamais été logique. Et, quant à notre mère, tu sais qu'elle ferait tout pour conserver Armida. Elle en est obsédée, comme si c'était sa terre ancestrale et non celle de son mari.

Je crois pouvoir l'expliquer, intervint Lew. *Javanne est ambitieuse et l'a toujours été. Elle voulait tout le temps gouverner, même quand nous étions enfants. Et, comme les femmes ont peu d'opportunités de gouverner sur Ténébreuse, elle a dû se rabattre sur un mariage dans la famille la plus puissante qu'elle a pu trouver. Mais elle troquerait Armida contre le Château Comyn dans la minute si l'occasion se présentait. Ainsi que je l'ai découvert en travaillant pour la Fédération, il n'est pas bon de laisser un sexe faire tout à sa guise, tandis que l'autre reste confiné à la maison.*

A t'entendre, on croirait qu'elle convoite la charge de Régis, ce qui est impossible! dit Liriel, d'un ton mental assez sec.

En imagination, tout est possible, Liriel — tout!

Jeff servit le café dans la cuisine silencieuse. Donal, gavé et repu, rota sans le moindre embarras, puis s'allongea sur le banc, posa la tête sur la cuisse de Margaret et s'endormit.

— Marguerida n'a pas tort, vous savez, reprit doucement Liriel, ayant écarté de son esprit ces remarques dérangeantes sur sa mère. Istvana est la Gardienne la plus novatrice que nous ayons eue depuis longtemps — en fait, depuis Cleindori. Je sais que tu as essayé de faire bouger les choses, Jeff, mais tu nageais à contre-courant. Qu'en penses-tu, Oncle Lew?

— Si tu veux la vérité, je pense que je suis moulu. Le trajet depuis Thendara m'a fatigué plus que je n'aurais cru — voilà longtemps que je n'étais pas resté aussi longtemps à cheval. Mais ce que je pense de Neskaya à la place d'Arilinn? J'ai été absent trop longtemps pour pouvoir en juger. Et franchement, l'état de Diotima m'obsède tant que je ne fais plus trop confiance à mon jugement. J'aimerais en discuter avec Régis. Mais Marja a sans doute raison, poursuivit-il, lui tapotant l'épaule. Sa proposition de mieux maîtriser le Don des Alton est une excellente idée. Je me demande pourquoi personne n'y a pensé plus tôt.

— Merci.

C'était la première fois que son père lui faisait un compliment, et elle en aurait pleuré de joie. Elle caressa doucement les cheveux de Donal, ce dont elle éprouva un contentement qu'elle n'aurait jamais imaginé.

— Marguerida peut partir pour Neskaya... commença Liriel.

— Je ne vais nulle part avant d'avoir vu Dio !

— Bien sûr, *chiya*, dit Jeff, hochant la tête. Tant que tu es avec nous, il ne peut rien t'arriver. Et demain — enfin, c'est déjà demain — disons donc, quand nous serons reposés, nous irons à Thendara. Lew, quelque chose te tracasse, ajouta-t-il, goûtant son café. Quelque chose qui n'a rien à voir avec la maladie de Diotima.

— C'est vrai, mais ça peut attendre. J'ai tellement l'habitude de la fébrilité du Sénat, où l'on décide en quelques heures du destin de planètes entières, que j'oublie toujours comme le temps s'écoule lentement chez moi. *Chez moi ! Mon exil est terminé, et rien n'est comme je l'imaginais. Ma fille est une femme maintenant, et c'est elle l'avenir de Ténébreuse ; moi, je ne suis que le passé, mais je suis enfin rentré à la maison. Je vais maintenant retourner à Thendara auprès de Dio, et bientôt, j'aurai ma femme et ma fille réunies sous le même toit, pour la première fois depuis bien longtemps — ma famille !*

Quand Margaret ouvrit enfin les paupières, l'après-midi s'avançait et elle mourait de faim. Se frottant les yeux, elle eut l'impression de manger beaucoup plus depuis qu'elle était sur Ténébreuse, et pourtant, ça ne se voyait pas. Elle se demanda où passait toute cette nourriture, et se dit qu'elle devait être brûlée par le *laran*. Elle chercha Rafaella du regard, mais elle n'était pas là, et donc, elle devait aller mieux. Elle tenta de récapituler ses souvenirs de la veille, mais y renonça et se rendit à la salle de bains.

Une fois lavée et habillée, elle descendit, et entendit dans l'escalier des voix coléreuses venant de la salle à manger. Son père et Dame Javanne ferraillaient avec ardeur, tandis que Jeff et Liriel tentaient de rétablir la paix.

— Tu avais promis de ne jamais revenir, Lew, et tu n'as pas tenu parole. Tu ne peux pas revenir aussi tranquillement au bout de vingt ans et reprendre les choses où tu les as laissées! dit Javanne avec lassitude, comme si elle argumentait depuis longtemps.

— Reprendre les choses où je les ai laissées, c'est bien la dernière chose que je souhaite, Javanne. Je me rappelle mieux que tu ne crois les événements qui ont provoqué mon départ.

— Ce n'est pas de ça dont je parlais, et tu le sais! Même toi, tu n'es pas assez insensé pour provoquer une autre rébellion sur Ténébreuse. Mais tu ne peux pas reprendre Armida. Je ne le permettrai pas. Nous le gérons depuis vingt ans, et, franchement, tu ne le mérites pas.

— Je ne me rappelle pas t'avoir demandé de me restituer Armida, dit Lew, d'un ton que Margaret reconnut pour dangereux.

— Maman, je te trouve déraisonnable.

— Tais-toi, Liriel. Je ne sais pas pourquoi tu me trahis, mais c'est presque normal. Tu as toujours été forte tête.

Margaret entra alors dans le grand salon où, quelques heures plus tôt, elle avait quitté son corps pour aller dans le surmonde. Elle considéra les assistants, plus nombreux qu'elle ne le pensait, car Gabe se chauffait devant le feu, l'air furibond, et Piedro Alar, très abattu, était affalé dans un fauteuil. Puis elle vit Mikhail, presque invisible dans la pénombre à l'autre bout de la pièce, et son sang s'accéléra.

— Bonjour. On dirait que j'ai dormi toute la journée.

— Bonjour, ma cousine, dit Mikhail en souriant. J'espère que tu es bien reposée.

Javanne se raidit et la foudroya, apparemment incertaine de la conduite à tenir.

— Tu ne sembles pas avoir souffert de tes aventures dans ma maison, Marguerida.

— Oh, un peu de pluie n'est pas pour m'effrayer, répondit-elle avec un sourire exaspérant.

Javanne serra les dents au-dessus de son col tuyauté.

— Je ne parlais pas de ça et tu le sais parfaitement.

— Oui, je le sais. Et je sais aussi que tu ne m'aimes pas, que je t'intéresse non pas en tant que fille mais pour conserver Armida, et que tu crois savoir ce qui est le mieux pour chacun. Mais c'est faux.

— Je n'ai que bienveillance à ton égard, Marguerida, mais ton existence même pose un problème — que résoudrait au mieux ton mariage avec Gabriel. Ainsi, les droits de ton père sur Armida seraient invalidés.

— Les ans n'ont pas affecté ton caractère tyrannique, Javanne, dit Lew en riant. *Le plus terrible, c'est que je comprends son point de vue — c'est moi l'intrus, exactement comme dans notre enfance. Elle n'a jamais pu comprendre que sa façon de voir n'est pas la seule. Je la plaindrais si je n'avais pas envie de lui tordre le cou.*

— Ce serait une bonne solution pour toi, ma tante, mais pas pour moi. Et pas avantageuse pour Gabriel non plus. Je ne suis pas l'épouse qu'il lui faut, et tu le sais. Nous serions prêts à nous tuer en l'espace d'une semaine.

— Avec un peu de bonne volonté, tu réaliserais que mon fils est un bon parti.

— Maman, je peux parler pour moi ! intervint Gabriel, fronçant les sourcils. Marguerida a raison. Et je crois que ça ne prendrait même pas une semaine !

Javanne sembla vouloir argumenter, mais son aîné haussa les épaules, et elle se tut.

— Alors, je suppose que nous devrions tous partir pour Thendara le plus vite possible. Les Cortes régleront la question d'Armida et du mariage de Marguerida, dit-elle, se rengorgeant soudain, comme si elle savait quelque chose qu'ignoraient tous les autres.

Piedro Alar sortit de sa léthargie, l'air malheureux et embarrassé, les yeux rouges de fatigue.

— Ces histoires de terres et de mariage, c'est très bien, mais mon fils ? Et ma femme dont la raison chancelle ?

— Je l'ai monitoré avant de descendre, dit Liriel. Il dort. Mais je pense qu'il faut le transporter à Arilinn dès que possible. Je crois qu'il sera en état de voyager demain. *Le bruit de sa respiration ne me plaît pas.*

Maman et moi, nous accompagnerons Domenic et Ariel à la Tour ; ce serait le mieux à mon avis.

— Mais... protesta Javanne, comme si on lui arrachait un avantage escompté.

— Personne ne manœuvre Ariel aussi bien que toi, Maman, intervint Liriel. Et elle aura besoin de ton soutien.

— Demain au point du jour, nous partirons donc pour Thendara, dit Jeff. Je veux voir Dio avant de retourner moi-même à Arilinn, alors je vous accompagnerai. Cela vous convient-il ? Marguerida ? Lew ? Et toi, Mikhail ?

— Quoi ? Mikhail n'a aucune raison de venir avec vous ! dit Javanne outrée.

— Je ne le tolérerai pas ! renchérit Gabe. Mikhail doit retourner à Ardais.

Margaret regarda Mikhail, ne comprenant pas pourquoi Gabriel avait changé d'attitude si brusquement. Qu'était-il arrivé ?

J'ai raconté à Gabe notre petite aventure nocturne avec Donal, soulignant qu'à moins qu'il te bâillonne, il passerait sa vie dans la peur de la Voix. Vie qui serait sans doute courte, étant donné que vous ne pouvez pas vous souffrir, pensa Mikhail avec une suffisance, comme s'il avait payé d'un seul coup plusieurs vieilles dettes.

Mais Mikhail, je ne ferais jamais une chose pareille !

Je le sais, et tu le sais, mais comme mon frère ne comprend pas qu'on puisse avoir un avantage sans s'en servir, il a pris mon idée très au sérieux.

Tu n'as pas honte ? dit-elle, réprimant un éclat de rire.

Pas du tout. C'était pour son bien !

— C'est intolérable, commença Javanne, et je ne...

— Cesse de te rendre ridicule, Maman, dit Liriel avec fermeté. Ces événements te dépassent, et le mieux que tu as à faire, c'est de les accepter. L'enjeu dépasse de loin les terres et le mariage. De très loin.

Javanne fixa sa fille, bouche bée, si furieuse et humiliée que Margaret faillit la plaindre.

— Je n'y comprends plus rien ! Tout ce que je sais, c'est que Ténébreuse est mal partie ! *Je ne peux pas tolérer ça sans rien faire ! Pourquoi faut-il qu'Ariel se soit obstinée à partir et ait fait blesser mon petit-fils ? Y eut-il*

jamais femme plus éprouvée que moi ? Ah mon Dieu !
Mais je dois garder mon sang-froid — pour le moment, je
suis pire que Lew ne l'a jamais été. Et il le sait, maudit
soit-il !

— Je crois que Ténébreuse est partie vers l'avenir,
Javanne, dit Jeff, et que ce sera très exaltant.

24

C'était la journée la plus chaude depuis l'arrivée de
Margaret, comme si la tempête avait emporté le froid et
laissé une bienheureuse tiédeur derrière elle. Jeff se plaignait de la chaleur, mais elle revivait. Il faut dire que
l'éloignement de sa tante y était aussi pour quelque
chose. Javanne avait continué à argumenter tout au long
d'un dîner interminable et jusque très avant dans la soirée, fatiguant tout le monde, même Gabe qui prenait
pourtant toujours le parti de sa mère.

Ils avaient prévu de partir tous ensemble, mais Javanne
et Liriel étaient restées en arrière. Ariel s'était révélée
plus rebelle que prévu, déchirée de laisser ses cadets aux
soins de leur nurse. Elles ne se mettraient pas en route
pour Arilinn avant plusieurs heures, et Margaret ne se
plaignait pas de ce changement de plan. Heureusement,
Arilinn n'était pas très loin d'Armida, et elles arriveraient
à la Tour avant la nuit dans la confortable calèche de
Javanne.

Margaret regrettait toutefois que Mikhail ne fût pas du
voyage. Absolument intraitable, Javanne avait refusé
qu'il aille à Thendara, et exigé qu'il reparte immédiatement à Ardais. On aurait dit qu'elle regrettait qu'il fût né,
et Mikhail, congestionné de rage, avait quitté Armida
avant eux. Il n'avait dit au revoir à personne, avait sauté
sur son grand bai et était parti ventre à terre comme s'il
avait le diable aux trousses.

Au lieu de ruminer son absence, Margaret se concentra
sur le plaisir de se retrouver sur la route avec Rafaella par
cette belle journée.

— Tu seras contente de rentrer à Thendara, non ?
— Tu sais bien que oui, dit Rafaella. Je me suis

souvent trouvée dans des situations difficiles — attaquée par des bandits, prise dans une avalanche, et confrontée à un banshee affamé — mais j'aimerais mieux affronter tout ça à la fois qu'un autre repas à la table de Dame Javanne. Je n'ai jamais été aussi mal à l'aise de ma vie.

— Comme ça, on est deux, dit Margaret en riant. Même mon père, qui est un adversaire formidable, était plutôt...

Un bruit de galop derrière elle l'interrompit, et elle se retourna sur sa selle. Mikhail, le visage rosi par la course, apparut et mit sa monture au trot. Ses yeux pétillaient de malice sous ses cheveux ébouriffés par le vent. Elle fut surprise de le voir, mais modérément. Il avait le chic pour surgir inopinément. Il lui sourit, elle sourit en retour, comme s'ils étaient complices — ce qu'ils étaient en effet, réalisa-t-elle avec un soupçon de remords.

Mikhail s'arrêta près d'elle, du côté opposé à Rafaella.

— Je te salue, ma cousine. C'est un plaisir de te revoir si tôt. Salut aussi à toi, Mestra Rafaella. Je vois que ton rhume va mieux.

— Et salut aussi à toi, dit Margaret, entrant dans le jeu. J'avais dû me tromper en te prenant pour un fils obéissant, en route pour le Château Ardais.

— Il ne faut jamais se fier aux apparences, dit-il, avec un sérieux qui ne trompa personne. Si j'ai donné à ma mère l'impression erronée que je retournais à Ardais comme elle le voulait, alors je l'ai abusée, et vous m'en voyez marri, comme de juste.

Naturellement, il n'avait pas l'air marri du tout, mais semblait s'amuser énormément. Il caressa l'encolure de son bai et arbora de nouveau un grand sourire.

Jeff et Lew, remarquant sa présence, vinrent le saluer.

— Depuis le temps, elle devrait savoir que tu ne fais que ce que tu veux, remarqua Jeff, l'air peu surpris de le voir. Elle devrait renoncer à t'inculper le sens du devoir et te laisser faire à ta tête.

— Quel jugement sévère de mon caractère, Oncle Jeff, impliquant que je manque au devoir aussi bien qu'à l'obéissance. Peut-être qu'elle finira par me renier, et que je devrai vivre d'expédients. *En dernier ressort, il y aura toujours la culture des champignons, je suppose!*

Cette dernière pensée la renversa. Elle se félicitait qu'il eût la force de tenir tête à Javanne, tout en soupçonnant que cela poserait des problèmes à l'avenir. Elle savait que ce n'était pas la première fois qu'il agissait ainsi, et qu'il était beaucoup trop indépendant au goût de sa famille. Elle se demanda d'où il tenait cette indépendance, et supposa qu'elle lui venait de sa fréquentation des idées terriennes. Pas étonnant si ses parents le désapprouvaient. Et comme il avait dû piaffer de se retrouver écuyer de Dyan Ardais, alors qu'on lui avait promis bien davantage, sans, apparemment, perdre ni sa curiosité ni son sens de l'humour. Elle approuva ces qualités chez son cousin, regrettant de ne pas les avoir elle-même à un plus haut degré. Puis elle rit un peu de sa prétention. Son cousin n'avait pas besoin de son approbation.

Non, mais ça fait plaisir quand même.

Indiscret !

Pas du tout. Tu émettais vigoureusement.

Zut ! J'ai l'impression d'être un comsat à émettre ainsi dans tous les azimuts, que je le veuille ou non.

Pour quelqu'un sans entraînement, tu protèges remarquablement bien tes pensées, Marguerida. Quelques mois dans une Tour te suffiront pour contrôler le Don. Moi, je suis un peu rouillé, comme je l'ai découvert pendant que nous cherchions le gamin d'Ariel, et je crois que je devrais y retourner quelque temps.

Rouillé ? J'ai senti ta présence dans le cercle, et tu m'as paru très bien.

L'emploi du laran *exige toute une vie de pratique.*

J'espère que non ! Je n'ai pas envie de passer ma vie enfermée dans une Tour !

De quoi as-tu envie, au juste, Marguerida ?

C'était la troisième fois qu'il lui posait la question et Margaret y réfléchit une fois de plus. Adolescente, elle désirait surtout quitter un foyer où elle se trouvait mal aimée. A l'Université, elle s'était essayée au journalisme, pensant qu'elle était douée pour l'écriture, et elle avait découvert Ivor et la musique.

L'interférence d'Ashara dans son esprit l'avait empêchée de désirer mari ou famille, l'avait forcée à rester seule, qu'elle le voulût ou non. Maintenant, cet obstacle abattu avait laissé en elle un grand vide, espace où la forte personnalité de la Gardienne morte la retenait captive. Puis les événements s'étaient précipités et elle n'avait pas eu le temps de réfléchir à ce qu'elle voulait faire de sa vie. Et il lui était encore très difficile d'établir des rapports intimes avec quiconque, malgré le désir qu'elle en avait.

Margaret sursauta en réalisant que son antipathie pour Javanne venait en partie de son aversion pour Ashara. Elles ne se ressemblaient pas vraiment, mais toutes deux voulaient la contrôler et l'utiliser à leurs propres fins. Elle se rendit compte qu'elle ne supporterait plus jamais d'être dominée. Par quiconque, même par Mikhail.

Elle eut un instant l'impression d'être sur le fil du rasoir. Elle ne pouvait plus nier ses sentiments pour son cousin, prétendre qu'ils n'étaient qu'amicaux. Tous, y compris Javanne, s'en étaient aperçus. Elle savait qu'elle aimait Mikhail, mais l'aimait-elle assez pour se montrer soumise? Car c'était bien ce qu'on exigerait d'elle si elle épousait un Ténébran. Elle venait juste de se libérer d'Ashara, et elle ne voulait pas un autre maître à la place de la Gardienne morte, pas même un maître aussi séduisant que Mikhail.

Je dois rester sur Ténébreuse, je suppose, pour apprendre à contrôler mon Don.

La perspective n'a pas l'air de t'enthousiasmer.

Tu as vécu toute ta vie dans une société télépathique, Mik. Mais, pour moi, c'est tout nouveau et pas très agréable. Ma vie était toute tracée jusqu'à la mort d'Ivor. J'étais son assistante, et, dans un lointain avenir, je serais devenue professeur en titre, et j'aurais continué mes recherches. C'est difficile pour moi de renoncer à tout cela et de me transformer en une docile Ténébrane au foyer!!

Je ne pensais pas à ça, et tu le sais! Pour l'obéissance, tu ne vaux pas mieux que moi! Quels sont tes points forts, en dehors de la musique?

J'excelle à fuir les problèmes, je suppose.

A suivre la ligne de moindre résistance, tu veux dire? Moi aussi, tu sais. Je n'ai jamais poussé Oncle Régis à prendre une décision à mon égard, parce que je craignais le résultat. Je sais qu'il attend de savoir si le jeune Dani a le Don des Hastur. C'est terrible, mais j'avoue avoir souhaité plusieurs fois qu'il ne l'ait pas.

Non, pas terrible. Simplement humain. A part ça, je voudrais faire n'importe quoi d'intéressant.

N'en sommes-nous pas tous là ?

Quoi ?

Crois-tu qu'attendre la mort de Régis ou être l'écuyer de Dyan Ardais aient été passionnants ?

Je n'y avais jamais pensé, mais, en effet, ce doit être assez vide.

Vide, c'est le mot. Non que j'en aie eu conscience. Simplement, je traînais partout mon insatisfaction, et j'étais un vrai problème pour la famille.

Tu peux répéter ça ? intervint la voix mentale de Jeff d'un ton rieur. *C'est ta sœur Liriel qui a eu le plus de chance. Elle voulait aller dans une Tour et elle est arrivée à ses fins — non sans bien des réticences de Javanne. J'ai toujours trouvé dommage que ta mère n'ait pas un* laran *assez puissant pour être Gardienne, car c'est la seule chose qui aurait pu assouvir son ambition.* Margaret fut surprise et embarrassée de cette intrusion dans une conversation avec Mikhail qu'elle croyait privée. Enfin, elle n'avait rien pensé de répréhensible, et ce n'était pas grave. Mais elle ne s'habituerait sans doute jamais à la télépathie, même si elle passait longtemps dans une Tour.

A midi, les voyageurs s'arrêtèrent dans une petite auberge, où l'aubergiste accueillit Lew Alton joyeusement, mais avec une déférence qui fit grincer Margaret des dents. Elle mangea pain, fromage et fruits, en se demandant si elle parviendrait jamais à se mettre dans la peau d'un aristocrate, d'une *comynara*. Elle avait passé trop de temps dans l'environnement relativement démocratique de l'Université — où c'était le mérite, non la naissance, qui justifiait la déférence — pour ne pas trouver ces courbettes assez déplacées. Avec le temps, elle s'y habituerait, sans aucune doute, et peut-être même qu'elle finirait par les exiger, mais elle espérait que non.

Ils repartirent après le déjeuner, Margaret de plus en

plus détendue à mesure qu'ils s'éloignaient d'Armida. En chemin, Rafaella lui signalait les choses intéressantes, mais sans la fatiguer par un incessant bavardage, de sorte qu'elle put continuer à réfléchir. C'était la première fois depuis des jours qu'elle jouissait d'un peu de tranquillité, et elle l'appréciait pleinement. Mikhail aussi sentit son besoin de silence, et rejoignit les hommes.

Vers la fin de l'après-midi, ils arrivèrent près d'un lac, vaste et brumeux à la lumière du couchant. Trouvant bizarre qu'il y eût de la brume par une si belle journée, elle se dressa sur ses étriers, et vit au loin une haute Tour blanche dont les pierres scintillaient au soleil, et qui ressemblait beaucoup à celles qu'elle avait vues dans le surmonde, sauf qu'elle paraissait plus solide et réelle.

— C'est Arilinn, Oncle Jeff? La tour où tu vis? dit-elle en la montrant du doigt.

Jeff se retourna, étonné, suivant la direction indiquée.

— Quoi? Que vois-tu, Marguerida?

— Une Tour comme celles du surmonde — Arilinn?

— Non, *chiya*. Ce lac est le Lac de Hali, et dans cette direction se dressait autrefois la Tour du même nom.

— Personne ne m'en avait parlé. Si — Istvana m'a dit qu'Ashara était Gardienne de la Tour de Hali. Tu la vois?

— Non, dit-il, secouant la tête. La Tour de Hali fut détruite, il y a mille ans ou plus, dans une guerre des Ages du Chaos. Et elle n'a jamais été reconstruite.

— Mais je la vois aussi nettement que ma main, dit-elle d'une voix stridente, glacée jusqu'aux moelles.

Elle avait envie de tourner bride, mais elle était rivée sur place. La Tour était magnifique; elle semblait appeler Margaret, par une sorte de chant des sirènes qui la terrifia.

— Je suis sûr que tu la vois, mais je t'assure qu'il n'y a plus que des ruines. C'est un genre de mémorial de cette guerre. On pourrait dire que c'est une Tour fantôme, ajouta-t-il en plaisantant, mais elle vit qu'il était troublé.

— Qu'arriverait-il si j'allais frapper à la porte?

Choqué, il la considéra un long moment en silence.

— Je ne sais pas et je n'ai pas envie de le savoir. Que tu puisses voir la Tour de Hali est déjà assez troublant sans que tu ailles en plus actionner le heurtoir, Marguerida. Je ne te le conseille pas.

— Mais qu'arriverait-il ?

Sous son gant, les lignes bleues de sa main se mirent à pulser, et elle fut comme envahie par le démon de la curiosité. Non, c'était quelque chose de plus fort. Comme une attraction irrésistible, et elle se demanda si Ashara lui tendait un nouveau piège.

— A ma connaissance, certaines personnes ont vu la Tour de Hali, mais aucune n'a tenté d'entrer dans la Tour fantôme, alors je ne sais pas ce qui se passerait, dit Jeff, l'air inquiet à l'idée qu'elle pouvait partir au galop et tenter de pénétrer dans l'édifice illusoire. Si tu y entrais, nous ne pourrions sûrement pas t'y suivre, Marguerida.

— Oncle Jeff, tu m'effraies. On dirait que tu parles de contes de fées, d'elfes ou de trolls.

— L'analogie n'est pas mauvaise, dit-il, faisant tourner son cheval et regagnant le sentier. Il y a bien longtemps que je n'ai pas pensé aux fées et aux elfes. J'adorais ces contes dans ma jeunesse, sur Terra.

Margaret se retourna sur sa selle et regarda par-dessus son épaule. La Tour avait disparu sans laisser de traces. On ne voyait plus que les pierres de fondation, non pas blanches ainsi qu'elle les avait vues, mais calcinées, comme frappées par la foudre. Ce n'était pas son expérience la plus démentielle depuis son arrivée sur Ténébreuse, mais c'était une des plus troublantes.

— Elle est partie, dit-elle avec regret. Comme si elle n'avait jamais existé. Mais cet endroit m'inspire un sentiment curieux.

— Et c'est ? demanda Jeff à contrecœur.

— C'est difficile à dire — j'ai l'impression qu'un jour, je viendrai frapper à la porte de Hali. Pourquoi crois-tu que j'ai vu la Tour et pas toi ?

Malgré la disparition de l'édifice, une force puissante semblait la tracter vers la Tour. Elle se demanda si elle y trouverait Ashara, femme de chair et de sang... ou si elle ne trouverait qu'elle-même, dans une salle vide.

— Tu as reçu une bonne part du Don des Aldaran, qui est la précognition.

— Je sais — et je le déplore. Mais ce Don est la capacité de voir dans l'avenir. Moi, je voyais dans le passé. C'est totalement différent.

— La métaphysique n'a jamais été mon fort, alors j'en suis réduit aux suppositions. Parce que nous pensons le temps en termes de passé, présent et futur, il ne s'ensuit pas que le temps se pense de même, dit-il rêveusement. Mais j'espère que tu ne vas pas te précipiter là-bas, *chiya* ?

— Non. J'ai déjà eu assez d'aventures sans entrer dans une Tour fantôme. Mais pour quelqu'un qui prétend ne pas être métaphysicien, tu as une assez bonne compréhension du sujet, dit-elle avec un rire sans joie. Le temps considéré comme point de vue sur la réalité — j'ai un peu étudié la question à l'Université — a de quoi te rendre fou ; il n'y a plus aucun point de repère, tout devient absurde. Y a-t-il des Aldaran qui ont vu dans le passé ?

— Maintenant que tu en parles, je connais un cas, en effet.

Il se tut, l'air troublé.

— Mon grand-père, le vieux Damon Ridenow, dont je suis fier de porter le nom, avait participé à une recherche dans le passé à l'époque de la Tour Interdite. Il avait réussi, mais la tentative était très dangereuse. Tu auras besoin de beaucoup d'entraînement avant de tenter une chose pareille, et j'espère que tu t'en abstiendras.

Je n'ai pas envie de remonter le temps ; j'ai envie d'aller à la Tour de Hali et je ne sais pas pourquoi. Que ferais-je si j'y trouvais Ashara ? Peut-être y suis-je déjà allée et qu'elle y était ? C'est peut-être pour ça qu'elle était si déterminée à me posséder ? Sapristi, je regrette d'avoir vu cet endroit !

Je l'ai vu aussi, Marguerida ! Ça ne m'était jamais arrivé, et pourtant je suis passé par là des centaines de fois. J'espère que tu ne vas pas faire quelque chose de...

Mikhail avait vu la Tour de Hali ? Elle en resta muette de stupéfaction. Puis elle fut contrariée. *Surtout, ne dis pas « stupide ». Non, je ne vais pas me précipiter à la Tour de Hali — d'ailleurs, elle a disparu. Mais un jour, j'irai. Je le sais, je le sens !*

Alors, je viendrai peut-être avec toi...

Je croyais que tu voulais aller dans les étoiles ?

362

Je le voulais. Je le veux toujours. Mais ces temps-ci, Ténébreuse me paraît plus intéressante qu'autrefois. Je me demande pourquoi ?

Margaret perçut un sous-entendu subtil dans le ton ; elle comprit qu'il flirtait et regretta de ne pas avoir plus d'expérience des hommes. Ses connaissances du flirt venaient essentiellement des livres, et, à la lecture, cela lui avait toujours paru niais et embarrassant. Maintenant, elle en était tout émue et excitée. Peut-être Mikhail viendra-t-il un jour à la Tour de Hali avec elle. Sous son badinage, elle percevait son sérieux. *Je te suivrais jusqu'au bout du monde, Margaret. N'en doute jamais.* Elle avait sa réponse, et elle en fut aux anges, sans avoir aucune idée de ce qu'elle en ferait.

25

Ils arrivèrent à Thendara le lendemain matin, après une nuit agréable à l'auberge. Apercevant le sommet du gratte-ciel du Secteur Terrien, Margaret repensa à son Oncle Rafe, au vieux Brigham Conover, et à Ivor Davidson.

C'était midi, mais le ciel était couvert et un vent frais soufflait des Kilghard. Jeff s'efforçait de dissimuler ses douleurs arthritiques, tandis que Rafaella rayonnait. La Renonçante, qui était devenue de plus en plus silencieuse à mesure qu'ils approchaient de Thendara, était maintenant tout à fait muette. Margaret regrettait son gai bavardage, mais elle savait que Rafaella pensait à Rafe Scott et à ce qui se passerait entre eux.

A l'approche de la cité, ses yeux s'animèrent et elle devint fébrile. A l'évidence, il lui tardait de revoir la Maison de Thendara et le Capitaine Scott. Margaret aurait voulu que sa situation fût aussi facile à résoudre, parce que Rafaella pouvait choisir de vivre en union libre, tandis que, si elle restait sur Ténébreuse, elle ne le pourrait pas, à cause des restrictions s'appliquant aux *comyn*.

— Rafaella, comment fait-on sa cour sur Ténébreuse ?

Tirée de ses pensées, elle resta perplexe un instant.

— Oh, il n'y a pas grand-chose en fait de cour, surtout

chez les *comyn*. Même les marchands et les artisans arrangent les mariages pour le profit, pas pour l'amour. On flirte un peu aux bals, mais ça ne va pas très loin.

— Oui. J'aurais dû m'en douter à voir ce que sont les mariages, soupira-t-elle.

Maintenant, elle savait ce qu'elle voulait et ce que voulait Mikhail. Mais elle savait aussi que Javanne Hastur et Gabriel Lanart s'opposeraient à son mariage avec leur plus jeune fils, et elle doutait que son père eût assez de pouvoir pour influencer le dénouement. Sa position était extrêmement ambiguë, vu qu'il avait renoncé à ses droits sur le Domaine d'Alton depuis très longtemps. Elle ne connaissait pas assez les lois ténébranes pour deviner ce qui allait se passer, et il était vain de faire des suppositions.

C'était sans espoir, et ironique. Elle avait enfin trouvé l'homme qui avait conquis son cœur, et c'était le seul qu'elle ne pouvait pas épouser.

Franchissant les portes de la cité, Margaret regarda le large dos de son père, lui aussi perdu dans ses pensées. Il s'inquiétait beaucoup pour Dio et il était impatient de la revoir. Quel égoïsme de se préoccuper ainsi de Mikhail alors que Dee était si malade. Soudain, elle se dégoûta.

Elle avait très envie de parler avec son père, mais après ce merveilleux premier dîner à Armida, où ils avaient été si à l'aise ensemble, il avait repris ses distances. Il n'était pas aussi lointain que pendant son adolescence, mais il lui rappelait suffisamment le passé pour qu'elle hésite à lui poser les questions qui la tourmentaient jour et nuit. Mais ses problèmes n'avaient pas d'importance, comparés à l'état de Diotima Ridenow Alton.

Margaret avait l'habitude de garder ses pensées pour elle, et elle réalisait maintenant qu'elle tenait cela de son père, et que c'était à la fois bon et mauvais. Cela interdisait presque de demander de l'aide dans le besoin et de poser des questions de nature personnelle. Son père aimait bien Mikhail, et il lui avait fait comprendre qu'il connaissait ses sentiments pour son cousin, mais il n'avait manifesté ni approbation ni désapprobation. Peut-être qu'un mariage ne lui plairait pas plus qu'à Javanne, ou peut-être qu'il était indifférent.

Elle se traita d'imbécile. Lew Alton n'était jamais indifférent. Maintenant, ils étaient presque des étrangers, mais elle savait que c'était un homme passionné, qui savait défendre ses convictions. Elle devait s'en remettre à lui pour plaider sa cause — il lui devait au moins cela — et cesser de se tourmenter pour des problèmes sur lesquels elle n'avait aucun contrôle. Elle serra les dents. Elle avait du mal à faire confiance, à lui ou à d'autres.

Chevauchant dans les ruelles sinueuses, ils arrivèrent en vue du Château Comyn, Margaret, désespérant maintenant de son avenir, était si absorbée dans ses pensées qu'elle ne remarqua pas que Rafaella s'écartait.

— Je vais te quitter et retourner à la Maison de Thendara. Je reviendrai plus tard chercher la mule au Château.

— Tu ne peux pas rester? dit Margaret, perdue sans son amie, et se reprochant son égoïsme.

— Je n'ai rien à faire au Château. *J'ai à faire ailleurs et je n'ai que trop tardé!*

— Bien sûr. Je ne réfléchissais pas. Mon bon souvenir à Mère Adriana. Dis-lui que tu as été un excellent guide. Je ne sais pas ce que je serais devenue sans toi. *Si je le sais. Je serais morte*, dit-elle, les larmes aux yeux. Donne le bonjour à Rafe, ajouta-t-elle, se forçant à sourire.

Rafaella, qui la connaissait bien maintenant, ne s'y trompa pas.

— Ne sois pas triste, Marguerida.

— Tu me manqueras. *Je te souhaite tout le bonheur possible, et à moi aussi.*

— A moi aussi, tu me manqueras — mais nous nous reverrons. Tu me trouveras toujours en laissant un mot à la Maison de Thendara.

Se penchant sur sa selle, elle serra Margaret dans ses bras, puis, talonnant son cheval, elle s'éloigna.

Désolée de cette brusque séparation, Margaret déglutit avec effort. Mikhail la rejoignit alors.

— Où va-t-elle?

— A la maison. Elle a hâte de revoir quelqu'un.

— Vraiment? On raconte des tas de choses sur les Renonçantes; comme si elles n'étaient pas tout à fait civilisées. Il a un nom, cet amoureux mystérieux?

— Tu es capable de garder un secret?

— Naturellement !

— Je crois qu'elle et mon oncle Rafe Scott sont... attirés l'un par l'autre. Tu le connais ?

— Rafe ? Bien sûr. Mais tu es sûre — je veux dire, il est bien plus vieux qu'elle et... enfin, ça me paraît bizarre.

— A moi aussi au début. Ça a commencé le jour où il m'a accompagnée à la Maison de Thendara pour rencontrer Mère Adriana et engager un guide. Quand il est parti, je l'ai entendu penser à quelqu'un de la maison avec beaucoup de... nostalgie. Je n'y ai pas fait attention sur le moment, parce que je ne savais pas encore que je pouvais recevoir les pensées, et que j'étais encore dans tous mes états après la mort d'Ivor et tout le reste. Il s'était déjà passé tant de choses ! Tu n'imagines pas ce que c'est que de poser le pied sur une planète et de voir de parfaits étrangers te faire des courbettes ou déclarer qu'ils sont ton vieil oncle dont tu ignorais jusqu'à l'existence ! dit-elle, reprise de fureur à ce souvenir.

— On t'a déjà dit que tes yeux d'or sont encore plus beaux quand tu es en colère ?

— Arrête !

Elle n'était pas sur son terrain quand il était de cette humeur badine, car il savait flirter et pas elle. *Il a sans doute beaucoup de pratique*, se dit-elle en rougissant, s'efforçant de reprendre le contrôle de ses pensées. Elle avait toujours détesté la couleur de ses yeux, et qu'on puisse les admirer était une nouvelle expérience. Agréable, mais qui perturbait son équilibre émotionnel, déjà précaire. Elle sentait que quelque chose se préparait — nouvelle prémonition ? — et ça ne lui plaisait pas du tout.

— Pardonne-moi, ma cousine ; c'est que je n'ai jamais vu des yeux flamboyer comme les tiens dans la fureur. Bon, dis-m'en plus sur le roman de ton guide.

Elle hésita, mais elle avait déjà vendu la mèche, et elle se dit que Rafaella ne lui en voudrait pas.

— Quand nous sommes parties, Rafaella était contrariée de ne pas revoir quelqu'un de la cité. Je ne lui ai pas posé de questions, mais pendant la maladie du seuil, je me suis rendu compte qu'elle pensait beaucoup à Rafe.

— Tu es bien plus forte que moi, car je n'aurais pas

résisté plus d'un jour à la tentation de lui en parler. Oncle Régis disait toujours que je voulais tout savoir. Je n'arrêtais pas de le bombarder de questions sur l'histoire de Terra et de Ténébreuse, pendant qu'il s'efforçait de gouverner. Il a dû être content de se débarrasser de moi !

— Pourquoi ? dit Margaret, étonnée de son amertume. La curiosité est un trait positif chez les jeunes, et comme tu es intelligent, il était normal que tu poses des questions. Et pourquoi aurait-il voulu se débarrasser de toi ?

— Je... quand Danilo est né, la question du lignage a semblé réglée. Je suis devenu superflu. Or j'avais pris de mauvaises habitudes, parce que tout le monde me traitait avec déférence en ma qualité d'héritier de Régis. J'en ai voulu à Danilo — ce qui était mesquin. Ce n'était qu'un bébé, mais sa naissance avait tout changé ! Je me sentais rejeté, et inutile. *Je n'ai jamais dit cela à personne, pas même à Dyan. Que va-t-elle penser de moi — je parle comme un gosse pleurnichard.*

Margaret repensa à l'époque où elle était Marja Kadarin à l'Orphelinat John Read. Elle savait ce que c'était que de se sentir mal aimée, seule et abandonnée. Et même si elle savait maintenant qu'elle avait été aimée et désirée, cela ne changeait rien à la souffrance éprouvée alors. Elle avait beaucoup plus de choses en commun avec Mikhail qu'elle ne l'avait cru au début.

— Je crois que tu interprètes mal les événements, mon cousin, dit-elle, très désireuse de le réconforter.

— Comment cela ?

— J'ai toujours cru que Lew ne pouvait pas me souffrir, et je sais maintenant que ce n'était pas vrai. Je me trompais. J'interprétais la situation d'un point de vue d'adolescente, et ainsi, j'ai passé des années à croire que mon père ne m'aimait pas. Quel âge avais-tu à la naissance de Danilo Hastur ?

— Environ quatorze ans. Je tâche de ne pas y penser.

— Là, tu vois, encore l'adolescence ! Tu devenais un homme, avec tous les bouleversements provoqués par les hormones, et sans doute, la maladie du seuil, et soudain, tu n'étais plus le centre de l'univers. Je suis sûre que les sentiments de Régis à ton égard n'ont pas changé simplement parce qu'il a eu un héritier.

— Tu as sans doute raison. Mais parfois, je me sens inutile. Oui, j'étais jeune à la naissance de Danilo, mais j'avais déjà prévu ce que je ferais quand je prendrais la place de Régis. Et tu as raison pour les hormones — quoiqu'il soit inconvenant d'en parler. J'ai appris à être l'écuyer de Dyan, mais le cœur n'y était pas. Ce n'est pas une charge très exaltante. On n'a pas besoin d'intelligence pour être un bon compagnon, juste d'une patience infinie.

— Et tu as cette patience?

Mikhail hurla de rire, et Lew, qui chevauchait devant eux, se retourna.

— Non! Je piaffe toujours comme un cheval rétif, désirant mes carottes et désarçonnant mon cavalier. Je suis de ces gens qui demandent aux dieux la patience en ajoutant : « Et je la veux tout de suite! »

Margaret se mit à rire, elle aussi, et Mikhail la regarda, rayonnant. Une fois de plus, chacun avait aidé l'autre à dissiper ses humeurs sombres, comme s'ils étaient les deux moitiés d'un même être qui s'équilibraient parfaitement. Elle pensa soudain aux rapports de Lew et de Dee, ce qui faillit la déprimer de nouveau, et elle écarta résolument ses inquiétudes pour sa belle-mère.

— Pourtant, je t'ai trouvé patient à Armida. Moi, j'avais tout le temps envie de hurler. J'ai horreur des gens qui croient savoir ce qui est bien pour moi.

— Mon père se prend pour le plus sage des hommes, mais il s'en faut. J'ai reçu ce qui passe pour une bonne instruction terrienne sur Ténébreuse. Rien à voir avec tes propres études, mais qui reste bien supérieure à celle des autres. Etudes d'ailleurs interrompues, parce qu'à la naissance de Danilo, mes parents n'ont pas vu l'utilité que je les poursuive. Ils m'ont expédié à Ardais, craignant de me voir traîner à Armida, où d'ailleurs je me sentais de trop. Régis m'aurait laissé partir hors planète, mais mes parents n'ont pas voulu. Dans ce cas, je t'aurais peut-être rencontrée à l'Université. *Et ça aurait fait un beau gâchis.*

— Mais Régis n'est donc pas... le roi de Ténébreuse?

— Oui et non. Techniquement, il occupe le trône du

roi. Traditionnellement, nos rois sont issus du Domaine d'Elhalyn, non du Domaine d'Hastur.

— Elhalyn? Il y en a encore? Quelqu'un a prononcé ce nom, mais je m'embrouille dans toutes ces familles.

— Il y a encore des Elhalyn, mais Derek, le dernier de la lignée, est mort avant de monter sur le trône. Il ne reste que sa sœur Priscilla et ses enfants. Ils ont toujours été assez instables, et Derek était plus qu'un peu dérangé. Si le Conseil Comyn existait encore, Priscilla y siégerait, parce que les Elhalyn le permettent à leurs femmes. Je les connais, bien sûr, mais ils vivent à l'écart. Priscilla s'est retirée du monde, et, après la mort de Derek, personne n'était très chaud pour remettre un Elhalyn sur le trône.

— Cela ne m'explique toujours pas pourquoi ton oncle n'est pas roi. Ça m'avait déjà étonnée sur ma disquette.

— Nous sommes très traditionalistes, Marguerida, et nous ne changeons nos coutumes qu'à contrecœur, ou pas du tout. Nous avons eu des rois Elhalyn pendant des siècles. C'est une branche mineure des Hastur, mais sanctifiée par la tradition. Régis a dû effectuer beaucoup de changements après la Rébellion de Sharra, et aussi après la venue des Casseurs de Mondes, qui ont assassiné les membres des Domaines à tour de bras. Plusieurs enfants de Régis ont été tués. Ce fut une époque terrible, et, comme il me l'a expliqué, il a accepté la charge de régent plutôt que celle de roi, pour préserver quelque chose de notre passé tout en nous faisant entrer dans le futur. Et même cela, c'est traditionnel, car les Hastur assument la charge de régents pour les Elhalyn depuis des générations.

— Tu dis connaître les enfants de Priscilla Elhalyn. Sont-ils les héritiers légitimes du trône?

— Ils ne descendent pas des mâles en ligne directe, dit Mikhail, haussant les épaules, mais comme les Elhalyn accordent le statut de *comynara* aux femmes, ils pourraient l'être. C'est un point de droit épineux, tu comprends.

— Et Régis fait traîner les choses, espérant qu'un des enfants sera assez équilibré pour monter sur le trône?

— On dirait. Régis est très astucieux. Il y est bien

obligé, pour faire tourner la boutique. Il n'aime pas prendre de décisions précipitées. Il préfère laisser mûrir les choses, pour que les situations se dénouent d'elles-mêmes — contrairement à ma mère, qui aime bien influencer les événements. Ils s'aiment, mais ils sont souvent brouillés, parce qu'elle croit toujours pouvoir lui faire faire ce qu'elle veut, comme quand ils étaient jeunes. Elle a quand même eu assez d'influence pour me garder sur Ténébreuse.

— Vraiment ? J'avais pourtant l'impression que Régis n'était pas influençable, sauf peut-être par son épouse et son écuyer. *Mais cela explique qu'elle pense pouvoir faire nommer Mikhail Sénateur à la place de ce Herm Aldaran, que tout le monde a l'air de prendre pour un monstre, sauf mon père. Que deviendrai-je si elle réussit ?*

Quoi ? D'où tiens-tu ce renseignement ?

Quand mon père a annoncé qu'il avait cédé son siège à Herm, ta mère est entrée en fureur et j'ai reçu ses pensées. Elle pensait que si elle pouvait convaincre Régis de t'envoyer au Sénat, tous ses problèmes seraient résolus.

C'est donc pour ça qu'elle avait ses airs de conspirateur ! J'aurais dû m'en douter, car c'est une fameuse intrigante ! Surtout depuis que nous sommes adultes, et qu'elle peut passer tout son temps à essayer de gouverner nos vies. A la réflexion, c'est assez astucieux, car ça me permettrait d'aller hors planète, ce que j'ai toujours désiré, et qui serait sans doute une tentation irrésistible pour moi. Le problème, c'est que, contrairement à Herm, je n'ai pas la moindre idée de ce que fait un Sénateur. Et aussi que je n'ai plus autant envie de partir, à moins que...

Je t'accompagne ?

Oui.

Je ne peux pas. Je sais maintenant que je dois m'entraîner dans une Tour, bien que je frissonne chaque fois que j'y pense. Je ne peux pas quitter Ténébreuse avant d'avoir appris à contrôler mon Don, et je ne sais pas le temps que ça prendra.

Des années, et après, ils te marieront si vite que tu en

auras le tournis. Ils te ficelleront le Domaine d'Alton sur
le dos et t'empêcheront de quitter la planète.

Alors, espérons que mon père aura quelques tours
dans sa manche !

Espérons. Je l'aime beaucoup, Marguerida. Nous
avons longuement parlé pendant ce voyage, et il est tota-
lement différent de ce qu'on raconte. On le dit entêté,
mais je l'ai trouvé réfléchi, et je ne crois pas qu'il ait
donné son siège à Herm sur un coup de tête. Bien sûr,
Javanne ne serait pas d'accord avec moi, mais elle le voit
toujours comme autrefois, comme si rien n'était arrivé
depuis, comme s'il n'avait pas changé en travaillant avec
les Terranans. Et, de son côté, il croit qu'elle est toujours
la Mademoiselle-J'ordonne de sa jeunesse.

C'est vrai, Mikhail, il n'est plus l'homme que j'ai
connu, et j'ai beaucoup de mal à l'accepter.

— Tu sais, soupira-t-il, pendant tout le voyage, j'ai eu
l'impression que quelque chose se préparait. Quelque
chose d'important pour moi. Et pour toi et pour tout le
monde. L'impression n'a fait que se renforcer, et depuis
que nous avons vu Hali hier soir, elle est devenue obsédante. Comme une migraine qui couve.

— Je sais ! Ce don de clairvoyance est diabolique.
Mais cette fois, l'impression n'est pas nette comme
lorsque j'ai vu le départ d'Ariel et l'accident du pauvre
Domenic.

— Ce n'était pas ta faute ! Cesse de te croire responsable d'événements qui te dépassent. Bref, j'ai toujours le
sentiment que quelque chose va surgir au-dessus de
l'horizon. Enfin, nous le saurons sans doute en arrivant
au Château Comyn, conclut-il, l'air inquiet. J'espère que
ce ne sera pas un nouveau tour de ma mère.

— Comment serait-ce possible ? Elle est à Arilinn
avec Liriel et le pauvre petit Domenic.

Il la regarda, étonné.

— Tu n'as pas encore saisi ce que c'est que de vivre
dans une communauté télépathique, n'est-ce pas ?

— Que veux-tu dire ?

— Si je connais ma mère, et crois-moi, je la connais
bien, elle a dû brûler les relais par ses envois de messages
à Régis. Elle n'a pas besoin d'être présente physique-

ment, quoique ce soit préférable. Elle peut très bien se débrouiller sans approcher de Thendara !

Margaret en fut au désespoir. Que pouvait-elle faire ? Rien ! C'était frustrant et effrayant. On allait décider de sa vie et elle n'aurait même pas son mot à dire.

Arrête de te tourmenter, chiya !

C'est difficile, alors qu'il semble...

Je sais ce que tu ressens — mieux que tu ne crois. Mais Javanne ne décidera pas de ta vie. Peux-tu me faire confiance sur ce point ?

Je peux essayer, mais ce n'est pas facile.

Non. Persuade-toi simplement que Régis ne se laissera pas influencer dans des décisions qui engagent l'avenir du royaume. Il est parvenu à conserver l'intégrité de Ténébreuse pendant toutes ces années, et il ne va pas se laisser manœuvrer par sa sœur, ni par personne d'autre.

Mikhail branla du chef.

— Dis-moi, ma cousine, peux-tu me dire quelle est cette inquiétude lancinante que tu as derrière la tête ?

— Pourquoi ?

— Je sais que tu as le Don des Aldaran. Quelque chose survenu dans le passé te tourmente, et je voudrais savoir ce que c'est.

— Je n'ai jamais voulu ce Don ! J'aimerais mieux ne pas être télépathe, comme Ariel ! Je ne comprends pas pourquoi je le suis, et pas comme Rafaella, quoique sa sœur le soit assez pour avoir fini dans une Tour.

— C'est une question que nous nous posons depuis des années, dit Mikhail, pensif. Et sans doute des générations. Tu sais que, dans une certaine mesure, nous avons arrangé les mariages pour transmettre les Dons.

— Oui, et je désapprouve, parce que cela rabaisse les humains au niveau du bétail.

— Mais tu approuves l'ingénierie génétique terrienne destinée à donner des dents saines et de bons yeux ?

— Aïe ! Tu me mets au pied du mur ! Oui, parce que ces manipulations sont bonnes pour l'espèce entière, et pas seulement pour le petit nombre.

— Je vois, gloussa-t-il. Nous sommes égoïstes, nous autres gens des Domaines. Enfin, ce n'est pas la première fois qu'on nous en accuse, et sûrement pas la dernière.

Pourtant, malgré nos efforts et nos connaissances, nous n'avons jamais pu déterminer comment ce processus fonctionne. Il semble que les Dons aient tendance à disparaître, de sorte que ceux qui les possèdent encore jouissent d'un grand prestige — trop grand peut-être, ainsi que nous l'avons vu par le désespoir d'Ariel.

— La pauvre. Elle devait être comme quelqu'un qui n'a pas d'oreille dans une famille de musiciens. Mais à part cette vision soudaine de Domenic, et celle de sa future fille... Je ne veux pas connaître l'avenir, parce que nous l'imaginons d'après les prédictions, et après, quand nous arrivons à l'avenir réel, nous tâchons de le faire concorder avec notre attente, au lieu d'affronter la réalité. J'ai lu des écrits prophétiques, tous pleins d'ambiguïtés qui ont souvent provoqué des guerres. Je ne veux pas de ce Don !

— Pourtant, dit Mikhail, hochant la tête, tu étais prête à te ruer sur la porte de la Tour de Hali, hier. Et tu sais au fond de toi que tu y entreras un jour.

— Ce n'est pas la même chose ! C'est mon avenir, et je devrai l'affronter — s'il se réalise jamais. Mais je refuse de faire des prédictions sur un enfant à naître !

— Cela n'a rien à voir avec la fille d'Ariel ?

— Non. Je crois qu'Ashara Alton m'a vue dans l'avenir... pas moi à proprement parler, mais la possibilité d'une Marguerida Alton dans un vague futur. Du moins, quand Istvana m'a dit qu'elle avait possédé l'esprit d'autres femmes, j'ai sauté à la conclusion qu'elle avait anticipé mon existence — dont elle savait, d'une façon ou d'une autre, qu'elle représentait une menace pour elle.

Elle frissonna en prononçant le nom d'Ashara, mais refusa de céder à sa peur.

La masse du château était plus proche maintenant visible au-dessus des maisons, et elle voyait distinctement la tour où Ashara avait continué à résider longtemps après sa mort, et elle réalisa ce qui l'avait troublée à mesure qu'elle en approchait. Elle secoua la tête pour s'éclaircir les idées. Elle se souvenait de la tour qui l'avait effrayée dès sa première visite. C'était un bel édifice de pierre blanche, comme le reste du Château Comyn. *Aujourd'hui*, c'était une ruine calcinée, au sommet arraché par la foudre. Pourtant, les toits voisins étaient indemnes. Qu'était-il arrivé ?

Mikhail suivit son regard, et sa mâchoire s'affaissa.

— La Tour d'Ashara...

— On dirait qu'elle a été incendiée. Mais comment ?

— Je crois le savoir. Quand tu as arraché la pierre à la tour du surmonde, tu as anéanti du même coup celle du monde physique. Et tant mieux !

— Mais Mikhail, j'aurais pu tuer quelqu'un ! Si j'avais su, je n'aurais jamais...

— Tu as fait ce que tu devais faire. Personne ne te le reproche, dit-il en souriant, ce qui lui réchauffa le cœur. Maintenant, avant de voir les ruines de la Tour d'Ashara, tu parlais d'interpréter l'avenir. Continue, je te prie.

Margaret resserra la main sur les rênes.

— Je ne sais pas exactement ce qui s'est passé, mais je suis sûre qu'elle a obligé Dyan Ardais à m'amener à elle. C'est assez vague dans mon esprit, mais quand elle m'a vue, elle a dû réaliser que j'étais celle qu'elle craignait. Et elle a pris des mesures pour que je ne réalise jamais le Don des Alton. Ce devait être une femme remarquable et très forte, oui, dit-il, hochant la tête, et bien plus que ça. Maintenant, je comprends mieux ton aversion pour le Don des Alton. Elle est logique. Mais il agit quand même.

— Ce que je sens, c'est le même genre de pressentiment qu'en venant sur Ténébreuse. Peut-être plus fort — mais c'est subjectif et j'ai une vive imagination. Je crois qu'on ne peut pas voir clairement son propre avenir, et c'est ce qui cause des problèmes, quand on essaye de le manipuler à son avantage.

— Mais Marguerida, tout le monde cherche à manipuler les choses à son avantage !

— Pas moi !

— Bien sûr que si ! Sinon, vous ne seriez pas à couteaux tirés, toi et ma mère ! Je sais ce que tu désires — et je le désire aussi. Et, tous les deux, nous allons faire tout ce que nous pouvons pour l'obtenir. Tu ne peux pas le nier !

Au pied du mur une fois de plus, Margaret lui sourit.

— Non, je ne peux pas le nier. Ou plutôt, il me serait possible de le nier, mais ce ne serait pas sincère. Et bien qu'il y ait beaucoup de gens à qui je pourrais dissimuler ma pensée, tu n'en fais pas partie.

— Je sais. Dès la première fois que je t'ai vue, j'ai su que nous ne nous mentirions jamais. Pas vraiment.

Sa voix était chaleureuse et sincère, et elle sut qu'il avait parlé tout haut au lieu de s'exprimer par télépathie parce que c'était un sentiment trop intime. Elle lui sut gré de sa politesse et fut touchée de sa passion contenue.

— Et toi, quelles capacités as-tu ?

— J'ai le *laran*, bien sûr, mais aucun des Dons. Je suis juste un télépathe ordinaire, assez bon pour siéger au Conseil Télépathique, l'organisme que j'ai toujours vu gouverner Ténébreuse. Liriel est la plus douée de la famille, raison pour laquelle elle est bonne technicienne. Maman a aussi le *laran*, de même que Gabe et Rafael, quoique le leur soit assez faible, comme celui de mon père.

— Quand nous sommes allés dans le surmonde chercher Donal, il m'a semblé que tu étais très capable, mais je suis trop ignorante pour en juger. Tout le monde a fait tant d'histoires à propos du Don des Alton que je n'ai pas fait attention aux autres. Je sais qu'il y a un Don des Hastur — Dame Marilla a essayé de me l'expliquer, mais je n'ai pas très bien compris. Tu l'as ?

— Grands dieux non ! dit-il, l'air choqué. Excuse-moi. Je ne voulais pas être brutal. J'espérais qu'il s'éveillerait avec l'âge, je l'avoue, et j'ai été déçu quand il ne s'est pas manifesté. Le Don des Hastur est celui de la matrice vivante — celui qui le possède dans sa pleine puissance peut travailler sans matrice.

Margaret le regarda, puis fixa sa main gauche.

— Mais moi non plus je ne me suis pas servie d'une matrice, et je crois que je ne pourrai jamais.

— Oui, je sais. Liriel a essayé de m'expliquer — ta matrice fantôme —, mais c'était très technique et ça m'a donné la migraine. Pourtant, elle a dit que ce n'était pas la même chose que le Don des Hastur. Elle et Jeff ont consulté Arilinn à ce sujet, et les Archivistes ont failli devenir fous à essayer de chercher des références dans le passé.

— Tu peux m'en dire plus sur ce fameux Conseil Télépathique ? Oncle Rafe m'en a parlé, mais il ne m'a pas expliqué ce que c'était, ou alors, je n'ai pas compris.

— Pendant des siècles, Ténébreuse a été gouvernée par le Conseil Comyn, composé d'un membre de chaque Domaine, mâle sauf chez les Aillard, plus les *leroni* des Tours. A l'origine, les Aldaran en faisaient partie, puis ils en ont été exclus. C'est une histoire longue, compliquée, et pleine de trahisons, que je te raconterai un autre jour. Le Conseil siégeait en été et réglementait le commerce avec les Terranans et beaucoup d'autres choses. Mais quand ton grand-père Kennard est parti et a emmené ton père avec lui, le Conseil a cessé de fonctionner, et, quelques années après la Rébellion de Sharra, il a cessé d'exister. A sa place, Régis a créé le Conseil Télépathique, mais franchement, personne n'en est satisfait. Il est moins restreint que le Conseil Comyn, mais avec tant de gens qui ont voix au chapitre, il n'accomplit pas grand-chose. De plus, le peuple ne l'aime pas.

— Comment sais-tu ce que pense le peuple ?

— En écoutant. En ma qualité d'écuyer de Dyan Ardais, j'entends des tas de choses qui n'arrivent jamais à ses oreilles et, en ma qualité de troisième fils de mon père, je sais bien des choses par les fermiers, les artisans et les marchands. La plupart ne s'intéressent à rien en dehors de leur vie quotidienne, bien sûr, mais les autres pensent que le Conseil Télépathique ne sert pas bien Ténébreuse.

— Qu'est-ce qu'ils voudraient à la place ?

— Les rares Comyn qui ont reçu une instruction terrienne verraient assez bien un gouvernement sur le modèle de celui de la Fédération, mais les gens du peuple préféreraient la restauration du Conseil Comyn.

— Ne serait-ce pas revenir en arrière ?

— Peut-être, mais nous ne sommes pas sur Terra et nous n'avons pas de tradition démocratique. Et il serait difficile de faire des élections avec une population illettrée.

— Je n'avais pas pensé à ça, mais je vois que toi, tu y a beaucoup réfléchi, Mik.

— Oui. D'abord, parce que c'était mon devoir, en tant qu'héritier de Régis. Et maintenant, parce que ça m'intéresse beaucoup. Et j'ai eu tout le temps de penser à l'avenir de Ténébreuse, bien que je n'aie pas le don de clairvoyance.

— C'est peut-être mieux de ne pas voir dans l'avenir ?

— Je crois que je n'ai pas besoin de le voir — parce que, comme dit Oncle Jeff, j'entre dedans à cheval, que je le veuille ou non.

26

Quand ils quittèrent enfin les ruelles sinueuses de la vieille ville, le soleil déclinait derrière eux, colorant en rose les pierres du Château Comyn. Des sentinelles aux couleurs bleu et argent des Hastur montaient la garde devant les grilles et saluèrent Lew quand il passa devant eux pour entrer dans la grande cour. Ce n'était pas la même que lors de sa première visite avec Rafe ; et Margaret regarda autour d'elle avec intérêt.

D'un côté se dressaient les écuries, et de l'autre ce qui semblait être une caserne. Devant eux, un perron de pierre sur lequel attendait un adolescent de treize ou quatorze ans, en tunique bleue et pantalon gris. Margaret se demanda qui c'était, car il n'avait pas l'air d'un domestique.

Un lad aida Margaret à démonter, et elle fut très contente de se retrouver sur la terre ferme. Le mince jeune homme aux cheveux roux descendit le perron et s'inclina d'abord devant Lew, puis devant Margaret. Il sourit à Mikhail, puis se rappela qu'il était en mission officielle.

— Je suis Danilo Hastur, héritier d'Hastur, dit-il courtoisement, comme s'il avait répété son discours en les attendant. Mon père vous souhaite la bienvenue et s'excuse de ne pas vous accueillir lui-même, mais il est occupé par les affaires de l'Etat et vous rejoindra au dîner.

Ainsi, c'était lui qui avait pris la place de Mikhail. Il paraissait intelligent, mais tendu, peu sûr de lui. Margaret se demanda si le poids de la lignée ne pesait pas trop sur ses frêles épaules. Elle jeta un coup d'œil vers la Tour où Ashara avait maintenu une présence planétaire pendant des siècles, ressentant un plaisir coupable de l'avoir détruite. Quand même, un lien de plus d'Ashara Alton avec le monde réel avait été tranché. La main de son père sur son épaule la tira de ses pensées.

— Viens. Nous allons monter aux Appartements des Alton. J'ai envie d'un bon bain, et toi aussi sans doute. *Et je veux voir Dee immédiatement.*

Elle se sentit soudain très fatiguée et plus qu'un peu anxieuse. Maintenant qu'elle pouvait voir sa belle-mère, elle s'aperçut qu'elle redoutait cette rencontre. Elle ne voulait pas voir Dio malade ! Elle ne voulait pas la voir mourir comme Ivor !

Profondément inquiet, son père était redevenu silencieux et introverti comme autrefois. Margaret entra derrière lui au château, monta trois volées de marches à sa suite. Il la précédait d'un demi-couloir quand ils arrivèrent enfin à destination, mais, malgré tous les tours et détours, Margaret ne se sentait pas perdue dans ce dédale qu'était le Château Comyn, et aurait pu trouver les Appartements des Alton les yeux fermés.

Lew ouvrit la porte à double battant, et ils entrèrent dans un vaste salon au sol couvert de tapis, aux murs tendus de tapisseries et meublé de plusieurs canapés. Dio somnolait sur l'un d'eux, une légère couverture sur les genoux. La gorge de Margaret se serra. Rien de ce qu'avait dit Lew ne l'avait préparée à cela.

Elle était livide, ses cheveux blonds étaient ternes et cassants, et ses jolies mains étaient maintenant toutes ridées et ratatinées. Elle remua à leur entrée, mais n'ouvrit les yeux que lorsque Lew effleura ses joues de sa bouche.

— Je rêvais de toi, articula-t-elle, les lèvres exsangues.

— J'espère que c'était un beau rêve, dit Lew, d'un ton qu'il voulait léger mais qui était las et inquiet.

— Plus beaux que certains autres. Tu avais les cheveux noirs et tu rayonnais comme Aldones lui-même !

— Comme tu es romanesque après tant d'années, ma chérie ! Regarde qui je t'amène !

Réprimant son angoisse, Margaret s'approcha et lui prit les mains. Elles étaient glacées, sèches et gercées.

— Bonjour Dio, dit-elle avec embarras, redevenant toute petite à la vue de la seule mère qu'elle eût jamais eue.

— Marja ! dit Dio avec un sourire tremblant. Quelle bonne surprise ! J'avais tant envie de te voir. Quand es-tu arrivée ? *Comme elle est devenue belle ! Ma ravissante fille, ma petite fille — non, c'est une femme maintenant !*

— Il y a plus d'un mois, mais j'ai l'impression que ça fait une éternité. Papa m'a trouvée à Armida, et Dame Javanne n'a pas été contente de le voir sortir de la tempête.

— Encore une tempête ? Tu t'es encore lancée dans des aventures impossibles ! plaisanta Dio, comme pour dissimuler son état. Chaque fois que je t'ai laissée seule, Marja, tu as fait des bêtises. Comme le jour où tu avais construit une cabane dans un arbre avec les enfants... je ne sais plus leurs noms... avec du bois chipé au chantier.

— Qu'est-ce que c'est que ça ? Je ne me rappelle pas avoir jamais entendu parler d'une cabane dans un arbre, dit Lew d'un ton badin, mais le visage angoissé.

— Naturellement ! Nous t'avions tout caché, n'est-ce pas, Marja ? C'était amusant. Et la cabane était très bien construite.

— Heureusement, puisque tu es venue prendre le thé avec nous, répondit Margaret d'un ton faussement enjoué. Je n'en revenais pas de te voir grimper l'échelle comme si tu avais fait ça toute ta vie.

— Qu'avez-vous fait d'autre derrière mon dos ? demanda Lew d'un ton amusé malgré son inquiétude.

— Des tas de choses. Je ne voulais pas t'embêter avec tout ça, dit Dio d'une voix défaillante, comme épuisée par la conversation.

— Eh bien, la prochaine fois que tu construiras une cabane dans un arbre, Marja, j'espère que tu m'inviteras aussi à prendre le thé. Je crois être encore capable de grimper à l'échelle.

— C'est promis, Papa. J'ai vu à Armida un arbre qui

conviendrait parfaitement, et je ne comprends pas qu'il n'y en ait pas déjà une dans ses branches.

Il eut un bref éclat de rire.

— Je vois d'ici la tête de Javanne ! Comment vas-tu aujourd'hui, ma chérie ?

— Toujours pareil, mais une guérisseuse de Régis m'a donné quelque chose qui a calmé les spasmes et j'ai pu dormir un peu. Ils attendent que j'aie repris des forces pour me transporter à Arilinn.

— Alors, tu vas reprendre des forces, ma chérie.

— Tu crois toujours pouvoir tout arranger, et c'est pour ça que je t'aime.

Margaret fut embarrassée par ces manifestations d'affection, et se sentit exclue par leur intimité, se demandant si elle dirait jamais des paroles si tendres à un homme et découvrant qu'elle le désirait ardemment.

— Je vais prendre un bain et me préparer pour le dîner, dit-elle, pour dissimuler sa gêne. Régis nous a invités, et j'ai l'impression que ce sera très cérémonieux, ajouta-t-elle, montrant sa tenue négligée.

— Aussi cérémonieux que tout peut l'être sur Ténébreuse, mais ne t'inquiète pas, Marja. Ton appartement est par là, dit Lew, lui montrant une porte de la tête. On a dû y monter tes bagages.

Ne trouvant rien à répondre, Marja sortit. De quoi souffrait Dio, et pourquoi n'était-elle pas soignée par la technologie médicale terrienne ? Mais peut-être avait-on tout essayé sans résultat ? Il fallait qu'elle pose la question à quelqu'un, mais elle ne voulait pas déranger son père.

Au bout de quelques minutes frustrantes, elle pensa à l'épouse de Régis, si gentille et amicale lors de sa première visite. *Dame Linnea ?*

Tu n'as pas besoin de hurler ! Aucune irritation dans cette réponse, mais un calme serein qui apaisa un peu l'angoisse de Margaret. *Qu'y a-t-il, Marguerida ?*

Dio est très malade, et je me demande ce que peut faire la médecine ténébrane que la technologie terrienne n'ait pas fait ! Papa en mourra si elle ne guérit pas !

Bonne question ! Les Terriens sont très bons avec leurs

machines, mais une bonne leronis peut faire ce que tu appellerais des miracles.

Comment ?

Tu te rappelles quand on t'a monitorée ?

Comment Linnea le savait-elle ? Enfin, peu importait. *Oui.*

On monitore Dio de la même façon, jusqu'au niveau des cellules. Et ce qui peut se percevoir peut être modifié, tu comprends ?

Si on veut. Mais c'est difficile à croire.

Ce n'est pas une question de croyance. Ne t'inquiète pas. Tout ce qui peut être fait pour Dio le sera.

Le contact mental se retira en douceur, et Margaret prit quelques profondes inspirations, s'efforçant d'ignorer son désespoir croissant. Embrassant la chambre du regard, elle vit ses bagages et commençait à les ouvrir quand une servante potelée entra. Elle lui fit signe de sortir, préférant s'affairer à les défaire pour s'occuper les mains et l'esprit.

C'était très bien de lui dire de ne pas s'inquiéter, mais la mort d'Ivor était trop récente dans son esprit et dans son cœur, et l'idée que Dio pouvait mourir aussi était insoutenable. Malgré tous ses efforts, elle ne cessait pas d'y penser. Elle refoula ses larmes et se concentra sur ses bagages. Sous ses précieux appareils enregistreurs, elle trouva la robe de soie verte dont Manuella lui avait fait cadeau, fripée mais toujours magnifique. Elle l'avait complètement oubliée, et la sortit, se demandant si elle conviendrait pour un dîner officiel.

— Peux-tu me la repasser ? dit-elle à la servante.

— Certainement, *Domna,* dit la jeune fille, la levant dans sa main pour l'admirer. Ravissante. Faite par Mac-Ewan ?

— Comment le sais-tu ?

— Personne ne travaille les tissus comme lui. C'est le meilleur tailleur de Thendara. Bon, je vais la repasser pendant que tu prends ton bain.

Une fois déshabillée, Margaret passa quelques minutes à contempler sa main gauche, s'efforçant de distinguer si les lignes s'étaient modifiées. Devrait-elle porter un gant toute sa vie ?

Effectivement, les lignes étaient un peu différentes aujourd'hui, et elle se demanda si cela avait quelque chose à voir avec sa seconde incursion dans le surmonde. Si son père n'avait pas été aussi préoccupé par Dio, elle lui aurait posé la question, mais elle ne voulait pas le déranger. D'ailleurs, cela n'aurait rien changé. Elle écarta l'idée de son esprit, et se surprit à penser à Mikhail, sujet encore plus dangereux que la télépathie pour sa tranquillité d'esprit. Toutefois, un bon bain parfumé l'aida à retrouver sa sérénité, et c'est à contrecœur qu'elle sortit de la baignoire. Elle se sécha, passa une robe de chambre, et remit son gant, si raide maintenant qu'elle eut du mal à l'enfiler, mais elle n'osait toucher personne sans cette protection. Dans la chambre, elle retrouva la servante qui faisait le lit en chantonnant, ce qui détourna son esprit de Dio et de tous ses autres soucis.

— Qu'est-ce que tu chantes ?... Excuse-moi, je ne t'ai même pas demandé ton nom.

— Je m'appelle Piedra, *Domna*. Et c'est une berceuse que ma mère me chantait quand j'étais petite. Je la chante toujours en faisant le lit. C'est bête, mais j'ai l'impression que les gens dorment mieux si je laisse une berceuse sur leur oreiller.

— Je trouve ça très bien au contraire. Tu peux la reprendre depuis le début ? J'aimerais entendre toutes les paroles, dit-elle, prenant son enregistreur.

Elle cherchait à se rassurer, et elle ne pouvait trouver mieux que la musique. La musique ne mentait pas, ne mourait pas ; elle était, tout simplement.

— Si tu veux, *Domna*, dit la servante, étonnée.

Elle se mit à chanter d'une jolie voix de soprano, non travaillée mais claire et harmonieuse, comme la berceuse. Les paroles, parlant de fleurs et d'oiseaux, étaient charmantes, et Margaret se dit qu'elle devait comporter d'innombrables couplets. Elle en avait entendu de semblables sur d'autres mondes, mais aucune aussi jolie.

Quand Piedra se tut, Margaret la remercia, puis enfila sa lingerie ténébrane et la robe de soie verte. Elle lui allait parfaitement et les doigts agiles de Piedra eurent tôt fait de fermer tous les boutons du dos. Ensuite, Piedra la fit asseoir, dénoua ses cheveux et les brossa longuement, d'un mouvement doux qui la détendit et lui fit presque oublier ses soucis. Enfin, elle la coiffa et fixa sa barrette.

— Tu as de très beaux cheveux, *Domna*.

— Vraiment? Je n'y ai jamais pensé — ils sont trop fins et se décoiffent tout le temps.

Elle se regarda dans la glace et vit une étrangère. Margaret n'était pas vaniteuse, et se regardait rarement, sauf pour s'assurer qu'elle n'avait pas de dentifrice sur les lèvres ou de la poussière sur le front. Aussi loin que remontait son souvenir, elle avait toujours détesté les miroirs. Et bien qu'Ashara ne fût plus là pour la hanter, elle répugnait encore à contempler son image.

La personne qu'elle vit dans la glace était pâle, avec des yeux dorés qui lui parurent immenses et lumineux. Elle réalisa qu'elle ressemblait beaucoup à Thyra, tout en se félicitant de ne pas avoir hérité de son instabilité.

Elle ne reconnut pas cette belle aristocrate. Puis elle baissa les yeux sur son gant et sur ses pieds en chaussettes qui passaient sous l'ourlet. Elle allait avoir un drôle d'air avec ce gant et l'une de ses deux paires de bottes à un dîner de gala.

— Je n'ai rien à me mettre aux pieds.

Piedra parut ravie.

— Je l'ai remarqué en rangeant tes affaires, alors, je t'ai trouvé quelque chose. Cela ne t'ennuie pas, j'espère?

— M'ennuyer? Au contraire. Mais où as-tu trouvé des souliers?

— Le Château Comyn est plein de trésors, dit Piedra en rougissant. Comme un grenier, *Domna*. Laissés, oubliés ou jetés. Et nous devons tout conserver propre et en bon état, alors je connais bien tous les placards! Dans l'appartement des Aillard il y a une armoire pleine de chaussures et de pantoufles laissées par Jerana Aillard. On dit qu'elle était très coquette et qu'elle adorait les souliers. Je crois que ceux-ci t'iront.

Comme une magicienne, elle fit apparaître des sandales d'argent brodées de plumes, et qui lui allaient parfaitement.

— Elle devait être très grande pour que ses souliers me conviennent.

— Je ne sais pas, *Domna*. Tout ce que je sais, c'est

que les servantes devenaient folles à la satisfaire quand elle était là, ce qui était souvent vu qu'elle était l'épouse d'Aran Elhalyn qui attendait de monter sur le trône. C'était bien avant mon temps. Pardonne-moi, *Domna*, vas-tu porter ce gant au dîner? Il ne va pas avec ta robe.

C'était dit avec tact, mais confirmait ses doutes.

— Je suis obligée de couvrir ma main, et je n'ai rien d'autre. Si j'avais su que j'assisterais à un dîner de gala, j'aurais pris mes précautions, bien sûr.

Elle s'imagina avec des bagages pleins de robes somptueuses et de jolies sandales, et cela lui parut si ridicule qu'elle éclata de rire.

— Alors, je vais t'en trouver un plus joli. J'avoue que j'adore fouiller dans les placards. C'est plus amusant que de les nettoyer!

Piedra sortit, et Margaret remua les orteils dans les souliers de la morte, qui fut reine, semblait-il. Margaret se demanda si elle s'y retrouverait jamais dans la complexité des lignées ténébranes. Les Elhalyn. Mikhail avait dit qu'ils étaient les véritables rois de Ténébreuse... Mais elle ne voulait pas penser à l'histoire ténébrane pour l'heure, et rangea son enregistreur pour s'occuper.

Piedra revint, les bras chargés de plusieurs longues boîtes. Elle arborait un grand sourire, ravie à l'évidence d'aider Margaret à se préparer pour le dîner. Elle posa les boîtes et en sortit des gants — longs et courts, en cuir et en étoffe. Il devait bien y en avoir trois douzaines.

— Tu as encore pillé les Appartements d'Aillard?

— Pillé? Je n'y avais jamais pensé en ces termes, mais oui, on pourrait dire ça! Tiens, en voici en soie, de couleur assortie à ta toilette, s'ils te vont.

Margaret prit les gants qu'elle lui tendait, et essaya le droit. Il lui arrivait au coude et était de la même soie verte que sa robe, mais d'un tissage différent qui lui donnait de l'élasticité. Il lui allait parfaitement, et c'est avec soulagement qu'elle ôta le gant de cuir de sa main gauche et le remplaça par le gant de soie.

Dès que la soie toucha les lignes de sa paume, Margaret sentit un changement. La circulation d'énergie sur sa peau ralentit, et elle réalisa que la soie était un bien meilleur isolant que le cuir. Elle remarqua aussi qu'elle avait dû inconsciemment résister à ces décharges énergétiques jusque-là, et que ce n'était plus nécessaire. Elle faillit en pleurer de soulagement, mais elle se ressaisit aussitôt, et, après avoir encore remercié Piedra, alla rejoindre son père.

Lew, les cheveux encore humides après son bain, avait passé une tunique bronze et des pantalons marron qui devaient l'attendre depuis vingt ans, car les tissus semblaient anciens. Pourtant, ces vêtements lui allaient encore, et Margaret le trouva très beau, mis à part ses rides d'expression entre les deux yeux. Il la considéra dans ses nouveaux atours et hocha la tête avec approbation.

— Tu es très belle dans cette robe. D'où sort-elle — d'un placard ?

— Je me sens belle aussi, ce qui est nouveau. Je me suis sentie bien des choses depuis mon arrivée, mais je belle n'en faisait pas partie. Cette robe a une curieuse histoire — c'est un cadeau de Manuella MacEwan à mon départ de Thendara, qui me paraît remonter à une éternité. Elle voulait à toute force que j'aie une robe habillée, pensant que je finirais au Château. Je pensais qu'elle était folle, mais il faut dire que je l'ai pensé de tous les Ténébrans à un moment ou à un autre...

— Qui est Manuella ?

— La femme du Maître Tailleur MacEwan, de la Rue de l'Aiguille. Ils ont été très bons pour moi et, à partir de maintenant, je leur donnerai ma clientèle, même si les Alton ont eu un autre tailleur depuis des temps immémoriaux !

— Bravo ! gloussa Lew. Bouscule la tradition. Moi, j'ai toujours désiré le faire, mais j'en ai eu bien peu l'occasion. Je crois que mon père Kennard avait un autre tailleur pour tout ce qui n'était pas fait au Domaine, mais du diable si je me rappelle son nom !

— Où est Dee ? demanda Margaret, s'avisant que Dio n'était plus sur le canapé.

— La guérisseuse et moi, nous l'avons transportée dans son lit, et elle dort.

— Qu'est-ce qu'elle a exactement, Papa ?

— Une maladie autrefois appelée cancer, et qui tuait

des millions de personnes par an sur la vieille Terra. Mais les manipulations génétiques l'ont presque éradiquée, et maintenant, on ne sait plus comment la traiter. Dio a dit que si elle devait mourir, elle voulait que ce soit sous le soleil de Ténébreuse, et nulle part ailleurs. Alors, je l'ai ramenée à la maison. *Elle ne doit pas mourir! Pas maintenant! J'ai tant besoin d'elle!*

— J'en suis bien contente, même si je te soupçonne de regretter d'avoir négligé tes devoirs au Sénat ou ailleurs.

— Tu as toujours su me percer à jour, dit-il en riant. Tiens, j'ai un cadeau pour toi.

Se retournant, il prit une petite boîte sur une table.

— Cela appartenait à ma mère, Yllana Aldaran. Dee ne l'a jamais porté, car elle ne met pas beaucoup de bijoux. Et je crois que ça t'était destiné.

Margaret prit le petit écrin de velours et l'ouvrit. Il contenait une énorme perle noire en forme de larme, suspendue à une chaîne d'argent. C'était magnifique. Margaret retint son souffle un instant, puis la sortit de l'écrin.

— Et c'est à moi?

— Ton nom signifie « perle », tu sais. Attends, je vais te l'attacher, sinon tu risques de déranger ta coiffure.

Debout derrière elle, il lui passa la chaîne autour du cou, écarta un peu son chignon et fixa le fermoir. Sentant l'haleine de son père, elle commença à comprendre pourquoi les Ténébranes se couvraient la nuque. Apparemment gêné aussi de cette proximité physique, Lew s'écarta vivement. Margaret remit son chignon à sa place et baissa les yeux sur la perle, reposant juste au creux de ses seins sur la soie verte de la robe.

— Merci, dit-elle en reposant l'écrin. Je n'ai jamais vu de plus beau bijou.

— Et il te va bien, dit-il. Mais pourquoi portes-tu les plumes des Aillard sur tes sandales?

— Vraiment? Je n'avais pas de souliers habillés, juste des bottes, alors Piedra m'a déniché ceux-ci. Elle dit que le Château Comyn est comme un grand grenier plein de trésors. Ces sandales appartenaient autrefois à une certaine Jerana. Je porte aussi ses gants, également brodés de plumes, mais tu ne les verras pas car elles sont cachées par mes manches. J'ai été étonnée qu'elle trouve quelque chose d'assez grand pour mes pieds. Sinon, j'aurais dû aller dîner en bas ou en pantoufles. Tu crois que personne n'y trouvera à redire ?

— Faire ton entrée dans des souliers de reine, dit Lew d'un ton pensif. Non, personne n'y trouvera à redire. Bon, descendons dîner. J'ai faim, et je voudrais bien savoir ce que Régis a comploté pendant mon absence ! J'espère qu'il y aura du lapin cornu fumé. Ténébreuse n'en exporte pas, et voilà plus de vingt ans que j'ai envie d'en manger.

Margaret lui lança un regard étonné. Elle ne savait pas qu'il s'intéressait à la nourriture autrement que pour remplir son estomac, et l'avait vu manger de grandes quantités d'huîtres de Thétis et du grossier pain d'herbe avec la même indifférence. Elle ne douta pas de sa sincérité, mais c'était une facette de sa personnalité qu'elle ne lui connaissait pas, et qui le rendait plus humain. Elle allait bientôt tout savoir de sa vraie personnalité, et cette perspective lui réchauffa le cœur. Il lui offrit son bras, elle posa une main gantée sur sa manche, presque prise de vertige.

La salle à manger était une pièce confortable, avec une longue table dressée entre deux cheminées. Le haut dossier des chaises était sculpté d'un arbre couleur argent qui ressortait sur le bois sombre. Un serviteur circulait parmi les invités avec des coupes de vin, un autre avec un plat de petits friands.

A leur entrée, Jeff, debout près de la porte, conversait avec Gabriel Lanart, qui les regarda en fronçant les sourcils. Margaret se dit qu'ils devaient discuter du Domaine d'Alton, et que Gabriel n'aimait pas ce qu'il venait d'entendre. Puis Dame Linnea s'avança, accueillit Margaret avec affection et adressa à Lew un sourire charmeur.

— Quel plaisir de te revoir, Lew, même si les circonstances sont regrettables. Comment va Diotima ?

— Elle se repose, comme dit la guérisseuse. Ce qui veut dire qu'elle dort, abrutie par les drogues, et qu'elle ne souffre pas pour le moment.

— Tant mieux. Car elle n'a pratiquement pas dormi depuis ton départ pour Armida il y a quatre jours.

— Je n'ai jamais autant désiré pouvoir être en deux endroits à la fois, dit Lew, hochant la tête.

Puis il regarda la table qui ployait presque sous le poids des plats qu'y disposaient les serviteurs.

— Il regarde s'il y a du lapin cornu fumé, dit Margaret avec malice.

— Bien sûr qu'il y en a, dit Linnea. Je sais par Régis que tu l'aimes beaucoup.

Entendant derrière elle un petit cri étouffé, Margaret se retourna et vit Mikhail, aux couleurs bleu et argent des Hastur, bouche bée. *Maudite soit-elle d'être si belle!* Mais avant qu'elle ait pu lui parler, Régis entra, accompagné de Danilo Syrtis-Ardais et de son jeune héritier, Dani. Il salua chacun de la tête, l'air à la fois exultant et inquiet. Il lui parut différent de la première fois, comme si un grand poids était tombé de ses épaules et qu'il ne sût pas comment se comporter en son absence.

Du geste, il invita les convives à prendre place, et tous se dirigèrent vers la table. Il faisait chaud, et Margaret se félicita d'avoir mis sa robe de soie, plus légère que ses autres vêtements. Puis Régis s'approcha d'elle, et lui prit la main en souriant.

— Bienvenue au Château Comyn, ma cousine. Tu es ravissante, et beaucoup moins désorientée que lors de ta première visite.

— Merci, Seigneur Régis. Mais je ne suis pas moins désorientée, simplement plus habituée à l'être.

— Très bien, dit Régis en riant. Il est normal d'être désorienté, mais difficile de s'y habituer. Et toi, Lew, tu ressembles moins à un démon de Zandru qu'à ton arrivée.

— *Bredhu*, j'ai fait tout ce que je pouvais pour ma fille et ma femme, alors, je suis apaisé. De ton côté, tu sembles également assez content de toi. Tu es encore tombé dans le pot de crème ?

Régis rit une fois de plus, et Margaret se dit que ce devait être une vieille blague de leur jeunesse. Puis, quand tous furent assis, il prit la parole en souriant.

— La fortune nous sourit, puisque le Seigneur Alton est enfin revenu, quoique en des circonstances bien tristes. Espérons que nos *leroni* réussiront là où la médecine terrienne a échoué, Lew. Mais maintenant, les Domaines sont redevenus ce qu'ils doivent être, et le Conseil Comyn se réunira après-demain dans la Chambre de Cristal.

Lew et *Dom* Gabriel relevèrent brusquement la tête. On entendait presque tourner les rouages dans la tête de Gabriel, mais Lew resta impassible, ayant appris à dissimuler ses émotions après tant d'années au Sénat.

— C'est bien souvent que le malheur nous réunit, poursuivit Régis, comme s'il n'avait rien dit d'étonnant. Jeff m'a appris l'accident du jeune Domenic Alar, et j'ai communiqué avec ma sœur. Ils sont bien arrivés à Arilinn, et on fait l'impossible pour le guérir. Espérons qu'il ne conservera pas de séquelles.

Margaret s'aperçut alors que Mikhail la regardait avec une insistance grossière selon l'étiquette ténébrane, comme pour attirer son attention. *Tu vois — je t'avais bien dit que quelque chose se préparait. Le Conseil ne s'est pas réuni depuis des années!*

Si tu es si malin, dis-moi donc de quoi il discutera, répondit Margaret. *Et je croyais que tu m'avais dit que le Conseil Télépathique allait siéger.*

Je ne sais pas, mais je n'ai jamais vu Oncle Régis aussi excité, alors, ce doit être important. Et le Conseil Télépathique ne siège pas, ma cousine, il est, c'est tout.

Oh! Alors je comprends qu'on ne le trouve pas satisfaisant. Tu le trouves excité? Moi, pas.

Tu ne le connais pas comme moi. Crois-moi, Régis est excité, et des événements importants se préparent.

Je te crois, Mikhail. Sans raison, mais je te crois.

Puis Margaret remarqua que *Dom* Gabriel, assis en face d'elle à côté de Dame Linnea, la foudroyait comme si elle avait fait quelque chose d'inconvenant; il était cramoisi jusqu'à la racine des cheveux. Elle aimait bien Mikhail — et même elle l'aimait tout court — mais elle n'aimait pas son père et elle le regrettait.

— Une réunion du Conseil? dit *Dom* Gabriel, bourru.

— Oui, répondit Régis. Mais comme nous fêtons le retour de Lew et la présence de sa fille, tenons-nous-en à des sujets de conversation qui ne troubleront pas notre digestion. Je suis certain que tu seras de mon avis, Gabriel.

Ce fut dit d'un ton léger, mais avec une autorité sans réplique. Un instant, Gabriel sembla vouloir protester, puis il haussa les épaules, prit le légumier que lui passait Dame Linnea et se servit.

Margaret soupira, car elle était fatiguée et la perspective d'une dispute l'avait fait frémir. Elle leva la tête, s'aperçut que Mikhail l'observait à la dérobée, et baissa les yeux sur son assiette. Dame Linnea lui demanda des nouvelles de ses recherches, et elle lui parla des chanteurs rencontrés dans les montagnes.

Quel port souverain, même avec mon père qui la fusille du regard!

Cette pensée lui fit relever les yeux, et Mikhail lui adressa un si grand sourire que son cœur faillit exploser. Elle manqua s'étrangler en avalant.

Tiens-toi donc comme il faut! Tout le monde va remarquer que tu me regardes!

Comme tu voudras, ma cousine, mais c'est difficile.

Margaret sourit malgré elle. C'était merveilleux de baigner dans son admiration, de sentir son amour l'envelopper. Mais, en même temps, cela l'embarrassait, lui donnait envie de s'isoler. En proie à ces sentiments contradictoires, sa gorge se serra et elle cessa de manger. Puis, remarquant que Dame Linnea l'observait, elle prit plusieurs profondes inspirations pour se détendre et elle reprit son repas. Mais elle fut très contente quand, le dîner terminé, elle put retourner dans sa chambre.

Elle se déshabilla avec l'aide de Piedra, enfila une chemise de nuit que la servante avait apportée. Puis elle s'allongea dans l'immense lit et sombra bientôt dans un sommeil sans rêves.

En s'éveillant le lendemain matin, Margaret sentit autour d'elle l'activité du Château Comyn et se dit qu'elle devait avoir dormi très tard. Immobile dans le grand lit, elle repensa aux événements des derniers jours, et surtout au dîner de la veille. A l'évidence, l'annonce de Régis avait surpris *Dom* Gabriel qui semblait y attacher une grande importance, mais son père ne s'en était pas étonné, comme s'il s'y attendait.

Elle se leva, prit un bain et remit ses vêtements ordinaires, maintenant lavés et repassés. Puis elle fouilla dans les boîtes de Piedra et trouva une paire de gants de soie courts à sa pointure. Enfin, elle se mit en quête de Dee, sans prêter attention à son estomac qui grognait de faim.

Elle la trouva enfin dans une chambre à l'autre bout des appartements Alton. Elle somnolait dans un immense lit, sa petite silhouette disparaissant dans les draps et assombrie par les rideaux.

Margaret déglutit avec effort; elle se sentait impuissante et effrayée, et elle ne devait pas. Dee était empathe, et tout ce que Margaret ressentirait, sa belle-mère le percevrait. Cela lui ferait du mal, et Margaret commença à se demander si elle avait bien fait de venir.

Quelque chose bougea dans un coin, et une femme se leva dans la pénombre. Elle était de taille moyenne, et devait avoir une soixantaine d'années à en juger par ses rides. Elle s'approcha sans bruit sur l'épais tapis.

— *Domna?* murmura-t-elle.

— Je suis venue prendre des nouvelles de ma mère.

— Etat stationnaire — ni meilleur, ni pire. Veux-tu rester un peu près d'elle? Ça lui fera plaisir, j'en suis sûre.

Margaret en était moins sûre, à cause des craintes qui la tourmentaient.

— Oui, j'aimerais beaucoup.

— Alors, je te laisse avec elle. Je serai dans la pièce voisine. Appelle si tu as besoin de moi.

— Mais comment t'appelles-tu?

— Katerina di Asturien, et je suis guérisseuse.

— Merci. Je vais donc rester un peu.

Margaret approcha une chaise et s'assit près du lit. Elle entendait le souffle de Dee, calme et régulier, ce qui la rassura un peu. Elle laissa d'abord son esprit vagabonder, puis se dit qu'elle devait se concentrer sur des idées positives, alors elle pensa à Thétis, au tiède vent marin et aux senteurs des azurins poussant devant leur maison. Elle réalisa avec un serrement de cœur qu'elle ne la reverrait sans doute jamais, et éprouva soudain une profonde nostalgie pour la mer et toutes ses odeurs. Une chanson de là-bas lui revint, sur un îlien rentrant au pays après une longue traversée en canot, et elle la fredonna, parce qu'elle était douce et réconfortante.

Dee remua dans son lit.

— Je rêvais que j'étais de retour sur Thétis, dit-elle tripotant nerveusement le drap. Je sentais l'odeur des fleurs nocturnes épanouies, et le sel de la mer.

— Je pensais à la maison, et tu as dû le percevoir.

— Marja! Tu es vraiment là? J'avais peur d'avoir rêvé, malgré les assurances de Lew. Comme j'ai soif!

Il y avait sur la table de nuit un pichet de liquide rose et un verre. Margaret le remplit à moitié, puis, soulevant la tête de sa mère, l'approcha de ses lèvres. Dee but avidement, puis posa sa tête contre l'épaule de Margaret.

— Pourquoi portes-tu des gants dans la maison? demanda-t-elle soudain.

— C'est une longue histoire, dit Margaret, reposant le verre sur la table de nuit tout en soutenant Dee de son bras libre. Je te la raconterai une autre fois quand tu iras mieux.

— Il n'y aura peut-être pas d'autre fois, *chiya*.

— Ne parle pas comme ça! *Tu ne peux pas mourir!*

Tout le monde meurt, Marguerida. C'est l'une des seules choses dont nous sommes certains. Et, au moins, tu es réconciliée avec ton père, ce qui est mon plus cher désir depuis des décennies.

Diotima Ridenow-Alton, si tu meurs, je ne te parlerai plus jamais!

C'est assez vrai, quoique je continue à parler à mon père de temps en temps, et je crois qu'il m'entend — là où il est maintenant. Mais parle-moi de tes aventures. Tu ne veux pas que je meure de curiosité, non?

Cette taquinerie était rassurante, alors Margaret se mit à raconter tout ce qu'elle avait vécu depuis son arrivée. A peine à la moitié de son récit, elle sentit que Dio s'était endormie dans ses bras, d'un sommeil qui paraissait normal et plus réparateur que celui induit par les drogues.

Son bras finit par s'engourdir, mais elle refusa de bouger, et elle pensa à tous les bons moments qu'elles avaient vécus ensemble, espérant contre tout espoir que ses pensées parviendraient à l'esprit de sa mère et l'aideraient à lutter contre sa maladie.

C'est dans cette posture que Lew les trouva en fin d'après-midi. Elle reçut ses émotions, puissant mélange de joie et de terreur. Elle releva la tête et lui sourit, ignorant les larmes qui inondaient son visage et celui de son père.

Le lendemain, Margaret suivit son père à la Chambre de Cristal, son déjeuner pesant comme du plomb sur son estomac. Elle n'avait pas envie d'être là et elle ne comprenait pas en quoi sa présence était nécessaire. Ou plutôt, elle le comprenait trop bien, et n'avait pas envie de rester là, à écouter des étrangers décider de son sort.

Malgré son agitation et sa colère rentrée, elle faillit rester bouche bée en entrant, car rien dans son souvenir ne l'avait préparée à ce spectacle. C'était une grande salle circulaire située tout en haut du Château, avec d'immenses fenêtres de verre coloré, de sorte qu'elle semblait incendiée de lumière. Il y avait une table ronde au milieu où les rayons du soleil traçaient des dessins mouvants. Elle savait qu'elle n'était jamais venue dans cette salle, et pourtant elle lui parut familière.

Il y avait quelque chose de bizarre dans l'atmosphère, et elle se demanda ce que c'était. Elle regarda les fauteuils sculptés aux armoiries des Domaines, et n'y trouva rien de perturbant. Puis elle leva les yeux sur les quatre lunes et les étoiles peintes sur le dôme, et réalisa qu'il y avait autre chose. Quelque chose de caché derrière les peintures lui donna la chair de poule.

Toute la salle sentait bon le bois, la cire et la laine propre des tapis. D'après ce que Mikhail lui avait dit, elle savait que cette salle n'avait pas servi depuis des années. Alors, pourquoi était-elle si mal à l'aise ?

— Pourquoi cette salle me fait-elle une si étrange impression ? murmura-t-elle à son père.

Lew attacha sur elle un regard pénétrant.

— Il y a des amortisseurs télépathiques tout autour de la salle, et c'est la raison pour laquelle on ne l'a pas utilisée depuis des années. On les a installés pour empêcher les Alton, passés ou présents, d'utiliser le Don pour imposer leur volonté au reste du Conseil.

— Ah, je comprends. On ne pouvait pas utiliser cette salle pour le Conseil Télépathique parce que la télépathie n'aurait pas fonctionné. Je n'aime pas cet endroit.

— Moi non plus, Marja. Il n'évoque pour moi aucun bon souvenir.

Dom Gabriel entra, les regarda en fronçant les sourcils, et se dirigea vers le fauteuil aux armoiries des Alton, le roc escarpé avec un aigle perché dessus. Il tira le fauteuil, s'y assit, et croisa les bras sur la table, les défiant presque de contester ses droits au Domaine d'Alton.

A l'évidence, les fauteuils à haut dossier étaient pour les chefs des Domaines, mais il y en avait beaucoup d'autres moins imposants autour de la table, sans compter ceux rangés le long des murs. Elle ne savait pas où était sa place, et il y avait si longtemps qu'elle ne s'était pas sentie aussi déplacée qu'elle commença à rentrer en elle pour se rendre invisible comme dans son enfance. Lew s'en aperçut, et lui donna une petite tape réconfortante sur l'épaule, lui montrant la table de la tête. A l'évidence, si elle ne connaissait pas sa place, lui la connaissait et cela la réconforta.

Margaret repensa à l'après-midi précédent, quand Lew l'avait trouvée avec Dio, et qu'il en avait pleuré de joie. Peu après, ils avaient confié sa belle-mère aux soins de la guérisseuse, et étaient retournés au salon où, pour la première fois de sa vie d'adulte, ils avaient parlé, avec gêne au début, puis avec de plus en plus d'aisance. Et, tandis qu'elle parlait, quelque chose avait fondu en elle, un glaçon dans son cœur dont elle ne réalisa l'existence que lorsqu'il eut disparu. Quoi qu'il arrive maintenant, Margaret savait que son père l'aimait, l'avait toujours aimée, et qu'elle pouvait avoir confiance en lui comme elle l'avait toujours désiré. C'était une sensation curieuse, nouvelle et troublante, et qu'elle voulait conserver comme un trésor tout en craignant qu'elle soit irréelle.

Il y eut un mouvement à la porte, et Dame Javanne

Hastur entra, en vêtements de voyage, son maquillage toujours si soigné un peu barbouillé, et ses cheveux toujours bien coiffés presque en bataille, et répandant autour d'elle une odeur non de parfum, mais de cheval.

Puis le jeune Dyan Ardais entra, Dame Marilla à son côté. Il avait l'air craintif, mais sa mère était tout sourires.

— Comme je suis contente de te voir en bonne santé, dit-elle, s'approchant de Margaret et l'embrassant.

Elle portait le parfum floral qu'aimait Margaret.

Regardant par-dessus l'épaule de Marilla, elle vit Mikhail, vêtu aux couleurs des Hastur, et très élégant dans la lumière. Il lui fit un clin d'œil et elle lui sourit. Elle regretta d'être dans cette salle, car elle s'était habituée à leurs petites conversations télépathiques.

Régis et Dame Linnea parurent enfin. Regardant autour de lui, Régis vit Gabriel assis dans le fauteuil des Alton, et une curieuse expression passa sur son visage, plus amusée que contrariée. L'omniprésent Danilo Syrtis-Ardais entra derrière lui, et Margaret se demanda si Régis et Linnea avaient jamais eu quelque intimité, au moins pour faire leurs enfants.

Régis prit place dans le grand fauteuil à l'arbre d'argent, et sa sœur Javanne s'assit près de lui. En sa qualité de Hastur, ce devait être sa place, se dit Margaret, et elle regarda son père, espérant qu'il lui donnerait une indication sur son siège puisque, à l'évidence, il voulait qu'elle s'asseye à la table, et non le long du mur.

Dyan, un peu à contrecœur, s'assit dans le fauteuil des Ardais. Puis Mikhail en tira un autre et aida Dame Marilla à s'asseoir. C'était un des sièges à haut dossier, réservés aux chefs des Domaines, et Margaret se rappela que Marilla lui avait dit s'appeler Aillard, et non Ardais, quand elle avait fait sa connaissance, ce qui lui semblait remonter à une éternité. Cela fait, Mikhail vint se placer debout derrière Dyan, imitant à la perfection la posture de Danilo.

Près d'elle, Lew semblait perdu dans ses pensées. Puis il lui prit le bras et la fit asseoir à deux fauteuils de *Dom* Gabriel. Il y avait quelque chose de sculpté sur le dossier, mais elle n'eut pas le temps de voir ce que c'était. Enfin, il s'assit entre elle et son oncle, et posa son unique main sur la table, l'air fort content de lui.

Dom Gabriel ouvrit la bouche pour protester, mais un regard de sa femme le fit taire. Pour compenser, il jura entre ses dents et regarda tout le monde d'un air furibond. A l'évidence, il ne savait que faire de cette situation, mais en tout cas, elle lui déplaisait souverainement.

Régis s'éclaircit la gorge, mais, avant de parler, il regarda vers la porte, comme s'il attendait quelqu'un.

— Quand Lew Alton a quitté Ténébreuse, les Comyn étaient en voie de disparition. Les lignées Elhàlyn et Aillard étaient presque éteintes, Dyan Ardais était mort et son fils encore dans les langes. Les Aldaran n'ayant plus leur place ici depuis des générations, cela laissait les Alton, les Hastur et les Ridenow. Le Domaine d'Alton fut confié à *Dom* Gabriel, Jeff Kervin ayant décidé de rester à Arilinn.

Il soupira, affligé au souvenir de ces événements.

— Puis nous avons vécu une époque très troublée à la venue des Casseurs de Mondes, et beaucoup d'honnêtes gens ont été assassinés sans raison, parce que les Casseurs de Mondes les percevaient comme un danger pour leurs desseins. Mes propres enfants ont été tués, comme bien d'autres, avec une lâcheté que je n'ai jamais pu pardonner. Nous avons survécu, mais nous avons perdu bien des individus de valeur dont nous avions besoin pour gouverner.

Il poussa un profond soupir, et Dame Linnea lui tapota la main. En retour, il la regarda avec tant d'affection que Margaret en fut à la fois embarrassée et envieuse.

— Après la défaite des Casseurs de Mondes, nous nous sommes réorganisés, au moyen du Conseil Télépathique. C'était la meilleure solution à l'époque, et les Terriens n'ont pas interféré. Les choses ont continué ainsi pendant des années. Le Conseil Télépathique n'est pas parfait, mais il a répondu à nos besoins de façon adéquate.

Près de lui, Javanne remua avec impatience et fronça les sourcils.

— Pourtant, il y a dix jours, j'ai reçu une délégation, assemblage surprenant d'artisans des guildes et de paysans. Ils demandent que le gouvernement soit de nouveau exercé par ce qui reste du Conseil Comyn. Ils sont fermement persuadés que le Conseil Télépathique est trop terrien, pas suffisamment ténébran, et ne tient pas véritablement compte de nos besoins. Ils pensaient à eux et à l'avenir de leurs enfants. Nous n'avons jamais connu la démocratie sur Ténébreuse, mais il semble que leurs contacts avec les Terranans leur aient donné des idées.

— Ils ont émis des exigences ! s'écria *Dom* Gabriel, virant au rouge betterave. C'est scandaleux ! J'espère que tu les as mis dehors avec...

— Mais que reste-t-il du Conseil ? intervint Javanne avant que son mari ne se soit complètement ridiculisé. Derek Elhalyn est mort sans enfants.

— Exact, répondit Régis. Il n'a pas laissé d'héritiers directs, et les enfants de sa sœur étaient des bébés à l'époque. Priscilla Elhalyn est une femme très effacée, qui a préféré vivre dans la retraite avec ses enfants loin de Thendara, pour des raisons estimables j'en suis sûr. Mais son aîné est maintenant à peine plus jeune que Dyan, et bien qu'ils ne portent pas le nom d'Elhalyn, tous appartiennent à la lignée. Et comme les Elhalyn ont toujours accordé à leurs femmes le statut de *comynara*, je crois que l'on pourrait restaurer la lignée à partir d'un de ces enfants — il faudra les tester pour voir lequel est le plus stable. J'ai demandé à Priscilla de se joindre à nous, mais elle a refusé. Je n'ai sans doute pas été assez persuasif, soupira-t-il. Toutefois, je crois que nous pouvons nous arranger sans elle.

Cela provoqua des mouvements dans la salle, et quelques exclamations étouffées. Sous couvert de ces bruits, Margaret demanda à voix basse à son père :

— Qu'est-ce qu'ils ont, ces Elhalyn ? Pourquoi les soupçonne-t-on de ne pas être stables ?

— Trop de mariages consanguins provoquent bien des problèmes, chuchota-t-il en réponse.

Elle hocha la tête. Dans leur désir de préserver le *laran*, les principales familles de Ténébreuse n'avaient pas pensé aux effets à long terme de la consanguinité. Margaret ne comprenait pas encore pourquoi les Elhalyn étaient si importants, ni pourquoi Régis était si résolu à restaurer cette lignée particulière. Mais elle avait pris sa mesure ces deux derniers jours, et elle avait un grand respect pour son jugement. Ténébreuse avait eu de la chance de trouver cet homme pour la guider après la Rébellion de Sharra.

La porte de la salle s'ouvrit alors, et un étranger entra. Il était grand et roux, et, à ses yeux, Margaret se dit que ce devait être un Ridenow. Il était trop jeune pour être l'un des frères de Diotima, mais il était peut-être parent d'Istvana.

— Pardonnez mon retard. Mon cheval s'est mis à boiter, et le voyage m'a pris plus longtemps que prévu.

Il s'inclina devant Régis, qui ne sembla pas surpris de l'arrivée de ce retardataire, mais plutôt soulagé. Gabriel et Javanne eurent l'air stupéfait ; elle lança un regard réprobateur à son frère et Margaret se demanda si Javanne était venue à Thendara dans l'intention de tout régenter.

A l'expression de son père, il semblait étonné lui aussi, mais pas du tout mécontent.

— Qui est-ce ? chuchota-t-elle.

— Je ne suis pas sûr, *chiya*, sauf que ce doit être un parent de Dee. Il ressemble au Seigneur Edric Serrais, alors ce doit être l'un de ses fils. Mais maintenant, je sais pourquoi Régis parcourait les couloirs du Château Comyn avec un air de conspirateur.

Lew se renversa dans son fauteuil, très amusé de la présence du nouveau venu.

— Ce diable d'homme est encore plus astucieux que je ne le pensais.

Dom Gabriel entendit cette remarque et lança à Lew un regard impénétrable. Puis il regarda sa femme de l'autre côté de la table. Margaret suivit son regard, et vit que sa tante avait pris un air calculateur. Régis se leva en souriant.

— Bienvenue à toi, Seigneur Ridenow. Je suis content que tu sois là, car nous commençons à peine. Lew, je crois que tu ne connais pas Francisco Ridenow ; quoique je t'aie de temps en temps parlé de lui dans mes lettres.

— Mais bien sûr ! J'aurais dû le reconnaître !

Lew se leva et accueillit l'étranger avec toutes les

marques de la plus grande cordialité, comme s'ils étaient déjà amis ou, peut-être, alliés. Puis il l'entraîna vers la table.

— Je te présente ma fille, Marguerida Alton.

Margaret repoussa gauchement son fauteuil, et s'inclina légèrement en souriant. De près, l'étranger paraissait un peu plus jeune qu'elle, et il était assez beau.

Il y eut un silence, pendant lequel Francisco s'assit et Lew et Margaret retournèrent à leurs places. Elle se tourna vers Mikhail, et lui trouva l'air très sombre. Puis elle réalisa qu'il observait *Dom* Francisco d'un œil soupçonneux, et se demanda s'il était jaloux. Elle en eut un petit frisson, pas désagréable, mais tout nouveau. Jamais personne n'avait été jaloux d'elle, et elle ne savait comment réagir.

— Je viens de parler de notre passé récent, Francisco, surtout dans l'intérêt de Marguerida qui ne connaît pas notre histoire, dit-il lançant un regard pénétrant à Lew, qui rougit. Après la Rébellion de Sharra, j'étais le seul Hastur adulte vivant, et, après moi, venaient les fils de ma sœur. A l'époque, je n'avais pas encore trouvé Linnea et je n'avais que des fils *nedestos*, alors j'ai désigné Mikhail comme héritier.

De nouveau, il s'éclaircit la gorge, et Dame Linnea enlaça ses doigts aux siens, geste si intime qu'il en était presque gênant.

— Les choses en sont restées là pendant plus de vingt ans, et, bien que n'étant pas certain que c'était la situation la meilleure, rien ne m'obligeait à prendre une décision précipitée. Ce fut difficile pour Mikhail, car je n'ai pas officialisé la situation, bien que j'aie maintenant deux fils pour prendre ma place. Disons simplement qu'ayant perdu mes aînés par un coup du destin, je n'étais pas pressé de faire du petit Dani mon héritier. J'ai appris que la vie était plus hasardeuse que je ne le pensais, et cela m'a marqué.

— Alors, tu vas nommer Dani ton héritier ? dit Javanne, l'air presque joyeux.

Régis la regarda comme si c'était une étrangère, et une étrangère importune, en plus. Le visage de Javanne changea, et sa joie s'envola.

— J'ai beaucoup réfléchi à la délégation que j'avais reçue, et aussi aux changements qui survenaient dans la Fédération et qui n'auguraient rien de bon pour Ténébreuse. Car avec les Expansionnistes au pouvoir, il était probable que nous aurions à combattre d'autres pillards, d'autres Casseurs de Mondes. C'était l'avis de Lew, formé à partir d'autres informations, et qui a confirmé le mien. Et il m'a semblé que reconvoquer le Conseil Comyn en ces circonstances serait un pas en avant, non une régression. Mais l'une des choses sur lesquelles la délégation a le plus insisté, c'est la restauration des Elhalyn sur le trône. Et comme c'était une idée chère à mon cœur, j'étais enclin à leur donner satisfaction.

Il eut un sourire charmeur, et Margaret se rappela que la capacité de manipuler les gens faisait partie du Don des Hastur. Cela expliquait pourquoi il avait choisi de réunir le Conseil dans la Chambre de Cristal, car si les amortisseurs télépathiques empêchaient les Alton d'utiliser leur Don, il devait en être de même pour les Hastur.

Quand même, elle en restait perplexe. Régis était roi en tout, sauf de nom, et il paraissait vouloir abdiquer. Elle ne connaissait pas grand-chose du pouvoir, à part les mesquines petites intrigues du milieu universitaire, mais elle en savait assez pour comprendre que c'était une décision sans précédent. Sa seule consolation, c'est que tous les autres étaient aussi perplexes qu'elle.

— Nous avons donc un Ardais, et je suis sûr que le jeune Dyan servira avec compétence. Dama Marilla est une Lindir et l'une des dernières Aillard, et nous connaissons tous sa valeur. J'espère que nous pourrons de temps en temps l'arracher à ses fourneaux pour participer à nos délibérations.

Il lui adressa un sourire charmeur, et Dame Marilla, rayonnante, se détendit sous ces éloges.

— *Dom* Francisco accepte de représenter les Ridenow. Et nous trouverons bien un Elhalyn pour siéger au Conseil, même si nous devons attendre quelque temps.

— Mais Régis, protesta *Dom* Gabriel, bien que sa femme lui fît signe de se taire pendant qu'elle évaluait la nouvelle situation, quel est ton but dans tout ça ?

— Mon but est de donner à Ténébreuse les meilleurs

de ses enfants pour la faire entrer dans l'avenir. Et cet avenir n'est pas entre mes mains, ni entre les tiennes, mon vieil ami — mais dans les mains de jeunes comme Mikhail, Dyan, Francisco et Marguerida. Je ne vivrai pas éternellement, ni Lew, ni Javanne, ni toi — et nous ne pouvons pas continuer comme si c'était le cas. C'est l'erreur que j'ai faite en n'affrontant pas plus tôt le problème.

— Mikhail? Qu'est-ce qu'il vient faire là? Il n'héritera pas d'Hastur! dit *Dom* Gabriel avec colère, comme si son cadet était responsable des changements proposés. Ce n'est qu'un troisième fils, écuyer de Dyan Ardais, rien de plus!

— Et tu voudrais laisser inemployées son intelligence et son instruction?

— Son instruction? Tu veux dire cette éducation terrienne que tu lui as donnée? Cela le rend impropre à toute fonction dans le gouvernement de Ténébreuse — il est corrompu! s'écria *Dom* Gabriel, abattant son poing sur la table. A l'évidence, tu as des projets pour lui, mais quels qu'ils soient, je m'y opposerai.

— Tais-toi, Gabriel, dit sèchement Javanne. Il y a une charge que Mikhail peut remplir. Régis, je veux que tu nommes Mikhail sénateur en remplacement de Lew. Il a toujours rêvé d'aller dans les étoiles, et ce serait l'occasion idéale! Nous ne pouvons pas permettre qu'un Aldaran nous représente au Sénat — on ne peut pas leur faire confiance, et tu le sais. Je suis sûre que Lew a cru agir au mieux, mais il s'est trompé.

— Non, dit Régis, secouant la tête. Cela ne concorde pas avec mes plans, et Mikhail n'a pas l'expérience nécessaire pour siéger au Sénat. Herm Aldaran conservera cette charge. Je l'ai envoyé à la chambre basse il y a six ans dans l'idée qu'un jour il remplacerait Lew, même si je n'avais pas prévu que ce serait si tôt.

— Mais, s'entêta *Dom* Gabriel, c'est scandaleux! Je n'ai jamais approuvé cette nomination, et je n'ai pas changé d'avis! Tu as perdu l'esprit, Régis!

— Non, répondit Régis sans se départir de son calme. J'ai pris cette décision après mûre réflexion, parce que

Herm est un politicien astucieux et qu'il comprend ce qu'il faut faire pour protéger notre monde.

Il fit une pause, prit une profonde inspiration et chercha du regard le soutien de Dame Linnea.

— Plus encore, j'ai l'intention d'inviter les Aldaran à reprendre leur place au Conseil Comyn dans un proche avenir. Nous ne pouvons pas nous permettre le luxe de rester divisés, alors que nous avons besoin de toutes nos ressources pour conserver l'intégrité de Ténébreuse !

Plusieurs voix s'élevèrent pour protester, la plus bruyante étant celle de *Dom* Gabriel.

— Tu es fou ? Personne n'acceptera de siéger au Conseil avec un Aldaran — ni moi ni personne.

— Sottises ! Le mal qu'ont fait les Aldaran remonte à des générations, et nous devons guérir cette blessure au lieu de l'aviver constamment. Nous aurons assez à faire pour neutraliser les Expansionnistes sans avoir à nous préoccuper de surveiller d'autres ennemis sur nos arrières. Quand les Aldaran seront au Conseil, nous pourrons les garder à l'œil !

— Si tu t'imagines pouvoir me forcer à accepter cette folie, tu te fais des illusions, reprit *Dom* Gabriel. A mon avis, tu n'es plus capable de guider Ténébreuse, Régis ! Dani est trop jeune pour assumer tes responsabilités... mais on peut désigner un autre régent.

Il redressa les épaules, bomba le torse et poursuivit :

— Sous la conduite d'hommes mûrs, comme moi-même, je suis sûr que...

Dyan Ardais porta la main au pommeau de son épée.

— Cela ressemble fort à une trahison, *Dom* Gabriel, gronda le jeune homme, à la surprise de la plupart des assistants. Je suis fidèle à Régis, aux Hastur, à Ténébreuse, et je ne te permettrai pas de parler ainsi sans réagir.

— Tais-toi, jeune chiot ! Tu te préoccupes uniquement des intérêts de Mikhail, et je le sais, même si tu l'ignores. Il t'a charmé, comme il charme tout le monde. Je sais qu'il est dangereux et qu'on ne peut pas lui faire confiance ! Il pense trop !

— Et c'est exactement ce qu'il faut à Ténébreuse —

des hommes qui pensent, dit Régis, rouge de rage, mais parvenant à parler avec calme.

Derrière lui, Danilo se raidit, prêt à se porter au secours de son suzerain, et les Gardes debout à la porte se redressèrent, en alerte. Margaret se demanda si du sang avait déjà été répandu dans cette salle, espérant que celui de son oncle ne serait pas le premier. La situation était sérieuse, et elle le savait. Plus encore, elle était au cœur du problème — en tant qu'héritière d'Alton, elle n'était pas un observateur quelconque, mais une partenaire agissante dans une partie qu'elle ne comprenait pas complètement. Et une partie mortelle, à en juger par les visages des assistants. Elle ne pouvait pas continuer à rester passive, silencieuse. Elle consulta Lew du regard, et il hocha la tête, comme s'il suivait sa pensée en dépit des amortisseurs.

— Je sais que ce n'est pas à moi de parler, mais...

— Alors, tais-toi, siffla Javanne.

— Non je ne me tairai pas. En ma qualité de chercheuse et diplômée de l'Université, j'attire votre attention sur le fait que Régis n'a pas fini de nous révéler ses plans, et qu'il est toujours stupide d'échafauder des théories avec des données incomplètes.

— Non mais, écoutez-la! s'écria *Dom* Gabriel, cramoisi jusqu'aux oreilles. « Chercheuse et diplômée de l'Université »! Cette femme ne connaît pas sa place, qui est de faire ce qu'on lui dit et de se taire le reste du temps. Elle est impropre à hériter du Domaine d'Alton! Elle est trop terrienne, trop indépendante! Elle ne vaut guère mieux qu'une Renonçante!

Cette dernière remarque, ultime insulte dans l'esprit de Gabriel, la fit rire. Tous la regardèrent comme si elle avait perdu l'esprit, même Mikhail.

— Je serais fière d'être Renonçante, sauf que je n'ai pas envie de l'être.

Maintenant, elle comprenait mieux son oncle. Il souffrait d'un fort complexe d'infériorité, pour des raisons qu'elle ignorait, et il vivait depuis des décennies avec une femme autoritaire, qui devait rarement faire ce qu'il voulait. Soudain, Margaret comprit qu'il trouvait son comportement trop semblable à celui de sa femme, et qu'il désirait plus que tout la contrôler, ne fût-ce que parce qu'il ne pouvait pas contrôler Javanne et ne l'avait jamais pu. Cela expliquait aussi son opposition à un mariage entre elle et Mikhail — il ne contrôlait pas Mik non plus.

— Il faut que ce soit l'un ou l'autre, mon oncle, mais pas les deux à la fois, dit-elle, aussi calmement qu'elle put. Ou bien je suis importante, ou bien je ne le suis pas. Je ne peux pas avoir de l'importance pour te permettre de réaliser tes desseins, et me taire le reste du temps.

— Tout est de ta faute ! dit Gabriel à Lew, agressif.

— Très probablement, dit Lew en souriant. Je n'ai jamais essayé de la rendre docile et soumise — elle tient trop de moi et de sa mère pour ça.

Il parlait d'une voix émue, comme si, pour la première fois, il pouvait penser à Thyra sans souffrance ni regret.

— Mais je crois qu'elle a raison, poursuivit-il. Régis a autre chose à nous dire, et j'avoue que je suis impatient de savoir ce que c'est.

— Moi aussi, renchérit Dyan, se rangeant du côté de Lew Alton.

— Pour moi, ajouta Francisco Ridenow, tout ce que j'ai entendu jusque-là me paraît sensé, alors j'espère que le Seigneur Régis poursuivra ses révélations.

Dame Marilla s'éclaircit la gorge.

— Comme *Dom* Gabriel, je n'aime guère la perspective de voir un Aldaran au Conseil. Mais je reconnais qu'il serait sage de pouvoir les garder à l'œil, au lieu de les laisser faire ce qu'ils veulent derrière notre dos. J'ai beaucoup pensé à eux depuis que Marguerida m'a posé des questions sur eux, et j'en ai conclu que le passé m'a sans doute prévenue contre eux — que je ne les connais pas, et qu'ils ne sont peut-être pas les monstres que nous imaginons.

— Il n'empêche que nous ne sommes pas en Conseil plénier, et il s'ensuit que toutes nos discussions n'ont aucune validité, intervint Javanne, regardant Marilla avec un reniflement dédaigneux. Ce ne sont que paroles creuses dont il ne sortira rien.

Elle paraissait très sûre d'elle, sans doute convaincue de pouvoir influencer son frère en privé.

— Comme c'est déloyal de ta part, Javanne, dit Régis avec ironie. C'en serait choquant si je ne te connaissais pas aussi bien. La prise de décision n'a jamais été mon fort, car je vois trop toutes les facettes d'un problème. Mais j'ai longtemps réfléchi à celui-là, et rien ne pourra me faire changer d'avis.

Il chercha du regard l'approbation de Linnea et reprit :

— Il y a encore plusieurs questions à résoudre, dont celle concernant le Domaine d'Alton. En effet, nous avons trop de candidats légitimes. *Dom* Gabriel trouve qu'il a des droits valables parce qu'il gère le Domaine depuis des années. Je ne sais pas ce que pense Lew, mais depuis son retour, il est rétabli dans ses droits.

— Je n'ai aucun désir de les faire valoir. Ma femme est très malade, et je veux la soigner et non passer mon temps assis au Conseil jusqu'à m'en engourdir le derrière. J'en ai assez pour plusieurs vies après avoir servi au Sénat !

— Et Marguerida ?

— C'est ma fille et mon seul enfant vivant. Et comme je n'ai pas désigné Gabriel comme mon héritier avant mon départ, elle demeure la candidate la plus légitime à la possession du Domaine.

— Elle n'observe pas nos coutumes ! rugit Gabriel. Elle doit renoncer au Domaine en ma faveur ou en celle de mes fils ! Je m'opposerai à toute autre solution !

Margaret regarda Mikhail qui lui sourit, comme s'il connaissait ses pensées malgré les amortisseurs télépathiques. Soudain, l'attribution du Domaine lui sembla futile. Oncle Gabriel était un homme honorable, malgré son esprit lent et obtus, et il avait bien géré les terres. D'autre part, elle réalisait qu'elle avait des responsabilités, un devoir à remplir. Son père n'avait jamais rien exigé d'elle, mais à l'évidence, il désirait maintenant qu'elle hérite de ses biens et elle ne s'y déroberait pas. Elle craignait seulement que le prix à payer lui déplaise. *Quel dommage ! Je n'ai jamais pensé trouver un homme qui serait la lumière de ma vie, et maintenant qu'il est là, je ne peux pas être sa femme ni lui mon mari. C'est injuste !*

— Le nœud du problème, c'est que le peuple exige

d'avoir de nouveau un Conseil Comyn. Les droits d'héritage doivent donc être clairement établis, sinon nous épuiserons toute notre énergie dans des disputes interminables, et il ne nous en restera plus pour notre tâche essentielle — qui est de servir le peuple de Ténébreuse au mieux de nos capacités. Je suis peut-être Régent, mais je sais que je suis le serviteur du peuple que je gouverne et je ne l'oublierai jamais ! déclara Régis d'une voix vibrante.

Un silence stupéfait suivit ces paroles. Gabriel semblait assommé, tandis que Javanne, songeuse, cherchait sans doute le moyen de tourner cette nouvelle situation à son avantage.

— Servir le peuple ? dit Gabriel, comme soupçonnant un piège.

Régis, ignorant son beau-frère, poursuivit :

— Premiers parmi les Domaines viennent les Elhalyn d'Hastur, mais les descendants de la lignée sont trop jeunes pour gouverner sagement, et auront besoin d'être guidés. Danilo — le fils que j'ai eu de Linnea — sera héritier d'Hastur d'Hastur, mais lui aussi est trop jeune pour avoir un siège au Conseil. Après Danilo, Mikhail est mon héritier le plus proche, et je le nomme à la Régence du Domaine d'Elhalyn. Ton bon sens et ton éducation terrienne te serviront bien dans cette tâche, Mikhail, jusqu'à ce que nous soyons sûrs que l'aîné de Priscilla est sain d'esprit. Nous ne pouvons pas prendre le risque d'avoir un nouveau Derek. Dans un an, il sera en âge de gouverner, mais il n'y aura pas de couronnement avant assez longtemps.

Javanne fixa son frère, éberluée, et Margaret la comprenait. Régis semblait tout prêt à abdiquer en faveur d'un jeune homme qui n'avait jamais gouverné. C'était une décision audacieuse, mais dangereuse, que de renoncer au pouvoir si précipitamment.

Mikhail semblait frappé par la foudre.

— Seigneur de la Lumière ! Moi, Régent ! dit-il.

Régis l'entendit et lui adressa un sourire.

— C'est normal. Ta grand-mère était Alanna Elhalyn.

— Je n'y avais jamais pensé, murmura Mikhail.

— Pourquoi Mikhail, et pas Gabriel ou Rafael ?

demanda Javanne, congestionnée, regardant son frère comme s'il était un monstre.

— Mikhail a été élevé pour gouverner. Gabriel et Rafael sont des hommes de bien, mais peu faits pour la tâche que j'ai en tête, ma sœur.

Mikhail semblait presque aussi retourné que sa mère.

— Enfin, Alan sera bientôt en âge d'être couronné. Mais ce n'est pas logique. C'est le second fils, Vincent, qui...

En somnambule, il quitta sa place derrière Dyan et s'assit en face de Régis, dans un fauteuil portant l'arbre d'argent des Hastur, mais surmonté d'une couronne.

— Maintenant que je ne veux plus la couronne que Régis m'avait promise, je dois porter le poids d'une couronne que je n'ai jamais voulue, murmura-t-il.

Ces événements plongèrent Margaret dans la perplexité. Elle ne comprenait pas pourquoi Régis voulait tellement remettre sur le trône les rois traditionnels de Ténébreuse — d'après le peu qu'elle en savait, ils avaient l'air d'être une famille étrange — ni pourquoi il nommait Mikhail régent, à part le fait qu'il était petit-fils d'Alanna Elhalyn. Mais, selon cette logique, Javanne aurait été une candidate aussi valable au rôle de régente, et elle aurait adoré ça ! Peut-être que la coutume écartait les femmes de la régence.

— Risible ! dit Gabriel. Mikhail va farcir la tête d'Alan de sottises terriennes, s'il n'a pas déjà perdu la raison.

— Gabriel, tu vis dans le passé, dit Lew. Il faut nous adapter. La Ténébreuse dans laquelle nous avons grandi a disparu. Sans doute à jamais. Et même la restauration des Elhalyn sur le trône ne nous la rendra pas. Mais Régis a fait des propositions remarquables, et nous devons prendre le temps de les digérer. Je propose donc de lever la séance.

— Tu peux proposer ce que tu veux, mais je m'opposerai à tout : les Aldaran au Conseil et Mikhail Régent d'Elhalyn ! Je porterai l'affaire devant les Cortes et...

— Je ne te conseille pas de t'opposer à moi, *Dom* Gabriel, dit Régis, très cérémonieux, avant de regarder Margaret. Je ne pense qu'à l'intérêt de Ténébreuse, et toute opposition nous rendra vulnérables aux entreprises de nos ennemis. Et si tu persistes dans cette idée, je t'exclurai du Conseil.

Impossible de se méprendre sur le ton. Un grand silence tomba sur la salle, où chacun ruminait cette menace. Margaret regarda tous les visages l'un après l'autre, s'efforçant de juger de leur humeur. Mais son regard s'attarda surtout sur Mikhail. *Enfin*, pensa-t-elle, *au moins, il ne quittera pas Ténébreuse.*

28

Gabriel sortit en fureur, manquant renverser un Garde. Javanne voulut le suivre, mais Régis la retint par le poignet.

— Nous avons à parler, ma sœur, dit-il sans sourire. De loyalisme.

— De loyalisme ? dit Javanne avec étonnement, regardant Régis comme s'il était un étranger.

— Exactement. Suis-moi.

Régis se leva, prit le bras de Javanne et se dirigea vers la porte. Danilo lui emboîta aussitôt le pas. Puis Dame Linnea se leva lentement, et ils sortirent tous les quatre.

— Eh bien, déclara Francisco Ridenow, ce n'était pas du tout ce que j'attendais quand Régis m'a demandé de venir. J'avais peur que la séance soit ennuyeuse. C'est toujours aussi animé ? gloussa-t-il en se tournant vers Lew.

— Crois-moi, répondit Lew, branlant du chef, c'était assez calme comparé à certaines autres séances !

— Je vois !

Francisco regarda Mikhail, la tête dans ses mains, puis Dame Marilla et Dyan Ardais.

— Tout ça m'a donné de l'appétit, tu sais. Et beaucoup de sujets de réflexion. Des Aldaran à la Chambre de Cristal ? Qui l'eût cru ?

— Moi, dit soudain Dyan Ardais.

— Vraiment ?

— Je sais ce qu'ils ont fait, les marchés qu'ils ont passés avec les Terranans, mais j'ai toujours pensé que c'était une mauvaise idée de les laisser manigancer dans notre dos.

— Cette idée ne manque pas de sagesse en effet, acquiesça Francisco. Mais je suis trop affamé pour réfléchir valablement. On ne va plus rien décider aujourd'hui, non ? Alors, trouvons-nous quelque chose à manger, et peut-être aussi du vin. Beaucoup de vin, de préférence.

Malgré l'atmosphère tendue et incertaine de la salle, tous éclatèrent de rire. Francisco se leva, Dyan aida sa mère à l'imiter. Ils se dirigèrent vers la porte, s'arrêtant sur le seuil pour voir si les trois autres allaient les suivre, puis ils sortirent.

— Il a l'air assez gai, dit Margaret à son père. Mais pouvons-nous aller ailleurs — cette salle me donne la chair de poule. Viens, Mikhail — ne reste pas là comme si on t'avait annoncé la fin du monde, ajouta-t-elle, avec plus de vigueur qu'elle n'en ressentait.

Elle ne comprenait pas pourquoi il était si bouleversé. Les premiers jours de leur rencontre, il lui avait dit sa frustration de n'être qu'écuyer alors qu'il avait été élevé pour régner. Maintenant, il allait être régent pour cet Alan Elhalyn ou l'un de ses frères, et il n'avait pas l'air content.

Mikhail releva la tête et fit effort pour se ressaisir.

— Tu as raison. Le monde ne va pas finir — on vient simplement de le renverser sur la tête ! Régis ne m'avait pas dit un mot de ses projets ! Cela change tout, et je ne suis pas tout à fait sûr... et puis, au diable. Maman ne le laissera jamais...

— Je crois que nous devrions partir, dit Lew, regardant les deux Gardes, toujours à la porte, qui s'efforçaient d'avoir l'air de ne pas entendre, comme si tout ce qui venait d'être dit ne serait pas la fable de la caserne d'ici quelques heures.

— Je connais une petite terrasse que j'aimais beaucoup dans ma jeunesse. Allons-y pour profiter du soleil en attendant que nos esprits se calment.

Mikhail se leva, puis contempla un long moment l'arbre sculpté au dos de son fauteuil.

— Mon père ne me le pardonnera jamais.

— Pourquoi ? dit Margaret, s'approchant de son cousin. Je ne vois rien là de nature à provoquer sa colère, sauf qu'il semble prendre plaisir à se mettre en colère à propos de tout ce qu'il ne propose pas lui-même. S'il vous plaît, l'un de vous deux pourrait-il m'expliquer pourquoi cette décision est si épouvantable ? Tu disais que tu voudrais avoir une occupation plus intéressante que celle d'écuyer, — et ce que te demande ton oncle me paraît important.

Ils quittèrent la Chambre de Cristal, et Lew les précéda dans les couloirs jusqu'à une petite terrasse dominant la cité de Thendara, rougeoyante sous le soleil de ce début d'après-midi. Heureuse de se retrouver dehors, Margaret s'étira, respirant l'air pur avec délice.

— Régis vient de retourner la situation d'une façon que je n'avais pas prévue, et Mikhail non plus, et nous avons été pris au dépourvu tous les deux, dit Lew. Elle est magnifique n'est-ce pas ? ajouta-t-il.

— Qui ? demanda Margaret.

— Thendara. J'ai vu beaucoup de grandes villes, *chiya*, mais le panorama de Thendara demeure mon préféré. Je ne pensais jamais le revoir.

Appuyé à la balustrade, Mikhail se détendit un peu. Il avait toujours l'air soucieux, mais moins désemparé, et cela suffisait pour le moment.

— Je n'ai pas envie d'être une tête couronnée plantée sur un bâton au milieu du marché, et devant laquelle on vient faire des courbettes, dit-il.

— Et qu'est-ce que ça veut dire au juste ? dit-elle.

— Régis m'a dit un jour que si je voulais vivre ma vie comme je l'entends, j'aurais dû m'arranger pour avoir d'autres parents, dit-il avec un petit rire ironique. Je ne l'avais pas compris à l'époque. Personne ne choisit vraiment sa vie, c'est bien ça, Oncle Lew ?

— Je crois que non. Je n'ai pas choisi bien des choses que j'ai faites — du moins, il m'a toujours semblé que je me trouvais de force dans des situations que je n'aurais pas choisies de moi-même. Mais je dis cela rétrospectivement. Sur le moment, ça me paraissait juste et bon. Pourtant je sais ce que tu ressens, Mikhail.

— Eh bien, moi pas, dit sèchement Margaret, perdant patience.

— Pendant des générations, les Elhalyn ont été nos rois, expliqua Lew en souriant. Mais le vrai pouvoir derrière le trône a toujours été détenu par les Hastur. En nommant Mikhail à la Régence d'Elhalyn, Régis a fait de lui un roi. Ce qui signifie que le jeune Danilo sera l'héritier d'Hastur, mais que le pouvoir sera entre les mains de Mikhail. Il ne sait pas si ces mains seront compétentes, mais il le croit. C'est une décision audacieuse, et que j'admire, je l'avoue.

— C'est facile à dire pour toi, dit Mikhail. Toute ta vie ne vient pas d'être bouleversée. Ma vie ne m'appartient plus, ajouta-t-il, se tournant vers Margaret. Je ne peux donc pas te dire ce que j'aurais dû te dire plus tôt — à savoir que je voudrais t'épouser. Alors, tu aurais été reine, quoique tu sois déjà pour moi bien davantage.

Margaret s'empourpra. Elle se tourna vers son père, mais il semblait très loin, perdu dans ses pensées.

— Je crois que je ne ferais pas une très bonne reine, Mik. Je violerais tout le temps les règles. Mais je regrette que tu n'aies pas parlé, parce que... cela aurait signifié beaucoup pour moi. Etre Régent d'Elhalyn change tout, je suppose ? dit-elle, dissimulant sa déception à grand-peine.

— Dans le passé, cela aurait tout changé, dit Lew. Maintenant, je n'en suis plus si sûr. En tant que chef d'Alton, une alliance avec le Régent d'Elhalyn aurait représenté une puissance que les autres Domaines auraient considérée avec méfiance.

— Et si tu faisais valoir tes droits sur le Domaine en me laissant hors de tout ça ? Je n'en ai jamais voulu !

— Ce ne serait pas dans l'intérêt de Ténébreuse.

— Je vois. Je dois donc faire abstraction de mon bonheur personnel pour l'amour de la planète ? dit-elle, bouillant de rage, comme dans son adolescence.

Lew gloussa et lui tapota affectueusement la joue.

— Non, *chiya*, je ne te demanderai jamais une chose pareille.

— Alors, quoi ?

— Il faudrait être aveugle pour ne pas voir que vous vous aimez, toi et Mikhail, ma Marja. Et je veux que vous soyez heureux, parce que cela servira l'intérêt de Ténébreuse en même temps que votre bonheur personnel.

— Mon père et ma mère n'y consentiront jamais, s'écria Mikhail.

— A l'heure où nous parlons, si je ne me trompe, Régis est en train de déployer son charme pour convaincre Javanne. Nous assistons à une redistribution du pouvoir, vous comprenez, qui provoquera beaucoup de résistances, bien sûr. Mais, sur le long terme, je crois que nous parviendrons à un accord qui satisfera tout le monde. Sauf, peut-être, *Dom* Gabriel.

— Veux-tu insinuer par là que je dois être patiente, Papa ?

— Oui. Tu dois aller dans une Tour, Arilinn ou Neskaya, pour te former.

— Mais Mik dit que ça prend des années. Le temps que j'en sorte, je serais desséchée comme un pruneau ! Et ce n'est pas ce que je désire. Tout le monde s'entête à vouloir contrôler ma vie sans me consulter. Le seul Ténébran qui m'ait jamais demandé mon avis, c'est Mikhail.

— D'accord, ma Marja. Alors, qu'est-ce que tu veux ?

— Je veux... épouser Mikhail, s'il veut bien de moi.

Bien sûr ! C'est mon plus cher désir !

Alors, c'est réglé, non ?

Ce n'est pas si simple, Marguerida, et je le regrette. Aldones seul sait comme je t'aime !

— Rien d'autre ?

— Si ! Le niveau d'analphabétisme des Ténébrans est consternant ! C'est malsain et c'est dangereux. Le peuple doit être mieux informé sur la Fédération et sur le danger que représentent les Expansionnistes. Tant que les Comyn prendront toutes les décisions pour une population ignorante, Ténébreuse sera en danger.

— Bien dit, ma fille ! Et absolument exact. Ainsi, tu veux fonder des écoles, ou juste balayer notre système féodal du revers de la main ? dit-il, taquin.

— Je n'ai aucun désir de bouleverser la culture ténébrane. Mais si je dois être le chef d'un Domaine, je veux que Ténébreuse soit dans la meilleure situation pour tenir tête à la Fédération. Je ne veux pas être une simple femme au foyer, ou finir en intrigante vieillissante comme Javanne.

— Elle serait ulcérée de ce jugement, dit Lew d'un ton enjoué. Mais tu as raison. Nous devons préparer Ténébreuse au futur — *sans* renoncer à nos traditions. Je suis fier de toi, ma fille, plus fier que je n'aurais jamais imaginé l'être un jour.

Margaret resta sans voix à cet éloge. Les larmes aux yeux, elle regarda son père, qui lui souriait.

— Merci. Voilà longtemps que j'espérais ces paroles. Et je n'ai jamais su à quel point je le désirais avant de les entendre.

Je n'ai jamais su non plus à quel point je désirais te dire que j'étais fier de toi — nous voilà donc contents tous les deux. Bon, je vais retrouver Dio. Tâche de remonter le moral de Mikhail. Tu as choisi un homme de valeur, Marguerida — un homme presque assez bon pour toi!

Sur quoi, il se retourna et quitta la terrasse.

Margaret s'approcha de son cousin, appuyé à la balustrade, leurs épaules se touchant presque. Doucement, elle posa sa main droite sur la main gauche de Mikhail, sentant la tiédeur de sa peau contre la sienne.

— Ne désespère pas, Mikhail — c'est trop triste.

— Je suis infantile, hein?

— Non. Simplement, tu réagis en homme à qui l'on vient de couper l'herbe sous le pied.

— Exactement! gloussa-t-il. Tu sais que j'en veux terriblement à Régis de ne pas m'avoir prévenu?

Mikhail enlaça ses doigts à ceux de Margaret, comme Dame Linnea l'avait fait une heure plus tôt dans la Chambre de Cristal.

Elle se rappela comme elle avait envié ce simple geste, cette tendresse et cette intimité. Maintenant, elle n'enviait plus personne, elle était juste contente de contempler la cité. Ils demeurèrent ainsi un long moment, immobiles et silencieux.

— Crois-tu qu'on finira par sortir de ce gâchis? demanda-t-il enfin.

— Si mon père a son mot à dire, oui. Dans le cas contraire, il reste toujours la culture des champignons.

Mikhail se tourna vers elle et la prit dans ses bras, son souffle caressant sa joue et effleurant une mèche rousse bouclant sur son front.

— Tu sais, je suis heureux d'avoir résisté à toutes les jolies filles de Ténébreuse, et je t'aime passionnément.

De nouveau, sa respiration s'arrêta et son sang se glaça. Les sentiments de Mikhail avaient une intensité effrayante après toute une vie d'isolement volontaire. Margaret regarda les ruines calcinées de la Vieille Tour, où Ashara l'avait capturée deux décennies plus tôt, puis elle reporta les yeux sur Mikhail. Son froid intérieur disparut, comme si le dernier glaçon de son cœur fondait au soleil de Ténébreuse. Elle était enfin rentrée à la maison ; l'exil dont elle n'avait jamais eu conscience était terminé.

— Oui, je crois.

Mikhail la regarda dans les yeux, puis posa ses lèvres sur les siennes. Ce fut un baiser tendre, passionné mais doux, et il fulgura comme du feu à travers tout son être. Elle savait qu'elle ne revivrait jamais un instant aussi merveilleux. Mais quoi qu'il arrive, elle en conserverait toujours le souvenir, et cela la comblait.

FIN.

Achevé d'imprimer en octobre 1996
sur les presses de l'Imprimerie Bussière
à Saint-Amand (Cher)

POCKET - 12, avenue d'Italie - 75627 Paris Cedex 13
Tél. : 01-44-16-05-00

— N° d'imp. 2297. —
Dépôt légal : novembre 1996.

Imprimé en France

Les Galaxies
de la Science-fiction

HERBERT
La maison des mères

Les Planètes
de la Science-Fantasy

McCAFFREY
Le dragon blanc

Les Univers
de la Fantasy

MOORCOCK
La quête de Tanelorn

Les Abîmes
de la Dark Fantasy

LOVECRAFT
La trace de Cthulhu